W0341751

mtb

Isabelle Ronin

Wir sind für immer

Roman

Aus dem Englischen von
Christian Trautmann

mtb

MIRA® TASCHENBUCH

1. Auflage 2021
Deutsche Erstausgabe
© 2021 für die deutschsprachige Ausgabe by MIRA Taschenbuch
in der HarperCollins Germany GmbH, Hamburg
© 2020 by Isabelle Ronin
Originaltitel: »Reckless in Love«
The author is represented by Wattpad.
Umschlaggestaltung: zero-media.net, München
Umschlagabbildung: FinePic®, München
Satz: GGP Media GmbH, Pößneck
Printed in Germany
ISBN 978-3-7457-0093-0
mira-taschenbuch.de

Klimaneutral
Druckprodukt
ClimatePartner.com/15109-2009-1001

MIX
Papier
FSC FSC® C014496

Meinen Wattpad-Frauen
Caitlin, Ashleigh und I-Yana gewidmet.
Danke für alles, was ihr für mich tut.

1. Kapitel

Kara

»Bring mich dazu.«

Camerons tiefe Stimme forderte mich förmlich dazu heraus, die warnende Stimme in meinem Kopf zu ignorieren, die mir nahelegte, bei einem gefährlichen Mann wie ihm besser vorsichtig zu sein. Und stattdessen mit einer eigenen Herausforderung dagegenzuhalten.

»Bring mich dazu. Wenn du kannst.«

Es kam nur selten vor, dass ich mich nicht auf einen solchen Wettstreit einließ, doch seine Lippen verhinderten, dass ich irgendwelche provozierenden Worte von mir gab. Vielmehr verwandelten sie sich in ein Seufzen, als er mich so leidenschaftlich küsste, dass ich glatt kapitulieren wollte.

Die Sache war nur die … *Ich verliere nicht gerne.*

Ich schlang mein Bein um seine Hüfte und presste meinen Körper an seinen. Seine Augen weiteten sich vor Überraschung, ehe er mich lustvoll anschaute. Es haute mich jedes Mal um, wenn ich diesen Ausdruck in seinem hinreißend schönen Gesicht bemerkte – sah, wie sehr er mich begehrte. Ich hatte mich nie zuvor begehrt gefühlt, zumindest nicht so. Es machte mich wagemutiger, weckte in mir den Wunsch, die Grenzen zu überschreiten und neue zu entdecken.

Er umfasste meine Taille, seine Finger gruben sich in meine Haut, und dann drehte er sich mit einer einzigen Bewegung, sodass er unter mir lag. Ich saß auf ihm und musste die Beine spreizen, um mich seiner Größe anzupassen. Ich hörte ihn stöhnen, leise und tief, während er mir schamlos sein Becken entgegenbog.

»Du willst spielen, Hitzkopf?«, fragte er heiser.

»Ich wusste nicht, dass es ein Spiel ist«, erwiderte ich.

»Was möchtest du denn, was es ist?«

»Bekomme ich einen Preis?«

»Wenn du willst.«

Ich zog eine Augenbraue hoch. »Welchen?«, fragte ich, als er nicht antwortete.

Er betrachtete mich einen Moment und lächelte traurig. »Kara«, sagte er sanft. »Würdest du dieses Spiel spielen, wenn … *ich* der Preis wäre?«

Ich riss die Augen auf. Für einen Moment wirkte alles verschwommen. Ich fühlte mich orientierungslos, und mein Herz pochte nach einem Traum, an den ich mich kaum erinnern konnte. Da war ein Schmerz in mir – ich fühlte mich traurig und … leer. Es war verwirrend. Ich blinzelte und konzentrierte mich auf meine Umgebung.

Gewölbte Holzdecke mit freiliegenden Balken. Oberlichter. Es war noch dunkel, doch ich konnte ein paar milchige Lichtstrahlen erkennen, die durch den Himmel brachen. Ich drehte den Kopf zur Seite. Die Fensterfront bot einen Blick auf den dunklen Wald.

Moment. Wo zur Hölle bin ich? Und was …

Cameron.

Gestern Abend war er mit mir zu seinem Anwesen außerhalb der Stadt gefahren. Wo er mir von einem Labyrinth erzählte und …

Ich drehte den Kopf zur anderen Seite, dorthin, wo er zum ersten Mal neben mir geschlafen hatte. Doch da war niemand.

Wo ist er?

Rasch setzte ich mich auf und stöhnte, weil mir prompt schwindelig wurde. Ich gab mir einen kurzen Moment, und als ich das Gefühl hatte, dass die Welt aufhörte zu schwanken, rutschte ich zur Bettkante und zog die Decke mit.

Ich schloss die Augen und schlug die Hände vors Gesicht.

Oh mein Gott. Ich habe letzte Nacht mit Cameron geschlafen.

Neben Cameron, stellte eine Stimme in meinem Kopf klar. *Du hast neben Cameron geschlafen. Ihr habt es nicht getan.*

Genau.

Ich schaute mich um. Das einzige Licht in der Hütte kam von der orangeroten Glut im Kamin, aber ich konnte sehen, wo was war. Sein Haus war modern offen gestaltet, mit mehr Platz als Möbeln. Cameron war Minimalist.

Von all diesem Grübeln und Beobachten kriegte ich Kopfschmerzen. Es war noch zu früh, um meine Gehirnzellen zu benutzen. Erst musste ich meinen …

Kaffee. Oh, bitte.

Ich stieß einen kurzen Schrei aus, da plötzlich die Haustür aufging. Für einen Moment konnte ich nur die Gestalt eines großen Mannes mit breiten Schultern erkennen. Mein Herz klopfte wie verrückt. Es erschien mir mit einem Mal seltsam, dass ich sogar im Dunkeln wusste, wer er war.

»Du bist wach.« Seine raue, tiefe Stimme. »Kaffee?«

Cameron trat ein. Ich hörte ein Klicken, dann erfüllte gedämpftes Licht die Hütte, und sein Gesicht wurde sichtbar. Unwillkürlich schnappte ich nach Luft.

Cameron Jeremiah St. Laurent war ein gefährlich gut aussehender Mann mit dem Gesicht eines Erzengels – eines gefallenen Engels. Ich konnte die Farbe seiner Augen von hier aus nicht erkennen, doch ich wusste, dass sie vom intensivsten und unheimlichsten Blau waren, das ich je gesehen hatte – die Farbe wirkte tiefer oder dunkler je nach Stimmung. Ich spürte jetzt, dass sein Blick auf mich gerichtet war und er mich aufmerksam beobachtete.

Aus irgendeinem Grund wollte er mich. Er hatte mir sogar ein Geheimnis anvertraut – ein schmerzliches Geheimnis, das er sehr lange für sich behalten hatte. Cameron war wie ein verschlossener Raum – dunkel und mysteriös. Er ließ niemanden an sich heran und schützte sein Herz mit einer wilden Entschlossenheit, die mich immer wieder zurückgestoßen hatte. Bis er gestern Abend mit mir zum Labyrinth gefahren war. Dort hatte er mir etwas erzählt, was in seiner Kindheit passiert war und sein Leben verändert hatte. Vom Tag, an dem sein Freund starb und Cameron sich die Schuld dafür gab, ihn nicht gerettet zu haben.

Es machte mich demütig, dass er sich mir anvertraute, sich mir öffnete. Ich konnte nur ahnen, wie schwer ihm das gefallen war. Und mir wurde klar, wie viel ich ihm bedeutete.

Mein Körper reagierte auf seine Nähe, auf seine intensive Präsenz, die sich unmöglich ignorieren ließ.

Er trug eine schwere Holzkiste mit Feuerholz, die er neben der Tür auf den Boden stellte. Dabei fiel mir auf, dass sein T-Shirt durchnässt war. Hatte es angefangen zu regnen?

Ich war versucht, nach draußen zu schauen, überlegte es mir jedoch anders, als ich sah, wie er sich das nasse Shirt auszog und über die Lehne eines Küchenstuhls hängte. Sein Oberkörper war lang und schlank, seine Bauchmuskeln wölbten sich definiert. Ich verspürte ein Flattern im Magen, während ich beobachtete, wie er in die kleine Küche ging. Ich fühlte mich unglaublich heftig zu ihm hingezogen. Er bewegte sich leise, selbstbewusst und mit raubtierhafter Anmut, die mich an einen Panther in der Wildnis erinnerte.

»Da ist Kaffee, wenn du möchtest. Aber du musst schon herkommen. Zu mir.«

Seine Worte lösten eine körperliche Reaktion bei mir aus. Das war die Aussicht auf den Kaffee, da war ich mir fast sicher. Mit dieser tiefen, männlichen Stimme, die nicht verbarg, wie gern er seine Hände zärtlich über meine Haut wandern lassen würde, hatte es definitiv nichts zu tun. Auch nicht mit der Vorstellung, wie sein hungriger Mund sich an meinen Lippen anfühlen würde. Nein, damit hatte es absolut nichts zu tun.

Als ich aufstand, rutschte die Decke auf den Boden. Ich bückte mich danach, um sie aufzuheben, aber er sagte: »Lass sie liegen.«

Ich schaute zu ihm hin. Er lehnte an der Arbeitsfläche und beobachtete mich.

»Willst du nicht zu mir kommen?«, fragte er sanft. »Kara?«

»Ja«, antwortete ich.

Obwohl er mich aufgefordert hatte, die Decke liegenzulassen, nahm ich sie und legte sie mir um die Schultern. Einer seiner Mundwinkel hob sich, als ob mein Trotz ihm Spaß machte – im Gegensatz zu allen anderen Leuten.

Sowie ich nah genug war, um das intensive Feuer in seinen Augen zu sehen, ihre atemberaubende Farbe, erkannte ich nicht nur Verlangen darin, sondern auch Sehnsucht.

Mein Hals war wie zugeschnürt. Ich war unfähig, noch einen weiteren Schritt zu gehen. Sein Blick löste etwas in mir aus, keinen Schmerz, sondern etwas, das mein Herz erkannte, worauf es hoffte, während ich mich gleichzeitig davor fürchtete, es näher zu erkunden. Er streckte die Hände nach mir aus, mit nach oben gedrehten Handflächen, ein stummes Flehen. Seine Augen waren auf mein Gesicht gerichtet. Er sagte kein Wort.

Wie unter einem Bann stehend, legte ich meine Hände in seine, und er zog mich an sich, während er sich gleichzeitig auf die Arbeitsfläche setzte. Er fasste mich an den Hüften, um mich noch näher an sich heranzupressen, und hielt mich zwischen seinen Beinen gefangen. Durch diese Bewegung fielen ihm die Haare seitlich ins Gesicht. Am liebsten hätte ich mit den Fingern durch seine dunklen gewellten Strähnen gestrichen. Ich wusste, wie seidig weich sie sich anfühlen würden.

In seinen Augen – so tiefblau in dem gedämpften Licht – lag ein Lächeln, während sein Mund ganz entspannt blieb. Ich war wie berauscht von ihm.

»Ich frage mich schon ziemlich lange, wie du wohl gleich nach dem Aufwachen morgens schmeckst«, flüsterte er.

Er beugte sich herunter, um mich zu küssen, aber ich hielt mir rasch die Hand vor den Mund, plötzlich unsicher. Schließlich hatte ich mir noch nicht die Zähne geputzt. Das entmutigte ihn jedoch nicht. Er küsste meine Handfläche und bewegte die Lippen sinnlich langsam zu meinem Handgelenk. Ich sog scharf die Luft ein und wich ein wenig zurück, als ich seine Zungenspitze an meiner Haut spürte. Instinktiv wollte ich mich von ihm lösen, doch er hielt mich an den Hüften fest.

»Guten Morgen, Kara.«

Ich fühlte mich überrumpelt. Wie konnte ein menschliches Wesen derartig sexy aussehen? Noch dazu so früh am Morgen? Das sollte verboten sein.

»Ah … guten Morgen«, murmelte ich in meine Hand.

Es zuckte um seine Mundwinkel. Ohne den Blickkontakt zu unterbrechen, senkte er den Kopf und küsste mich aufs Kinn.

»Du siehst aufregend aus«, sagte er. »Wollen wir das da ablegen?«

Meine Augen weiteten sich. *Was ablegen? Und dann auch noch gleich nach dem Aufstehen? Jetzt? Ich meine … klar …*

Er ließ meine Hüften los, umschloss meine Handgelenke und drückte mir die Hände herunter. Danach schob er die Decke von meinen Schultern. Sie fiel zu Boden, und diesmal hob ich sie nicht auf.

Ah. Er meinte die Decke. Okay.

»Du gefällst mir wirklich super in diesem Kleid.«

Es handelte sich um das hellrosa Kleid, das ich gestern getragen hatte. Ich erinnerte mich, auch eine schwarze Strumpfhose angehabt zu haben, aber die lag vermutlich zerrissen und achtlos beiseitegeworfen irgendwo auf dem Fußboden.

Meine Haut fühlte sich warm an, und ich schmiegte mich an ihn, wollte mehr von seinen Berührungen. Ehrfürchtig glitten seine Hände über meine Schultern, meine Arme und weiter nach unten, bis sie meine Oberschenkel berührten. Ich senkte die Lider, genoss den Schauer, der meinen ganzen Körper durchströmte.

Sein warmer Atem roch nach Zahnpasta mit Pfefferminzgeschmack. Als seine Nase mich unterhalb meines Kiefers streifte und er tief den Duft meiner Haut einatmete, als hätte er etwas Köstliches gerochen, schlug mein Herz schneller. Ich spürte seine Lippen an meinem Hals, dann schlossen sie sich um ein Ohrläppchen, und er biss zart zu.

Ich erschauerte und legte die Hände auf seine muskulösen Oberschenkel.

Langsam strich er an der Seite meines Oberschenkels entlang, schob eine Hand unter mein Kleid und tastete nach meinem Spitzenslip. Ich bekam weiche Knie. Cameron strahlte eine machtvolle Sinnlichkeit aus, auf die ich überhaupt nicht vorbereitet war.

»Kara, ich will …«

Ich legte ihm beide Hände auf die Brust und hätte beinah gestöhnt. Ich war mir nicht sicher, ob es wegen der Hitze seiner Haut war oder weil sie sich so weich anfühlte. Oder ob es an dem Finger lag, mit dem er mich streichelte, ganz nah der Stelle, an der ich noch immer empfindlich und geschwollen war. Vielleicht war auch alles zusammen der Grund. Ich rieb meine Schenkel aneinander, sodass seine Hand dazwischen gefangen war. Sein Lachen klang tief, heiser und vertraut.

Ich legte mein Kinn auf seine Schulter, um wieder zu Atem zu kommen. Ich war nicht in der Lage, zu verarbeiten, was ich empfand. Es war eine wundervolle Attacke auf meine Sinne, und das Gefühl war noch immer neu, auch nach dem, was wir in der vergangenen Nacht getan hatten.

»Ich liebe es, wenn du das tust.«

»Was?«, hauchte ich.

»Wenn du dich so überwältigt an mich lehnst«, sagte er. »Als würdest du mir komplett vertrauen.« Mit aufreizender Langsamkeit ließ er seinen Finger über die Spitze meines Slips gleiten, zupfend, kreisend. Ich schloss die Augen und unterdrückte ein Stöhnen. »So … unschuldig.«

Jemandem wie Cameron war ich nie zuvor begegnet. Er war so ungehemmt, so sinnlich und so eindeutig, was seine Begierden betraf. Auf was hatte ich mich da bloß eingelassen?

Ich wollte ihn. Und ich war mir sicher, ihm gewachsen zu sein … vorausgesetzt, ich war vorbereitet. Wenn mein Kopf nicht voller zartfaseriger Wolken war und ich nicht so nervös war. Es war eine ganz neue Erfahrung, dieses enorme Verlangen nach ihm. Es fühlte sich gut an, so gut, und so wichtig. Es machte mir ein wenig Angst, als müsste ich meine Gedanken sorgfältig sammeln, einen nach dem anderen. Entweder das oder verrückt werden. Daher wich ich zurück.

»Kaffee«, krächzte ich. »Bitte.«

Er grinste wissend, löste sich von mir und öffnete einen Schrank. Ich beobachtete das Spiel seiner Rückenmuskeln, während er einen Becher herausholte, der groß wie eine Schale war, und schwarzen Kaffee aus der Kanne hineingoss.

Er drehte sich um und hielt mir den Becher hin. »Möchtest du?« Der aufsteigende Dampf sah verlockend aus.

Mein Blick wanderte für einen Moment zu seinen Brustmuskeln und dem schmalen Pfad aus dunklen Haaren auf seinem straffen Bauch, ehe ich ihm wieder in die blauen Augen schaute. Sein Körper war unglaublich. Er zog eine Braue hoch. »Gefällt dir die Aussicht?«, neckte er mich.

Ich biss mir auf die Unterlippe und ignorierte die Schmetterlinge in meinem Bauch. Ich kräuselte die Nase, schnappte mir den Becher, pustete und trank. Zuerst trank ich einfach nur, ohne mich auf den Geschmack einzulassen, da ich erst einmal die Wirkung brauchte. Doch als ich das Aroma wahrnahm, wäre ich beinah auf die Knie gesunken. Der Kaffee war wirklich, *wirklich* gut. Ich trank weiter, bis ich das ganze Ding fast geleert hatte. Ich bekam einen klaren Kopf und fühlte mich sofort besser.

Sowie ich von dem Becher aufschaute, lehnte Cameron wieder an der Arbeitsfläche mir gegenüber, ein geheimnisvolles Lächeln auf den sinnlichen Lippen.

»Mehr?«, fragte er.

Definitiv mehr. »Mehr. Der ist richtig gut.«

»Wie gut?«

Er trat näher. So nah, bis ich ihn riechen konnte. Einen blauen Duft – ich weiß, es ist albern, es so zu nennen, aber die Umschreibung kam mir nun einmal in den Sinn. Ozeanblau – frisch, kühl, erotisch. Berauschend. Süchtig machend.

Er schenkte mir nach und stellte die Kaffeekanne zurück auf die Heizplatte. Dann nahm er mir den Becher aus der Hand und trank gemächlich, ohne den Blickkontakt zu unterbrechen.

Unwillkürlich öffneten sich meine Lippen. Sein Blick glitt zu meinem Mund, und seine markanten Züge spannten sich an, bevor er mir wieder in die Augen schaute. Wortlos reichte er mir den Becher zurück und machte einen Schritt zur Seite, sodass erneut ein Abstand zwischen uns entstand. Er lehnte sich wieder an die Arbeitsfläche und verschränkte die Arme.

Ich atmete heftig aus. *Mann, ich werde nicht fertig mit ihm.*

»Wie …«, ich räusperte mich, »… spät ist es?«

Statt mir zu antworten, deutete er mit einer Kopfbewegung zur Uhr an der Wand. Es war Viertel nach fünf morgens.

»Wann bist du aufgewacht?«

»Um vier«, antwortete er.

Ich war nicht überrascht. Er sah aus wie ein Mann, der seinen Tag früh begann. Ich trank einen weiteren Schluck Kaffee. »Hast du gut geschlafen?«

Sein Blick verdunkelte sich. »Was denkst du?«, flüsterte er.

Ich kann nicht denken.

Und wenn ich nicht denken konnte, verspürte mein Mund das Bedürfnis, vom Thema abzuweichen.

»Was gibt's denn zum Frühstück?«

Wieder starrte er auf meine Lippen. »Was immer du willst.«

Ich schluckte hörbar. »Oh Gott, Cam.« Ich holte tief Luft. »Mach mal langsam, ja? Ich kann da gar nicht mithalten.«

Er war wie ein Feuer, das mich verzehren würde, wenn es mich erwischte.

Erst stutzte er, dann schien er zu verstehen. Er machte den Mund auf, um etwas zu sagen, doch ich kam ihm zuvor. »Schsch. Stell mir keine weiteren Fragen am Morgen. Mein Hirn bringt keine mehrsilbigen Worte zustande, bevor ich nicht zwei Becher davon intus habe.« Ich schwenkte den Kaffeebecher. »Okay?«

Er grinste frech. »Wir haben nur Toast und Eier. Ich kann uns etwas holen, wenn du möchtest.«

»Toast ist mir recht«, erwiderte ich. »Toast zum Frühstück ist großartig. Und zieh dir ein T-Shirt an.«

Ich kann nicht glauben, dass ich ihm sage, er soll sich anziehen.

Zu jeder anderen Zeit hätte ich es genossen, Cameron mit freiem Oberkörper zu betrachten, aber ich befand mich in einer Art Alarmzustand, der dringend Selbstbeherrschung erforderte. Dass Cameron seinen Körper zur Schau stellte, war nicht hilfreich. Außergewöhnliche Situationen verlangten nach außergewöhnlichen Maßnahmen.

»Nur das?«

»Eine Jacke wäre für alle Fälle auch noch gut.«

Er lachte leise. »Ich meinte, nur Toast?«

»Nur einen.«

»Zwei«, entgegnete er.

»Einen.«

Wieder zuckte dieses schiefe Lächeln um seine Lippen, dann wandte er sich ab. Meine Bitte wegen des T-Shirts ignorierte er.

»Wir brechen bald auf«, erklärte er. »Ich würde dich gern nach Hause fahren und später abholen.«

Ich schüttelte den Kopf, obwohl er mir den nackten Rücken zugedreht hatte. »Zuerst möchte ich meinen Wagen vom Hof abholen. Glaubst du, wir schaffen es, bevor jemand zur Arbeit kommt?«

Er drehte sich um, einen Teller mit zwei Scheiben Toast in der Hand.

»Ich will mich bei der Arbeit nicht schämen müssen«, fügte ich hinzu und nahm den Teller von ihm entgegen.

Er erstarrte.

»Denkst du so über das, was wir letzte Nacht getan haben?« Seine Stimme war kalt, seine Miene verhärtet. »Dass es etwas ist, wofür man sich schämen müsste?«

»So habe ich das nicht gemeint, und das weißt du.«

Er kniff die Augen zusammen. »Tue ich das?«

Wie hatte das Gespräch nur an diesem Punkt landen können? Wir hatten doch gerade noch Spaß gehabt. Doch seine Haltung verriet mir, dass es damit fürs Erste vorbei war. Wer auch immer behauptete, Beziehungen seien einfach, war einer Wahnvorstellung erlegen. Beziehungen bedeuteten harte Arbeit und waren zum Haareraufen – die eigenen und die des Partners.

»Ich weiß nicht, wie ich mich verhalten soll, wenn du so bist. Rede mit mir.« Ich stellte den Teller auf die Arbeitsfläche hinter mir und fuhr mir frustriert durch die Haare. »Schließ mich nicht aus. Nicht nach der vergangenen Nacht.«

Die Kälte verschwand aus seinen Augen. »Tut mir leid«, sagte er harsch. »Ich …«

»Was?«

Er hatte mir schon erklärt, dass er sich schwertat, etwas in Worte zu fassen, und jetzt sah ich, wie er darum rang, die richtige Formulierung zu finden.

»Ich will dich«, meinte er sanft. »Ich will mit dir zusammen sein.« Plötzlich schloss er die Augen. »Tut mir leid. Es ist vielleicht nicht das, was du morgens früh als Erstes hören willst, aber … verdammt.«

Er strich sich übers Gesicht. »Ich würde dich gern sehen«, fuhr er fort, mit leiser, emotionsgeladener Stimme. »Hier. Morgens. In meinem Bett, in meiner Küche, Kaffee trinkend. Mit mir. Und ich weiß nicht … ob du mich noch willst. Nach der vergangenen Nacht.«

»Cameron.« Meine Stimme klang brüchig, doch das war mir egal. Ich hätte nicht aufhören können, selbst wenn ich es gewollt hätte. Ich ging zu ihm. Er breitete die Arme aus.

»Natürlich will ich dich«, murmelte ich nah an seiner Haut und schlang die Arme um ihn. »Ich will auch mit dir zusammen sein, und ich gehe nirgendwohin. Ganz besonders nicht nach der vergangenen Nacht.«

Der Nacht, in der er mir erzählt hatte, was in dem Labyrinth geschah, in dem ein hilfloser Junge gestorben war. Der Nacht, in der er mich in seine Hütte getragen hatte, wo wir Dinge taten, die mich immer noch erregten, sobald ich nur daran dachte.

Er küsste mich auf den Scheitel, seufzte erleichtert und streichelte zärtlich meinen Rücken. Ich konnte spüren, wie seine Anspannung nachließ. Wir blieben eine Weile so und genossen die Nähe des anderen. Ich fühlte eine Veränderung in unserer Beziehung, als sei die Bindung tiefer geworden. Ich löste mich ein wenig, um ihm ins Gesicht zu schauen.

»Kara.«

Er wirkte stets so selbstbewusst, dass ich manchmal vergaß, dass auch er Unsicherheiten kannte. Ich hätte nie gedacht, dass er meinetwegen unsicher sein könnte. Ich dachte, meine Gefühle für ihn wären offensichtlich, und er wüsste genau, wie viel ich für ihn empfand. Allerdings war mir auch klar, wie verletzlich er sich nach all den Dingen fühlen musste, die er mir gestern Abend erzählt hatte.

»Die vergangene Nacht war etwas Besonderes für mich. Ich will nicht alle bei der Arbeit über mein Privatleben in Kenntnis setzen. Es ist meine Sache, ob ich etwas erzähle oder für mich behalte«, erklärte ich. »Ich habe so etwas noch nie gemacht, Cameron. Letzte Nacht war das erste Mal …«

Er entspannte sich sichtlich.

»Außerdem will ich wirklich nicht, dass sie erfahren, was wir gestern Abend vorhatten«, fügte ich hinzu.

Ein belustigtes Glitzern trat in seine Augen. »Was wir gestern Abend vorhatten?«

Seine Stimmung veränderte sich so schnell. Schon flirtete und lächelte er wieder.

Vielleicht war er mir ja gar nicht so unähnlich. Er rechnete immer mit dem Schlimmsten und wappnete sich dafür. Und wenn jemand einem wichtig war, dann legte man nun mal jede Äußerung dieser Person auf die Goldwaage. Jedes Wort war bedeutungsvoll, deshalb konnte schon eine achtlose Bemerkung oder ein Scherz zutiefst kränkend sein.

Wenn man jemanden nicht verlieren will, achtet man darauf, dass das, was man sagt, nicht falsch und verletzend interpretiert werden kann. Der beste Weg, Missverständnisse aus dem Weg zu räumen, war, miteinander zu reden. Und ich war froh, dass Cameron und ich nun genau das taten.

Sanft befreite ich mich aus seiner Umarmung, um mir eine Scheibe Toast zu nehmen. »Bleibt mir noch Zeit zum Duschen?«, fragte ich kauend. »Ich muss vor neun zu Hause sein.«

»Wir haben noch genug Zeit, aber wenn du nicht willst, dass die Leute zum Hof kommen und dich sehen, solltest du deinen Hintern schleunigst unter die Dusche schwingen.« Er hob die Decke vom Boden auf, faltete sie zusammen und legte sie auf die Küchenarbeitsfläche.

»Ich habe nichts zum Anziehen, aber ich glaube, dieses Kleid könnte gebügelt werden. Hast du eines?«

»Ein Kleid? Nein.«

»Zu schade, du würdest toll darin aussehen«, erwiderte ich. »Komm schon, du Genie. Hast du ein Bügeleisen?«

»Na klar, genau wie Nagellack.«

Ich mochte ihn. Ich mochte ihn wirklich sehr. »Ich kann anscheinend gar nicht aufhören zu grinsen.«

»Gut.« Auch er grinste. »Ich brauche mehr Zeit mit dir. Sehen wir uns heute Abend?«

Ich dachte daran, dass mein Vater Hilfe beim Streichen der Turnhalle brauchte. »Ich kann nicht.«

Seine Miene verdüsterte sich. »Warum nicht?«

Er hörte sich an wie ein Junge, der seine Lieblingsbonbons im Laden nicht bekam.

»Weil du heute zwar keine Vorlesung hast, ich aber schon. Außerdem habe ich heute Abend Bereitschaft, doch wenn sich keiner meldet, wollte ich meinem Dad dabei helfen, die Turnhalle der Gemeinde zu streichen.«

»Er streicht die Turnhalle?«

»Sein Freund hat ihn darum gebeten, und er wird dafür bezahlt.«

»Arbeitet dein Dad nicht in eurer Werkstatt?«

»Stimmt, aber wir nehmen hier und da andere Jobs an, wenn es sich ergibt.«

Einen Moment schwieg er. »Ist es so schwer?«, erkundigte er sich dann.

Nun war ich diejenige mit der finsteren Miene. Sofort erwachte in mir die Verteidigungsbereitschaft, eine vertraute Reaktion, wenn es um die finanzielle Situation meiner Familie ging. Als Kind musste ich mir oft anhören, wie meine Onkel und Tanten meinem Vater wegen Geld zusetzten oder hinter seinem Rücken über ihn redeten, ob er überhaupt in der Lage wäre, zwei Kinder zu versorgen, nachdem seine Frau mit einem anderen durchgebrannt war. Ehe ich etwas sagen konnte, kam Cameron mir zuvor.

»Ich frage, weil ich nicht will, dass du dich verausgabst. Ich würde gern helfen.«

»Schon gut, wir kommen zurecht. Es sollte sich auch bald etwas ändern. Sobald ich die restlichen Anteile der Werkstatt gekauft habe, wird es uns besser gehen. Das weiß ich.«

»Ich bin hier, falls du mich brauchst.«

Ich lächelte. »Darüber bin ich auch froh.«

»Wann kann ich dich wiedersehen?«

Mein Lächeln wurde breiter. Ich nahm den zweiten Toast vom Teller und aß, damit er meine Reaktion nicht bemerkte. Es fiel mir schwer, ein Pokerface zu machen, wenn ich dermaßen glücklich war. Er gab mir das Gefühl, als könnte er nicht genug von mir kriegen. Dass Cameron mich so sehr begehrte, war einfach nur umwerfend.

»Ich hole dich morgen früh zum College ab.« Ich schob mir das letzte Stück Toast in den Mund. Und ehe er widersprechen konnte, fügte ich hinzu: »Und nein, biete mir nicht an, mich abzuholen. Diesmal bin ich an der Reihe. Keine Widerrede.«

»Mir gefällt es, wenn meine Frau in dieser Stimmung ist. Das ist aufregend. Möchtest du noch mehr Toast?«

Meine Frau. War ich jetzt Camerons Frau? Ein warmes Gefühl breitete sich in mir aus.

»Ich bin satt. Danke für das Frühstück.« Ich trank noch einen Schluck Kaffee, um alles herunterzuspülen. Schließlich hatte ich zwei Scheiben Toast gegessen. »Du musst ohnehin heute auf der Baustelle arbeiten und hast also zu tun.«

»Ich kann mich krankmelden. Wenn du hier bei mir bleibst, wirst du eine gute Zeit haben, das verspreche ich dir.«

Ich verdrehte die Augen. »Okay, Bigfoot, schalte mal einen Gang runter.«

»Warum kommst du nicht her und schaltest für mich runter?«

Ich kniff die Augen zusammen. »Mach das selbst.«

»Nein, du tust es.«

»Ich schalte runter, wenn du runterschaltest«, konterte ich und begab mich auf die andere Seite der Kochinsel, um außer Reichweite zu sein. Nur für alle Fälle. »Warum schaltest du nicht *jetzt* runter?«, neckte ich ihn.

Er schüttelte nur den Kopf über mich. »Los, komm her. Gib mir den Teller. Ich muss abwaschen.«

»Glaubst du wirklich, der Trick funktioniert bei mir? Ich bin schlauer und gebe dir gar nichts. Mir gefällt es ganz gut hier drüben.«

Er gab sich desinteressiert und wusch das Geschirr in der Spüle ab. Als er damit fertig war, drehte er sich um und wollte den Teller von der Kochinsel nehmen. Zu spät erkannte ich das Funkeln in seinen Augen.

Seine Hand schoss so schnell vor, dass ich einen Schrei ausstieß und zurücksprang. Leider hatte ich vergessen, wie lang seine Arme waren. Seine Finger schlossen sich um mein Handgelenk, und ich quietschte und lachte gleichzeitig, während ich mich zu befreien versuchte.

Er grinste wie ein Wolf, gab mein Handgelenk natürlich nicht frei und kam auf meine Seite.

»Hab dich«, flüsterte er mir ins Ohr, schlang die Arme um mich und küsste mich.

Wir hörten erst auf, als der Wecker klingelte.

Er setzte mich beim Hof ab, bevor irgendwer von den anderen dort war. Wir flüsterten und schlichen auf Zehenspitzen und lachten vorsichtshalber so leise wir konnten. Ich muss zugeben, es hatte etwas Spannendes, ein heimliches Liebespaar zu sein – und wir hatten ja auch etwas zu schützen.

Es gab jetzt ein *Wir.*

Obwohl ich protestierte, folgte er mir auf der Heimfahrt in seinem Pick-up. Ich konnte spüren, dass auch er sich noch nicht trennen wollte und jede Chance des Zusammenseins nutzte. Nachdem ich meinen Wagen auf dem Parkplatz der Werkstatt abgestellt hatte, gab ich Cameron noch rasch einen Kuss und scheuchte ihn danach weg.

Ich hörte den Kies hinter mir knirschen und Sehnsucht erfüllte mich, während ich ihn davonfahren sah. Er fehlte mir bereits.

Ich ging zum Haus, das hinter der Werkstatt lag, nahm den Schlüssel aus der Handtasche und schob ihn ins Schloss. Die vergangene Nacht kam mir vor wie eine Fantasie. Die baufällige Villa, das Labyrinth, das Geständnis. Cameron.

Ich hatte nach wie vor so viele Fragen, und ich wollte immer noch so vieles über ihn wissen. Mir war klar, dass ich kaum an der Oberfläche gekratzt hatte. Er sah glücklich aus, doch in seinen Augen war eine Düsternis, die er heute Morgen vor mir zu verbergen versucht hatte.

Ich zögerte und holte tief Luft. *Ich kann es nicht erwarten, ihn morgen früh wiederzusehen.* Doch zunächst hieß es: zurück in die Realität.

Ich drehte den Schlüssel im Schloss.

2. Kapitel

Kara

»Guten Morgen!«, rief ich, während ich die Haustür öffnete. Noch spürte ich den heißen, hungrigen Kuss auf den Lippen, den Cameron mir vor zwei Minuten gegeben hatte, ehe er davonfuhr.

Schon bevor ich sie sah, hörte ich meinen Dad und Dylan an der Kücheninsel frühstücken.

»Morgen, Mädchen. Wie war die Arbeit?«

Ich ließ mir Zeit, meine Sachen wegzuräumen – hängte erst die Handtasche, dann den Mantel in den Schrank, stellte die Schuhe ordentlich ins Schuhregal, legte den Schlüssel in die Schale. Meine Handflächen schwitzten. Ich wischte sie am Kleid ab und erschrak, als ich sah, wie zerknittert es war. Rasch nahm ich den Mantel wieder aus dem Schrank und zog ihn an.

»Bei der Arbeit war es gut«, rief ich.

Mir war klar, dass Dad sich nach meiner Nachtschicht erkundigte, doch technisch gesehen hatte ich gestern nur im Hof gearbeitet. Er wusste nicht, dass ich die Nacht mit Cameron verbracht hatte.

»Gut. Klasse«, fügte ich hinzu.

Ich verhielt mich ganz natürlich. Absolut. Die würden nicht merken, dass ich ihnen etwas verheimlichte. Ich konnte gut lügen. Wahrscheinlich könnte ich sogar einen Lügendetektor überlisten.

»Die Arbeit hat mir gestern Spaß gemacht.« Zum letzten Mal, nur sicherheitshalber. Mir war klar, dass sie es mir abkaufen würden.

Ich gab ihnen nicht die Gelegenheit zu weiteren Fragen und lief schnurstracks in mein Zimmer.

Warum zur Hölle bin ich dermaßen nervös?

Ich war auch vorher hin und wieder die ganze Nacht unterwegs gewesen – manchmal wegen der Arbeit oder weil ich bei Freunden war. Ich sollte mich kein bisschen schuldig fühlen, sagte ich mir, während ich mich auszog. Mir fiel auf, dass meine Haare noch ein wenig feucht waren vom Duschen bei Cameron. Ich schlüpfte in meine Jeans und zog ein Kapuzenshirt über. Mein Dad hatte mir nicht mal das mit den Blumen und Bienen erklärt. Ich redete mir gern ein, dass das einfach nicht notwendig gewesen war ... seit meiner Geburt. Nicht mal dann, als meine Familie anfing, Dates für mich zu arrangieren.

Mein Dad wusste, dass ich ein verantwortungsvoller Mensch war, und ich konnte über beinah alles mit ihm reden. Was also war diesmal anders?

Diesmal zählte es, erkannte ich, während ich mir die Zähne putzte und meine rosigen Wangen im Spiegel betrachtete. Diesmal bedeutete es sehr viel. Das war neu, daher wollte ich nicht leichtsinnig sein und mich falsch verhalten. *Was soll ich tun?*

Noch gar nichts, beschloss ich und trug Mascara und Lipgloss auf. *Kommt Zeit, kommt Rat.* Als ich wieder aus meinem Zimmer kam, brachte Dad gerade seinen Teller zur Spüle.

»Muss die Werkstatt aufmachen«, sagte er, sowie er mich sah. »Leg dich hin, Kara. Du bist sicher müde von der Arbeit. Ich habe dir Pizza aufgehoben, sie steht im Kühlschrank.«

Erneut meldeten sich die Schuldgefühle. Eigentlich hätte ich gestern Abend Pizza mit ihnen essen sollen. »Ich kann heute helfen«, bot ich an.

»Aber nicht nach der letzten Nacht.«

Ich schluckte hörbar. »Letzte Nacht?«

Bildete ich mir das nur ein, oder zuckte Dad zusammen?

»Du musst erschöpft sein von der Arbeit. Ich habe Charity gestern Abend gefragt, ob sie heute aushelfen kann.« Er wirkte abgelenkt. »Schlaf ein bisschen«, fügte er hinzu.

Moment mal ... mein Dad kannte viele Leute in der Gegend. Würde er als Bürgermeister kandidieren, würde er vermutlich die

Wahl gewinnen. Was, wenn einer seiner Freunde mich gesehen und ihm erzählt hatte, wo ich gestern Abend gewesen war?

Dies war einer der Gründe, weshalb ich nicht wollte, dass jemand von mir und Cameron wusste. Ich hatte keine Ahnung, wie ich es meinem Vater gegenüber zur Sprache bringen sollte. Ich hatte keinen Schimmer, wie er reagieren würde. Meine Familie war immer der Mittelpunkt meines Lebens gewesen, und nun … tauchte plötzlich etwas Unerwartetes auf.

Bislang hatte jeder seinen angestammten Platz in meinem Leben, wie bei einem großen Puzzle. Ich wusste genau, wer wo hingehörte. Und plötzlich war da Cameron. Groß, dreist und mit dieser enormen Ausstrahlung. Er passte zu keinem der alten Puzzleteile, und trotzdem schien das Bild ohne ihn unfertig zu sein.

Ich musste einfach nur herausfinden, wo sein Platz war. Alles würde gut werden.

Hilflos sah ich dabei zu, wie mein Dad seine Jacke und die Schlüssel nahm, sein Cap aufsetzte und die Haustür aufmachte. Am liebsten hätte ich ihn zurückgerufen. Aber was dann? Alles erzählen? Nachdem die Haustür ins Schloss gefallen war, stieß ich einen Seufzer aus.

War ich paranoid oder benahm mein Dad sich komisch? Ich schaute Dylan an. Auch er hatte nichts gesagt. Er trank seinen Saft aus und trug seinen Teller zur Spüle. Seine blonden Haare waren an der einen Seite platt, seine Wangen blass.

»Alles in Ordnung mit dir, Dyl?«

»Ja, Kar, nur müde, weißt du?«

»Ich mach den Abwasch«, bot ich an. Er war an der Reihe, aber ich fühlte mich schuldig und wollte deshalb großzügig sein. »Mach dich für die Schule fertig.«

»Wirklich?«

»Jap.«

Ich hielt den Schwamm unter den Wasserstrahl, drückte Spülmittel aus der Flasche darauf und rümpfte die Nase, da scharfer Zitronenduft die Luft erfüllte. Und erstarrte.

Am Glas war ein pinkfarbener Fleck. Ich schaute genauer hin. Es handelte sich definitiv um Lippenstift. Mein Dad hatte erzählt, er habe gestern Abend mit Charity gesprochen. Dann musste sie hier gewesen sein. Ich dachte nicht weiter darüber nach, sondern widmete mich der Arbeit. Und dachte den ganzen Tag an Cameron.

Cameron

Ich wartete am nächsten Tag auf meiner Veranda auf sie.

Es regnete wieder. Hatte es nicht auch geregnet, als sie mich das erste Mal abgeholt hatte?

Ich blickte zum Himmel hoch und schaute dem Regen zu, der jetzt dichter fiel und auf den Beton und das Gras prasselte. Ich konnte es riechen – nass, sauber und erdig. Konnte den Regen auf meinem Gesicht spüren. Wahrscheinlich wäre es besser gewesen, drinnen zu warten, aber jedes Mal, wenn ich einen Wagen vorbeifahren hörte, schlug mein Herz schneller und ich spähte aus dem Fenster.

Diese verdammten blöden Autos.

Ich war selbst blöd.

Also ging ich nach draußen, um dort auf sie zu warten. Ich kam mir vor wie ein Kind, das ungeduldig darauf wartet, sein Weihnachtsgeschenk zu öffnen.

Weihnachten. Ich schnaubte verächtlich und versank in den düsteren Gedanken.

Als wüsste ich irgendwas über Weihnachten. Als hätte ich in der Kindheit jemals Weihnachtsgeschenke bekommen. Ich konnte mich schon glücklich schätzen, wenn ich während der Feiertage allein war, wie es üblicherweise der Fall war. Mein Dad und Raven feierten Weihnachten, indem sie sich total betranken. Getrennt. Und meistens mit jemand anderem im Bett.

Früher hatte mich das nicht weiter beschäftigt – wie ich aufgewachsen war. Doch Kara brachte mich dazu, mir auszumalen, wie

Weihnachten eigentlich sein sollte. Wie es wohl für sie gewesen war. Ich stellte mir ein kleines Mädchen mit dunkelbraunen Zöpfen und schiefer Brille vor, das ins Wohnzimmer stürmte, um seine Geschenke aufzumachen. Ungeduldig, begierig, aufgeregt. Inmitten einer Familie, die sie liebte.

Und dann das Bild eines traurigen, bemitleidenswerten Jungen, der allein im leeren Wohnzimmer stand. Hungrig, einsam, wütend. Vergessen.

Etwas zog sich in meiner Brust zusammen. Mir wurde klar, wie verschieden wir waren. Und dass ich kein Recht hatte, mit ihr zusammen zu sein, weil sie etwas Besseres verdiente. Eines Tages würden diese Unterschiede uns ohnehin auseinanderbringen. Ich dachte daran, dass die Menschen, denen ich nah sein wollte, mich stets verlassen hatten, mit Ausnahme sehr weniger Leute.

Ich wollte, dass sie blieb. Wollte es so sehr.

Ich schaute auf meine Uhr: 7:59.

Verdammt noch mal, wann kommt sie?

Langsam breitete sich ein Grinsen auf meinem Gesicht aus, als ich einen Wagen dreist Gas geben hörte, dann den brummenden Motor, als dieser Wagen in meine Auffahrt einbog. Da war sie, ließ das Seitenfenster ein Stück herunter und sah lächelnd in meine Richtung.

Sämtliche dunklen Gedanken waren verschwunden.

»Guten Morgen, Bigfoot«, rief sie.

Ich sprach kein Wort. Ich konnte nicht. Ich ging zu ihrem Wagen, stieg ein und warf unsere Rucksäcke auf den Rücksitz. Und schaute Kara einfach nur an.

In ihren Augen lag ein Funkeln, das sagte: *Ich werde dich in Schwierigkeiten bringen.*

Hitzkopf, dachte ich, ich stecke längst in Schwierigkeiten.

Ihre Augen waren heute eher hellgrün als braun, wie die Blätter der Bäume im Sonnenlicht. Sie trug meinen Pullover – es war der, den ich ihr angeboten hatte, als sie mich zum ersten Mal abholte. Ich dachte daran, ihn hochzuschieben und Zentimeter für Zentimeter ihres nackten Bauchs zu entblößen. Sie zu necken, an ihrer

Haut zu saugen und pinkfarbene Knutschflecke zu hinterlassen, bis sie um mehr flehte.

Oder bis *ich* um mehr bettelte.

Die ganze Sache hatte etwas Frustrierendes. Nicht ihretwegen, ganz bestimmt nicht. Aber meinetwegen. Ich konnte mich einfach nicht darauf einlassen, sosehr ich es auch wollte. Was zur Hölle hielt mich denn auf?

»Frühstück?«, fragte ich.

»Was ist mit dir?«

»Ah, verstehe. Du willst also *mich* zum Frühstück?«, neckte ich sie.

Erst wirkte sie überrascht, dann lächelte sie. »Du bist aber leicht zu haben. Okay, spring auf einen Teller, dann verspeise ich dich.«

Ich lachte. Wow, ich hatte sie vermisst.

»Ich trage deinen Pullover.« Sie hob die Hände in die Höhe und präsentierte meinen Pullover, als handele es sich um einen Preis.

»Ich weiß«, erwiderte ich. »Steht dir gut.«

Noch besser siehst du allerdings ohne aus.

»Was hast du gestern Abend gemacht?«, erkundigte sie sich.

Sie würde vermutlich rot werden, wenn ich ihr erzählte, was ich gestern Abend gemacht hatte. Ein Bild von ihr in meinem Kopf hatte dazugehört. Und meine Hand.

Sie neigte den Kopf zur Seite. »Komm schon, verrate es mir.«

Ich würde es dir lieber zeigen.

Ich streckte eine Hand nach ihr aus, weil es unerträglich war, das nicht zu tun. Ich griff in ihre weichen Haare, atmete den Pfirsichduft ein und ließ meine Finger zu ihrem Hals gleiten. Sie schloss die Augen und bot mir ihre Lippen.

Eine Weile hielt ich sie so und verschlang sie mit meinen Blicken. Mit einem zärtlichen Kuss auf ihren Hals bereitete ich uns beiden süße Qualen, dann küsste ich mich abwärts, bis ihr Pullover mich aufhielt.

Ich wünschte, ich könnte sie auspacken wie ein Geschenk.

»Küss mich«, forderte sie mich leise auf.

Es gab nichts, was ich lieber wollte, doch in diesem Moment wurde mir klar, dass sie dieses brennende Begehren spüren sollte. Sie sollte sich nach mir verzehren, wie ich mich nach ihr verzehrte. Vielleicht würde sie mich für sehr lange begehren, wenn das Feuer, das ich in ihr entfachte, nur heftig genug loderte. Vielleicht würde sie bleiben.

Nach all den dunklen Gedanken in meinem Kopf sollte *sie* mir zeigen, wie sehr sie mich wollte. Um mich zu beruhigen und meine Dämonen zu verjagen. Das hatte ich noch nie von jemandem gebraucht oder je darum gebeten. Bei ihr sehnte ich mich zutiefst danach.

Möglicherweise war das ein Kampf, den ich nur verlieren konnte; vielleicht war es rücksichtslos von mir oder einfach falsch, allerdings hielt mich das nicht auf. Ich suchte nach einem Weg, das zu bekommen, wonach ich mich sehnte. Nur Kara konnte es mir geben. Niemand sonst. Ich wollte niemanden sonst.

»Später«, sagte ich. Meine Stimme klang heiser. Ich fragte mich, ob Kara verstanden hatte.

Sie hob die Lider. »Was?«

Ich saugte an meiner Unterlippe, drehte den Sitz tiefer und faltete die Hände hinter meinem Kopf. Dann schloss ich die Augen und zwang mich, entspannt zu wirken.

Innerlich brannte ich lichterloh.

Die ganze Fahrt zum Campus ignorierte sie mich. Sie setzte ein Pokerface auf, aber nicht sehr erfolgreich. Ihre Augen blitzten, vor Ärger, Begierde … und Erregung. Sie vibrierte praktisch. Irgendwie wusste ich, dass sie das genoss. Ich hörte förmlich, wie ihr Verstand arbeitete, während sie sich einen Racheplan für mich ausdachte.

Sie war eine Frau, die mich mit gar nichts durchkommen ließ. Das fand ich aufregend. Und es machte mir ein wenig Angst. Als ich sie das letzte Mal verärgert hatte, spritzte sie mir schlammiges Wasser ins Gesicht. Was würde sie diesmal tun?

Als sie den Wagen parkte, hatte der Regen aufgehört. Das laute Zuschlagen ihrer Fahrertür hallte auf dem Parkplatz. Sie ging voran und drehte nicht einmal den Kopf zu mir. Ich musste mir ein Grinsen verkneifen.

»Redest du nicht mit mir?«, fragte ich.

Sie lief unbeirrt weiter. Ich biss mir in die Fingerknöchel und stellte mir vor, wie ich stattdessen an ihrer Unterlippe knabberte.

»Hey, Kara!«

Sie drehte sich um.

»Hey, Lockhart«, rief sie strahlend.

Warum zum Teufel strahlte sie?

Caleb lief plötzlich neben ihr her und plapperte wie ein Wasserfall. Dann lachte sie über etwas, was er gesagt hatte.

Nie und nimmer.

Ich wusste mehr als jeder andere, dass Caleb es nicht tun würde. Ich schenkte niemandem leichtfertig mein Vertrauen, doch Caleb hatte es. Ich war nur … irritiert davon, wie unbeschwert es zwischen den beiden lief. Es lag allein an mir, aber es gefiel mir nicht, wie sie jemandem Beachtung schenkte oder mit irgendwem lachte, während sie mich ignorierte. Noch weniger mochte ich das besitzergreifende Gefühl, das mich ergriff, als ich die beiden zusammen sah. Doch es war nun mal da.

Ich blieb unvermittelt stehen und wartete darauf, dass es wieder verschwand. Tat es aber nicht.

Ich starrte auf ihre Rücken und schloss dann zu ihnen auf, drängte mich zwischen sie und stieß Caleb zur Seite.

Grinsend hob er die Hände. »Hey, Großer. Du kannst mich unmöglich übersehen haben.«

Kara lachte.

»Was hast du ihm denn in letzter Zeit zu essen gegeben, Kar?«

»*Kar*«, wiederholte ich misstrauisch.

Ich sah sie an. Sie zwinkerte Caleb zu und schenkte ihm ein süßes Lächeln.

Okay …

»Bis später, *Kar*!«

Ich wirbelte herum, um Caleb den Mittelfinger zu zeigen, aber er rannte bereits den Flur entlang und zwinkerte ihr ebenfalls zu, um es mir unter die Nase zu reiben. Die beiden schienen sich wirklich nähergekommen zu sein, während ich weg gewesen war. Beide wussten, wie sie mich auf die Palme bringen konnten.

»Reiz ihn nicht unnötig«, warnte ich sie. »Ich bringe dich zu deinem Seminar.«

»Sagt wer?«, fuhr sie mich an.

»Ich sage das. Glaubst du, er ist der einzige Spinner, der hier herumläuft?« Meine Stimme klang schroffer als beabsichtigt.

Plötzlich blieb sie mitten auf dem Gang stehen und musterte mich langsam von Kopf bis Fuß. »Du bist der Spinner.« Sie warf die Haare über die Schulter zurück. »Geh weg, Spinner. Hast du nicht irgendwelchen Spinnerkram zu tun?«

Und damit verschwand sie im Hörsaal und warf mir die Tür vor der Nase zu.

Die Vorlesung war nervig. Der Saal war voller Studenten, und ich musste mich zusammenreißen, um nicht einfach aufzustehen und rauszugehen. Ich mochte Menschenansammlungen nicht. Ganz besonders mochte ich es nicht, in einem Raum mit Leuten festzustecken, die nach kaltem Zigarettenrauch und den verschiedensten Parfums rochen und mir auf die Pelle rückten. Ich wünschte einen Tornado herbei, einen Kometeneinschlag, eine Alien-Invasion. Alles, nur das nicht.

Der Professor leierte endlos etwas über ethisches Verhalten. Ich blendete seine Stimme aus und dachte an eine Frau mit einem ziemlich frechen Mundwerk. Spinner, dachte ich und lachte leise in mich hinein.

»Was ist so lustig?«, flüsterte Caleb neben mir, der dem Professor offenbar auch nicht zuhörte. Er beugte sich vor und stützte die Ellbogen auf die Knie. Er schrieb eine Nachricht, das Handy hinter dem Sitz vor ihm versteckend.

Unwillkürlich musste ich daran denken, wie Kara über eine seiner Bemerkungen gelacht hatte.

»Dein Gesicht«, erwiderte ich.

Er tippte wie wild auf seinem Smartphone herum, ehe er mir einen Blick zuwarf. »Ich weiß. Es ist hinreißend. Danke.«

»Hi, Cam.«

Ich schaute kaum in die Richtung, aus der die Stimme des Mädchens kam, und nickte stattdessen grüßend.

Caleb seufzte und schüttelte den Kopf über mich, und als ich ihn ansah, formte er mit den Lippen lautlos die Worte »Toll, echt toll«. Dann wandte er sich dem Mädchen zu. »Hey.«

»Hey, Caleb. Hast du Zeit für einen Kaffee nach der Veranstaltung?« Diesmal schaute ich hin. Es war ein Mädchen, das auf der anderen Seite neben ihm saß. Sie flirtete, was das Zeug hielt, mit den Augen und ihrem Schmollmund. »Vielleicht kann Cam ja mitkommen.«

»Nee, geht nicht«, entgegnete ich.

»Vergiss ihn, der ist nicht zu haben«, erklärte Caleb, seine den Mädchen vorbehaltene Flirtstimme einsetzend. »Du willst also ein Date mit mir?«

Ich ignorierte die beiden.

Kara hatte sexy Augen – die sexysten von allen. Mandelförmige braune Augen, mit langen, dicken Wimpern.

Aber das war nicht alles. Es lag etwas in ihnen, das mich dazu verleitete, genauer hinzublicken. Da war etwas, was sie so gut verbarg, dass es mir beim ersten Hinsehen entgangen war. Ich dachte, ich hätte sie durchschaut – eine Frau mit ziemlichem Temperament, stark und echt im wahrsten Sinne des Wortes. Doch da war noch mehr.

Hinter all dem versteckte sich ein weiches Herz. Sie war mitfühlend und verzeihend. Das hatte ich gestern Abend erlebt. Stärke ohne Mitgefühl konnte kalt sein, allerdings war sie warm wie ein Feuer. Und kaum hatte ich in die Flammen geblickt, war es um mich geschehen. Ich wollte nie wieder wegsehen. Ich wusste, dass ich nie mehr jemanden wie sie finden würde.

Und ihre Lippen, ihr Mund. Sie waren die Sterne in meinen Träumen letzte Nacht gewesen. Ich stöhnte frustriert und sackte auf meinem Platz in mich zusammen.

Was macht sie gerade? Schenkt sie irgendwem dieses sexy Lächeln? Lacht sie über die Scherze von jemandem?

Ich hätte sie küssen sollen. Was habe ich mir bloß gedacht?

»Immer noch schlecht gelaunt?« Caleb musterte mich prüfend, den Kopf zur Seite geneigt. »Die Vorlesung ist vorbei, aber du bist nach wie vor mies drauf.«

»Schnauze«, stieß ich hervor.

»Warum ist der so übel drauf?« Levi ließ sich auf den jetzt freien Platz neben mir fallen. »Was machst'n, Caleb, Kumpel?«

Caleb kratzte sich den Bauch, stand auf und schob sein Handy in die Gesäßtasche. Es vibrierte nonstop. »Ich wette, der hat seine Regel.«

»Ich hab ein Tampon da. Sag Bescheid, wenn du es willst.«

Ich lachte gutmütig. »Verpisst euch, alle beide.«

»Es spricht«, murmelte Caleb.

Er schnappte sich meinen Rucksack vom Fußboden, öffnete die kleine vordere Tasche und nahm einen Lolli von meinem Vorrat heraus.

»Habe ich dir gestattet, dir meinen Lolli zu nehmen?«, fragte ich, weil ich gemein sein wollte.

»Leck mich.«

Levi klopfte mir mit der Faust auf die Schulter und stand auf. »Beruhigt euch. Lasst uns was essen gehen, ich habe Kohldampf.«

»Hab vorher noch was zu erledigen.« Ich stand ebenfalls auf und nahm meinen Rucksack. »Wir sehen uns später im Hörsaal.«

»Wohin willst du, Cam?«

»Zu meiner Obsession.«

Ich ging.

Bis zu meiner nächsten Vorlesung hatte ich eine Stunde Zeit. Normalerweise hielt ich mich im Pausenraum beim Team auf, in der Cafeteria mit Caleb und Levi oder in meinem Pick-up, wenn ich meine Ruhe haben wollte. Jetzt aber wollte ich auf sie warten und sie wenigstens für ein paar Minuten nach der Veranstaltung sehen, um sie zur nächsten zu begleiten.

Ich kannte ihren Stundenplan auswendig. Heute war ihr Hörsaal im Gebäude D. Die Vorlesung dauerte noch vierzig Minuten.

Zu meiner Erleichterung war der Hauptgang fast leer, und ich machte es mir auf einer der Bänke bequem. Hier würde ich auf sie warten. Nach einigen Minuten setzte sich ein Mädchen neben mich. Ich roch ihr starkes Parfum – verwelkte Trauerblumen. Lilafarbene. Ich war weg, noch ehe ihr Hintern den Sitz berührte.

Mist. Wohin jetzt?

Die Hörsäle befanden sich in einem Anbau, der vom Hauptgang abzweigte. Vermutlich, weil es dort stiller war während der Veranstaltungen. Ich war mir sicher, dass der Raum neben Karas nicht vor elf belegt war. Dort fand meine nächste Vorlesung statt, daher ging ich in die Richtung. Ich zog mein Handy aus der Tasche und drehte es in der Hand. Ob sie geschrieben hatte?

Nein, natürlich nicht, verdammt, dachte ich und blieb stehen, während ich durch die Liste der eingegangenen Textnachrichten scrollte. Nichts von ihr. Ich rieb mir das Gesicht und fühlte die Stoppeln an meinen Wangen. Ich schickte ihr einen Text.

Ich werde auf dich in dem Hörsaal neben deinem warten. Lauf nicht weg.

Den letzten Satz löschte ich wieder. Sie würde genau das tun, um mich zu ärgern.

Ich betrachtete mein Smartphone und wartete auf die Lesebestätigung. Die kam. Ich saugte an meiner Unterlippe, während ich auf ihre Antwort wartete.

Nichts.

Frustriert fuhr ich mir erneut mit der Hand übers Gesicht, wollte weitergehen und hielt verblüfft inne.

»Hi, Spinner.«

Ich musste grinsen. Mein Hitzkopf. »Du redest wieder mit mir?«

»Kommt drauf an.«

»Worauf?«

Mit dem Daumen zeigte sie zu dem Hörsaal, in dem ich auf sie warten wollte. Ihre Miene lieferte mir keinen Hinweis darauf, was sie dachte. Ich zog verwirrt die Brauen zusammen. Wollte sie mich wegen heute Morgen ärgern? Diesmal würde ich sie um den Verstand küssen. Seufzend folgte ich ihr hinein.

Dunkelheit umfing uns, kaum dass die Tür sich hinter uns geschlossen hatte. Das einzige Licht kam vom Projektor an der Decke, den man offenbar nach der letzten Vorlesung auszuschalten vergessen hatte. Es handelte sich um ein kurzes Video vom Universum in einer Endlosschleife. Bunte Farben und Schatten bewegten sich träge durch den Raum. Für einen Moment vergaß ich, dass wir uns auf dem Campus befanden. Nur wir zwei waren hier, und ich konnte alles mit ihr tun, was ich wollte. Und sie konnte alles mit mir tun, was sie wollte.

In der Dunkelheit sah sie aus wie eine magische Nymphe. Sterne glitten über ihr Gesicht, Planeten tanzten auf ihren Brüsten, Galaxien flossen über ihre Beine. Ihr langes dunkles Haar fiel ihr, einem Wasserfall gleich, über Schultern und Rücken. Mir stockte der Atem. Sie war einfach unwiderstehlich. Die reinste Verführerin.

»Was machen wir hier, Kara?«

Wow, klang meine Stimme belegt.

Plötzlich wirkte sie nervös. Sie wollte zurückweichen, doch ich schlang den Arm um sie, direkt oberhalb ihres Pos. Ich hörte sie scharf die Luft einatmen, dann leise stöhnen, als ich sie fester an mich drückte und ihre kleinen Brüste gegen meinen Oberkörper gepresst wurden. Sie fühlte sich unglaublich an.

»Verrate es mir.«

Ich umfasste ihre Handgelenke und legte ihre Hände auf meine Brust. Das schien ihr zu gefallen, denn sie ließ ihre Finger über meine Schultern gleiten, drückte meinen Bizeps, meine Unterarme, strich mir dann wieder über die Brust. Ganz zärtlich küsste sie meinen Hals und leckte über meine Haut; als sie mich stöhnen hörte, strich sie erneut mit der Zunge über die Stelle. Prompt wurde ich steinhart.

»Gefällt dir das?«, flüsterte sie.

Meine Finger gruben sich tiefer in ihre Hüften, und ich musste mich beherrschen, um sie nicht gegen die Wand zu drücken, ihr den

Slip herunterzureißen und sie um den Verstand zu vögeln. Ich begehrte sie, wie ich nie zuvor jemanden begehrt hatte.

»Ja.« Ich konnte kaum atmen. »Das gefällt mir.«

Hitze strömte durch meine Adern, da sie den Saum meines Pullovers erreichte und ihre Daumen meinen Hosenbund berührten. Laut atmete ich ein.

Sie hielt inne und schaute mich mit ihren großen braunen Augen an, nervös, unsicher, erregt. Für sie war das alles neu, doch das schien keine Rolle zu spielen. Sie hatte mich verzaubert, und ich war zu gern ihr Gefangener.

»Was hast du vor, Hitzkopf?«

Geschickt ließ sie die Hände unter meinen Pullover wandern, ihre Handflächen lagen auf meinem Bauch. Wir keuchten beide auf angesichts des elektrisierenden Kontakts. Ich schob das Becken vor und wünschte, sie würde die Hände weiter hinunterschieben und mich durch meine Jeans hindurch massieren.

»Zeig mir mehr«, flüsterte ich.

Ich schlang die Arme um sie, und meine Finger suchten die zarte Haut oberhalb ihres Pos. Sie bog den Rücken durch, um mir stumm zu verstehen zu geben, dass sie mehr wollte. Ich rieb mein Becken an ihrem, damit sie fühlte, wie hart ich war. Ich ließ meine Hände aufwärtsgleiten und spielte mit ihrem BH-Verschluss.

Sie gab einen leisen, lustvollen Laut von sich, umfasste jedoch meinen Bizeps und drückte meine Arme herunter. Ihre Augen verrieten mir, was ihr Mund verschwieg.

Ich stieß einen heiseren Ton aus, als ich begriff, was sie wollte. Kontrolle. Ich war mir nicht sicher, ob ich ihr die komplett überlassen konnte. Ich liebte es, die Kontrolle zu haben – und wie ich es liebte.

Aber Kara war mir wichtiger.

»Was willst du?« Meine Stimme klang heiser.

Statt mir zu antworten, lehnte sie sich an mich. In der Dunkelheit roch ich den schwachen Pfirsichduft ihrer Haare, hörte ihre kurzen, raschen Atemzüge, fühlte die Wärme ihres Körpers.

»Ich werde es dir geben. Du musst nur darum bitten.«

Am liebsten wäre ich auf die Knie gesunken und hätte ihre Beine gespreizt, um ihr zu zeigen, wie das war. Ich wollte, dass sie die überwältigende Lust verspürte, die ich ihr mit meinen Lippen bereiten konnte. Mit meinen Zähnen. Meiner Zunge. Meinen Fingern. Ich wollte sie schreien hören, wollte, dass sie ihre Finger in meine Kopfhaut krallte, und ich wollte den Druck ihrer Oberschenkel an meinen Schultern fühlen.

»Kara.«

Ihr Mund war dicht vor meinen Lippen, doch sie wich zurück, als ich sie zu küssen versuchte. Ich betrachtete ihren Mund. Und dachte an all die Dinge, die ich damit tun wollte.

»Nein, nein.« Sie schüttelte den Kopf.

Hatte ich jemals jemanden so sehr begehrt? Wollte ich das überhaupt? Niemals. Bis Kara kam.

Ich schloss die Augen, da sie ihre Hände erneut auf meinen Bauch legte, näher kam und ihre Lippen ganz dicht an meinem Ohr waren. Ich erschauerte, als ich ihren warmen Atem spürte.

»Später«, murmelte sie und löste sich von mir.

Ich stand mit offenem Mund da. Benommen beobachtete ich, wie sie die Tür aufmachte, mir einen letzten Blick und ein Lächeln zuwarf – dieses wissende Lächeln, das eine Frau einem Mann schenkte, wenn sie die Fäden in der Hand hielt – und die Tür zumachte.

3. Kapitel

Kara

Meine Hände zitterten, und ich musste mich mit aller Kraft zusammenreißen, um nicht aus dem dunklen Hörsaal zu rennen. Ich konnte spüren, wie Cameron mir mit seinen blauen Augen hinterherschaute, und als ich über die Schulter zu ihm hinsah, musste ich grinsen.

Es war natürlich ein provozierendes Siegerinnengrinsen.

Die Tür fiel automatisch hinter mir zu, und ich lehnte mich dagegen und schloss die Augen. Ich brauchte einen Moment, bis ich begriff, dass das Donnern in meinen Ohren von meinem wild hämmernden Herzen stammte.

»*Ja*«, hatte er in dieser sexy rauen Stimme erwidert, die fast wie ein Knurren klang. »*Das gefällt mir.*«

Ja, dachte ich, mir gefällt es auch. Ich konnte noch den tiefen sexy Laut hören, als ich seine Haut leckte. Er schmeckte nach sündigen Dingen und heißen Fantasien. Nach sexy Bauchmuskeln.

Ich kicherte.

Wow, Mädchen, hast du gerade gekichert?

Ich atmete tief durch und stieß mich von der Tür ab, bevor er sich erholen und mich wieder zu sich in den Raum ziehen würde. Auf wackligen Beinen ging ich in meine Vorlesung. Ich wusste, er würde das, was in dem Hörsaal passiert war, als Herausforderung betrachten.

Das war es auch.

Eine Herausforderung, eine Strafe, ein Experiment. Unter anderem. Wenn er glaubte, er würde damit durchkommen, mir Küsse vorzuenthalten, hatte er sich getäuscht.

Eine boshafte kleine Stimme in mir verlangte, dass ich es ihm mit seinen eigenen Waffen heimzahlte. In diesem dunklen Raum, in dem er mich aufreizend berührt und ich seine Erektion gespürt hatte. In dem ich meine Augen geschlossen und mich der rauen Liebkosung seiner Finger hingegeben hatte. *Fast* hingegeben.

Es lag etwas verboten Aufregendes darin, sich an einem Ort aufzuhalten, an dem wir eigentlich nicht sein sollten, etwas zu tun, das wir eigentlich nicht tun sollten, und wo wir jederzeit erwischt werden konnten. Es war ziemlich wild und … heiß.

Ich verspürte eine plötzliche Enge in der Brust, und meine Haut fühlte sich zu warm an. Ich war wie berauscht von ihm. Und von der Macht, die ich über ihn besaß, was er mir gerade erst klargemacht hatte. Er zeigte mir Dinge, die mir zuvor völlig unbekannt gewesen waren – und die ich weiter erkunden wollte.

Köpfe drehten sich in meine Richtung, sowie ich die Tür zum Hörsaal öffnete. *Ja, ich bin's, Dora, the Explorer, endlich erwachsen*, wollte ich rufen. Ich schwang meinen Hintern auf den Sitz.

Der schockierte Ausdruck auf Camerons Gesicht, als ich plötzlich einfach wegging, brachte mich nachträglich zum Lachen. Ich hielt mir den Mund zu, konnte aber ein weiteres Kichern nicht zurückhalten. Der Typ neben mir warf mir einen besorgten Blick zu.

»Keine Sorge. Ich glaube, ich habe meine Pillen heute genommen«, sagte ich. »Ich schwöre.« Dazu grinste ich irre, um ihm ein bisschen Angst einzujagen. Er rückte so weit wie möglich von mir ab.

Ich zuckte zusammen, da mein Handy vibrierte. Meine Atmung beschleunigte sich, während ich es aus der Tasche zog. Ich schloss die Augen, fuhr mit dem Daumen über das Display und atmete tief durch, bevor ich einen Blick auf die eingegangenen Nachrichten warf.

Cameron: *Später*

Heute würde es kein *Später* geben.

Wenn es um sexuelle Erfahrung ging, konnte man mich mit einem Kleinwagen vergleichen und Cameron mit einem NASA-Raumschiff, daher war mir schon klar, dass ich verlieren würde, wenn ich diesmal auf Konfrontationskurs ging.

Kleinwagen? Wohl eher ein Fahrrad.

Wie dem auch sei. Ich wollte es nur mal bildlich miteinander vergleichen.

Und um was genau ging es dabei?

Mein Hirn schmerzte. Es hatte seine maximale Kapazität für heute erreicht. Mehr wollte ich nicht analysieren.

Es würde mich zehntausend Jahre kosten, um aus Cameron schlau zu werden. Da hätte ich größere Chancen, der Welt größtes Rätsel zu lösen (was gab es zuerst? Huhn oder Ei?), bevor ich dahinterkäme, was Cameron dachte.

Ich wusste nur, dass er seit meinem Alarmsignal absolut hinreißend war. Ich brauchte einen Plan, damit ich mich vor ihm in Sicherheit bringen konnte, bevor er seine Kräfte ausspielte, und ich … echt, ich hatte keine Ahnung, wie ich reagieren würde.

Weise Königinnen wussten genau, wann der richtige Zeitpunkt für einen Angriff war, wann sie sich schützen mussten und wann Rückzug die klügste Option war, um sich einen neuen Plan zurechtzulegen. Deshalb war ich auf der Suche nach Lockhart.

Der war meine Geheimwaffe.

Der Himmel sah düster aus, doch der Regen fiel zögerlich und sanft. Ich hörte das leise Prasseln gegen die Fensterfronten des Colleges sowie das Pfeifen des Windes draußen, während ich zum Aufenthaltsraum ging, wo ich Lockhart finden würde. Noch ein paar Wochen, dann würde es anfangen zu schneien.

Meine Schritte wurden langsamer, als ich den Signalton einer eingehenden Nachricht auf meinem Handy hörte.

T: *Ey.*

Ich grinste, als ich Talas Nachricht las. Vielleicht hatte sie eine Antwort.

K: *Was war zuerst da? Huhn oder Ei?*

T: *Is mir egal, Hauptsache, gebraten.*

Ich schnaubte. Ich wusste, dass sie das sagen würde. Ich sollte es nicht tun, aber ich lief textend über den Flur, alle paar Sekunden aufschauend, um nicht in einen Schacht oder die Treppe hinunterzustürzen.

K: *Willst du eine heiße Story hören? Level 100 und mit sexy Körperteilen?*

T: *Klaro! Ich teleportiere mich zu deinem Standort. Wo bist du? Muss dir auch was erzählen!*

K: *Unterwegs zum Aufenthaltsraum*

Ich wollte noch mehr schreiben nach dieser Antwort, aber da entdeckte ich Caleb Lockhart, der mit seinen Teamkameraden Billard im Aufenthaltsbereich spielte. Cameron müsste jetzt eigentlich in seinem Seminar sein, allerdings war er ein Weltklasseschwänzer, daher hielt ich vorsichtshalber Ausschau nach ihm und seufzte erleichtert, da ich ihn nirgends sehen konnte.

Wo Caleb Lockhart war, folgten die Mädchen. Sie versammelten sich um ihn, und diejenigen, die das nicht taten, warfen ihm zumindest heimliche Blicke zu. Sie erinnerten mich an Affen, die ich einmal in einem Zeichentrickfilm gesehen hatte. Die drehten durch, sobald der Tierpfleger mit einem Eimer voll Bananen auftauchte. Tja, diese Mädchen waren allerdings alle auf dieselbe Banane scharf.

Calebs Banane.

Verdammt, ich wünschte, Tala wäre hier, um mit ihr über diesen Witz zu lachen. Wahrscheinlich würde sie etwas über die Größe und Farbe der Banane sagen, und dass sie auch eine wolle und daher diese Mädchen verstehen könne.

Schließlich war Caleb Lockhart sexy wie die Sünde. Er besaß die selbstbewusste, charmante Ausstrahlung eines Playboys. Doch er hatte auch etwas Wildes an sich, eine gewisse Unbezähmbarkeit, Unerreichbarkeit. Genau das machte ihn für viele Frauen so unwiderstehlich.

Es gab noch einen anderen Typen, der unbezähmbar war, allerdings aus anderen Gründen. Wenn Caleb das süßeste und freundlichste Tier im Zoo war, eins, das man auch mal streicheln konnte, war Cameron das majestätischste, allerdings auch das gefährlichste, eins, das man ganz bestimmt nicht anfassen durfte. Er war das Tier, das man fasziniert betrachtete und unbedingt streicheln wollte, bei dem man sich aber gleichzeitig vor den Konsequenzen fürchtete. Weil man genau wusste, dass es einen beißen würde.

Sein Pech, dass ich jemand bin, der zurückbeißt.

Ich beobachtete, wie Caleb sich über den Billardtisch beugte, die grünen Augen fest auf sein Ziel gerichtet, und wie sich sein Bizeps bei dem folgenden Stoß kurz anspannte. Prompt hörte ich einen Chor von Seufzern aus der Gruppe der Mädchen in seiner Nähe. Er schien nichts davon zu bemerken.

»Hey, Lockhart.«

Er schaute auf, etwas gereizt wegen der Störung, doch als er mich erkannte, hellte seine Miene sich auf.

»Hey, *Kar.*«

Ich prustete los, weil mir klar war, dass wir beide daran denken mussten, was heute Morgen passiert war, als Caleb mich so genannt hatte. Er rieb es Cameron unter die Nase und genoss es, und wir wussten beide, dass ich mitspielen würde. Vielleicht wollte er sich für den Schmerz rächen, den Cameron uns beiden verursacht hatte. Zwar hatte Caleb damals nichts gesagt, allerdings merkte ich ihm trotzdem an, dass er sich große Sorgen um Cameron machte.

Cameron war für mehrere Wochen verschwunden gewesen, und in diesen Wochen hatte sich zwischen mir und Caleb eine Freundschaft entwickelt. Er war Camerons bester Freund – der einzige Freund, den Cameron an sich heranließ. Inzwischen verstand ich, warum. Caleb war absolut loyal, und Cameron bedeutete ihm wirklich etwas.

»Kann ich dich ganz kurz sprechen?«, fragte ich, wobei ich auf den Flur zeigte.

»Klar.« Er gab seinem Freund den Queue und entschuldigte sich.

Ich hätte ihm gleich hier erklärt, was ich wollte, doch die äußerst neugierigen Blicke von allen Seiten ließen keinerlei Privatsphäre zu. Wie hielt er das bloß aus? Es war wie eine Reality-Show, bei der ständig alle Blicke wie Kameras auf ihn gerichtet waren und jeden verdammten Atemzug verfolgten. Was, wenn er mal furzen musste?

Er gab sich, als wäre das ein ganz gewöhnlicher Tag für ihn, was wahrscheinlich auch zutraf. Ihn störte weder die Aufmerksamkeit noch die Bewunderung. Die Leute bemerkten ihn einfach überall, wohin er auch ging. Ich kannte einige Leute wie ihn. Da ich mit einem sehr gut aussehenden Kindheitsfreund aufgewachsen war – *hallo, Damon* –, kannte ich bereits diese verwirrten, vernichtenden Blicke, die ich auch jetzt wieder abkriegte.

In den Augen dieser Mädchen war ich völlig unscheinbar. Fad und langweilig. Als gebe es ein ungeschriebenes Gesetz, dass schöne Menschen nur mit anderen schönen Menschen zusammen sein sollten.

»Du musst mir einen Gefallen tun«, begann ich, sobald wir den Aufenthaltsraum verlassen hatten. Seine Fangemeinde durchbohrte mich weiter mit Blicken, die Stahl hätten schmelzen können. Ich schob meine Brille mit dem ausgestreckten Mittelfinger hoch.

»Ich hoffe, der gilt nicht mir.« Er tippte sich mit dem Finger auf den Nasenrücken, und in seinen grünen Augen lag ein amüsierter Ausdruck. Möglicherweise war er aufmerksamer, als ich ihm zugetraut hatte. »Soll ich eine Leiche verstecken oder hat es mit Exorzismus zu tun?«

Cameron hatte einmal beiläufig erwähnt, dass Caleb auf Horrorfilme stand, sie sich allerdings nicht gern allein anschaute. Manchmal, wenn Cameron eine Wette verloren hatte, musste er sich mit Caleb so einen Streifen reinziehen.

»Wenn du mir hilfst, bringe ich Cam dazu, mit dir einen Horrorfilm zu gucken.«

Ein Grübchen erschien auf seiner Wange. »Ich bin bereit, Käpt'n.«

»Ich habe mich gefragt« – ich nagte an meiner Unterlippe – »ob du Cam nach dem Training mitnehmen kannst.«

Nein, ich lief nicht weg. Ich verschob alles nur ein wenig. Und quälte Bigfoot dabei ein bisschen.

»Ich wusste es.« Er grinste. »Du chauffierst ihn wieder.«

Das anzügliche Funkeln in seinen Augen weckte in mir den Wunsch, sein Gesicht zu zerquetschen. »Na ja, sein Motorrad ist noch immer in der Werkstatt«, erwiderte ich ausweichend. Tatsächlich war das Ersatzteil, das Dylan bestellt hatte, früher als erwartet angekommen, und diesmal handelte es sich auch um das richtige.

Caleb wackelte mit den Brauen und musterte mich neugierig. Er sah aus wie ein kleiner Junge, der an Süßigkeiten zu gelangen versuchte. »Wo musst du denn hin, dass du ihn nicht fahren kannst?«

»Ich werde in einem geheimen Bunker sein und planen, die Weltherrschaft an mich zu reißen«, entgegnete ich.

Eigentlich hatte ich mit einem Lacher von ihm gerechnet, doch stattdessen lehnte er sich an die Wand und verschränkte die Arme. »Läufst du weg?«, fragte er.

Das Lachen war aus seinen Augen verschwunden. Er wurde für einen Moment still und neigte den Kopf zur Seite, während er mich durchdringend anschaute.

Ein ernsthafter Caleb war selten. Wenn ich ihn sah, lachte er so gut wie immer oder grinste oder scherzte. Diesmal nicht. Das war beunruhigend. Seine Augen hatten ein geradezu einschüchterndes Grün angenommen, und ich konnte die Intensität seines Blicks praktisch körperlich spüren.

»Cam ist ein Experte darin, sich nichts anmerken zu lassen. Er lässt selten etwas an sich heran. Du bist eine Ausnahme«, erklärte er. »Dich lässt er an sich heran. Glaubst du nicht, das sagt eine Menge?«

Seine Worte schnürten mir die Kehle zu. »Ich glaube …«

»Hey, Caleb! Du kommst doch zur Party heute Abend, oder?«

Ich entfernte mich ein Stück, damit er sich ungestört seinen Fans widmen konnte. Das gab mir die Gelegenheit, in Ruhe nachzudenken. Cameron behauptete von sich, dass er keine Freundschaften pflegte. Caleb war sein einziger Freund. Solche Worte von jemandem zu hören, der Cameron wichtig war … löste etwas in mir aus.

Mein Handy vibrierte. Es war Tala, die mir mitteilte, dass sie mich gleich im Aufenthaltsraum treffen würde, ich sollte mich da gefälligst nicht wegrühren. Als Caleb sein Fan-Meeting beendet hatte, war der ernste Moment zwischen uns vorbei. Ich beschloss, die Stimmung aufzuhellen.

»Hat dein Schwanz eigentlich jemals Pause?«, fragte ich halb scherzhaft, auf die Mädchen deutend, die gerade gegangen waren.

Er sah aus, als ob ihm eine Antwort auf der Zunge lag, doch dann beließ er es bei einem schiefen Grinsen.

Ich ließ nicht locker. »Und wenn er mal Pause hat, dann höchstens eine Stunde pro Tag, oder?«

Er warf den Kopf zurück und lachte. »Das ist technisch nicht möglich. Dann wäre ich ja ein Schwanz mit einem Gehirn dran.«

»Oder ein Schwanz mit einem …«

»*Kara.*«

Erschrocken drehte ich mich um.

Zuerst traf mein Blick auf ein gemeißeltes Kinn, einen männlichen Mund, der wie gemacht war für schmutzige Worte, und dann auf Augen, so blau und durchdringend, dass mir der Atem stockte.

Shit. *Cameron ist verdammt schön.*

Er sah gelassen aus, doch seine Augen verrieten ihn. In ihnen flackerte sein aufbrausendes Temperament auf. Er kam auf mich zu, und mein Herz klopfte wild. Sein plötzliches Auftauchen erinnerte mich daran, was wir vor Kurzem erst im dunklen Hörsaal getan hatten.

Das Wort Privatsphäre mochte keine große Bedeutung für ihn haben, doch ich wäre ihm dankbar gewesen, wenn er ein wenig auf Abstand gegangen wäre. Allerdings machte er nicht den Eindruck, als wäre er offen dafür, irgendwem einen Gefallen zu tun. Er wirkte wie ein Krieger, der alles umhauen würde, was ihm in den Weg kam.

Er sagte kein Wort. Musste er auch nicht. Langsam ging sein Blick zu Caleb.

Grinsend hob Caleb die Hände. »Bin schon weg«, verkündete er, formte mit den Lippen lautlos die Worte »Tut mir leid«, zwinkerte mir zu und verschwand.

Dann richtete Cameron den Blick wieder auf mich. Er war so nah, dass ich den Hals strecken musste, um zu ihm aufzusehen. Seine Miene verhärtete sich, seine Wangenknochen zeichneten sich markant ab. Jetzt sah er wütend aus. Was sagte das über mich, wenn mich das erregte?

Sanft, aber bestimmt schlossen sich seine Finger um mein Handgelenk. Sein Griff signalisierte mir sehr deutlich, dass ich der Situation nicht ausweichen konnte. »Komm«, sagte er, es klang eher wie ein Knurren, und marschierte zielstrebig den Flur entlang.

»Komm? Soll ich vielleicht auch noch bellen?«

Er ignorierte mich.

»Wenn du glaubst, dass das jetzt *später* ist, wirst du ein böses Erwachen erleben«, erklärte ich seinem Hinterkopf. »Du kriegst jedenfalls nicht, was du willst.«

»Du hast doch gar keine Ahnung, was ich will.«

»Ach nein?«, erwiderte ich sarkastisch und schaute mich um. Ich wusste nicht mehr, wo im Gebäude wir uns befanden. Er bog immer wieder ab, stieg eine Treppe hinunter, dann die nächste, bis wir uns in einem dunklen, verlassenen Flur befanden. Dort roch es nach Staub und Wachs wie in einem Vorratsraum, der seit einer ganzen Weile nicht mehr benutzt worden war. »Warum erklärst du es mir dann nicht, statt mich rätseln zu lassen?«

Er blieb so unvermittelt stehen, dass ich fast gegen diese Wand aus harten Muskeln geprallt wäre. Für einen Moment stand er nur da, als überlege er, was er tun solle. Dann schaute er mich über die Schulter an.

Jedes Mal, wenn er mir auf diese Weise nah war und seine ganze Aufmerksamkeit mir galt, fühlte ich mich wie am Rand einer

Klippe. Doch statt sicheren Boden zu suchen, überkam mich der verrückte Drang zu springen. Mein armes Gehirn versuchte verzweifelt, zusammenhängende Gedanken zu produzieren und Überlebensstrategien zu entwickeln. Wegschauen und zurückweichen schien die rascheste Lösung zu sein.

Ich zog genau das in Erwägung und haderte mit mir, ob mich das wie einen Feigling wirken lassen würde und ob es nicht besser wäre, es bleiben zu lassen, als er seinen Griff um mein Handgelenk lockerte. Sofort reagierte mein Körper ohne mein Einverständnis, und wie von selbst bewegten meine Füße sich rückwärts und weg von ihm.

»Du magst keine Rätsel«, sagte er mit leiser, bedrohlicher Stimme.

Ich war wie gebannt. Es war, als würde man die Sonne explodieren sehen – ich konnte mich nicht abwenden.

»Weißt du, was du in dem Hörsaal mit mir gemacht hast?«, fuhr er fort. »Du hast mich wahnsinnig gemacht, als du gingst. Weil ich dich vögeln wollte. Ist es das, was dir gefällt?«

Meine Lippen fühlten sich trocken an. Ich fuhr mit der Zunge darüber. Sein Blick fiel ganz automatisch darauf.

»Verrate es mir«, forderte er mich ruhig auf. »Amüsierst du dich?«

Mein Herz fing an zu hämmern.

Er trat noch einen Schritt auf mich zu, bedrohlich und unleugbar faszinierend. Sein Daumen streichelte die Seite meines Halses. »Weißt du, was ich will?« Sein Gesicht kam näher, bis unser Atem sich mischte und unsere Nasen sich beinah berührten. Aus dieser Entfernung hatte ich ihm nichts entgegenzusetzen. »Was ich mit dir tun will?«

Ich schüttelte den Kopf, was nicht richtig funktionierte mit seiner Hand, die mich am Hals berührte. Seine Augen waren wie blaues Feuer.

»Frag mich, Kara.«

Ich schluckte hart. *Da ist er.* Der Meisterverführer, eine feurige Spur hinterlassend.

Aber ich bin ein Phönix.

Er konnte alles niederbrennen, und ich würde in seinem Feuer baden.

»Was willst du mit mir machen, Cameron?«, fragte ich mit rauer Stimme, fühlte mich jedoch selbstbewusster als im Hörsaal. Inzwischen kannte ich meine Wirkung auf ihn. Meine Fingerspitzen kribbelten.

Er ließ seine Hand in meinen Nacken gleiten und drückte leicht zu. Seine Lippen waren plötzlich ganz dicht an meinem Ohr. »Möchtest du, dass ich es dir zeige?«

Ich erschauerte.

»Sag, dass du bereit bist, Kara.«

»Was geschieht, wenn ich es bin?«, hauchte ich.

Es fühlte sich an, als würde ich in seiner Verführungskunst langsam ertrinken.

»Sag die Worte«, raunte er. »Dann wirst du es herausfinden.«

Seine tiefe Stimme klang so herausfordernd, dass ich die Augen schloss und weiche Knie bekam. Er stellte eine gefährliche Versuchung dar, der ich nicht widerstehen wollte.

Schritte bewegten sich auf uns zu und beendeten den Moment.

»Verdammt«, stieß er hervor. »Verschwinden wir.«

»Kar!«

Ich erstarrte. Langsam drehte ich mich um. Meine beste Freundin Tala stand breit grinsend vor uns.

Heute gab es in der Mensa Käsefritten.

Ich biss mir auf die Innenseite meiner Wange, als ich die länger werdende Schlange sah, und überlegte, ob ich vom Tisch aufstehen und mich schon anstellen oder lieber noch warten sollte. Das war eine sehr wichtige Frage.

Ich richtete den Blick wieder auf den Tisch. Tala, klein, auf attraktive Weise rundlich und hübsch, saß vor mir und hielt den Blick nervös auf ihren Schoß gerichtet, als bete sie im Stillen, Gott möge sie vor Sünden bewahren. Cameron, stark und hoch wie ein Mammutbaum und grüblerisch wirkend, war unterwegs, um uns etwas zu trinken zu holen. Der äußerliche Kontrast zwischen den beiden war komisch und hinreißend.

Vielleicht hätte ich Cameron bitten sollen, mir Käsefritten zum Drink mitzubringen. Ich dachte gerade darüber nach, als mein Handy eine eingehende Textnachricht signalisierte. Es war Tala.

T: *Du kriegst keine Käsefritten!*

Ich verdrehte die Augen und lachte leise. Sie kannte mich so gut. Plötzlich bombardierte eine ganze Serie von Textnachrichten mein Handy.

T: *OHMEINGOTT!!! Du hast nicht erwähnt, dass Mr. Kompliziert und Mysteriös Cameron St. Laurent ist! WAS IST LOS MIT DIR? WER BIN ICH FÜR DICH? ICH GAB DIR ALLES, UND DAS IST DER DANK?*

T: *Aber er ist so HEISS! Ich billige es.*

Sie fügte eine Menge Emojis an: Herzaugen, Schreien, Schweiß, Auberginen. Viele Auberginen.

T: *Tut mir leid, dass ich dich vorhin schwanzgeblockt habe. Ich hatte gesehen, wie du von diesem Hottie in den Vorführraum gezogen wurdest, und bin euch gefolgt. Aber jetzt MUSS ich die Wahrheit hören. SCHAU MICH AN! ICH MUSS DIE WAHRHEIT IN DEINEN AUGEN SEHEN!*

Ich blickte auf und stellte fest, dass Tala mich mit diesem süßen unschuldigen Gesichtsausdruck ansah – ein absoluter Kontrast zu ihren Textnachrichten. Beinah scheu schaute sie ganz kurz zu Cameron, der hinter mir am Getränkeautomaten stand. Dann schaute sie wieder zu mir und formte lautlos mit den Lippen die Worte: *Ihn da hast du gevögelt?*

Ich musste mir auf die Unterlippe beißen, um nicht zu lachen, und zuckte vage mit den Schultern, wobei ich grinste. Talas Kinnlade klappte herunter, dann, als finge ihr Hirn wieder an zu arbeiten, grinste sie zurück und formte mit den Lippen die Worte *Verstehe, Mädchen.*

Ich lachte. Wir wussten beide, dass ich nur Spaß machte. Sie hätte es längst gewusst, wenn ich *ihn da gevögelt* hätte. Tala nahm in meiner Gegenwart kein Blatt vor den Mund, war in Gesellschaft anderer aber eher schüchtern. Sie brauchte eine Weile, bis sie mit anderen warm wurde, und das war bei Cameron nicht anders.

Nachdem sie ihn eben kennengelernt hatte, war sie unfähig, eine normale Unterhaltung zu führen, und gab mir nur einsilbige Antworten. »Du hast deine Pillen heute nicht genommen, die dir eine Teilnahme am sozialen Leben ermöglichen, oder?«, neckte ich sie.

»Ich hab sie für dich aufgehoben, du brauchst sie dringender«, konterte sie flüsternd.

Ehe ich etwas erwidern konnte, hörte ich Camerons leises Lachen. Er setzte sich neben mich und stieß dabei sacht gegen meine Schulter. Sein dunkles Haar war so seidig und wundervoll und überall. Ich verspürte das heftige Bedürfnis, mit meinen Händen hindurchzufahren. Er warf mir einen Blick zu, ein kleines Lächeln auf den Lippen, als wüsste er, was ich denke. Er stellte eine Dose Ginger Ale vor mich und vor Tala eine Dose Cola, um die sie gebeten hatte.

»D-danke«, sagte Tala leise wie eine Maus.

Cameron musste bemerkt haben, wie nervös sie war, denn er lächelte ihr freundlich zu. »Jederzeit.«

Tala errötete. Ich musste grinsen. »Er und Lockhart sind beste Freunde, Tal.«

Die Geschwindigkeit, mit der sie den Kopf hob, hätte Usain Bolts Sprintrekord brechen können. »Benjamin Lockhart?«, fragte sie atemlos.

Sie war in viele Typen verschossen, aber Benjamin Lockhart stand ganz oben auf ihrer Liste. Na ja, neben anderen.

»Caleb«, berichtigte Cameron.

»Oh, richtig. Stimmt ja. Das wusste ich.«

Natürlich wusste sie das. Sie schwärmte auch für Caleb, doch sobald es um Benjamin Lockhart ging, schmolz ihr Gehirn. Sobald ihn irgendwer erwähnte, vergaß Tala ihren eigenen Namen.

»Ben kenne ich auch«, erklärte Cameron. »Er ist cool.«

Tala strahlte ihn an. Nichts brach das Eis bei ihr besser als ein Gespräch über ihre Lieblingsjungs. »Das ist er, nicht wahr?«

»Seid ihr schon lange befreundet?«, fragte Cameron, öffnete erst meine Getränkedose, dann seine. Ich funkelte ihn vernichtend an und gab vor, mich nicht wahnsinnig über diese schlichte Geste zu freuen.

An diesem Punkt mache ich dich darauf aufmerksam, dass er sich um dich kümmert.

Ich weiß nicht, ob ich jemanden will, der sich um mich kümmert. Ich bin das nicht gewohnt, allerdings … ich muss zugeben, es fühlt sich gut an, erwiderte ich der Stimme in meinem Kopf.

Tala nickte und nagte nachdenklich an ihrer Unterlippe. »Willst du schmutzige Geheimnisse über Kar wissen?«, erkundigte sie sich dann.

Cameron trank, um sein Grinsen zu verbergen, sagte jedoch nichts.

»Bitch, ich kenne auch deine Geheimnisse, und zwar alle«, warnte ich sie, bevor Tala etwas verraten konnte. »Also halt lieber den Mund. Wieso hast du in letzter Zeit eigentlich keine Vorlesungen besucht?«

Ihr Lächeln erstarb. »Kar … ich muss dir etwas gestehen.«

»Was?«

Sie riss ihre Coladose auf und trank wie ein durstiges Kamel. Eine Sekunde lang schaute sie mich an, unsicher und nervös, dann trank sie einen weiteren langen Schluck.

Ich runzelte die Stirn. »Tala, spann mich nicht auf die Folter. Spuck's aus.«

Sie schluckte geräuschvoll.

Cameron stand auf. »Ich lasse euch mal einen Augenblick allein. Ich bleibe in der Nähe, falls ihr mich braucht.«

Ich schaute zu ihm hoch. Die Art, wie sein Blick von meinen

Augen über meinen Mund und meinen Hals glitt, ehe er wieder zu meinen Augen zurückkehrte, verursachte ein sehnsuchtsvolles Ziehen in meinem ganzen Körper. Ich spürte die Intensität dieses Blicks wie eine Feuerspur auf der Haut. Mir wurde bewusst, dass sich mein Mund auf der Höhe seines Bauches befand. Plötzlich stellte ich mir vor, wie er meinen Kopf umfasste und …

Ich sah, wie er schluckte, als würde er gerade dasselbe wie ich denken und empfinden.

»Hat mich gefreut, dich kennenzulernen«, wandte er sich an Tala. Seine Stimme klang tiefer als normal.

Tala errötete. Dabei wurden ihre Ohrenspitzen knallrot, und ich fragte mich, ob das bei mir auch der Fall war.

Nachdem Cameron gegangen war, räusperte ich mich. »Okay, raus damit.«

Aber sie trank erneut einen Schluck.

»Hör auf, deiner Coladose einen Blowjob zu geben. Sag's mir einfach. Um was geht es?«

»Nur damit du es weißt, ich blase gut« – was sie noch nie getan hatte –, »und ich werde Hunderte von wundervollen Liebhabern haben …«

»Weil du gut bläst.«

»… und sie werden verrückt nach mir sein, und, Kar, ich gehe weg.«

Ich blinzelte langsam, einmal, zweimal, bevor ich begriff, was sie gesagt hatte. »Was? Du gehst weg?« Ich schaute auf mein Handy, um die Uhrzeit abzulesen. »Jetzt? Bis zu deinem nächsten Kurs bleibt dir noch eine halbe Stunde.«

Forschend schaute ich in ihr Gesicht, im sicheren Gefühl, dass mir irgendwas entging. Es fühlte sich in etwa so an, wie auf die Sekunde pünktlich an der Bushaltestelle einzutreffen und nicht zu wissen, ob der Bus schon durch war oder noch kommen würde.

»Nein, nicht in meinen nächsten Kurs.« Sie atmete tief ein, als bereite sie sich auf eine schmerzliche Mitteilung vor. »Ich ziehe zurück auf die Philippinen, mit Ma. Für immer.«

Mir wurde das Herz schwer. Ich wusste, dass diese Möglichkeit bestanden hatte. Tala hatte es vor Wochen einmal erwähnt, als ich sie zu Hause besuchte, aber danach hatte sie es nicht mehr zur Sprache gebracht. Plötzlich fielen mir lauter Details der letzten Wochen ein. Als sie anfing, Vorlesungen zu verpassen, und mehr herumhängen wollte als sonst, und als ihre Mom anfing, mehr Zeit mit ihren Schwestern zu verbringen. Ich hätte die Zeichen erkennen und auf Informationen drängen müssen. Aber das tat ich nicht, weil ... ich zu sehr mit mir selbst beschäftigt war. Normalerweise wusste ich immer alles, was mit den Leuten los war, die mir am meisten bedeuteten. Nun schien das nicht mehr der Fall zu sein. Früher hatte Tala mir immer alles anvertraut. Hatte sie vielleicht das Gefühl, das ginge nicht mehr?

»Wann?«

»In ein paar Tagen.«

In ein paar Tagen.

Ich starrte sie an. Da war ein Kloß in meinem Hals, der verhinderte, dass ich all die Fragen stellte, die mir unter den Nägeln brannten.

»Sag etwas«, drängte sie und sah mich flehend an.

Aber ich konnte nicht. Ich fühlte mich überrumpelt. Tala war die engste Freundin, die ich in meinem Leben je gehabt hatte. Und jetzt zog sie weg. Auch sie verließ mich. Eine weitere Erinnerung, die ich meiner Box hinzufügen konnte.

Es war, als bekäme man ein ganzes Glas kaltes Wasser, wenn die Kehle ausgedörrt war. Man hält das Glas in der Hand, und es fühlt sich schwer an, voll bis zum Rand. Doch wenn man es an die Lippen heben und trinken will, zerbricht das Glas, und das Wasser versickert. Und man kann nichts tun, als sich an den Scherben die Finger zu zerschneiden. Die Kehle bleibt ausgedörrt und die Hand verletzt.

Ich schob den Stuhl zurück, sammelte meine Sachen ein und verließ die Cafeteria. Mit heftigen Bewegungen öffnete ich den Rucksack und holte den Schlüssel heraus. Ich wollte gerade meine Wagentür aufschließen, als sich eine große Hand um mein Handgelenk schloss.

Ich blickte auf, direkt in Camerons faszinierende blaue Augen. Sein schönes Gesicht zeigte keinerlei Regung und gab daher keinen Aufschluss darüber, was er dachte.

»Kara«, sagte er sanft.

Ich war es gewohnt, von Leuten mitleidig angesehen zu werden, sobald sie meine Verletzlichkeit bemerkten. Und dieses Mitleid machte mich wütend und streitlustig. Doch in Camerons Augen lag kein Mitleid, und ich hatte keine Ahnung, weshalb ich weiche Knie bekam.

»Kara.« Ich schloss die Augen, als er mich an sich zog, und schmiegte meine Wange an seine Brust. »Ich bin da.«

4. Kapitel

Kara

Ein Moment der Schwäche.

Ich gestattete mir für einen Moment, mich an Cameron zu lehnen. Er war gebaut wie ein Krieger, groß und stark, mit breiten Schultern, breiter Brust und kräftigen Unterarmen. Er fühlte sich an wie ein Schutzschild.

Sein Duft, seine Wärme, sein stilles Verständnis machten mich sanftmütig. Ich schloss die Augen und genoss das Gefühl, seine starken Arme um mich zu spüren, die Sicherheit und Trost verhießen.

»Wohin willst du?«, fragte er.

»Weg von hier.«

»Wohin?«

Ich wollte mich von ihm lösen, doch seine Arme schlossen sich noch fester um mich, und er legte sein Kinn auf meinen Kopf.

Es täte so gut, einfach die Augen zuzumachen und mich eine Weile von ihm auf diese Weise halten zu lassen. Aber die Sicherheit und der Trost, die ein anderer Mensch einem spendete, waren etwas Vorübergehendes.

Es war, als würde man eine Zeitlang auf geborgten Beinen gehen. Wenn mir diese Beine dann wieder genommen wurden, musste ich erst lernen, ohne sie zu leben. Da wäre es doch viel einfacher, man bekäme sie gar nicht erst.

Ich würde Sicherheit und Trost bei mir selbst finden müssen. Lieber war ich für andere stark, als von der Stärke anderer abhängig zu sein. Genau nach diesem Motto hatte ich seit meiner Kindheit gelebt.

Ich bin es gewohnt. Ich kenne es.

»Mir war nicht klar, dass ich dir Rechenschaft schuldig bin.« *Ich werde bockig, wenn man mich in die Enge treibt.* Erneut versuchte ich ihn wegzuschieben. Diesmal ließ er mich los. »Bist du mein Bewährungshelfer?«

Er schaute mich nur an und sagte nichts. Er lehnte sich an den Wagen hinter ihm, verschränkte die Arme vor der Brust und betrachtete mein Gesicht.

Ich wusste, dass ich meine Schwäche reflexartig hinter Wut versteckte und alles daransetzte, mir meine Emotionen nicht anmerken zu lassen. Er schien sie trotzdem zu erahnen.

Ich hasste es, wenn irgendwer mich verletzlich erlebte, traurig oder schwach. Mir war es lieber, die Leute sahen mich zornig. Zorn gab mir das Gefühl, stark zu sein. Zorn hielt mir die Leute vom Leib. Zorn verhinderte, dass sie mich voller Mitleid betrachteten. Zumindest redete ich mir das ein.

Aber in Camerons Blick war kein Mitleid. *Doch selbst das ertrage ich nicht.* Nicht, wenn seine durchdringenden blauen Augen bis auf den Grund meiner Seele schauten. Ich fürchtete, er könnte dort etwas entdecken, das ich mir selbst nicht anzusehen wagte.

Weil es meinen Glauben an das, was ich war, erschüttern würde.

Das Klingeln meines Handys beendete diesen Moment. Es war meine Dienstleiterin in dem Pflegeheim, in dem ich nebenbei arbeitete. Dem Himmel sei Dank. Die Arbeit würde meine ganze Aufmerksamkeit erfordern und sämtliche unwillkommenen Gedanken vertreiben. Ich wollte mich schon melden, als Cameron mir das Telefon aus der Hand nahm.

»Was zum …?«, stieß ich hervor.

Er schaute aufs Display, ehe er das Handy ausschaltete.

Oh nein, das hat er nicht getan!

»Was zur Hölle tust du da?«, fuhr ich ihn an.

Ich versuchte, ihm mein Handy wieder wegzunehmen, aber er hielt es einfach außerhalb meiner Reichweite.

»Gib. Mir. Mein. Handy. Zurück.«

»Das werde ich, wenn du mir verrätst, wohin du willst.«

Mein Auge zuckte. »Genau hier endet meine Geduld. Eine zweite Warnung wird es nicht geben.«

Er stand bloß da, ruhig wie stilles Wasser.

Auf alte Verhaltensmuster zurückzugreifen war eine Art Rettungsinsel, ganz gleich, wie erbärmlich oder schlecht sie für einen waren. Wenigstens waren sie vertraut. Es spielte keine Rolle, dass man längst um bessere und verantwortungsvollere Wege wusste, mit einem Problem umzugehen. Wirklich, es war egal – wenn man in die Enge getrieben wurde, griff man auf das zurück, was man kannte.

Ich hatte die sehr hässliche Angewohnheit, Menschen um mich herum zu provozieren, sobald ich wütend war, damit sie verschwanden. Es war mir unmöglich, vernünftig zu bleiben, daher verletzte ich jeden in meiner Nähe, um mich selbst zu schützen. Deshalb musste ich mich von Leuten fernhalten, wenn ich in düsterer Stimmung war. Aber er ließ mich jetzt ja einfach nicht gehen.

»Weißt du, was echt komisch ist? Nicht jeder kommt damit klar, wenn er verlassen wird«, sagte ich kühl, ihn daran erinnernd, dass er mich vor noch nicht allzu langer Zeit ohne Abschied verlassen hatte. Ich öffnete meine Wagentür. »Aber ich wette, davon hast du keine Ahnung, schließlich bist du immer derjenige, der geht.«

Ich spürte etwas Feuchtes an meiner Wange. Es regnete wieder, sanft und leicht, ein Kontrast zu dem, was ich im Innern spürte.

»Weißt du was?«, sagte er und fuhr sich mit der Hand über den Mund. »Du weißt genau, wie du jemanden dort treffen kannst, wo es wehtut. Meinst du, das macht mir Angst?«

Ich habe Angst, dass es das tut. Und ich habe Angst, dass es das nicht tut.

Ich ließ die Schultern hängen.

»Tala geht weg. Sie zieht zurück auf die Philippinen.«

Es schmerzte, das auszusprechen, es laut zu hören. Denn dadurch wurde es real.

»Wie würdest du dich fühlen, wenn Caleb fortginge? Der einzige Freund, den du hast. Und du könntest ihn nicht besuchen, weil er auf der anderen Seite der verdammten Welt ist.« Ich ballte die Fäuste, unfähig ihn anzusehen.

»Kara.«

Ich könnte jetzt einfach weggehen, aber warum bewegten sich meine Füße nicht?

»Wirst du mich bitte ansehen?«

Ich starrte ihm in die Augen. »Was?«

»Ich gehöre ganz dir«, sagte er mit sanfter Stimme. »Wenn du mich brauchst.«

Ich kann nicht. Er macht mich fertig. Es ist alles zu viel. Ich will nicht verletzt werden.

Ich sprang in meinen Wagen und startete den Motor. Als meine Hände anfingen zu zittern, umklammerte ich das Lenkrad fester und zwang mich zur Konzentration, während ich vom Parkplatz fuhr.

Die Aufrichtigkeit in seinen Worten machte mich fertig.

Schau nicht hin. Schau nicht hin. Tu's nicht.

Aber ich tat es. Ich schaute in den Rückspiegel. Cameron stand nicht mehr da.

Er war bereits fort.

Wie alle anderen.

Ich muss nach Hause, dachte ich, während ich durch den Regen auf den Scheibenwischer starrte. Dorthin, wo ich von Leuten umgeben war, die mich wirklich brauchten.

Mein Dad und Dylan würden mich nicht verlassen. Wir hatten so viel zusammen durchgemacht. Ganz gleich, wie schwer das Leben unserer Familie mitgespielt hatte, wir ließen uns nicht unterkriegen. Wir waren immer zusammen, komme, was wolle, und wir standen zueinander.

Vor allem aber respektierten sie meine Privatsphäre und würden mich nicht bedrängen und Fragen stellen, die zu beantworten ich noch nicht bereit war. Ich presste eine Faust gegen meine Brust, um den stechenden Schmerz zu vertreiben.

Hör auf zu denken. Du bist fast zu Hause.

Mittlerweile verzweifelt, parkte ich den Wagen und sprang heraus. Auf dem Weg zur Haustür wurde ich völlig durchnässt. Ich blinzelte das Wasser aus meinen Augen, und der Schlüssel glitt mir aus den Fingern und fiel zu Boden. Ich hob den Schlüsselbund auf und öffnete die Tür.

Dylan stand in unserem Wohnzimmer und sprach mit einer Frau, die mir den Rücken zukehrte. Seine Augen leuchteten vor Glück, was mich an die Zeit erinnerte, als er sechs wurde und ich es mir endlich leisten konnte, ihm das Spiderman-Spielzeug, das er sich wünschte, zum Geburtstag zu schenken.

Sein vertrautes Gesicht gab mir Trost. Familie, dachte ich. Auf meine konnte ich stets zählen.

»Hey, Dyl«, rief ich.

Er schaute zu mir, und sein entsetzter Gesichtsausdruck ließ mich zurückweichen. Mein Herz fing an zu pochen.

Die Frau, mit der er geredet hatte, drehte sich langsam zu mir um. Ich wurde schockstarr.

»Kara. Hallo.«

Es war meine Mutter. Die Mutter, die mich verlassen hatte, als ich noch viel zu klein war, um ohne sie zu sein. Die Frau, die so egozentrisch war, dass sie ihre Kinder verlassen hatte, um mit einem anderen Mann durchzubrennen.

Die Zeit hatte kaum Spuren bei ihr hinterlassen. Sie sah jung aus für ihr Alter. Ihre Haut war hell und wies kaum Falten auf, ihre kurzen Haare waren dunkel und glänzend. Doch alles, was ich sah, war die Hässlichkeit und Bitterkeit, die wir alle durchleiden mussten, als sie fortging.

»Was machst du hier, verdammte Scheiße?«

»Kara!«

Das war mein Dad. Ich hatte nicht mal gewusst, dass er hier war. Plötzlich traf es mich wie der Blitz. Er hatte sie in unser Haus gelassen. Mein Dad ließ diese Frau in unser Zuhause.

Ich starrte ihn vorwurfsvoll an. »Was macht sie hier, verdammte Scheiße?«

»Du überschreitest eine Grenze, Kara.«

»*Ich* überschreite eine Grenze?«

»Warum gehen wir nicht für einen Moment nach draußen, du und ich?«

Meine Welt zerbrach, während mein Dad und Dylan einfach nur dastanden und mich anschauten, als würden sie mich nicht kennen.

Als wäre ich der Eindringling.

Als gehörte ich nicht dazu.

Ich blickte sie alle nacheinander an. Dylan, meinen Dad und diese Frau, die ich mein ganzes Leben lang gehasst hatte, wie sie da jetzt zusammenstanden. Als bildeten sie eine Gemeinschaft.

Etwas in mir ging kaputt. Ich wich einen Schritt zurück, zwei. Dann rannte ich.

Cameron

Es war, als versuchte ich, einen Hurrikan in meinen Händen zu halten.

Karas Wut war unaufhaltsam. Wie ein Hurrikan würde sie alles auf ihrem Weg zerstören. Ich wusste, das war der Grund, weshalb sie mich wegstoßen wollte. Aber ich war gern bereit, Schaden in Kauf zu nehmen, damit ich mit ihr zusammen sein konnte, bis ihr innerer Sturm nachließ.

Ich wollte nicht, dass sie sich allein in ihrem Schmerz vergrub. Mit ihrem Zorn konnte ich umgehen – den kannte ich inzwischen. Doch da war noch etwas anderes.

Ihr Herz war gebrochen. Ich kam mir hilflos vor, weil ich nicht wusste, was sie brauchte und wie ich ihr helfen konnte, sich wieder besser zu fühlen. Sie musste mir sagen, was ich tun sollte.

Als ich ihr erklärte, dass ich für sie da bin, wenn sie mich braucht, verzog sich ihr Gesicht vor Kummer. So hatte mich noch nie jemand angesehen – als wäre ich sowohl ihr Untergang als auch ihr Retter. Das lähmte mich für einen Moment. Dieser Ausdruck auf ihrem Gesicht ging mir durch und durch.

Als ich meine Fassung wiederfand, saß sie bereits in ihrem Wagen und fuhr davon. Ich lief zurück ins Gebäude, um nach Caleb zu suchen. Er war nicht mehr im Aufenthaltsraum. Er ging auch nicht ans Telefon. Nach einer Weile fand ich ihn im Fotostudio.

»Caleb.«

Er sah überrascht auf.

»Ja?«

»Schlüssel«, sagte ich nur.

Er hatte ganz entspannt gewirkt, musste aber an meinem Gesicht abgelesen haben, dass etwas nicht stimmte, denn er richtete sich alarmiert auf, erhob sich vom Sofa, auf dem er gelümmelt hatte, klopfte seine Taschen nach dem Schlüssel ab und warf ihn mir zu.

»Fahr ihn nicht zu Schrott.«

»Ich schulde dir was.«

»Sie hat tatsächlich versprochen, sie würde dich dazu bringen, einen Horrorfilm mit mir zu gucken«, sagte er, während ich ging.

Wohin könnte sie gefahren sein? Zur Arbeit? Nach Hause? Ich konnte sie nicht einmal anrufen. Ihr verdammtes Handy war bei mir.

»Mist.«

Ich schrieb Dylan eine Nachricht, damit er mir Bescheid sagte, falls sie nach Hause kam. Normalerweise antwortete er sofort, doch diesmal erhielt ich keine Antwort.

Es regnete wieder. Die Straßen auf dem Weg zu ihrem Haus waren glatt. Warum fuhr sie bei diesem Wetter in ihrem Zustand?

Als ich an einem Unfall auf dem Highway vorbeikam, beschlich mich die Angst. Ich zwang mich, mit dieser Grübelei aufzuhören.

Ihr Smartphone im Becherhalter gab plötzlich ein *Ping* von sich, und ich schaute auf das Display. Es waren Nachrichten von Tala und Thomas. Frustriert rieb ich mir das Gesicht.

Zuerst fuhr ich zu ihrer Werkstatt. Es war eine gut vierzigminütige Fahrt vom Campus. Als ich das letzte Mal dort war, hatte ich sie glücklich erlebt; sie küsste mich zum Abschied und schaute mir hinterher, als ich wegfuhr.

Es war noch gar nicht lange her, dass ich sie zurückbekommen hatte. Diesmal würde ich sie nicht gehen lassen. Jedenfalls nicht kampflos.

Kaum dass ich ihren Wagen in der Auffahrt sah, stieß ich einen Seufzer der Erleichterung aus. Ich lief in die Werkstatt, in der Hoffnung, sie hinter der Rezeption anzutreffen. Stattdessen fand ich dort einen großen schlaksigen Mann in Mechanikermontur, der mit einem Kunden sprach. Sein Haar war blond und von Silber durchzogen.

Ich schaute mich um. Auch Dylan war nirgends zu entdecken. Vielleicht war sie im Haus. Ich wollte mich gerade auf den Weg dorthin machen, als der Mann mich aufhielt.

»Tag«, sagte er. »Wollen Sie ein Fahrzeug abholen?«

»Nein, Sir.« Ich trat an die Rezeption. »Ich wollte zu Kara.«

Er nahm sich Zeit, um mich zu mustern, allerdings nicht unfreundlich.

»Ich bin Mike. Karas Dad.«

Ich streckte ihm die Hand entgegen. Dies war der Mann, den Kara bewunderte, der Mann, der sie großgezogen hatte. Wann immer sie über ihren Dad sprach, wurde ihre Stimme sanft, und ich merkte, wie viel er ihr bedeutete.

Er zog einen alten Lappen mit verblassten Blumen darauf aus der Gesäßtasche, wischte sich das Öl von den Fingern und schüttelte mir fest die Hand.

»Ich bin Cameron.«

Er nickte. »Ihnen gehört das Motorrad, das wir reparieren?«

Überrascht schaute ich ihn an. »Ja, Sir.«

Er klang, als wüsste er, wer ich war. Hatte Kara ihm von uns erzählt?

»Sie haben sie knapp verpasst. Sie ist gerade weg.« Seine Stimme war ruhig, doch mir entging nicht der besorgte Tonfall darin.

Ich zögerte kurz. »Wissen Sie, wohin sie wollte? Ich würde sie gern finden.«

Er schloss die Augen und drückte die Finger auf die Lider, als hätte er Kopfschmerzen. »Meine Tochter ist ein starkes und störrisches Mädchen. Wenn sie wütend ist, will sie ihre Ruhe haben.«

»Ich würde gern zu ihr, Sir. Nur für den Fall, dass sie Hilfe braucht.«

»Das wird sie nicht wollen.«

Einen Moment lang musterte er mich schweigend, als überlege er etwas. Dann zog er sein Handy aus der Tasche und wählte eine

Nummer. Eine Sekunde später klingelte Karas Smartphone in meiner Hand. Wir schauten beide auf das Display, auf dem *My Koala Boyfriend* erschien. Kara hatte mal beiläufig erwähnt, dass ihr Dad sie Kara Koala nannte. Das musste also ihr Kosename für ihn sein.

»Sie haben das Handy meiner Tochter?«

»Ich werde es ihr zurückgeben, wenn ich sie sehe.«

»Sie wird bei Tala sein.«

Eher nicht, nach dem, was in der Cafeteria passiert war. Ich verzichtete darauf, es ihm zu erzählen, damit er sich keine Sorgen machte.

»Danke, Sir.«

»Dylan hat mir erzählt, dass Sie Ihren Lebensunterhalt mit Häuserbauen verdienen.«

Ich nickte. »Davon kann man ganz gut leben«, erwiderte ich. »Wenn man sich von Pizza und Bier ernährt.«

Er lächelte, und um seine Augen bildeten sich kleine Fältchen. Er hatte Karas Augenfarbe – exakt jenes Haselnussbraun, das eher ins Grünliche als ins Braune tendierte. Und er sah erschöpft aus.

»Können Sie Wände streichen?«

»Ja, Sir.«

»Ich streiche in den nächsten Wochen die Turnhalle der Gemeinde. Von sieben bis elf Uhr abends. Ich könnte Hilfe gebrauchen, wenn Sie interessiert sind. Ich werde Sie bezahlen.«

»Ich werde da sein.«

Er sah aus, als wollte er noch mehr sagen, entschied sich jedoch dagegen. Er nickte mir zu, und ich ging.

Ich rannte zurück zum Pick-up. Ihr Dad hatte gesagt, sie sei gerade erst fort, aber ihr Auto stand da. Also hatte sie entweder ein Taxi genommen oder … sie war zu Fuß unterwegs. Ich starrte einen Moment in den Regen und erinnerte mich an den Ausdruck auf ihrem Gesicht.

Und dann folgte ich meinem Instinkt und sprang aus dem Wagen, um zu Fuß nach ihr zu suchen. Irgendetwas sagte mir, dass sie in der Nähe war; aber wohin konnte sie bloß gegangen sein?

Verdammt noch mal, wo bist du?

Es regnete jetzt stärker, und meine Kleidung war durchnässt. *Ist sie in Sicherheit?* Bestimmt fror sie. *Kara, verdammt.*

Ich blieb wie angewurzelt stehen. Da war sie. Ich spürte die Erleichterung bis in den kleinsten Muskel meines Körpers. Sie war vor mir, ich konnte nur ihren Rücken sehen. Ihre Haare und ihre Kleidung, die sie schon heute Morgen angehabt hatte, waren durchnässt, dadurch kam sie nur langsam voran.

»Kara.«

Sie musste mich gehört haben, denn sie blieb stehen und drehte sich um. In dem dichten Regen konnte ich ihr Gesicht kaum erkennen, trotzdem wusste ich, dass sie litt.

Sie zögerte, dann machte sie einen Schritt auf mich zu. Einen, langsam, dann einen zweiten, dann schneller und schneller, bis sie in meinen Armen war. Ich hörte, wie sie tief einatmete, als ich sie so fest an mich drückte, dass ich schon befürchtete, sie zu zerquetschen.

»Ich habe dich gefunden«, flüsterte ich.

Sie schmiegte sich in meine Arme und umarmte mich ebenso fest, wobei sie ihr Gesicht vor mir verbarg.

»Lass uns aus dem Regen gehen.«

Sie schüttelte den Kopf.

»Du wirst dich erkälten. Ich bringe dich nach Hause.«

Ich legte ihr beide Hände um die Taille und hob sie an. Sie schlang ihre Beine um meine Hüften und die Arme um meine Schultern. Ihr Gesicht lag an meinem Hals.

»Cam«, murmelte sie schließlich. Ihre Stimme war heiser, als hätte sie sie seit einer Weile nicht mehr benutzt.

»Ich bin hier, Baby.«

»Es tut mir leid.«

»Dir muss nichts leidtun.«

»Können wir zurück zu deiner Hütte?«

Sanft strich ich ihr übers Haar. »Klar.«

5. Kapitel

Cameron

»Kara«, sagte ich und schnallte sie behutsam an. »Wir müssen dir trockene Sachen besorgen.«

Sie schaute mich erschrocken an. »Aber nicht von mir zu Hause. Ich kann nicht …« Ihre Stimme brach. »Dorthin kann ich nicht zurück.«

»Okay.« Ich strich ihr die nassen Haare aus dem Gesicht, um sie mit meiner Berührung zu beruhigen. »Ich nehme dich mit zu mir.«

Sie nickte dankbar und sackte auf ihrem Sitz ein wenig in sich zusammen. Sie drehte ihr Gesicht dem Fenster zu, damit ich es nicht sah. Aus ihren langen gelockten Haaren tropfte Wasser auf die Mittelkonsole. Die nassen honigfarbenen Strähnen in ihrem braunen Haar sahen jetzt beinah schwarz aus.

Als sie fröstelte, stellte ich die Heizung auf volle Stärke und richtete sämtliche Gebläsedüsen auf sie. Ich hätte ihr meinen Pullover gegeben, aber der war auch schon durchweicht. Mist. Sie würde krank werden. Ich trat aufs Gaspedal und fuhr so schnell ich konnte zu meiner Wohnung in der Stadt. Die lag näher, und dort konnte sie sich zuerst einmal umziehen.

Sie war still, als ich den Pick-up in der Garage parkte.

»Du solltest zuerst duschen. Du fröstelst«, sagte ich.

Sie rührte sich nicht und zeigte keinerlei Anzeichen dafür, dass sie mich gehört hatte. Ich stieg aus dem Wagen und öffnete ihre Tür. Karas Augen waren geschlossen, doch ich wusste, dass sie nicht schlief. Vorsichtig löste ich ihren Sicherheitsgurt, hob sie auf meine Arme und trug sie hinein, direkt ins Badezimmer, das an mein Schlafzimmer grenzte. Dort setzte ich sie auf den Badewannenrand.

»Kara.«

Ich kniete mich vor sie und rieb ihre kalten Hände. Sie wirkte erschöpft und traurig.

»Was hältst du davon, wenn ich dir Badewasser einlasse?«

Sie ließ den Kopf so tief hängen, dass ich nicht einmal ihre Augen sehen konnte. Als sie nicht antwortete, füllte ich die Wanne mit warmem Wasser.

»Bin gleich wieder da«, sagte ich.

Ich ging ins Schlafzimmer und zog mich rasch um. Ich wollte den Boden nicht volltropfen. Sie könnte ausrutschen und sich verletzen. Als ich dabei war, ein paar Sachen für sie zusammenzusuchen, entdeckte ich den Bademantel, den ich bei der Arbeit geschenkt bekommen hatte. Ich hatte ihn noch nie getragen. Er war dick und flauschig. Darin würde sie sich wohlfühlen. Frauen mochten Bademäntel, oder?

Ich nahm ihn aus dem Schrank und eine von meinen Boxershorts dazu. Als ich ins Badezimmer zurückkam, saß sie noch in genau derselben Haltung da. Es tat mir weh, sie so zu sehen.

Es musste doch etwas geben, was ich tun konnte, damit sie sich besser fühlte. Ich öffnete den Badezimmerschrank, um ein Handtuch für sie herauszunehmen, als ich eines dieser bunten Badeballdinger entdeckte.

Ich wusste sofort, dass es von Caleb oder Levi stammte. Die wussten, dass es mich nervte, wenn sie Sachen bei mir ließen, deshalb »vergaßen« sie absichtlich welche. Diesmal aber war ich so dankbar, dass ich ihnen ein Haus bauen würde.

Kara würde das mögen, oder? Werfe ich das einfach ins Wasser oder muss ich es erst auseinanderbrechen, damit es schneller funktioniert?

Ich warf es hinein. Es sah aus wie explodierende Regenbögen im Wasser, und es sprudelte. Ich drehte den Wasserhahn zu.

»Baby, das Bad ist fertig«, sagte ich und kniete mich erneut vor sie hin. »Wir sollten dir deine nassen Sachen ausziehen.«

Mit mechanischen Bewegungen zog sie ihr Oberteil aus, und ich wandte mich kurz ab; ich verfluchte mich dafür, dass ich sie trotz ihres verletzlichen Zustandes begehrte, weil ich sie in ihrem weißen Spitzen-BH sah.

»Hose«, krächzte ich.

Mit langsamen, müden Bewegungen stand sie auf und zog sie aus.

»Steig in die Wanne, Kara.«

Sie nickte. In ihrer Unterwäsche stieg sie ins sprudelnde Wasser. Sie so fügsam zu sehen vesetzte mir einen Stich. Normalerweise hätte sie protestiert oder mir die Hölle heißgemacht, weil ich ihr sagte, was sie tun sollte. Jetzt nicht.

Sie zog die Knie an die Brust, legte das Gesicht seitlich darauf und schloss die Augen. Ihr volles langes Haar bedeckte den Teil ihres Körpers, der aus dem Wasser ragte.

»Kann ich dir etwas zu essen machen?«

Endlich schaute sie mich an. »Ich bin so müde. Ich will nur schlafen.« Ihre Stimme klang untypisch leise. »Es tut mir leid, Cam. Kann ich schlafen?«

Ich schluckte, denn ich spürte einen Kloß im Hals. Sie wirkte so zerbrechlich, als könnte schon ein falsches Wort oder eine falsche Bewegung zu viel für sie sein.

»Ja.«

Aber sie blieb, wo sie war, und schloss die Augen. Wenn ich sie allein ließ, würde sie nur wieder in ihren Gedanken versinken. Oder schlimmer.

Das Bild einer Frau mit langen dunklen Haaren in der Badewanne tauchte in meinem Kopf auf. Verschütteter Rotwein, ein zerbrochenes Weinglas, ein umgekippter Aschenbecher mit alten Zigarettenstummeln auf dem Marmorfußboden. Eine Kinderstimme.

Ich atmete stockend aus. *Woher kam das denn jetzt?*

Ich schüttelte diese Gedanken ab und konzentrierte mich auf Kara. Sie brauchte mich.

»Ich brauche dich, Cameron.«

Ich blickte zu Kara, aber sie hatte nichts gesagt.

Aufgewühlt biss ich mir in den Handknöchel. *Reiß dich zusammen, Idiot.*

Ich stand auf, nahm den Duschkopf und das Shampoo.

»Lass mich dir die Haare waschen«, sagte ich sanft. »Kannst du dich umdrehen?«

Das Geräusch des Wassers, das gegen die Seitenwände der Badewanne plätscherte, während sie sich umdrehte, das leise schmatzende Geräusch, als ich ihr Shampoo in die Haare massierte und wieder herauswusch. Ihr elegant geschwungener Hals, ihre anmutigen Schultern, Wasser, das über ihre cremefarbene Haut rann.

»Fühlt es sich gut an?«, erkundigte ich mich.

Sie summte vor sich hin, es klang schläfrig und müde.

Ich nahm ein Handtuch und trocknete ihr so gut ich konnte die Haare ab. Fluchte leise, als ich feststellte, dass ich weder einen Kamm noch eine Bürste besaß. Hier und da waren ihre langen Strähnen nämlich verknotet.

»Ich gehe raus, damit du dich fertig machen kannst«, sagte ich. »Bademantel liegt auf der Ablage, Handtücher befinden sich im Regal, falls du noch eines benötigst.«

Sie schien ein wenig wacher zu werden und nickte, schwieg jedoch.

Ich wischte das Wasser mit einem Handtuch auf, nahm ihre Kleidung, verließ das Badezimmer und schloss die Tür hinter mir. Ich lehnte mich dagegen und atmete tief durch.

Ich wünschte, ich wüsste die richtigen Worte, um ihr Freude und Leichtigkeit zurückzugeben.

Ich weiß verdammt noch mal nicht, was ich tun soll. Sie sah so gebrochen aus.

Frustriert ließ ich den Kopf hängen und massierte mir den Nacken. Duschen, dachte ich auf dem Weg zur Wäschekammer, wo ich ihre Sachen in die Waschmaschine stopfte und die entsprechenden Knöpfe drückte, das brauche ich. Ich ging ins zweite Badezimmer, wo ich lang und heiß duschte. Meine Gedanken drehten sich einzig um Kara. Als ich fertig war, holte ich zwei Aspirin und ein Glas Wasser für sie.

Ich ging ins Schlafzimmer, stellte das Glas Wasser auf den Nachttisch, legte die Tabletten daneben und überlegte, ob ich Essen im

Kühlschrank hatte. Mein Handy meldete mehrere Textnachrichten. Alle stammten von Dylan. Ich umfasste mein Handy fester, während ich die Texte las. Als die Badezimmertür aufging, schob ich das Smartphone schnell in die Hosentasche.

Kara trug den Bademantel. Er war ihr zu groß. Sie sah so jung aus, wie ein kleines Mädchen, das völlig geschafft war, nachdem es die ganze Zeit draußen gespielt hatte und dabei zu oft gestürzt war.

Wie sie die Schultern hängen ließ, ihre langen Haare. Das Fehlen jeglichen Feuers in den Augen; stattdessen das nackte Unglück darin. Ich kam mir hilflos vor.

»Möchtest du heute Nacht hier bei mir bleiben?«, fragte ich.

Sie schien Ruhe zu brauchen, und jetzt durch den strömenden Regen zu fahren würde viel zu lange dauern.

Sie schüttelte den Kopf. »Ich fahre besser …«

Ich gab ein frustriertes Knurren von mir. »Hör auf. Komm her.« Ich umfasste ihre Hüften und hob sie hoch. Wie immer schlang sie Arme und Beine um mich. Ihr Kopf sank kraftlos auf meine Schulter, dann wurde ihr ganzer Körper schlaff. Ich hörte sie seufzen, als ob sie es sich jetzt endlich erlaubte, sich zu entspannen.

Ich setzte mich aufs Bett und hielt sie dabei fest. Ich wollte einen Moment so bleiben und sie ganz egoistisch nicht gehen lassen. Ihr Gewicht zu spüren fühlte sich verdammt gut an. Ich schloss die Augen und strich ihr übers Haar. Sie war still. Doch selbst diese Seite von ihr begehrte ich.

»Du musst schlafen«, flüsterte ich. Ich stand auf, schlug die Bettdecke zurück und legte sie hinein. »Nimm die hier. Es ist Aspirin.«

Jede Bewegung schien sie ihrer Energie zu berauben. Als sie die Tabletten genommen hatte, deckte ich sie zu und strich ihr die Haare aus dem Gesicht. »Ich bin gleich nebenan, falls du noch etwas brauchst.«

Ich schaltete die Nachttischlampe aus und wollte gehen, als sie eine Hand nach mir ausstreckte. Wie ein kleines Kind hielt sie meinen Daumen fest, schlang die Finger darum und zog sanft.

»Cam.«

»Ja?«

»Danke.«

Ich schloss die Augen, wollte derjenige sein, der ihr Trost gab, und wünschte, sie würde es zulassen. Aber ich wusste, dass sie wahrscheinlich allein sein wollte. »Was immer du brauchst.«

»Cam?«

»Hm?«

»Kannst du bleiben?«

Ich will es unbedingt. »Klar.«

Ich legte mich zu ihr und zog sie in meine Arme. Sie drehte sich mir zu und schlang die Arme um meinen Rücken.

Sie zu spüren, ihren Körper, ihren Duft einzuatmen, all das fühlte sich an wie meine ganze Welt.

»Es tut mir leid«, murmelte sie, das Gesicht nah an meinem Hals. »Das, was ich auf dem Parkplatz zu dir gesagt habe.«

Ich streichelte ihren Rücken, auf und ab, auf und ab, bis ich merkte, wie ihre Muskeln sich entspannten. »Schon vergessen.«

»Warum bist du eigentlich noch hier bei mir?«

Ich konnte hören, dass sie sich schämte.

»Hör auf, dich damit zu quälen, was du gesagt hast. Lass es, Kara.« Meine Stimme klang härter, als ich es beabsichtigt hatte. Aber sie musste wirklich aufhören mit diesem Unsinn. »Ich meine es ernst. Was du auf dem Parkplatz gesagt hast, hat mich nicht mal erschüttert. Es gehört schon mehr dazu, um mich loszuwerden.«

Selbsthass war mein intimer, vertrauter Begleiter, den ich nie loswurde, und dem ich immer wieder gestattete, etwas zu zerstören. So etwas wollte ich nicht für sie. Niemals.

»Willst du wissen, warum ich noch hier bin?« Ich wartete, bis sie mich ansah. »Weil ich verrückt nach dir bin. Absolut verrückt nach dir.«

Es war die Wahrheit. Nichts, was sie sagen oder tun würde, könnte mich vertreiben. Nicht mehr.

Als Reaktion presste sie ihr Gesicht gegen meine Brust, und ihre Finger verkrampften sich im Stoff meines Shirts. Sie schwieg eine Weile, und ich hätte geglaubt, dass sie schläft, wäre da nicht die Anspannung in ihren Schultern gewesen.

»Es fällt mir schwer, jemanden für mich da sein zu lassen. Ich bin es so gewohnt …« Sie sprach den Satz nicht zu Ende.

Ich wartete.

»Ich bin daran gewöhnt zu geben, Cam. Ich weiß nicht, wie man etwas annimmt«, schloss sie.

Ich blieb still, denn ich wollte, dass sie weiterredete. Ihre Bereitschaft, intime Details aus ihrem Leben mit mir zu teilen, war mir mehr wert als Gold. Es waren ihre Erinnerungen, die sie mir anvertraute.

»Ich weiß nicht, wie man etwas annimmt, ohne im Gegenzug etwas zu geben«, erklärte sie.

»Warum?«, wollte ich wissen.

Sie schien sich erst innerlich vorbereiten zu müssen, ehe sie antwortete. Und als sie es tat, klang sie erschöpft. Als hätte sie lange Zeit einen Kampf geführt. Als wollte sie nach Hause und könnte es nicht.

»Weil es sich verdammt großartig anfühlt, niemandem etwas schuldig zu sein. Sagen zu können, dass ich meine Schulden beglichen habe. Alle. Ich muss von niemandem Hilfe annehmen, wenn ich es nicht will.«

»Du kannst immer ablehnen.«

»Nein«, entgegnete sie. »Man kann Hilfe nicht immer ablehnen. Nicht, wenn man alleinerziehend ist und die Kinder hungrig sind. Niemand ist da, um die Last mit einem zu teilen oder sie zumindest leichter zu machen. Man kann es sich nicht einmal leisten, eine neue Winterjacke zu kaufen, also flickt man die alte, bis es nur noch erbärmlich aussieht, und man trägt Socken mit Löchern. Man kann die Stromrechnung nicht bezahlen oder sich Medikamente kaufen, denn was wäre, wenn die Kinder krank werden? Genau so sah es für meinen Dad aus. Er schluckte seinen Stolz herunter, nahm Hilfe an, bekam von einigen den Spott dazu und ihren selbstgerechten Mist. Sie war da.« Kara klang bitter. »Meine Mutter. Sie war bei uns zu Hause, mit Dylan und meinem Dad.«

Das war der Grund, weshalb sie so verletzt war und so heftig reagiert hatte. Nicht, weil Tala fortging, sondern wegen ihrer Mutter, die sie verlassen hatte, als Kara noch zu jung war, um zu verstehen, was passiert war.

Wenn ihre Mutter auch nur annähernd so war wie meine, hätte ich auch nicht gewollt, dass sie zurückkommt. Der heutige Tag war mies gewesen, und ich war froh, dass Kara jetzt bei mir war.

»Sie schauten mich an …« Sie stockte. »Als ob sie mich nicht mehr brauchen. Aber wenn meine Familie mich nicht mehr braucht, wer dann?«

Ich. Bei Gott, ich.

»Wozu bin ich noch nutze, Cam? Ich kümmere mich um sie, seit ich denken kann. Wir waren immer zusammen. Und jetzt ist sie zurück, und ich soll drüber hinwegkommen, was gewesen ist? Sie sind *meine* Familie. Ich habe keine Ahnung, was sie sich dabei denkt, einfach zu mir nach Hause zu kommen und alles wieder auf den Kopf zu stellen, wo sie doch schon vor langer Zeit gegangen ist. Die meiste Zeit unseres Lebens war sie nicht da. Sie wird den beiden wieder wehtun. Ich weiß es. Aber das werde ich nicht zulassen. Es muss eine Regel geben, eine Strafe vom verdammten Universum, weil es falsch ist, was sie da tut. Soll ich mich etwa freuen und sie willkommen heißen, als hätte ich stets auf ihre Rückkehr gewartet? Das habe ich nicht. Ich habe damit irgendwann aufgehört. Verdammt lange schon. Ich will auf niemanden warten und niemanden brauchen. Es hat mich genug Kraft und Schmerz gekostet.«

In ihrer Stimme schwangen tiefe Traurigkeit und Wut mit, doch Tränen kamen keine. Ich sah sie als Kind, stark und mutig und störrisch, wie sie ihrem Dad half und litt, weil sie nicht noch mehr tun konnte.

»Ich glaube, ich bin eine starke Person. Ich *muss* es glauben«, sagte sie voller Überzeugung. »Wenn ich mich schwach fühle, rede ich mir ein, dass ich stark bin, bis es funktioniert. Denn ich habe Angst, dass ich es nicht bin. Ich habe schreckliche Angst. Wenn ich nicht stark bin, dann weiß ich nicht, wer ich bin. Und es ist ein grässliches Gefühl, nicht zu wissen, wer man ist.«

»Ich weiß, wer du bist«, erwiderte ich. »Du bist die stärkste Person, die ich kenne.« Sie richtete ihren Blick auf mich, ängstlich, hoffnungsvoll. Ich streichelte ihre Wange und strich mit dem Daumen über ihre Unterlippe. »Wenn es dir zu schwer wird, lass es mich für eine Weile tragen. Ich werde im Gegenzug nichts erwarten. Du bekommst es einfach so von mir. Alles, worum du mich bittest.«

»Cameron.«

Die Art, wie sie meinen Namen aussprach, zerriss etwas in mir.

»Ich darf jetzt nicht schwach sein und mich auf dich verlassen. Ich habe Angst, dass ich mich daran gewöhne. Ich habe Angst, dass ich anfange, in solchen Situationen nach dir Ausschau zu halten. Ich habe Angst, dass ich anfange, dich zu brauchen. Und das wird mich schwächen.«

Ich atmete tief ein, denn ich verstand sie besser, als sie wissen konnte. Ich hatte mich vor ihr gefürchtet, vor dieser Frau, die mir nah war, wie niemand sonst es sein könnte. Ich hatte mich gegen meine Gefühle gewehrt und mir eingeredet, ich könnte sie vergessen. *Dafür ist es längst zu spät, oder?*

»Weißt du, wohin ich wollte, als ich aus meinem Zuhause gestürmt bin, nachdem ich meine Mutter dort angetroffen hatte?«

»Wohin?«

»Zu dir«, gestand sie leise. »Ich wollte zu dir.«

Es ist definitiv zu spät. Sie hatte mich längst. Von Anfang bis zum verdammten Ende.

»Ich hatte keine Ahnung, ob du zu Hause bist oder noch auf dem Campus. Ich … ich brauchte dich einfach.«

Ich zog sie fester an mich und legte mein Kinn auf ihren Kopf.

»Ich bin hier, Kara«, flüsterte ich; ihre Worte schnürten mir die Kehle zu.

Als ich spürte, wie sie sich entspannte und ihre Atmung gleichmäßig wurde, küsste ich sie zärtlich aufs Haar. »Wenn es zu viel wird«, meinte ich, »dann steigen wir in meinen Pick-up und fahren bis ans Ende der Welt. Scheiß auf alles andere. Wenn es das ist, was du tun willst, sag es einfach, und wir sind unterwegs.«

Ich dachte, sie sei eingeschlafen, doch ich spürte, wie sie die Arme fester um mich schlang. Ich erstarrte. Wartete. Vielleicht schlief sie doch, weil sie nichts sagte. Ich schloss die Augen.

Ich wachte orientierungslos auf, als hätte ich etwas Wichtiges vergessen. Während ich darauf wartete, dass mein Gehirn anfing zu arbeiten, spürte ich eine leichte Bewegung neben mir.

»Cam?«

Kara.

Ich drehte ihr das Gesicht zu. Sie lag nicht mehr in meinen Armen, sondern auf ihrer Seite des Bettes und schaute mich an. In der Dunkelheit konnte ich ihr Gesicht nicht deutlich erkennen, nur ihre Silhouette, aber ich fühlte sie und atmete ihren Duft ein. Spürte Verlangen und Sehnsucht danach.

»Bist du wach?«, fragte sie leise.

»Ja, ich bin wach.«

»Du sagtest zu mir, wenn ich die Worte ausspreche … würdest du es mir zeigen«, flüsterte sie. »Du meintest, ich soll es dich wissen lassen, wenn ich bereit bin.«

Ihre samtige Stimme, ihre Worte.

»Cameron«, flüsterte sie.

»Ja?«

»Ich bin jetzt bereit.«

6. Kapitel

Kara

Ich erwachte in der Dunkelheit. Für einen Moment fühlte ich Panik in mir aufsteigen. Ich konnte überhaupt nichts sehen und glaubte, blind geworden zu sein. *Was ist los?*

Doch mein Körper nahm Cameron wahr, ehe mein Verstand es tat. Er war so warm, hart und solide hinter mir. Seine starken Arme lagen besitzergreifend um meinen Oberkörper, und seine langen Beine waren mit meinen verschlungen. Getröstet und beruhigt sank ich zurück.

Ganz zurück in seine Umarmung.

Ich hatte keine Ahnung, wann seine Umarmung angefangen hatte, sich vertraut anzufühlen, doch selbst jetzt noch wehrte ich mich ein klein wenig dagegen. Ich wollte seinen Halt weder erwarten noch brauchen.

Ein Teil meines Verstandes sagte mir, dass ich mir in dieser Hinsicht etwas vormachte. Er hatte mein Herz längst erobert. Zu glauben, dass ich es noch aufhalten oder ihn wenigstens auf Distanz halten könnte, war reines Wunschdenken und entsprang doch bloß meinem Bedürfnis nach Kontrolle.

Du hast ihn gesucht, als deine Welt zusammenstürzte, oder?

Und er war da für dich.

Kümmerte sich um dich.

»Ich gehöre dir. Wenn du mich brauchst«, hatte er gesagt.

Warum bedeuteten seine Worte so viel? Warum waren sie mir so kostbar, dass ich sie tief in mein Herz schloss.

Wenn du mich brauchst. Brauchen? Ich brauchte viele Dinge.

Zum Beispiel weiterhin ein Dach über dem Kopf für mich und meine Familie. Geld, um unsere Schulden begleichen zu können.

Einen gut bezahlten Job, damit ich mehr und schneller sparen konnte. Aber wann hatte ich jemals irgendwen für mich gebraucht? Wann hatte ich mir das überhaupt gestattet?

Es war eine beängstigende Vorstellung, dass ich mich auf jemanden verlassen könnte. Trotzdem fragte ich mich das. Wie wäre es wohl, mit jemandem zusammen zu sein, ohne etwas zurückzuhalten? Mein Herz sehnte sich danach, doch etwas in mir warnte mich davor.

Vielleicht, aber nur vielleicht, war es in Ordnung, wenn es sich um … Cameron handelte. Zumindest für eine Weile. Ich schlug mir die Hände vor den Mund bei der peinlichen Erinnerung daran, wie ich vor ihm zusammengebrochen war. Ich konnte mich nicht mehr an alles erinnern, was passiert war, wollte es auch gar nicht, aber ich erinnerte mich sehr gut daran, dass Cameron für mich da gewesen war.

Er hatte sich um mich gekümmert wie nie zuvor jemand. Er ließ mich weder im Stich, noch wies er mich zurück, und er fühlte sich durch meine Schwäche auch nicht eingeschüchtert oder verstört. Mal abgesehen davon, dass ich es hasste, diese Seite von mir zu zeigen.

Warum hast du ihn dann gesucht und bist zu ihm gelaufen in deinem schwächsten Moment?

Plötzlich verspürte ich die starke Sehnsucht, sein Gesicht zu sehen, in seine Augen zu blicken und mich zu vergewissern … *dass was?*

Ganz behutsam, um ihn nicht zu wecken, befreite ich mich aus seiner Umarmung. Das war nicht leicht. Sein Arm war schwer und muskulös, und er hielt mich ziemlich besitzergreifend. Selbst im Schlaf fühlte es sich an, als wollte er mich nicht gehen lassen. Mittlerweile hatten meine Augen sich an die Dunkelheit gewöhnt, und als ich mich befreit hatte, drehte ich mich zu ihm um.

Er war zum Niederknien schön. Im Schlaf, im Wachzustand, in der Dunkelheit, im Licht.

Sein tintenschwarzes gewelltes Haar fiel ihm in die Stirn. Ich wollte es wegstreichen und fühlen, wie seidig weich es war, doch ich befürchtete, ihn damit aufzuwecken.

Gern hätte ich mit dem Finger seine geraden Brauen nachgezeichnet, die Linie der Nase, die flache Einbuchtung über seinem sinnlichen Mund, seine volle Unterlippe. Ich wollte seine Wange streicheln und seinen Hals. Und ihn dort küssen.

Aufmerksam musterte ich seine Augen, um festzustellen, ob er mich ertappt hatte, aber er schlief noch. Er war so still und reglos. Wäre da nicht das sanfte Auf und Ab seiner Brust gewesen, hätte ich ihn für eine Marmorstatue gehalten.

Irgendwann im Lauf der Nacht musste er sein T-Shirt ausgezogen haben. Er strahlte so viel Wärme aus, dass ich mir gut vorstellen konnte, wie unbehaglich er sich in seinen Klamotten gefühlt haben musste.

Mein Blick glitt hungrig über seine breiten Schultern, seine Arme und seinen Oberkörper. Ich wünschte, es gäbe mehr Licht.

Offenbar hatte ich einen Laut von mir gegeben, denn seine Atmung veränderte sich. Ich hielt ein paar Sekunden lang die Luft an, aus Furcht, ihn aufzuwecken, aber da wurde mir klar, dass er schon wach war.

»Cam?«

Er drehte den Kopf ein Stück. In der Dunkelheit spürte ich seine Nähe und dass er mich anblickte.

»Bist du wach?«, fragte ich leise.

»Ja«, antwortete er, noch heiser vom Schlaf.

Seine tiefe, raue Stimme hatte etwas Faszinierendes, wenn er noch sanftmütig und benommen war vom Schlaf. Ich wollte seine Worte, seine Lippen, seine Hände auf meiner Haut. Ich senkte die Lider, da das plötzlich erwachte Verlangen mich überrollte.

»Du sagtest zu mir, wenn ich die Worte ausspreche ... würdest du es mir zeigen. Du meintest, ich soll es dich wissen lassen, wenn ich bereit bin.« Mein Herz schlug schneller. »Cameron.«

»Ja?«

»Ich bin jetzt bereit.«

Ohne uns beiden Zeit zum Nachdenken zu lassen, richtete ich mich im Bett auf und setzte mich rittlings auf seine Hüften. Unter dem Bademantel war ich nackt. Und unter mir fühlte ich, wie steinhart Cameron war.

Ich bändigte meine Nervosität und machte den Rücken gerade. Dann schaute ich auf ihn herunter und wartete.

Verzehrte mich nach ihm. *Bitte berühre mich.*

Ich spürte seine Kraft und Stärke, auch ohne dass er sich bewegte. Sein Blick besaß etwas Magisches.

Er war der einzige Mann, den ich je gewollt hatte, und der einzige Mann, von dem ich wollte, dass er mich begehrte.

Durch meine abrupten Bewegungen öffnete sich der Bademantel. Ich hielt den Atem an, als Cameron langsam eine Hand ausstreckte, und schloss die Augen, als sein Daumen über meine Brustwarze strich. Feuer breitete sich in meinen Adern aus. Ich stöhnte.

»Cameron. Bitte.«

»Bitte was, Kara?«

Seine großen Hände umfassten meine Brüste, und er begann, sanft mit meinen Spitzen zu spielen. Als er unvermittelt fester zudrückte, schrie ich erschrocken auf. Es war nicht sehr schmerzhaft, aber es kam unerwartet. Als er sie langsam wieder losließ, erwachten Lust und Begierde wie ein wildes Feuer in mir.

»Sag es mir«, forderte er mich auf. Er hakte einen Finger unter den Gürtel meines Bademantels und zog daran. »Was willst du?«

»Dich«, brachte ich krächzend hervor. »Ich will dich.«

Seine starken Hände glitten über meinen Körper und schoben den Bademantel noch weiter auseinander, als wäre ich ein kostbares Geschenk, das er auspackt.

Seine Handflächen waren ein wenig rau, was mich noch stärker erregte und mich daran erinnerte, dass er ein Mann war, der mit seinen Händen arbeitete. Diese wundervollen Hände streichelten meine Taille, meine Oberschenkel, drückten sanft zu. Dann fasste er mich an den Hüften und zog mich näher heran, sodass ich auf seinem harten Bauch saß.

Ich sog scharf die Luft ein und musste mich auf seinem Oberkörper abstützen, um das Gleichgewicht nicht zu verlieren. Seine warme nackte Haut zwischen meinen Schenkeln zu spüren war mehr als ich ertragen konnte.

»So ist es gut«, flüsterte er mir ins Ohr. »Komm näher zu mir.«

Er legte mir eine Hand an den Hinterkopf, grub die Finger in meine Haare und dirigierte meinen Kopf zu seinem Mund. Ich schloss die Augen, als unsere Lippen sich trafen.

Da war unmissverständlich Erleichterung, während wir uns küssten, dazu Lust. Als hätte ich auf diesen Moment, auf diesen Kuss nach einem langen harten Tag gewartet. Er saugte an meiner Unterlippe und biss sanft hinein.

Und dann ließ er meine Haare los und umschloss mein Kinn, und sein Kuss wurde sinnlicher. Mit der anderen Hand schob er mir den Bademantel von den Schultern, sodass ich vollkommen nackt war. Er umspielte mit seiner Zunge gierig meine.

»Ich will dich sehen«, sagte er leise. »Darf ich das Licht einschalten?«

Ich hielt den Atem an. Ich wollte ihn auch sehen, aber ... ich war unsicher wegen meines Körpers, besonders wegen meiner kleinen Brüste; doch dann erinnerte ich mich daran, wie er mich angeschaut hatte und wie er mir stets das Gefühl gab, wunderschön zu sein, eine begehrenswerte Frau, sodass all meine Unsicherheiten einfach verschwanden.

Statt zu antworten, schaltete ich die Nachttischlampe ein. Ich setzte mich wieder auf seinen muskulösen Bauch und versuchte, dem Impuls zu widerstehen, mich zu bedecken. Vergeblich. Ich schaute überallhin, nur nicht ihm in die Augen.

Er stützte sich auf die Ellbogen, sagte allerdings nichts. Ich spürte das Vibrieren seines Körpers unter mir, doch er wartete geduldig. Ich wusste genau, worauf er wartete.

Als ich genug Mut gefasst hatte, sah ich ihm in die Augen und schnappte unwillkürlich nach Luft.

Sein attraktives Gesicht war in den sanften Schein der Lampe getaucht. Er war so schön, dass es manchmal einfach schwer zu glauben war.

»Kara.«

Es war nicht nur seine Schönheit, die mich stets aufs Neue anzog. Es waren die Freundlichkeit, die Geduld und seine Fürsorglichkeit mir gegenüber. Es waren sein scharfer Verstand, seine Ausdauer und seine Stärke, die seine Ängste vertrieben. Trotzdem war er für mich immer noch ein Rätsel. Sosehr ich es auch versuchte, ich wurde nicht ganz schlau aus ihm.

»Du bist wunderschön«, murmelte er, und in seinen Augen las ich tiefe Zuneigung. »Alles an dir.«

Mein Hals war wie zugeschnürt. Niemand hatte mir je dieses Gefühl gegeben. Oder mich so angeblickt, wie er mich jetzt anblickte. Als hätte er nur auf mich gewartet.

Mein Herz pochte, und ich ließ den Arm sinken, um ihm alles von mir zu zeigen. Es kam mir unvorstellbar vor, dass er mich ebenso schön fand wie ich ihn. Ich erkannte in seiner Miene nur reinste Aufrichtigkeit. Und all sein Verlangen. »Ich kann nicht aufhören, dich anzusehen«, flüsterte er.

Im gedämpften Licht richtete er seine blauen Augen auf meinen Mund, meinen Hals, meine Brüste, wo sein Blick länger verweilte, bevor er auf meine Mitte schaute und mir wieder tief in die Augen schaute. Cameron hob die Hand zu meinem Mund und strich mit dem Daumen darüber.

Instinktiv leckte ich mir über die Lippe und dabei auch über seinen Daumen. In seinem Blick flackerte schiere Lust auf.

»Saug daran«, forderte er mich auf.

Ich öffnete den Mund, und er rieb langsam die Innenseite meiner Lippe, als genieße er, wie zart sie sich unter seiner Fingerspitze anfühlte. Ich schloss den Mund und saugte zögernd an seinem Finger. Er senkte die Lider und stöhnte. Warum erregte mich das so sehr?

Er machte die Augen wieder auf, zog den Finger zwischen meinen Lippen hervor und saugte an ihm, so wie ich es eben getan hatte. Dabei wandte er keine Sekunde den Blick von mir. Während er mit dem Daumen meine Spitze umkreiste, lächelte er.

»Und jetzt will ich sie kosten«, sagte er.

Er legte mir die Hand auf den Rücken, damit ich mich zu ihm herunterbeugte.

»Leg deine Hände ans Kopfteil und beweg dich nicht«, meinte er.

Meine Haut schien in Flammen zu stehen. In seiner Stimme schwang eine Autorität mit, die mich normalerweise provozieren würde. Doch hier, in der intimen Dunkelheit, entfachte es nur noch mehr Begierde in mir. Ich hielt den Atem an, mein Körper war angespannt, als ich mich vorlehnte und am Kopfteil festhielt. Und wartete. Wartete.

Ich zuckte zusammen, sowie ich seine Hände auf meinen Oberschenkeln spürte. Er lachte leise.

Er zog mich näher und vergrub das Gesicht zwischen meinen Brüsten, um tief den Duft meiner Haut einzuatmen. Seine seidigen Haare kitzelten mich, was meine Lust weiter steigerte. »Verrate mir, was du willst.«

»Ich will das«, stieß ich hervor.

Und als er anfing zu saugen, durchströmte mich pures Verlangen.

»Ahh!«, schrie ich und bog meinen Rücken durch, rieb mein Becken an ihm, während er an meiner Brustwarze saugte. Er biss sacht zu und umspielte die harte Spitze mit der Zunge. Saugte wieder fest, leckte, saugte.

Sein Stöhnen war zu viel. Ich klammerte mich am Kopfteil des Bettes fest, um in der Position zu bleiben, die er von mir eingefordert hatte. Ich fürchtete, sofort zu kommen, wenn ich losließ. Doch überraschenderweise wurde meine Lust noch stärker. Ich wollte mehr. *Bitte, bitte mehr, Cameron.*

»Ich halte dich, Baby.«

Ich würde es laut sagen. Ich hatte Angst davor, was er mit mir anstellen würde. Gleichzeitig konnte ich es kaum erwarten. Heiß durchflutete es mich bis in die allerintimsten Regionen. Ich wollte meine Beine gegeneinanderreiben, damit ich diese Begierde stillen konnte, die immer stärker wurde.

»Komm hinauf zu mir. Höher. Zu meinem Mund.«

Für einen Moment erstarrte ich. Er umgriff meinen Po, und ich hielt mich weiterhin am Kopfteil fest, während er mich zu seinem Gesicht hob. Mit den Knien auf dem Kissen, die Beine gespreizt, zu beiden Seiten seines Kopfes. Und dann küsste er mich sacht, genau auf das Zentrum meiner Lust.

»Oh mein Gott, Cameron.«

Ich war irgendwie schockiert und doch wild erregt.

Er stöhnte und leckte sich die Lippen. »So gut. Ich bin süchtig danach, wie du schmeckst.«

Meine Knie fühlten sich zittrig an, als ich sie anzuheben versuchte, um die Beine zusammenzupressen. Cameron verhinderte es, indem er die Arme um meine Oberschenkel legte, sodass ich bleiben musste, wie und wo ich war.

»Nimm, was du willst, Baby.« Er leckte langsam an der Innenseite meines Schenkels entlang, knabberte an meiner Haut und glitt mit dem Mund zu meiner feuchten Hitze. »Reite mich. Lass mich dich ganz spüren.«

Er war so ungehemmt lustvoll, so offen, was seine Begierden anging, was mich ermutigte und es mir erleichterte, meine eigenen Hemmungen fallen zu lassen.

»Cameron«, stieß ich hervor, beinahe schluchzend. Es war einfach zu viel und zugleich nicht genug. »Ich brauche …«

»Ich weiß, was du brauchst«, erwiderte er. »Lass es mich dir zeigen. Halt dich gut am Kopfteil fest.«

Meine Knie versanken im Kissen, während er meine Hüften umfasste und ich seinen Mund noch mehr spürte. Ich klammerte mich mit einer Hand ans Kopfteil, krallte mich mit der anderen in sein Haar und schrie, als seine Zunge in mich eintauchte, schnell und tief. Ich vollführte wilde kreisende Beckenbewegungen, von Lust schier überwältigt. Und Cameron saugte und verwöhnte mich mit seinem aufregenden Zungenspiel.

»Verdammt, ja. Du kommst, nicht wahr? Das ist es, Baby.«

Die Vibrationen, die seine Worte und sein sexy Stöhnen verursachten, gaben mir den Rest. Ich fühlte den Orgasmus kommen, sich wild und überall ausbreitend, mich verzehrend. Ich überließ mich ihm und schrie hemmungslos auf, als es so weit war.

7. Kapitel

Kara

So fühlt es sich also an.

Einen Orgasmus durch Camerons sinnlichen Mund zu erleben fühlte sich dekadent und sehr aufregend an. Köstlich skandalös geradezu.

Es war unglaublich und etwas, was ich noch nie erlebt hatte. Es gab nichts, womit ich es auch nur annähernd vergleichen könnte. *Kein Wunder, dass Menschen danach süchtig werden.*

Vor allem aber war ich süchtig nach Cameron.

Ich war noch außer Atem und spürte das Pochen meines Herzens überall in meinem Körper. Fast wäre ich erschöpft auf ihn herabgesunken, hielt mich jedoch wieder am Kopfteil fest. Als mein Puls sich beruhigt hatte, fühlte ich mich wundervoll leer und befriedigt.

Unter mir küsste Cameron mich sanft auf meine Mitte. Ich stöhnte. Es war so sinnlich, und es … kribbelte.

»Du hast es so gut gemacht, Baby«, murmelte er und glitt mit den Lippen an meinem sensibelsten Punkt entlang.

Er legte die Hände erneut auf meine Hüften und schob mich tiefer, sodass ich auf ihm lag und meine langen Haare sich um mich herum auffächerten. Ich versuchte, aufs Bett zu rutschen, doch er hielt mich fest.

»Bleib«, sagte er ruhig. »Genau hier. In meinem Bett. In meinem Zimmer. Genau so.«

So etwas Ähnliches hatte er schon einmal zu mir gesagt. Ich konnte mich nur nicht daran erinnern, wann. Ich wusste nur, dass es sich gut anfühlte, es zu hören.

Mein Kopf ruhte auf seiner Brust, meine Beine waren mit seinen verschlungen. Behutsam strich er mir die Haare aus dem Gesicht.

Seine Finger streiften meine Schulter, wanderten von dort hinunter zu meinem Ellbogen, dann wieder hinauf zu meiner Schulter und wieder meinen Arm hinunter. Auf und ab, auf und ab, mit seinen langen, ein wenig rauen Fingern. Ich schloss die Augen.

Ich fühlte seine Erektion zwischen seinen Beinen gegen meine Hüfte stoßen. Sie fühlte sich heiß und unnachgiebig hart an. Ich wollte sie berühren. Ich wollte … mehr. Wie würde Cameron schmecken, wenn ich ihn in den Mund nahm? Welche Laute würde er von sich geben? Wie würde sein schönes Gesicht aussehen, wenn ich es tat? Ich hielt es vor Neugier kaum aus. Und, wie mir mit Schrecken klar wurde, vor Begierde auch nicht.

»Mochtest du meine Zunge zwischen deinen Beinen?«, erkundigte er sich mit sanfter Stimme.

Wow. Wie konnte sein Mund dermaßen … schmutzige Dinge von sich geben?

Ich mochte es. Ich mochte all die schmutzigen Dinge, die ihm über die Lippen kamen. Mir gefiel, wie selbstsicher er war, wie schamlos und wie natürlich das alles für ihn war. Und wie sehr mich das ermutigte, ebenso zu sein.

»Ja, und wie«, murmelte ich, das Gesicht an seine breite Brust geschmiegt.

»Deine Pussy schmeckte so süß.«

Oh, wow.

Sollte ich so schnell schon wieder erregt sein? Denn das war ich. Wie war es möglich, dass ich ihn so rasch wieder begehrte?

»Ich mag deinen Dirty Talk«, gestand ich. Meine Wangen fühlten sich warm an.

Ich hörte sein leises, heiseres Lachen. »Ja, nicht wahr?«

»Es … erregt mich.« Ich biss mir auf die Lippe. Es war eine Sache, mit Freunden über Sex zu reden, weil man ohnehin wusste, dass sich alle die meiste Zeit nur gegenseitig aufzogen. Etwas ganz anderes war es, wenn man sich dem Mann anvertraute, mit dem man schlafen wollte. Dem Mann, der einem Lust bereiten wollte. Es war eine sehr intime Angelegenheit, ihm geheime Dinge zu gestehen. »Es gefällt mir, dass es mich erregt.«

»Was gefällt dir noch?«

»Ich hätte dich gern … in meinem Mund.«

Er hielt den Atem an. Ich wartete darauf, dass er etwas darauf erwiderte, doch das tat er nicht.

Es war nur ein kurzer Moment des Schweigens, Sekunden, aber es kam mir wie Stunden vor. Und dann …

»Ah, verdammt, Baby.«

Er bewegte sich, als sei ihm irgendwie unbehaglich. Ich hielt es kaum für möglich, doch plötzlich fühlte sich seine Erektion an meiner Hüfte noch härter und größer an.

»Und in der Cafeteria auch«, sagte ich und erinnerte mich daran, wie er vor mir gestanden hatte, während ich saß. Ich schaute hoch zu ihm, und die Art, wie er mich ansah, ließ mich an all die Dinge denken, die ich mit meinem Mund bei ihm anstellen wollte. »Da gab es diesen einen Moment. Bevor du den Tisch verlassen hast …«

»Ich weiß. Da dachte ich auch daran.«

»Und jetzt?«

»Ja.«

Ich schluckte. »Also …« Ich schaute ihn an und stockte. Er hatte die Augen geschlossen, seine Züge wirkten angespannt.

Im Lichtschein der Lampe erinnerte er mich an einen düsteren, grüblerischen Prinzen. Seine seidigen dunklen Haare fielen ihm in die Stirn und umrahmten sein vollkommenes Gesicht. Seine Halsschlagader pulsierte schneller, und ich fand sogar seinen Hals attraktiv.

»Nicht heute Abend«, erklärte er.

»Was?«

Er machte die Augen auf und betrachtete mein Gesicht. »Heute Nacht werde ich dich nicht vögeln.«

Das dunkle, raue Timbre seiner Stimme und seiner Worte ließ mich erbeben. Nie zuvor hatte jemand auf diese Weise mit mir geredet. Niemand, der eine solche Wirkung auf mich hatte wie Cameron.

»Wenn du mir einen Blowjob gibst«, fuhr er ruhig fort, »werde ich mich nicht beherrschen können und dich vögeln. Aber jetzt ist noch nicht der richtige Zeitpunkt.«

Sein Dirty Talk … würde ich mich je daran gewöhnen? Er fachte etwas in mir an. Als könnte ich so wild sein, wie ich wollte, jegliche Kontrolle aufgeben, während er jede Sekunde genoss.

»Du hast mich aufgefordert, dir zu sagen, wenn ich bereit bin.«

Er gab einen langen, tiefen Seufzer von sich und schwieg.

Statt zu fordern, fuhr ich mit den Fingerspitzen über seinen harten Bauch. Er hielt den Atem an. Ich spürte seinen auf mich gerichteten Blick.

»Ich weiß, dass du mich willst«, sagte ich.

»Soll ich dir den Mond dafür schenken, dass du das Offensichtliche weißt?«

»Ja, schenk mir den Mond«, neckte ich ihn. »Und die Sterne. Und den Himmel. *Wenn* du kannst.«

Wenn? Von wegen. Eher: wann.

Erneut setzte ich mich rittlings auf ihn. Genau wie vorhin. Genau wie in meinem Traum. Ich erschauerte, als er meine Hüften umfasste und mich anhob, damit ich unter ihm lag.

»Es gefällt dir, oben zu sein, oder?«

Ich war mir nicht sicher. Solange er bei mir war, war es mir egal, wer oben und wer unten war.

»Ich mag es … oben und unten«, erwiderte ich daher und fürchtete, mittlerweile am ganzen Körper errötet zu sein. Jedenfalls fühlte ich mich so.

»Es gibt mehr als oben und unten. Das werde ich dir ein andermal zeigen.«

»Zeig es mir jetzt.«

»Baby, ich weiß, dass Sex guttut. Es bringt einen dazu, zu vergessen. Ich kann dich noch einmal alles vergessen lassen und dafür sorgen, dass du dich fantastisch fühlst und ich mich fantastisch fühle, aber …«

Ich biss mir auf die Unterlippe, nicht sicher, ob es funktionieren würde, doch ich folgte einfach meinem Instinkt, indem ich das Becken hob und an ihm entlangglitt. Er war steinhart. Ich konnte seine Form spüren, die Härte und beeindruckende Größe.

»Verdammt.« Er stöhnte.

Als Reaktion drückte er mich herunter und grub die Finger in meine Hüften, presste sich an mich und vollführte kreisende Beckenbewegungen, in einem kraftvollen, schnellen Rhythmus, der mir verriet, wie sehr er mich begehrte.

»Die reinste Qual.« Er platzierte die Arme zu beiden Seiten meines Kopfes, schaute mir in die Augen und dann an sich hinunter, dorthin, wo er zwischen meinen Beinen lag. Es fühlte sich wundervoll erotisch und sündig an.

Er war schlichtweg der aufregendste Mann, den ich je gesehen hatte.

»Du bist so verdammt sexy.« Stöhnend hob ich ihm meine Lippen entgegen.

Er umfasste mein Kinn, sanft, aber fest, und küsste mich. Er saugte an meiner Unterlippe, ließ seine Zunge in meinen Mund gleiten und gab einen anerkennenden Laut von sich. Seine sinnlichen Töne erregten mich so, dass ich meinen Körper enger an seinen drückte.

Er schien mich ausgiebig kosten zu wollen und wurde dann wilder, um mich wissen zu lassen, wie sehr er mich wollte. Das erzeugte die inzwischen vertraute Sehnsucht in mir und das Verlangen, ihn überall zu spüren. Ich fragte mich, wie es wohl sein würde, wenn er richtig mit mir schlief.

Ich wollte ihn in mich aufsaugen. Ich wollte mehr. Kühn schlang ich ihm meine Beine um die Hüften und legte die Hände auf seinen Rücken, damit er noch näher kam.

Sein Mund wanderte hinunter zu meinem Kinn, er biss zärtlich hinein und bewegte sich weiter küssend nach unten, bis zu meiner Halsbeuge. Dort saugte er, erst ganz leicht, dann stärker.

»Mehr nicht«, sagte er gepresst und streichelte die Innenseiten meiner Schenkel. »Mehr als das kann ich dir heute Nacht nicht geben.«

»Warum nicht?«

Er schloss die Augen und leckte sich die Lippen, als schmeckte er mich erneut. Einen Moment später löste er sich aus meiner Umarmung, kniete sich so hin, dass ich mich nicht mehr bewegen konnte, und starrte mit hungrigem Blick auf mich herunter.

Er stieß einen knurrenden Laut aus, fuhr sich mit einer Hand übers Gesicht und machte meinen Bademantel zu. Er zog sogar den Gürtel fest. Dann nahm er meine Hände, küsste beide Handflächen und setzte sich auf die Bettkante.

»Cameron?«

»Glaubst du, dass ich das tun würde, nach allem, was heute gewesen ist?«

Ich wusste nicht, was ich darauf erwidern sollte, aber er redete auch schon weiter.

»Ich will nicht, dass du es morgen früh bereust, sobald dir klar wird, was du mir gegeben hast, als du nicht vernünftig denken konntest. Verdammt, ich bin schon ein mieser Kerl, weil ich dich geleckt habe.«

Er strich sich durch die Haare und massierte seinen Nacken. »Du hast dich selbst nicht erlebt, als ich dich im Regen eingeholt habe. Ich werde jedenfalls deine Situation nicht noch weiter ausnutzen. Ich werde nicht mehr nehmen, als du bereit bist zu geben.«

Er irrte sich, denn ich hatte schon vor langer Zeit entschieden, dass ich mich ihm hingeben würde. Aber ich verstand, was er mir sagen wollte. Er hatte mich bereits daran erinnert, dass Sex einen alles vergessen lässt und einem ein gutes Gefühl schenkt. Damit hatte er vollkommen recht. Er hatte mich vergessen lassen und dafür gesorgt, dass es mir gut ging. Dabei hatte er sich sehr selbstlos verhalten und allein darauf geachtet, mir Lust zu verschaffen, ohne sich zu nehmen, was ich ihm anbot.

Ich setzte mich auf und wollte die Hand nach ihm ausstrecken, als er sich plötzlich erhob.

»Dräng mich nicht.« Er klang harsch. »Du wirst heute Nacht allein in diesem Zimmer schlafen, wenn du nicht damit aufhörst. Sag mir, dass du verstehst.«

Ich musterte ihn einen Moment lang forschend und sah etwas in seinem Gesicht, das ich nicht deuten konnte, das mich jedoch einlenken ließ. »Ich verstehe.«

Er wirkte nicht glücklich. Tatsächlich wirkte er frustriert und ruhelos. »Geht es dir gut?«

Obwohl seine Bedürfnisse unbefriedigt geblieben waren, machte er sich Sorgen um mich. Dafür war ich dankbarer, als ich es mit Worten hätte ausdrücken können. Eine wohlige Wärme breitete sich in meiner Brust aus.

»Ich glaube schon. Allerdings will ich noch nicht darüber nachdenken, was heute passiert ist.«

»Einverstanden.«

Einfach so. Er war außergewöhnlich schön, sein Körper stark und muskulös, doch seine inneren Werte übertrafen all das.

»Möchtest du dein Handy haben?«, fragte er. »Es hat nonstop geklingelt.«

»Nein.«

Er reagierte nicht, doch ich hatte den Eindruck, dass er wartete. Kannte er mich denn schon so gut?

»Okay.« Ich atmete schwer aus. »Shit. Gib es mir. Und, Cameron?«

»Ja?«

»Nimm mir nie wieder mein Handy weg. Und jetzt sagst du mir bitte, dass du verstanden hast.«

Er grinste und ging. Als er zurückkam, hatte er mein Smartphone und ein Ladegerät dabei. »Es ist leer.«

Ich schluckte, denn plötzlich bildete sich ein Kloß in meinem Hals. Wahrscheinlich hatten mein Dad oder Dylan ununterbrochen versucht mich zu erreichen. Und … Tala.

Ich schüttelte all diese Gedanken ab. Es schmerzte zu sehr, an den zurückliegenden Tag zu denken. Ich schaute zu, wie Cameron sich auf den Boden kniete, das Ladekabel einstöpselte und das Smartphone auf den Nachttisch auf meiner Seite des Bettes legte.

»Ich mache dir jetzt was zu essen«, meinte er. Seine blauen Augen richteten sich auf meinen Mund. Seine Züge spannten sich an.

Ich spürte seine Begierde förmlich in der Atmosphäre knistern. Ich wollte es.

Doch dann richtete er sich auf und wandte sich ab. »Komm nach, sobald du so weit bist.«

Ich nickte, rieb die weiche Decke zwischen meinen Fingern und versuchte, das Chaos in mir zu sortieren.

»Kara.«

Ich schaute auf. Er stand bereits im Türrahmen.

»Ich will dich mehr als irgendetwas sonst.«

Damit verließ er das Zimmer und schloss die Tür hinter sich.

8. Kapitel

Kara

Ich starrte die Tür einen Moment lang an und wusste nicht, was ich von all dem halten sollte, was gerade in diesem Zimmer passiert war.

Warum fängst du nicht damit an, wie du ihn dauernd gebeten hast, mit dir zu schlafen? Oh, warte, stimmt ja. Und was ist mit dem Blowjob, den er abgelehnt hat?

Ich schnappte mir ein Kissen und drückte es mir gegen das Gesicht, um meinen Schrei zu dämpfen. Shit. Shit. Shit. War ich zu aufdringlich gewesen? Verlangte ich wieder einmal zu viel?

Hatte er deshalb abgelehnt und sogar den Raum verlassen, um mir regelrecht zu entfliehen – damit ich mich ihm nicht nackt an den Hals werfen konnte?

Alte Unsicherheiten erwachten, doch ich verdrängte sie rasch wieder.

Wo ist dein Selbstbewusstsein?

Ich holte tief Luft.

»Glaubst du, dass ich das tun würde, nach allem, was heute gewesen ist?«

Seine tiefe, raue Stimme war eine willkommene Ablenkung von derjenigen in meinem Kopf. Ich glaubte ihm. Wie hätte ich es nicht tun können, so aufrichtig, wie er mich ansah? Die Wahrheit lag in seinen Augen, in seinem sehnsüchtigen Blick. Und vielleicht dachte ich manchmal sogar, dass da noch … mehr sein könnte. Was sah er, wenn er mir in die Augen schaute? Las er das Gleiche darin?

Eine Locke fiel über meine Schulter. Ich berührte sie und stellte fest, dass sie kaum noch feucht war. Camerons Verhalten mir gegenüber zeigte mir seine wahren Gefühle. Niemand war je so auf meine Launen eingegangen, hatte sich so besorgt gezeigt, war so voller Anteilnahme gewesen oder so bedingungslos bereit, mich zu beschwichtigen.

»Lass mich dir die Haare waschen.«

Seit meiner Kindheit hatte niemand mehr meine Haare gewaschen. Nicht mehr seit jenem Tag, an dem Dylan gestolpert war und der Inhalt der offenen Farbdose, die er trug, auf meinem Kopf landete. Nachdem ich die Farbe aus meinen Haaren Dylan ins Gesicht geschmiert hatte, spritzte Dad uns im Garten mit dem Wasserschlauch ab. Es war ein lustiger Tag gewesen, an dem wir alle drei wie blöde lachten.

Nur wir drei. Doch jetzt …

Bei der Erinnerung an damals und an das, was heute geschehen war, fühlte ich mich gleich wieder elend. Warum hatte das alles an einem einzigen Tag passieren müssen?

Zuerst das mit meiner besten Freundin Tala, die mir eröffnete, dass sie in wenigen Tagen Kanada für immer verlassen würde, um mit ihrer Mutter auf die Philippinen zurückzukehren. Und als ich nach Hause fuhr, um Trost im Kreis meiner Familie zu finden, fand ich dort stattdessen meine selbstbezogene Mutter, die uns vor vielen Jahren im Stich gelassen hatte, in trauter Runde mit Dad und Dylan vor. Die mich beide anschauten, als wäre ich jetzt die Außenseiterin in unserer Familie …

Panik schnürte mir die Kehle zu. *Was soll ich tun? Wohin soll ich? Was hat es für einen Sinn gehabt, all die Jahre hindurch so hart zu arbeiten?* Alles schien zusammenzubrechen, der Boden unter meinen Füßen brach weg, und ich hatte kein Seil, um mich daran festzuklammern.

Alle schienen leicht klarzukommen, nur ich nicht. Fiel es ihnen wirklich so leicht? War ich diejenige, mit der etwas nicht stimmte? *Was stimmt nicht mit mir?*

Nein. Denk nicht so. Stahl, Baby. Du bist aus Stahl.

Mein Handydisplay leuchtete auf; der Akku war ausreichend geladen, um sich selbst einzuschalten. Es war beunruhigend, das Smartphone ununterbrochen vibrieren zu hören. Ich hielt es in der

Hand, weigerte mich jedoch, einen Blick darauf zu werfen. Ich fürchtete, in Tränen der Wut auszubrechen bei der Vorstellung, dass mein Vater, mein Bruder oder meine beste Freundin versuchten, mich zu erreichen. Oder noch schlimmer – wenn sie es nun gar nicht waren, es nicht mal versucht hatten?

Ich würde mich damit auseinandersetzen, aber später. Also legte ich mein Handy mit dem Display nach unten auf den Nachttisch und stand auf. Ich war nicht allzu gut darin, unerfreuliche, schmerzliche Dinge abzublocken, doch wenn ich es wirklich versuchte, konnte ich es schaffen. Genervt nahm ich die Decke, schüttelte sie und breitete sie ordentlich auf dem Bett aus. Eine – in jeder Hinsicht – große Ablenkung wie Cameron zu haben half natürlich auch. Wenn er nicht gewesen wäre …

Als ich an Cameron dachte, vertrieb ein warmes Gefühl die Traurigkeit. Ich hatte immer geglaubt, ich sei stark genug, um allein klarzukommen. Schließlich erwartete jeder von mir, dass ich mit den schwierigen Dingen fertigwurde, ich selbst ja auch. Ich glaubte, ich würde meine Identität verlieren, wenn es mir nicht gelänge.

Ich dachte, sobald ich um Hilfe bitte, würde meine schwache Seite, die ich verachtete, weil ich mich durch sie nutzlos, klein und unbedeutend fühlte, die Menschen vertreiben, die mir wichtig sind.

Meine Mutter hatte ich vertrieben.

Ich war ihr nicht genug. Nicht so sehr, dass sie blieb. Das galt auch für alle anderen. Aber Cameron war da. Er hatte mich in einem der schlimmsten Momente erlebt und war trotzdem noch da.

Cameron zeigte mir eine andere Seite von mir, die ich noch gar nicht kannte. Er akzeptierte mich einfach, wie ich war. Ihm musste ich überhaupt nichts beweisen. Auch aus diesem Grund hatte ich den Mut aufgebracht, ihm … ihm …

Ihm einen Blowjob anzubieten? Mich auf sein Gesicht zu setzen?

»Ah!« Erneut packte ich das Kissen, drückte es mir gegen das Gesicht und zerwühlte dabei das gerade erst von mir hergerichtete Bett. Meine Wangen glühte. Ich musste sie kühlen. Emotional war ich heute ziemlich durch den Wind.

Vielleicht würde ich ein bisschen herumschnüffeln, beschloss ich, während ich mich erhob und mir mit den Fingern durch die Haare fuhr. Als ich auf verfilzte Stellen traf, zuckte ich zusammen. Ich würde mich ein wenig umschauen, um mich zu beruhigen, bevor ich das Schlafzimmer verließ, um zu essen, was immer er für mich zubereitet hatte. Ständig kochte er mir irgendetwas, und das stimmte mich unweigerlich milde.

Ich hätte mich ja zu revanchieren versucht, indem ich ihm auch mal etwas kochte, doch vermutlich würde er glauben, ich wollte ihn vergiften. Für mich bestand die Essenszubereitung darin, Cornflakes in eine Schale zu kippen.

Bisher hatten wir noch gar keine richtige Mahlzeit zusammen eingenommen, uns hingesetzt und gemeinsam gegessen und geredet. Mal abgesehen von einem Sandwich oder einem Hot Dog. Aber es gab noch kein Date mit einem richtigen Essen. Eigentlich hatten wir überhaupt noch nicht viele Dinge gemeinsam unternommen als … Paar.

Na ja, es ist eine Frage der Perspektive. Das letzte Mal, als du in seinem Zuhause warst, habt ihr nicht viel geredet.

Cameron hatte recht. Sex ließ einen Dinge vergessen – aber war das wirklich der Grund, weshalb ich heute mit ihm schlafen wollte?

Ich war mir selbst gegenüber ehrlich genug, um mir einzugestehen, dass es mit eine Rolle spielte. Mir war das Herz schwer, und ich wollte vergessen; ich wollte mich begehrt und gebraucht fühlen. Allerdings kannte ich mich auch gut genug, um zu wissen, dass ich mich weder auf ihn noch auf sonst jemanden einlassen würde, ehe ich mir nicht zu hundert Prozent sicher war. Aber er hatte recht, die Umstände passten nicht.

Mit jemandem zu schlafen hatte eine zu große Bedeutung für mich. Ich wollte mit jemandem zusammen sein, den ich respektierte, bewunderte und begehrte und der für mich ebenso empfand. Außerdem hatte ich nur diesen einen Körper. Sollte irgendwer eine Möglichkeit finden, mein Bewusstsein in einen anderen Körper zu transportieren, würde ich eventuell andere Optionen in Betracht ziehen. Nebenbei bemerkt würde ich beim nächsten Mal einen

Körper mit größeren Brüsten wählen. Schließlich ist es doch gut, andere Dinge kennenzulernen, oder?

Ich schaute mich skeptisch in dem fast leeren, ja geradezu unpersönlichen Zimmer um. Es gab ein Doppelbett aus dunklem Holz, das schlicht und elegant wirkte. Zwei Nachtschränkchen aus dem gleichen Holz, darauf zwei schwarze funktionale Lampen, zu beiden Seiten des Bettes. Eine kamelfarbene Ledercouch, die schon ein wenig abgewetzt aussah, mit einer zusammengefalteten Decke und einem Kissen darauf.

Das Ganze machte den Eindruck, als hätte er alles als Set gekauft, nur um den Laden schnell wieder verlassen zu können. Ich grinste. Typisch männlich. Hätte er mich das Zimmer einrichten lassen …

»Ich schlafe auch gern auf der Couch.«

Ich schaute zwischen dem Bett und der Couch hin und her. Eine Erinnerung, die weit zurückzuliegen schien.

Er hatte das zu mir gesagt, als wir zum ersten Mal zur Werkstatt fuhren und in unser Haus gingen. Es war der Tag gewesen, an dem er mich erpresst hatte, ihn zu fahren. Der Tag, an dem unser Schicksal sich verband. Ich hatte erzählt, das mein Dad auf der Couch schlief, und Cameron erwiderte, das er das auch gern mal machte. Aber warum sollte er? Er hatte doch ein komfortables Bett hier.

Mir wurde klar, dass dies nur ein Zimmer war, in dem er schlief, sonst nichts. Es gab hier keinen Fernseher, keine Playstation, keine Fotos. Keine Unordnung. Keine herumliegenden schmutzigen Socken oder Unterwäsche. Nicht mal ein Sessel, auf dem Männersachen lagen. Es war zu sauber. Zu aufgeräumt.

Wäre Dylan nur annähernd so, würde ich jeden Tag in Jubel ausbrechen. Bei Cameron hingegen machte es mich traurig.

Warum wirkt es, als wollte er sich hier nicht häuslich einrichten? Als müsste er jederzeit alles zusammenpacken und verschwinden können. Für immer. Genau wie … Hör auf zu denken.

Ich schaltete das Licht ein. Und betrat verblüfft einen begehbaren Kleiderschrank im hinteren Teil des Raums. Er war lang und geräumig, wie ein kleiner Flur, hellgrau gestrichen, mit dunkelblauen Akzenten und voller beeindruckender Regale und Schubladen, aber Cameron benutzte ihn offenbar kaum.

Ich empfand sofort Schrankneid. Wenn das meiner wäre, würde ich ihn rasch füllen. Dieser hier war fast leer, bis auf ein paar ordentlich zusammengelegte Kleidungsstücke. Zwei Hemden und Jacketts, die zwar schick, aber einsam aussahen in dem riesigen Kabinett. Die Hemden waren sicher für Meetings mit Kunden. Ich hatte Cameron jedenfalls noch kein Hemd tragen sehen. Jetzt konnte ich nicht mehr aufhören, ihn mir mit Krawatte vorzustellen. An dieser Krawatte konnte ich ihn zu mir heranziehen …

Keine sündigen Gedanken!

Ich verdrehte die Augen über die Stimme in meinem Kopf. *Klar doch, aber wo bleibt dann der Spaß?*

Stimmt auch wieder, Schwester.

Ich schaute mich weiter um und strich über die glatten Regale. Ich wette, er hatte die selbst gebaut. Allerdings wohl eher aus Freude am Gestalten als aus Notwendigkeit. Vielleicht hatte er ja vor, das Haus zu verkaufen und wegzuziehen. Sofort verspürte ich ein flaues Gefühl und verachtete mich dafür.

Du hast Verlustängste.

Nein, habe ich nicht.

»Kara?«

Ich zuckte vor Schreck zusammen. »Verdammt!«

Zuerst erschien sein dunkles, gewelltes Haar in meinem Augenwinkel, und sobald er komplett in meinem Blickfeld erschien, hörte mein Verstand auf zu arbeiten. Nahm der Mann etwa regelmäßig eine Pille, um so auszusehen?

Cameron war schlichtweg schön. Und überwältigend.

»Wie fühlst du dich?«, erkundigte er sich. Seine Miene war ausdruckslos, daher war schwer zu deuten, was er dachte. Darin war er ziemlich gut.

»Ich hätte fast einen Herzinfarkt bekommen!« Mein Herz pochte immer noch, allerdings war ich mir nicht ganz sicher, ob es noch vom Schreck herrührte oder von seinem wundervollen Körper. »Kannst du nächstes Mal nicht irgendein Geräusch machen, wenn du dich mir näherst? Vielleicht könntest du dich durch Pfeifen oder den Paarungsruf von Vögeln bemerkbar machen. Der Wind erzeugt ja mehr Geräusche als du.«

Er sah mich mit diesen blauen Augen ruhig an, doch ich wusste, dass er mich und meine Laune einzuschätzen versuchte. »Was machst du?«

»Ich versuche, einen großen Topf Gold zu finden. Was glaubst du denn?« Er wirkte so perplex, dass ich lächeln musste. »Ich schnüffele in deinem Schrank herum. Hast du was dagegen?«

Er zuckte mit den Schultern. »Nur zu.«

Er hatte wirklich nichts dagegen. Ich mochte Cameron, sehr sogar.

»Ich muss kurz weg«, erklärte er.

Das Lächeln auf meinem Gesicht erstarb. »Was?« Ich war schockiert von der plötzlich in mir aufsteigenden Panik. Ich brauchte die Gewissheit, dass er in der Nähe war. Er hielt mich aufrecht. Wenn er ging, würde ich anfangen, an all die Sachen zu denken, an die ich lieber nicht denken wollte. »Warum?«

Es erinnerte mich daran, wie ich als Kind war. Nachdem meine Mutter uns verlassen hatte, wollte ich nicht, dass mein Dad zur Arbeit ging, weil ich befürchtete, er würde mich und Dylan auch verlassen. Ich hasste es. Ich hasste dieses Gefühl. Und es war mir zuwider, jetzt daran erinnert zu werden. Aber vielleicht, vielleicht war es heute Abend okay. Morgen würde ich wieder ich selbst sein. Morgen würde ich mich nicht mehr so fühlen.

»Ich muss ein paar Dinge im Supermarkt besorgen, damit ich dir etwas zu essen machen kann. Es sei denn, du möchtest lieber Fast Food haben.«

»Ich bin nicht hungrig.«

»Na schön. Ich bin bald wieder zurück«, fuhr er fort, als hätte ich nichts gesagt.

»Warum bestellen wir nicht einfach etwas?«

»Es ist nach drei Uhr morgens.«

In der Stadt Easter Falls, Manitoba, Kanada, hieß das, die meisten Pizzaläden und die meisten Restaurants waren geschlossen und lieferten auch nichts mehr. Es gab einige Fast-Food-Ketten, die rund um die Uhr offen waren. McDonald's, A&W, Tim Hortons. Einige Geschäfte wie Walmart und Shoppers Drug Mart, Seven Eleven. Aber mir war wirklich nicht nach Essen zumute. Cameron war jedoch entschlossen, mich mit Nahrungsmitteln zu versorgen.

»Ich begleite dich. Ich zieh mir nur schnell was an.«

»Deine Sachen sind alle noch im Trockner.«

»Kann ich mir nichts von dir borgen?«

»Nimm dir, was du willst.«

Nimm dir, was du willst, Baby.

Jetzt konnte ich plötzlich nur noch daran denken, wie er aussah ... unter mir. Wie er die Augen schloss, als er mich leckte, als koste er es ganz und gar aus, und wie er die Augen wieder aufmachte und mich beobachtete, während seine Zunge ... Ich spürte, wie sich in mir etwas zusammenzog. Ich biss mir auf die Unterlippe, musste aber trotzdem zittrig ausatmen. Er beobachtete mich, und die Andeutung eines zufriedenen Lächelns lag um seinen sexy Mund.

Dann trafen sich unsere Blicke. Ich hatte recht. Er grinste tatsächlich.

Und zwar die Art Grinsen, die einen verrückt machte, weil es heiß aussah und verriet, wie genau er wusste, dass er mich um den Finger wickeln konnte, wann immer ihm danach war.

»Problem?« Verdammter Kerl, er wusste Bescheid.

»Nein, kein Problem«, brachte ich krächzend hervor. »Absolut keins.«

»Wenn du es sagst.«

Ehe mein Verstand wieder anfangen konnte, normal zu arbeiten, war er verschwunden. Auch gut, dachte ich düster und fächelte mir mit beiden Händen Luft zu.

Ich nahm mir einen Pullover vom Kleiderbügel und eine seiner grauen Jogginghosen. Der Pullover sah an mir aus wie ein Zelt, und ich musste die Hosenbeine der Jogginghose mehrfach hochkrempeln. Eigentlich brauchte ich seine Jogginghose gar nicht, da sein Pullover lang wie ein Kleid war. Ich könnte sogar dafür sorgen, dass es stilvoll aussah, aber draußen war es zu kalt, und ohne Hose würde ich mir den Hintern abfrieren. Was ich noch brauchte, dachte ich, mir mit den Fingern durch die Haare fahrend, war eine Mütze.

Ich kramte in seinen Schubladen und hielt inne, als ich auf eine Schuhschachtel stieß. Ich nahm sie heraus und war neugierig, denn sie war schwarz, ohne irgendeinen Markenaufdruck. Mag sein, dass ich in seine Privatsphäre eindrang, aber er hatte mich regelrecht dazu eingeladen, weiter herumzuschnüffeln. Ich machte die Schachtel auf und fand ein paar Dinge darin. Einen schweren Glasaschenbecher, der an einer Stelle abgesplittert war, außerdem Nippes, für dessen Aufbewahrung ich keinen Grund erkennen konnte. Gehörten diese Sachen überhaupt ihm? Er kam mir nicht wie der sentimentale Typ vor, der Erinnerungsstücke aufbewahrte. Aber dann fiel mir ein, dass er mein blaues Haarband behalten hatte. Das bewies nur, dass es noch viel über ihn zu erfahren gab. Ich freute mich darauf.

Ich entdeckte einen Beanie und setzte ihn auf, dann ging ich ins Wohnzimmer. Cameron saß auf der Couch, die langen Beine gespreizt, nach vorn gebeugt, die Arme auf die Knie gestützt. Er sah nachdenklich aus.

»Cam?«

Er hob den Kopf, und als er mich betrachtete, verschwand der traurige Ausdruck aus seinen Augen. Um seinen hübschen Mund spielte ein kleines Lächeln.

»Fertig zum Aufbruch?«, fragte er.

»Worüber hast du gegrübelt?«

Seine Brauen zogen sich zusammen. Bevor er antworten konnte, läutete die Türglocke. Wir schauten beide zur Haustür und dann uns an.

»Erwartest du jemanden?«, fragte ich.

»Um die Uhrzeit? Klar, den Weihnachtsmann.«

»Dann bitte ihn um ein Autogramm«, sagte ich zu seinem breiten Rücken, denn er hatte sich bereits zum Fenster umgedreht.

Er spähte nach draußen, schließlich wandte er sich mit ernster Miene mir zu.

»Wer ist es?«

»Dylan.«

Plötzlich stiegen sämtliche Emotionen in mir hoch, die ich bisher unterdrückt hatte. Ich hatte keine Ahnung, was für ein Gesicht ich machte, aber so, wie Cameron mich anschaute, konnte es nicht gut sein.

»Ich werde mit ihm reden, wenn dir nicht danach ist«, bot er an.

Ich schüttelte den Kopf. »Ich mach das.«

»Hey.« Er umfasste mein Kinn und hob es leicht an, damit wir einander in die Augen sehen konnten. Er sagte nichts, sondern blickte mich nur an. Er wirkte ruhig und stark. Irgendwie genügte das, um mich dazu zu bringen, meine Fäuste zu lockern. Erst danach machte er die Tür auf.

Dylan stand bibbernd da. Es war dunkel, die Straßen waren leer, leichter Regen fiel. Hinter ihm heulte der Wind. Er fröstelte.

»Kar. Es ist k-kalt.«

»Verdammt, Dylan.« Ich zog ihn rein und schloss die Tür.

»Du wirst an einer Lungenentzündung sterben. Hast du eine Ahnung, was Beerdigungen heutzutage kosten?«, fuhr ich ihn an, um nicht zu zeigen, wie besorgt ich seinetwegen war.

Auf Camerons Couch lagen ein Kissen und eine zusammengefaltete Decke. Ich holte die Decke und legte sie Dylan um die Schultern.

»D-danke, Kar.« Er zog die Decke fest um sich. »Hi, Cameron.«

»Hey, Dylan. In der Küche steht eine Kanne mit frischem Kaffee«, erklärte Cameron, Schlüssel in der Hand. »Ich besorge uns etwas zu essen.«

»Cam, das musst du nicht.«

»Sprich mit deinem Bruder.« Er legte mir eine Hand in den Nacken, zog mich sanft an sich und küsste mich auf die Stirn. »Ich bin gleich wieder da, Baby.«

Damit verschwand er.

Dylan schaute zu Boden. Seine blonden Haare waren feucht vom Regen, und ihm war anzusehen, dass er fror.

»Du und Cameron, seid ihr zusammen?«

»Ich glaube nicht, dass ich momentan auf deine Fragen antworten möchte, Dylan. Ich bin mir nicht einmal sicher, ob ich mit dir reden will.«

Seine Unterlippe zitterte. Ich war wütend auf ihn, liebte ihn jedoch genug, um nicht zu wollen, dass er krank wurde. Er musste sich dringend aufwärmen.

»Gehen wir in die Küche. Du musst etwas Warmes trinken.«

»Mir geht's gut.«

»Widersprich mir nicht.«

»Warum behandelst du mich immer wie ein Kind?«

»Weil du eines bist.«

»Nein, bin ich nicht.«

»Na ja, du benimmst dich wie eines.«

»Weil du mich wie eines behandelst! Sogar jetzt.«

Ich funkelte ihn mit zusammengekniffenen Augen an. »Gibst du mir ernsthaft die Schuld an dem Mist, den du mir heute zugemutet hast?«

»Nein«, murmelte er. »Ich wusste, dass du so reagieren würdest, deshalb habe ich dir nichts von Mom erzählt.«

Ich schloss die Augen, holte tief Luft und zählte im Stillen bis drei.

Mom? So nannte er sie jetzt?

»Sie behandelt mich wie einen Erwachsenen.«

»Lass mich das klarstellen«, sagte ich. »Diese Frau, die du *Mom* nennst, die mit einem anderen Mann weglief, die Dad, mich und dich verlassen hat, die sich weder darum scherte, was aus uns wurde, ob wir lebendig waren, hungrig oder verletzt oder ob wir ein Dach über dem Kopf hatten. Die meinst du, ja?«

»So schlecht ist sie nicht, Kar.«

»Du kennst sie doch gar nicht!«

»Genau!«, rief er mit Tränen in den Augen. »Du kennst sie. Du und Dad, ihr hattet eure Zeit mit ihr. Nun will ich meine.«

»Warum willst du jemanden wie sie in deinem Leben?«

»Weil ...« Er verstummte für einen Moment, ehe er mit leiser Stimme fortfuhr: »Ich will eine Mom.«

»War ich dir nicht genug?«

»Ich will eine echte Mom.«

Ich wich zurück, als hätte er mir ins Gesicht geschlagen.

»Kar, ich …« Er wischte sich die Augen, doch die Tränen strömten weiter. »Ich meine damit nicht, dass ich nicht zu schätzen weiß, was du alles für mich getan hast. Das tue ich. Es ist nur … es ist anders, wenn *sie* es ist. Ich will wissen, wie es ist, sie in meinem Leben zu haben. Ich will sie kennenlernen.«

»Sie wird dir nur wehtun.«

»Woher weißt du das?«

»Weil ich sie kenne, Dylan.«

»Es ist lange her. Sie hat sich verändert. Reden die in der Kirche nicht dauernd von Vergebung und dass man Leuten eine zweite Chance geben soll? Warum kann ich Mom nicht diese Gnade gewähren?«

»Willst du ihr deshalb vergeben? Aus der Güte deines Herzens? Willst du sie nicht in Wahrheit aus ganz egoistischen Gründen wieder in deinem Leben haben? Verarsch mich nicht. Du willst sie gar nicht. Du willst eine Mom. Wenn sie ein verdammter Alien wäre, würdest du sie auch nehmen, nur damit du irgendwen deine Mom nennen kannst. Ich kenne dich auch, Dylan.«

»Stimmt, du kennst mich. Warum kannst du mich dann dieses Mal nicht verstehen?«

»Weil ich es dieses Mal nicht wieder in Ordnung bringen kann, wenn sie dir wehtut!«

Nichts würde wie vorher sein. Er war zu jung, um sich daran zu erinnern, wie lange es gedauert hatte, bis unsere Familie sich erholte, nachdem diese Frau uns im Stich gelassen hatte. Aber ich erinnerte mich noch sehr gut. Ich erinnerte mich an die Nächte, in denen Dad wach blieb, krank vor Sorge. Oder an die Nächte, in denen ich Dad weinen hörte. Es war schrecklich, das mitzubekommen. Es veränderte mich.

»Kannst du mir nicht wenigstens ein kleines bisschen vertrauen?«, flehte er.

»Es geht nicht darum, dir zu vertrauen, Dylan.«

»Um was geht es dann?«

»Ich muss dich beschützen.«

»Nein, musst du nicht. Musst du wirklich nicht.«

Er fröstelte erneut. Ich atmete frustriert aus und ging in die Küche. Er folgte mir. Ich sah die Kanne mit dem frischen Kaffee, den Cameron gekocht hatte. Leider wurde Dylan von Kaffee unruhig. Ich goss Wasser in einen Becher und stellte ihn in die Mikrowelle, damit er wenigstens etwas Warmes zu trinken bekam. Da meine Hand zitterte, wartete ich einen Augenblick, bevor ich ihm den Becher gab.

»Setz dich hin, halt den Mund und trink das.«

Cameron besaß keinen Esstisch, nur eine Kücheninsel mit Barhockern. Als wir saßen, wartete ich, bis Dylan den Becher halb leer getrunken hatte, ehe ich loslegte.

»Sie besucht also hinter meinem Rücken unser Zuhause. Wie oft schon?«

Er verbarg sein Gesicht hinter dem Becher und trank kleine geräuschvolle Schlucke. »Als du sie gesehen hast, war sie erst zum zweiten Mal da.«

»Und du und Dad, ihr habt das vor mir geheim gehalten?«

»Dad hat sie heute erst gesehen.«

»Er wusste nichts davon?«

»Bis heute nicht. Es tut mir leid, dass ich es vor euch beiden geheim gehalten habe.«

Ich schluckte. Dad hatte nichts gewusst.

Aber er hat sie in Schutz genommen.

Es half, dass wenigstens er es vor mir nicht verheimlicht hatte, aber der Blick, mit dem er mich angesehen hatte, war mir noch sehr frisch im Gedächtnis. Er hatte sie verteidigt. Und das tat immer noch weh.

»Wann ist sie zu uns nach Hause gekommen?«

»Vorgestern. Ich habe sie gebeten zu kommen. Ich musste sie überreden. Sie wollte nicht. Sie meinte, es sei ihr zu unangenehm, aber ich konnte sie überzeugen.«

Jetzt ergab alles einen Sinn. Das Glas mit dem Lippenstiftfleck, das ich abgewaschen hatte. Ich rieb mir die Schläfen und fühlte den drohenden Kopfschmerz.

»Wie? Wie hat sie dich gefunden?«

Er ließ den Kopf hängen. »Ich habe nach ihr gesucht.«

»Du hast was?«

»Ich habe Mom gesucht. Ich habe sie bei Facebook gefunden. Wir fingen vor einigen Wochen an, miteinander zu kommunizieren. Ich wollte es dir sagen, aber du warst so traurig und beschäftigt die ganze Zeit. Ich wusste nicht, wie ich es zur Sprache bringen sollte. Ich wusste, es hatte mit Cameron zu tun, aber jedes Mal, wenn ich dich fragte, was los ist, wolltest du es mir nicht erzählen. Ich weiß, ich bin nicht der beste Bruder, aber ich will schon auch wissen, was bei dir abgeht.«

»Fang nicht so an.«

»Ich meine ja bloß!«

Ich wollte dankbar sein für seine Sorge um mich, aber alles war überlagert vom Schmerz. Ich fühlte mich von ihm betrogen.

»Wie kommt Daddy mit all dem klar?«

»Er macht sich Sorgen um dich. Er hat Tala angerufen, und sie hat dich gedeckt. Ich bin hingefahren, um dich zu sehen, weil du dich nie am Handy gemeldet hast. Da gestand sie mir, dass du nicht da bist.«

Das Messer drang tiefer und tiefer in meine Brust ein. Ich konnte jetzt nicht auch noch an Tala denken.

»Ich meine, wie hat Dad darauf reagiert, dass du sie zu uns ins Haus geholt hast?«

»Du weißt ja, wie er ist. Ich glaube nicht, dass er glücklich darüber war, dass ich sie geholt habe, ohne ihm vorher etwas zu sagen. Ich habe ihn damit überrumpelt. Aber er versteht, weshalb ich Mom sehen will. Außerdem wollte ich auch, dass Mom und Dad sich sehen und miteinander reden.«

»Warum tust du das?«

»Wenn alles gut läuft, Kar, dann können wir wieder eine Familie sein. Eine richtige Familie. Willst du das nicht?«

»Wir sind eine richtige Familie. Dad, du und ich.«

»Aber mit Mom wären wir komplett.«

Er brach mir das Herz.

»Glaubst du wirklich, sie würde einfach ihren Mann verlassen? Wahrscheinlich hat sie längst noch andere Kinder.«

»Sie hat gesagt, die beiden hätten nie geheiratet und er habe sie vor Jahren verlassen. Sie wollte zu uns zurückkommen, befürchtete jedoch, wir würden sie nicht akzeptieren. Ich fühlte mich so schlecht. Das muss sie nicht noch einmal durchmachen.«

»Hörst du dich eigentlich selbst reden?«

Er schob trotzig das Kinn vor, ein Zeichen dafür, dass er nicht nachgeben würde.

»Ich will doch nur, dass wir wieder eine Familie sind.«

Mittlerweile waren die Kopfschmerzen da. Ich stand auf und suchte in Camerons Schränken nach Medizin. Wo bewahrte er die Aspirin auf, die er mir gegeben hatte? Vielleicht im Badezimmer.

»Ich weiß, du willst nur das Beste für mich. Du willst mich schützen, und ich weiß, dass ich es ständig vermassle. Aber ich komme klar. Ich will das, Kar. Ich will, dass sie zurück in unser Leben kommt.«

Langsam drehte ich mich zu ihm um. »Was ist mit mir?«

»Kannst du mir zuliebe nicht nachgeben?«

Ich hörte, wie die Haustür geöffnet wurde. Cameron war zurück.

»Fahr nach Hause, Dylan.«

»Ich bin zu Fuß hergelaufen.«

Als es klopfte, schauten wir beide in die Richtung, aus der das Geräusch gekommen war. Cameron stand im Türrahmen zur Küche.

»Kann ich reinkommen?«, fragte er.

Unwillkürlich ließ ich die Schultern sinken. Mein Körper war bereits darauf eingestellt, dass Cameron mein Schutzschild war. Ich nickte.

»Ich fahre ihn nach Hause«, bot Cameron an.

»Machst du das, Cam?« Dylan wandte sich an mich. »Kommst du nicht mit, Kar?«

»Noch nicht. Ich brauche Zeit zum Nachdenken«, erklärte ich.

»Okay.« Dylan sah aus, als würde er gleich wieder anfangen zu weinen. »Es … es tut mir leid. Alles.«

»Ich brauche einen Moment allein mit deiner Schwester. Wir treffen uns im Wagen. Hier.«

Cameron warf Dylan den Autoschlüssel zu. Dylan fing ihn auf, sandte mir einen weiteren entschuldigenden und hoffnungsvollen Blick und ging.

Cameron stellte zwei Papiertüten mit Essen auf die Kücheninsel, kam zu mir und blieb stehen. Seine blauen Augen musterten mich forschend, dann legte er die Hände an meine Wangen und die Daumen sanft unter mein Kinn, damit ich ihn ansah.

»Geht es dir gut?«, erkundigte er sich leise.

Ich biss mir auf die Unterlippe, versuchte, nicht zu wimmern, und schlang meine Arme um seine Hüften, um mein Gesicht an seine Brust zu schmiegen. Seine Arme schlossen sich um mich.

»Heute fühle ich mich wie ein Boxsack.«

Er strich mir übers Haar. Versuchte mich zu beruhigen und zu beschützen.

»Danke für dein Angebot, diesen Idioten nach Hause zu fahren«, sagte ich.

»Du kannst mir danken, indem du etwas isst.«

Er war hartnäckig. Ich stieß einen Seufzer aus. »Okay.«

»Hm. Kein Widerstand?«

»Ich habe keine Kraft mehr zu streiten.«

»Irgendwie bezweifle ich das, aber netter Versuch«, erwiderte er.

»Du hast recht. In ein paar Stunden funktioniere ich wieder. Volle Kraft voraus. Jetzt muss ich erst mal auftanken.«

Er lachte leise. »Da ist sie wieder«, flüsterte er, das Gesicht nah an meinen Haaren. »Das ist meine Frau.«

Cameron brachte Dylan nach Hause. Ich fühlte mich wie ein Feigling, weil ich nicht mitfuhr. Ich wusste nicht, wie ich meinem Dad gegenübertreten sollte. *Was sage ich ihm? Wo fange ich an?* Wollte er diese Frau tatsächlich wieder in unserem Leben haben? Er war stets auf meiner Seite gewesen, doch warum verteidigte er sie dann?

Und Tala. Sie hatte mich gedeckt, wie sie es schon immer getan hatte. Auch mit ihr würde ich reden müssen. Bald würde sie nicht mehr da sein.

Ich war zu müde, um mir eine Lösung einfallen zu lassen, zu traurig, um etwas anderes zu machen, als auf dem Sofa zu liegen. Aber was ich auch tat, der Schlaf wollte nicht kommen. So müde mein Hirn auch war, die unruhigen Gedanken hörten nicht auf.

Die Vorstellung, dass meine Mutter in unser aller Leben zurückkehrte, machte mich ganz krank. Ich hörte, wie das Garagentor geöffnet wurde, das gleichmäßige Brummen des Motors, als Cameron reinfuhr, das Öffnen der Haustür und leise Schritte, als er zu mir kam. Ich vergrub mich tiefer in der Bettwäsche.

Ich spürte seine Berührung an meiner Wange. Seine Handfläche war warm. »Kara.«

»Ist alles gut gegangen mit ihm?«, murmelte ich ins Bettzeug.

»Ja, er ist zu Hause. Deinen Dad habe ich nicht gesehen. Die Lichter waren aus. Er muss wohl geschlafen haben.«

Ich war erleichtert darüber, dass mein Dad schlief.

»Soll ich dich nicht ins Bett bringen?«, fragte er leise.

Endlich schaute ich ihn an.

»Ich weiß nicht, was ich tun soll, Cam.«

»Schsch. Komm.«

Ich setzte mich auf. Er kniete sich vor mich und brachte meine Haare in Ordnung, indem er das Haargummi festzog, das meinen Pferdeschwanz zusammenhielt, und mit den Fingern durch ihn hindurchfuhr.

»Ich kann nicht schlafen«, gestand ich.

»Dann leg dich zu mir ins Bett.«

Er umfasste meine Hüften und zog mich zu sich heran. Ich schlang Arme und Beine um ihn, während er mich zum Bett trug. Seine starken Arme um mich zu spüren und seine langen Beine an meinen, entspannte mich. Erst da merkte ich, wie verkrampft mein ganzer Körper gewesen war.

»Du hast heute eine ganze Menge durchgemacht«, flüsterte er, das Gesicht dicht an meinen Haaren.

»Noch ist es nicht vorbei. Es hat erst angefangen.«

»Du bist hier stets willkommen.«

Ich schloss die Augen und wand mich ein wenig aus seinen Armen, damit ich in sein wunderschönes Gesicht blicken konnte. Er hatte das Licht ausgemacht, allerdings die Vorhänge nicht ganz geschlossen, sodass ein wenig Licht hereinfiel. Ich sah die Umrisse seiner Züge und zeichnete sie mit dem Finger nach.

»Danke, Cameron.«

Er schien den Atem anzuhalten. Ich spürte seinen Blick, auch wenn ich seine Augen gar nicht sehen konnte.

»Ich glaube, so etwas hat noch nie jemand für mich getan.«

»Es gibt niemanden, der mit dir vergleichbar wäre.«

Was bedeutete das alles? Mein Herz fühlte sich an, als flösse es über. Darüber würde ich später nachdenken. Wenn sich alles beruhigt hatte und ich nicht mehr so aufgewühlt war von den Ereignissen der letzten knapp vierundzwanzig Stunden.

In seinen Armen entspannte ich mich. »Genau hier will ich sein, bei dir«, flüsterte er.

Ich lächelte, machte die Augen zu und überließ mich dem Schlaf.

9. Kapitel

Cameron

Kara. Ich hatte die Augen noch nicht aufgemacht und war noch gar nicht richtig wach, trotzdem galt mein erster Gedanke ihr.

Als ich ein leises Schnarchen hörte, musste ich lächeln. Ich wollte die Augen aufmachen – aber was, wenn alles nur ein Traum war? Was, wenn sie gar nicht da wäre und ich alles nur geträumt hätte?

Es wäre nicht das erste Mal.

Also hielt ich die Lider geschlossen. Wenn es nur eine Fantasie war, wollte ich sie behalten. Nur noch ein kleines bisschen.

Dann hörte ich einen leisen Schluckauf und machte die Augen doch auf. Sie war da. In meinem Bett. Genau wie in meinem Traum letzte Nacht und in meinen Träumen davor.

Sie hatte sich von mir weggedreht, die Decke geklaut und sich darin eingewickelt. Ich rutschte näher, hob die Decke und kroch darunter. Ich zog Kara in meine Arme. Sie fühlte sich wundervoll an. Ich streichelte ihren Rücken und schmiegte mein Gesicht in ihre Haare.

»Kara.«

Sie gab einen knurrenden Laut von sich und löste sich von mir, doch ich drückte sie wieder an mich und genoss ihre Wärme.

»Es gibt hier niemanden mit diesem Namen«, murmelte sie.

Ich lachte. Einige Sekunden später schnarchte sie schon wieder leise. Ich hielt sie fester. Einfach so.

Ich musste nicht zum Wecker schauen, um zu wissen, dass es noch vor der Morgendämmerung war. Meine innere Uhr stand stets auf Arbeitszeit. Wir mussten kurz nachdem ich Dylan nach Hause gebracht hatte, ins Bett gegangen sein.

Die Versuchung war groß, sie zu wecken. Ich konnte sie noch schmecken, und ich wollte mehr davon. Mehr von ihren lustvollen Lauten und wie sie ihre Finger in meine Haare krallte, mehr davon, wie sie ihre Schenkel an meinen Kopf presste. Anfangs war sie scheu gewesen, dann enthemmt. Es war ... berauschend.

Als mein Herz anfing, schneller zu schlagen, zwang ich mich, vorsichtig aus dem Bett zu steigen, ehe ich die Beherrschung verlor. Kara konnte noch ein wenig Schlaf gebrauchen, bevor ich sie wecken musste. Wir hatten beide heute eine Schicht im Hof vor uns. Ein weiterer Morgen, dachte ich, hob mein T-Shirt vom Boden auf und zog es an.

Ein weiterer Morgen mit Kara.

In mir regte sich etwas, das sich anfühlte wie ... Hoffnung. Sie würde wieder hier sein, nicht nur heute, sondern noch viel öfter. Sooft sie wollte. Solange sie mich wollte.

Das ist etwas Neues für dich, St. Laurent.

Stimmt, dachte ich. Etwas Gutes diesmal. Etwas, was ich noch nie gewollt hatte. Oder vielmehr, was ich mir nie zu wollen gestattet hatte, weil ich nie daran glaubte, es haben zu können. Doch jetzt konnte ich nicht genug davon bekommen.

Ich ging in die Küche, streckte meine Rückenmuskeln und rollte mit den Schultern, um die Verspannungen zu lösen. Dann programmierte ich die Kaffeemaschine und sprang unter die Dusche. Als ich aus der Duschkabine stieg, roch ich Toast und musste grinsen. *Sie ist aufgestanden.*

Ich rieb mir die Haare mit einem Handtuch trocken – mittlerweile fühlten sie sich zu lang und schwer an; auf dem Weg barfuß in die Küche überlegte ich, sie mir abzuschneiden. Der Anblick, wie sie vor der Spüle am Fenster stand, über einen Becher Kaffee gebeugt, mit zerwühlter Lockenmähne, berührte mich tief.

Kara am Morgen, dachte ich und betrachtete sie einen Moment, um mir dieses Bild einzuprägen. Auch davon könnte ich nie genug bekommen.

Sie blinzelte mich verschlafen an, dann schüttelte sie den Kopf, murmelte vor sich hin und trank weiter ihren Kaffee. Sie deutete auf den Teller mit Toast auf der Arbeitsfläche, schenkte sich Kaffee nach und trank erneut mit der Konzentration einer Chirurgin, die einen Eingriff vornimmt.

Als sie ihren zweiten Becher geleert hatte, blinzelte sie noch ein paar Mal und schaute sich um. Unsere Blicke trafen sich, und sie lächelte.

Es war faszinierend.

»Hi«, sagte sie.

Ich legte mir das Handtuch um den Nacken und hielt die Enden fest, während ich mir auf die Zunge biss, um nicht wieder blöd zu grinsen. »Hi.«

»Ich habe Frühstück gemacht.«

Für Kara bestand Frühstück aus Toast und Kaffee.

»Danke.« Ich nahm mir einen Toast und aß ihn mit zwei Bissen.

Sie schenkte Kaffee ein und reichte mir den Becher. »Schwarz, oder?«

»Ja.« Ich trank einen Schluck, dann noch einen. »Kein Salz diesmal.«

Ihre Augen funkelten übermütig bei der Erinnerung an den Morgen, als ich eine Abmachung mit ihr getroffen und sie in die Ecke gedrängt hatte. Aus Rache hatte sie mir Kaffee gekocht und Salz hineingekippt.

»Auch keine Säure«, fügte sie hinzu.

»Du bist eine blutrünstige Frau.«

Sie hob eine Braue. »Das wird dir erst jetzt klar?«

Ich nahm das Handtuch von meinem Nacken und hängte es über die Rückenlehne eines Barhockers. Dann wollte ich Kara beim Arm packen und sie an mich ziehen, doch sie sprang lachend zurück. Sie sah besser aus, viel besser als letzte Nacht, allerdings klang ihr Lachen nicht so unbeschwert wie sonst. Der Bademantel rutschte ihr von der Schulter.

»Zu spät für eine Rückerstattung«, sagte sie.

»Ist auch nicht nötig. Ich habe genau das, was ich will.«

In ihre Augen trat ein Ausdruck, aus dem ich nicht ganz schlau wurde. »Ich dachte, du hättest mittlerweile Angst.«

»So leicht macht mir nichts Angst.«

»Oh, keine Sorge, ich schaffe das schon bald.«

Ich trank noch einen Schluck Kaffee und genoss den Anblick ihres Gesichts, ihres Halses, ihrer nackten Schulter. »Ach ja? Wann?«

Sie sah mich cool an. »Hat Freddy Krueger mit seinen Opfern einen Termin vereinbart? Sie wissen, er kommt irgendwann. Termin ist nicht nötig.« Sie machte Krallenfinger und wedelte damit vor meinem Gesicht herum.

Dann sammelte sie das Geschirr ein und brachte es zur Spüle. Ich lehnte an der Arbeitsfläche und schaute ihr zu, ein wenig enttäuscht, als sie den Bademantelärmel hochzog und ihre Schulter bedeckte.

Sie nahm die halb leere Flasche Spülmittel, drehte den Deckel ab und ließ Wasser in die Flasche laufen.

»Was machst du da?«, fragte ich amüsiert.

Sie hielt inne, dann antwortete sie: »Ich versuche, den Sinn des Lebens in dieser Flasche Spülmittel zu finden. Was glaubst du denn?«

Ich zog sie neckend an den Haaren. »Sag mir Bescheid, wenn du ihn gefunden hast.«

Sie schüttelte die Flasche, damit der Inhalt sich vermischte. »Ich verdünne es.«

»Warum?«

»Hör bloß auf, reicher Junge. Ein Kind, das arm aufwuchs wie ich, würde eine solche Frage nicht stellen.«

Sie bemerkte mein Grinsen und seufzte. »Sorry, alte Gewohnheit«, erklärte sie. »Ich habe es gar nicht bewusst getan. Mein Dad hat mir beigebracht, möglichst alles zu verdünnen, um Geld zu sparen. Spül- und Waschmittel, Mundwasser, was auch immer. Er benutzt sogar Teebeutel zweimal.«

»Hört sich nach einem vernünftigen Mann an.«

Schweigend wusch sie das Geschirr ab. Ich nahm ein Küchenhandtuch und fing mit dem Abtrocknen an. Ich wollte ihr gerade erzählen, dass ich ihren Dad gestern getroffen hatte, aber da wechselte sie das Thema.

»Wie ist es, als reiches Kind aufzuwachsen?«

»Woher weißt du, dass ich ein reiches Kind war?«

»Warst du nicht?«

Ich runzelte die Stirn. »Kommt auf die Sichtweise an.«

»Was heißt das denn? Ich weiß, wir hatten beide beschissene Mütter. Aber war dein Vater auch so?«

Plötzlich wollte ich mich nicht mehr unterhalten. Ich spürte ihren Blick auf mir, als sie fortfuhr: »Sobald ein sensibles Thema aufkommt, über das du nicht sprechen willst, hast du diesen Ausdruck in den Augen, mit dem du Leute warnst.«

»Es ist nicht so, als wollte ich mit *dir* nicht darüber sprechen. Ich will überhaupt nicht darüber sprechen.«

Sie sagte nichts, aber ihr Schweigen war lauter, als wenn sie mich angeschrien hätte.

»Kara«, sagte ich und hielt das Glas in meiner Hand fester. »Ich habe keine Beziehung zu meinem Dad. Was mich betrifft, betrachte ich Rick als meinen Vater.«

»Ich verstehe, Cameron.« Als sie mir einen Teller reichte, küsste sie mich dabei sanft auf die Wange. »Wann immer ich dich etwas über dich gefragt habe, dachte ich, dass deine Antworten mir überhaupt nichts sagen. Dabei sagen sie eine ganze Menge.«

»Was meinst du?«

»Ich habe dich doch vor einiger Zeit mal gefragt, ob Rick dein Dad ist.«

»Ich erinnere mich.«

»Und du sagtest, du wünschtest, er wäre es.«

Sie ließ mich weitergrübeln. Wir beendeten den Abwasch in einträchtigem Schweigen. In Gedanken versunken warf ich einen Blick aus dem Fenster in den Garten. Die Sonne war aufgegangen und färbte den Himmel mit einem Farbenmix – pink, lila, orange, gelb. Sie ging momentan früh auf und noch früher unter.

Bald würde der Winter kommen. Ein Teil der Baufirma würde schließen müssen. In unserem Büro in der Stadt würde mehr Betrieb herrschen. Insgesamt würde die Arbeit nicht ruhen, aber deutlich abnehmen, und die Radlader konnten zum Schneeräumen in der Stadt eingesetzt werden. Zwei unserer älteren Mitarbeiter waren überraschend in den Ruhestand gegangen – beide nach Rückenoperationen –, also würde ich in diesem Winter einspringen, bis Rick Ersatz gefunden hatte.

Es war schlecht für den Rücken, den ganzen Tag im engen Führerhaus eines Radladers zu sitzen. Und wenn man ein älteres, schlechteres Modell bekam, wackelte der Sitz auch noch, sodass nach Feierabend Rücken und Nacken schmerzten. Davon abgesehen mochte ich die Arbeit. Sie war ruhig, und ich musste mit niemandem reden. Letztes Jahr an Heiligabend hatte es einen heftigen Schneesturm gegeben, und ich verbrachte Weihnachten im Radlader, um die Straßen der Stadt vom Schnee zu befreien. Meine Entscheidung. Es war großartig.

»Stellt ihr bei euch zu Hause einen Weihnachtsbaum auf?«, fragte ich.

Falls sie es merkwürdig fand, dass ich mich so unvermittelt nach einem Weihnachtsbaum erkundigte, kurz nachdem sie mich auf meinen Dad angesprochen hatte, ließ sie es sich nicht anmerken.

»Jedes Jahr, seit ich denken kann.« Statt einen der Barhocker zu benutzen, stemmte sie sich hoch und setzte sich auf den Küchentresen. »Weihnachten wird groß gefeiert in meiner Familie. Den Baum zusammen aufzustellen ist schon der halbe Spaß. Wir ärgern uns gegenseitig mit verschwundenem Weihnachtsbaumschmuck. Wer hat beim letzten Mal was wohin gelegt? Und natürlich geht es auch darum, wer die Höchststrafe erhält und die Lichterkette auseinanderfriemeln muss.«

Ihre braunen Augen leuchteten vor Begeisterung. »Dad hat einen Freund in Richer, der eine kleine Baumschule besitzt«, erzählte sie weiter. »Meistens fahren wir dorthin und suchen uns einen Baum aus. Es ist mühevoll, sie sauber zu kriegen, und sie nadeln dauernd, aber es lohnt sich. Unser Wohnzimmer duftet wie der Wald.«

»Da lagen sicher viele Geschenke unter dem Baum.«

Jetzt grinste sie. »Soll das ein Witz sein? Dad hat jedes Mal Geschenke unter dem Baum gestapelt, als wäre es unser letztes Weihnachtfest. Und wenn es nur ein kleiner Schokoriegel war – Dad kaufte gleich zehn davon und packte jeden einzelnen in Geschenkpapier. Allerdings war er im Geschenkeverpacken nicht sehr gut, aber er liebte es nun mal, uns zu beschenken. Dylan und ich haben ihm die schönsten Weihnachtsfeste zu verdanken. Wie war das bei dir?«

Wir hatten nicht nur einen Baum im Haus, sondern gleich mehrere. Meine Mutter Raven engagierte eine Firma, um sie alle aufstellen zu lassen. Einen im Wohnzimmer, einen im Keller, einen im Vorgarten und einen im hinteren Garten, nur für den Fall, dass meine Eltern sich entschließen sollten, in dem Jahr Gäste zu empfangen. Außerdem durften die Nachbarn sie nicht übertrumpfen.

Ich erinnerte mich an die Bäume, hoch wie ein Haus und geschmückt mit funkelnden Lichtern, völlig übertrieben und teuer und protzig. Das ganze Haus verwandelte sich in ein funkelndes Fantasyland. Doch im Gegensatz zu Kara empfand ich keine Freude; die Bäume kamen mir kahl und leer vor.

Kara schaute mich nachdenklich an. »Erzähl mir von deinen Weihnachten.«

Einsam. Kalt. Hungrig. An die meisten Weihnachtsfeste konnte ich mich gar nicht mehr erinnern. Warum sollte ich ihr etwas darüber erzählen und damit ihre gute Laune ruinieren?

»Was willst du denn wissen?«, fragte ich.

»Du weichst schon wieder aus«, hielt sie mir vor. »Ich werde dich beißen, wenn du nicht redest.«

»Nichts dagegen.«

Ich machte Anstalten, mich ihr zu nähern, aber sie hob abwehrend die Hand. »Bleib, wo du bist. Du rührst mich nicht an, bevor diese Unterhaltung beendet ist. Lenk mich nicht ab, schließlich hast du mit diesem Thema angefangen. Also erzähl.«

Eigentlich erzählte man ja nicht davon, sondern machte es einfach, aber sie ließ nicht locker. Also redete ich. Vielleicht, weil Weihnachten ihr so viel bedeutete und ich ein Teil von etwas Bedeutungsvollem in ihrem Leben sein wollte. Vielleicht, weil es um mögliche Pläne für die Zukunft ging und ich in ihrer Zukunft eine

Rolle spielen wollte. Ich wollte es so sehr, dass ich es mir genau vorstellen konnte.

»Ich … ich würde dir gern etwas zu Weihnachten schenken«, gestand ich. »Etwas, das du unter deinen Weihnachtsbaum legen kannst.«

Es war eine ganz unkomplizierte Sache eigentlich. Warum fühlte es sich alles andere als unkompliziert an?

»Cameron«, erwiderte sie ruhig. »Ich werde nicht schlau aus dir.«

»Was willst du denn wissen?«

Ich spürte die Anspannung bereits in meinen Schultern und wappnete mich für neugierige Fragen.

»Ich will immer noch wissen, wie es bei euch zu Hause mit dem Weihnachtsbaum war.«

Ich lehnte mich an die Wand und verschränkte die Arme. »Es gab Weihnachtsbäume, als ich noch bei meinen Eltern wohnte.«

»Danach nicht mehr?«

»Nein.«

Mit Leichtigkeit nahm sie den Schneidersitz ein und neigte den Kopf zur Seite. Sie sah so jung und unschuldig aus. Ich wollte, dass sie aufhörte Fragen zu stellen, meine Finger in ihren Haaren vergraben und Kara um den Verstand küssen.

»Hast du den Baum zusammen mit deinen Eltern aufgestellt?«

Fast hätte ich spöttisch gelacht. »Meine Eltern können einander kaum ertragen. Raven heuerte Leute an, um die Bäume aufzustellen und pompös zu schmücken. Es ging vor allem darum, die Nachbarn zu beeindrucken.«

»Ich verstehe. Was war mit Geschenken?«

»Es gab eine Anzahl hübscher Schachteln unter dem Baum, ja.«

»Deine Geschenke?«

»Nein.«

Verblüfft starrte sie mich an.

»Die waren alle leer«, erklärte ich. »Nur Dekoration.«

»Deine Eltern sind Arschlöcher.«

Sie wirkte empört, und aus irgendeinem Grund fand ich das tröstlich. Mitleid hätte mir nicht gefallen. Schließlich hatte ich ihr auch die Geschichte meiner trostlosen Kindheit nicht erzählt, um bemitleidet zu werden. Ich wollte nur, dass sie es … wusste. Ich ging zu ihr, denn ich musste sie berühren und brauchte ihre Berührung.

Ich zog den Barhocker direkt vor sie und setzte mich. Ich spreizte ihre langen Beine, damit ich dazwischen Platz fand. Ich war versucht, nach unten zu schauen, zwischen ihre Schenkel, doch ihre Augen hielten mich gefangen. Diese haselnussbraunen Augen wurden dunkler, einladender. Ihre Knöchel fühlten sich seidig und schmal an, als ich sie berührte, um ihre Füße auf meine Oberschenkel zu legen.

»Dieses Jahr wirst du welche haben«, flüsterte sie.

Ich streichelte ihre Waden, drückte sanft ihre Schenkel. Dann umfasste ich ihre Hüften und zog sie näher zum Rand des Küchentresens und damit näher zu mir. Sie beugte sich vor und legte mir die Arme um die Schultern, während diese wunderschönen Augen mich anschauten. Da wusste ich, dass sie das gleiche Verlangen spürte wie ich.

»Was werde ich haben?«

»Geschenke.«

»Ich brauche keine Geschenke. Ich habe alles, was ich brauche.«

Auf ihren Lippen erschien ein geheimnisvolles Lächeln. »Ich wünschte, ich könnte …«

Das Klingeln meines Handys unterbrach sie. Sie drehte den Kopf in die Richtung, aus der das Signal kam, und stieß einen langen Seufzer aus. Als sie zurückwich, hielt ich ihre Hüften fest.

»Ignoriere es«, sagte ich.

Bleib. Wenigstens noch ein bisschen.

»Bist du heute im Hof?«, wollte sie wissen.

»Auf einer der Baustellen. Es wird viel los sein in dieser Woche. Möglicherweise komme ich erst spät nach Hause, also nimm ruhig meinen Pick-up, wenn du nachher nach Hause willst.« Die Crew und ich arbeiteten so schnell und effizient wir konnten, um das Projekt fertig zu bekommen, ehe die Temperaturen sanken. Der Winter würde nicht das Ende der Bauarbeiten bedeuten, aber in vielen Bereichen würde es langsamer vorangehen. »Sehen wir uns heute Abend hier?«

Sie kaute für einen Moment auf ihrer Unterlippe. Ich wusste, dass sie beunruhigt war wegen des Wiedersehens mit ihrem Dad. »Du könntest mich auch einfach bei mir daheim absetzen, und ich nehme meinen Wagen. Ich will nicht, dass du nachher nicht weißt, wie du wegkommst.«

»Keine Sorge, ich nehme einen Baustellenwagen.«

»Trotzdem.«

»Willst du es so?«

»Früher oder später muss ich ja doch mit meinem Dad reden. Es ist nur …«

»Ich glaube nicht, dass du dir wegen deines Dads Sorgen machen musst. Sprich mit ihm. Aber wie ich schon sagte, du bist hier jederzeit willkommen.«

»Danke, Cam. Ich glaube, du solltest mich bei mir zu Hause absetzen.« Sie schaute zur Uhr über dem Herd. »Ich habe noch viel Zeit, ehe meine Schicht beginnt.«

»Sag mir Bescheid, wenn du bereit bist.«

»Mach ich.«

Sie streichelte meine Wange, strich über meine Bartstoppeln und dann über meinen Kopf. »Deine Haare sind noch feucht. Sitz still.«

Sie nahm das Handtuch von der Lehne des Hockers, legte es mir auf den Kopf und fing behutsam an zu rubbeln. Genüsslich schloss ich die Augen.

»Es muss ewig dauern, das trocken zu bekommen«, bemerkte sie. »Dein Haar ist länger, als ich dachte.«

»Weil es nass ist.«

Sie kniff mir leicht ins Ohr.

»Au.«

»Du hältst dich für oberschlau, was?«

»Ja«, antwortete ich grinsend. »Das bin ich auch.« Ich nahm ihr das Handtuch weg und warf es auf den Tresen. Kara beobachtete mich amüsiert.

»Hast du noch etwas, was du mir beibringen willst, Professor?«, neckte sie mich.

Ihr Ärmel war wieder heruntergerutscht, sodass ihre Schulter entblößt wurde, doch als sie sich bewegte, fiel er nach vorn und verdeckte die Sicht. Ich hätte gern an ihr geknabbert.

»Sag noch einmal Professor, und dann werde ich es dir zeigen.«

Ihr Lachen endete unvermittelt, sowie ich meine Hände unter ihren Bademantel schob. Ihre Augen wurden ganz groß, während ich ihre Oberschenkel streichelte und weiter spreizte. Sie ließ mich los, um sich an der Tresenkante festzuhalten, und bog instinktiv den Rücken durch. Ihr Körper erwartete bereits, was kommen würde.

»Geht es dir besser heute, Kara?«

Sie schloss die Augen und nickte langsam. »J-ja.«

»Ich mag den Morgen lieber, wenn du hier bist«, flüsterte ich und rieb sie sacht mit meinem Knöchel zwischen den Beinen.

Ich hörte, wie sie nach Luft schnappte.

»Wie fühlt sich das an?«

Ich leckte mir die Lippen in Erwartung ihres Geschmacks. Ich streichelte sie erneut, diesmal mit den Fingerspitzen.

Sie biss sich auf die Unterlippe. »G-gut.«

»Ja?«

»Cameron. Was immer du auch tust, hör … hör nicht auf.«

Ich drang mit dem Finger in sie ein.

Verdammt.

Sie war zart wie Seide, warm und feucht. So verdammt feucht.

Sie stöhnte. Ein sexy Laut. Ich wollte sie überall berühren, sie an mich ziehen und sie überall spüren. Mich in ihr verlieren. Doch ich ermahnte mich, es langsam anzugehen. Sie war nicht bereit, noch nicht, und ich wollte so sanft wie möglich sein, wollte ihr Lust verschaffen, bis sie bereit war für mehr. Bis sie verrückt war nach mehr.

»Du bist so eng.« Ich streichelte sie sanft und betrachtete dabei ihr Gesicht. Ein Finger, zwei. »Mach die Augen nicht zu. Sieh mich an. Magst du meine Finger in dir?«

Ihre Wangen waren rosig. Sie nickte keuchend, öffnete die Augen aber nicht. Sie biss sich fest auf die Unterlippe. Ich hob die andere Hand und legte ihr den Daumen auf den Mund, damit sie aufhörte. Ich ließ den Daumen zwischen ihre Lippen gleiten, damit sie stattdessen mich beißen konnte. Und das machte sie auch.

»Cam. *Mehr.* Ich will …«

»Ja, nimm mehr. *Verdammt.* Du bist so feucht.«

Ihr Becken bewegte sich schneller, drängte sich meiner Hand entgegen. Ich hatte mich nach diesem Moment mit ihr gesehnt und würde ihn nie vergessen.

»Kara.«

Ich konnte nicht mehr widerstehen, daher stand ich auf und schob den Barhocker mit dem Fuß zurück. Ich hörte ihn kaum fallen, während ich den Gürtel ihres Bademantels löste und den Anblick ihres nackten Körpers genoss. Ich zog meinen Daumen aus ihrem Mund und ließ meine Hand über ihre Brüste zu ihrem Bauch hinunterwandern. Dann beugte ich mich vor, um an einer ihrer Brüste zu saugen. Ihre Hand schloss sich durch meine Hose hindurch um meinen Schwanz, und ich drückte sie stöhnend fester dagegen, rieb mich daran, überwältigt davon, wie gut es sich anfühlte.

»Nein. Noch nicht«, stieß ich stöhnend hervor, nahm ihre Finger fort und legte sie auf meine Brust. »Dies ist für dich.«

»Aber ich will …«

»Schsch. Vertrau mir.« Ich strich mit der Zunge über ihre andere Brust. »Noch nicht.«

Ich krallte meine Finger in ihre Haare, bog ihren Kopf zurück und presste meine Lippen auf ihre. Mittlerweile war sie mein Segen, meine Strafe, meine Freiheit, meine Ketten. Ich wollte alles davon.

Zwischen uns herrschte ein permanentes, unleugbares sinnliches Knistern. Aber da war noch etwas Tieferes, das wichtiger war. Bedeutungsvoller. Sie bedeutete mir mehr als irgendwer je zuvor. Wie hatte das so schnell passieren können?

Ich ließ ihre Haare los, legte ihr die Hand in den Nacken, küsste ihre Wange, biss sie sanft in die Schulter und küsste sie wieder, wilder als zuvor.

Als sie die Augen aufmachte, traf die Erkenntnis mich bis ins Mark. Sie war für mich bestimmt. Ich glaubte nicht an Schicksal. Das war bloß eine Ausrede für schwache Menschen, wenn ihnen etwas entglitt, was sie verzweifelt festzuhalten versuchten. Aber wie sonst sollte ich Kara erklären, was ich für sie empfand? Sie hatte mich so fest im Griff, dass ich machtlos war. Vom ersten Moment an hatte ich ihr gehört. Sie war nicht in meinen Plänen vorgekommen, doch falls sie ging, würde nichts mehr sein wie vorher.

Ich bewegte meine Finger schneller und drückte meinen Daumen sanft auf ihren empfindsamsten Punkt.

»Cameron. Cameron. Cameron.«

Sie bebte und umklammerte meine Unterarme, während sie die Hüften heftig im Rhythmus meiner Finger bewegte. Plötzlich weiteten sich ihre Augen, ihr Atem ging stoßweise und schnell, bis sie einen Schrei ausstieß. Ich erstickte ihn mit einem leidenschaftlichen Kuss.

Sie sank erschöpft gegen mich. Ich nahm meine Hand weg, schob einen Arm unter ihre Beine und stützte mit dem anderen ihren Rücken. Dann hob ich sie hoch. Vielleicht war ich schwach geworden, dachte ich, weil ich auf einmal an Schicksal glaubte. Aber bei Kara hatte ich keine Kontrolle über irgendetwas. Bei ihr hatte ich jegliche Kontrolle längst aufgegeben. Seltsamerweise fühlte ich mich deshalb nicht schwach. Im Gegenteil, ich fühlte mich stärker. Solange sie bei mir war, konnte ich alles bauen oder einreißen. Seit ich sie zum ersten Mal sah, war nichts mehr wie vorher. Sie hatte meine Welt verändert.

Sie hatte sie niedergerissen.

Und etwas mir Wichtiges erbaut.

»Cam?«

»Ja?«

In ihren Augen spiegelte sich träge Belustigung. »Professor.«

Ich lachte. *Verdammt, ich bin verrückt nach ihr.*

Kara

Den ganzen Tag lang keine Nachrichten auf dem Handy zu checken fühlte sich an, als hätte ich einen meiner Zehen verloren. Ich fühlte mich ohne unvollständig, ein wenig unausgeglichen. Ehrlich, es war ziemlich traurig.

Es half allerdings, dass in der Baufirma extrem viel los war. Bei den zahlreichen Telefonanrufen, dem Papierkram und den Kundengesprächen hatte ich wenig Gelegenheit, über mein chaotisches Leben nachzudenken, zumal ich mich gleichzeitig noch mit dem neuen Job vertraut machen musste. Trotzdem gab es natürlich kurze Pausen, in denen ich automatisch zum Handy griff und mich nur mühsam zurückhalten konnte.

Ich hatte mich für einen unabhängigen Menschen gehalten, der die Apokalypse überstehen würde, wenn sie käme. Doch wem wollte ich etwas vormachen? Ich schaffte es ja nicht mal ohne Technik. Als ich nach Feierabend meine Sachen einsammelte und zum Parkplatz hinter den Büros ging, versprach ich mir selbst, dass ich es lernen würde. Ich würde lernen, Gemüse anzubauen, ohne Elektrizität zu leben, ohne soziale Kontakte. Es würde ein friedvolles Leben werden. Waren Ninjas nicht kleine unschuldige Kinder, ehe sie lernten, Wurfsterne zu schleudern? Man konnte alles lernen, wenn man sich entschlossen darauf konzentrierte. Ich hatte also noch Hoffnung.

Ich schätze, du solltest damit beginnen, zu lernen, wie man ein Feuer macht. Damit du deine Höhle warm bekommst, wenn es so weit ist.

Sicher in meinem Wagen sitzend, holte ich tief Luft und zog mein Handy aus der Tasche. Sofort wurde ich unruhig. Es gab jede Menge ungelesene Nachrichten.

Heute Morgen, als Cameron mich zu Hause abgesetzt hatte, damit ich meinen Wagen holen konnte, hatte ich daran gedacht, hineinzugehen und meinen Dad aufzuwecken, damit wir reden könnten. Aber dann überlegte ich es mir anders. Samstags war viel los in der Werkstatt, und er brauchte seinen Schlaf. Möglicherweise war das auch nur eine Ausrede, damit ich das Gespräch mit ihm noch aufschieben konnte; allerdings war es eine gerechtfertigte. Ich war also in mein Auto gestiegen und zur Arbeit gefahren, während Cameron mir in seinem Pick-up folgte.

Mit klopfendem Herzen las ich alle meine Nachrichten. Als ich fertig war, schaltete ich mein Smartphone stumm und mein Hirn aus und fuhr nach Hause.

Mein Dad erwartete mich an der Haustür. Es war noch früh am Abend, aber schon dunkel. Das Verandalicht brannte und warf seinen Schein auf ihn. Er hatte hellblonde Haare, genau wie Dylan, aber seine waren im Lauf der Jahre etwas dunkler geworden und mittlerweile von grauen Strähnen durchzogen.

Er war so in Gedanken vertieft, dass er gar nicht merkte, wie ich vorfuhr und den ungepflasterten Weg zu unserem Haus ging. In einigen Schritten Entfernung blieb ich stehen und beobachtete ihn beim Nachdenken. Neben ihm auf der Bank stand eine Flasche Whiskey. Sein schmales, attraktives Gesicht war zerfurcht von Sorgenfalten.

Hatte er Gewicht verloren? Sah er erschöpfter aus als sonst? Seit wann hingen die Schultern meines Dads so? Wie bei einem alten Baum, dessen Äste sich unter dem Gewicht der Blätter bogen.

Was war bloß dieses schreckliche Gefühl, das mich immer dann überkam, wenn mir klar wurde, dass mein Vater älter wurde? Dass er eines Tages nicht mehr da sein würde?

Ich fühlte mich wieder wie ein kleines Mädchen, das sich seinem Dad in die Arme werfen und von ihm versichern lassen will, dass alles wieder gut wird.

Aber ich blieb, wo ich war.

Dieses kleine Mädchen war ich nicht mehr.

Plötzlich hob mein Dad den Blick, doch der freundliche Ausdruck, der sonst immer da war, sobald er mich sah, fehlte diesmal. Er stand auf, zögerte, machte einen Schritt auf mich zu. Seine Miene veränderte sich, und in seinen Augen las ich all die Liebe, die er für mich empfand. »Kommt meine Kara Koala endlich nach Hause?«

Ich nickte, brachte jedoch kein Wort heraus, weil mein Hals wie zugeschnürt war.

»Möchtest du reinkommen?«, fragte er. »Ich habe deine Lieblingspizza besorgt.«

Ich räusperte mich. »Okay.«

Er nickte und nahm die Flasche Whiskey, ehe er die Tür öffnete, um mich hereinzulassen.

»Du trinkst«, sagte ich.

»Nur ein bisschen.«

Es kam selten vor, dass man Mike Hawthorne trinken sah. Ich hatte ihn nur ein Mal betrunken erlebt, und das war an dem Abend, an dem ihm seine Frau weggelaufen war. Wie hätte er sich auch betrinken sollen, wo er sich doch allein um zwei kleine Kinder kümmern musste? Er machte sich ständig Sorgen um uns und gönnte sich nie eine Pause.

Einmal luden seine Freunde ihn zu einem dreitägigen Angelausflug ein. Charity, die Frau seines Bruders Andrew, hatte angeboten, den Babysitter für uns zu spielen. Aber Dad kam schon am ersten Abend wieder nach Hause, mit der Begründung, er könne den Ausflug ohnehin nicht genießen, wenn er sich wegen seiner Kinder Sorgen mache. Vielleicht litt er damals an der gleichen Trennungsangst wie ich.

»Gieß mir auch einen ein, Dad.«

»Geht klar.«

Wir setzten uns aufs Sofa, aßen unsere Pizza und tranken Whiskey. Er hatte den Fernseher eingeschaltet, aber ohne Ton. Wie oft hatten wir so zusammengesessen und uns einfach geborgen gefühlt in der Gegenwart des anderen.

»Wann ist meine Kara Koala erwachsen geworden? Du warst früher dieses kleine Energiebündel, das mich ständig herumkommandierte. Jetzt bist du mein Trinkkumpan.«

Ich betrachtete das Glas in meiner Hand. Im Augenblick konnte ich meinem Dad nicht ins Gesicht sehen. Ich würde es nicht ertragen. Er war nicht nur mein Dad. Er war auch mein bester Freund.

»Dich trinke ich jederzeit unter den Tisch«, sagte ich.

»Sicher.« Er nippte an seinem Drink und ließ sich Zeit dabei. Ich wusste, dass er überlegte, was er sagen sollte. »Wie war dein Tag? Hast du in deinem neuen Job gearbeitet?«

»Ja, da ist viel los an den Wochenenden. Es gefällt mir. Charity war heute am Empfang in der Werkstatt, oder?«

»Klar doch.«

»Okay, gut. Wie steht's mit der Turnhalle, Dad? Bist du fertig mit dem Streichen?«

»Noch nicht. Hab mir heute Abend freigenommen.«

Um darauf zu warten, dass ich heimkomme. Ich kam mir vor wie die böse Tochter.

»Morgen werde ich Überstunden machen«, verkündete er. »Ich habe deinem Freund vorgeschlagen vorbeizuschauen.«

Mir klappte die Kinnlade herunter.

»Der sieht ziemlich gut aus.«

»Was? Wer?«

Er hob die Brauen. »Derjenige, der dein Handy hatte.«

Mist. Ich beobachtete die Miene meines Vaters, um zu sehen, ob er aufgebracht war, aber er wirkte nur neugierig. Erleichterung darüber, dass es für meinen Dad okay war, machte sich in mir breit. Ich räusperte mich. »Cameron war bei dir?«

Cameron hatte nichts davon erwähnt. *Wann war das?*

»Ja, war er. Gleich nachdem du deinen armen Dad einfach verlassen hattest, kam er in die Werkstatt.«

Ich lächelte. Ich konnte einfach nicht anders. Mein Vater schaute mich durchdringend an und nickte leicht.

»Das allein zeigt mir schon, dass er dich glücklich macht, Liebes. Ich habe ihm vorgeschlagen, mir beim Streichen der Turnhalle zu helfen. Da kann ich ihm mal auf den Zahn fühlen und herauskitzeln, was für ein Typ er ist.«

»Das hast du nicht getan!«

»Und ob.«

Ich stöhnte. »Dad!«

Er lachte leise und schenkte sich noch einmal nach. Wir schwiegen wieder, doch diesmal war es kein behagliches Schweigen. Stattdessen war es angespannt und voller unbeantworteter Fragen. Mein Vater und ich hatten immer eine unbeschwerte Beziehung gehabt, es gab immer etwas zu erzählen. Doch jetzt fand ich keine Worte.

Er trank einen Schluck, stellte das Glas auf den Couchtisch und beugte sich vor, die Ellbogen auf die Knie gestützt.

»Kara«, begann er und drehte den Kopf, um mich anzusehen. »Ich möchte dich an etwas erinnern, denn du scheinst es vergessen zu haben.«

»Und was wäre das?«

»Liebes«, sagte er. »Ich bin immer auf deiner Seite. Immer.«

»Warum hast du dann …« Ich verstummte, da meine Stimme brach. »Warum hast du mich gebeten zu gehen?«

»Das habe ich nicht.« Er trank rasch einen weiteren Schluck. »Du hast ein großes Herz, du bist ein Softie. Das verbirgst du hinter deinem Ärger und deinen Worten, aber ich weiß, es zehrt an dir. Ich musste dich aufhalten und bitten zu gehen, bevor du etwas sagen konntest, was du hinterher bereut hättest. Ich weiß, wie hart du mit dir selbst ins Gericht gehst wegen solcher Dinge. Hast du vergessen, wie gut ich dich kenne?«

Etwas Schweres in meiner Brust löste sich auf.

»Ich wünschte, du hättest sie in hohem Bogen rausgeschmissen.«

»Wenn ich derartig viel Leidenschaft an den Tag lege, glaubt sie, ich hätte noch Gefühle für sie«, entgegnete er trocken.

»Hast du?«

»Menschlich bedeutet sie mir durchaus etwas. Ich bin dankbar. Sie hat mir schließlich euch beide geschenkt, dich und Dylan, oder?«

»Sie hatte keinen Anteil daran, wer ich heute bin. Das warst alles du.«

»Das ist nicht wahr, Liebes. Ihre Abwesenheit hatte einen wesentlichen Einfluss darauf.«

Ich dachte einen Moment darüber nach. Er hatte recht, aber ich zuckte nur die Schultern und entschied, dass es keine Rolle spiele. »Ich werde ihr jedenfalls nicht dafür danken. Wenn du dankbar bist, dass sie mich und Dylan in ihrem Bauch ausgetragen hat, sollten wir sie vielleicht dafür bezahlen. Vierzig Wochen war sie mit mir schwanger, richtig? Wie viele Tage sind das? Und wie viele Stunden? Warte mal, ich nehme meinen glänzenden Taschenrechner zu Hilfe.«

»Kriege ich für Dylan einen Rabatt?«

»Den kriegst du umsonst.«

Dad lachte heiser. Er lehnte sich auf dem Sofa zurück, und ich tat es ihm gleich und legte meinen Kopf auf seine Schulter. Diesmal war das Schweigen zwischen uns sehr gut.

»Was machen wir wegen Dylan, Dad?«

»Er will Karen kennenlernen. Wie könnte ich ihm das verwehren?«

Ich richtete mich auf. »Er ist blöd. Und was will sie eigentlich? Warum kommt sie jetzt zurück?«

»So viel habe ich mit ihr noch nicht geredet. Sie ist gleich nach dir gegangen.«

»Ich traue ihr nicht.«

»Verständlich. Sie hat ja auch nichts unternommen, um dein Vertrauen zu gewinnen. Trotzdem, Kara, kann ich deinen Bruder ebenso wenig davon abhalten, sie zu sehen, wie ich den Regen stoppen kann.«

»Mittlerweile gibt es Technologien, um das Wetter zu kontrollieren, Dad.«

Er machte große Augen. »Wirklich? Na, so was. Wirklich verblüffend.«

»Dad!«

Er lachte, dann war er für einen Moment still und schien sich seine Worte sorgfältig zurechtzulegen. »Weißt du noch, wie ich dich mal ermahnte, nicht das Pferd bei Old Gary zu streicheln? Du musst da acht oder neun gewesen sein. Und was hast du gemacht?«

»Ich war zehn, Dad. Dylan ist siebzehn. Man sollte meinen, sein Gehirn sei ausreichend entwickelt, um es besser zu wissen.«

»Du hast dich weggeschlichen und es trotzdem getan. Und es versuchte dich zu beißen, stimmt's?« Er redete weiter, als hätte ich ihn gar nicht unterbrochen. »Du bist weinend nach Hause gekommen, und ich habe mir solche Sorgen gemacht, dass ich fast einen Herzanfall bekam. Aber dir war nichts passiert.«

»Versuchst du mir damit zu erklären, dass Dylan schon irgendwie damit klarkommen wird, falls diese Frau ihm wehtut? Hast du vergessen, wie es war, nachdem sie damals abgehauen ist? Ich habe es nämlich nicht vergessen.«

Er holte tief Luft, bevor er antwortete. »Kara, wenn du jemanden von seinem Vorhaben abzuhalten versuchst, kannst du dich auf Schmerz für dich und die andere Person einstellen. Der Wille eines Menschen ist wie ein Berg. Man kann ihn nicht bewegen. Es sei denn, man zerbricht ihn in winzige Stückchen. Nur, was ist ein Berg danach? Kein Berg mehr, oder?«

Er tätschelte meinen Kopf, genau wie früher, als ich klein war und er mich trösten wollte. Diese vertraute Geste schnürte mir die Kehle zu. Er machte das inzwischen nur noch selten, umso kostbarer war mir jede der raren Gelegenheiten.

»Sosehr mir auch klar ist, dass du deinen Bruder nur schützen willst«, fuhr er fort. »Zwing ihm nicht deinen Willen auf. Und glaub nicht, er würde dir seinen aufzwingen. Es geht hier nicht darum, wer gewinnt oder wer nachgibt. Lass es ihn selbst herausfinden. Ohne Herausforderungen im Leben kann ein Mensch nicht wachsen, sich nicht selbst kennenlernen und seine Kraft erfahren. Wie bei dir, Liebes. Du bist mein ganzer Stolz. Meine Tochter.«

»Ich …« Ich räusperte mich. »Dad, ich will doch nur meine Familie beschützen.«

»Ich weiß, Liebes. Das weiß ich doch.«

»Dylan will übrigens noch mehr. Er möchte, dass du wieder mit ihr zusammenkommst.«

Er lächelte, doch es war ein trauriges Lächeln, das von vergangenem Schmerz zeugte. »Dylan möchte eine Mom und einen Dad.« Er hielt inne, als müsse er seine Gedanken sammeln. Als er weitersprach, klang seine Stimme rau. »Ihr hättet beide Eltern haben sollen. Meine armen Kinder. Ihr habt viel erleiden müssen unseretwegen, nicht wahr? Ich wünschte, ihr hättet mit beiden Eltern aufwachsen können, die einander lieben und respektieren, die sich um euch kümmern, und auf die ihr euch verlassen könnt. Es wird mir ewig leidtun, dass ich euch das nicht geben konnte.«

»Dad, ich hatte die beste Kindheit.« Ich wartete, bis er mich anschaute. »Du bist mir mehr als genug«, fügte ich sanft hinzu.

10. Kapitel

Kara

Ich werde ziemlich unerträglich, wenn man mir wehtut. Ich ignoriere bewusst alles um mich herum, konzentriere mich auf meinen Schmerz; dann mache ich entweder komplett dicht oder ich explodiere. Genau wie mit Tala gestern in der Cafeteria, als sie mir erzählte, dass sie weggeht. Da bin ich einfach aufgesprungen und weggelaufen.

Nachdem ich jetzt Zeit gehabt hatte, mich zu beruhigen und nachzudenken, wurde mir klar, wie hart es für Tala sein musste, wieder alles hinter sich zu lassen und neu anzufangen. Es konnte auch nicht leicht gewesen sein, das alles mit sich herumzuschleppen und für sich zu behalten. Das Gespräch mit meinem Dad hatte mich daran erinnert, wie schmerzlich Missverständnisse waren. Also sprang ich in meinen Wagen und fuhr zu Tala.

Als ich in ihrer Straße parkte, fielen mir sofort wieder die beiden hohen Säulen ihrer Veranda ins Auge. Jedes Mal, wenn ich hier war, dachte ich, wie hübsch das Haus aussehen würde mit Blumentöpfen, die von der Decke der Veranda hingen. Und einem neuen Anstrich. Tala und ich hatten uns immer wieder vorgenommen, das Gebäude aufzumöbeln. Dafür war es jetzt wohl zu spät.

Vor ihrer Tür schloss ich eine Sekunde die Augen und spielte mit meinem Pferdeschwanz. Ich hatte keine Ahnung, warum ich nervös war. Oder doch – ich fürchtete, jemand anderes könnte aufmachen, eine Fremde, die mir mitteilte, dass Tala schon fort war. Ich hatte mich nicht einmal verabschiedet. Was, wenn heute ihr Flug ging? Was, wenn … Die Tür wurde aufgerissen.

»Kar!«

Tala wollte mich umarmen, hielt jedoch inne. »Du schubst mich nicht weg, wenn ich dich umarme, oder?«

Einen Moment lang starrte ich einfach nur perplex in ihr verweintes Gesicht und die geröteten Augen. »Idiot. Halt den Mund und komm her.« Ich schloss sie fest in die Arme. Sie war so klein, dass sie mir nicht einmal bis zur Schulter reichte. »Hast du hinter der Tür auf mich gewartet?«

Es war als Scherz gemeint, weil die Tür so plötzlich aufgerissen worden war, ohne dass ich geklingelt hatte. Aber sie nickte.

»Ja, hab ich. Ich habe Dylan gebeten, mir zu schreiben, wenn du zu Hause bist. Und ich hatte gehofft, du würdest vorbeikommen.«

Warum sollte sie derart ängstlich auf mich warten? Und warum war mir zum Heulen zumute? Warum musste sie wegziehen? Ich drückte sie fester und roch ihr Kaugummi-Shampoo. »Sorry, Tal. Dass ich einfach abgehauen bin.«

Schluchzend vergrub sie das Gesicht an meinem T-Shirt. »Du hast nicht auf meine Nachrichten und Anrufe reagiert. Ich dachte schon, du wärst so wütend auf mich, dass ich dich vor meiner Abreise nicht mehr sehen würde. Es tut mir schrecklich leid, dass ich es dir nicht schon früher gesagt habe, Kar, ehrlich.«

Ich biss mir auf die Unterlippe und spürte drohende Tränen. Ich hatte einen Kloß im Hals. Ich versuchte mich zu beruhigen, indem ich tief einatmete, aber es war schwierig. *Ich will sie nicht verlieren. Nicht Tala. Nicht meine beste Freundin.*

»Ich hätte das Flugzeug aufgehalten, um dir Lebewohl zu sagen«, versicherte ich ihr.

»Und ich wäre aus dem Fenster gesprungen, um dich zu umarmen.«

Und plötzlich war alles wieder gut. Wir ärgerten uns übereinander, regten uns auch mal auf, aber wir wurden nie richtig wütend oder stritten uns. Dies war das erste Mal gewesen. Es fühlte sich seltsam an, als hätte sich der Berg, auf dem ich lebte, auf einmal in einen Ozean verwandelt. Und ich konnte nicht schwimmen.

»Also … ein paar Tage?«, fragte ich.

Ihre Schultern sackten nach unten. »Hör mal, ich würde ja gern reden, aber deine kleinen Dinger sind in meinem Gesicht.« Wir hielten uns nach wie vor umarmt. »Wollen wir reingehen? Ich mache dir einen Milkshake.«

»Geht nicht«, erwiderte ich und folgte ihr ins Haus. »Ich hatte schon Pizza mit Dad. Wenn ich auch noch einen Milkshake trinke ...« Ich erschrak beim Betreten des Wohnzimmers. Es war bereits leergeräumt.

Ich war mir nicht sicher, was die angestauten Tränen nun doch fließen ließ, vielleicht der Anblick des leeren Wohnzimmers, in dem wir so viel Zeit zusammen verbracht hatten. Etwas sehr Vertrautes war plötzlich zu etwas Fremdem geworden. Es kam mir so vor, als wären alle unsere Erinnerungen an diesen Raum weggewischt worden. Vielleicht war es auch der Anblick von Talas Rücken, als sie vor mir herging, und der Gedanke, dass es möglicherweise das letzte Mal war, dass ich sie so sah. Oder es lag einfach an den vergangenen, sehr emotionalen Tagen – nein, Wochen sogar. Jedenfalls liefen die Tränen. Dicke, fette, heiße, endlose Tränen.

»Das Badezimmer steht dir jederzeit ... Kar?«

Sie stand an der Küchentür und sah mich mit einem Ausdruck von Panik an, wie ich da heulend im Wohnzimmer stehen geblieben war.

»Weinst du etwa? Warum weinst du? Nein, nein, nein. Du weinst doch nie. Nicht weinen. Ach Mist, ich werde auch anfangen zu heulen.« Das tat sie bereits.

Vermutlich sahen wir aus wie zwei völlig durchgeknallte Frauen, die auf dem Boden saßen, sich umarmten und schluchzten wie kleine Mädchen, die dringend ein Nickerchen machen mussten.

»Du bist so gemein«, brachte ich schluchzend heraus. »Am liebsten würde ich dir einen Tritt geben. Du willst mich auch noch verlassen? Warum musst du überhaupt wegziehen? Und warum hast du es mir nicht gleich gesagt? Hätte ich das gewusst, hätten wir noch mehr Zeit miteinander verbringen können. Du bist echt blöd.«

»Ja, bin ich«, gab Tala jammernd zu. »Es tut mir leid, Kar.«

»Du bist gemein. Ich wünschte, dir würden riesige Leberflecke im Gesicht wachsen.«

Sie nickte, während ihre Tränen liefen. »Haarige.«

Ich lach-schluchzte. »Dieses Wohnzimmer ist total leer. Du gehst wirklich, Tala.«

»Ja, ich gehe wirklich.«

Ich hatte keine Ahnung, wie lange wir dort saßen, aber irgendwann lagen wir ausgestreckt auf dem Boden, starrten zur Decke hoch und hielten uns an den Händen.

»Mir ist kalt«, krächzte ich.

Sie drehte den Kopf, schaute mich an und drückte meine Hand. »Ich koche dir Tee. Komm mit.«

Die Küche war noch nicht so leer wie das Wohnzimmer, aber viele Dinge fehlten schon, was mich traurig machte. Zum Beispiel der Esstisch, an dem ich so viele Mahlzeiten zusammen mit Tala und Mrs. B eingenommen hatte. Und die große meergrüne Vase, die Mrs. B liebte, außerdem die vielen kleinen Dinge, die Gewürzregale und Essensschalen, die stets auf dem Küchentresen standen, wenn ich zu Besuch da war. Und der süße Duft von frisch gekochtem Reis, den ich immer so tröstlich fand.

Möglicherweise hatte ich alle Gefühle schon im Wohnzimmer rausgelassen, denn jetzt kamen keine Tränen mehr. Stattdessen spürte ich eine seltsame Leere in der Magengegend. Vielleicht war es ja nur eine Verdauungsstörung.

Ich setzte mich auf das Einbausofa unter dem langen, rechteckigen Fenster, durch das ich auf den hinteren Garten blicken konnte. Dicht belaubte Bäume säumten die Grundstücksgrenzen und boten Schatten und Privatsphäre. Bei wärmerem Wetter blühten bunte Blumen. Nachts verliehen die Lichterketten, die Tala und ich in die Bäume gehängt hatten, dem Ort etwas Märchenhaftes. Auf einer runden Steinterrasse standen Gartenstühle und eine Bank um eine Feuerstelle. Der Platz lud dazu ein, sich für eine Weile zu setzen, zu lesen oder ins Feuer zu schauen. Es hatte mir so viel Freude bereitet, in diesem Haus Zeit mit Tala zu verbringen. Es kam mir wie mein zweites Zuhause vor. Wahrscheinlich würde es zum Verkauf stehen, sobald sie und ihre Mutter weg waren.

»Wo ist Mrs. B?«, fragte ich.

»Mom schläft heute bei Tita Mimi. Hier, trink das. Aber vorsichtig, es ist heiß.«

»Danke.« Ich pustete auf den Zitronen-Ingwer-Tee und trank zögernd einen Schluck. Es tat gut zu weinen, aber jetzt waren meine Augen wund und mein Hals auch. Genau genommen tat mir das ganze Gesicht weh.

»Ich habe Honig reingetan«, erklärte sie. »Gut?«

»Geht gerade so.«

»Bitch.« Sie kauerte vor dem geöffneten Kühlschrank und hielt mir eine Tüte Marshmallows hin. Sie aß sie gern gekühlt. Ich konnte sehen, dass der Kühlschrank noch voll war. Es würde mich zwar umbringen, aber später, sobald ich akzeptieren konnte, dass sie fortgingen, und imstande war, etwas entspannter darüber zu reden, würde ich anbieten, hier gründlich durchzuputzen. Dadurch würden sie das Haus schneller zum Verkauf anbieten können. Verdammt, es schmerzte schon, daran zu denken. »Nächstes Mal kriegst du Abwaschwasser.«

Ich gab einen spöttischen Laut von mir. Sie auf diese Weise vor dem Kühlschrank in der Hocke zu sehen, während sie nach etwas Essbarem für mich suchte, war ein allzu vertrautes Bild. Es brach mir das Herz, dass ich es schon bald nie wieder sehen würde. Jetzt drohten doch neue Tränen.

»Verdammt, schon wieder Tränen.« Ich schniefte ausgiebig und versuchte, nicht zu weinen.

»Wenn du heulst, heule ich auch, Kar.« Sie richtete sich auf und kam an die andere Seite des Küchentresens. »Hast du mir verziehen?«

Ich schluckte. Ich hasste es zu weinen, doch als ich ihren Gesichtsausdruck sah, kullerte eine Träne. Sie schaute mich so hoffnungsvoll an, war so glücklich über meinen Besuch. Ich wollte sie gleich wieder umarmen. Ich wollte mich beruhigen und nicht ein solches emotionales Wrack sein, um Tala trösten zu können. Ich musste mich zusammenreißen, damit wir reden konnten.

»Ich vergebe dir, du vergibst mir, ich vergebe jedem!«, scherzte ich, um die düstere Stimmung ein bisschen aufzuhellen.

»Wer bist du, Oprah? Na schön, abgemacht. Wollen wir draußen Feuer machen und Marshmallows rösten?«

Wir würden uns den Hintern abfrieren, aber was soll's, es könnte der letzte Abend sein, den ich hier verbrachte, daher stimmte ich zu. Bewaffnet mit einer dicken Decke, unseren Bechern mit heißem Tee, Popcorn sowie Marshmallows zum Rösten, gingen wir hinaus in den Garten.

»Das ist schön«, stellte ich fest, nachdem wir alles vorbereitet hatten. In Flammen zu schauen hatte etwas Faszinierendes. Es lud dazu ein, sich vors Feuer zu setzen, sich wärmen zu lassen und nicht mehr zu denken, sondern einfach zu sein. Tala ließ sich auf den Stuhl neben mir fallen. Wir teilten uns die dicke Decke, unter der wir uns eng aneinanderkuschelten. Und wir schwiegen.

Es war dunkel. Der Lichtschein der Straßenlaternen fiel durch die Äste der Bäume in den Garten. Es war kalt, aber nicht windig, und deshalb war es beinahe perfekt, hier neben meiner besten Freundin zu sitzen und mich vom Feuer wärmen zu lassen.

»Ich dachte, hier würde ich für immer bleiben«, gestand Tala nach einer Weile. »Ich dachte, wir würden zusammen alt und wie diese alten Ladys werden, die gemeinsam plaudernd in der Mall einkaufen gehen.«

Lächelnd stellte ich mir das vor. »Ja. Wir würden Rennen mit unseren Rollatoren veranstalten, Partys feiern und herumbrüllen wie alte Schachteln mit Klasse.«

»Wir würden uns die Haare kurz schneiden und eine Dauerwelle machen lassen.«

»Ich weiß ja nicht, wie es bei dir ist, aber ich würde meine langen Haare behalten. Wir könnten rucksackwandern in Spanien. Es ist die perfekte Zeit dafür. Wir würden Seniorenrabatte erhalten.«

»Au ja! Und ich schaue mir Tag und Nacht die spanischen Männer an. Findest du die nicht auch alle furchtbar sexy? Und dann heirate ich einen namens Mateo. Ist das nicht ein romantischer Name?«

Wir grinsten uns an.

»Eine Freundin wie dich hatte ich noch nie, Kar.«

Mein Lächeln erstarb. Denn worüber wir gerade redeten, würde niemals Wirklichkeit werden. Sie würde bald abreisen. Klar, wir konnten uns gegenseitig besuchen, aber es würde niemals dasselbe sein. Sobald sie weg war, wäre es das Ende. Nicht das Ende von uns, aber eines Teils von uns.

Jedenfalls würde ich nicht mehr einfach vorbeischauen und mit ihr abhängen können. Wir würden nicht mehr durch dieselben Straßen gehen und dieselben Leute kennen. Ich würde nicht da sein, wenn Tala ihren ersten Freund hatte. Würde sie neue Freunde finden, die erkannten, wie wundervoll sie war? Würde sie glücklich sein? Würde sie mich durch jemand anderen ersetzen? Mir war klar, dass dieser Abend eine Art Abschied war, und es machte mich traurig.

»Du kennst mich doch«, fuhr sie fort. »Ich bin gern allein, weil ich mich unter Leuten nicht wohlfühle. Aber ich weiß durchaus, wie man Freunde findet. Wenn man nett ist, findet man auch Freunde. Anderen einen Gefallen zu tun hilft auch. Beides kann ich ganz gut.« Sie schaute mich leicht verunsichert an. »Oder?«

»Doch, du bist sehr beliebt. Taylor Swift kann dir nicht das Wasser reichen.«

»Die will auch meine Freundin sein.«

»Wow, wie hast du das angestellt? Wenn ich mal groß bin, will ich sein wie du.«

»Tja, ich bin eben ein Vorbild.« Sie hielt ihren Becher fest und rieb unbewusst mit dem Daumen über den Henkel, während sie ins Feuer starrte. »Allerdings kann ich mich nicht so gut ausdrücken. Im Unterschied zu dir. Manchmal zwinge ich mich, nett zu sein, weil ich gemocht werden will.« Sie wirkte verlegen. »Ich tue den Leuten Gefallen, und die glauben dann, ich lege mich für sie ins Zeug. Aber in Wahrheit mache ich es nur, damit sie mich nicht ablehnen.«

Einen Moment lang musterte ich sie von der Seite und wartete darauf, dass sie mich anschaute, aber das tat sie nicht. »Stimmt, du bist echt eine harte Nuss. Keine Ahnung, warum ich mit dir befreundet bin«, neckte ich sie, denn ich wollte, dass sie mich ansah.

Endlich erwiderte sie meinen Blick und lachte. Sie warf ein Popcorn nach mir, doch aus dem Ausdruck in ihren Augen wurde ich nicht schlau. »Ich meine es ernst.«

»Dann bin ich auch mal ernst. Wenn ich am Verdursten wäre und jemand böte mir ein Glas Wasser an – glaubst du vielleicht, dann würde mir dieses Angebot aus den Gründen, die du mir gerade genannt hast, weniger bedeuten? Für mich würde nur zählen, dass du mir geholfen hast und keine bösen Absichten hegst. Wir versuchen doch alle nur irgendwie zu leben und klarzukommen. Du forderst ja schließlich keine Gegenleistung ein für dein hilfreiches Verhalten. Moment, oder hast du?«

»Ja, ich wollte ein Baby-Einhorn, das mich zur Arbeit bringt. Und einen Freund.«

»Bitte nächstes Mal um zwei und gib mir eins ab. Ein Einhorn, keinen Freund.« Sie reagierte nicht, und ich seufzte. »Warum fängst du damit an? Ich verstehe nicht, warum du so hart zu dir bist. Du bist der netteste Mensch, den ich je kennengelernt habe.«

Sie schüttelte den Kopf. »Du weißt gar nicht, wie besonders du bist, oder?«

Ich stellte meinen Teebecher auf die erhöhte Steinmauer der Feuerstelle, lehnte mich in meinem Gartenstuhl zurück und schaute Tala aufmerksam an. Ich verstand nicht, warum sie plötzlich solche Sachen sagte. Normalerweise alberte sie lieber herum. Selbst wenn sie über ernste Dinge redete, flocht sie hier und da einen Scherz ein. Jetzt hingegen wirkte sie ernst, ihr Blick, ihre Stimme. Daher schwieg ich und wartete darauf, dass sie weitersprach.

»Erinnerst du dich, als ich meinen Führerschein noch nicht hatte?«, fragte sie. »Du hast mich ständig abgeholt und irgendwohin gefahren. Jahrelang. Wer macht so etwas? An deinen freien Tagen, wenn du supermüde von deinen Schichten warst, bist du vorbeigekommen, obwohl du hundert andere Dinge zu erledigen hattest. Weil du wusstest, dass ich einsam war. Weil du wusstest, dass ich Hilfe mit Ma brauchte. Du hast mir und Ma so viel geholfen, ohne irgendeine Gegenleistung dafür zu erwarten. Ich mache dauernd etwas für andere, aber das war das erste Mal, dass jemand sich für mich ins Zeug legte.«

»Du bist meine beste Freundin.«

»Genau das meine ich!« Sie zeigte mit dem Finger auf mich. »Ich hatte schon vorher beste Freundinnen, aber wenn ich nach der Arbeit todmüde bin, würde ich bei denen nicht vorbeischauen, um zu sehen, wie es deren kranker Mutter geht. Ich würde nach Hause fahren und schlafen. Vielleicht eine Nachricht schreiben, mehr aber auch nicht. So würden sich alle verhalten, die ich kenne. Du aber …« Sie schniefte. »Du hast mich und meine Mom zu deiner Familie gemacht.«

Sie senkte den Blick auf ihre Hände im Schoß. »Du machst Sachen für andere, weil diese Menschen dir wirklich etwas bedeuten«, sagte sie. »Du hilfst gern, weil du eben so bist. Und es gibt mir ein gutes Gefühl, zu wissen, dass du meine beste Freundin bist. Niemand hat mich so richtig gemocht, jedenfalls nicht mein wahres Ich, weil ich stets nur die Fassade gezeigt habe – die nette und höfliche Version meines Ichs. Bei dir bin ich echt. Da bin ich nicht mehr still.«

Was mach ich nur, wenn sie weggeht? Wenn ich sie jetzt schon vermisse, wie viel mehr erst, wenn sie tatsächlich fort ist? »Stimmt, du bist die reinste Quatschmaschine.«

Jetzt kicherte sie, und ich war gleich nicht mehr ganz so bedrückt. »Das ist eine weitere Sache. Manchmal sagst du die merkwürdigsten Dinge in ernsten Situationen. Das mag ich an dir, und ich werde es sehr vermissen.« Sie nahm einen Stock und stocherte damit in den brennenden Holzscheiten. »Als Mom mir sagte, dass wir auf die Philippinen zurückkehren, war ich gar nicht überrascht. Sie hat es schon eine ganze Weile angedeutet. Aber als sie dann wirklich mit mir darüber sprach, fühlte es sich plötzlich sehr real an. Auf einmal wurde mir klar, dass ich wirklich fortgehen würde. Und dass du diejenige bist, die mir am meisten fehlen wird.«

Erneut meldete sich das bedrückende Gefühl – die Traurigkeit darüber, dass ich meine beste Freundin verlieren würde. Das Leben schien mir gern grausame Streiche zu spielen. Tala stand mir nah wie niemand sonst, sie war wie ein Teil von mir. Ich hatte gedacht, sie würde immer da sein, komme, was da wolle. Sie war mein Fels in der Brandung geworden.

»Du bist einer der stärksten Menschen, die ich je kennengelernt habe«, sagte ich.

»Das sagst du nur, weil ich weggehe.«

Ich schüttelte den Kopf. »Ich meinte jedes Wort ernst. Ich wünschte, du könntest dich so sehen, wie ich dich sehe.«

Statt darauf etwas zu erwidern, machte sie die Packung Marshmallows auf und steckte vorsichtig einen der weichen Zuckerbälle auf einen Stock. Ich wusste, dass sie verunsichert war. Sie verteilte großzügig Komplimente an andere, aber wenn sie selbst welche bekam, wusste sie nicht, wie sie damit umgehen sollte. Wenn es nur Herumgealbere war, hatte sie kein Problem, doch wenn die Komplimente aufrichtig gemeint waren, sah es anders aus.

»Ich weiß, dass dein Leben auch nicht leicht ist«, fuhr ich fort. »Sich um ein Elternteil zu kümmern ist keine leichte Aufgabe. Vielleicht fühlen wir uns deshalb so tief miteinander verbunden. Ich glaube, Menschen, die viel durchgemacht haben, erkennen einander – als wäre da ein gegenseitiges Verständnis des Schmerzes. Dadurch ziehen sie sich an. Mein Leben kommt mir wie eine endlose anstrengende Straße vor, und ich scheine ständig die Raststätten zu verpassen. Aber als ich dich traf, wollte ich nicht einfach vorbeifahren.«

»Ach, Kar.« Wir wechselten einen Blick stillen Veständnisses. Ich war traurig, aber auch dankbar und getröstet.

Der Marshmallow brannte, schmolz und tropfte in die Glut. »Nein! Mein Marshmallow!«, schrie Tala entsetzt.

Wir starrten uns einen Moment stumm an, dann fingen wir an zu kichern.

Nach der tiefschürfenden Unterhaltung tat es gut zu lachen. Ich forderte sie auf, mir die Sachen zu geben, und übernahm die Versorgung. Ich konnte vielleicht nicht kochen, aber Marshmallows zu grillen bekam ich ganz gut hin. Dad hatte oft mit uns gezeltet, als wir Kinder waren, und Dylan liebte gegrillte Marshmallows.

»Hier.« Ich reichte ihr einen leicht verbrannten Marshmallow. Na ja, er war immer noch besser als ihrer. »Futtere und freu dich.«

»Danke. Mach mir mehr, bitte, Madam.«

»Okay.«

Für eine Weile verfielen wir in angenehmes Schweigen. Ich röstete weitere Marshmallows, und sie aß sie auf. Dann fragte ich: »Wann reist du ab?«

Sie senkte den Kopf und zog die Decke fester um sich. »Dienstag.«

»So bald schon?« Heute war Samstag. Ich hatte gedacht, uns bliebe noch mehr Zeit.

»Ma meint, sie will vor Weihnachten dort sein.«

»Willst du überhaupt weg?«

Eine Weile schwieg sie. »Ich habe viel darüber nachgedacht«, sagte sie dann. »Ich weiß nicht, was ich will, und manchmal fühle ich mich elend deswegen. Ich bin durcheinander wegen allem, aber ich habe erkannt, dass es nicht schlimm ist, keine Antwort zu haben. Man macht einfach weiter. Man entdeckt Dinge, und wenn man Glück hat, findet man sich selbst. Im Augenblick weiß ich nur, dass ich nicht ohne meine Mom leben kann. Ich könnte es mir nie verzeihen, wenn ich mich jetzt nicht um sie kümmern würde. Und ich will es auch tun.«

Das respektierte ich. Und ich verstand es.

»Warum hast du es mir nicht früher gesagt, Tal?«

»Du hast zu dem Zeitpunkt so viel mitmachen müssen. Du warst wie ein Zombie. Ich wünschte, ich wäre mehr für dich da gewesen, doch ich war selbst nicht ganz bei mir.«

»Tut mir leid. War ich wirklich dermaßen ichbezogen, dass ich von all dem nichts mitbekommen habe?«

»Kar, nein. Du weißt, wie ich zu Streit und Abschieden stehe. Ich hasse beides und schiebe es möglichst lange auf. Ich war ebenfalls nicht so viel für dich da, wie ich wollte. Es hätte keinen Sinn gehabt, dass wir beide traurig sind. Deshalb habe ich es dir nicht erzählt.«

Es war trotzdem schrecklich, dass ich es nicht gewusst hatte. Wir hätten mehr Zeit miteinander verbringen können, aber ich verstand, dass es Tals Art war, damit umzugehen.

»Ich wünschte, du müsstest nicht gehen«, sagte ich.

»Du wirst schon zurechtkommen, Kar.« Plötzlich wurden ihre Augen glasig, und sie verzog das Gesicht, als hätte sie Schmerzen. »Nimm dich in Acht vor demjenigen, der den Hund hält.«

Ich spürte ein Kribbeln im Nacken. »Was?«

Sie stutzte, dann sah sie wieder ganz aus wie Tala. »Ich weiß nicht, warum ich das gesagt habe. Es kam mir einfach in den Sinn.«

»Noch mehr Übersinnliches?«

»Katzenaugen.«

Ich warf ihr einen genervten Blick zu. »Tal, wenn du weiter Worte ausspuckst, die keinen Sinn ergeben …«

»Du wirst zurechtkommen, Kar. Katzenaugen«, wiederholte sie, und diesmal lächelte sie.

»Warum sagst du das ständig? Ich werde keine Katze bekommen«, erklärte ich. »Wo sollte ich hin mit ihr?«

»Hierher.«

»Was?«

»Pass auf«, sagte sie und wirkte plötzlich nervös. »Du musst mich anhören, bevor du etwas sagst, okay?«

Ich legte den Röststock hin, lehnte mich zurück, verschränkte die Arme und konzentrierte mich auf sie. Nervös befeuchtete sie ihre Lippen und blinzelte mehrmals hintereinander. *Was ist hier los?*

»Dieses Haus ist ein besonderer Ort für Ma. Lola verbrachte ihre letzten Tage hier, bevor sie starb.«

Lola heißt Großmutter auf Filipino. Ich war ihr nur einige Male begegnet, erinnerte mich jedoch an ihre freundlichen Augen und wie fürsorglich sie mir gegenüber gewesen war – einer Fremden. Sie packte mir immer Essen für mich und meine Familie ein. Ich wusste auch, wie nah sie Mrs. B und Tala stand.

»Ma will es nicht verkaufen, aber sie macht sich natürlich Sorgen, dass es baufällig wird, wenn niemand hier wohnt.« Sie machte eine Pause. »Wir möchten, dass du hier wohnst.«

Hätte ich gerade einen Schluck getrunken, hätte ich mich verschluckt. »Was?«

»Statt einen Homesitter zu engagieren, den wir nicht kennen, möchten wir lieber, dass du hier wohnst. Wir bezahlen dich.«

»Wovon um alles in der Welt sprichst du? Ich kann das nicht machen, Tala.«

»Warum nicht?«

»Darum!«

»Wieso? Das Haus ist bezahlt. Du musst nur für Strom und Wasser aufkommen. Du würdest allein hier wohnen, es sei denn, du beschließt, Untermieter aufzunehmen. Die Rechnungen werden nicht sehr hoch sein.«

»Hey, halt. Mal langsam, echt jetzt. Warum redest du von Untermietern? Was ist hier los?«

Sie stieß einen lauten Seufzer aus. »Ma war diejenige, die vorgeschlagen hat, dass du Zimmer an deine Freunde vermieten könntest, wenn das deine finanzielle Situation verbessern würde. Ich habe ihr gesagt, dass du keine Freunde hast, außer mir und Damon, der aber ja ohnehin schon weg ist. Also ist ihr Vorschlag hinfällig. Trotzdem bleibt er weiter bestehen. Du kannst gern auch an Fremde vermieten. Kümmere dich nur um das Haus, solange du darin wohnst.«

»Mir dreht sich der Kopf.«

»Ma wollte mit dir darüber sprechen, aber ich habe ihr gesagt, ich mach das. Sie braucht deine Hilfe. Ein letzter Gefallen, bevor wir wegziehen. Außerdem gehörst du für uns zur Familie. Ma wird sich keine Sorgen machen, wenn du dich um das Haus kümmerst. Beruhige dich erst mal und atme tief durch.«

Mir war zum Heulen. Es hatte Abende gegeben, an denen Mrs. B und ich zusammen tranken und einander alle möglichen Dinge anvertrauten. Sie wusste, dass ich eines Tages eine eigene Wohnung wollte und viel Geld sparte, um die Anteile meines Onkels an der Werkstatt zu kaufen. Sie wusste auch, dass ich von ihr kein Geld annehmen würde. Und dieser Vorschlag jetzt war ihre Art, mir finanziell zu helfen.

Mir war ganz heiß. Ich war überwältigt.

»Du weißt ja, es ist für Ma eingerichtet«, fuhr sie fort, als diskutierten wir darüber, dass sie mir ihren Fön leiht. »Wenn dich die tiefe Spüle in der Küche und das niedrige Becken im Badezimmer nicht stören, dann passt es. Und du weißt ja, wie du mich immer gedrängt hast, die Vorderseite des Hauses zu streichen. Tja, ich habe jemanden damit beauftragt, das zu erledigen. Die Maler kommen nächste Woche.«

»Warte. Warte.« Es gab so viele Dinge zu bedenken. Ich wusste gar nicht, was ich zuerst überlegen oder fragen sollte. »Kommst du denn gar nicht mehr zurück?«

»Eine Weile wahrscheinlich nicht mehr.« Sie lächelte traurig. »Ma wird wohl bei ihrer Schwester bleiben. Wir würden uns auf jeden Fall vorher bei dir melden, und wenn es geht, könnten wir alle zusammen hier wohnen.«

Ich war skeptisch. »Tal, ich weiß nicht.«

»Nimm das Angebot an. Du weißt, dass wir das Geld nicht brauchen, Kar. Du bist wie eine Schwester für mich, und Ma behandelt dich wie eine Tochter. Tu es, damit sie sich nicht schlecht fühlt. Tu es für sie.«

»Ich muss erst mit Dad sprechen. Ich weiß nicht, ob er und Dylan ...«

»Stopp. Hör auf, Kara Cammilla Hawthorne. Was hat dein Dad dir dazu gesagt? Er meinte, sie kommen schon klar. Und schließlich ziehst du ja nicht auf einen fremden Planeten um. Sie sind nur eine Autofahrt entfernt, und du weißt, dass dein Dad dein Zimmer braucht, damit er endlich nicht mehr auf der Wohnzimmercouch schlafen muss.«

»Ich werde mich nicht von dir dafür bezahlen lassen, dass ich umsonst in deinem Haus wohne. Kommt nicht infrage.«

»Ich wusste, dass du das sagen würdest. Na schön, vergiss es. Dann ist es also beschlossen. Du kannst nächste Woche einziehen. Ich gebe dir den Schlüssel ...«

»Warte! Nein. Noch nicht. Lass mich …«

»Du würdest uns einen Gefallen tun, Kar. Bitte. Probiere es sechs Monate, und wenn du dann immer noch nicht damit klarkommst oder es nicht funktioniert, werden wir einen Fremden engagieren, der uns vermutlich beklaut, Partys feiert und Mas geliebtes Haus verwüstet.«

»Ich weiß genau, was du da machst.«

Sie grinste. »Du brauchst deinen kreativen Freiraum. Du kannst in der Garage Möbel bauen und restaurieren. Ich bitte dich nur um einen Gefallen. Erinnerst du dich, wie wir mal planten, zusammenzuziehen und gemeinsam eine Couch zu kaufen? Ich will, dass wir das noch machen, bevor ich abreise.«

Ich lachte. »Lass mich darüber nachdenken.«

Sie nahm meine Hand und drückte sie. »Bitte, Kar. Denk nicht zu viel darüber nach. Tu es einfach. Wirst du Montag hier sein? Zeit mit mir verbringen?«

Ich erwiderte ihren Händedruck. »Nichts lieber als das.«

11. Kapitel

Kara

Wer mich in dieser Woche erlebte, dachte vermutlich, ich hätte einen akuten Rückfall in pubertäre Gefühlsschwankungen. Oder wäre schlicht übergeschnappt. Die Leute könnten meinen Dad fragen. Der würde die Antwort wissen, aber ich bin mir sicher, er würde mich nicht verraten. Ich hatte zu viel gegen ihn in der Hand.

Während ich früher meinen Kummer mit Extra-Schichten im Krankenhaus oder im Pflegeheim betäubte, schloss ich mich jetzt in meinem Zimmer ein und grübelte über die fragwürdigen Möglichkeiten, die sich mir boten.

Abgesehen von meinen College-Veranstaltungen und den Schichten im Hof fuhr ich nirgendwohin. Ich wollte nur noch ins Bett und nicht mehr aufstehen. Für ein paar Stunden abschalten und nicht ständig an dieselben Sorgen denken. Ich lachte, weinte und weinte noch mehr, besessen davon, was ich in der Vergangenheit alles gesagt hatte und hätte sagen sollen. Was ich getan hatte und hätte tun sollen. Außerdem quälte ich mich mit Gedanken an das, was die Zukunft mir bringen würde. Alles in allem war es extrem ermüdend.

Anfangs ängstigten mich die Tränen. Ich hatte keine Ahnung, dass ein menschliches Wesen so viel weinen konnte, wie ich es tat. Ich hätte tagelang duschen können mit der Tränenmenge, die ich produzierte. Ich hatte meine Tränen so lange unterdrückt, dass sie wie betrunkene Teenager auf einer Party waren – zu happy, um aufzuhören.

Dann wieder fühlte ich mich wie losgelöst, als sei meine Seele aus meinem Körper gesaugt worden. Ich erledigte Dinge, ohne etwas davon mitzukriegen. Ich befand mich im Sicherheitsmodus und hatte keinen Zugang zu meinen Dateien. Wie bekam ich das Passwort zurück? Ich brauchte ein neues, aber ich hatte die E-Mail mit dem entsprechenden Link dazu noch nicht erhalten. Wann würde die endlich eintreffen?

Check mal deinen Spam-Ordner.

Mein Dad versuchte, mich aus meinem Schneckenhaus herauszulocken, allerdings hatte er mich noch nie in diesem Zustand gesehen. Er war zutiefst besorgt und verstört, mit der Folge, dass er mir all meine Lieblingsmahlzeiten zubereitete und darauf verzichtete, irgendwelche geretteten Teile, die er gern hortete, ins Haus zu bringen.

Dylan bemühte sich auch, allerdings konnte er es nicht lassen, dauernd von Mom zu reden, daher verbannte ich den kleinen Scheißer aus meinem Zimmer. Ich wusste nicht, was los war mit ihm und der Frau, die ihn geboren hatte, und das Grübeln darüber hätte mich nur wahnsinnig gemacht – die Frage, ob er bei ihr sicher war. Und was ich tun müsste, um ihn zu trösten, falls … nein, nicht *falls,* sondern *wenn* Karen ihn verletzte, indem sie wieder aus seinem Leben verschwand. Und wie sein Leben sich ändern würde. Wie *er* sich ändern würde durch ihren Einfluss.

Würde Dylan am Ende so werden wie sie? Die Vorstellung machte mir Angst. Und wenn ich ehrlich zu mir selbst war, musste ich mir eingestehen, dass ich auch Angst davor hatte, ihn dann nicht mehr zu lieben, so wie ich aufgehört hatte sie zu lieben. Schlimmer noch war die Vorstellung, dass ich ihn trotzdem weiterlieben würde, selbst wenn er so werden sollte wie sie.

War ein Ende dieser Seelenqualen absehbar? Würde mein Leben jetzt so weitergehen bis zu meinem letzten Atemzug? Würde es ein endloser, konstanter, gnadenloser Herzschmerz sein?

Ich zog die Decke hoch bis zum Hals und drehte mich im Bett auf die Seite. Der Anblick des Bademantels am Haken an der Tür löste ein warmes Gefühl in mir aus. Es war Camerons Bademantel, den ich trug, wenn ich bei ihm übernachtete. Er hatte ihn neulich hiergelassen. In dieser Woche hatte ich ihn nur ein Mal gesehen, und wir hatten nicht mal miteinander gesprochen.

Nachdem Talas Flugzeug abgehoben hatte, schrieb ich Cameron, dass ich mich in dieser Woche um eine paar Dinge kümmern müsste und ihn am Wochenende im Hof sehen würde. Es war nicht so, dass ich nicht mit ihm zusammen sein wollte. Aber ich wollte nicht getröstet werden oder über meine Gefühle reden. Ich wollte mich von der Welt abschotten, allein mit mir sein, meine Wunden lecken und dafür sorgen, dass die quälenden Gedanken in meinem Kopf mir so nah waren wie meine Haut. Dann würde ich vielleicht nach einer Weile lernen, sie abzustreifen.

Ich ignorierte mein Handy und jeden, der versuchte, sich mir zu nähern. Ich war zu beschäftigt mit meinen Tränen, und es tat einfach zu gut, so viel zu weinen. Es war befreiend. Gleichzeitig fühlte ich mich leer und erschöpft.

Camerons Tagesablauf war zuletzt ohnehin hektisch gewesen – zwischen seinen College-Veranstaltungen und jeder Menge Baustellenarbeit blieb ihm kaum mehr Zeit für etwas anderes. Ich war ganz froh, dass ich in dieser Woche nicht seine ungeteilte Aufmerksamkeit hatte. Ich hätte gar nicht gewusst, wie ich damit zurechtkommen sollte.

Deb hatte erwähnt, dass Cameron Renovierungsarbeiten für eine alleinerziehende Mutter durchführte, die mit Drillingen schwanger war. Das Projekt eilte, denn es musste fertig werden, bevor die Mutter samt Babys aus dem Krankenhaus kam, um mit ihrem Nachwuchs das renovierte Haus zu beziehen. Nach solch stressigen Tagen hatte Cameron sich abends sein Feierabendbier auf der Couch verdient. Trotzdem nagte die Frage an mir, warum er nicht aufgetaucht war.

Doch am nächsten Abend klopfte es an meiner Tür. Schockiert registrierte ich, dass Cameron den Türrahmen praktisch komplett ausfüllte. Klar, unser Haus war klein, aber er war auch wirklich ein Riese. Sein Kopf streifte die Oberseite des Rahmens, als er dort stehen blieb und mit seinen wundervollen blauen Augen mein Zimmer musterte, ehe er mich anschaute. Noch nie zuvor war ein Kerl in meinem Zimmer gewesen, von Blutsverwandten mal abgesehen – minus Damon –, und schon gar nicht, wenn mein Dad zu Hause war.

Cameron trat ein, legte sich wortlos neben mich ins Bett und schloss mich in seine starken Arme. Ich stellte keine Fragen. Er auch nicht – musste er auch gar nicht. Als er mein verweintes Gesicht sah, wusste er Bescheid. Er küsste mich auf die Stirn, und ich schloss die Augen und schlief ein. Als ich aufwachte, war er fort.

Es war ein großer Moment, Cameron in meinem Zimmer zu haben; leider war ich dermaßen neben der Spur, dass ich es nicht richtig genießen konnte.

Die ächzenden Rohrleitungen in unserem Haus rissen mich aus meinen Gedanken. Offenbar duschte jemand. Ich seufzte und starrte auf die Schreibtischschublade. Darin lag unberührt der Schlüssel zu Talas Haus, seit Mrs. B ihn mir gegeben hatte. Sie hatte gesagt, wenn ich wollte, könnte ich nächste Woche nach den Renovierungsarbeiten einziehen.

Ich erinnerte mich noch gut an die Unterhaltung mit Mrs. B am Abend vor ihrer Abreise. An dem Tag hatte ich meine Vorlesungen und Kurse ausfallen lassen, um Zeit mit Tala zu verbringen und ihr beim Packen der restlichen Sachen zu helfen. Es war seltsam zu sehen, dass ihr ganzes Hab und Gut in zwei Umzugskartons und zwei Koffer passte.

Ihre Verwandten aus verschiedenen Provinzen waren an diesem Abend zu Besuch gekommen. Sogar Thomas kam für eine Stunde vorbei und erzählte, wie sehr er sich darauf freute, demnächst nach Toronto zu ziehen, um dort Medizin zu studieren. Alle gingen fort, nur ich war mal wieder diejenige, die zurückblieb.

Es war eine tolle Party mit leckerem philippinischen Essen – Pancit, vegetarische Lumpia, von denen ich viele aß, Adobo, Sisig, Kaldereta und Pudding, um nur einige Delikatessen zu nennen. Es gab Karaoke, und Talas Tanten hatten sogar Spiele vorbereitet. Irgendwann schlichen Tala und ich uns in ihr Zimmer, um ein bisschen Ruhe vor der aufgekratzten, liebevollen Menge zu haben. Wir plapperten und lachten unentwegt, als versuchten wir, uns gegenseitig alle Storys unseres Lebens zu erzählen, selbst die, die wir uns längst erzählt hatten.

Und dann klopfte Mrs. B an die Tür und bat Tala hinaus, damit sie sich mit mir allein unterhalten konnte. Sie sah müde aus. Sie hielt mein Gesicht zwischen ihren Händen und sagte mit leiser, zitternder Stimme: »Es ist nicht meine Absicht, sie dir wegzunehmen, Kara. Es schmerzt mich, euch beide zu trennen. Du sollst wissen, dass ich dich wie meine eigene Tochter liebe, und ich verspreche dir, dass ihr euch schon bald wiedersehen werdet. Ich schicke dir ein Flugticket, damit du zu uns kommen kannst. Pass gut auf dich auf, *Anak.*«

»Darf ich denn fragen, warum Sie wegwollen, Mrs. B? Sind Sie nicht glücklich hier?«

»Ich bin es leid, mein Leben in diesem Rollstuhl zu verbringen, obwohl ich für den natürlich dankbar bin.« Sie strich mir übers Haar, und ich hatte das Gefühl, dass sie Trost ebenso spendete, wie sie ihn selbst suchte. »Ich habe das Gefühl, mir bleibt nicht mehr viel Zeit. *Pagod na ako, Anak.*«

»Warum? Warum haben Sie das Gefühl, Mrs. B?«

Sie schüttelte den Kopf und lächelte schwach. »Ich will meine letzten Tage in dem Land verbringen, in dem ich geboren bin. In dem meine Eltern mich und meine Geschwister großgezogen haben. In meiner ersten Heimat. Und ich möchte Tala bei der Familie wissen, die sich um sie kümmert, wenn ... wenn ich nicht mehr bin. Wirst du mir verzeihen, dass ich sie dir genommen habe?«

»Da gibt es nichts zu verzeihen.« Ich biss mir auf die Unterlippe, um nicht schon wieder zu weinen. Mrs. B war für mich mehr eine Mutter gewesen als meine eigene, und es brach mir das Herz, sie so reden zu hören. »Ich werde Sie und Tala bald besuchen.«

»Ich liebe dich, Kara. Ruf mich ab und zu mal an, ja, Liebes?«

Ich nickte. »Ich liebe Sie auch. Ich werde Sie vermissen.«

Tala hatte mir strengstens verboten, sie zum Flughafen zu fahren. Sie ertrug Abschiede nicht. Also übernachtete ich bei ihr – unsere letzte gemeinsame Nacht vor ihrer Abreise. Als ich am nächsten Tag nach Hause kam, erfuhr ich von meinem Dad, dass Mrs. B mit ihm bereits wegen meines möglichen Umzugs in ihr Haus gesprochen hatte. Sie hatte ihn um seine Erlaubnis bitten wollen, bevor sie mit mir darüber sprach.

»Was hast du ihr gesagt, Dad?«

»Was glaubst du denn, was ich gesagt habe?«

»Dass du ohne mich nicht leben kannst?«

Er nickte. »Wie wahr, wie wahr. Aber ich habe ihr natürlich gesagt, dass ich nichts dagegen einzuwenden habe, wenn es das ist, was du willst.«

»Bist du damit wirklich einverstanden?«

»Na ja, ich kriege dein Zimmer, oder?«

Ich lachte und schnitt ihm eine Grimasse. »Wusste ich's doch.«

»Ich will, dass du glücklich bist. Du wirst mehr Platz für dich haben, um tun zu können, was du willst. Konzentriere dich darauf und lass ein wenig los.« Liebevoll zerzauste er mir das Haar. »Auch ich muss lernen, dich ein wenig loszulassen.«

Ich hatte das Gefühl, wir müssten noch weiter darüber diskutieren, doch mein Dad schien mit dem Verlauf des Gesprächs zufrieden zu sein. Ich wusste, dass er mir gern versicherte, für ihn alles gut ist, aber ich wusste auch, dass das nicht ganz der Wahrheit entsprach. Er machte sich Sorgen, behielt es jedoch für sich. Er hatte mir schon früher gesagt, dass er seinen Kindern niemals im Weg stehen würde und seine Dad-Aufgabe erledigt wäre, wenn er uns Unabhängigkeit beigebracht hätte.

Ich war dankbar – sehr dankbar, dass Mrs. B mir ihr Haus anvertraute, und mein Dad hatte natürlich recht damit, dass ich dort mehr Platz haben würde, um mich auf die Dinge zu konzentrieren, die ich tun wollte. Andererseits bedeutete es, das Tala wirklich fort war, wenn ich in ihr Haus zog. Es bedeutete auch, dass ich Dad und Dylan morgens nicht mehr sehen, nicht mehr unter einem Dach mit ihnen leben würde. Es bedeutete, dass ich mich der Realität und den damit verbundenen unangenehmen Dingen stellen musste.

Ich konnte in meinem Zimmer bleiben und so tun, als hätte sich nichts geändert. Doch das war nicht die Wirklichkeit. Das Leben ging weiter, mit oder ohne mich. Und es würde Konsequenzen geben. Es gab immer welche.

Leute gingen ständig fort, verletzten einander, vergaßen einander. Das war der natürliche Lauf des Lebens, warum also kämpfte ich dagegen an? Statt mich auf das eigentliche Problem zu konzentrieren, verlor ich es ständig aus den Augen.

»Kara?« Ein Klopfen an der Tür. »Schläfst du schon, Liebes?«

Die Tür ging auf. Ich setzte mich auf. Mein Dad steckte den Kopf ins Zimmer.

»Ich weiß, du hast gesagt, du bist nicht hungrig«, sagte er, öffnete die Tür weiter und brachte mir einen Teller mit Sandwiches und einen Becher Tee. »Deshalb habe ich dir auch nur was ganz Leichtes gemacht.«

Mir war nicht nach Essen zumute, aber ich wollte auch die Gefühle meines Vaters nicht verletzen, schließlich meinte er es nur gut.

»Danke, Dad. Stell es einfach hin, ich esse es bald.«

»Schläfrig?«

»Eher hundemüde.«

Ich merkte, dass er reden wollte, aber er setzte sich nur still ans Fußende des Bettes.

»Machst du dir Sorgen meinetwegen? Musst du nicht.« Zum Beweis nahm ich das Sandwich und biss ab. Kaute, schluckte herunter, biss gleich noch mal ab. Trank Tee. »Siehst du? Ich nehme Nahrung zu mir. Fest und flüssig. Alles klar.«

Er nickte. »Es ist Freitagabend.«

»Aber nicht Vollmond, Dad. Keine Sorge. Ich werde mich nicht in einen Werwolf verwandeln.«

»Klugscheißerin.« Er lachte in sich hinein, dann sah er mich nachdenklich an. »Du solltest mit Freunden unterwegs sein und Spaß haben.«

»Die haben mich alle verlassen.« Fast hätte ich mir auf die Zunge gebissen. Es sollte lustig sein, hatte jedoch die gegenteilige Wirkung.

»Leute gehen ständig, oder?«

Ich senkte den Blick und rieb meine Fingerspitzen am Becher. »So ist das Leben eben.«

»Bist du nach Talas Abreise schon dort im Haus gewesen?«

»Noch nicht.«

»Sie hat mir geschrieben, dass für dich etwas zum Haus geliefert wurde. Du solltest hinfahren und es dir ansehen.«

»Warum hat sie das nicht mir geschrieben?«

»Hat sie. Sie meinte, du schreibst nie zurück.«

»Oh.« Ich schaute auf mein Handy auf dem Nachttisch. Es war tot.

»Kara.«

Bei seinem Ton musste ich unwillkürlich schlucken. Ich hörte die Besorgnis heraus und den flehentlichen Wunsch, bitte mit ihm darüber zu reden, warum ich mich in meinem Zimmer verkroch. Er wollte außerdem, dass ich unter die Lebenden zurückkehrte, während mein Herz lieber tot bleiben wollte.

»Ich bin nur müde, Dad. Ich will nicht, dass du dir meinetwegen Sorgen machst. Es geht mir wirklich …«

Er schüttelte den Kopf. »Du kannst dich hier ausruhen, solange du willst. Es wird immer einen Platz für dich geben.«

»Dad.« Ich merkte, wie meine Lippen zitterten. Ich hatte nicht damit gerechnet, dass er so etwas sagen würde. Ich dachte, er würde sanft verlangen, dass ich mich endlich zusammenreiße. Wie hatte ich bloß vergessen können, wie verständnisvoll er war? »Tut mir leid, dass ich in letzter Zeit so daneben war.«

Plötzlich fielen mir die vielen Sorgenfalten im Gesicht meines Vaters auf. Sie wirkten tiefer und breiteten sich besonders um die Augen und den Mund aus. Seine Augen blickten müder als sonst.

Konsequenzen. Hier war eine davon. Jede meiner Aktionen hatte Auswirkungen auf die mich umgebenden Leute. Auf diejenigen, die ich am meisten zu schützen versuchte.

Meine Schichten in der Werkstatt hatte ich auch nicht angetreten. Ich war einfach davon ausgegangen, dass Charity für mich einspringen würde. Überprüft hatte ich das nicht. Was, wenn sie nicht konnte? Hatte Andrew nicht erwähnt, sie würden in den Urlaub fahren? Diese Woche? Mist. Was, wenn mein Dad zusätzlich zu seiner Arbeit auch noch für mich einspringen musste? Und dann war da noch der Anstrich der Turnhalle.

Trotzdem war er derjenige, der in mein Zimmer kam, um mir zu sagen, ich könnte mich ausruhen, solange ich wollte.

Verdammt. Ich hatte mich lange genug ausgeruht. Genug gejammert und in Selbstmitleid gesuhlt. Mich genug versteckt. Ich musste mich endlich am Riemen reißen und härter arbeiten, um die verlorene Zeit aufzuholen. Ich sollte meine Ziele nicht aus den Augen verlieren. Ich sollte die harte Arbeit, die ich in unsere Zukunft investiert hatte, nicht einfach wegwerfen. Ich würde mich um meine Familie kümmern, und wenn es das Letzte war, was ich tat.

Ich bin Stahl, Baby. Ich bin aus Stahl gemacht.

»Es ist in Ordnung. Du gibst mir die Chance, dir ein Dad zu sein.« Er deutete auf das Sandwich. Ich verkniff mir die Tränen und biss erneut ab.

»Ich habe dich nicht verdient, Dad.«

Er verdrehte die Augen, und es sah so sehr nach Dylan aus, dass ich kichern musste.

»Hör auf, solchen Unsinn zu reden. Wie sieht's mit dem hübschen Jungen aus? Habt ihr kein Date heute Abend?«

»Erkundigst du dich gerade nach meinem Liebesleben, Dad?«

»Oh, nein. Nein, wirklich nicht.« Er machte eine Pause. »Darf ich?«

Diesmal rollte ich mit den Augen, doch bevor ich antworten konnte, sagte er: »Er sieht richtig gut aus, oder?«

»Ja. Ja, sieht er.«

»Glaubst du, er setzt dieses Gesicht ein, um an Mädchen heranzukommen?«

Ich schaute ihn finster an.

Er grinste. »Ich wette, er kriegt alle Mädels herum. Ich würde bei ihm auch Ja sagen.«

»Dad! Mal ernsthaft!«

»Außerdem arbeitet er hart«, fuhr er fort, sich für das Thema erwärmend.

Ich kniff die Augen zusammen. »Woher weißt du das?«

»Cameron hat mir in dieser Woche fast jeden Tag beim Streichen der Turnhalle geholfen.«

»Was?«, rief ich überrascht.

Ich setzte mich aufrechter hin und starrte ihn verblüfft an. Dabei sollte ich eigentlich nicht allzu überrascht sein, da Dad ja erwähnt hatte, dass er Cameron um Hilfe gebeten hatte. Aber dass Cameron dieser Bitte tatsächlich nachgekommen war …

»Ich habe dir doch erzählt, dass ich ihm das vorgeschlagen hatte. Und in dieser Woche tauchte er tatsächlich auf. Wortkarger Bursche, oder?«

»Ja«, brachte ich mühsam hervor. »Das ist er.«

»An manchen Abenden sah er dermaßen erschöpft aus, dass ich dachte, der kippt mir gleich um. Musste ihm alles aus der Nase ziehen, um den Grund zu erfahren. Iss, wenn du mehr hören willst.« Er zeigte wieder auf das Sandwich. Ich aß einen großen Bissen, dann noch einen, und trank Tee. Er lächelte und erzählte weiter. »Er erzählte mir von einer Renovierungsarbeit mit einem engen Zeitplan. Trotzdem ist er vorbeigekommen, um mir beim Streichen zu helfen. Konnte ihn nicht davon abhalten.«

Mir schwirrte der Kopf. Ich wusste, wie ermüdend die Arbeit auf der Baustelle war. Als Kind habe ich meinen Vater diese Arbeit tun sehen. Und dass Cameron Dad nach Feierabend noch half …

Was war das denn auf einmal für ein Gefühl? Mir wurde ganz warm ums Herz.

»Wenn ein junger Mann dermaßen entschlossen ist, den Vater seiner Freundin zu beeindrucken, hat er ein paar freie Stunden mit dir verdient. Und anständig ist er auch. Stimmt doch, oder? Wohin wollt ihr?«

Ich schnappte mir meine Strickjacke und zog sie an. Dann bürstete ich mir die Haare, schraubte meinen Cherry-Lippenstift auf und schminkte mir die Lippen. Ein wenig Mascara, ein Spritzer Parfüm. Dann gab ich meinem Dad einen Kuss auf die Wange. »Danke, Dad. Du bist der Beste.«

Er grinste. »Grüß deinen Freund, Kara Koala.«

Als ich bei Cameron vorfuhr, brannte in seinem Haus kein Licht. Ich hätte in seine freie Auffahrt fahren können, aber ich parkte am

Straßenrand, weil ich mir noch einmal den Tag in Erinnerung rufen wollte, an dem ich zum ersten Mal mit ihm gesprochen hatte. Den Abend, an dem ich mich auf sein Grundstück schleichen wollte. Auf dem Weg zur Haustür musste ich lachen und erschauerte unwillkürlich, als ich daran dachte, wie bedrohlich er mich damals anstarrte, als ich ihm gestand, dass Dylan derjenige war, der sein Motorrad ramponiert hatte. Wie lange schien das jetzt her zu sein.

Der Wind wisperte hinter mir, aber angenehm. Da mir warm war, setzte ich mich auf die Verandastufen und versuchte, den Reißverschluss meiner Jacke zu öffnen. Er klemmte. Während ich noch damit kämpfte, hörte ich einen Motor, und dann bog ein Pick-up in die Auffahrt ein. Die Fahrertür ging auf, und Cameron stieg aus.

Zuerst sah ich seine langen Beine, und als ich den Blick aufwärts wandern ließ, seinen Oberkörper, die muskulösen Arme, den Hals und das markante Gesicht. Als unsere Blicke sich trafen, beschleunigte sich mein Puls. Ich hatte ihn die ganze Woche nicht gesehen, bis auf diesen kurzen Abend in meinem Zimmer, der ja eigentlich nicht zählte. In dieser Nacht hatten wir nicht einmal geredet. Sie kam mir wie ein Traum vor.

Sein Anblick löste ein warmes Gefühl in mir aus, kribbelnd, als wüsste mein Herz, dass es heute noch beansprucht werden würde.

Ich sah auf dem Beifahrersitz einen weißen Schutzhelm, eine Sicherheitsbrille und eine Neon-Sicherheitsweste, wie Bauarbeiter sie auf Baustellen trugen, dann warf Cameron die Wagentür zu. In seinem dunklen Haar waren Schlammkrusten, auch auf den Wangen, Armen, seiner Kleidung und seinen Schuhen. Er war dreckig von der Arbeit, und ich hatte keine Ahnung, warum ich das sexy fand.

Er lehnte sich an den Pick-up, verschränkte die Arme vor der Brust und schaute auf mich herunter. Sein Gesicht verriet nicht, was er dachte.

War er wütend auf mich? So, wie ich mich verhalten hatte, könnte ich das verdient haben, fand ich. Schließlich hatte ich alle von mir weggestoßen. Ich war zu traurig, zu wütend und zu verwirrt gewesen und hatte mich nach der heftigen Heulphase leer gefühlt. Ich hatte eine Pause gebraucht. Jetzt war ich durch dieses selbst auferlegte Fegefeuer hindurch und wollte keinen einzigen Moment mit Cameron verpassen. Er hatte mir schrecklich gefehlt.

»Hi«, krächzte ich.

Er kniff die Augen ein wenig zusammen, schwieg jedoch und beobachtete mich nur. Meine Haut prickelte. Allein sein Blick war schon einschüchternd, doch sein Schweigen, das er als Waffe einsetzte, war es noch mehr. Und verdammt effektiv. Es erregte mich.

»Kara.«

Ich schluckte nervös. Es hatte mir gefehlt, wie er meinen Namen sagte. Ich hatte seine Worte, seine Stimme vermisst. Die Art, wie seine Hände sich bewegten, ihre beherrschte Kraft, wenn er mit ihnen irgendeine Arbeit verrichtete. Ich hatte vermisst, wie er sich in meiner Gegenwart benahm. Ich war wie besessen. Es war, als wäre ein Damm gebrochen, und all die Dinge, die ich in dieser Woche unterdrückt hatte, strömten heraus.

»Was machst du hier?«, fragte er.

»Ich wollte dich sehen.«

Er schob die Hände in die Taschen und beobachtete mich noch immer. Wie so oft, wenn sie auf mich gerichtet waren, funkelten seine Augen kurz vor Begierde, um dann wieder ausdruckslos zu blicken.

Früher hätte ich Zweifel bekommen und wäre vielleicht gegangen. Oder hätte sein Schweigen als Zeichen gedeutet, dass ihm meine Anwesenheit egal sei. Mittlerweile aber kannte ich ihn besser. Er war ein Mann des Handelns, nicht der Worte. Und die Seiten, die er mir offenbart hatte, waren ebenso anziehend wie jene, die er verborgen hielt. Sogar noch mehr.

Ohne ein Wort trat er auf die Veranda, öffnete die Haustür und wartete, bis ich hineingegangen war, ehe er mir folgte und die Tür hinter sich zumachte.

Drinnen war es dunkel und still. Licht fiel von draußen auf den Holzfußboden. Und vor mir stand dieser unwiderstehliche Mann. Sein Gesicht lag im Schatten, aber ich spürte seinen Blick auf meiner Haut. Selbst nach der Trennung, besonders nach der Trennung, spürte ich die starke Anziehung zwischen uns, fühlte die Luft zwischen uns pulsieren. Mein Herz fing an zu rasen.

Langsam trat ich vor und blieb wenige Zentimeter vor ihm stehen. Doch das genügte nicht. Ich wollte seine sehnigen Konturen spüren, die kraftvolle Härte seines Körpers.

»Komm nicht näher«, flüsterte er. »Ich bin dreckig.«

»Ist mir egal. Lass mich ...«

»Nein.«

Er wich zurück und schob die Hände in die Taschen. In seinen Augen flackerte die Begierde auf, die er im Zaum hielt. Er stand abwartend da.

Sinnliche Vorfreude durchflutete mich. Zwischen uns stand eine unsichtbare Mauer, die mich aufhielt. Sie kam einer Herausforderung gleich. Einem Versprechen. Einem Geheimnis. Wenn ich still genug blieb, würde er mir vielleicht zeigen, was dahinter verborgen war. Etwas, das ich wollte und nirgendwo sonst finden würde, außer hier. Bei ihm. Er überließ mir die Wahl. Nimm es oder lass es.

Ich werde es nehmen.

Meine Gedanken mussten mir ins Gesicht geschrieben stehen, denn er lächelte. Es war ein träges, wissendes Grinsen.

Ich atmete bebend, als er seine große Hand auf meinen Nacken legte und seine Finger sich in meinen Haaren verfingen. Langsam, quälend langsam beugte er sich herunter, bis seine Nase meine Wange streifte. Tief atmete er den Duft meiner Haut ein, und ich hörte ihn stöhnen.

Doch noch immer ließ er keinerlei Berührung zwischen unseren Körpern zu.

»Hast du mich vermisst, Kara?«

Ich schloss die Augen. »Ja«, antwortete ich. »Sehr.«

Ich wich zurück und schaute ihn an. In dem gedämpften Licht erkannte ich seine Verletzlichkeit. Und mir wurde klar ... dass ich ihm wehgetan hatte, als ich mich tagelang von der Außenwelt abschottete.

»Cameron.«

Er löste sich von mir.

»Ich muss duschen.«

Frustriert, ungeduldig und voller Verlangen beobachtete ich, wie er seine matschigen Stiefel auszog und im Hauswirtschaftsraum verschwand.

Wollte er mich jetzt die ganze Zeit anschweigen, weil ich die ganze Woche über geschwiegen hatte? Sicher, ich verdiente es, aber trotzdem. Ich hörte das Rascheln seiner Klamotten, als er sich auszog, dann das Piepen der Waschmaschine und anschließend das Umdrehungsgeräusch der Trommel. Kurz darauf kam er wieder heraus.

Ich schnappte nach Luft. Cameron trug nur noch seine schwarze Boxershorts. Sein Körper strahlte intensive Männlichkeit aus, seine Schönheit wurde durch die kraftvollen Wölbungen seiner Muskeln nur noch unterstrichen. Er erinnerte mich an die Weite des Ozeans und die Unnachgiebigkeit eines Felsens.

»Im Kühlschrank ist Essen, falls du hungrig bist.« Er deutete zur Küche. »Ich bin gleich wieder da.«

Alles klar, dachte ich und starrte fasziniert auf seinen Rücken und seine starken Beine. Er war ein Kunstwerk.

Hey, Sexverrückte.

Jap, das war ich.

Ich seufzte vernehmlich, zog meinen Mantel und meine Stiefel aus, brachte alles im Garderobenschrank unter und marschierte in die Küche, wobei ich versuchte, nicht daran zu denken, wie er jetzt unter der Dusche stand.

Natürlich ist hier alles sauber und aufgeräumt, dachte ich beim Betreten der Küche. Nirgends schmutziges Geschirr oder Krümel auf den Arbeitsflächen. Wahrscheinlich wusch er immer gleich nach jeder Mahlzeit ab. Es sah fast aus, als ob er die Sachen gar nicht benutzte, doch als ich den Kühlschrank öffnete, fand ich ihn gut gefüllt vor. Gemüse, Obst, massenhaft Fleisch, Brot – waren das Tofu-Hotdogs?

Verdammt. Ich schmolz glatt dahin. Das hatte er wohl für mich gekauft. Er hasste Tofu.

Wie kam es, dass ich bei ihm wieder so hoch im Kurs stand? Wollte er, dass ich zu Kreuze kroch? Ihn auf Knien um Verzeihung bat? Ihm Blumen und Schokolade kaufte? Mich auszog?

Wie wäre es, wenn du ihm fürs Erste was zu essen machst?

Klar. Hieß es nicht, Liebe geht durch den Magen? Na ja, allerdings hätte ich dann keine allzu guten Chancen, denn ich war eine miserable Köchin. Sandwiches bekam ich allerdings hervorragend hin. Schließlich hatte ich unendlich viele für meine Männer daheim und die Werkstatt zubereitet. Ich suchte die Zutaten zusammen, die ich brauchte, krempelte die Ärmel hoch, wusch mir die Hände und machte mich an die Arbeit.

Wenn er mit diesem Nicht-küssen-und-nicht-berühren-Ding weitermachte, würde ich vor Frustration sterben, dachte ich düster, während ich Mayonnaise und Senf auf das Brot strich. Mit Honig würde es noch besser schmecken, aber er hatte keinen da. Ich ergänzte die Zutaten um Salat und Tomaten, zuckte zusammen, als ich die kalten Truthahnscheiben berührte und das Brot großzügig damit belegte. Zum Schluss kamen Käse, Gurken und Zwiebeln dazu. Würde ich als alte Jungfer sterben? Möglich. Mist.

Er liebte es, wenn ich ihn berührte, also sollten wir in diesem Punkt eigentlich keine Probleme haben. Warum hatten wir sie dann aber doch? Gut, er war dreckig von der Arbeit, das musste ich zugeben. Aber was war an dem Morgen vergangene Woche gewesen, als ich ihn abgeholt hatte und er mir keinen Kuss geben wollte? War das vielleicht ein Kontroll-Ding? Ich steigerte mich schon wieder hinein.

Du bist diejenige, die es diesmal vermurkst hat. Vergiss nicht, dass es dir leidtun sollte und du es wiedergutmachen willst.

Ich stieß einen langen Seufzer aus, würzte das Sandwich mit Salz und Pfeffer und legte die zweite Brotscheibe obendrauf. *Finito.*

Hatte er mich vermisst? Zumindest hatte er mich sehnsüchtig und gekränkt angeschaut.

Es tat mir ja auch wirklich leid. Cameron war fürsorglich und verständnisvoll gewesen, auch meiner Familie gegenüber. Ich wusste, dass er nicht unbedingt die Gesellschaft anderer Menschen suchte; trotzdem hatte er meinem Dad geholfen.

Du weißt genau, dass er es für dich getan hat.

Ich nahm gerade ein Bier für ihn aus dem Kühlschrank, da hörte ich Schritte. Cameron war stets leise. Manchmal erschrak ich, weil er plötzlich hinter mir stand, als wäre er per Teleportation dorthin gelangt. Machte er jetzt extra ein bisschen Lärm, damit ich nicht erschrak? Ich blieb, wo ich war, und wartete einen Moment, ehe ich den Kühlschrank wieder zumachte. Schließlich drehte ich mich um. Er lehnte an der Wand neben der Küchentür, die blauen Augen auf mich gerichtet.

»Ich … ich habe dir ein Sandwich gemacht«, sagte ich und fühlte das Pulsieren meiner Halsschlagader.

»Danke.«

Doch er rührte sich nicht von der Stelle. Mit steifen Beinen schritt ich zum Küchentresen – auf der ihm entgegengesetzten Seite – und stellte die Flasche Bier dort ab. Erinnerungen ans letzte Mal, als wir hier gewesen waren, schossen mir durch den Kopf, in denen der Tresen eine Hauptrolle gespielt hatte. Ich musste mir auf die Lippe beißen, um nicht zu stöhnen.

»Bist du nicht hungrig?«, erkundigte ich mich mit belegter Stimme.

»Was glaubst du?«

Er stieß sich von der Wand ab und trat an den Tresen. Ich verfolgte jede seiner Bewegungen genau. Er zog sich einen Barhocker heran und setzte sich.

»Bier?«

Er schüttelte den Kopf. »Nicht heute Abend. Da habe ich andere Pläne.«

»Oh. Ich hätte dir eine Nachricht schicken sollen und fragen, ob ich vorbeikommen kann. Ich dachte nur …«

Wer war diese Person, die da sprach? Klang jedenfalls nicht nach mir. Allerdings war ich mir früher auch nie jedes Atemzugs, jedes Blinzelns und jedes einzelnen Wortes eines Mannes bewusst gewesen. Eines Mannes, den ich mit Haut und Haaren verschlingen wollte. Ich wollte mich auf ihn stürzen. Nie zuvor war ich sexuell frustriert gewesen. Bis ich Cameron kennenlernte.

»Setz dich und iss mit mir.« Er zog den Barhocker neben sich vor und deutete darauf. »Soll ich dir auch so was machen?«

»Einen ... einen Barhocker?«

Ein kleines Lächeln erschien um seine Mundwinkel. »Ein Sandwich.«

»Ich habe schon gegessen.«

»Du könntest noch mal essen.«

»Nein«, brachte ich hervor.

»Bist du dir sicher?«

Er nahm das Sandwich und biss ein großes Stück ab. Ich war geradezu besessen von seinen Händen. Sie waren stark und rau von ehrlicher harter Arbeit, und er hatte lange Finger. Diese Hände konnten alles zerstören, wenn er das wollte. Ich war fasziniert davon, wie sanft sie sein konnten.

»Worauf starrst du?«

»Auf deine Hände. Du hast schöne Hände.«

»Kara«, seine Stimme klang gepresst. »Ich sollte dir eigentlich verbieten, irgendeine Schönheit an mir zu sehen. Da ist nämlich keine.«

»Sei nicht ...«

»Es ist total egoistisch von mir zu wollen, dass du mich so siehst, aber ich möchte trotzdem nicht, dass du damit aufhörst.«

»Worauf wartest du dann noch?«

Plötzlich verhärtete sich sein Blick, als müsste er sich mühsam zurückhalten. Seine Stimmung schwankte derartig, dass es mich verwirrte. Es machte ihn aber auch noch faszinierender, wie ich widerstrebend zugeben musste. Im Grunde wusste ich, dass er an einem tiefen Schmerz litt, der aus der Kindheit herrührte und sein Handeln beeinflusste. Mein Dad hatte völlig recht, die Abwesenheit meiner Mutter hatte einen großen Einfluss auf meine Entwicklung gehabt. Das merkte ich unter anderem daran, wie ich darauf reagierte, wenn Leute aus meinem Leben verschwanden. Ich fragte mich, wie stark Camerons Kindheit sein Wesen bis heute beeinflusste.

Abgesehen davon war er vermutlich gerade nicht allzu gut auf mich zu sprechen, weil ich ihm tagelang aus dem Weg gegangen war. Vielleicht lag es ja einfach nur daran, und ich interpretierte einfach zu viel in sein Verhalten hinein.

Ich biss mir auf die Zunge, um ihn nicht zur Rede zu stellen, warum er schon wieder diese unsichtbaren Mauern um sich herum errichtet hatte. Stattdessen ließ ich ihn still essen. Ließ ihn ein wenig auf seinen Gedanken herumkauen, bevor ich anfing, sie ihm zu entlocken.

Mit drei Bissen hatte er das Sandwich verspeist. Den Großteil meines Lebens hatte ich mit Männern zusammengearbeitet und sie essen sehen. Niemand von denen hatte mich je so angezogen wie Cameron. Ich beobachtete, wie er sich mit der Zungenspitze etwas Sauce von der Unterlippe leckte. Prompt verspürte ich ein Kribbeln im Bauch.

»Ich hasse es, ins Kino zu gehen«, erklärte er und wischte sich den Mund mit dem Handrücken ab. Er stand auf und stellte das Bier zurück in den Kühlschrank. Er nahm ein Glas aus dem Schrank, schenkte Wasser aus dem Hahn ein und trank.

»Ich mag Menschen nicht«, fuhr er fort und hatte mir den Rücken zugekehrt, weil er abwusch. Ich hatte also richtiggelegen. Er wusch ab, sobald er gegessen hatte. »Besonders, wenn sie mir auf die Pelle rücken.«

Als er fertig war, drehte er sich zu mir um.

»Du magst mich«, argumentierte ich.

Seine Mundwinkel zuckten. »Ja. Aber nur dich.«

»Caleb magst du auch.«

»Stimmt, aber mit dem will ich nicht schlafen.«

»Halleluja.«

Leise lachte er. »Caleb kennt seine Grenzen. Du nicht.«

»Und?«

»Und das macht dich gefährlich für mich.«

»Mich?«

»Denn für dich würde ich in die Knie gehen, wenn es das ist, was du willst.«

»Cameron.« Ich ging langsam zu ihm und blieb dicht vor ihm stehen. »Es tut mir leid, dass ich mich diese Woche nicht habe blicken lassen.«

Unbeirrt stellte ich mich auf die Zehenspitzen und versuchte, seinen Mund zu erreichen. Aber er war so groß, dass ich am Ende nur sein Kinn küsste. Falls ich mir keinen Stuhl nahm und mich daraufstellte, würde ich keinen Erfolg haben.

»Bist du immer noch wütend auf mich?«, flüsterte ich, das Gesicht nah an seinem Hals.

»Ich war nie wütend auf dich.«

Ich schaute hoch zu ihm. Er hatte den Kopf nicht gebeugt, aber die Augen auf mich gerichtet. Blau und durchdringend.

»Aber?«

»Ich habe kein Recht, dir das zu sagen, besonders nicht nach dem Mist, den ich dir zugemutet habe. Aber verdammt, es war echt hart, dich nicht zu sehen.«

Ich wollte, dass er die Hände hob und mich berührte. Wo auch immer. Aber er blieb die reinste Statue.

»Du bist ziemlich gut damit umgegangen und hast mir den Freiraum gegeben, den ich brauchte. Dad erwähnte, du hättest ihm beim Streichen der Turnhalle geholfen.«

»Er hat mich gefragt.«

»Trotzdem. Du hättest es nicht tun müssen. Ich ... ich bin dir dankbar dafür. Danke, Cam.«

Ich ließ meine Finger zu seinem Bauch hinunterwandern und wollte sie unter sein T-Shirt schieben, um seine Haut zu berühren. Doch seine großen Hände legten sich um meine Handgelenke und hielten mich auf.

»Du warst ein Häuflein Elend, als ich dich im Regen fand. Die ganze Nacht ging es dir dreckig.«

Ich senkte den Blick, denn ich schämte mich für den Zustand, in dem ich mich in jener Nacht befunden hatte.

»Nicht.« Er hob mein Kinn, damit ich ihn anschaute. »Ich war froh, dass du zu mir gekommen bist.«

Er strich sich mit der Hand übers Gesicht und wirkte frustriert, hilflos. »Ich weiß, ich habe es schon einmal vermasselt. Und wenn du damit rechnest, dass dich alle Leute in deinem Leben eines Tages verlassen, hast du recht. Jeder geht irgendwann. Aber ich werde nicht der Nächste sein. Zumindest nicht allzu bald.«

Er hatte recht. Jeder geht irgendwann, ob freiwillig oder nicht. Leben und Tod waren die einzigen Konstanten in dieser Welt. »Ich war einfach fertig und brauchte Zeit, um wieder zu mir selbst zu finden.«

Erschöpft seufzte er. »Das verstehe ich. Es ist ziemlich egoistisch von mir, zu erwarten, dass du dich mir zuwendest, wenn gerade etwas schiefläuft in deinem Leben. Aber so ist es nun mal …«

»Cam …«

Er trat einen Schritt zurück. »Hol deine Sachen. Ich lade dich ins Kino ein.«

Ich stutzte. In Gedanken war ich noch bei anderen Dingen. Interessanteren Dingen. Sexy Dingen. Ein Kinobesuch kam darin eher nicht vor. »Ich will nicht ins Kino.«

»Würde es helfen, wenn ich dir sage, dass dein Dad mich darum gebeten hat?«

»Hat er?«

»Nein, aber lass uns trotzdem gehen.«

Er wandte sich schon ab. Ich marschierte hinter ihm her. Ich hörte, wie er sich im Bad die Zähne putzte.

Ich legte die Hände auf die Hüften und starrte ihn im Spiegel an. »Was ist los mit dir? Du hast doch gesagt, du hasst Kino. Oder muss ich mir die Ohren reinigen?«

Er wischte sich den Mund ab, als er fertig war, dann drehte er sich zu mir um. »Du hast richtig gehört.«

Gleich würde ich mir die Haare raufen. »Hallo. Bin ich etwa begriffsstutzig? Ich schwöre, dass ich dich reden höre, nur verstehe ich nichts mehr davon.«

»Du magst es.«

»Was?«

»Ins Kino zu gehen.«

»Sagt wer?«

»Dein Dad. Hol deine Sachen und dann los.«

»Du solltest wissen, dass ich nur deshalb nachgebe, weil ich in dieser Woche so miesepetrig war«, erklärte ich, sobald wir unsere Wintersachen angezogen hatten und in seinem Pick-up saßen. »Andernfalls hättest du jetzt ziemliche Schmerzen.«

»Na klar«, erwiderte er grinsend.

Jetzt, wo ich mich besser konzentrieren konnte, studierte ich sein Profil. Cameron war der schönste Mann, den ich je in meinem Leben gesehen hatte. Dennoch kam ich nicht umhin, die dunklen Ringe unter seinen Augen wahrzunehmen. Mein Dad hatte recht. Cameron war erschöpft.

»Ich will fahren«, verkündete ich, in der Hoffnung, dass er es mir erlauben würde und sich dadurch ausruhen konnte.

»Pech, denn ich will auch fahren«, lautete seine Antwort.

Ich atmete geräuschvoll aus. Vielleicht hatte ich das falsch angefangen. Doch mit ihm zusammen zu sein, verlieh mir einen Energieschub. Ich war glücklich. Zum ersten Mal, seit Tala abgereist war, wirklich glücklich.

»Ist dir kalt? Deine Haare sind noch feucht.«

»Nein.«

Ich drehte die Heizung trotzdem auf und runzelte die Stirn, da er am nächstgelegenen Kino vorbeifuhr. Vielleicht wollte er in ein anderes. Ich war nur froh, überhaupt wieder mit ihm zusammen zu sein. Cameron war meine Sonne geworden.

Ich streckte meine linke Hand aus und spielte mit einer seiner gewellten Haarsträhnen. »Wie geht die Renovierung voran, die du für die Drillinge machst?«

»Wir sind heute fertig geworden.«

Er drehte den Kopf, um in den Seitenspiegel rechts zu schauen. Dabei grinste er, und prompt schlug mein Herz schneller. Es tat gut, zu entdecken, wie sehr er sich offenbar über so etwas freuen konnte.

»Toller Job, Boss. Die werden sicher glücklich sein in ihrem neuen Zuhause. Dank dir.«

»Die Crew hat die meiste Arbeit geleistet.«

Das bezweifelte ich. »Mir war gar nicht bewusst, dass du auch einen Funken Anstand im Leibe hast.«

Der Blick, den er mir jetzt zuwarf, war nicht mehr spielerisch. »Mein Leib, er gehört dir.«

Sein Körper. Prompt produzierte meine schmutzige Fantasie heiße Bilder. Ich biss mir auf die Lippe und räusperte mich, um sie zu vertreiben. War es eigentlich normal, so viel an Sex zu denken? Was passierte hier mit mir?

»Wir hätten auch bei dir bleiben und einen Film schauen können«, sagte ich.

»Ich wollte dich ausführen.«

Meine Wangen fühlten sich warm an. »Ich wollte auch ein Date mit dir. Erzähl mir, worüber du und Dad gesprochen habt.«

»Hauptsächlich über dich.«

»Was hat er gesagt?«

»Alles Mögliche.«

»Was zum Beispiel?«

Er schaute mich an, gleichzeitig zärtlich und leicht genervt. Nicht mal ich war dazu imstande, nach einem solchen Blick mein Lächeln zu unterdrücken. Zwischen uns herrschte eine vertraute Atmosphäre wie zwischen Paaren, die normale, liebevolle Dinge miteinander teilten.

War es das, wovon Leute in Beziehungen redeten? Plötzlich verstand ich all diese Fotos von den Paaren auf den Social-Media-Seiten, die irgendetwas zusammen unternahmen. Das wollte ich mit Cameron auch. Simple, alltägliche Dinge, na ja, und vielleicht ein paar nicht ganz so simple. Alles. Ich wollte einfach mehr Zeit mit ihm verbringen. Um mehr gemeinsame Erinnerungen zu schaffen.

»Wir sind da«, verkündete er.

Es handelte sich um ein altes Autokino. Eine lange Reihe dicker Kiefern schirmte es von Autofahrern und dem Lärm des Highways ab. Der Eingang befand sich ganz hinten auf der linken Seite. Über der Ticketbude ragte ein altmodisches, mit bunten, blinkenden Lichtern geschmücktes Schild auf, das den Filmtitel und die Eintrittspreise verriet.

»Wir sehen uns ›Vom Winde verweht‹ an?«

»Das ist ein Klassiker. Magst du ihn nicht?«

»Doch, schon, aber … magst *du* ihn?«

Er zuckte mit den Schultern. »Mir ist egal, welcher Film läuft. Du bist hier mit mir.«

Ich wünschte, dieser Abend würde niemals enden. Ich wünschte, ich hätte ein Video davon, um es mir wieder und wieder anschauen zu können.

»Hallo, Leute.« Ein alter Mann mit dicken Brillengläsern und langem weißen Bart begrüßte uns am Ticketschalter. Hätte der Weihnachtsmann einen Bruder, dann wäre das dieser Typ. »Willkommen im Blue Night Drive-in. Zwei Mal?«

Während Cameron die Tickets bezahlte, erzählte der Bruder des Weihnachtsmannes uns, dass der Imbiss heute nicht geöffnet wäre, da nicht viele Besucher da seien. Tatsächlich, fuhr er mit einiger Leidenschaft fort, sei er überrascht, dass das Autokino in diesem Jahr überhaupt noch mal aufgemacht hätte, im nächsten Jahr gebe es das bestimmt nicht mehr, weil die Leute lieber in moderne Kinos gingen, in denen die Tickets und das Essen unfassbar teuer seien, also sollten wir diesen Abend genießen. Allmählich würde es auch zu kalt werden, weshalb sie vermutlich zum Ende der Woche schließen würden. Er erklärte uns, welchen Radiosender wir einstellen müssten, um den Film hören zu können. Dann wünschte er uns ganz viel Spaß und winkte uns mit einem strahlenden Lächeln durch.

Das Autokino sah aus wie ein riesiger Parkplatz, in dessen Mitte eine gigantische Leinwand stand, die den ganzen Platz erhellte. Das Ganze strahlte eine Fünfzigerjahre-Atmosphäre aus, die diesen Ort romantisch machte. Als wären wir durch die Zeit gereist, um uns unterm Sternenhimmel einen Film anzusehen.

»Ich war noch nie in einem echten Autokino«, gestand ich. »Mit Ausnahme von dem auf dem Campus. Der Typ hat recht damit, dass niemand mehr ins Autokino fährt.«

Insgesamt standen drei Fahrzeuge auf dem Platz.

»Umso besser«, sagte Cameron.

»Können wir hinten parken?«, bat ich. Ich wollte den Film ganz ungestört mit ihm sehen und kuscheln, ohne beobachtet zu werden.

Er fand eine halbwegs abgeschiedene Stelle neben den Kiefern, rechts vor der gigantischen Leinwand.

»Bist du wirklich nicht hungrig oder durstig?«, fragte er. »Wir könnten rausfahren und etwas holen.«

Er stellte das Radio an, und ein fröhlicher Song dröhnte aus den Lautsprechern – jemand sang über Winterreifen. Er drehte die Lautstärke herunter.

»Nein, ich brauche nichts«, versicherte ich und beugte mich vor, damit ich meine Schuhe ausziehen konnte. »Du?«

Er wandte sich mir zu und ich schaute im selben Moment hoch, sodass sich unsere Blicke trafen. Plötzlich gingen die Lichter aus.

Ein paar Sekunden nur war es dunkel. Doch die genügten, um mein heißes Verlangen nach ihm zu wecken. Ich begehrte ihn dermaßen, dass meine Haut prickelte. Ich war mir seiner Gegenwart so absolut bewusst, dass es beinah schmerzhaft war.

Dieser Lavendelduft, den ich stets mit seiner Haut verband, seine breiten Schultern, seine markanten Gesichtszüge. Und das intensive Blau seiner Augen. Camerons Augen zogen mich zuverlässig in ihren Bann.

Bilder erwachten auf der Leinwand und erzeugten helle Lichter und Schatten um uns herum. Ich setzte mich aufrechter hin und ballte die Fäuste, den Blick auf die Leinwand gerichtet.

Mir war warm, daher zog ich Jacke und Schal aus. Cameron tat dasselbe. Mit allergrößter Mühe gelang es mir, meine Aufmerksamkeit wieder auf den Film zu richten. Die Intensität meiner Gefühle machte mir Angst. Es war, als ob ein Wort von ihm genügen würde, und ich vergäße mich völlig für ihn.

Der Film lief, aber ich bekam nichts mit. Irgendwann schaute ich Cameron an. Er blickte zur Leinwand, doch sein Oberkörper war mir zugewandt. Einen Arm hatte er auf den Fensterrahmen gestützt. Unvermittelt sah er mich an.

Er wirkte nicht sonderlich überrascht, dass ich ihn beobachtet hatte.

»Dir muss klar sein«, murmelte er mit tiefer, leiser Stimme. »Was du mit mir machst.«

Mein Herz schlug schneller. Mir kam es so vor, als ob das Innere seines Wagens meine ganze Welt war. Ich begehrte ihn so sehr, dass alles in mir pulsierte.

»Cameron, willst du mich?«

»Das ist die absurdeste Frage, die du je gestellt hast. Ich bin fast durchgedreht, weil ich so viel an dich denken musste. Daran, mit dir zusammen zu sein. Dich zu küssen. Dich zu vögeln.«

Prompt fühlte ich mich, als stände ich in Flammen.

»Bitte.« Ich war kurz davor, ihn anzuflehen. Ich drehte mich ein wenig in meinem Sitz und legte eine Hand auf seinen Bauch. Ich spürte die Wärme seiner Haut unter dem T-Shirt. Langsam ließ ich meine Hand tiefer gleiten, bis meine Finger auf die harte Wölbung in seiner Jeans trafen. Er sog scharf die Luft ein, und sein ganzer Körper spannte sich an. Ich genoss es, ihn zu spüren.

»Kara.«

»Bitte, Cameron.«

»Willst du mir hier einen blasen?«

Ich schaute mich um. Die Fahrzeuge vor uns standen weit genug entfernt, um von uns weder etwas hören noch sehen zu können. Außerdem waren die Fenster seines Pick-ups getönt, und die Bäume boten Schutz vor neugierigen Blicken.

»Ja, hier.«

Ich zog den Reißverschluss seiner Hose auf. Ich wollte ihn so sehr, dass meine Hände zitterten. Scheu und Unsicherheit verflogen. Ich befeuchtete meine Lippen, während ich meine Finger in seine Boxershorts wandern ließ, und hörte ihn stöhnen, als ich seine Erektion umschloss. Ich nahm seine Körperhitze wahr. Er war hart wie Stahl.

»Ich weiß nicht, was ich tun soll. Bring es mir bei.«

Er hob die Hand und rieb mit dem Daumen über meine Unterlippe. »Sag mir, dass du mich in deinem Mund willst.«

»Ich will dich in meinem Mund.«

In seinen Augen flackerte Begierde auf. Ohne den Blickkontakt zu unterbrechen, strich er über meinen Hals, dann öffnete er den obersten Knopf meiner Bluse. Es folgten drei weitere Knöpfe, und geschickt hakte er meinen BH auf. Er zog den Stoff herunter, sodass meine Brüste entblößt waren, und beugte sich nach unten, um an meinen Spitzen zu saugen. Ich stöhnte und griff in seine Haare, um ihn an mich zu drücken. Dann schob ich ihn ungeduldig wieder hoch. Sein Lachen klang tief und rau.

»Nicht so hastig, Baby. Ich bleibe ja da.«

»Cam, ich will … lass mich …«

Er küsste mich sanft, leckte mit der Zunge, neckte mich und fachte mein Verlangen weiter an, zog sich zurück, nur um gleich darauf die Lippen auf meine Wange zu pressen und auf mein Ohr, in das er schließlich sacht hineinbiss.

»Kara.«

Ich erschauerte vor Lust.

»Blas mir einen.«

Das musste er mir nicht zweimal sagen. Ich schloss die Hand um seine Schwanzwurzel, leckte ihn, zögernd zuerst und nur mit der Zungenspitze. Er fühlte sich seidig weich zwischen meinen Lippen an, und er schmeckte nach dem Ozean und der Erde, dunkel und mysteriös. Ich hörte ihn stöhnen und schaute hoch. Er bewegte sich nicht, sondern betrachtete mich mit einem besitzergreifenden Funkeln in den Augen. Dann bewegte er das Becken, ein stummes Verlangen nach mehr.

Und dann nahm ich ihn in den Mund, so weit ich konnte.

»Ah, wow, verdammt.« Er stieß einen knurrenden Laut aus. »Du bist das erotischste süße Ding, das ich je gesehen habe.«

Cameron zu schmecken und zu spüren war das, wovon ich geträumt hatte. Nun hatte ich beides und wollte doch noch viel mehr. Dies hier reichte weit über Lust hinaus, und was immer es war, ich wollte ihn nie mehr loslassen. Ich wollte die Freiheit, ihn zu jeder Zeit berühren zu können, seine Worte zu hören, seine Sehnsüchte zu erfüllen.

Seine Hand verschwand aus meinen Haaren und glitt an mir herunter bis zu meinen Brüsten, um sie zu massieren. Er rieb meine Spitzen zwischen den Fingern, während ich ihn noch tiefer in den

Mund nahm. Als ich erneut aufschaute, raubte sein Anblick mir den Atem. Er hatte den Kopf zurückgelegt, die Augen geschlossen und saugte an seiner Unterlippe. Seine Halssehnen traten deutlich hervor.

Und dann schaute er plötzlich nach unten und beobachtete, wie ich ihm Lust bereitete.

»Du bläst so gut.«

Er vögelte meinen Mund heftiger und ein wenig schneller. Obwohl ich für einen Moment fast keine Luft bekam, begehrte ich noch mehr von ihm. Jetzt fühlte ich seine verzweifelte Begierde, die ihn rücksichtsloser werden ließ.

Er griff in meine Haare und zog mich zu sich hoch, um mich hart und wild auf den Mund zu küssen. Ich fühlte mich überwältigt und geliebt zugleich. Ich klammerte mich an ihn und liebte jede Sekunde.

Dann fasste er nach unten, und ich spürte, wie er sich bewegte. Verblüfft sah ich, wie er sich selbst Lust bereitete, indem er die Hand an seinem Schwanz auf und ab bewegte. Unsere Blicke trafen sich, doch er hörte nicht auf.

»Nächstes Mal werde ich in deinem Mund kommen. Wenn du willst.«

Und ob ich das wollte. Ich konnte nicht aufhören, ihm zuzusehen. Es war derartig erregend. Er war schamlos und sinnlich. Mit einem kehligen Stöhnen kam er. Er war der schönste und aufregendste Mann, den ich je gesehen hatte.

Er zog sein T-Shirt aus und wischte sich ab.

»Komm her, Kara.«

Er hob mich auf seinen Schoß. Sein Duft war stärker als zuvor, dunkler, männlicher. Ich wollte ihn schmecken. Ich leckte an seinem Hals. Er reagierte mit einem Stöhnen.

»Wirst du mich diese Pussy berühren lassen?«

»Oh, Cam.«

»Verdammt, du bist schön. Benutz meine Finger. Ja, so ist es richtig.«

Ich tat es. Ohne mich zurückzuhalten. Mit Cameron zusammen

zu sein war atemberaubend und wundervoll. Es überkam mich, und ich ließ es zu. Ganz und gar.

Sein Daumen vollführte langsame, kreisende Bewegungen zwischen meinen Oberschenkeln, genau dort, wo sich sämtliche sinnliche Empfindungen meines Körpers in einem Punkt konzentrierten. Ich war bereits sehr erregt, und als er dort ein wenig Druck ausübte, überraschte ich uns beide mit meinem Aufschrei. Mein Verstand war wie leergefegt, als der Höhepunkt mich durchlief und ich anschließend erschöpft auf Cameron sank. Er küsste mich auf die Lippen, dann leckte er über meine Unterlippe.

Als ich wieder mehr oder weniger zu mir kam, streichelte er mein Haar und drückte mich an sich. Ich brauchte einen Moment, um zu registrieren, dass auf der Leinwand der Abspann lief.

Langsam hob ich den Kopf und schaute Cameron an. Ein träges Lächeln spielte auf seinen Lippen, während er mich liebevoll und zärtlich betrachtete.

»Cam«, sagte ich.

»Hm?«

»Das war der tollste Film aller Zeiten.«

Er lachte und schloss mich fest in seine Arme.

12. Kapitel

Kara

Eine Freundin hatte mal gesagt, Männer wären wie eine Herde Zebras. Alle sahen gleich aus, keines hob sich von der Menge ab, es sei denn, es hatte ein deutliches charakteristisches Merkmal. Wie zum Beispiel einen großen roten Umhang.

Wenn das der Fall war, hatte Cameron ein Cape und einen Hammer. Mit blinkenden roten Lämpchen. Und ich war nicht die Einzige, der das auffiel.

Ich hatte gelernt, dass wirklich jede Frau mindestens zweimal hinschaute, wenn dein Freund ein derart wunderschönes Wesen war. Das war cool. Ich wäre geradezu schockiert gewesen, wenn dem nicht so wäre. Das Problem beginnt, wenn dein Freund schön *und* sexy ist. Kommt dann noch diese mysteriöse Aura hinzu, weil niemand so genau weiß, wer er eigentlich ist, plus diese prickelnde Gefahr, die du verspürst, sobald er dich direkt anblickt, und der muskulöse, von harter Arbeit zeugende Körper, ergibt das Ganze eine wahrhaft tödliche Mischung. Tja, und dann wollten die meisten Leute mehr als einfach nur hingucken.

Ich hörte die Mädchen aufgeregt tuscheln, als Cameron das Büro betrat. Er schaute zu meinem Schreibtisch, und als er den unbesetzt vorfand, musterte er suchend den ganzen Raum, die Lounge, den riesigen Konferenzraum, die Mädchen, die ihm hemmungslos auffordernde Blicke zuwarfen. Dann erst sah er hoch zur Treppe, wo ich stand, und unsere Blicke trafen sich. Er lächelte nicht.

Es durchzuckte mich derartig, dass mir der Atem stockte.

Gebannt verfolgte ich, wie er auf mich zukam, nicht eilig, ganz gelassen, als hätte der gestrige Abend im Autokino, im dämmrigen

Innern seines Pick-ups, nicht stattgefunden. Unten an der Treppe blieb er stehen.

»Hi«, sagte ich.

Warum sah sein Mund heute besonders kussbereit aus? Waren seine Lippen immer so pink?

Nächstes Mal werde ich in deinem Mund kommen. Wenn du willst.

»Kara.«

Ich schloss kurz die Augen, während mich beim Klang seiner Stimme eine sinnliche Welle durchflutete. Meine Lippen fühlten sich trocken an. Ich befeuchtete sie nervös. »Ich habe gehört, du übernimmst Elijahs Job, während er im Ausland ist.«

»Ja.«

Das bedeutete, Cameron würde noch mehr zu tun haben und Rick häufiger zu Projekten außerhalb der Stadt begleiten. Ich fragte mich, ob ich ihn in dieser Woche überhaupt sehen würde. Noch war er nicht fort, und doch vermisste ich ihn schon. Vom praktischen Aspekt her betrachtet: Wie wollte er das mit den Vorlesungen hinbekommen? Er betrieb sein Studium wie ein Hobby und hatte mal erwähnt, dass er das Semester eventuell wiederholen müsste, falls er noch mehr versäumte. Wie gut, dass die Winterpause bevorstand.

Ich merkte, dass verschiedene Augenpaare jede unserer Bewegungen beobachteten und gespitzte Ohren unsere Unterhaltung zu belauschen versuchten. Was diese Leute betraf, so redete Cameron mit niemandem im Büro, sofern es nicht zwingend nötig war. Und was mich betraf, wusste niemand von uns beiden, außer Rick.

Es war eigentlich ganz lustig. Na schön, ziemlich lustig, ein heimliches Liebespaar zu sein. Cameron konnte es dem Lächeln auf meinem Gesicht entnehmen und spielte mit.

»Tja, dann.«

Ich ging die Treppe hinunter und an ihm vorbei.

»Ich will dich wieder«, sagte er leise.

Ich blieb stehen und drehte mich langsam zu ihm um. »Sag das doch noch mal zu mir, wenn du wieder zurück bist.«

Jetzt grinste er. Ein wölfisches Gleich-beiße-ich-dich-Grinsen. Aber er sagte nichts mehr. Kein »Auf Wiedersehen«, kein »Bis später«. Er warf ein paar Unterlagen auf Ricks Schreibtisch, bedachte mich mit einem weiteren bedeutungsvollen Blick und verschwand. Es war … zutiefst aufwühlend. Cameron war unwiderstehlich.

Die Frauen überfielen mich förmlich, als ich an meinen Schreibtisch zurückkehrte.

»Was hat er zu dir gesagt, Kara?«

»Er meinte, er müsste sein großes Geschäft erledigen.«

»Ach was. So was macht er doch gar nicht. Er pupst nicht mal. Er ist vollkommen.«

»Er hat sich erkundigt, wo er Toilettenpapier bekommen kann und ob ich Medikamente gegen Diarrhö habe.«

»Das zerstört meine Fantasien.«

»Tut mir leid.« Tat es nicht.

»Sie ist wieder da«, murmelte Jerika neben mir.

Ich sah durchs Fenster etwas Schwarzes. Die Eingangstür ging auf, und diesmal herrschte eine Stille im Raum, in der man eine Stecknadel hätte fallen hören können.

Ihre Schönheit überstrahlte unleugbar alles. Es war die Art von Gesicht, die man nie vergisst. Geschwungene Brauen, scharfer Blick, gerade Nase und ein breiter, auffallend rot geschminkter Mund. Ihr Haar war schwarz wie Tinte, zu einem eleganten Pferdeschwanz gebunden, der ihren langen anmutigen Hals zur Geltung brachte. An ihren Ohren funkelten Diamanten wie bittere Tränen.

Sie trug Beerdigungsschwarz, doch ich hatte den Eindruck, dass sie auch keine Farbe benötigte, um aufzufallen. *Sie* war die Farbe. In der Hand hielt sie eine mit einer Schleife versehene Schachtel, die aussah wie aus einer teuren Konditorei.

Manche Frauen in hohen Positionen strahlten stille, würdevolle Macht aus. Und genau das tat diese Frau mit jedem ihrer Schritte. Der selbstbewusste Hüftschwung verriet, dass sie wusste, was sie wollte, und kein Nein als Antwort akzeptierte. Sie war die Sorte Frau, dachte ich, während ich beobachtete, wie sie die Treppe hinaufging, ohne von irgendjemandem um sie herum Notiz zu nehmen, die einen dazu brachte, entweder Haltung anzunehmen oder sich ganz klein zu machen.

Ihre Art sich zu bewegen erinnerte mich an eine Schlange, die ich einmal gesehen hatte. Die Schlange war hinter Glas gewesen, und als ich auf die Scheibe zuging, erhob sie sich und schlängelte sich langsam heran. Ihr langer, beweglicher Körper vollführte eine Art tödlichen, anmutigen Tanz, der einen in seinen Bann schlug. Ihre toten schwarzen Augen warnten mich davor, was passieren würde, wenn das Glas nicht zwischen uns wäre.

Als die Frau wieder herunterkam, hatte sie die Schachtel nicht mehr bei sich. Und dann trafen sich unsere Blicke. Es dauerte nur eine Sekunde, doch sofort wurde mir schrecklich kalt. Alles schien dunkel zu werden, bis auf die Stelle, an der sie stand. Die Härchen auf meinen Armen richteten sich auf. Dann öffnete sie die Tür und trat hinaus. Und das Licht war wieder da.

Wer zur Hölle war das?

Cameron

Ich erwachte mit dem entsetzlichen Gefühl einer Schlinge um den Hals. Ich setzte mich auf die Bettkante und stützte stöhnend die Ellbogen auf die Knie. Meine Hände zitterten, als ich mir das Gesicht rieb. Einen Moment lang blieb ich so und biss die Zähne zusammen, während der kalte Schweiß mich erschaudern ließ. Dann schüttelte ich mich wie ein Hund, stand auf und verscheuchte die Reste des Traumes unter der Dusche.

Ich legte die Stirn an die Fliesen, schloss die Augen und ließ das Wasser auf meinen Rücken prasseln, so heiß wie möglich. Es löste die Verspannungen in meinen Schultern nicht. Ich hob den Kopf, blinzelte gegen das auf mein Gesicht prasselnde Wasser. In diesem Augenblick dämmerte es mir. Die Albträume waren wieder da.

Für gewöhnlich kamen sie als Durcheinander von Bruchstücken, die ich nicht zusammensetzen konnte, die keinen Sinn ergaben. Was jedoch stets gleich blieb, war dieses Gefühl von Schwäche und hilflosem Entsetzen. Und Angst. Ich hasste es. Und wie ich es hasste.

Eine Weile hatten die Träume aufgehört. Genauer gesagt, seit jenem Abend im Labyrinth, als ich Kara erzählt hatte, was passiert war. Diese Galgenfrist war nun abgelaufen. Ich hatte immer geglaubt, es ginge um … Pete, den Freund aus meiner Kindheit, den ich nicht retten konnte, als er in einem Wagen hinter dem Irrgarten gefangen war. Doch nachdem ich nach Jahren des Verdrängens endlich darüber gesprochen hatte und dadurch den ganzen Horror noch einmal durchlebte, kam mir der beunruhigende Verdacht, dass meine Albträume vielleicht gar nichts mit den Ereignissen im Irrgarten zu tun haben könnten.

Vielleicht narrte mein Verstand mich ja einfach. Aber falls nicht, wer war das dann in meinem Traum? Um was ging es? Und warum wurde mir das alles erst jetzt klar?

Da war etwas, an das ich mich erinnern sollte, aber jedes Mal, wenn ich es festzuhalten versuchte, spürte ich einen stechenden Schmerz im Kopf. Es war besser, der Sache nicht auf den Grund gehen zu wollen, entschied ich, als ich aus der Dusche stieg, mich rasch abtrocknete und das Handtuch um meine Hüften schlang. Besser nichts aufreißen, was ich später nicht wieder verschließen kann.

Der Spiegel war beschlagen, und ich wischte ihn mit der Handfläche frei, was quietschende Geräusche verursachte. Ich betrachtete mein Spiegelbild – diesen hohläugigen Mann, der mir wie ein Fremder vorkam, die dunklen Ringe unter den Augen, ihr glasiger Ausdruck, der mich an ein Beutetier erinnerte, das von einem hungrigen Raubtier gejagt wurde. Auch das hasste ich.

Ich schloss die Augen und atmete tief ein. *Reiß dich zusammen, Idiot.*

Ich putzte mir die Zähne derartig heftig, dass ich Blut schmeckte. Ich spuckte ins Waschbecken. Früher hatte Blut mich nie gestört, doch jetzt geriet allein beim Anblick meine Welt ins Schwanken. Ein Bild von jemandem, der ohnmächtig am Boden lag, tauchte vor meinem geistigen Auge auf. *Was zur Hölle?* Ich hielt mich an der Ablage fest und wartete darauf, wieder normal zu werden. Es handelte sich nur um eine Sequenz aus dem Albtraum, dachte ich. Mehr nicht. Es war kein reales Bild.

Ich spritzte mir Wasser ins Gesicht, damit ich mich besser fühlte und weitermachen konnte. Ich stieg in meine Hose, zog den Reißverschluss hoch, dann streifte ich mir einen Pullover über. Als ich mein Arbeitszimmer betrat, sah ich, dass das Lämpchen meines Festnetztelefons blinkte und mich auf eine Anrufbeantworternachricht aufmerksam machte. Gut. Arbeit würde meine Aufmerksamkeit in Anspruch nehmen und mich von den Dingen ablenken, an die ich nicht denken wollte.

»Hey, Cam. Ich bin's, Rick. Komm heute nicht zum Necktie.«

Rick persönlich hatte das Büro in der Stadt »die Krawatte« getauft. Das Projekt, das ich plante, war wegen einer Budgetänderung des Klienten verschoben worden, daher arbeitete ich für Rick, bis sich die Angelegenheit geklärt hatte.

In letzter Zeit hatte ich darüber nachgedacht, mit meiner eigenen Firma in die nächste Phase einzutreten. Es könnte mit bei der Expansion des Unternehmens helfen, mehr Projekte anzunehmen und Leute fest einzustellen. Anfangs war ich dagegen gewesen, um flexibler sein zu können und nicht langfristig gebunden zu sein. Wann hatte sich diese Einstellung geändert?

»Ich hole dich um halb sechs ab, und wir fahren zur Baustelle. Ich habe die Genehmigungen, also können wir loslegen. Ich bringe Kaffee mit. Bis später, Junge.«

Rick freute sich natürlich, dass ich in diesem Jahr wieder mehr für ihn arbeiten konnte. Vielleicht würde ich später ihm gegenüber meine Idee zur Sprache bringen, um zu erfahren, wie er darüber dachte. Ich schätzte seine Meinung sehr. Und ich würde alles in meiner Macht Stehende tun, um ihm unter die Arme zu greifen. Er war mir ein Vater gewesen, während mein leiblicher Vater nicht einmal meinen Geburtstag kannte.

Jedes Jahr ab der vierten Dezemberwoche schloss der Hof für drei Wochen. Die Saisonarbeiter würden Arbeitslosengeld erhalten bis zum Frühjahr, falls sie bis dahin keinen anderen Job gefunden hatten. Im Büro in der Stadt war in dieser Zeit mehr los, bis alles wieder seinen normalen Gang ging. Wenn Rick Kara in die Stadt versetzte, würde sie einen kürzeren Arbeitsweg haben. Und wenn ich in der Stadt an Projekten arbeitete, wäre ich in ihrer Nähe. Ich könnte sie abholen und nach Hause bringen oder sie nach Feierabend treffen. Ich fand, das war ein guter Deal.

Ich suchte meine Ausrüstung zusammen und wollte gerade rausgehen, als mein Smartphone klingelte. Da ich dachte, es sei Rick, meldete ich mich, ohne vorher aufs Display zu schauen.

»Sir.«

»Sir? Was ist mit Dad?«

Meine Stimmung verschlechterte sich augenblicklich. Erst jetzt sah ich, dass es sich um die Nummer meines Vaters handelte. Ich hatte bereits beim Aufwachen heute Morgen einen schlechten Start gehabt. Offenbar wurde es noch schlimmer.

»Du hast gedacht, ich bin dieser nichtsnutzige Bauarbeiter Rick, oder?«

Er klang betrunken, denn er lallte. Dabei war es gerade mal fünf Uhr morgens. Wie ein wilder wütender Hund biss mich die alte, vertraute Ablehnung.

»Ich habe dir doch gesagt, du sollst dich mit seinesgleichen nicht abgeben«, fuhr er mich an.

Ich schloss die Augen und atmete tief durch. Es lohnte sich nicht, wegen irgendetwas, was er von sich gab, wütend zu werden. »Ruf mich wieder an, wenn du etwas zu sagen hast, was ich hören will.«

Ich wollte schon auflegen, als er sagte: »Wie geht's meinem Jungen?« Seine Stimme war leise geworden, beinah traurig und auch besorgt. Das traf mich unvorbereitet. Diesen Ton kannte ich nicht von ihm. Soweit ich wusste, wollte er nicht einmal mit mir verwandt sein.

»Was willst du?«, fragte ich.

Statt mich wie sonst immer mit einer sarkastischen Bemerkung zu beleidigen, schwieg er.

»Was?«, drängte ich.

»Nichts«, antwortete er nach einer Weile. »Pass auf dich auf, Cameron.«

»Hab ich immer gemacht.«

»Stimmt. Und du wirst damit weitermachen«, sagte er. »Ich weiß, dass du es schwer hattest, aber ich dachte, es besteht immer die Möglichkeit …« Er hielt inne und seufzte tief. »Ich wünschte, die Situation wäre anders, aber dafür ist es jetzt zu spät, nicht wahr? Du hast mich nie gebraucht.«

Ich erwiderte nichts, ballte jedoch die Fäuste.

»Ich …« Er brach ab, und ich spürte, dass er noch mehr sagen wollte. Doch wie stets machte er lieber einen Rückzieher. »Pass auf dich auf, Cameron.«

»Bisschen frisch heute Morgen«, begrüßte Rick mich, nachdem ich eingestiegen war, und reichte mir einen Becher Kaffee. Er musterte mich einen Moment, sagte aber nichts.

Nach dem Anruf meines Vaters verspürte ich den Drang zu schwimmen, um meinen Frust abzureagieren. Da ich dafür aber keine Zeit hatte, stemmte ich Gewichte in meinem Fitnessraum. Ich dachte, damit wäre ich es losgeworden, doch Ricks Blick nach zu urteilen hatte es wohl nicht funktioniert. Egal, wie sehr ich es zu verbergen versuchte, Rick wusste immer irgendwie, wenn etwas nicht stimmte.

Ich trank einen Schluck Kaffee und wich seinem Blick aus, da ich nicht darüber sprechen wollte. Schließlich meinte er: »Sicherheit zuerst. Schnall dich an.«

»Hab ich schon, Sir.«

»Gut.«

Rick mochte keine Stille, er vertrieb sie entweder mit Reden oder Musik. Dabei spielte es keine Rolle, ob er redete oder jemand anderes. Anfangs hatte mich das geärgert, nun fand ich es tröstlich.

»Meine Schwestern haben mich früher ständig gedrängt zu heiraten und eine Familie zu gründen«, begann er. Diese Unterhaltung war nicht neu. Gleich würde er mich fragen, warum ich noch keine Familie hatte.

»Ich nehme an, sie haben inzwischen damit aufgehört.«

»Stimmt.«

»Sag nicht, dass du jetzt für mich Schwester spielen willst.«

Er lachte. »Klugscheißer. Soll ich einen Rock anziehen?«

»Jeans gefallen mir besser.«

Ich hatte keine Ahnung, weshalb ich auf einmal dachte, dass das in Karas Fall vielleicht gar nicht stimmte. Mir gefiel sie in allen Klamotten. Und noch besser, wenn ich sie ihr auszog.

»Weißt du, warum ich weder verheiratet bin noch Kinder habe?«

Das war neu. »Warum, Sir?«

Er schwieg für einen Moment und schaute in den Außenspiegel, bevor er die Spur wechselte. »Weil du, Caleb, Benjamin und die anderen Kids meine Familie seid. Ich hatte nie das Bedürfnis, selbst eine zu gründen, weil ihr schon meine Familie wart. Besonders du«, fügte er hinzu und warf mir einen Blick zu. »Und jetzt raus damit. War es Raven oder dein Vater, der Kontakt zu dir aufgenommen hat?«

Er kannte meine Familiensituation aus meinen Erzählungen und dem, was er selbst aufgeschnappt hatte.

»Mein Vater.«

»Was wollte er?«

»Ich weiß es nicht. Ich wurde nicht schlau daraus. Er klang betrunken.«

»Möchtest du darüber reden?«

Ich schüttelte den Kopf. Alles in mir schrie, aber es blieb lautlos. Niemand konnte es hören, weil ich kein Wort über meine Lippen ließ.

Ich fuhr mir mit beiden Händen durch die Haare. Alles an dem Anruf meines Vaters war verdächtig und besorgniserregend. Irgendetwas stimmte da nicht. Es sollte mich nicht weiter kümmern, und ich ärgerte mich darüber, dass es mir nicht gleichgültig war, trotz der Art, wie er mich behandelt hatte. Als Kind hatte ich versucht, ihm näherzukommen, nur um wieder und wieder von ihm zurückgewiesen zu werden. Er behandelte mich, als sei ich ein Problem, ein Fehler. Etwas vollkommen Unbedeutendes.

Rick nickte, nahm den Kaffee aus dem Becherhalter, trank einen Schluck. »Familie. Ob durch Blut oder Schicksal verbunden, kann Freud und Leid bringen. Vergiss jedoch nicht, Cameron, dass du das Schwert hältst, um das Band zu durchtrennen.«

Er irrte sich. Das Band hielt bis ans Ende des Lebens, denn man konnte sich seine Herkunft nicht aussuchen. Man konnte versuchen, so zu tun, als gebe es dieses Band nicht, es für eine Weile vergessen, aber es tauchte immer wieder auf. Ich war davongelaufen, weil das besser war, als davon eingeholt zu werden. Von der Schuld, den Lügen, der Angst, der toxischen Liebe oder der fehlenden Liebe eines Elternteils. Wenn Rick recht hatte und es eine Möglichkeit gab, die Verbindung zu kappen, hatte ich sie jedenfalls noch nicht gefunden.

»Ich habe dich als meinen eigenen Sohn aufgezogen. Ich kenne dich besser, als sie dich kennen«, sagte er. »Wenn ich dir also erkläre, dass ich stolz auf den Mann bin, der aus dir geworden ist, musst du mir glauben.«

Ich merkte, dass er darauf wartete, dass ich etwas sagte. Aber das tat ich nicht.

»Ich bin stolz auf dich, Sohn.«

Ich spürte ein warmes Gefühl in der Brust. Ich brauchte eine Weile, bis ich antworten konnte, und selbst dann klang meine Stimme noch rau. »Danke, Sir.«

Ich legte den Kopf an die Sitzlehne, schloss die Augen und spürte, wie die Bedrückung von mir wich. Ich hatte keine Ahnung, wie mein Leben verlaufen wäre, wenn ich Rick nicht kennengelernt hätte.

»Ich glaube, er hat versucht … zu mir durchzudringen. Eine Verbindung zu mir herzustellen. Er meinte, es sei zu spät.«

»Es ist nie zu spät.«

»Ich muss mich geirrt haben. Es ist unmöglich, dass er das will.«

»Warum?«

Warum? In mir baute sich etwas bedrohlich auf. Es war einfach zu viel.

»Möchtest du das überhaupt? Eine Beziehung zu deinem Vater?«

»Ich … wozu?«

Er nickte. »Erinnerst du dich an diesen Strang, von dem ich dir erzählt habe? Du hast die Macht, ihn zu durchtrennen, aber du hast auch die Macht, ihn stärker zu machen. Ich merke, dass du diese Unterhaltung lieber beenden möchtest. Ich werde dich nicht damit bedrängen, aber denk drüber nach, mein Junge.«

Er räusperte sich. »Na schön, es ist noch zu früh für düstere Stimmung. Ich erzähle dir was, das dich aufheitern wird«, verkündete er gut gelaunt und klopfte dabei aufgekratzt auf das Lenkrad. »Deb meint, sie kann praktisch sofort in den Mutterschutz gehen, weil Kara sich inzwischen so gut macht.«

Bei der Erwähnung ihres Namens fühlte ich mich gleich ein wenig besser. Ich hatte es gewusst. Kara konnte alles schaffen.

Ich sah aus dem Fenster, auf die Lichter in der Morgendämmerung. Kara würde noch schlafen. Seit dem Autokino waren einige Tage vergangen, und ich hatte sie in dieser Woche nur für ein paar Stunden gesehen. Ich hatte viel zu tun gehabt und war fast jeden Tag außerhalb der Stadt unterwegs gewesen. Doch komme, was wolle, ich würde sie sehen und wenigstens für eine Weile in den Armen halten. Darauf freute ich mich schon die ganze Woche.

Ich hatte so viele Fantasien von ihr, und das, was im Autokino passiert war, war nur eine davon. Noch immer konnte ich nicht aufhören, jeden Tag daran zu denken. Sie war so aufregend gewesen, hingebungsvoll, feucht. Und wie rasch sie jedes Mal gekommen war. Jeden Morgen danach hatte ich eine *Guten Morgen, Bigfoot*-Nachricht von ihr bekommen. Für mich das Highlight des Tages.

»Ich habe mich schon gefragt, wann du und Caleb Frauen finden werdet, die ehrbare Männer aus euch machen.«

Rick fing mal wieder damit an. Wenn er auf diese Weise grinste, sah er zehn Jahre jünger aus. Er war Ende fünfzig und sehr gut in Form, mit silbergrauem Haar und einer langen Narbe im Gesicht, die ihn wie einen attraktiven Piraten aussehen ließ. Ich erlebte des

Öfteren, wie Frauen, jung und älter, ihn begutachteten oder gleich offen mit ihm flirteten. Er flirtete zurück, ließ sich aber auf keine ein.

»Rechne mal lieber nicht damit. Caleb würde lieber von einer Brücke springen, bevor er einer Frau einen Antrag macht.«

»Oh, da wäre ich mir gar nicht so sicher. Mir war immer klar, dass du eine finden würdest. Wie hätte es anders sein sollen? Du gehörst zu den Besten. Gut siehst du außerdem aus. Ich dachte nur, es würde eine Weile dauern, da du und Caleb gerne mit den Mädchen herummacht. Tja, da hab mich wohl geirrt, denn sieh dich jetzt mal an.«

Ich verkniff mir ein Grinsen.

»Ich bin froh, dass du sie gefunden hast, mein Junge.«

Ich bin froh, dass sie mich gefunden hat.

»Ich habe gehört, ihre Familie besitzt eine Autowerkstatt.«

Ich freute mich, dass er es von sich aus erwähnte, da ich bereits nach einer Möglichkeit gesucht hatte, es zur Sprache zu bringen. »Die haben mein Motorrad repariert und gute Arbeit geleistet. Ich habe ihren Dad kennengelernt und einige der Mechaniker, die an meinem Bike gearbeitet haben. Hab mir ihre Werkstatt angesehen. Von außen macht sie nicht viel her, aber innen ist sie beeindruckend.«

»Du hast sie an deinem Bike herumschrauben lassen?«

Rick wusste, wie heilig mir meine Maschine war, weshalb ich sie nur Joe anvertraute, einem der besten Mechaniker in der Stadt.

»Lange Geschichte, Sir.«

»War es das Motorrad, das dein Freund aus Kindheitstagen gefunden hat? Das du restauriert hast?«

Vor ein paar Jahren hatten wir nach einer Renovierung ziemlich viel getrunken. Ich konnte mich nicht mehr an den Verlauf des Abends erinnern, fragte aber hinterher Caleb, was ich so von mir gegeben hatte. Offenbar war Rick neugierig gewesen, woher ich mein Bike hatte, und ich erzählte es ihm: »Ich hatte einen Freund aus der Kindheit, der das Schrottteil entdeckte. Wollte es nicht verrotten lassen.«

Caleb meinte, mehr hätte ich nicht preisgeben wollen. Selbst völlig betrunken schaffte ich es anscheinend nicht, über das zu sprechen, was im Labyrinth geschehen war. Bis Kara kam.

Da ich das Thema wechseln wollte, fragte ich: »Sir, erinnerst du dich an 51?«

»Dieser Pick-up ist erst zwei Jahre alt, muss aber ständig zur Reparatur. Beim letzten Mal war es die Pumpe.«

»Es war mehr als das. Vor einigen Wochen fuhr Elijah ihn, und er ging aus. Zufällig befand er sich in der Nähe von Karas Werkstatt, also gab ich ihm den Tipp, ihn dorthin zu bringen. Sie reparierten ihn. Jetzt ist er so gut wie neu.«

»Elijah erwähnte es neulich. Und das war deren Werkstatt?«

»Du würdest ihren Dad mögen. Der war mal Rennfahrer.«

Er grinste. »Verdammt, den muss ich wirklich irgendwann mal kennenlernen.«

»Schneller, als du denkst. Deine neue Lasterflotte ist zur Wartung fällig. Was hältst du davon, wenn wir sie zu seiner Werkstatt schicken?«

»Wir haben einen Vertrag mit einer anderen Werkstatt. Allerdings waren wir im vergangenen Jahr nicht zufrieden mit denen.« Er strich sich nachdenklich übers Kinn. »Glaubst du, die kriegen das hin, so viele Laster?«

»Gib ihnen die Chance, es zu beweisen.«

»Na schön. Bring erst mal ein paar Wagen hin, damit wir sehen, wie sie das hinbekommen. Dann schauen wir weiter.«

»Danke.«

Er parkte den Pick-up vor einem alten Backsteingebäude. »Gern geschehen. Caleb arbeitet heute auch. Ich lade euch beide zum Lunch ein. Und jetzt an die Arbeit.«

Bon Jovi sang etwas über ein Bett aus Rosen. Davor kreischte der Aerosmith-Sänger, er wolle nichts verpassen. Die gehörten zu Ricks Lieblingssongs und waren ein Muss, wenn er mit uns arbeitete. Ich hatte gelernt, damit zu leben.

Caleb sang aus voller Kehle mit. Nachdem er sie jahrelang gehört hatte, kannte er sämtliche Texte. Auch damit hatte ich gelernt zu leben. Und so schlimm ist es gar nicht, dachte ich, während ich stöhnend das eine Ende einer Werkzeugkiste anhob. Caleb trug das andere Ende, und gemeinsam hievten wir sie auf die Ladefläche des Pick-ups. Meistens war es sogar ganz lustig.

Wir waren fertig für heute. Rick war schon vorher zu einer anderen Baustelle gerufen worden, daher nahm Caleb mich mit. Ich hätte Kara bitten können, mich abzuholen. Aber ich wusste, dass sie viel zu tun hatte. Mein Bike befand sich nun in ausgezeichnetem Zustand und stand sicher geparkt den Winter über in meiner Garage. Was mich betraf, lief unser Deal jedoch noch. Als sie die Abmachung mit mir traf, hatte sie versucht, sich aus den Wartungsterminen herauszuwinden. Ich sagte ihr, das könnte sie, und ich würde ihr Bescheid geben, was ich stattdessen will. Hm, da gab es viele Möglichkeiten. Sofort schoss mir das Bild durch den Kopf, wie sie sich am Kopfteil meines Bettes festhielt. Ich ballte die Faust und biss mir auf die Knöchel.

»Also«, sagte Caleb, als er den Pick-up startete. »Du willst, dass ich dich bei Karas neuem Haus absetze?«

»Dem Haus ihrer Freundin, auf das sie für eine Weile aufpasst. Dort wird gerade renoviert.«

»Wie konnte das passieren?«

Ich zuckte die Schultern. »Ist halt so.«

»Die Renovierung hättest du machen können. Ich hätte dir dabei geholfen.«

»Danke, Mann.« Natürlich hätte ich die Renovierungsarbeiten für sie durchführen können, wenn ich davon gewusst hätte. »Ihre Freundin hat jemand anderen beauftragt.« Ich nahm mein Handy und schrieb Kara, dass ich unterwegs war. »Halte irgendwo an, wo ich vegetarisches Essen bekommen kann.«

Caleb starrte mich an, als hätte ich mich in einen Vogel verwandelt und beschlossen, fortan in den Bergen zu leben. »Wow.«

»Es ist für Kara. Wahrscheinlich hat sie noch nicht gegessen.«

»Sieh mal einer an. Sie hat die wilde Bestie gebändigt.«

»Leck mich.«

Er lachte und kratzte sich das Kinn. »Woher soll ich wissen, wo

Vegetarier ihr Essen ernten? Ernähren die sich nicht von Regenbogen und Wolken?«

»Warst du letztes Jahr nicht kurz mit einer Veganerin zusammen?«

Caleb nahm seine Mütze ab und schüttelte die Haare, die ihm in die Augen fielen. »Stimmt. Aber ich kann mich nicht mehr daran erinnern.« Er strich sich die Haare zurück und setzte die Mütze wieder auf. »Es war alles ziemlich wirr.«

»Du bist selbst wirr. Weißt du überhaupt noch, wo dein Gehirn ist?«

»Lass es mich googeln«, erwiderte er.

»Ich glaube, da kann selbst Google dir nicht helfen.«

»Google sagt, es ist in meinem Magen, und der sagt, er hat einen Mordshunger. Finde es per GPS heraus oder sie bekommt einen Rindfleisch-Burger.«

Wir befanden uns nahe der Innenstadt, daher war es nicht schwierig, ein vegetarisches Restaurant zu finden. Das Problem bestand eher darin, dass wir beide von der Arbeit stanken.

Als wir vor einem Café hielten, schauten wir einander auffordernd an. Keiner von uns wollte reingehen und das Essen kaufen. Wir hätten zu einem Drive-in fahren können, aber hier wimmelte es von Restaurants und Läden. Drive-ins gab es daher nicht, und einen Parkplatz fand man um diese Uhrzeit auch nicht. Also musste einer im Wagen bleiben und warten. Und einer musste aussteigen und das Essen besorgen.

»Da ich dich schon fahre, gehst du hinein«, erklärte er.

»Ich habe dich letzte Woche mitgenommen. Du gehst.«

»Ich habe mehr gearbeitet heute«, konterte er.

»Behauptest du. Ich hatte heute drei Splitter.«

»Ich hatte fünf.«

»Mist.«

Wir schwiegen und betrachteten das voll besetzte Restaurant, dann musterten wir einander erneut. Und schwiegen weiter.

Caleb meinte: »Das Essen ist für deine Freundin.«

Ich schloss die Augen. »Verdammt.«

»Wusste ich's doch.« Er lachte. »Bring mir drei Burger und …«

»Du wirst essen, was ich dir mitbringe.«

Wütend stieg ich aus und warf die Wagentür zu. Ich hörte, wie das Fenster heruntenglitt und Caleb mir hinterherrief: »Extragroße Portionen für mich, denn im Gegensatz zu dir bin ich immer noch eine Bestie!«

Ich ignorierte ihn, fluchte leise vor mich hin und starrte die Menschenmenge an. »Was ich nicht alles für dich tue, Kara.« Mit einem resignierten Seufzer trat ich ein.

Sobald ich das Essen hatte, forderte ich Caleb mürrisch auf, Gas zu geben. »Endlose Schlange da drin. Nächstes Mal gehst du.«

Ich schaute zu, wie er den Burger einhändig verschlang, die andere Hand am Lenkrad. Er trank einen Schluck Cola, dann wickelte er den nächsten Burger aus. Ich tat es ihm gleich.

»Sind das wirklich vegane Burger? Mann, die schmecken ja wie die echten.«

Er hatte recht. Ich merkte mir das Restaurant, um Kara irgendwann dorthin einzuladen. Am besten wochentags, wenn nicht so viel Betrieb herrschte. Oder gar keine Gäste da waren. Ich wollte mich gerade über meine Fritten hermachen, als mein Handy den Eingang einer Nachricht signalisierte.

Hitzkopf: *Die Tür ist offen, Bigfoot. Komm einfach rein.*

Ich stutzte. Es war schon spät. Mittlerweile müsste sie dort allein sein. Schaute sie keine Nachrichten? Manchmal regte sie mich wirklich auf. Wie zum Beispiel, als sie per Anhalter fuhr, nachdem wir uns auf der Straße gestritten hatten.

Ich dachte an die Diskussion, die wir wegen der unverschlossenen Tür haben würden. Sie war eine kluge Frau, sie würde verstehen.

»Mir war immer klar, dass in deinem Kopf jede Menge abgeht«, bemerkte Caleb. »Aber ich hab dich noch nie denken hören. Neuerdings kommt das ständig vor. Ist das etwa so?«

»Was?«

»Wenn man eine richtige Beziehung führt.«

Ich zuckte die Schultern, hörte jedoch echte Neugier und Verwirrung aus seiner Frage.

Hitzkopf: *Ich kann es kaum erwarten!*

Dann folgte eine weitere Nachricht.

Hitzkopf: *Mein Essen zu bekommen.*

Ich musste grinsen.

»Weißt du, ich habe neulich einen Horrorfilm über Besessenheit gesehen«, sagte Caleb und schob sich Fritten in den Mund. Er tat, als müsste er sich schütteln. »Grinst du deshalb in letzter Zeit andauernd?«

Ich ignorierte ihn und antwortete stattdessen auf Karas Nachricht.

»Jedenfalls habe ich den Eindruck, dass nicht wirklich du es bist, mit dem ich rede«, fügte er hinzu.

Sie antwortete sofort, und mein Grinsen wurde noch breiter, während ich ihr zurückschrieb.

»Gut, wer auch immer du bist, ich kriege die Seele meines Freundes zurück, oder?«, fragte Caleb beiläufig.

Ich schaute aus dem Fenster und rieb mir grinsend den Nacken. »Ach, halt die Klappe, Lockhart.«

»Das ist schon besser. Willkommen zurück, Cameron. Wie war's auf der anderen Seite, Kumpel?«

»Heiß.«

»Süß.«

Als der Wagen hielt, blickte ich auf. Caleb hatte vor einem Bungalow geparkt.

»Im Ernst? Diese Farbe sieht genauso aus wie das Avocado-Sandwich, das mein Date gestern bestellt hat, und wie der Lachs, den ich zum Abendessen hatte.«

Er hatte recht. »Ich bin mir sicher, sie wird das ändern wollen.«

»Ich werde mit reinkommen, mal hören, ob sie Hilfe braucht.«

»Okay, danke.«

»Klar doch.«

Kara hatte nicht gescherzt, dachte ich seufzend, als ich die Haustür öffnete und mir Musik entgegenschallte: Die Tür war offen. Darüber würde ich mit ihr sprechen müssen. Es roch nach frischer Farbe und Staub. In der Mitte des Wohnzimmers stand die herzförmige Couch, noch in Plastik verschweißt. Das also war Talas Geschenk an sie. Kara hatte mir davon schon ein Foto geschickt.

Die Zimmer waren groß und offen, die Fenster riesig, und sie sahen neu aus. Trotzdem würde ich sie mir später ansehen, um mich zu vergewissern, dass sie sicher waren. Keine Risse im Fundament, zumindest sah ich keine. Auch das würde ich mir genauer ansehen. Vielleicht sollte ich einen Gutachter …

»Es wird ihr doch nichts ausmachen, dass wir nach Abfluss riechen, oder?«, fragte Caleb.

»Wahrscheinlich nicht.«

Er gähnte. Ich gähnte auch, denn ich war hundemüde. Meine Muskeln schmerzten von der übermäßigen Beanspruchung. Vermutlich wäre es besser gewesen, zuerst nach Hause zu fahren und zu duschen, nur hätte das zu lange gedauert. Ich wollte sie sofort sehen. Den ganzen Tag über hatten mich meine Albträume und düsteren Gedanken verfolgt, doch ich hatte sie auf Abstand gehalten. Die Aussicht, Kara am Ende des Tages zu sehen, hatte mich aufrecht gehalten.

»Kara!«, rief Caleb, aber ich bezweifelte, dass sie uns bei dieser lauten Musik hörte. Ich konnte mich selbst kaum atmen hören.

Wir kamen an der Küche vorbei und entdeckten dort zwei Typen, die am Fußboden arbeiteten. Es war spät, und sie hätten längst Feierabend haben sollen. Caleb plauderte mit ihnen, als handelte es sich um seine lang vermissten besten Freunde. Als er sie schon nach wenigen Sekunden zum Lachen brachte, war ich nicht überrascht. Caleb war einfach ein sympathischer Kerl, den man glatt zum Präsidenten wählen würde. Es war ein Talent.

Die Musik wurde lauter, je näher wir einem der Schlafzimmer kamen. Plötzlich lachte Caleb.

»Das dämliche Grinsen in deiner hässlichen Visage sagt alles«, bemerkte er. »Du magst sie echt, was?«

Und wie.

Dann betraten wir das Zimmer. Mein Grinsen erstarb. Entsetzt starrte ich auf die Szene vor mir.

»Verdammt«, zischte Caleb neben mir. Aus dem Augenwinkel registrierte ich, wie er mich anschaute.

In ihrer Nachricht hatte Kara erwähnt, dass sie mit Anstreichen beschäftigt sei und Spaß dabei hätte. Dass sie höchstwahrscheinlich die Farbe ändern würde und beim Aussuchen meine Hilfe gebrauchen könnte. Sie hatte von Dylans Geburtstag geschrieben, den er mit seinen Freunden feiern wollte, da er endlich das gesetzliche Alter erreicht hatte, um Alkohol trinken zu dürfen. Natürlich war er sturzbetrunken gewesen und hatte sich die ganze Nacht übergeben. Er schwor, nie wieder zu trinken, was er offenbar aber gleich am nächsten Tag schon wieder mit seiner Mutter Karen tat. Kara hatte über vieles geschrieben. Von dem Typen, der jetzt neben ihr stand, hatte sie jedoch nichts erwähnt.

Vielleicht wäre ich nicht dermaßen aufgewühlt gewesen, wenn die beiden einfach nur nebeneinandergestanden, das Zimmer gestrichen und dabei normal miteinander geplaudert hätten. Doch es war offensichtlich, dass da etwas zwischen ihnen war.

Kara strich sorgfältig eine Wand. Der Typ neben ihr hielt zwar einen Pinsel in der Hand, doch statt zu arbeiten, schaute er sie an und brachte sie zum Lachen. Er sagte etwas, das sie innehalten ließ. Unvermittelt wirbelte sie zu ihm herum, riss ihm sein Kopftuch herunter und warf es hinter sich. Als Rache malte er ihr Gesicht an. Sie kreischte und wich lachend zurück.

Dann tauchte sie ihren Pinsel in den Farbeimer und bespritzte ihn damit. Er lachte und wich aus, indem er die Hände in den Farbeimer tauchte und ihr damit drohte. Er packte sie am Arm, doch sie entwischte ihm, sodass er nach ihrem Shirt griff und sie zu sich heranzog. Sie prallte gegen ihn, und er legte die Arme um sie, damit sie nicht mehr fliehen konnte.

Die scharfen Nägel der Eifersucht gruben sich in meine Haut.

Ich bekam kaum mit, dass Caleb sich entfernte. Die Musik verstummte. Die zwei erstarrten. Karas Augen, die mich jedes Mal umhauten, richteten sich auf mich, darin konnte ich einen erschrockenen Ausdruck erkennen.

»Cameron!«

Scheiße.

Hundert Gedanken schossen mir gleichzeitig durch den Kopf. Alle düster und mich herunterziehend.

Ihre Miene aber hellte sich auf, als sie mich anschaute. Es war, als würde ich die Sonne hinter den Bäumen aufgehen sehen, bis ihr Licht die Welt erstrahlen ließ, blendend und schön. Karas Blick verscheuchte meine düsteren Gedanken.

Sie stieß den Typen weg und sprang mir wie ein Affe in die Arme. *Da ist sie. Mein Hitzkopf.* Sofort ließ meine Anspannung nach.

»Na endlich!« Sie umarmte mich fester und noch ein bisschen länger. »Du bist hier. Cameron.« Sie flüsterte mir meinen Namen ins Ohr, und ich drückte sie auch ein wenig fester. Dann schaute sie mich fragend an und biss sich dabei auf die Unterlippe. »Wo ist mein Essen?«

Ich lachte und hob sie höher. Presste ihren unwiderstehlichen Körper gegen meinen. Sie roch nach Terpentin und Farbe, doch beides konnte sich gegen den berauschenden Duft ihrer Haut nicht durchsetzen. Ein Duft, der nur Kara allein zu eigen war. Ich schloss die Augen und genoss ihre beruhigende Nähe.

»Ist das alles, was du von mir willst?«, fragte ich.

»Na ja, nicht nur das.«

»Was willst du denn sonst noch?«

»Das ist ein Geheimnis.«

Wir flüsterten.

»Ich verrate dir eines.«

»Okay.«

Ich strich ihr die Haare hinter die Ohren. »Du hast mir gefehlt.«

Ihr breites Lächeln wurde zur bloßen Andeutung eines Lächelns, das ihre grünen Augen dunkler machte. »Wie sehr hast du mich denn vermisst?«

»Weißt du das denn noch nicht?«

»Ich will es hören.«

»Bis zum Verrücktwerden. Außerdem …« Ich näherte mich wieder ihrem Ohr, bis meine Lippen die zarte Muschel berührten; niemand außer ihr sollte hören, was ich zu sagen hatte. »Ich habe dich nackt vermisst.«

Sie wich leicht zurück und krauste die Nase. »Du stinkst.«

»Dann runter von mir«, neckte ich sie.

Sie schien etwas erwidern zu wollen, aber da hörten wir ein dumpfes Geräusch. Ich schaute ihr über die Schulter, während sie sich umblickte. Der Typ starrte uns an, ein Grinsen auf dem Gesicht. Der Farbeimer war umgekippt und lief auf den Teppichboden aus. Ich fixierte ihn mit meinem Blick. Er konnte von Glück sagen, dass der Boden mit Plastikplane ausgelegt war.

Sein dunkles Haar war lang genug, um es zu einem Pferdeschwanz zusammenzubinden. Seine Gesichtszüge waren markant und, wie ich vermutete, attraktiv genug, um ihn nicht hässlich zu nennen. Trotz des kalten Wetters draußen trug er ein Muscle-Shirt und eine ausgewaschene Jeans mit Löchern an den Knien. Er hatte die Hände in die Hosentaschen geschoben und musterte mich aufmerksam.

»Arsch«, sagte Caleb hinter mir, während Kara gleichzeitig »Damon!« schrie.

Sie glitt an mir herunter und drehte sich zu ihm um, die Hände in die Hüften gestemmt.

»Hoppla. Sorry, ich werde es aufwischen«, versprach Pferdeschwanz, machte jedoch keinerlei Anstalten.

»Das ist der letzte Farbeimer …«

»Im Ernst?«

»Ja, im Ernst. Dies ist das Hauptschlafzimmer. Ich muss den Zen spüren. Den Zen. Wenn Mrs. B und Tala zurückkommen, will ich, dass es für sie hier nach Urlaub aussieht. Du weißt, was ich meine, oder?«

Die zwei redeten miteinander, als würden sie sich schon lange kennen. Wer war dieser Typ?

»Das ist Damon. Wir sind zusammen aufgewachsen, was der einzige Grund ist, warum Tala ihn für die Renovierung angeheuert hat«, erklärte Kara, was Pferdeschwanz zu amüsieren schien. »Dame, das ist Cameron, mein *Freund*, und das da ist Caleb, sein bester Kumpel.«

»Dann gibt's ihn also wirklich?«

»Ach, halt die Klappe.« Sie verdrehte die Augen über seine Bemerkung und sah zu Caleb, der die Restauranttüten auf den Tisch stellte. »Ist das mein Essen?«

Damon. Auf einmal machte es klick. Dylan hatte ihn mir gegenüber schon einmal erwähnt. Ein Kindheitsfreund, der der Familie sehr nahestand, besonders Kara. Damals gefiel mir das nicht, und jetzt noch weniger. Frauen und Männer können keine Freunde sein. Jedenfalls konnten sie sich unmöglich so nahestehen wie Kara und Damon, ohne dass einer früher oder später mehr als Freundschaft im Sinn hatte. Ich konnte sehen, dass dieser Typ mehr für Kara empfand. Die Art, wie er sie anschaute, verriet mir eine Menge. Keine Ahnung, wie tief die Verbindung war. Interessierte mich auch nicht. Allerdings war mir nicht egal, wie Kara ihn anschaute.

Sie hatte viele männliche Freunde, zum Beispiel diesen Todd oder Tim oder wie der hieß, der sie vom Hof abgeholt hatte. Das war etwas, womit ich mich noch nie hatte auseinandersetzen müssen, wenn ich mit einer Frau zusammen war. Da hatte ich nie das Bedürfnis gehabt, sie besser kennenzulernen, ganz zu schweigen von den anderen Leuten in deren Leben. Bei Kara lagen die Dinge anders.

Ihr war bewusst, was ich von ihren männlichen Freunden hielt. Sie hatte mir auch klargemacht, wie sie darüber dachte. Ich wollte kein Arsch sein und sie gegen mich aufbringen, daher würde ich mir Mühe geben. Das hieß aber nicht, dass es mir gefallen musste.

»Hey«, sagte Pferdeschwanz.

Ich nickte ihm höflich zu. Caleb sagte nichts.

Pferdeschwanz bückte sich, um die Plastikplane zusammenzulegen. »Kara redet seit heute Morgen ununterbrochen über dich.«

Seit heute Morgen? Er blickte grinsend hoch, um sicherzustellen, dass ich die Botschaft auch verstanden hatte: *Ich war den ganzen Tag mit ihr zusammen.*

»Na ja, sie kann ganz beruhigt sein. Ich werde die ganze Nacht mit ihr verbringen«, erwiderte ich.

Sein Lächeln erstarb. »Ich glaube, ihrem Dad wäre es lieber, wenn sie heute Nacht zu Hause ist.«

»Dann bringe ich sie nach Hause.«

»Hören wir mit dem Streichen auf, bis ich mir im Klaren darüber bin, welche Farbe ich will.« Kara stellte sich neben mich, ein Getränk in der Hand. »Hast du schon gegessen?«, erkundigte sie sich.

Ich nickte. »Das ist alles für dich.«

Sie hob eine Braue. »Sagst du das bitte Caleb? Der futtert gerade meine Fritten.« Sie deutete hinter sich. Caleb saß am Tisch und spießte ihre Fritten auf. »Dame, wir konzentrieren uns erst mal auf den Balkon.«

»Och nö, Kar. Niemand hat mir gesagt, dass ich den Balkon machen soll.«

»Kann ich es dir jetzt sagen?«

Er schaute sie mit einer Mischung aus Zuneigung und Verzweiflung an und zupfte sie am Ohr. Ich hatte keine Ahnung, wie es war, eine beste Freundin zu haben, aber ich fasste jedenfalls nicht die Freundin von jemand anderem an. Schon gar nicht in dessen Beisein.

»Kara, hab Erbarmen. Tala bat mich, innen zu streichen. Einen Außenanstrich schaffe ich nicht. Du weißt, ich würde es für dich tun, aber du musst warten. Hab schon einen nächsten Auftrag nach diesem.«

Erneut sprachen sie miteinander, als wären sie die einzigen Personen in diesem Raum. Ich hätte Kara gern gesagt, dass ich den Außenanstrich mache. Ich würde glatt die ganze Arbeit erledigen, damit sie Pferdeschwanz nicht brauchte. Leider ignorierte sie mich komplett. Sie kniete auf dem Boden, um dem Typen beim Saubermachen zu helfen.

»Ich sagte doch, dass ich das mache«, erklärte Pferdeschwanz.

»Lass ihn. Du musst essen. Komm.« Statt auf ihre Antwort zu warten, nahm ich ihre Hand und zog Kara sanft zum Tisch zurück. Aber sie machte sich los, um weiterzuputzen.

»Dieser Depp ist seit heute Morgen dabei. Es wird nicht mehr lange dauern, Cam. Du kannst ein paar von meinen Fritten essen.« Zwar lächelte sie, aber ich fühlte mich trotzdem zurückgewiesen.

Ich betrachtete meine Hand, noch immer in derselben Position, als wartete ich idiotischerweise darauf, dass sie ihre Finger mit meinen verschränkte. Vielleicht tat ich das ja wirklich.

»Hey.« Caleb klopfte mir auf die Schulter. »War ein langer Tag. Ich mache mich auf den Weg. Kommst du klar?«

Ich biss die Zähne zusammen, richtete mich auf und nickte. »Danke fürs Mitnehmen.«

»Du siehst geschafft aus, Mann. Du schuftest schon die ganze Woche. Bist du dir sicher, dass du hierbleiben willst?«

»Ja, da bin ich mir sicher.«

»Na schön.« Er salutierte und verschwand. Er verabschiedete sich nicht einmal von Kara, die aber auch gar nicht mitbekam, dass er ging, weil sie immer noch mit Pferdeschwanz diskutierte.

Aber als ich hörte, wie die Haustür geschlossen wurde, war ich mir nicht mehr so sicher, ob ich wirklich bleiben wollte. Konnte sie sich nicht wenigstens zu mir umdrehen und mich ansehen? Wozu war ich überhaupt hergekommen? Hatte sie mich denn gar nicht vermisst?

Ich machte mich mit dem Grübeln über sie nur kirre, mit meiner Sehnsucht und meinem Verlangen. Und sie wollte bloß mit diesem Idioten quatschen. Am liebsten hätte ich sie an einen Ort entführt, wo es nur uns gab. Wo ich sie ganz für mich allein haben konnte. In dieser Woche hatte ich nonstop arbeiten müssen, damit wir vor den Feiertagen fertig wurden. Die wollte ich mit ihr verbringen, ohne an etwas anderes denken zu müssen als daran, sie glücklich zu machen.

Es versetzte mir einen Stich, sie erneut über irgendwas lachen zu hören, was der Typ gesagt hatte. Ich fuhr mir mit der Hand übers Gesicht. Caleb hatte recht. Es war wirklich ein langer Tag gewesen, und eine lange Woche. Ich war erschöpft und konnte nicht mehr klar denken. Es war unausweichlich, dass ich in meiner momentanen Stimmung etwas Dummes oder Selbstsüchtiges sagen würde. Das hatte Kara nicht verdient.

Plötzlich vibrierte das Handy in meiner Tasche. Meine Finger fühlten sich taub an, als ich den Namen auf dem Display las. Angst packte mich ohne jede Vorwarnung. Ich hatte keine Ahnung, woher die kam und weshalb sie derartig heftig war. Mit zitternder Hand schaltete ich mein Handy aus und schob es zurück in meine Tasche.

Geister der Vergangenheit und dunkle Gedanken, die ich für gewöhnlich verdrängte, holten mich unverhofft ein. Ich bekam keine Luft und musste schnellstens hier raus.

»Okay, das war's für mich.« Pferdeschwanz nahm seine Jacke vom Tisch und zog sie an. »Ich sehe dich morgen früh bei dir, Kar.«

»Bei mir?«

»Ich schnorre Frühstück bei Mike. Er will Waffeln backen.« Er zupfte sie an den Haaren und schaute sie länger an als nötig, ehe er sich mir zuwandte. Was immer er in meinem Gesicht sah, ließ sein Lächeln verschwinden. »Kommst du zurecht, Kara?«

»Warum zur Hölle sollte sie nicht?«, fragte ich ruhig.

»Hey, ihr zwei! Was ist los?«

Ich ballte die Fäuste. Plötzlich stand Kara vor mir und hielt meine Fäuste in ihren Händen. Sie drückte sanft zu. Ich sah sie an, sah den besorgten Ausdruck in ihren Augen und zwang mich, tief durchzuatmen. *Was tust du? Du hättest längst nach Hause gehen sollen, Idiot.*

»Damon, geh einfach.«

»Bist du dir sicher?«

»Ja! Ich bin sicher hier mit Cameron. Geh.«

»Ich habe mein Handy dabei …«

Ich verlagerte mein Gewicht von einem Bein auf das andere und rollte mit den Schultern.

»Danke, Dame. Wir sehen uns morgen.«

»Gut.«

Nachdem er gegangen war, sah Kara mich mit funkelnden Augen an. »Was sollte das denn, bitte?«

Ich war selbst so wütend, dass es mir nicht gelingen würde, sie zu beschwichtigen.

»Wohin willst du?«, fragte sie scharf. Ich ignorierte sie und verließ das Zimmer. Sie folgte mir. »Ernsthaft? Du gehst einfach?«

Ich blieb stehen, atmete ein weiteres Mal tief ein und drehte mich zu ihr um.

»Sprich mit mir, Cam.«

»Jetzt interessiert es dich?«

»Was ist denn eigentlich dein Problem?«

»Nichts.« Ich fuhr mir durch die Haare. »Es war ein langer Tag.«

»Verschon mich mit dieser Ausrede.«

»Lass es, Kara.«

In dem folgenden Schweigen knisterte die Atmosphäre.

»Was soll ich lassen?«

»Das hier ist keine von den Gelegenheiten, bei denen du mich bluten lassen kannst. Ich habe heute Abend schon genug geblutet.«

»Geh nicht. Verrate mir, was los ist.«

»Willst du das wirklich wissen?«

»Ja!«

»Du hast es so gewollt. Ich kam hierher, um dich zu sehen, und finde meine Freundin mit ihrem Kindheitsfreund vor, der sie, nebenbei bemerkt, vögeln will. War's das, was du hören wolltest?«

Sie wich zurück, als hätte ich sie gestoßen. Für eine Sekunde wirkte sie schockiert, dann wurde ihre Miene kühl und ablehnend. »Falls durch ein Wunder dein Verstand wieder einsetzen sollte, darfst du zu mir kommen. Ansonsten mach, dass du verschwindest, Cameron.«

Ich ging.

13. Kapitel

Kara

Einen Streit mit Cameron zu haben fühlte sich an wie permanente Zahnschmerzen.

Dieser Schmerz würde nicht eher enden, bis der kranke Zahn gezogen war. Unglücklicherweise tauchte der Zahnarzt gerne ab. Genau genommen war er gerade darin besonders gut. Er hätte ein Buch über das Abtauchen schreiben können.

Mist, hier kann ich nicht parken.

Ich stieß einen frustrierten Laut aus, während ich meinen Wagen zwischen zwei SUVs quetschte. Ich würde lieber eine Windel wechseln, als rückwärts einzuparken, aber mir blieb nichts anderes übrig. Deshalb stieß ich einen Jubelschrei aus, als es mir beim vierten Versuch gelang. Aber als ich auf mein Handy im Becherhalter schaute, machte sich Ernüchterung breit. Keine Nachrichten, keine verpassten Anrufe. Es war schon nach sieben.

Der Streit gestern hatte mir den ganzen Tag zu schaffen gemacht – vormittags am College und während meiner Schicht im Hof, wo ich Cameron nicht antreffen würde, weil er Rick zu einem Notfalleinsatz auf einer Baustelle außerhalb der Stadt begleitet hatte. Ich wusste, dass er das nicht hätte tun müssen, weil er nicht zur Crew gehörte, aber er tat es Rick zuliebe, was ich schon wieder rührend fand. Und auch jetzt, als ich über den Gehsteig ging und das Blech mit den verdammten frittierten Hühnchen zu balancieren versuchte, das ich auf Bitten meiner Tante nach der Arbeit abgeholt hatte, konnte ich mir diesen verfluchten Streit nicht aus dem Kopf schlagen.

Wie in aller Welt konnte sich jede Sekunde eines ungeklärten Konflikts derart unerträglich lang anfühlen? Cameron war ständig in meinen Gedanken, weil diese Geschichte mir das Herz schwer machte. Er hatte sich nicht mal gemeldet – wie konnte er nur? War es für ihn wirklich so leicht, mich beiseitezuschieben, wie ein kaputtes Teil, das er nicht reparieren konnte?

Außerdem ärgerte ich mich über mich selbst. Ich hätte es wissen müssen. Ich kickte einen kleinen Stein auf dem Gehsteig fort und wünschte, es wäre Camerons Fuß, gegen den ich trat. Es war nicht unser erster Streit, aber ich hatte ehrlich geglaubt, wir hätten Fortschritte gemacht.

Nicht mehr mit Damon befreundet zu sein, nur weil er ein Mann war, wäre für mich nicht akzeptabel. Ich hatte keine Ahnung, woher Bigfoots komische Ansicht über Freundschaften zwischen Männern und Frauen kam, aber ich lehnte sie strikt ab. Wenn er von mir fordern würde, die Freundschaft zu Damon zu beenden, wäre er nicht der Mann, für den ich ihn gehalten hatte.

Der gekränkte Ausdruck in seinen Augen gestern Abend verfolgte mich. Die ganze Nacht hatte ich mich schlaflos gewälzt, hin- und hergerissen zwischen dem Wunsch ihn zu sehen, damit wir die Sache ausfechten konnten, und dem Bedürfnis, ihm durch mein Schweigen zu verstehen zu geben, wie wütend ich war. Das alles hatte mich meine letzte Kraft gekostet.

Du warst diejenige, die ihn hinausgeworfen hat, schon vergessen?

Weil er sich wie ein Idiot benommen hatte. Wie ein eifersüchtiger, besitzergreifender Idiot.

Wie konnte er so etwas über Damon denken? Sah er denn nicht, dass da nichts war zwischen uns? Und würde er bei meinen Freundschaften mit Männern immer so empfindlich reagieren?

Ich rekapitulierte noch einmal, was gestern Abend geschehen war, um zu analysieren, was genau ihn wütend gemacht haben könnte. Morgens war ich zu Damon gefahren, um ihm beim Streichen zu helfen, danach hatte ich im Hof gearbeitet. Auf dem Heimweg holte ich ein paar Autoteile ab, wischte den Empfangsbereich der Werkstatt und räumte das Büro auf. Als ich Talas Haus erreichte, taten mir der Rücken und die Füße so weh, dass ich nur noch ins Bett wollte. Aber ich wollte Tala und Mrs. B wirklich etwas zurückgeben für ihre Freundlichkeit, mir ihr Haus anzuvertrauen und mich dort kostenlos wohnen zu lassen.

Als ich sah, wie weit die Handwerker schon vorangekommen waren, wollte ich es unbedingt schnell ganz fertig bekommen, um es Tala und Mrs. B zu präsentieren. Ich wusste, dass ich es mit Damons Hilfe schaffen konnte.

Es war schon eine Weile her, seit ich Damon zuletzt gesehen hatte. Mir war klar, dass er noch nicht so weit war, nach Hause zu kommen. Trotzdem tat er es, da Tala ihn gebeten hatte, mir zu helfen. Weil er mich zur Familie zählte. Als wir Kinder waren, hatte ich Dylan beschützt. Und Damon hatte auf mich aufgepasst. Er ist mein Bruder.

Wir waren fast fertig gewesen für diesen Tag, als Cameron schrieb, er würde vorbeikommen. Ich war außer mir vor Freude, dass ich ihn sehen würde. Ich wollte mit Damon so rasch wie möglich fertig werden und ihm beim Aufräumen helfen, denn er hatte seit dem Morgen gearbeitet. Je eher wir fertig wären, umso eher konnte ich mit Cameron zusammen sein. Aber so lief es dann doch nicht.

Ich plauderte mit Caleb, damit Cameron und Damon sich beschnuppern und besser kennenlernen konnten. Außerdem wollte ich ein paar von den Fritten essen, die Cameron für mich mitgebracht hatte, bevor Caleb sie sich alle einverleibte. Caleb zeigte mir die Splitter in seiner Hand. Als ich mich wieder den anderen beiden zuwandte, spürte ich die Feindseligkeit zwischen Cameron und Damon. Worüber hatten sie bloß gesprochen?

Fast hätte ich das Tablett fallen gelassen, als das Handy in meiner Tasche vibrierte. Mühsam fischte ich es heraus. Falscher Alarm. War ich schon dermaßen verzweifelt, dass ich mir das Vibrieren meines Handys einbildete? Verdammt.

»Kara! Wie schön, dich zu sehen!« Tante Tabby öffnete die Tür, bevor ich auf den Klingelknopf drücken konnte. Ihr grauenhaftes Parfum, zusammen mit Zigaretten- und Alkoholgeruch, wehte mir ins Gesicht, als sie mich umarmte. »Komm rein, komm rein. Ist das

das Brathähnchen? Wie steht's mit Getränken? Hast du etwa keine mitgebracht?«

»Tante Elisa bat mich lediglich, das ›verdammte‹ Huhn mitzunehmen.«

»Ach, Kara. Hast du den Wein schon wieder vergessen?«

Es lohnte sich nicht mal auszuflippen. Da konnte man seine Energie ebenso gut an eine Steinmauer verschwenden. Ich wusste, worauf das hinauslief. »In dem Brokkoli, den ich zu Mittag gegessen habe, muss etwas drin gewesen sein. Ich hab sogar meinen Namen vergessen.«

Sie seufzte frustriert. »Na ja, da du noch Mantel und Schuhe anhast, kannst du doch schnell zum Spirituosenladen fahren und drei Flaschen Wein und ein paar Dosen Bier kaufen, oder? Naomi meinte, sie macht die Bar heute Abend. Wir werden Wodka brauchen und St. Germain und … warte, ich werde eine Liste schreiben.«

Drinnen hörte ich lautes, fröhliches Lachen und entdeckte meinen Dad, der sich mit allen in der Küche amüsierte. Ich blieb daher, wo ich war, und hielt den Mund.

Solange ich denken konnte, trafen sich die Hawthornes Weihnachten zum gemeinsamen Essen. Als Grandma noch lebte, hatte ich mich immer auf dieses Ereignis gefreut. Doch seit meine beiden Großeltern tot waren, drifteten wir auseinander.

Die Dinnerpartys, Geburtstagseinladungen oder gelegentliche Treffen hörten auf. Bis mein Vater seine drei Geschwister zusammentrommelte und vorschlug, zumindest die Tradition des jährlichen Weihnachtsessens wieder aufzunehmen. Schließlich hätte meine Grandma genau das gewollt.

Zu dem Zeitpunkt machte aber schon jeder sein eigenes Ding. Als Kompromiss einigten sie sich auf ein Abendessen, allerdings sollte es vor Weihnachten stattfinden, nicht direkt an den Feiertagen. Es war nicht dasselbe. Trotzdem liebte mein Dad die Verwandtschaft sehr, und normalerweise hatte er seinen Spaß, wenn er mit der Familie zusammen war. Und deshalb benahm ich mich ihm zuliebe.

Tante Tabby kam zurück und übergab mir eine Liste. »Bitte sehr.«

»Okay. Wo ist das Geld?«

»Oh, das ist in meiner Handtasche.«

»Klar. Warum hätte es denn auch mit der Titanic untergehen sollen?« Ich wartete. Als sie sich nicht vom Fleck rührte, sondern mich nur mit verwirrter Miene anstarrte, fragte ich: »Soll ich die Sachen nun doch nicht holen?«

»Wie?«

»Ich kann warten.«

»Kannst du es nicht auslegen, und ich gebe dir das Geld später?«

Das würde sie nicht tun. Sie schuldete meinem Dad zwanzigtausend Dollar, und ich wusste, dass sie die Summe niemals bezahlen würde. Doch wegen Weihnachten und weil ich sie erst nächstes Jahr wiedersehen würde, gab ich nach.

Ich überflog ihre Liste und kalkulierte, dass die Rechnung sich gut auf über zweihundert Dollar belaufen könnte. Im Kopf rechnete ich aus, worauf ich für diese unplanmäßige Ausgabe in diesem Monat verzichten könnte. Erst mal würde ich Zusatzpunkte bei Gott sammeln für mein supergutes Benehmen.

»Na schön. Ich bin gleich wieder da mit deinem Schnaps.«

»Ich werde deiner hier harren.«

Wo hätte sie auch sonst sein sollen?

Vielleicht auf der Titanic.

»Stell die mal hier drüben hin, Kara«, sagte Tante Elisa und zeigte auf einen Platz hinter mir. Aber sämtliche Flächen waren mit Speisen vollgestellt. »Wow, hast du den ganzen Spirituosenladen leer gekauft? Dylan, stell das ab. Du wirst es noch fallen lassen, du Dummerchen.«

»Geht schon«, beschwichtigte Charity. »Dylan schafft das.«

»Nein, er wird stolpern und sich wehtun, wie immer.« Sie nahm ihm die Suppenschüssel aus den Händen und übergab sie an Charity. Dann drückte sie Dylan einen Brotkorb in die Hand.

»Sei beruhigt, Tante Elisa. Er ist erwachsen. Ich bin sicher, er schafft das. Er kann alleine laufen und sogar hüpfen. Und er räumt hinter sich auf. Wirklich beeindruckend.«

Sie lachte schallend. »Du bist mir eine, Kara.« Tante Elisa wandte sich wieder an Dylan. »Komm gleich zurück und bring die Chips und die Dips mit. Immer nur eins, damit du nichts verkleckerst.«

Dylan warf mir einen Ich-halt's-nicht-aus-Blick zu, ging jedoch mit ins Esszimmer, wo sich alle versammelt hatten.

»Hey, Kara.«

»Cess!« Es war Cecille, Tante Tabbys Tochter und die einzige Cousine, der ich nahestand. Sie war ein sehr unabhängiger Mensch, das Gegenteil ihrer Mom, und begegnete dem Leben mit einer erfrischenden Offenheit, die mir gefiel. Nach dem Tod ihres Vaters verband uns die Tatsache, dass wir die einzigen Töchter mit nur noch einem Elternteil in der Familie waren.

»Wie geht's? Du kommst spät.«

Ich deutete mürrisch auf die Alkoholflaschen, die ich irgendwie auf dem Tresen untergebracht hatte.

»Mom?« Ihr Lächeln erstarb. »Hat sie dir Geld gegeben?«

»Nein.«

»Du hast Onlinebanking, oder? Ich schicke dir das Geld. Tut mir leid.«

»Ist schon in Ordnung. Schließlich ist Weihnachten.«

»Was hat das denn damit zu tun? Lass mich ...«

»Okay, wie wäre es, wenn wir uns die Summe teilen?«

»Nur die Hälfte? Bist du dir sicher?«

»Weil du es bist, ja. Ich bin mir sicher. Na komm, ich habe Hunger. Du kannst mich füttern.«

»Vergiss es«, scherzte sie. »Du sabberst mich nur voll.«

»Cess«, rief Dylan. Er wirkte gestresst. »Deine Mom sucht dich. Sie meint, du sollst den Schnaps bringen.«

Cess warf mir einen müden Blick zu, schnappte sich zwei Flaschen Wein, stieß einen tiefen Seufzer aus und ging. Ihr Dad hatte ihre Mom nach Strich und Faden verwöhnt, und als er starb, erwartete Tante Tabby von ihr, dass Cess diese Rolle übernahm.

»Kar, können wir wieder nach Hause?« Dylan schaute sich vorsichtig um, und da keine Zeugen in der Nähe waren, bis auf seine geliebte Schwester, griff er sich zwei Frühlingsröllchen und schob sie sich in den Mund.

»Ich wünschte, wir könnten.«

»Ich kann nicht essen, wenn die Generalin hier herumläuft. Es ist, als würde sie mich vom Nebenzimmer aus kauen hören und mich auffordern, nicht zu krümeln.«

Ich lachte. »Gegen Tante Elisa habe ich nichts. Sie muss nur lockerer werden.«

»Außerdem habe ich keine Lust mehr, Andrew zuzuhören. Judith ist mit ihrem neuen Freund Sanjay hier, der übrigens ziemlich cool ist. Aber Andrew ist nicht entzückt darüber, dass sie mit dem Wissenschaftler Schluss gemacht hat.«

»Andrew meckert doch ständig über alles Mögliche. Halt dich einfach aus seinem Dunstkreis fern. Dad amüsiert sich?«

»Oh ja. Du weißt ja, wie sehr er Familientreffen mag.«

»Gut. Gibt's noch Essen, das ich zu mir nehmen kann?«

Er grinste jungenhaft. Lustig, dass sich das nie änderte. Es war das gleiche freche Grinsen, das er schon als Baby gehabt hatte. Er fehlte mir. Mir fehlte unsere unbeschwerte Kameradschaft. Seit meine Mutter zurückgekommen war, war unser Verhältnis ein wenig angespannt.

»Naomi behauptet, sie sei jetzt Vegetarierin und hat deshalb fast die ganze Auberginen-Lasagne gegessen, die Charity für dich gemacht hat. Aber …« Er ging zum Kühlschrank, griff hinein und hinter das Durcheinander darin und präsentierte mir stolz einen Teller. »Ich habe für dich etwas davon gerettet.«

Ich lächelte ihm zu, und diesmal fühlte ich es auch. Dies war seine Art der Versöhnung, wenn wir gestritten hatten.

»Du bist mein Lieblingsbruder.«

»Ich weiß. Bin ich nicht großartig?«

»Doch, schon. Gabel?«

»Hier.«

»Danke. Oh Mann. Das ist wirklich gut. Ich glaube, sie hat veganen Käse benutzt, aber es ist trotzdem sehr gut.«

Als er nach etwa zehn Sekunden noch immer nichts gesagt hatte, schaute ich auf. Dylan liebte es, seine Stimme zu hören, und legte normalerweise nie Redepausen ein.

»Was ist los, Dyl?«

»Es ist alles in Ordnung. Oder, Kar?«

War mir so deutlich anzusehen, dass das nicht der Fall war?

»Ich meine … mit uns. Zwischen dir und mir.« Er grinste schief. »Du liebst mich noch, oder? Stimmt doch, Kar, oder?«

Als er jünger war, fragte er das ständig, wenn er etwas falsch gemacht hatte. Es rührte mich damals, und es rührte mich auch jetzt noch. Dylan war einfach unsicher und hatte Angst, die Leute zu verlieren, die er liebte.

Ihre Abwesenheit spielte eine enorme Rolle, hatte mein Dad über meine Mutter gesagt. Er hatte recht.

»Natürlich, das weißt du doch. Es ist alles in Ordnung.« Ich zupfte ein Stück Brot ab und schob es ihm in den Mund. »Mal abgesehen davon, dass wir hier sein müssen. Wir sollten uns besser zu dem Zirkus gesellen.«

»Ach nö. Was ist mit Andrew?«

»Bekreuzige dich schnell, dann kriegt er Angst und löst sich in einer Rauchwolke auf. Na los, gehen wir.«

Es war erträglich, sobald ich hörte, wie mein Dad sich auf der anderen Seite des Raumes amüsierte, umgeben von seinen Geschwistern und deren Partnern. Es kam selten vor, dass ich ihn nicht arbeiten sah, noch seltener, dass er wirklich mal eine Pause machte. Die meisten meiner Cousinen waren schon weg, bis auf Cecille, die mit mir und Dylan im Wohnzimmer Netflix schaute. Außerdem waren noch Tante Elisas Kinder da, die sich in ihren Zimmern eingeschlossen hatten und entweder auf die Apokalypse oder den Pizzalieferanten warteten.

Vor dem Familientreffen hatte ich per FaceTime mit Mrs. B und Tala telefoniert. Tala klang schon weniger nervös und aufgeregt als in der vergangenen Woche. Sie berichtete, wie heiß es auf den Philippinen war, wie viel frischer und süßer die Früchte dort schmeckten, wie ihre Tante sie mit lauter Lieblingsspeisen verwöhnte und dass alle in der Stadt bei Morgengrauen aufgestanden waren und

Simbang Gabi besucht hatten. Sie hörte sich so glücklich an, dass ich, als sie sich nach mir erkundigte, ihr die Laune nicht vermiesen konnte, indem ich von meinem Streit mit Cameron erzählte. Ich wollte auch nicht über mich sprechen, sondern lieber mehr von ihr hören. Wir verabschiedeten uns mit dem Versprechen, dass ich sie nächstes Jahr besuchen würde.

»Kar«, jammerte Dylan. »Können wir endlich nach Hause?«

»Das fragst du mich jetzt zum achten Mal.« Ich schaute zu den Gästen im Esszimmer. »Denen geht der Alkohol aus. Gib ihnen noch eine Stunde.«

Er seufzte laut. »Ich hole mir Kuchen. Willst du welchen?«

»Nein danke, alles bestens.«

»Ist es nicht«, bemerkte Cess, als Dylan ging. Wir machten es uns auf dem Sofa gemütlich, legten die Füße hoch und ein Kissen auf den Schoß. »Männerprobleme?«

»Hast du irgendwo eine Kristallkugel versteckt?«

»Nee. Ist es dein Freund Damon?«

»Wie bitte?«

»Damon. Ist er dein Freund?«

»Wie kommst du darauf?«

»Liege ich denn falsch?«

»Liegst du falsch?« Ich hörte den hysterischen Unterton in meiner Stimme. »Ob du falschliegst?«

Sie musterte mich forschend. »Ich verstehe manchmal auch bestimmte Worte nicht. Buchstabieren hilft da. Soll ich es dir aufschreiben?«

Verblüfft rutschte ich auf der Couch tiefer. Ich war wütend auf Cameron, weil er glaubte, da liefe etwas zwischen mir und Damon, denn für mich war eindeutig klar, dass dem nicht so war. Im Grunde hatte ich mir nie Gedanken darüber gemacht, was Damon und ich in den Augen der anderen waren. In Camerons Augen.

Plötzlich wurde mir jedoch klar, dass Cess durchaus nicht die erste Person war, die Damon für meinen Freund hielt. Tala hatte es auch gedacht, die Leute in der Kirche, meine Kollegen, die sahen, wie Damon mir mein Essen brachte, wenn ich es vergessen hatte.

Alle fragten, ob Damon mein Freund wäre. Ich hatte mich so sehr daran gewöhnt, dass ich nicht mehr darauf achtete, vor allem, weil es mir so lächerlich vorkam. Einfach albern. Damon ist schließlich mein Bruder. *Was ist bloß los mit den Leuten?*

»Damon. Ich muss dich etwas fragen, und du musst mir ehrlich antworten.«

Die Nachtluft war kalt und feucht, als ich in Tante Elisas Garten auf und ab ging. Ich hörte den Nachbarhund erst einmal, dann zweimal bellen und begab mich nervös näher an die Hintertür, nur für alle Fälle. Meiner Erfahrung nach gehörte ich ins Beuteschema von Hunden. Ich konnte es ihnen nicht verdenken. Wahrscheinlich roch ich toll.

»Kara, es ist ein Uhr morgens.« Ich hatte ihn aufgeweckt. Er klang verschlafen, und ich hörte das Rascheln von Bettwäsche. »Hör zu, in dem Kleid siehst du nicht dick aus. Dein Hintern sieht größer aus darin, und die Farben lassen deine Haut glitzern. Okay, war's das? Kann ich jetzt weiterschlafen?«

»Liebst du mich?«

Das Schweigen am anderen Ende dehnte sich unendlich und bedeutungsvoll. Mein Herz fing an zu pochen.

»Nein«, stieß ich hervor. »Nicht. Damon, das geht nicht.«

»Kara, Schätzchen, was war in deinem Drink?«

»Antworte mir.«

Ich hörte ihn tief einatmen und das darauffolgende lange Ausatmen. »Hast du mit deinem Freund Schluss gemacht und brauchst jetzt Bestätigung? Sag es mir, damit ich weiß, was ich dir antworten soll.«

Jetzt war ich diejenige, die schwieg. Ich hörte meine eigenen schnellen Atemzüge, während ich auf seine Antwort wartete. Und mich vor dem fürchtete, was ich zu hören bekommen würde.

»Ich liebe dich, Kara«, sagte er, und mir wurde flau im Magen. »Aber ich bin nicht in dich verliebt.«

»Dem Himmel sei Dank!« Ich lehnte mich gegen die Wand, da mir vor Erleichterung die Knie zitterten. Hätte Damon gesagt, dass er in mich verliebt war, hätte ich nicht gewusst, was ich tun soll. Ich wollte einfach nicht, dass er so für mich empfand und ich wollte ihn auch nicht verlieren. »Gilt auch für mich. Danke, Dame.«

»Autsch. Du musst nicht gleich dermaßen erleichtert klingen. So hässlich bin ich nun auch wieder nicht. Oder? Was soll das eigentlich?« Mehr Rascheln von Bettwäsche war zu hören. »Ist alles in Ordnung mit dir?«

»Mir ging es nie besser! Tut mir leid, dass ich dich aufgeweckt habe. Du bist klasse, Damon. Nacht.« Ich legte auf.

Ich drehte das Smartphone in meiner Hand und sehnte mich danach, Camerons Stimme zu hören. Aber eigentlich hätte ich ihn gern gesehen und unseren Streit beigelegt. Es war schon spät, und ich wusste, dass er wegen des Jobs gar nicht in der Stadt war. Um zu ihm zu gelangen, würde ich mindestens drei Stunden fahren müssen. Andererseits wollte ich unbedingt den ersten Schritt machen. War das unvernünftig? Es deprimierte mich, dass weder ein Anruf noch eine Nachricht von ihm kam.

Als ich wieder ins Haus ging, war die Party noch in vollem Gange. Alle redeten durcheinander, und Tante Elisa trug noch mehr Essen auf. Irgendwie hatten sie im Haus eine Flasche Rum aufgetrieben, und Tante Tabby schenkte aus. Mittlerweile ging es wüster und lauter zu. Ich glaubte Marihuana zu riechen, aber nur im Vorbeigehen, und jetzt war der Geruch schon wieder weg.

»Wo ist Dad?«, fragte ich Dylan. Die Couch war bequem und einladend, aber sie erinnerte mich daran, wie ich auf Camerons Couch geschlafen und er mich geweckt hatte, um mich in sein Bett zu tragen.

»Im Bad.«

Cecille schnarchte neben mir auf der Couch, während Dylan am Telefon hing. Auf Netflix gab es nichts, was ich mir ansehen wollte, also schaltete ich den Fernseher aus. Umso deutlicher hörte ich die Unterhaltung aus dem Esszimmer.

»Das ist wirklich gut, Lisa. Ich weiß ja nicht, was du in diesen Kartoffelbrei hineintust, aber kann ich das Rezept haben?«, fragte Charity.

Ich liebte Charity. Ich hatte keine Ahnung, wie Andrew ein derartiges Glück mit seiner Frau haben konnte. Wenn alles mit rechten Dingen zuginge, müsste er mit einem haarigen Fuß verheiratet sein.

»Nichts reicht an den Kartoffelbrei heran, den wir letztes Jahr in Vegas gegessen haben«, mischte Andrew sich ein, ehe Tante Lisa antworten konnte. »War jemand von euch schon mal in Vegas? Nein? Tja, Charity und ich sind dort gewesen. Mein Sohn John hat uns teure Erste-Klasse-Tickets geschenkt. Die Sitze waren weich wie Betten. Es gab Champagner. Stellt euch das mal vor! Champagner in einem Flugzeug. Ha! Fünf-Sterne-Hotel auch noch. Ich will nicht wissen, wie viel meine Kinder für diesen Urlaub haben springen lassen. Das kann sich natürlich nicht jeder leisten …«

»Mike hat schon mal in Vegas gearbeitet, oder?«, warf Tante Lisa ein. Ich merkte ihr an, dass sie von Andrews Angeberei alles andere als begeistert war.

»Na ja, das war keine gute Erfahrung für ihn«, sagte Tante Tabby.

Andrew machte eine ruckartige, herablassende Bewegung mit seinem riesigen Kopf. »Stimmt genau. Er trug einen lebenslänglichen Schaden davon. Hat aber seine Frau dort kennengelernt. Und wo ist sie jetzt? Mit einem anderen weggelaufen. Hat die Aufzucht ihrer Brut anderen Leuten überlassen. Nicht mal wilde Tiere lassen ihre Jungen im Stich. Diese Frau aber …«

»Mike hat sich gut um seine Kinder gekümmert. Ich werde nicht zulassen, dass du etwas anderes behauptest, Andrew«, erklärte Tante Lisa. Dafür hätte ich sie am liebsten umarmt.

»Hat er, aber er hat auch dauernd um Hilfe gebeten. Wie oft hat meine Frau Charity Essen für die Kids gekocht? Wie oft hat sie die Kinder von der Schule abgeholt, während er gearbeitet hat?«

»Kara und Dylan sind gute Kids, Andrew. Ich hatte sie gerne bei mir. Außerdem hat Mike nur selten gefragt. Vielmehr habe ich es ihm oft angeboten.«

»Als wir Teenager waren, musste Mike dich viel öfter irgendwo abholen, wenn du wieder mal völlig betrunken warst«, fuhr Tante Lisa ihn an. Mein Dad war der Jüngste in der Familie, aber er kümmerte sich um die Eltern, als sie zu alt waren, um die

Farm zu führen. Die beiden Schwestern hatten sich in die Stadt abgesetzt.

Tante Tabby nickte zustimmend. »Das stimmt. Ich weiß, dass Mike damals knapp über die Runden kam. Konnte mal gerade die Miete und das Essen bezahlen. Es machte mir nichts aus, Kara Cecilles aufgetragene Sachen und ihr altes Spielzeug zu geben. Manchmal half ich Mike auch mit ein paar Dollar aus, wenn er knapp bei Kasse war. Wenn er nur jemanden gehabt hätte, der ihm mit den Kindern geholfen hätte. Er hatte diese schamlose Frau nicht verdient. Was für ein mieses Stück.«

»Halt die Fresse!«

»Dylan!«

»Tut mir leid. Ich meinte … meinen Kumpel. Der hat mir grade was Übles geschrieben. Tut mir echt leid, Tante Tabby.«

»Achte auf deine Ausdrücke in Tante Lisas Haus, Junge. Du solltest keinen Umgang pflegen mit Leuten, die einen solch schlechten Einfluss auf dich haben.«

In diesem Moment tauchte mein Dad auf und setzte sich wieder auf seinen Platz. Er sah müde, aber nicht betrunken aus. Auf seinem Gesicht lag ein Lächeln, das von der guten Zeit mit seinen Geschwistern zeugte. Egal, wie mein Bruder und ich es hier fanden, auf keinen Fall wollte ich Dad die einzige Chance auf eine kurze Auszeit nehmen. Er bekam so selten die Gelegenheit dazu. Obwohl es mir nicht gefiel, dass die Leute über meine Familie redeten, stimmte das, was sie über meine Mutter sagten. Ich war nur besorgt, wie Dylan es aufnahm.

»Es scheint, als müsste dein Sohn noch ein paar Lektionen lernen, Mike. Ist er in irgendetwas Bestimmtem gut?«

»Klar doch. Dyl kann alles reparieren. Der kriegt sogar deine Frisur wieder hin.« Er zwinkerte scherzhaft. »Erinnerst du dich noch an Ezekiels Enkel Buddy? Du hast ihn letzte Woche in der Werkstatt gesehen, oder? Dylan hat seinen Pick-up repariert. Läuft wieder wie neu.«

Mein Dad klang stolz, doch Dylan neben mir gab nur einen frustrierten Laut von sich.

»Du meinst diese alte Karre vor seinem Haus? Dieser Pick-up gehört auf den Schrottplatz. Schrott zu reparieren bringt kein Geld, Mike«, fuhr Andrew fort. »Ich meinte eher das College. Unsere Kinder haben alle studiert. Bring wenigstens eines deiner Kinder dazu, es auch zu tun, damit es nicht zu peinlich wird.«

Ich biss mir auf die Unterlippe und grub die Nägel in die Couch, um nicht Andrews Gesicht zu zerkratzen.

»Du weißt, dass mir das nicht wichtig ist«, erwiderte Dad. »Ob sie nun studieren oder nicht, liegt ganz bei ihnen. Hauptsache ist doch, dass sie glücklich sind mit dem, was sie tun.«

»Bildung, Mike. Das ist der Schlüssel zum Erfolg. Alten Schrott reparieren, ernsthaft? Zum Glück besucht Kara ja wieder das College. Aber was ist mit Dylan?«

»Mein Sohn hat gerade seine Bewerbung abgeschickt. Er möchte seinen Abschluss machen in …«

»Dad, halt den Mund! Warum erzählst du denen das?«

Dylan stand unvermittelt auf, mit geballten Fäusten und funkelnden Augen. Der Teller in seiner Hand fiel klappernd zu Boden, sodass der Schokoladenkuchen auf Tante Lisas Teppich verteilt wurde.

»Das habe ich dir im Vertrauen erzählt! Warum erzählst du diesen Leuten das, obwohl ich dich darum gebeten habe, es für dich zu behalten? Genau das ist dein Problem, Dad! Genau deshalb erzähle ich dir nicht alles. Weil du … du … ah!«

»Dylan! Du sprichst mit deinem Vater!«

»Ich hasse das«, zischte Dylan und sah Dad vorwurfsvoll an. Dann schnappte er sich seinen Rucksack vom Fußboden und rannte zur Tür hinaus.

»Dylan!« Dad wollte ihm nachlaufen und sah besorgt aus, doch ich stoppte ihn.

Ich fühlte mich mies. Ich hatte ihm neulich, als meine Mutter bei uns zu Hause gewesen war, ganz ähnliche Vorwürfe gemacht. Es war schwer mit Kindern, und mein Dad gab sein Bestes. Es war nicht seine Schuld, dass wir undankbare Gören waren.

»Ich bringe Dylan nach Hause, Dad. Mach dir seinetwegen keine Sorgen. Ich hole dich nachher ab, okay? Tante Lisa, kannst du bitte dafür sorgen, dass Dad nicht fährt?«

Draußen war der Wind stärker geworden. Ich schob meine Hände in die Taschen, als ich die Kälte spürte. Dylan ging vor mir eilig die Straße entlang.

»Dylan!«

»Lass mich in Ruhe, Kar. Ich kann nicht mal fahren. Dad hat den Schlüssel.«

»Warte doch mal.«

Er drehte immerhin den Kopf zu mir um und sah, dass ich um Atem rang. Er verlangsamte sein Tempo.

Seine Schnürbänder waren dreckig und nicht zugebunden. Der Rucksack war übersät mit Buttons und Aufnähern seiner Lieblingsbands, aber der Boden war ausgefranst, und der Reißverschluss vorn war kaputt. Er benutzte eine Sicherheitsnadel, um ihn auf- und zuzuziehen. Der Anblick schmerzte mich.

»Geh wieder zurück, Kar. Ich will es nicht hören.« Seine Stimme zitterte, und ich hörte ihn schluchzen. Er hob den Arm und wischte sich mit dem Handrücken die Augen. »Ich weiß, was du von mir denkst. Was ihr alle von mir denkt.«

»Was denn?«

»Ich weiß, dass du mir irgendeinen Mist erzählen willst, aber kannst du dir das nicht für einen anderen Tag aufsparen? Ich verspreche auch, dir dann zuzuhören.«

»Ich werde dir keinen Mist erzählen, Dylan. Komm, ich bringe dich nach Hause.« Er blieb stehen und drehte sich langsam zu mir um. Seine Wangen waren tränennass. Ich seufzte und wischte ihm das Gesicht mit meinem Jackenärmel ab. »Gehen wir, Dyl.«

»Wie kommt's, dass du mir keinen Vortrag hältst? Wartest du, bis wir zu Hause sind?«

Er klang misstrauisch; ich verkniff mir ein Grinsen. »Nein.«

Ich nahm seine Hand, verschränkte meine Finger mit seinen und zog ihn mit mir mit, damit wir zu meinem Wagen gehen konnten. Der stand in der entgegengesetzten Richtung.

»Ich habe keine Ahnung, warum Dad denen solche Sachen über mich erzählt. Er hat mir versprochen, es für sich zu behalten.« Er schniefte, und ich merkte, dass er versuchte, nicht zu weinen.

»Von der College-Bewerbung?«

»Es geht nicht mal um einen Hochschulabschluss, sondern nur um ein Diplom. Nicht mal annähernd das, was deren Kids erreicht haben. Mit denen werde ich nie mithalten können.«

»Das glaubst du?«

Er ballte schon wieder die Fäuste.

»Ich weiß, dir ist es egal, was die von dir denken, Kar. Mir aber nicht. Ich wünschte, es wäre so, aber ich hasse es, wenn die so auf unsere Familie herabblicken. Es tut weh, wenn die schlecht über uns reden. Und es macht mich wütend, dass es wehtut, weil das bedeutet, dass es mir nicht egal ist, was ein Haufen Idioten von sich gibt.« Er zog seine Hand zurück und verschränkte trotzig die Arme vor der Brust. »Ich weiß, dass wir ohne eine Mom aufgewachsen sind. Aber müssen die einem das bei jeder Gelegenheit ständig unter die Nase reiben?« Er weinte wieder und hielt das Gesicht von mir abgewandt. »Wir haben es uns schließlich nicht ausgesucht, in einer auseinandergebrochenen Familie aufzuwachsen, du und ich. Wer würde nicht lieber mit einer Mom und einem Dad aufwachsen wollen? Es ist nur … ich …«

»Ich hab's verstanden.«

»Hast du gehört, wie die über uns geredet haben? Als wären wir die armen Verwandten, für die man sich schämt. Das höre ich schon mein ganzes Leben! Ich habe es so satt. Ich will mich diesen Leuten gegenüber nicht minderwertig fühlen. Und Dad liefert ihnen noch mehr Munition, um sich über uns lustig zu machen! Begreift er das denn nicht? Ich kann ihm nicht vertrauen. Er erzählt denen alles! Warum? Damit sie über ihn lästern können? Über unsere Familie?«

»Glaubst du wirklich, das ist der Grund, weshalb Dad über dich redet?«

Er reckte das Kinn.

»Dad hat niemanden außer dir und mir, Dylan«, sagte ich mit sanfter Stimme. »Für Dad sind wir alles.«

Ich blieb stehen, da er auch stehen geblieben war. Er stand auf dem Gehsteig, ließ den Kopf hängen und die Arme, mit geballten Fäusten.

»Er nimmt es sich zu Herzen, wenn du wütend auf ihn wirst. Es macht ihn fertig. Du weißt doch, dass er seine Geschwister liebt. Es kümmert ihn nicht, was sie sagen. Hast du je gehört, wie er uns mit deren Kindern vergleicht, wie die es bei jeder Gelegenheit tun? Das hat er noch nie gemacht. Und wenn er sagt, dass es egal ist, ob du ein Diplom machst oder ein Hochschulstudium absolvierst oder nichts dabei herauskommt, dann meint er es auch so. Er liebt dich. Lass mich dir noch eines erklären.«

Jetzt schaute Dylan mich an. Seine Unterlippe zitterte, und Tränen strömten ihm übers Gesicht.

»Wenn du wütend auf ihn bist, solltest du auf deine Worte achten. Ich weiß, das ist schwer, wenn man sauer ist. Aber eines Tages wird er nicht mehr da sein, und all das, womit du ihn verletzt hast, wird dich dann verfolgen. Es wird dir leidtun, was du gesagt hast, und du wirst dir nichts sehnlicher wünschen, als es zurücknehmen zu können, nur ist das nicht möglich. Du wirst ihn nicht mehr um Verzeihung bitten können. Denk daran, bevor du ihn das nächste Mal anschreist.«

Ich hatte mir diese Gedanken gemacht, nachdem ich ihn nach dem Besuch unserer Mutter so unfair angefahren hatte.

»Das werde ich. Versprochen«, sagte er, als wir im Wagen saßen. »Kar, ich kann Dad jetzt nicht gegenübertreten. Geht es für dich klar, wenn du mich zu einem Freund bringst?«

»Was für ein Freund?«

»Äh … Mom?«

»Echt jetzt, Dylan?«

Wieder ließ er den Kopf hängen. Ich dachte an all die Dinge, die er gesagt hatte. *Wir haben es uns schließlich nicht ausgesucht, in einer auseinandergebrochenen Familie aufzuwachsen, du und ich. Wer würde nicht mit einer Mom und einem Dad aufwachsen wollen?*

Ich hatte nicht das gleiche Bedürfnis wie Dylan, aber ich konnte es nachempfinden. Das hieß ja nicht, dass es mir gefallen musste.

Ich fuhr mir durch die Haare, lehnte mich auf meinem Sitz zurück und schloss die Augen. Ich fühlte mich erschöpft.

»Es ist nur so, dass wir hier alle feiern, und sie hat niemanden.«

»Gut. Wie lautet die Adresse?«

»Bist du dir sicher? Ich kann auch ein Taxi nehmen.«

»Wenn du wirklich ein Taxi hättest nehmen wollen, hättest du mich wohl gar nicht erst gefragt. Also sag's mir, bevor ich es mir anders überlege.«

»Okay! Danke, Kar. Ich stelle das GPS ein. Hier.« Er schloss sein Handy an der entsprechenden Buchse an. »Es tut mir leid, was ich zu Dad gesagt habe.«

»Das solltest du ihm sagen. Er wird sich deinetwegen die ganze Nacht Sorgen machen.«

»Ich habe ihm schon geschrieben.«

Das hätte ich mir denken können. Dylan hasste Streit und war üblicherweise der Erste, der sich entschuldigte.

»Hast du ihm auch geschrieben, wo du übernachtest?«

»Ja. Ich habe ihn heute Morgen schon gefragt. Er meinte, es geht klar. Warte, er hat mir geschrieben. Er schreibt, dass er bei Tante Lisa übernachtet und morgen früh nach Hause fährt. Du musst ihn also heute Abend nicht mehr abholen. Er lässt dir ausrichten, du sollst schlafen.«

Ich seufzte. Dad versuchte stets, es für uns beide so leicht wie möglich zu machen.

»Kar?«

»Biegen Sie links ab, dann wieder links. Bleiben Sie auf der linken Spur.«

Ich folgte den Handy-Anweisungen, bevor ich Dylan antwortete. »Was?«

»Ich weiß … ich bin die größte Enttäuschung in unserer Familie. Ich sage das nicht, um dein Mitleid zu bekommen, Kar. Du sollst nur wissen, dass mir sehr wohl bewusst ist … wer ich bin. Ich versuche daran zu arbeiten. Das verspreche ich.«

»Dich selbst runterzumachen wird aber nicht dazu beitragen, dass du oder ich uns besser fühlen.«

»Es stimmt aber doch. Ich bin weder so schlau noch so gut wie du. Du stehst Dad näher und bist sein Liebling. Ich bin deswegen nicht sauer oder eifersüchtig, da du auch mein Liebling bist. Wirklich, das bist du. Ich weiß nicht, was ich ohne dich getan hätte, Kar. Ich gebe mein Bestes und fühle mich trotzdem nutzlos. Ich steuere kein Geld bei. Und obendrein tue ich dir und Dad auch noch weh. Das ist nicht meine Absicht. Ich gebe mir Mühe, aber es genügt einfach nie.«

»Doch, das tut es.«

»Nein, tut es nicht.«

Der Himmel stehe mir bei.

»Ich weiß nicht, ob du dich daran erinnerst, denn du warst damals erst vier Jahre alt. Ein paar Nachbarskinder langweilten sich und fingen an, mich zu hänseln. Einer warf mir einen Stein an die Stirn. Ich dachte, ich werde blind. Ich konnte nichts mehr sehen. Du hast dein T-Shirt ausgezogen, mir die Augen abgewischt und mit dieser leisen, weinerlichen Stimme gesagt: *Is schon gut, Kawa Kowala. Is schon gut. Is nur rotes Wasser.* Deine Rs klangen damals wie Ws. Du hast unentwegt geweint, aber trotzdem den ganzen Heimweg über dieses T-Shirt an meine Stirn gehalten. Begreifst du, Dylan? Du liebst mich.«

»Das heißt nicht …«

»Es war genug. Und es ist genug. Es mag dir jetzt schwerfallen, das zu verstehen, aber das wirst du, sobald du selbst Kinder hast. Ich weiß, dass du sie in deinem Leben haben möchtest«, fuhr ich fort. »Du willst eine Mom haben, aber für mich bist du mein Bruder und mein Kind. Ich habe dich mit großgezogen. Ich kann dir gar nicht beschreiben, wie sehr mir deine Liebe geholfen hat, als es schwierig war. Du hast mich angetrieben und aufgeheitert. Du hast mich bedingungslos geliebt. Das ist keine Kleinigkeit für einen Menschen. Manchmal ist es das Einzige, was zählt. Da wären wir.«

Im Haus meiner Mutter brannte Licht. Es handelte sich um ein Zweifamilienhaus in einer eher bescheidenen Gegend. Es war klein, mit winzigem Vorgarten, den sie jedoch pflegte. Und das Haus war größer als das, in dem wir lebten, nachdem sie uns verlassen hatte.

»Ich möchte mehr tun, als dich aufzuheitern.«

»Was können wir denn sonst tun, außer unser Bestes geben? Denk dran: Wenn du an deinem Wert zweifelst, überleg dir, was du Dad bedeutest. Er würde jederzeit dein Wohl über seines stellen. Nicht jeder hat diese Liebe.« Ich musste an Cameron denken, an all das, was er in seiner Kindheit hatte entbehren müssen. »Auch wenn du glaubst, du hättest keinen Grund, auf dich stolz zu sein, sieht Dad das anders. Man kann es seiner Stimme anhören, wie stolz er auf dich ist.«

»Ich wollte es ihnen aber wirklich nicht sagen.«

»Ich verstehe dich, Dyl. Er hätte es für sich behalten sollen, wenn du es ihm im Vertrauen erzählt hast. Aber wenn du nicht willst, dass er Dinge über dich preisgibt, erzähl ihm einfach nichts.«

»Das möchte ich aber. Es macht ihn glücklich. Ich mag es nur nicht, wenn …« Er zuckte hilflos mit den Schultern.

»Das ist etwas, worüber du und Dad reden solltet.«

»Okay. Danke, Kar. Danke.« Er sah mich einen Moment lang voller Dankbarkeit an. Seine Offenheit rührte mich, seine Verletzlichkeit und sein Vertrauen. Ich musste den Beschützerinstinkt in mir im Zaum halten, als ich sah, wie jemand die Haustür öffnete. Dylan winkte.

»Soll ich lieber mit dir nach Hause fahren?«, fragte er. »Ich muss nicht hierbleiben.«

»Ist schon in Ordnung. Wie kommst du morgen nach Hause? Hat sie ein Auto?«

Er schüttelte den Kopf. »Mom meint, sie bringt mich zur Bushaltestelle.«

»Ruf mich an, falls du etwas brauchst.«

»Mach ich. Möchtest du noch mit reinkommen, Kar? Mom Hallo sagen?«

»Dräng mich nicht.« *Das wird niemals passieren*, hätte ich am liebsten erwidert, hielt mich aber zurück, da er so hoffnungsvoll aussah.

An diesem Abend hatte ich mich dermaßen zurückgehalten, dass ich schon ganz verkrampft war.

»Für heute reicht es mir. Ich fahre heim, okay?«

Seine Schultern sackten nach unten. »Na schön. Tut mir echt leid wegen heute Abend. Schreib mir, sobald du zu Hause bist, ja?«

»Mach ich. Gute Nacht.«

»Nacht.«

Die Gegend sah nicht sehr vertrauenerweckend aus, daher wartete ich, bis Dylan im Haus war. Meine Mutter hob die Hand an die Augen wegen meiner Scheinwerfer, um erkennen zu können, wer im Wagen saß. Ich betrachtete sie einen Moment, dann fuhr ich rückwärts aus der Auffahrt und davon.

Ich fühlte mich benommen, schwermütig und geschafft, als ich zu Hause ankam. Statt auf meinem üblichen Platz vor der Werkstatt zu parken, fuhr ich hinter das Gebäude und hielt direkt vor dem Haus. Ich war zu müde, um den Schotterweg zu laufen.

Seufzend ließ ich mich auf den Verandastufen nieder. Ich brauchte einen Moment, um mich zu sammeln, lehnte mich gegen das Geländer und schloss die Augen.

Stahl, Baby. Du bist aus Stahl.

»Kara.«

Ich schaute auf. Cameron stand vor mir. Wie ein Erzengel in der Dunkelheit, wunderschön und überlebensgroß. Ein Schluchzer entfuhr mir. Ehe ich wusste, was ich tat, stürmte ich auf ihn zu und warf mich in seine Arme. Tränen strömten über mein Gesicht.

»Baby, nicht weinen. Verdammt, es tut mir so leid.«

Ich klammerte mich an ihn und vergrub mein Gesicht an seiner Brust. Er hielt mich ganz fest.

»Ich bin so schnell hergekommen, wie ich konnte«, sagte er sanft. »Kommst du mit zu mir?«

»Ja, lass uns nach Hause fahren, Cameron.«

14. Kapitel

Kara

Es fühlte sich an, als würde ich in einem Fluss aus Honig treiben. Meine Glieder waren schwer, und ich bekam kaum die Augen auf. Aber irgendetwas versuchte sich in mein Bewusstsein zu drängen. Zuerst war es ein Duft, intensiv und vertraut. Er reizte meine Sinne.

Ich öffnete die Augen.

»Kara.«

Cameron. Ich streckte mich. Alles war noch verschwommen, aber immerhin registrierte ich, dass wir uns in seinem Pick-up befanden, im Wald. Im Wagen war es warm und gemütlich, und es roch nach ihm. Am liebsten wäre ich auf seinen Schoß gekrochen und gleich wieder eingeschlafen.

Ich dämmerte gerade weg, als er sagte: »Ich bringe dich rein.«

Rein? Wo rein?

Ich strich mir die Haare aus dem Gesicht und versuchte, mich zu orientieren. Draußen war es dunkel. Alles, was ich sehen konnte, waren verschwommene Umrisse von Bäumen. Ich hätte vielleicht Angst gehabt, doch durch Camerons Nähe fühlte ich mich sicher. Sein Gesicht lag im Schatten des dämmrigen Lichts im Innern des Wagens. Sehnsucht stieg in mir auf. Ich wollte meine Hände an sein Gesicht legen.

Plötzlich kam alles zurück, was geschehen war. Cameron, der wütend wegging. Das Dinner-Desaster bei Tante Lisa. Dads und Dylans Streit. Cameron, der bei mir zu Hause gewartet hatte, und wie ich auf der Fahrt zu seiner Hütte eingeschlafen war.

Verschlafen blinzelte ich und griff nach meiner Jacke, die auf meine Füße gefallen war, als ich mich bewegt hatte. Ich hatte sie ausgezogen, weil mir zu warm war, aber Cameron hatte mich vermutlich damit zugedeckt, während ich schlief. Ich knipste das Licht an, damit ich ihn besser sehen konnte. Seine Augen wirkten dunkel. Und traurig.

»Ich dachte, du hättest heute gearbeitet«, sagte ich.

»Habe ich auch.«

»Außerhalb der Stadt?«

»Ja.«

»Aber …« Ich sah zur Uhr. Es war vier Uhr morgens. »Du bist den ganzen Weg zurückgefahren heute Abend?«

Ich war verblüfft. Die Baustelle lag drei Stunden von der Stadt entfernt. Ich selbst hatte das Motel für die Crew gemietet, damit sie dort übernachten konnten und erst am nächsten Tag zurückfahren mussten. Als Cameron bei mir zu Hause aufgetaucht war, hatte ich gar nicht mehr darüber nachgedacht. Ich war einfach nur so verdammt glücklich und froh gewesen, dass für nichts anderes mehr Platz in meinem Kopf gewesen war.

»Ich musste dich sehen.«

Seine Worte wühlten mich auf. Er schaute mich an, mit diesem sanften Ausdruck in den Augen, der meine Sehnsucht anfachte. Langsam hob er die Hände, als wollte er mein Gesicht berühren, ließ sie dann aber wieder sinken.

Wie gern hätte ich ihn in den Armen gehalten, doch zuerst sollten wir klären, was gestern Abend passiert war. Sobald er mich berührte, wäre es nämlich um mich geschehen.

»Cam.«

»Ja?«

»Verrate mir, was dich gestern so aufgebracht hat.«

Er lehnte den Kopf zurück an die Kopfstütze und atmete hörbar aus. »Du siehst aus, als wäre dein Abend schon anstrengend genug gewesen. Warum …«

»Nicht.«

Er blickte mich an. Ich weiß nicht, was er in meinem Gesicht sah, doch seine Augen gaben seine Verletzlichkeit preis.

»Ich glaube«, begann er leise, »dass ich ein sehr eifersüchtiger Mensch bin, Kara. So bin ich bei niemandem sonst, nur bei dir.«

Er wischte sich über den Mund und fuhr fort: »Ich habe erlebt, was das in einer Beziehung anrichten kann. Das willst du nicht. Und ich will nicht so sein. Also muss ich irgendwie damit klarkommen.«

»Schau mich bitte an.«

»Ich schaue dich immer an.«

Ich schloss die Augen und kämpfte gegen das Verlangen an, mich in seine Arme zu werfen. »Verrate mir, was dich gestern Abend aufgebracht hat.«

Wir waren noch nicht so lange zusammen und waren nach wie vor dabei, einander kennenzulernen. Aber ich wusste inzwischen, dass es ihm schwerfiel, sich zu öffnen und auszudrücken. Mir war klar, dass das einer der Gründe dafür war, weshalb er gestern Abend empfindlich reagiert hatte. Ich hingegen hatte eine hundertprozentige Reaktionsrate, wenn ich angegriffen wurde. Das war keine gute Kombination. Hinzu kam, dass wir beide erschöpft vom langen und anstrengenden Tag waren und uns gegenseitig vermisst hatten. Das musste ja im Desaster enden.

Offenbar hatten wir beide noch viel Arbeit vor uns, doch das war nicht abschreckend. Zumindest nicht allzu sehr. Ich musste ihn dazu bringen, mir zu sagen, was ihm Sorgen bereitete, damit wir es aus der Welt schaffen konnten. Denn mehr als alles wollte ich mit Cameron zusammen sein.

»Mir gefiel nicht, wie er dich angefasst hat«, gestand er. »Und es passierte nicht nur ein Mal.«

»Wie hat er …« Ich stutzte verwirrt und sah den Moment vor mir, in dem Cameron mich zusammen mit Damon erlebt hatte. »Meinst du, als wir mit der Farbe herumgealbert haben?«

»Brauchst du wirklich jedes Detail?«

»Ja.«

»Ich will nicht mehr darüber sprechen.« Er war nicht mal wütend. Sondern leidenschaftslos. Und vor allem müde.

»Ich muss es wissen. Bitte.«

»Ich werde mich anhören wie ein selbstsüchtiger, kleinlicher Mistkerl, und es wird dir nicht gefallen, was du zu hören bekommst. Manche Dinge muss ich mit mir selbst ausmachen.«

»Damit das zwischen uns beiden funktioniert, müssen wir offener zueinander sein, Cam. Nicht nur du, sondern auch ich. Du kannst mich alles fragen.«

Er schwieg eine Weile und schaute mich nur an. Ich versuchte gar nicht erst, meine Gefühle zu verbergen. Er konnte sie mir alle ansehen.

»Du hast mich ignoriert.«

»Ich …«

»Das war meine Schuld. Ich bin mitten in deine Arbeit hereingeplatzt. Ich hätte warten sollen.«

»Mir war nicht klar, dass ich dich ignoriere.« Nervös begann ich auf einem Fingernagel zu kauen.

»Hör auf.« Er umfasste mein Handgelenk und zog dabei meinen Finger aus dem Mund. Doch statt meine Hand festzuhalten, ließ er sie los. Ich hatte keine Ahnung, warum mich das schmerzte. Ich wünschte, er hätte sie festgehalten.

»Ich erwarte nicht, dass du alles stehen und liegen lässt, sobald ich auftauche, Kara. Du hast nichts falsch gemacht. Ich bin derjenige, der hier Mist gebaut hat.«

»Cam, ich habe dich nicht ignoriert. Und falls doch, war es zumindest nicht meine Absicht«, erklärte ich mit Nachdruck. »Ich wollte eben schnell fertig werden, um Damon loszuwerden und mit dir zusammen sein zu können. Allerdings musste ich ihm auch noch erklären, was am nächsten Tag zu tun ist, damit wir effizienter sind. Von meinen Kunden in der Werkstatt weiß ich, dass es sehr wichtig ist, so genau wie möglich zu arbeiten«, erläuterte ich und verhaspelte mich dabei beinah, weil ich unbedingt wollte, dass er verstand. »Deb erinnert mich ständig daran. Denn wir können uns keine Fehler erlauben, weil wir ein sehr enges Budget und einen engen Zeitplan haben. Ich habe bereits einmal die Farbe gewechselt, und jetzt will ich sie noch einmal wechseln. Dafür gebe ich mein eigenes Geld aus. Vielleicht bin ich zu besessen«, fuhr ich fort, »aber ich will, dass Tala und Mrs. B glücklich über das Ergebnis sind. Sie sollen wissen, wie sehr ich zu schätzen weiß, was sie für mich getan haben. Ich bin ihnen sehr dankbar. Es ist mir wichtig, dass sie das wissen, und mit einer gelungenen Renovierung kann ich es ihnen beweisen.«

»Ich verstehe. Ich bin hier, um zu fragen, ob du etwas brauchst.«

Ich wartete, ob er mir noch weitere Fragen stellen wollte, welche auch immer, doch er blieb still.

»Warum kämpfst du dagegen an?«, wollte ich wissen.

»Was?«

»Ich weiß nicht. Gegen das hier. Gegen uns.« Ich zeigte auf ihn und mich. Frustration und Ungeduld regten sich in mir und nahmen zu. Wenn ich mich nicht abreagierte, würde ich daran ersticken.

»Ich spüre, dass du etwas zurückhältst«, fuhr ich fort. »Ich war bisher mit niemandem zusammen, aber ich weiß trotzdem, dass man einander nicht ohne Weiteres als selbstverständlich nehmen sollte. Und jetzt habe ich das Gefühl, dass ich genau das getan habe. Dass wir beide das getan haben. Es tut mir leid, Cam. Ich habe mich wirklich gefreut, dass du nach Feierabend vorbeigekommen bist, um mich zu sehen. Außerdem hast du mir Essen mitgebracht, obwohl es für dich angenehmer gewesen wäre, gleich nach Hause zu fahren.«

»Es wäre aber für mich unangenehm gewesen, dich nicht zu sehen«, erwiderte er, und es klang sehr aufrichtig. »Tut mir leid, dass ich mich blöd benommen habe. Ich hätte nicht sagen dürfen, was ich gesagt habe. Jedenfalls nicht das, was ich zu dir gesagt habe. Aber verdammt, es gefällt mir nicht, wenn irgendein Mann dich anfasst. Zumindest nicht auf die Art, wie er es getan hat.«

»Damon ist …«

»Ich glaube nicht, dass ich meine Meinung darüber ändern werde, aber dir zuliebe werde ich versuchen, mich deswegen nicht mehr wie ein Arsch aufzuführen. Jedenfalls nicht mehr als nötig«, setzte er hinzu.

Ich seufzte, schwieg für einen Moment und sammelte meine Gedanken. Wo sollte ich anfangen? Ich spielte mit der Lüftungslamelle vor mir und wischte den Staub mit dem Zeigefinger ab.

»Auf der Highschool war ich mit einer Gruppe Mädchen befreundet«, begann ich, ohne ihn anzusehen. »Damals hatte ich nicht viele Freundinnen. Eigentlich nur Damon. Ich war nicht unbedingt hübsch. Im Grunde genommen sah ich nicht mal passabel aus. Ich war unscheinbar und arm. Freundlich war ich auch nicht, und dazu noch jedem gegenüber misstrauisch, ein Ergebnis des ständigen Kampfes gegen die Fieslinge aus meiner Kindheit, nehme ich an. Aber diese Mädchen schienen in Ordnung zu sein. Vielleicht sehnte ich mich damals auch nur nach Freunden. Vielleicht war ich einsam. Keine Ahnung.«

Ich ertappte mich dabei, wie ich drauf und dran war, wieder auf den Nägeln zu kauen, daher legte ich meine Hand in den Schoß. Das Nägelkauen war eine üble Angewohnheit gewesen, als ich jünger war. Ich dachte, ich hätte sie überwunden.

»Wie sich herausstellte, wollten sie gar nicht mit mir befreundet sein. Sie hielten es für einen Riesenspaß, darauf zu wetten, welcher Typ zuerst mit mir schlafen und es in Social Media posten würde. Mit dem Sieger würde dann die Bienenkönigin ins Bett gehen. Ganz schön grausam, was? Nur bin ich nicht dumm.«

Ich lachte bitter. Es war Jahre her, vor langer, langer Zeit, und ich war inzwischen darüber hinweg. Aber die emotionale Narbe gab es noch. Ich hatte die meisten Worte vergessen, die damals zu mir gesagt wurden, doch seltsamerweise erinnerte ich mich noch sehr gut an die Gefühle, die diese Worte in mir ausgelöst hatten.

»Ich dachte, so etwas gibt es nur im Film. Wie dem auch sei, Damon bekam Wind von der Sache und …« Meine Stimme zitterte, und ich machte eine Pause. Atmete tief durch. »Ich habe keine Ahnung, was er tat oder zu ihnen sagte, aber sie entschuldigten sich bei mir. Nicht alle, doch zumindest diejenigen, die richtig fies zu mir gewesen waren. Körperlich hatte ich nichts abbekommen«, versicherte ich Cameron schnell, da er jetzt aussah, als könnte er jemanden umbringen. »Dafür hat Damon gesorgt.«

Er nickte und meinte dann: »Ich bin froh, dass er für dich da war.«

»Damon gehört für mich zur Familie. Er ist mein Bruder. Er ist wie Dylan für mich. Du musst verstehen, dass er nur deshalb diese Beschützerinstinkte mir gegenüber hat, weil er erlebt hat, was ich durchmachen musste.«

»Ab jetzt werde ich dich beschützen.« Sanft streichelte er meine Wange. »Du bist die schönste Frau, die ich je gesehen habe.«

Mir ging das Herz auf. »Danke. Ich kann mich selbst beschützen. Aber es ist gut zu wissen, dass du für mich da bist.«

»Es tut mir leid, dass ich dir wehgetan habe. Das ist alles neu für mich, aber ich werde daran arbeiten. Verzeihst du mir?«, fragte er leise.

»Cameron.« Ich setzte mich rittlings auf ihn, und er legte sofort die Arme um mich. Seine Wärme zu spüren war tröstlich. Ich schloss die Augen, schlang die Arme um ihn und legte meine Wange an seine Schulter.

»Wie Dylan, was?«

Grinste er? Ich schaute ihn forschend an. Tatsächlich, er grinste.

»Ja. Damon ist für mich wie Dylan. Sehe ich da ein Lächeln?«

»Du vertreibst alle schlechten Dinge.« Er streichelte meine Arme und meine Schultern und ließ die Hände dann langsam über meinen Rücken gleiten. »Ich habe heute Morgen an dich gedacht. Ich habe den ganzen Tag an dich gedacht. Ich sollte mich auf das konzentrieren, was ich tue, aber du bist einfach ständig da.«

»Auch ich konnte mich auf nichts richtig konzentrieren. Ich habe darauf gewartet, dass du mich anrufst oder mir schreibst.«

»Ich dachte, du wärst dermaßen sauer auf mich, dass du nichts von mir hören willst.«

»Du irrst dich. Den ganzen Tag lang habe ich immer wieder nervös auf mein Handy geschaut, ob du endlich geschrieben hast oder versucht hast, mich anzurufen. Ich weiß nicht, wie das für andere Leute ist, aber wenn wir uns streiten, wünschte ich, du würdest bleiben, damit wir es bis zu Ende austragen können. Und wenn wir wirklich getrennt sein müssen, warte nicht zu lange. Sicher, ich hätte auch anrufen oder schreiben können, aber ich habe dich ja aufgefordert, dich bei mir zu melden, sobald du dich wieder eingekriegt hast.«

»Tja, das habe ich jetzt wohl.«

»Cam.«

»Ja?«

Ich wartete einen Moment. »Ich werde dich nicht betrügen. Dafür respektiere ich dich viel zu sehr. Vor allem aber respektiere ich mich selbst viel zu sehr dafür. Ich werde nicht versuchen, deine Meinung über Damon zu ändern, aber ich werde auch nicht aufhören, mit ihm befreundet zu sein. Er ist mein Bruder. Du musst mir vertrauen.«

»Ich vertraue dir.« Ich strich mir übers Haar. »Ich werde nett sein.«

»Zu Damon?«

»Ich werde es versuchen.«

»Einfach so?«

»Einfach so.«

»Wie soll das gehen?«

»Alles, was ich brauche, bist du, Kara. Dann geht es mir gut.«

»Na schön.« Ich beruhigte mich. »Erzähl mir etwas Belangloses, dann bin ich glücklich und zufrieden.«

Er überlegte. »Ich hatte Himmel und Hölle in Bewegung gesetzt, um Burger und Fritten für dich zu besorgen. Hast du beides gegessen?«

»Nur ein bisschen, denn ich konnte nichts essen, nachdem du gegangen warst. Ich werde es wiedergutmachen. Nächstes Mal lade ich dich ein.«

»Das waren wirklich gute Fritten.«

Ich musste grinsen. »Echt, oder?«

»Kara?«

»Ja?«

»Darf ich dich jetzt küssen?«

Ich weiß nicht, wie er es schafft, diese Gefühle in mir auszulösen. Und zwar jedes Mal.

Ich lehnte mich vor und legte die Hände um seinen Jackenkragen. »*Ich* werde *dich* küssen«, sagte ich und zog ihn zu mir heran, bis unsere Lippen sich trafen.

Ich hörte ihn stöhnen, tief und hungrig, während er in meine Haare griff und sich nahm, was er wollte. Der Kuss war erst sanft, dann wild. Heiß und wild und stürmisch. Er fachte das Feuer in mir an, heller und hoch auflodernd. Als wir uns voneinander lösten, rangen wir beide um Atem.

»Ich …« Ich nahm etwas aus dem Augenwinkel wahr. »Cam, sieh nur, es schneit! Lass mich raus.«

Er stöhnte erneut, als ich mich aus seiner Umarmung befreite, die Beifahrertür öffnete und aus dem Wagen sprang.

Die Bewegungsmelder am Boden gingen einer nach dem anderen an, als ich an ihnen vorbeilief, und erhellten den Garten. Ich sah zum Himmel hoch und fühlte lächelnd die Schneeflocken auf meinen Wangen.

»Es schneit«, sagte ich noch einmal, als ich merkte, dass Cameron neben mir stand. Er hängte mir eine Jacke um die Schultern.

»Stimmt.«

»Es ist der erste Schnee des Jahres, und du bist hier bei mir.«

Ich schaute ihn an. Mein Herz setzte einen Schlag aus. Er lächelte mich an, mit einem Ausdruck tiefer Zuneigung in den Augen. Ich nahm seine Hand, verschränkte meine Finger mit seinen und hob sie an meine Lippen, um sie zu küssen. Seine Augen wirkten dunkler, tiefer.

»Lass uns hineingehen. Ich mache für dich ein Feuer an.«

»Okay.«

Er ging voraus, öffnete die Tür und verschwand. Verwirrt folgte ich ihm. Drinnen blieb ich unvermittelt stehen. Es war stockdunkel.

»Cam? Ich schwöre dir, falls du mir Angst einjagen willst, kastriere ich dich.«

Plötzlich gingen die Lichter an. Helle, fröhliche, bunte Lichter im Innern der Hütte. Es schienen Tausende zu sein. Es sah aus wie im Märchen.

Cameron hockte vor dem Kamin, die Hand am Lichtschalter, während er mich lächelnd beobachtete.

»Cam«, hauchte ich benommen.

»Ja?«

»Da steht ein Weihnachtsbaum mitten in deinem Wohnzimmer.«

»Ich sehe ihn.«

»Ich sehe ihn auch.« Meine Unterlippe bebte. »Hast du das alles für mich vorbereitet?«

»Gefällt es dir?«

»Unter dem Baum liegen Geschenke.«

»Alle für dich.«

»Alle für … alle?«

»Möchtest du sie aufmachen?«

»Es ist doch noch nicht Weihnachten.«

»Wenn du hier bist, fühlt es sich aber so an.«

Ich spürte, wie mir eine Träne die Wange hinunterlief. »Ich glaube, ich …« Ich tat einen tiefen beruhigenden Atemzug. »Du machst mich glücklich, Cam.«

»Ich bezweifle, dass jemals irgendwer vorher so für mich empfunden hat.«

»Wow.« Ich ging zu ihm, legte ihm die Hände um den Nacken und zog ihn zu mir, bis unsere Stirnen sich berührten. »Cameron, du haust mich um.«

»Es würde mir nichts bedeuten, wenn jemand anderes das sagen würde. Aber du bist es, die das sagt. Das macht es echt.«

Ich wich zurück, als er mich zu küssen versuchte. Er schaute mich verwirrt an. Ich nahm all meinen Mut zusammen und zog meine Jacke aus. Sie erzeugte ein wischendes Geräusch, als sie auf meinen Füßen landete. Langsam knöpfte ich mein Oberteil auf und ließ es von meinen Schultern gleiten. Camerons Augen weiteten sich, dann wurde sein Blick sinnlich. Ich biss mir auf die Unterlippe und versuchte die Erregung, die meine Wirbelsäule hinaufkroch, zu dämpfen.

»Kara.«

Statt mit Worten zu antworten, streifte ich meine Schuhe ab und machte meine Jeans auf. Sein Blick wanderte abwärts und verweilte zwischen meinen Beinen. Nervös zog ich die Jeans herunter und kickte sie weg.

Ich wartete. Dann kreischte ich los.

»Aaah, mir ist kalt!« Ich sprang ins Bett, schnappte mir die Decke und wickelte sie um mich. Nur mit BH und Slip bekleidet zitterte ich vor Kälte. Irgendwo im Raum hörte ich Cameron lachen.

Als mir klar wurde, dass ich nicht erfrieren würde, spähte ich unter der Decke hervor und entdeckte ihn vor dem Kamin kniend. Breite Schultern, kräftige Rückenmuskeln. Breite, kräftige Muskeln …

»Es wird schnell warm werden«, versprach er belustigt.

»Du kannst herkommen und mich aufwärmen.«

Cameron warf mir einen Blick über die Schulter zu. Und grinste.

Die Matratze bog sich, als er ins Bett stieg. Wie eine hundertjährige Schildkröte zog ich mich in meinen Bettdeckenpanzer zurück, noch immer ein wenig bibbernd. Er hob eine Seite der Decke und steckte den Kopf hinein. Er grinste. Ich funkelte ihn finster an.

»Ich vergöttere dich, Kara«, sagte er sanft.

»Es ist mir peinlich. Ich habe versucht, sexy zu sein.«

»Du bist die Sexiest Woman Alive.«

»Neee.« Ich bedeckte mein Gesicht mit dem Kissen. »Ich meine, klar bin ich das!«

Meine Wangen glühten. Er lachte, als ich seinen Arm packte, und dann ließ er sich von mir unter die Decke ziehen. Ich schubste ihn und sprang auf ihn, meinen Kopf unter sein Kinn schmiegend, um mein Gesicht vor seinen neugierigen Augen zu verbergen, zusammengerollt wie eine Katze. Er schlang die Arme um mich.

»Sag nichts, Cam.« Als er tatsächlich schwieg, lächelte ich und kuschelte mich enger an ihn. »Du bist so warm. Gib mir was ab davon.«

»Du kannst alles haben. Besser?«

Ich nickte und genoss die Wärme, die er ausstrahlte, außerdem seinen Duft. Wow, dieser Duft.

»Also, Kara«, begann er in amüsiertem Ton. »Was hattest du eigentlich vor?«

»Ich wollte herausfinden, ob ich per Gedankenübertragung die Lichter löschen kann. Telekinese. Schon davon gehört?«

»Stimmt das?«

»Stopp. Du ziehst mich auf.«

»Tue ich das?«

Ich legte die Hände flach auf seine Superheldenbrust und stemmte mich hoch, während ich die Knie auf seine muskulösen Oberschenkel stützte. Ich sah ihn tadelnd und von oben herab an. Es funktionierte nicht. Er war einfach zu sündhaft schön, zu muskulös gebaut, und er fühlte sich sehr echt an. Und als sei er mein.

Er umfasste die Unterseite meiner Schenkel und streichelte sie in einem erregenden Rhythmus. Ich wand mich und wünschte, er würde mich weiter oben berühren, wo ich ihn dringend brauchte. Aber anscheinend neckte er mich nur, denn bis dort hinauf wanderten seine Hände nicht.

»Ich habe mich die ganze Woche nach dir verzehrt«, flüsterte er.

Prompt schien ich nur noch aus Begierde zu bestehen. Ich hielt mich an seinen Schultern fest und versuchte, meine Balance zu finden, da meine Knie nachgaben.

Wir hatten beide in dieser Woche viel um die Ohren gehabt. Die Textnachrichten und Telefonate hatten geholfen, doch nichts war damit zu vergleichen, ihn wirklich zu spüren. Nur er in Fleisch und Blut konnte meine Sehnsucht stillen.

»Bist du müde?«

»Überhaupt nicht. Du?«

»Nein.« Ich räusperte mich. »Bin ich nicht. Ich bin ganz und gar nicht müde.«

»In dem Fall …« Raubtierhaft grinsend fasste er mich an den Hüften und wirbelte mich herum, sodass ich plötzlich unter ihm und er auf mir war. »Lassen wir diese Fantasie Wirklichkeit werden, die ich von dir habe.«

Schmetterlinge. Überall auf dem Fußboden. Den Fenstern. Den Wänden.

»Weißt du«, flüsterte er nah an meinem Ohr, »was ich jedes Mal denke, wenn ich dich an deinem Schreibtisch im Büro sehe?«

Ich erschauerte vor Lust. »Warum zeigst du es mir nicht?«

Ich hielt mich an seinen breiten Schultern fest, während er mich hochhob und mit mir aufstand. Mein Herz pochte wie verrückt bei seinen entschlossenen Schritten, die sinnliche Höhenflüge verhießen. Ich hatte keine Ahnung, wohin er mich trug, aber mir war alles recht. Allerdings war ich nervös und hatte sogar ein bisschen Angst. Andererseits freute ich mich auf das, was die Nacht für uns bereithielt.

Ich betrachtete sein Gesicht, bewunderte sein Profil, seine männlichen Züge. Es reizte mich, ihn sanft in die Wange zu beißen. Natürlich ertappte er mich dabei, wie ich ihn ansah. Ein träges Lächeln erschien auf seinen hübschen Lippen.

»Das werde ich, Kara.«

Meine Halsschlagader pulsierte. Du liebe Zeit. *Er ist so aufregend.*

Ich erschrak, als er mich behutsam auf seinen Schreibtisch setzte. Die kalte, harte Oberfläche war ein extremer Kontrast zur Wärme seiner Haut. Mit seinen starken, rauen Händen hielt er meine Schenkel, und ich spreizte sie bereitwillig für ihn. Er trat näher.

»Verdammt, du trägst wieder weiße Spitze.«

Ich schloss die Augen und erbebte, als er mit dem Daumen sacht über meine Brustwarze strich. Der BH-Stoff machte diese Berührung irgendwie noch intensiver.

»Gefällt es dir?«, brachte ich mühsam heraus. Er ließ die Hand langsam um meine Brüste kreisen.

»Lass mich dir zeigen, wie sehr. Und diesmal«, fügte er näher kommend hinzu, »gibt es nichts außer mir, woran du dich festhalten kannst.«

Mein Herzschlag setzte kurz aus angesichts seiner sinnlichen Stimme.

Langsam strichen seine Finger über meinen Arm bis zu meinem Handgelenk. Er umfasste es und hob es an seinen Mund. Seine Lippen fühlten sich warm und weich an, während er meine Haut küsste und tief einatmete.

»Ich frage mich, wo überall sonst du noch so gut duftest.«

Ich konnte mein Stöhnen nicht unterdrücken. Seine provozierenden Worte weckten meinen Mut und mein Verlangen. Ich erinnerte mich an Camerons Gesicht, als ich ihn mit dem Mund verwöhnt hatte. So wollte ich ihn wieder sehen.

»Cam, ich will …«

Mit der freien Hand drückte ich die Wölbung in seiner Jeans. Er fühlte sich hart wie Stein an. Er senkte kurz die Lider, stöhnte und umgriff auch mein anderes Handgelenk, sodass meine Hände nun beide gefangen waren.

»Nicht jetzt.« Ich war verwirrt. Wollte er nicht, dass ich ihn berührte? War es vielleicht zu viel? Ging es zu schnell? »Heute Nacht bin ich an der Reihe.«

Ahh …

»Ich will dich feucht.«

»Das … bin ich schon.«

»Noch feuchter«, erwiderte er. »An meinen Fingern.« Mit dem Daumen strich er über meine Unterlippe. »An meinem Mund.«

Seine Hände glitten über meine Schultern und streichelten meinen Hals. Camerons Griff war besitzergreifend, als er mich an sich drückte. Zärtliche, aufregende Küsse. Die Sorte Küsse, die mich alles um mich herum vergessen ließ. Die Art von Küssen, die seine verzweifelte Begierde ebenso verrieten wie seine enorme Selbstbeherrschung.

Seine Zunge glitt in meinen Mund und wieder heraus, ein erotisches Spiel beginnend, als Kostprobe kommender Vergnügungen. Ich saugte an seiner Zunge, was ihm ein tiefes Keuchen entlockte, und er küsste mich noch wilder. Dann biss er mir auf die Lippe, und als ich seine Zähne spürte, bog ich mich ihm entgegen.

»Die Laute, die du von dir gibst, machen mich wahnsinnig«, flüsterte er.

Er löste seinen Mund von meinem, küsste meinen Hals, knabberte sanft an meiner Haut. Ich schloss die Augen und neigte den Hals zur Seite, um ihn noch intensiver zu spüren. Seine großen Hände lagen auf meinen Schenkeln, bewegten sich langsam aufwärts, und seine Daumen näherten sich der Stelle, an der ich unbedingt von ihm berührt werden wollte.

Ich hatte nur noch BH und Slip an, während er vollständig seine Klamotten trug. Auch das hatte etwas prickelnd Sinnliches. Er streichelte meine Hüften, meine Taille, meine Rippen, die Seiten meiner Brüste, dann kniff er mich in die Brustwarzen. Sacht zunächst, dann aber fester, bis ich erneut stöhnte.

»Lässt du mich an ihnen saugen?«

Ich nickte, da ich kein Wort herausbekam. Mein Herz schlug schneller, während ich vorsichtig meinen BH auszog und ihn auf den Boden warf, ohne den Blickkontakt mit Cameron zu unterbrechen.

Ein paar Mal hatte er mich schon nackt gesehen, deshalb dachte ich, es würde mich nicht mehr verunsichern. Doch jetzt hätte ich mich am liebsten mit meinen Armen bedeckt.

Während er meine Brüste betrachtete, fuhr er sich mit der Zunge über die Unterlippe. In seinem Blick lag Verlangen. »Du bist so zart gebaut.« Er beugte sich herunter, um an meinen Spitzen zu saugen, erst sanft, dann heftig. Und noch heftiger.

Als ich ihn stöhnen hörte, verschwanden meine Hemmungen. Er genoss es. Genoss es, mir Lust zu bereiten. Ich umfasste mit beiden Händen seinen Kopf, während er mich biss, leckte und saugte. Und noch mehr saugte.

»Du schmeckst verdammt wunderbar. Ich wette, deine Pussy schmeckt noch besser.«

»Cameron.« Sein Name kam heraus wie ein Schluchzer.

»Spreiz deine Beine für mich.«

Meine Schenkel zitterten, als ich tat, worum er mich bat.

»Weiter.«

Ich biss mir auf die Lippe und folgte seiner Aufforderung.

»Bist du feucht?«

Ich nickte und gab ein Stöhnen von mir, als er mit dem Finger eine gerade Linie beschrieb, und zwar vom Saum meines Spitzenslips bis hinunter zwischen meine Beine.

Er ließ den Daumen unter den Saum des Slips wandern und streichelte mich, bis ich nach Luft schnappte. Ich umklammerte seine Unterarme und drückte mich ihm entgegen. Ich wollte ihn näher spüren, viel näher. Der Stoff seiner Jeans rieb an der sensiblen Haut der Innenseiten meiner Oberschenkel, was in mir eine Welle der Lust erzeugte.

Er saugte an seiner Unterlippe, während er mich betrachtete. »Sag mir, dass du mehr willst.«

Ich schloss die Augen, weil ich diese Intensität nicht mehr aushielt. Es war zu viel, zu schnell. Ich verlor allmählich die Beherrschung.

»Ich will …« Ich rang nach Atem, da er mit einem Finger in mich eindrang.

»Du bist so verdammt eng.«

Er küsste mich auf die Schulter und biss mich zärtlich. Meine Haut kribbelte, während heiße Begierde mich durchflutete.

»Cameron, ich …«

Er glitt erneut in mich, und noch einmal, während er gleichzeitig an meiner Haut saugte. Ich stieß einen Schrei aus, und meine inneren Muskeln zogen sich um seinen Finger zusammen. Ich fühlte den nahenden Höhepunkt.

»Niemand ist wie du, Kara.« Er küsste mich auf den Mund, dann schaute er mich an. »Ich bin noch nicht fertig.«

Ich wollte ihm sagen, dass es niemanden gab wie ihn, aber ich war in seinen Armen dahingeschmolzen. Er beugte sich bereits vor, um meinen Schenkel zu küssen. Ich stöhnte laut und schloss die Augen, als er mit der Zunge über meine Mitte strich, allerdings noch auf meinem Spitzenslip.

Statt ihn mir auszuziehen, schob er den Stoff einfach zur Seite und fing an, mich zu lecken. Ich schrie auf und krallte die Finger in seine Schultern. Ich war schrecklich empfindsam dort, wo sein Mund mich liebkoste. Er wurde gieriger und verschlang mich regelrecht mit seinen Lippen, seiner Zunge, seinen Zähnen.

Ich hatte mich eben erst von dem Orgasmus erholt, den er mir beschert hatte, doch schon entfachte er die Lust von Neuem, indem er seinen Mund gnadenlos und raffiniert einsetzte. Mit der Zungenspitze leckte er über meine feuchte Hitze, ließ sie wieder und wieder kreisen, ohne mir alles zu geben, bis ich vor Verlangen aufstöhnte und seinen Kopf zwischen meine Oberschenkel drückte.

»Bitte, bitte, bitte, Cameron. Mach, dass ich komme.«

Und dann tat er es. Jemand schrie. Ich lehnte mich gegen die Wand und klammerte mich irgendwo an ihm fest. Keuchend hob er meine Knie über seine Schulter, umfasste die Unterseite meiner Schenkel und zog mich näher an sein Gesicht, während er es mir mit der Zunge besorgte.

Als ich kam, sank ich gegen ihn. Mein Herz drohte zu explodieren. Mit glühenden Augen schaute er mich an, dann zog er mich ohne jede Vorwarnung an sich. Er griff in meine Haare und küsste mich wild. Einen Moment lang konnte ich nichts tun, als mich dieser sinnlichen Attacke hinzugeben. Schließlich löste ich mich atemlos vor Begierde von ihm.

Wenn jemand mir erzählt hätte, dass Cameron in diesem Augenblick nur ein Produkt meiner Einbildung war, ich hätte es geglaubt. Er sah aus wie der sündige Prinz einer anderen Welt. Der Schein des Kaminfeuers und die funkelnden Lichter des Weihnachtsbaumes tanzten auf seinen engelhaften Gesichtszügen und ließen ihn aussehen wie einen Traum. Er konnte unmöglich real sein.

Mehr noch als seine physische Schönheit zog mich seine Seele in ihren Bann. Er war so großzügig und selbstlos. Selbst wenn wir unsere Streitereien und Meinungsverschiedenheiten hatten und nach wie vor bemüht waren, aus dem anderen schlau zu werden, gab er sein Bestes für mich. Und das war genug. Mehr als genug für mich.

Die Zärtlichkeit und Fürsorge, die er für mich gezeigt hatte, seine Freundlichkeit und Zuneigung. Sogar seine Sturheit. Ich wollte alles von ihm – alles.

Und noch mehr als das. Ich wollte sein Herz.

Ich hatte das Gefühl, Cameron schon immer begehrt zu haben, und in diesem Moment wusste ich, dass ich niemals jemand anderen wollen würde. Nur ihn, schon die ganze Zeit. Er war derjenige, auf den ich gewartet hatte, für den ich alles aufgespart hatte – mein Herz, meinen Körper, meine Welt.

Mein Herz gehörte ihm bereits, doch heute Nacht sollte auch mein Körper ihm gehören. Und seiner mir.

»Kara.« Er flüsterte zärtlich meinen Namen, liebevoll auch, es klang wie ein Seufzen, wie eine Wahrheit, wie sein Segen. In seinen blauen Augen lag eine Sanftheit, sie waren voller unausgesprochener Worte, die mein Herz jedoch erkannte und die meine brennende Sehnsucht nach ihm anfachten. »Wie du mich anschaust …«

Plötzlich wirkte er verletzlich, und ich sah Schmerz in seinem Blick.

»Was ist denn?«

»Wirst du mich so anschauen … für eine lange Zeit? Auch noch, wenn diese Nacht vorüber ist?«

Es schnürte mir die Kehle zu vor Emotionen. »Wie schaue ich dich denn an?«

Statt mir zu antworten, küsste er mich erneut. Diesmal war der Kuss sanft, beinah herzzerreißend zart. Seine Liebkosung weckte eine tiefe verborgene Sehnsucht in mir, sodass ich mich fragte, ob er sie vielleicht auf meiner Haut gespürt hatte.

»Cam.«

»Ja?«

»Ich will, dass du heute Nacht mit mir schläfst.«

Seine Lider senkten sich, seine Lippen öffneten sich. Er schluckte; fasziniert beobachtete ich seinen hüpfenden Adamsapfel. Die lange Linie seines Halses. Er war umwerfend schön. Und er gehörte ganz mir.

»Willst du vögeln?«

Ich nickte.

»Bist du dir sicher? Du musst dir sicher sein, Kara.«

»Ja, das bin ich. Ich will dich. In meinem ganzen Leben war ich mir einer Sache noch nie so sicher.«

Er umfasste mein Handgelenk, doch ich wich zurück. Zunächst sah er mich verwirrt an, dann aber verstand er, als ich mich ungeschickt an seinem Hosenknopf zu schaffen machte und den Reißverschluss herunterzog. Sein Schwanz sprang heraus und lag heiß und schwer in meiner Hand. Die Spitze glänzte bereits feucht. Er lehnte sich gegen den Schreibtisch und beugte den Kopf, während er beobachtete, wie ich auf die Knie sank.

Ich sah zu ihm hoch. Seine Miene wirkte hart und unnachgiebig, und ich bemerkte, dass er sich an der Schreibtischkante festhielt. Adern und Sehnen seiner muskulösen Unterarme traten hervor.

Ich massierte ihn mit beiden Händen und war entzückt, ihn stöhnen zu hören. Er fühlte sich hart und groß an in meiner Hand, und sengend heiß.

Ich erschrak, als er mich plötzlich hochzog und auf seine Arme hob.

»Cam?«

Aber er sagte nichts, sondern trug mich zum Bett und legte mich behutsam darauf. Die Laken fühlten sich kühl und glatt an meinem Rücken an, als ich ein Stückchen höher rutschte, um meinen Kopf aufs Kissen zu legen. Er stand vor mir, und ich beobachtete fasziniert, wie er sein Shirt auszog und auf den Boden warf. Dann streifte er sich die Jeans ganz herunter, stieg heraus und kickte sie fort.

Sein Körper war wundervoll gebaut. Breite Schultern, langer Oberkörper, muskulöse Arme, harte, kräftige Oberschenkel. Ich wollte seine Haut berühren, ihn auf mir spüren. Oder unter mir. Vor allem aber wollte ich ihn wieder schmecken.

»Ich werde kommen, wenn du es mir jetzt wieder mit dem Mund besorgst«, sagte er heiser. »Ich muss in dir sein.«

Oh wow. Meine Atmung beschleunigte sich bei seinen Worten, und ich war schon wieder kurz vorm Höhepunkt, so schnell nach den Orgasmen, die er mir beschert hatte. Nie hätte ich für möglich gehalten, dass ich für jemanden so empfinden könnte. Dass mein Herz und mein Körper sich gleichermaßen nach ihm verzehren könnten.

Natürlich hatte ich davon gehört und gelesen, es in Filmen gesehen. Nie aber selbst erlebt. Bei meinen Eltern schon gar nicht. Jetzt aber fühlte ich es. Es trieb mich an, mutig zu sein und zu ergreifen, was mir so wundervoll dargeboten wurde. Denn ich wusste, dieses Geschenk war Cameron. Er war es die ganze Zeit gewesen.

Ich richtete mich auf und rutschte auf dem Bett zu ihm. Ich schaute zu ihm hoch, umfasste seine Hüften und zog ihn an mich. Wir fielen auf die Matratze, seine starken Arme befanden sich zu beiden Seiten meines Kopfes, unsere Körper wurden aneinandergepresst. Ich spürte ihn, heiß und schwer und hart an meinem Bauch.

»Komm hoch zu mir, Cam.«

»Was tust du?«, fragte er.

»Ich will dich. In meinem Mund. Genau so, wie du es mit mir in deinem Bett gemacht hast.«

Er atmete mit bebenden Nasenflügeln und sah mich mit einem wilden Funkeln in seinen intensiven blauen Augen an. »Ich will dir nicht wehtun. Ich möchte behutsam mit dir sein.«

»Ich werde schon nicht zerbrechen.«

Er überlegte. »Du sollst wissen, dass du deine Meinung jederzeit ändern kannst.«

»Das weiß ich.«

»Gut.«

»Worauf wartest du noch?«, spornte ich ihn an. »Bist du bereit, mir zu geben, was ich will?«

Ich konnte sehen, dass sein Verstand auf Hochtouren arbeitete, um gegen die Begierden seines Körpers anzukämpfen, doch allmählich entglitt ihm die Kontrolle. Er ballte eine Hand zur Faust, hob sie an seinen Mund und biss in die Knöchel, während er zwischen meine Beine starrte und mir dann wieder ins Gesicht sah.

Ich wollte, dass er losließ, wollte ihn wild. Vielleicht war das gefährlich. Selbst nach all den intimen Dingen, die wir miteinander getan hatten. Mir war durchaus bewusst, dass Sex mit Cameron überwältigend anders sein und viel mehr bedeuten würde.

Es war mein erstes Mal, und vielleicht hätte ich Angst haben oder nervöser sein sollen als ich war, doch ich fühlte mich bei ihm nun mal sicher. Er gab mir das Gefühl, begehrenswert zu sein, sexy und schön. Mit jemandem zusammen zu sein, der so sinnlich war wie Cameron, und zu wissen, dass er mich begehrte, machte mich mutig. Ich wusste einfach, dass das, was in dieser Nacht zwischen uns geschehen würde, etwas Besonderes und Erstaunliches sein würde.

Langsam glitt er auf mich; mein Körper befand sich zwischen seinen Knien, während er sich meinem Gesicht näherte. Er war so groß, mit definierten Muskeln, wie er da vor mir aufragte. Ich rieb meine Beine gegeneinander und spürte das schon sehr vertraute sinnliche Ziehen.

»Nur einmal, vielleicht.« Er fuhr mit dem Daumen über meine Unterlippe, hin und her, hin und her. Unter schweren Lidern hervor starrte er auf meinen Mund. Er umschloss seinen Schwanz und rieb ihn an meinen Lippen. »Leck ihn.«

Ich schob meine Zunge heraus und strich über die Spitze, einmal, zweimal. Er stieß einen knurrenden Laut aus und betrachtete mich mit hungrigem Blick. »Öffne deinen Mund.«

Als ich es tat, schob er seinen Schwanz hinein. Ich fing an, ihn zu saugen, sanft zuerst, dann härter. Sein herber Geschmack nach Meer schien in meinem Mund zu explodieren.

»Das ist es. Verdammt, Kara. Dieser Mund.«

Cameron schloss die Augen und gab ein tiefes Stöhnen von sich. Seine Lippen teilten sich, und er warf den Kopf in den Nacken, während er sich mir ganz überließ. Er fühlte sich heiß auf meiner Zunge an. Ich liebte es, zu sehen, wie er sich von mir Lust verschaffen ließ. Ich war froh, diejenige zu sein, die ihn verwöhnte. Im Augenblick gab es nichts ursprünglich Schöneres auf der Welt als Cameron.

Er drang tiefer ein, und ich schluckte schwer. Rasch zog er sich zurück und glitt an mir herunter. Doch sein Geschmack machte mich unersättlich.

Cameron saß jetzt rittlings auf meinem Becken und beugte sich herunter, um mich stürmisch zu küssen, während seine Hände überall gleichzeitig auf meinem Körper zu sein schienen. Dann löste er sich von mir, streckte die Hand nach der Nachttischschublade aus und holte ein Kondom raus. Er riss die Packung mit den Zähnen auf. Gebannt verfolgte ich, wie er es sich über seine beeindruckende Länge streifte.

Erneut umfasste er seinen Schwanz mit seiner starken Hand und massierte ihn, während sein Blick auf den Punkt zwischen meinen Schenkeln gerichtet war. Als unsere Blicke sich trafen, sah ich so viel Begierde und Sehnsucht in seinem, dass mir der Atem stockte.

»Du bist so wunderschön, Kara.«

Er spreizte meine Schenkel weiter und legte sie über seine Arme. Er streifte mir den Slip herunter und zog mich näher zu sich heran. Ich bog mich ihm entgegen, als ich fühlte, wie hart und heiß er war.

Er streichelte meinen Hals und ließ seine Hände abwärtsgleiten, um meine Brüste zu streicheln, und dann hinunter zu meinem Bauch.

»Willst du es immer noch tun?«, fragte er.

Plötzlich wurde ich nervös. Ich hatte keine Ahnung, woher das kam. Andererseits war ich entschlossen. Ich würde meine Meinung nicht ändern, aber … Ich hob die Arme, schlang sie um seinen Nacken und drückte ihn zu einem glühenden Kuss an mich.

»Kara«, flüsterte er. »Ich bin dein. Wenn du mich willst. Ich werde immer dein sein.«

Ich schmolz regelrecht dahin. »Ja«, hauchte ich. »Ja, Cameron.«

Er küsste mich sanft auf die Lippen und sah mich so voller Verlangen an, dass ich es bis in mein Herz hinein spürte. Dann führte er seinen Schwanz in mich ein. Zunächst nur ein kleines Stück, die Spitze, mich neckend, eindringend und sich gleich wieder zurückziehend.

Schauer überliefen mich. Ich wand mich und gab Laute der Ungeduld von mir. Ich wollte mehr, doch er setzte diese süße Tortur fort, indem er sich immer nur einige Zentimeter in mich schob.

»Cameron!«

Er lachte, es klang samtig und heiser. »Mehr?«

»Ja!«

Er lehnte sich nach vorn, die Arme zu beiden Seiten meines Kopfes aufgestützt. Und dann drang er tiefer in mich ein. Ich gab einen kehligen Ton von mir.

Cameron glitt heraus und quälend langsam wieder hinein. Ich schloss die Augen und fühlte eine Träne an meiner Schläfe hinunterrinnen. Es war so gut, so unglaublich gut.

Er saugte an meiner Unterlippe und tauchte mit seiner Zunge in meinen Mund. Gleichzeitig bewegte er sich in einem geschmeidigen Rhythmus in mir. Er war sanft, doch ich spürte die Anspannung seiner Muskeln und die animalische Begierde.

Als er an einer meiner Brustwarzen saugte und sacht hineinbiss, nahm ich ein intensives, lustvolles Pulsieren zwischen meinen Oberschenkeln wahr, das sich in Wellen überall in meinem Körper auszubreiten schien, bis ich mich Cameron entgegenbog und ihm damit signalisierte, dass er schneller machen sollte und dass ich mehr wollte.

»Deine Pussy fühlt sich verdammt gut an«, flüsterte er.

Das machte mich wild. Ich schlang die Beine um seine Hüften und trieb ihn an. Ein Beben durchlief ihn, und er stöhnte, während er die ungestümen Bewegungen meiner Hüften zuließ.

Ich erkannte den Moment genau, in dem ich ihn ganz hatte. Ich fühlte mich erfüllt, außerdem war da ein leichtes, scharfes Stechen. Doch aufhören konnte ich nicht. Mir fiel auf, wie feucht ich war. Ich hatte die Kontrolle über meinen Körper verloren, getrieben von dem verzweifelten Verlangen, das nur er stillen konnte.

Mein Sichtfeld verschwamm. Die Lust war überwältigend und strömte durch meine Adern, nahm mich ganz in Besitz, bis ich auf dem Höhepunkt alles herausschrie.

»Noch einmal«, forderte er mich mit rauer Stimme auf. »Noch einmal, Kara.«

Ich musste nachgeben. Er war gnadenlos, fachte das Feuer von Neuem in mir an, und sein Stöhnen vermischte sich mit meinem. Wieder und wieder drang er hart und schnell in mich ein, während ich mich an ihm festklammerte und ihn anspornte.

Der Orgasmus traf mich wie eine gigantische Welle, und ich fiel, fiel, hielt Cameron fest, während er weiter in mich hineinpumpte. Er war so wild, wunderschön und prachtvoll. Stöhnend umgriff er meinen Po mit beiden Händen, als er tief und schnell in mich eindrang.

»Verdammt, verdammt, verdammt«, stieß er hervor.

Dann warf er den Kopf zurück und erstarrte. Ich spürte ihn in mir zucken, und sämtliche Muskeln seines Körpers schienen bis zum Zerreißen angespannt. Dann sank sein Kopf an meine Schulter, und er saugte an meiner Haut, während seine Atmung sich allmählich wieder normalisierte.

»Ah, Kara.«

Ich fühlte seinen rasenden Herzschlag. Oder war es mein eigener?

»Bleib«, flüsterte er mir ins Ohr. »Bleib bei mir.«

»Ich bin hier, Cam.«

Ich schloss die Augen und kostete diesen Moment ganz aus. Sein Duft, der sich mit meinem vermischt hatte, war berauschend. Sein Gewicht auf mir. Das Gefühl, durch den Körper eines Mannes geliebt worden zu sein. Er küsste meine Haare, bevor er sich von mir löste, nur um gleich darauf seine Arme um meinen Bauch zu legen.

»Kara.«

»Ja?«

Aber er sagte nichts mehr. Stattdessen hielt er mich besitzergreifend, als fürchte er, ich könnte verschwinden.

Er blickte mich mit einem so zärtlichen Ausdruck in den Augen an, dass es mich umhaute. »Danke, dass du zu mir zurückgekommen bist«, raunte ich.

»Ich werde immer zu dir zurückkommen, Kara. Immer.«

Ich küsste ihn, und wir hielten uns eine Weile einfach nur fest. Ich schmiegte meine Wange an seine Brust, lauschte seinem Herzschlag, seinem Atem und fand Trost darin.

»Cam?«

Er streichelte meinen Arm. »Hm?«

»Können wir das morgen wieder tun?«

Leise lachte er. »Klar. Jederzeit, Baby.«

»Cam?«

»Ja?«

»Weißt du, woran ich denke, wenn du schmutzig von der Arbeit bist und einen Werkzeuggürtel umgebunden hast?«

»Wirst du es mir verraten?«, fragte er amüsiert.

»Ich weiß was Besseres«, antwortete ich. »Ich werde es dir zeigen.«

15. Kapitel

Kara

Die frühe Nachmittagssonne schien durch die raumhohen Panoramafenster der Hütte, als ich aus dem Bett stolperte, mich vor Camerons Weihnachtsbaum stellte und ihn langsam blinzelnd betrachtete.

Obwohl ich noch ganz verschlafen war, musste ich grinsen. Cameron hatte das für mich gemacht und all diese Geschenke eingepackt, die ich vor einigen Stunden aufmachen durfte.

Der Weihnachtsbaum sah perfekt aus. Es war ein echter Baum, und der frische Kieferduft erfüllte die Luft. Ich fragte mich, ob er den Baum selbst geschlagen oder gekauft hatte … *Verdammt, ich brauche Kaffee.*

Aber ich stand nur da und betrachtete Camerons Baum. Das winzige Koala- und Affenspielzeug, das daran hing, lächelte mich an. Es sah aus, als hätte er den Christbaumschmuck symmetrisch aufgehängt, sogar als hätte er die Abstände mit dem Lineal abgemessen. Ich pflückte ein paar und hängte sie durcheinander wieder auf. Bitte sehr. Jetzt war es Camerons und Karas Baum.

Grinsend schaute ich hinter mich zu dem wunderschönen schlafenden Adonis im Bett. Cameron lag auf dem Bauch, die Arme unter das Kissen geschoben, sodass nur die Hälfte seines engelsgleichen Gesichts zu sehen war. Die Decke hatte er weggestrampelt. Und er war nackt.

Erschauernd biss ich mir auf die Unterlippe. Nicht weil mir kalt war, sondern weil mir Dinge der vergangenen Nacht wieder einfielen. Sündige Dinge.

Heb das Becken ein wenig höher an. Verdammt, ja, das ist es, Kara.

Ich will dich um den Verstand lecken.

Du bist so feucht. Du fühlst dich so gut an.

Ich liebe es, dich zu vögeln, Baby.

Oh, wow. Ich biss mir fester auf die Lippe und bedeckte meinen Mund mit den Händen, weil ich anfing zu quieken. Vielleicht brauchte ich doch keinen Kaffee.

Cameron macht gerne Dirty Talk beim Sex, und es hat mich sehr erregt. Ich glaube, ihn erregt es, dass es mir gefällt.

Ich hatte den Überblick verloren, wie oft wir es gestern getan hatten. Oder besser gesagt heute Morgen. Wir legten nur eine kurze Essenspause ein. Er machte uns Eiersandwiches, während ich meine Geschenke auspackte.

Zu diesen Geschenken gehörte eine supermoderne Kaffeemaschine, die mich vermutlich zur Arbeit fahren konnte, exzellente Kaffeebohnen, ein Frosch von der Größe eines kleinen Hundes, den ich neben die Fußmatte vor unserer Tür stellen konnte. Wenn ich auf seinen Kopf drückte, quakte er einen *Welcome, go away!*-Song. Er war so süß. Natürlich gab es auch eine als Geschenk eingepackte Schachtel mit Kondomen. Er hatte sich vorbereitet. Danach taten wir es gleich wieder.

Meine Knie zitterten, und ich zuckte ein wenig zusammen, da es sich zwischen meinen Beinen sehr empfindlich anfühlte. Ich hatte das Gefühl, als hätte ich gemeinsam mit Nemo und Dory den Ozean durchschwommen.

Du hast letzte Nacht mit Cameron geschlafen, und das vergleichst du jetzt damit, gemeinsam mit zwei Fischen, die sich verirrt haben, durchs Meer zu schwimmen?

Doch das war nicht der Punkt.

Camerons Haut schimmerte im Sonnenlicht. Ich konnte nicht mehr widerstehen. Ich ging zurück zum Bett und schmiegte mich vorsichtig an seinen Rücken. Als ich spürte, wie heiß und glatt seine Haut sich an meiner anfühlte, stöhnte ich. Mir fiel auf, dass ich ja immer noch nackt war. Er bewegte sich ein wenig, heiser brummend; für das, was ich dabei fühlte, reichte mein Wortschatz nicht aus.

»Kara.«

»Schlaf weiter, Cam«, flüsterte ich und küsste ihn auf den Nacken. Ich legte meine Wange an seinen nackten Rücken, glücklich und nach wie vor erstaunt, dass ich ihn einfach auf diese Weise haben konnte.

Er schlief lautlos und tief. Ich wusste, dass er für gewöhnlich im Morgengrauen aufwachte, aber da er im Morgengrauen … etwas mit mir gemacht hatte, schliefen wir bis zum Nachmittag. Unter gar keinen Umständen hätte ich ihn aufgeweckt.

Ich nahm mein Handy und stolperte ins Badezimmer. Noch immer fühlte sich alles ein bisschen wund an. Als ich sah, was auf der Ablage lag, stutzte ich. Eine Bürste und eine Zahnbürste, noch verpackt, dazu ein Glätteisen mit einer pinkfarbenen Schleife darum. Noch mehr Geschenke.

Ich schmolz lächelnd dahin. Wer hätte gedacht, dass Cameron Jeremiah St. Laurent so süß war? Ich fragte mich, wann er die Zeit gehabt hatte, das alles vorzubereiten.

Als ich mein Spiegelbild begutachtete, war ich nicht überrascht. Meine Haare sahen aus, als sei ein Hurrikan hindurchgefahren, aber das kümmerte mich nicht. Meine Wangen waren gerötet, meine Augen funkelten vor Glück. Ich sah … hübsch aus. Und trunken vor Liebe.

Eine Träne lief mir die Wange hinunter, und ich zuckte zurück, als hätte mich etwas getroffen. *Was zur Hölle? Was ist das? Warum weine ich?*

Weil Cameron mir in der vergangenen Nacht seinen Körper gegeben hatte … und sein Herz. Und ich hatte ihm meines gegeben.

Es war kein *Ich liebe dich* ausgesprochen worden, aber ich hatte es bei ihm gefühlt. Waren seine Küsse, seine Berührungen, seine zärtliche Fürsorglichkeit, seine Begierde und Leidenschaft denn nicht Liebeserklärungen? War all das nicht viel aufrichtiger als Worte?

Worte konnten leer und dahingesagt sein. Im Handeln lag Wahrhaftigkeit. Ich erkannte Camerons Wahrheit, vor allem, da es ihm oft schwerfiel, die richtigen Worte zu finden. Er ließ seine Taten und seine Berührungen für sich sprechen, sehr klar und sehr deutlich.

Es wäre gelogen, wenn ich behaupten würde, dass ich die Worte nicht von ihm hören wollte. Doch vorerst war es genug, was wir hatten. Und so lange waren wir ja noch nicht zusammen.

Geduld, Kleines.

Letzte Nacht hat er sich als sehr aufmerksamer, sehr großzügiger Liebhaber erwiesen, dachte ich, während ich in die Dusche stieg und aus den Armaturen schlau zu werden versuchte. Ich schloss die Augen und ließ das warme Wasser meinen Körper beruhigen. Meine Brustwarzen waren leicht geschwollen, selbst meine Lippen, weil er an ihnen gesaugt hatte. Meine Beine waren immer noch zittrig. Alles tat ein bisschen weh, aber auf wundervolle Weise.

So fühlt es sich also an.

Etwas hatte sich verändert. Da war eine andere Wahrnehmung in mir, ein Selbstbewusstsein, eine Wertschätzung meines Körpers, die nur durch eine lebensverändernde Erfahrung möglich geworden war. Cameron hatte meinen Körper angebetet und zutiefst geliebt. Er gab mir das Gefühl, wirklich wertgeschätzt zu werden. Es schmolz mein Herz.

Und ich hoffte, dass es auf ihn die gleiche Wirkung hatte.

Die gleiche Wirkung …

Es war mein erstes Mal gewesen, aber nicht seins. Er hatte schon viele Frauen gehabt, aber ich wusste, dass sie ihm nichts bedeutet hatten. Ja, das wusste ich, und ich war nicht eifersüchtig. Ein klein bisschen vielleicht, doch ich wusste, dass ich seine Gegenwart und Zukunft war.

Dennoch war da dieses nagende Gefühl. Die Vorstellung, eine andere Frau könnte ihn anfassen, machte mich wahnsinnig. Ich war mir nicht sicher, ob es womöglich einfach daran lag, dass ich wusste, wie es sich anfühlte, ihn ganz und gar zu haben. Hing Camerons Eifersucht auf Damon etwa genau damit zusammen? War er so wütend geworden, weil Damon mich berührt hatte?

Natürlich war es unglaublich albern von Cameron, auf Damon eifersüchtig zu sein. Damon war mein Bruder. Doch wenn die Rollen vertauscht wären, wie stünde ich dann dazu?

Bäh. Ich werde es herausfinden. Warum ist alles so kompliziert?

Meine Einstellung hinsichtlich meiner Freundschaft zu Damon hatte sich nicht geändert, aber ich verstand Camerons Gefühle jetzt besser. Nächstes Mal würde ich aufmerksamer sein.

Verdammt, Sex steigerte mein Gehirnlevel, oder?

Na klasse, dann hol dir mehr davon, Mädchen!

Das werde ich. Aber für mich würde es Sex nur mit der richtigen Person geben, und das war Cameron. Der Himmel wusste, wie sehr meine Mutter sich herumgetrieben hatte, ohne dass sie dadurch je schlauer wurde, dachte ich, während ich das Shampoo aus meinen Haaren wusch. Was mich daran erinnerte, dass ich meinem Dad und Dylan wenigstens eine kurze Textnachricht schicken und mal hören sollte, ob bei ihnen alles in Ordnung war.

Ich lachte leise, als ich Dylans Nachricht las. Sie bestand aus einem Selfie von ihm, Dad und Damon in der Werkstatt, wo sie köstliche Croissants aßen, die Damons Mom Antoinette gebacken hatte. *Mag Cameron Croissants? Vielleicht würde ich ihm mal welche zur Arbeit bringen.*

Ich war froh, dass Dylan und Dad sich wieder versöhnt hatten. Ich wusste, dass sie das tun würden. Moment mal, war das Thomas da hinter ihnen? Ach ja, er hatte gesagt, er würde wegen eines Ölwechsels vorbeischauen. Ich fragte mich, ob ich alle für ein Weihnachtsessen würde versammeln können. Ich wünschte, Tala und Mrs. B wären auch da.

Shit, es ist kalt. Ich trocknete mich rasch mit einem Handtuch ab, das ich im Regal gefunden hatte, nahm ein paar von Camerons übergroßen Sachen aus dem winzigen Schrank im Badezimmer und zog sie an.

Da ich keine Kosmetiksachen mitgebracht hatte, benutzte ich Camerons Aftershave als Gesichtslotion, putzte mir die Zähne und bürstete meine Haare mit den Sachen, die er mir geschenkt hatte. Ohne Fön würde es ewig dauern, bis sie trocken wären.

Trockne sie am Feuer, während du seinen anbetungswürdigen nackten Körper betrachtest.

Großartige Idee. Von denen hatte ich heute ganz schön viele, und das noch vor der ersten Tasse Kaffee. *Vielleicht ist Sex der neue Kaffee.* Ja, klar, dachte ich sarkastisch und hatte praktisch schon den Geschmack auf der Zunge. Doch als ich aus dem Badezimmer kam und Cameron immer noch friedlich schlafen sah, blieb ich unvermittelt stehen.

Seine Hütte war großflächig und offen gestaltet. Wenn ich herumlief und anfing, irgendetwas zu tun, würde er ziemlich schnell davon aufwachen. Ich hätte wetten können, dass er nie lange schlief. Ich schnappte mir meine Jacke, wickelte mir ein Handtuch um meine feuchten Haare, um nicht zu erfrieren, schlüpfte in meine Boots und schlich nach draußen.

Die Luft roch frisch und rein. Der Himmel war von einem klaren Blau, die Sonne sanft und angenehm. Eine dicke Schneeschicht bedeckte den Boden, von Sonnenlicht gesprenkelt. Die Zweige der Bäume glitzerten und bogen sich unter der Schneelast. Der Schnee fiel in trägen Spiralen, vom Wind umhergewirbelt. Das reinste Wintermärchenland.

Ich hörte das gedämpfte Röhren eines PS-starken Autos irgendwo auf dem Highway, fröhlich singende Vögel in den Bäumen, das leise Rauschen des Windes sowie, verdammt, das wütende Bellen eines großen hungrigen Hundes.

Ein Wolf! Oder ein Bär? Oh, Mist.

Es kam näher und wurde lauter. Mit pochendem Herzen rannte ich zurück zur Haustür, doch die war verschlossen. Ich hatte keine Ahnung, wie der Code lautete, um sie aufzubekommen. *Wow, ich bin ein solches Genie!* Warum hatte ich nichts dazwischengelegt, damit sie nicht zufiel? Oder hatte Cameron nach dem Code gefragt. Jetzt war es zu spät.

Die Härchen auf meinen Armen richteten sich auf, als ich hinter mir etwas spürte. Dabei hatte ich doch noch so viele Träume und Ziele im Leben.

Langsam drehte ich mich um und starrte verdutzt das winzige

Tier in knapp zwei Meter Entfernung an. Es sah aus wie ein Miniaturpudel. Es hatte gelocktes, goldenes Fell, Schlappohren und große, runde Augen. Es schaute mit hängender Zunge zu mir auf. Grinste es?

Meine Knie zitterten vor Erleichterung. Trotzdem, der einzige Hund, der mich mochte, war Damons Labrador Burp. Alle anderen wollten mir stets ein Stück aus dem Hintern beißen.

»Ich weiß nicht recht, Mann.« Vorsichtig bewegte ich mich. »Hey, braves Hündchen. Freundliches Hündchen, das keine Leute beißt.«

Der Hund neigte den Kopf zur Seite. Dann bellte er und erschreckte mich damit, sodass ich mich mit erhobenen Händen rücklings gegen die Tür drückte. Doch statt mich zu beißen, wie ich erwartet hatte, sprang er um meine Beine, leckte mir die Boots und wedelte aufgeregt mit dem Schwanz.

Ich sah, dass er ein Halsband trug, also musste er wohl jemandem in der Nachbarschaft gehören. Vielleicht war er durch das Gartentor geschlüpft. Das süße Gesicht schaute zu mir auf, und da konnte ich nicht länger widerstehen. Ich ging in die Hocke und wollte ihm den Kopf tätscheln, aber er wich zurück. Ein letztes Mal bellte er mich fröhlich an, dann rannte er weg.

»Bis bald. Aber bring keine Freunde mit!«

Als die Tür aufging, bekam ich fast einen Herzinfarkt.

»Cameron!«

Er trat hinaus. Ein großer, athletisch gebauter, wunderschöner Mann. »Kaffee?«

Er hielt mir einen dampfenden Becher hin. Mir lief das Wasser im Mund zusammen. Ich war mir nicht sicher, ob wegen des Kaffees oder seinetwegen.

Cameron war dick eingepackt in eine dunkle Winterjacke. Seine Haare sahen aus, als hätte jemand sie ihm die ganze Nacht hindurch zerwühlt, auf seinen Wangen sprossen frische Bartstoppeln, die ihn bedrohlich wirken ließen. Und wundervoll. Seine tiefblauen Augen verengten sich zu schmalen Schlitzen, als er skeptisch das Handtuch um meinen Kopf betrachtete.

»Ich habe geduscht«, erklärte ich und nahm den Kaffee von ihm entgegen. »Meine Haare sind noch nass.«

»Was hast du denn draußen gemacht?«

»Ich wollte spazieren gehen und mir den Schnee ansehen. Da war ein Hund. Ein süßer kleiner Hund.«

»Ja.«

»Kennst du den Besitzer? Der Hund muss sich verlaufen haben.«

»Hat er nicht. Wohnt in dem großen Haus die Straße runter.«

»Kommt der öfter her?«

»Hin und wieder.«

»Du hast ihn gefüttert, oder? Deshalb kommt er immer wieder.«

Er zuckte mit den Schultern.

»Ah, Cameron ist ein Softie.«

Er saugte an seiner Unterlippe und versuchte, nicht zu grinsen, aber vergeblich. »Du wirst dir noch den Tod holen. Trockne lieber deine Haare, bevor wir einen Spaziergang machen.«

»Sagt der Typ, der nur eine Winterjacke trägt. Wo sind deine anderen Sachen?«

»Ich arbeite darin. Bin daran gewöhnt.«

»Ich will mir die Haare nicht trocknen. Ich möchte ins Labyrinth gehen. Komm mit.«

»Einverstanden. Aber komm wenigstens für einen Moment rein.«

Langsam schüttelte ich den Kopf und wich zurück.

»Ich werde es dir nicht besorgen«, sagte er. »Noch nicht. Ich … vergiss es. Warte hier.«

Ich biss mir auf die Lippe. Er bedachte mich mit einem letzten bedeutungsvollen Blick und verschwand im Haus. Ein Bild von Cameron tauchte in meinem Kopf auf, wie er von hinten meine Hüften packte.

Fühlt mein Schwanz sich gut an in dir? Verrate es mir.

Oh Gott.

Ich trank einen Schluck Kaffee und schmeckte ihn kaum.

»Kara.«

»Was?«

»Woran denkst du?«

»Gott. Ich habe an Gott gedacht. Was hast du da?«

Er hatte eine Mütze dabei, einen dicken Schal und Arbeitshandschuhe, und er fing an, mir das alles anzuziehen. Er nahm mir das Handtuch vom Kopf und schob meine feuchten Haare unter die Mütze.

»Das fühlt sich besser an. Wärmer«, gestand ich. »Danke.«

Er seufzte. »Du bist so stur.«

»Es braucht eine ganze Armee, um diese Haare trocken zu bekommen. Cam, gehen wir.« Ich zog ihn am Arm.

Er stieß einen weiteren Seufzer aus, dann gähnte er und folgte mir schließlich.

Der Schnee und trockene Blätter knirschten unter unseren Schuhen, als wir das Labyrinth betraten. Hier war es wärmer. Ich konnte den Wind kaum noch spüren. Alles war weiß. Die Büsche und Bäume wirkten wie mit Puderzucker bestäubt und glänzten in der Sonne. Es war, als hätte der Himmel winzige Diamanten und Kristalle verstreut, die auf ihnen geschmolzen waren. Ich sah ein Eichhörnchen auf einem Ast hüpfen und den Baum hinunterklettern. Alles war wunderschön. Und friedlich.

Ich drehte mich um und stellte fest, dass Cameron mich beobachtete.

»Wie fühlst du dich?«, erkundigte er sich.

»Gut.«

»Tut dir was weh nach gestern?«

»Ja.« Ich grinste. »Aber es ist ein angenehmer Schmerz.«

»Wirklich?« Ein sinnlicher Ausdruck trat in seine Augen. »Ich will dich wieder vögeln.«

Mein Herz pochte. »Etwa jetzt?«

»Wenn du nicht mehr wund bist.«

»Na ja, so schlimm ist es nicht …«

Er lachte, tief und rau. »Später. Dein Körper soll sich erst erholen. Ich will dir nicht wehtun.«

Er schloss zu mir auf. Ich zog einen Handschuh aus, stopfte ihn in meine Tasche, nahm seine Hand und verschränkte meine Finger mit seinen.

»Hat es dir Spaß gemacht?«, fragte er mit sanfter Stimme.

»Ich fühlte mich wie im Traum«, antwortete ich.

»Ein guter Traum?«

»Ein sehr guter Traum. Hast du das nicht gemerkt?«

»Ich wollte es wohl von dir hören.«

»Wie steht's mit dir? Ich weiß, dass es nicht dein erstes Mal war.«

»Doch, war es.«

»Ich soll dir glauben, dass du noch Jungfrau warst? Denkst du vielleicht, ich bin plemplem, nachdem dein Schwa...«

»Kara.« Er lachte ein wenig, aber dann wurde seine Miene ernst. »Hör zu. Es war für mich das erste Mal, dass es ... etwas bedeutete.«

Mein Herz. Shit. Mein Herz.

Er blieb stehen und zog an meiner Hand, sodass ich vor ihm stand.

»Vorher hat es nie etwas bedeutet. Sex hatte keine Bedeutung, aber mit dir war es ...« Ich konnte ihm von den blauen Augen ablesen, wie aufgewühlt er war; seine Emotionen lagen ehrlich und offen zutage. Er suchte nach Worten, aber das war nicht wichtig. Ich wusste es. Ich wusste es einfach.

Er legte meine Hand auf seine Brust und hielt seine Hand auf meiner. »Kara.«

»Mir ging es genauso«, flüsterte ich. »Mir ging's genauso, Cam.«

Er küsste meine Handfläche, verschränkte seine Finger wieder mit meinen, und wir setzten unseren Spaziergang fort. Alles sah nun noch schöner und intensiver aus. Die Welt kam mir vor wie ein wundervoller Ort.

Wenn es sich so anfühlte, in Cameron verliebt zu sein, war es beängstigend. Ich hatte Angst, ihn zu verlieren, Angst, dass er meine Hand nicht mehr halten würde, dass er mich eines Tages nicht mehr auf diese Weise anblicken würde. Das würde mich zerstören.

»Ist gestern Abend eigentlich noch etwas passiert?«, erkundigte er sich und riss mich damit aus meinen düsteren Gedanken. »Als ich dich gesehen habe, machte ich mir Sorgen, dass etwas passiert sein könnte.«

»Dad und Dylan hatten einen Streit, aber der ist schon wieder beigelegt.«

Er nickte, stellte jedoch keine weiteren Fragen.

»Willst du wissen, warum?«, fragte ich.

»Wenn du es mir erzählen willst.«

»Das will ich, aber nur, wenn du es auch wissen willst.«

Er runzelte die Stirn. »Natürlich will ich. Wie kommst du darauf, es könnte mich nicht interessieren?«

»Du musst es mir sagen, ich kann schließlich nicht deine Gedanken lesen.«

»Ich will alles über dich wissen.«

»Okay.«

Ich wartete. Er drückte meine Hand, um mich zu ermutigen. »Nun sag schon.«

Ich schaute hoch zum Himmel. Es hatte aufgehört zu schneien. »Es ist hart, mit nur einem Elternteil aufzuwachsen, oder?«

»Fragst du mich das?«

Statt ihn zu drängen, wartete ich.

Er fuhr sich durch die Haare. »Ich glaube, es wäre für mich schlimmer gewesen, wenn sie zusammengeblieben wären. Für alle Beteiligten.«

»Musstest du als Kind zwischen den Eltern pendeln?«

»Eigentlich nicht.«

Er erklärte nichts dazu.

»Cam.«

»Ja?«

»Du bist es nicht gewohnt, über dich zu sprechen, stimmt's? Es ist ziemlich schwierig, etwas aus dir herauszubekommen.«

»Ich dachte, wir sprechen über das, was gestern Abend in deiner Familie vorgefallen ist.«

»Ja, schon, aber es ist eigentlich eine Unterhaltung. Es gibt hier kein Bedienungshandbuch. Ich will einfach etwas über dich erfahren.«

»Anfangs blieb ich bei Raven, später bei meinem Vater.«

»Warum nennst du sie Raven und nicht Mom?«

Seine Miene verhärtete sich. Ich hatte ihm diese Frage schon einmal gestellt, ohne dass ich je eine Antwort bekommen hätte. »Weil sie sich nie wie eine Mutter benommen hat. Genug von mir. Erzähl mir, was gestern Abend passiert ist.«

Offenbar ein heikler Punkt. Ich beließ es vorerst dabei. »Wir hatten ein vorgezogenes Weihnachtsessen im Haus meiner Tante. Alle Geschwister meines Vaters und deren Kinder waren da. Jeder.«

»Magst du das? Familienessen?«

»Dieses jedenfalls nicht, ansonsten ist mir Familie sehr wichtig. Schließlich wurde ich von Mike Hawthorne großgezogen. Die Verpflichtung der Familie gegenüber, dazu wurde ich von klein auf erzogen. Ich *muss* also dabei sein.«

»Oder was?«

»Oder ...« Ich dachte kurz darüber nach. »Sonst wäre mein Vater wohl sauer.«

»Du gehst da hin, damit dein Vater nicht sauer ist?«

»Ja, und weil es Familie ist.«

Er wirkte verwirrt. Offenbar verstand er das nicht.

Ich seufzte. »Ich nehme an, man kann es von meiner Seite wirklich als Pflicht bezeichnen. Die Sache ist kompliziert. Einige von ihnen mag ich ja wirklich. Und auch wenn ich auf Onkel Andrew gut verzichten könnte, weiß ich, dass nicht alles nur schwarz und weiß ist. Er ist weder von Grund auf gut noch schlecht.«

»Die Menschen sind gar nicht so kompliziert. Bis auf dich«, fügte er hinzu. »An dir ist nichts Simples.«

Ich grinste breit. »Wirklich? Ist das etwas Gutes?«

»Alles an dir ist gut, Kara.«

»Du bist bloß geblendet von meinem Körper.«

Er grinste schief. »Wahrscheinlich. Ich bin eben besessen.«

Ich zog einen Schmollmund, nahm eine Handvoll Schnee und warf sie ihm ins Gesicht. Der Schnee zerstreute sich, ehe er sein Ziel erreichen konnte.

»Du willst dich nicht mit mir anlegen. Du würdest verlieren«, warnte ich ihn und überlegte, wie viel Schnee ich gegen einen großen Mann wie Cameron einsetzen müsste.

»Wollen wir wetten?«

»Verschieben wir's. Dem Boss tut immer noch alles weh. Aber stell dich schon mal drauf ein, dass ich es dir gründlich besorgen werde.«

»Worüber genau reden wir hier eigentlich?«

Als ich mich zu ihm umdrehte, grinste er wieder. Ich nahm eine weitere Handvoll Schnee, und diesmal traf ich ihn ins Gesicht. Sein Lachen hallte fröhlich durch das Labyrinth.

Wir gingen weiter. Manchmal ging er voraus, manchmal ich. Aber die ganze Zeit hielt er meine Hand, was ich besonders mochte. Wir kamen an der Stelle vorbei, an der wir einmal rumgemacht hatten. An jenem Abend, als er mir von seinem Kindheitsfreund Pete erzählt hatte. Die Decke, die ich damals mitgenommen hatte, lag noch auf dem Boden. Cameron hob sie auf, breitete sie über der Lehne der Bank aus und ließ sie dort.

Er zog mich in eine geheime Passage, in der die Bäume einen Baldachin formten. Sonnenlicht sprenkelte den Boden. Alles war so friedlich.

»Kara«, sagte er. »Erzähl mir mehr.«

Ich rieb seine Handfläche mit meinem Daumen. Seine Haut war rau und schwielig. Als ich seine Hand umdrehte, entdeckte ich alte und neue Kratzer und Abschürfungen.

»Ich weiß, was Dylan will, obwohl er sich dessen selbst noch nicht bewusst ist.«

»Und was ist das?«

»Er will einen tadellosen Ruf; niemand soll etwas Negatives über unsere Familie sagen können. Dylan hasst es, wenn die Leute über uns klatschen, nur ist das eben kaum zu vermeiden, wenn die Mutter mit einem Staubsaugervertreter durchbrennt.«

»Wie steht's mit dir?«

»Was meinst du?«

»Wie siehst du diese Geschichte?«

»Ich hasse sie«, gestand ich. »Vielleicht habe ich mich besser unter Kontrolle als Dylan, aber die Sache ist mir zuwider, weil sie meiner Familie Schmerz zufügt. Dylan meint, die anderen sehen uns als die armen Verwandten, für die sie sich schämen. Ich fürchte, er hat recht. Ginge es nur um mich, wäre es mir egal, aber sie lassen es meinen Dad spüren. Und den verletzt das sehr.«

»Dein Dad ist einer der ehrenwertesten Männer, denen ich je begegnet bin.«

»Danke, dass du das sagst, Cam. Dafür mag ich dich wirklich sehr.«

»Es ist wahr. Man merkt, dass du von ihm erzogen wurdest.«

»Du erhältst später einen Blowjob.«

Er lachte in sich hinein, warf mir jedoch einen wissenden Blick zu.

»Vor ein paar Jahren heiratete eine meiner Cousinen. Sie luden meinen Dad nicht ein, weil er sie ihrer Ansicht nach vor ihrer neuen angeheirateten Verwandtschaft blamierte.«

»Inwiefern?«

»Mein Dad war Teilzeithausmeister in der Schule, an der die angeheiratete Verwandtschaft zu der Zeit unterrichtete.« Bei der Erinnerung daran, wie tief verletzt mein Dad ausgesehen hatte, als meine Tanten ihm erklärten, weshalb er nicht eingeladen war, knirschte ich mit den Zähnen.

»Die haben Angst, was andere Leute über sie sagen. Die wollen stets gut dastehen, was hermachen und sich überlegen fühlen. Und mein Dad passt da nicht ins Bild.«

Ich ließ seine Hand los, denn ich fühlte eine Unruhe in mir. »Ich kann meinem Dad schlecht vorwerfen, dass er seine Geschwister liebt. Das entspricht eben seinem Charakter. Ich werde hart arbeiten, Cam. Ich werde genug Geld verdienen, um die Schulden meiner Familie zu bezahlen. Damit mein Dad nicht mehr so hart arbeiten muss und wir auf niemanden mehr angewiesen sind. Dylan bekommt diesen einwandfreien Ruf, den er sich wünscht. Ich will, dass er erhobenen Hauptes gehen kann und sich nicht schämen muss. Das alles werde ich für meine Familie tun, nicht für andere Leute.«

Ich nahm meinen Schal ab, denn mir war warm. »Ich werde wütend. Kannst du mir etwas erzählen, was mich von dem Wunsch ablenkt, jemandem die Faust ins Gesicht zu rammen?«

Er schwieg einen Moment wie in Gedanken verloren, bevor er fragte: »Was würdest du denn gerne wissen, Kara?«

Ich ging ein Stück voraus und versuchte mich zu beruhigen. »Warum schläfst du auf der Couch? Du ziehst es vor, dort zu schlafen, oder?«

Seine Züge spannten sich an. »Als Kind wusste ich nie, wann Raven nach Hause kommt. Ob sie überhaupt kommen würde. Manchmal war sie einen oder zwei Tage fort, manchmal länger. Ich schlief auf der Couch, damit ich die Haustür im Auge behalten konnte. Hab mich daran gewöhnt.«

Er hatte auf der Couch geschlafen und die Haustür im Blick behalten, weil er auf die Rückkehr seiner selbstsüchtigen Mutter wartete.

Ich musste schlucken, denn es schnürte mir die Kehle zu. Am liebsten hätte ich das kleine Kind in ihm getröstet, es verteidigt und beschützt. Cameron sprach nur selten von seiner Kindheit, und ich wollte so viele Antworten wie möglich, solange er bereit war zu reden.

»Du erwähntest einmal, sie hätte dich im Keller eingesperrt, damit du nicht wegläufst.«

»Ich habe immer ein Kellerfenster unverriegelt gelassen. Mache ich immer noch. Ich bin echt kaputt.«

»Cameron.«

»Ich brauche kein verdammtes Mitleid, Kara.«

»Das ist es nicht.«

»Nein?«

»Ich leide mit dem Kind, das du warst. Nicht mit dem Mann, der du heute bist. Denn wie könnte ich einen starken Mann bemitleiden, der seine Dämonen erfolgreich bekämpft hat?«

Er schloss die Augen. »Ich weiß nicht, ob ich erfolgreich war. Ich … warum erzähle ich dir das alles überhaupt?«

»Weil du Abschnitte deines Lebens mit mir teilen willst«, erklärte ich schlicht. »Im Gegenzug erzähle ich dir von mir.«

»Okay, ich bekomme gern etwas von dir.«

»Kannst du auch damit umgehen?«

»Ich mache mir eher Sorgen, ob du mit dem umgehen kannst, was ich dir erzähle«, erwiderte er.

Vor uns lag ein kleiner, in die Jahre gekommener Erzengel-Springbrunnen. Der linke Flügel war ab, das Schwert zerbrochen. Dunkles Moos und Schmutz bedeckten die Hälfte des Gesichts, während Pflanzen sich um die gepanzerte Gestalt rankten. Die Figur erinnerte mich daran, wie Cameron ausgesehen hatte, als er mir vom Tod seines Kindheitsfreundes erzählt hatte. Gebrochen, aber aufrecht.

»Jetzt, wo ich weiß, was hier passiert ist, mit … Pete«, begann ich behutsam, »bin ich neugierig, warum du das Anwesen gekauft hast.«

»Dieser Ort verkörpert nicht den Tod für mich. Er war glücklich hier. Genau wie ich«, sagte er.

Es verblüffte mich, dass Cameron so darüber dachte. Tatsächlich hatte ich geglaubt, er hätte das Grundstück gekauft, weil es Teil seiner dunklen Vergangenheit war. Aus Schuldgefühlen. Nie hätte ich gedacht …

»Möchtest du einen weiteren geheimen Durchgang sehen?«

Ich schüttelte meine Gedanken ab und lächelte. »Ist er geheimgeheim? Noch geheimer als der letzte geheime Durchgang?«

Ein jungenhaftes Grinsen erschien auf seinem Gesicht. »Ja.«

Ich grinste zurück. »Worauf warten wir dann, Captain? Ans Steuer, bevor das Schiff ohne uns lossegelt!«

Er lachte.

Die Arbeiter waren schon weg, als wir bei Talas Haus hielten, um zu sehen, ob alles innerhalb des Zeitplans lag. Abgesehen davon, dass ich immer noch eine Farbe für das Schlafzimmer aussuchen musste, sah alles gut aus. Cameron versprach, mir zu helfen.

Es war dunkel, als er mich an der Werkstatt absetzte. Mittlerweile war auch der letzte Schnee auf den Straßen geschmolzen. Der Winter in diesem Jahr kam mild und sanft. In etwa wie ein rücksichtsvoller Liebhaber, der sich zunächst zögernd vorwagte, Stück für Stück, um einen vorzubereiten, ehe …

»Ich würde gerne mit reinkommen und deinem Dad Hallo sagen.«

Ich blinzelte in diese wundervollen blauen Augen hinein. Manchmal war deren Farbe einfach zu intensiv, besonders wenn die Umgebung dunkel war. Dann wirkte das Blau unfassbar tief und anziehend. *Wie soll ich denn da klar denken, bitte schön?*

»Geht es dir gut?«

»Sicher doch«, antwortete ich. »Willkommen in unserer bescheidenen Hütte.«

Er schenkte mir ein Lächeln, das aber sofort wieder verschwand, als ich die Haustür öffnete. Damon war mit Dylan in der Küche, und Dylan kochte irgendetwas. Sie drehten sich beide um, als sie uns hörten, aber jeder reagierte anders.

Dylan war begeistert, Cameron zu sehen, und sprang wie ein glücklicher Welpe um ihn herum. Damon blieb dort stehen, wo er war, und beobachtete uns schweigend.

»Hey, Cameron!« Mein Dad kam aus dem Badezimmer und rubbelte sich die nassen Haare mit einem Handtuch. »Hallo, meine Lieblingstochter. Wo hast du letzte Nacht geschlafen?«

»Das wüsstest du wohl gern, was?«

»Hallo, Sir.«

»Hab ich dir nicht gesagt, du sollst mich Mike nennen? Ich wollte gerade die Weihnachtsbeleuchtung rausholen. Die ist irgendwo im Schuppen hinterm Haus. Hast du Zeit?«

»Klar.«

»Iss mit uns zu Abend«, sagte Dad zu Cameron. »Kennst du Damon schon?«

»Die zwei haben sich schon kennengelernt, Dad, und Dylan hat ihn bereits eingeladen, zum Essen zu bleiben«, erklärte ich.

»Gut. Mein Sohn kocht seine Spezialität. Falls dir ein bisschen Gift nichts ausmacht, steht dir eine Köstlichkeit bevor.«

»Dad!« Dylan sah ihn finster an, lachte aber auch. »Hör auf, ihm Angst zu machen.«

Ich grinste. Sie hatten sich versöhnt und alberten schon wieder herum; ihr Streit war vergessen.

»Es gehört schon mehr dazu, um dir Angst zu machen, oder, Cameron?«

Cameron sagte etwas zu meinem Dad, das ich nicht hören konnte. Das laute Lachen meines Vaters begleitete die beiden hinaus.

Während Dylan am Herd beschäftigt war, lehnte Damon sich an die Wand und schaute mich an. Seine dunklen Haare waren noch feucht von der Dusche. Wahrscheinlich war er in Talas Haus gerade fertig geworden und dann hierhergefahren, um zu hören, ob Dad etwas brauchte.

Er hatte seine Haare nicht richtig getrocknet, und sein T-Shirt war an den Schultern und am Rücken nass vom Wasser. Ich ging ihm ein neues aus dem Schrank meines Vaters holen und warf es ihm zu. Er fing es geschickt auf.

Er hob eine Braue. »Muss ich?«

»Wenn du mit uns zu Abend essen willst, musst du.«

Er zog sein T-Shirt aus, und dabei blieb es an seinem Ohrring hängen.

»Autsch.«

Seufzend half ich ihm heraus. »Wofür brauchst du so viele Ohrringe?« In seinem rechten Ohr trug er drei silberne Ohrstecker.

»Die Mädchen stehen drauf.«

Ich verdrehte die Augen. »Dame, ich muss mit dir reden.«

Er zog das neue T-Shirt an und hängte das feuchte über die Stuhllehne. »Außer Hörweite des Kleinen?«

»Hey, ich bin volljährig! Ich bin kein Kind mehr.«

»Vergiss nicht, die Zähne zu putzen«, sagte Damon zu Dylan, bevor wir zur Haustür gingen, wo Dylan uns nicht hören konnte. »Und?«

»Ich habe mit ihm geschlafen.«

Damon lehnte sich gegen die Wand, verschränkte die Arme und sah mich an. In seinen Augen lag ein harter Ausdruck, seine Lippen waren eine unnachgiebige schmale Linie. Er sagte nichts.

Als Jugendlicher war er ein charmanter, gutaussehender Junge gewesen; inzwischen sah er fantastisch aus und reichte beinah an Camerons Schönheit heran, aber eben nicht ganz. Cameron war einfach allen Männern auf diesem Planeten in allen Belangen überlegen, und möglicherweise nicht nur auf diesem Planeten.

»Du weißt, dass ich es nicht getan hätte, wenn ich mir nicht sicher gewesen wäre. Aber ich bin mir sicher. Nie zuvor war ich mir einer Sache so sicher.«

Einen Moment lang schwieg er weiter.

»Du liebst ihn?«, fragte er schließlich.

»Ja.«

»Liebt er dich auch?«

»Ja.«

Er seufzte laut und griff nach seiner Mütze, und als er die auf seinem Kopf nicht fand, fuhr er sich stattdessen durch die Haare. Dann erschien ein dreistes Grinsen auf seinem Gesicht, und die blauen Augen funkelten mutwillig. Er sah immer so aus, als führe er irgendetwas im Schilde.

»Und weiter?«

»Wir haben es so oft getan, dass ich …«

»Stopp! Wow, als Nächstes erzählst du mir noch von seinen Eiern …«

»… nicht mehr mitgezählt habe. So etwas habe ich noch nie empfunden. Seine Eier? Was ist mit denen? Die sind groß …«

»Lalalala. Kara, hörst du bitte auf?«

»Oder was?«

»Hab doch Erbarmen mit mir.«

Ich klopfte ihm auf die Schulter. »Du solltest wissen, dass mein Freund momentan nicht besonders gut auf dich zu sprechen ist.«

Er grinste entzückt. »Ist er eifersüchtig?«

Ich bedachte ihn mit einem sarkastischen Blick.

»Sollte er auch sein.« Sein Grinsen wurde breiter. »Ich bin toll.«

»Halt dich einfach fern von mir, wenn er in der Nähe ist. Er mag es anscheinend nicht, wenn du mich anfasst.«

»Gut.«

Na bitte, das war leicht. Es war stets unbeschwert zwischen mir und Damon. Wir schätzten uns gegenseitig und waren aufrichtig zueinander.

Die Hintertür ging auf, und mein Dad kam herein.

»Dann werde ich künftig halt nur noch Dylan mit meinen Zärtlichkeiten erfreuen«, sagte Damon.

»Nee, lass es!«, rief Dylan.

»Okay. Mike! Komm her und umarme mich.«

In dem Moment kam Cameron herein, das Gesicht staubig, in den Händen eine große Schachtel mit der Aufschrift WEIHNACHTSSCHMUCK. Ich presste die Lippen zusammen und versuchte nicht zu lachen. Er sah hinreißend aus.

»Lasst uns erst essen, bevor wir den Baum in Angriff nehmen.« Ich machte den Küchenschrank auf und holte die Teller heraus. »Wir werden die Energie brauchen.«

»Dieses Jahr werde ich die Lichterkette nicht entwirren«, jammerte Dylan. Er holte das Besteck heraus und half mir beim Tischdecken. »Ich habe es letztes Jahr gemacht.«

»Wir losen es aus.«

»Nö!«

Am Ende kümmerte Cameron sich um die Lichterkette, und weil Dylan ihn bewunderte, half er ihm. Damon und Dad hatten den Baum hereingeschleppt, und ich war für das Schmücken verantwortlich. Es gab an diesem Abend viel Gebrumme, Flüche, Beleidigungen, Anfeuerungen und Lachen in unserem Haus. Das Ganze hatte etwas Bittersüßes, denn nächstes Jahr würde ich zwar vielleicht noch Weihnachten mit ihnen feiern, aber woanders wohnen. Unser Haus duftete nach Tanne, scharf und süß, genau wie Camerons Hütte.

Jedes Mal, wenn ich ihn mit meinem Dad reden sah, freute ich mich. Beim Streichen der Turnhalle schienen sie eine gute Beziehung aufgebaut zu haben. Zumindest war offensichtlich, dass sie einander respektierten.

Alle hatten sich verabschiedet, und Dad schnarchte bereits auf der Couch, während Dylan im Badezimmer war. Ich hatte gerade die Reste vom Abendessen weggeräumt, als ich zufällig aus dem Fenster über der Spüle schaute.

Cameron und Damon hatten die Kartons in den Schuppen zurückgebracht. Sie kamen heraus, doch statt jeder seines Weges zu gehen, sagte Damon etwas zu Cameron. Sie gingen zur Seite des Hauses.

Was ist da los?

Leise schlich ich zum anderen Fenster und sah, wie sie sich der Veranda näherten. Als Dylan aus dem Badezimmer kam, legte ich meinen Zeigefinger auf die Lippen.

»Was ist los?«, formte er lautlos mit den Lippen.

Statt zu antworten, schlich ich auf Zehenspitzen zum vorderen Fenster, ging in die Hocke und spähte vorsichtig hinaus, um nicht beim Lauschen ertappt zu werden. Da unser Haus so klein war, wurde es immer sehr warm drinnen, sobald jemand den Herd benutzte. Daher war das Fenster praktischerweise schon geöffnet für mich.

Dylan stieß mich an und drückte sich gegen die Wand, meine Haltung imitierend. Als er Cameron und Damon draußen entdeckte, runzelte er verblüfft die Stirn.

»Schsch.«

Wir beobachteten, wie Damon die Verandastufen hinaufstieg, sich auf das Geländer setzte und die langen Beine baumeln ließ.

Statt ihm zu folgen, lehnte Cameron sich gegen den Pfeiler am Fuß der Treppe, verschränkte die Arme und schaute Damon an.

»Kara hat mich gestern Abend angerufen«, begann Damon. »Hast du eine Ahnung, was sie mich gefragt hat?«

Was? Verräter! Er sollte Cameron das nicht erzählen. *Was hat er vor?*

Cameron schwieg.

»Sie hat mich gefragt, ob ich sie liebe.«

»Und?«

Damon besaß Übung darin, locker und entspannt dreinzuschauen. Wie bei Cameron war es schwierig, zu wissen, was er dachte. Es sei denn, er wollte es.

»Es ist nicht schwer, sich in sie zu verlieben«, sagte Damon.

Dieser verdammte Mistkerl! Er spielte mit Cameron.

Cameron kniff die Augen zu schmalen Schlitzen zusammen, ließ sich ansonsten jedoch nichts anmerken. Er stieß sich von dem Pfosten ab und wollte gehen.

»Meine Mutter und ich kamen her mit nichts«, sagte Damon. Cameron blieb stehen. »Mike hat uns aufgenommen und sein Essen mit uns geteilt.«

Ich konnte die Spannung zwischen den beiden spüren. Cameron drehte sich um und schaute Damon wieder an.

»Ich werde Kara beschützen, wie ihr Vater meine Mutter beschützt hat. Wenn du ihr wehtust, werde ich alles daransetzen, dir noch mehr wehzutun.«

Cameron nickte. »Das kann ich respektieren. Ich würde Kara niemals wehtun«, sagte er. »Aber was uns beide angeht, wissen wir, wer als Sieger dastünde.«

Auch ich wusste es. Damon war groß, schlank und stark, aber Cameron war ihm deutlich überlegen. Er war gebaut wie ein Krieger, mit Händen, die leicht den Kopf eines Menschen zerquetschen konnten.

Allerdings merkte ich sehr wohl, dass Damon nicht eingeschüchtert war. Er sprang vom Geländer, mit agilen, schnellen Bewegungen, und rieb sich den Hinterkopf.

»Weißt du, was das Problem bei großen, breiten Kerlen ist?« Damon grinste und stieg die Treppenstufen hinunter, bis er sich auf Augenhöhe mit Cameron befand. »Man kann sie schwer verfehlen.« Mit diesen Worten ging er davon.

Ich dachte, Cameron wäre vielleicht sauer, aber ich sah ein kleines Lächeln um seine Mundwinkel.

»Hammer«, flüsterte Dylan neben mir. »Cool.«

»Wer von den beiden?«

»Ist das echt eine Frage?«

Ich nickte.

»Na beide«, flüsterte er ehrfürchtig. »Wie Spider-Man und Venom.«

Er hatte recht.

Manchmal wurde man unvorbereitet mit etwas Wichtigem konfrontiert. Es spielte keine Rolle, wer mit einem im selben Boot saß. Dass man nicht allein war, bot vielleicht einen gewissen Trost. Wer aber wirklich zählte, waren jene nervtötenden Wesen, die immer auf alles vorbereitet waren. Die im entscheidenden Moment neben den Rettungskapseln des abstürzenden Raumschiffs standen, wild entschlossen, irgendwo anders neu anzufangen.

Es heißt, diese Leute würden mit ihren Genen den Planeten bevölkern, weil sie einfallsreich, zuverlässig und unbekümmert sind. Falls das stimmt, wäre die Erde irgendwann voll von meinen Nachkommen.

Ich strahlte, nur ein bisschen, als ich mir die Tasche über die Schulter hängte. Aus einem Impuls heraus hatte ich das letzte Geschenk besorgt, eins, das ich nicht kaufen musste. Weihnachten war nur noch wenige Tage entfernt. Ich hatte sämtliche Geschenke schon vor Monaten erworben und verpackt. Ja, ich war stets gut vorbereitet. Ja, ich bin allzeit bereit. Ganz genau, ich gehöre zu diesen nervtötenden Leuten. Ihr solltet mein Grinsen jetzt sehen.

Ich hielt rechtzeitig nach Angeboten Ausschau und erwischte fast immer das perfekte Geschenk. Der Trick besteht darin, gut zuzuhören. Wenn man genug Zeit mit einer Person verbrachte, machte sie gelegentlich Bemerkungen darüber, was sie sich wünschte oder was sie gebrauchen könnte, bewusst oder unbewusst. Und ich war eine gute Zuhörerin.

Als ich hinter mir einen starken Motor röhren hörte, der angeschossen kam wie ein Dämon aus der Hölle, zögerte ich nicht, sondern reagierte blitzschnell und sprang aus dem Weg, hinter einen Baum.

Sofort kam die Erinnerung an den schwarzen Ferrari vor Camerons Haus zurück. Es handelte sich beinah um den gleichen Sound eines PS-starken Motors. Doch als ich mich umdrehte, klappte mir die Kinnlade herunter.

Es war ein Bugatti, einer der tollsten Wagen der Welt, der locker ein paar Millionen kostete. Dad hatte oft genug davon geschwärmt. Der Wagen war glänzend schwarz und klang beim Vorbeirasen aggressiv und boshaft. Und dann hielt er an. Fasziniert beobachtete ich, wie der Fahrer mit einem geschickten Manöver wendete und so den Wagen neben mir am Gehsteig zum Stehen brachte. Die getönte Scheibe glitt geräuschlos nach unten.

»Hallo.«

Ihr Haar fiel ihr, einem Pantherfell gleich, bis auf die Schultern, glänzend und seidig hob es sich vom Rot des Wageninnern ab. Ihre Lippen waren blutrot geschminkt, die Augen hinter einer riesigen Sonnenbrille mit runden Gläsern verborgen, die vermutlich mehr kostete als unsere Stromrechnung für das ganze Jahr.

Es war unmöglich, sie nicht wiederzuerkennen. Es handelte sich um die Frau in Schwarz, die ich in der vergangenen Woche in der Baufirma gesehen hatte. Dessen war ich mir sicher.

Was verdammt noch mal macht sie hier?

»Ich frage mich, ob Sie mir vielleicht helfen können«, sagte sie; ihre Stimme war glatt und kalt wie Eis. Ihr Ton verriet Kultiviertheit.

Ich hielt die Tasche vor mir fester. »Womit kann ich Ihnen helfen?«

»Ich habe mich verfahren.« Ihr lautes Lachen klang nach weichem Rauch und luxuriösen Laken. Die Männer mussten ihr zu Füßen liegen.

Sie nahm die Sonnenbrille ab. Später würde ich mich daran erinnern, dass ich einen Schritt zurückgewichen war. Ihre Augen besaßen etwas Unheimliches, sie waren erschreckend durchdringend, als blickte sie in meine Seele.

»Wissen Sie was? Sie kommen mir sehr bekannt vor.«

»Ich habe Sie gesehen, neulich im Hof«, erwiderte ich.

Ihre Augen weiteten sich. »Oh! Sie sind einer von Ricks kleinen Soldaten. Er ist ein guter Freund von mir.« Sie lächelte. »Ich habe neulich vorbeigeschaut, in der Hoffnung, ihn zu überraschen. Ich Dummchen. Ich hätte vorher anrufen sollen.«

Ich zwang mich, locker zu werden. Sie war eine Freundin meines Chefs, und wahrscheinlich würde ich sie in der Firma wiedersehen oder mit ihr telefonieren, wenn sie ein Date mit Rick verabredete.

Möglicherweise war sie sogar Ricks Freundin, doch das bezweifelte ich.

»Sie sagten, Sie hätten sich verfahren. Welche Adresse suchen Sie denn?«

»Eine Werkstatt. Sie sehen aus, als kämen Sie von hier. Wie wär's, wenn Sie mir eine empfehlen, Schätzchen?«

»Meine Familie besitzt eine Werkstatt.«

Sie strahlte. »Na, ich Glückspilz!« Sie beugte sich über den Sitz und öffnete die Beifahrertür. »Sind Sie mutig genug, mir den Weg dorthin zu zeigen? Ich habe einen grässlichen Orientierungssinn.«

Sie war eine sehr schöne Frau, atemberaubend geradezu. Ich hatte keine Ahnung, warum ich mich in ihrer Gegenwart nicht entspannen konnte. Irgendetwas stimmte da nicht. Vielleicht lag es auch nur daran, dass Welten zwischen uns lagen. Jemanden wie sie hatte ich noch nie kennengelernt.

»Rick sollte mir eigentlich dabei helfen. Wie Sie sicher bemerkt haben, stamme ich nicht von hier. Bin nur auf der Durchreise und besuche alte Freunde. Wollen Sie einsteigen und mir den Weg zu Ihrer Werkstatt zeigen? Es ist ein besonderes Auto«, erklärte sie beiläufig.

Ach was. Und was für eine Untertreibung. Mein Dad würde ausflippen, wenn er Hand an diesen Wagen legen durfte.

»Na kommen Sie«, versuchte sie mich zu überreden und klopfte auf den Beifahrersitz. Sie lächelte, und ich blinzelte. Sie hatte etwas Faszinierendes, das mich anzog. Ich vermochte nicht zu erklären, was es war.

»Es ist ein besonderes Auto, in dem nicht viele Menschen Gelegenheit haben mitzufahren. Außerdem«, fügte sie amüsiert hinzu, »beiße ich nur selten.«

Ehe ich es verhindern konnte, musste ich kichern. »Ich bin mir nicht sicher, ob wir in unserer Werkstatt Ihren Wagen reparieren können.«

»Ach, Unsinn. Ich bin sicher, Ihre Werkstatt schafft das.«

Noch mal: Sie war eine Freundin von meinem Chef, und offenbar hatte er ihr bei dieser Sache helfen sollen. Meine Werkstatt lag in der Nähe, und es war gute Werbung, wenn die Leute einen Bugatti hineinfahren sahen. Warum auch nicht?

Der Wagen roch nach Reichtum und Luxus, fand ich, sobald ich drinsaß. Die Sitze waren aus Leder und butterweich, die Nähte perfekt, die Verkleidung elegant. Alles deutete auf das Beste hin, was man für Geld kaufen konnte.

»Hübsches Gefährt.«

»Es war ein Geschenk.«

Wow. Ein Geschenk. Wer zur Hölle verschenkt denn einen Wagen im Wert von Millionen? Wer war diese Frau? Sollte ich sie googeln?

»Es ist unverantwortlich von mir, dieses Baby bei diesem Wetter immer noch zu fahren, oder? Aber ich konnte einfach nicht widerstehen.« Sie streichelte das Lenkrad wie ein geliebtes Haustier. »Darin bin ich wirklich schlecht.«

»Worin?«

»Zu widerstehen.«

»Sie erwähnten, Sie seien nicht von hier.«

»Ja. Ich hoffe, ich mache Ihnen nicht zu viele Umstände. Kara, nicht wahr?«

»Ja, ich ... woher kennen Sie meinen Namen?«

»Sie haben ihn mir gesagt.«

»Nein, habe ich nicht.«

Sie schaute mich an, als fragte sie sich, ob ich eine Schraube locker hätte. Seltsam. Ich war mir sicher, dass ich ihr meinen Namen nicht genannt hatte. Oder hatte ich doch?

Ein vages Gefühl der Unsicherheit beschlich mich. *Was mache ich hier?* Freundin meines Chefs oder nicht, sie war eine Fremde.

Sie deutete auf die Tasche auf meinem Schoß. »Einkauf?«

»Weihnachtseinkauf in letzter Minute.«

»Oh. Die Leute feiern immer noch Weihnachten?«

»Soweit ich weiß, ist Gott immer noch der Herr.«

»Ah. Sie sind also eine von denen.« Sie hob eine Braue. »Sie werden mir hoffentlich keinen Flyer in die Hand drücken, oder?«

»Ich weiß nicht. Ich glaube, Flyer bringen bei Ihnen nichts.«

Sie lachte lustvoll. »Da haben Sie wahrscheinlich recht.«

Sie schüttelte ihr Haar. Es hüpfte auf ihren Schultern, elegant und weich. Dann drehte sie den Kopf und sah mich an.

»Mögen Sie die Gefahr, Kara?«

»Wenn Sie mich fragen, ob ich ein oder zwei Gliedmaßen verlieren möchte, lautet die Antwort Nein«, sagte ich. »Biegen Sie hier ab. Unsere Werkstatt liegt am Ende der Straße.«

Doch statt abzubiegen fuhr sie geradeaus weiter. Vor uns lag eine asphaltierte Straße, die zu keinem der größeren Highways führte und entsprechend wenig befahren wurde. Sie war fast verlassen.

»Wohin fahren Sie?«

»Vor uns liegt diese lange leere Straße. Lassen Sie mich Ihnen zeigen, was mein Baby kann.«

»Lady, ich würde lieber nicht bereuen müssen, in diesen Wagen eingestiegen zu sein.«

»Sind Sie denn gar nicht neugierig?«

Sie stellte diese Frage in einem Ton, wissend und lockend, als böte sie mir die Chance meines Lebens.

Ich biss mir auf die Unterlippe. *Und ob ich neugierig bin.* Sie musste mir die Antwort angesehen haben, denn ihre roten Lippen verzogen sich zu einem Lächeln.

»Halt dich fest, Kleine«, forderte sie mich auf, ehe sie mit ihrem Stiletto-Pump das Gaspedal durchtrat.

Mir blieb ein Schrei im Hals stecken, während ich mich an den Sitz klammerte. Gern hätte ich die Augen zugemacht, aber ich konnte nicht. Stattdessen starrte ich gebannt geradeaus.

»So, Ihre Familie besitzt eine Autowerkstatt?«, erkundigte sie sich im Plauderton. »Das gibt es heutzutage nicht mehr. Eine Familie, die gemeinsam über die Runden zu kommen versucht, sich gegenseitig hilft und füreinander da ist.«

Entsetzt sah ich das vereiste Stück Straße vor uns.

»Sie sollten langsamer fahren.«

Sie strich sich die Haare zurück, völlig unbeeindruckt von meinem alarmierten Ton. »Dann wissen Sie ja alles über Familien, nicht wahr, meine Liebe?«

Ich klammerte mich an beiden Seiten meines Sitzes fest; meine Finger gruben sich ins Leder. Sie plauderte unbeschwert weiter, als befänden wir uns auf einem Sonntagsausritt statt bei einer halsbrecherischen Autofahrt.

»Familie ist mir sehr wichtig. Und ich habe nur noch wenig. Ganz wenig.«

War das ein verdammtes Schlagloch? Verdammt, sie würde mitten hindurchfahren. Sie würde …

Sie raste im letzten Moment daran vorbei, doch lange konnte ich nicht aufatmen, denn vor uns tauchte eine scharfe Kurve auf, die wir bestimmt nicht schaffen würden.

»Fahren Sie verdammt noch mal langsamer!«

»Wollen Sie mal die Kurvenlage testen?«

»Nicht, wenn es mich umbringt!«

Sie lachte entzückt. »Wissen Sie, wir zwei sind uns ziemlich ähnlich. Ich schütze meine Familie. Ich würde sterben für meine Familie. Und ich würde für meine Familie töten.«

Je mehr sie redete, desto fester umklammerte sie das Lenkrad, bis ihre Knöchel weiß hervortraten.

»Niemand wird mir meine Familie wegnehmen.«

Sie raste in die Kurve, und ich schrie. Kniff die Augen fest zu. Ich würde sterben, und diese Frau hörte nicht mal auf zu reden. Dabei bekam ich längst nicht mehr mit, was sie sagte. Mein Geist leerte sich.

»Ich frage mich, ob die Leute wirklich wissen, was es heißt, wenn sie sagen, sie würden für ihre Familie töten. Hätten sie denn wirklich den Mut dazu?« Ich hörte die Neugier aus ihrer Stimme. »Sie sind ein besonderes Mädchen, weil Sie sich mit diesen Dingen auskennen, Kara.«

»Sie sind viel zu schnell!«

Sie lachte tirilierend, und das klang ein bisschen irre.

»Schätzchen, wir sind gar nicht schnell genug.«

Sie schenkte mir ein unbekümmertes Grinsen, schaltete einen Gang niedriger, trat das Pedal mit ihrem Stiletto herunter und ließ es dann wieder kommen. Der Wagen knurrte und schoss nach vorn. Ich wurde in den Sitz gedrückt und rang mit pochendem Herzen nach Luft. Der Motor gab ein tiefes Dröhnen von sich, wie ein Ungeheuer.

»Stopp!«

Tatsächlich hielt sie an, und zwar direkt vor unserer Werkstatt. Ich hatte keine Ahnung, wie wir es lebend bis hierher geschafft hatten. Mit zitternden Knien stieg ich aus dem Wagen.

»Ich glaube, Sie haben recht«, sagte sie. »Ich habe die Antwort gefunden, nach der ich gesucht habe.«

Sie wirkte gefasst, ganz anders als noch Augenblicke zuvor. Ihre Augen waren ruhig wie stilles Wasser. Keine Wellen. Alles glatt und klar. Aber sie wirkten kalt, sehr kalt.

Die Härchen auf meinen Armen richteten sich auf. Doch noch immer kamen mir keine Worte über die Lippen, da mein Herz laut hämmerte. *Fühlt sich blankes Entsetzen so an?* Ich zwang mich, etwas zu sagen, auch wenn es viel Kraft kostete. »Und welche?«

»Das da«, erklärte sie und zeigte auf unsere Werkstatt, allerdings sah sie dabei mich an mit ihren völlig ausdruckslosen Augen. »Ihr seid mir nicht gewachsen. Wir sehen uns, Schätzchen. Bald, hoffe ich.«

Sie setzte ihre Sonnenbrille wieder auf, warf mir eine Kusshand zu und fuhr davon. Ich hielt mich mit zitternden Händen an einem Pfosten fest und starrte dem Wagen hinterher, der in der Ferne verschwand.

Was verdammt noch mal war das?

16. Kapitel

Cameron

Die Dunkelheit war geradezu undurchdringlich, doch statt sie zu fliehen, nahm ich sie an. Ich hatte sie zu meiner Freundin gemacht, weil ich es mir nicht erlauben konnte, dass sie meine Feindin war.

Jemand rief nach mir, aber ich konnte nicht ausmachen, aus welcher Richtung es kam. Die Stimme klang vertraut, als hätte ich sie von Beginn an gehört, und es lag Verzweiflung darin.

Cameron, nein!

Mit einem Klingeln in den Ohren wachte ich auf. Ich hätte schwören können, dass ich einen Schuss gehört hatte. *Was hat das zu bedeuten?*

Mein Herz hämmerte, meine Haut fühlte sich kalt und klamm an. Diese Albträume schafften mich. Der Digitalwecker auf dem Nachttisch zeigte 3:40 an. Unter gar keinen Umständen würde ich jetzt wieder einschlafen können.

Also stand ich auf und ging barfuß im Dunkeln in die Küche, um Wasser zu trinken. Öffnete einen Schrank, nahm ein Glas. Als ich es unter den Wasserhahn halten wollte, stieß ich es aus Versehen gegen die Kante der Arbeitsfläche. Es zerbrach in meinen Händen.

»Mist!«

Grelles Licht traf auf meine Augäpfel, als ich den Schalter betätigte; von meiner Hand tropfte Blut auf den Fußboden.

»Shit.«

Ich warf das zerbrochene Glas in den Müll und wusch mir die Hände im Spülbecken. Ich würde es überleben, dachte ich, während ich mir den Schaden besah. Meine Hand war in Ordnung, aber da war ein Schnitt seitlich am Handgelenk, wo mich eine Scherbe erwischt haben musste.

Schon eigenartig, dass intakt war, wo ich mit einer Verletzung gerechnet hatte, während etwas, dessen Verwundung ich am wenigsten erwartet hätte, es nicht war. Das Leben konnte schon komisch sein. Ich verband den Schnitt rasch und wischte den Boden auf.

Ich wollte mir gerade ein neues Glas aus dem Schrank holen, überlegte es mir aber anders. Ich machte den Kühlschrank auf, nahm eine Flasche Orangensaft heraus und trank, vor Wonne seufzend. Wahrscheinlich gehörte die Flasche Caleb oder Levi, aber was soll's, dachte ich. Wenn sie sie in meinen Kühlschrank stellten, gehörte sie mir.

Ein Schuss, überlegte ich, während ich die leere Flasche in den Recyclingmüll warf. Der aus dem Nichts kam. Ich war mir ziemlich sicher, dass der in meinen wiederkehrenden Albträumen bisher nicht aufgetaucht war. Was hatte das zu bedeuten?

Ich verdrängte die Frage und beschloss, nicht mehr daran zu denken, sondern mich stattdessen dem Training zu widmen. Die Gewichte in jeder Hand fühlten sich gut an, aber als ich einen scharfen Schmerz im Handgelenk spürte, zuckte ich zusammen. Ich bemerkte, dass die Wunde wieder angefangen hatte zu bluten.

»Shit.«

Egal, dachte ich und trainierte weiter. Doch das Blut durchtränkte den Verband.

Sei nicht blöd.

Ich hörte Karas Stimme in meinem Kopf und musste lachen, weil ich mir genau vorstellen konnte, was sie sagen würde. Bevor ich unter die Dusche stieg, reinigte ich die Gewichte.

Als ich mein Arbeitszimmer betrat, war es schon fünf. Ich startete meinen Computer und verbrachte eine Stunde mit der Beantwortung von Geschäftsmails, dem Sortieren von Belegen sowie der Bezahlung von Rechnungen. Das Ping meines Handys lenkte mich ab. Oh, danke.

Hitzkopf: *Guten Morgen, Bigfoot. Kommst du heute vorbei?*

Ich lehnte mich grinsend zurück. Wir hatten Winterferien, daher hatte sie keine Vorlesungen, und das Büro der Baufirma war für drei Wochen dicht. Heute wollten wir zusammen ihre Möbel in Talas Haus transportieren.

Ich: *Möchtest du das?*

Hitzkopf: *Sind Äpfel rot?*

Ich wollte gerade zurückschreiben, als sie erneut schrieb.

Hitzkopf: *Ah, das war lahm. Gibt ja auch grüne Äpfel. Natürlich will ich, dass du kommst ... kein Wortspiel beabsichtigt.*

Hitzkopf: *Sorry, bin gerade erst aufgewacht und brauche dringend Kaffee.*

Wahrscheinlich lag sie noch im Bett, warm und kuschelig. Ich saugte an meiner Unterlippe und dachte daran, wie Kara schmeckte. An ihren Gesichtsausdruck. Die sexy Laute, die sie von sich gab.

Ich: *Wo bist du?*

Hitzkopf: *Disney Land. Was glaubst du denn, wo ich bin?*

Ich lachte leise.

Ich: *Ich wünschte, du säßest auf meinem Schoß. Oder knietest vor mir. Oder wärst auf mir, meinen Schwanz reitend.*

Ich fuhr mir mit der Hand übers Gesicht.

Hitzkopf: *Du fehlst mir.*

Ich: *Kann ich nicht jetzt schon vorbeikommen?*

Hitzkopf: *Okay. Das heißt wohl, ich hab dir auch gefehlt.*

Ich: *Lass mich dir zeigen, wie sehr, sobald ich bei dir bin.*

Wir luden Karas Sachen in den Pick-up ihres Dads und in meinen. Ich trug extra Arbeitshandschuhe und ein langärmeliges Shirt, damit sie nicht sah, wie meine Wunde möglicherweise wieder anfing zu bluten. Sonst würde sie mich noch auf die Reservebank schicken.

Mithilfe der Männer, die Karas neues Haus renoviert hatten, waren die schweren Möbel schneller transportiert, als wir gedacht hatten. Kara bedankte sich bei allen, indem sie drei Eimer Hühnchen und Getränke kaufte. Meine Frau wusste, was sich gehörte.

Ihr Freund Pferdeschwanz war nirgends zu sehen. Dylan erwähnte, Pferdeschwanz hätte irgendwo anders zu tun. Vielleicht war er ja ein Gigolo.

Es war der Tag vor Heiligabend, und Mike meinte, sie würden morgen bis zum zweiten Weihnachtstag die Werkstatt schließen. Wie ich herausfand, arbeitete nicht nur Kara nonstop, sondern jeder in ihrer Familie, Dylan eingeschlossen.

Es war für jeden offensichtlich, dass sie eine Familie waren, eine Einheit. Der gegenseitige Respekt und die tiefe Zuneigung waren etwas, was ich selten in dieser Form erlebt hatte. Falls ich die Sehnsucht verspürte, ein Teil davon zu sein, schob ich es beiseite.

Draußen war es sonnig, und der Schnee schmolz auf den Straßen. Wir plauderten eine Weile auf der Veranda. Mike erzählte mir von einem Bugatti, den er neulich gesehen hatte und der an seiner Werkstatt vorbeigerast war.

»Normalerweise sieht man einen solchen Wagen hier nicht«, sagte er.

Ich nickte, aber es fiel mir schwer, Mike meine ganze Aufmerksamkeit zu schenken, während Kara und Dylan auf der anderen Seite der Veranda kicherten. Wir hatten sie gerade fertig gestrichen, und die Farbe war noch nicht ganz trocken. Kara schrieb etwas an einen der Pfeiler, offenbar mithilfe einer Nadel. Als sie fertig war, schaute sie Dylan grinsend an, der ihr die Nadel wegnahm und selbst etwas kritzelte.

»Sieh dir meine Kids an. Die reinsten Vandalen. Na schön, Cameron, kümmere dich um mein Mädchen. Hey, Kiddos!«

Schwester und Bruder drehten ihre Köpfe in unsere Richtung. Obwohl es äußerlich keine große Ähnlichkeit zwischen ihnen gab, kannte ich dieses Grinsen doch gut.

»Dylan, schnapp dir dein Werkzeug, und dann gehen wir. Kara, Süße, ruf mich an, falls du etwas brauchst, ja?«

»Danke, Dad, das mache ich.«

»Was habt ihr geschrieben?«, fragte ich, nachdem Mike und Dylan gegangen waren.

»Nichts«, antwortete sie und nahm die drei Essenstüten von der Bank. Eine davon reichte sie mir. »Gehen wir rein und verteilen das Hühnchen. Die Männer sind bestimmt schon am Verhungern.«

»Ich nehme an, du willst nicht, dass ich sehe, was du geschrieben hast.«

Sie versuchte, sich ein Grinsen zu verkneifen, schaffte es jedoch nicht. Ihre Gefühle waren ihr stets anzusehen. »Da steht nichts. Ehrlich. Komm.«

Sie ging ins Haus, ohne auf mich zu warten. Wenn sie glaubte, ich würde es dabei belassen, dann hatte sie sich geirrt.

Ich hob die Faust an den Mund und biss mir auf die Knöchel, während ich ihre Inschrift las. Kara hatte ihren und meinen Namen auf den Pfeiler geschrieben. Darunter, in einer anderen Handschrift, stand *4eva*. Das musste von Dylan stammen.

Belustigt ging ich ins Haus und hielt Ausschau nach ihr. Sie unterhielt sich mit den Männern im Wohnzimmer, wo ein provisorischer Tisch aufgebaut war. Ich stellte das Hühnchen darauf, ging in die Küche, um mir die Hände zu waschen, und kehrte wieder ins Wohnzimmer zurück.

Ich lehnte mich gegen den Türrahmen und beobachtete, wie Kara das Essen austeilte. Sie lachte mit den Männern, machte Scherze und schenkte ihnen Getränke nach. Sie war … unglaublich.

Ich muss etwas Großartiges im Leben vollbracht haben, dass sie mich gefunden hat. Was immer es war, ich hatte keine Ahnung. Aber ich nahm es gerne und hätte es sehr gerne behalten.

Plötzlich schaute sie in meine Richtung, und unsere Blicke trafen sich. Mein Herz pochte. Kara senkte kurz die Lider, und dabei entstand eine kaum merkliche Bewegung ihres Mundes, bei der die Lippen sich teilten und der eine Mundwinkel sich leicht hob. Hätte ich nicht ohnehin genau hingesehen, wäre es mir entgangen. Aber ich war immer sehr aufmerksam, wenn sie in der Nähe war.

Die kleine Grimasse war nicht nur äußerst verführerisch, sondern um so unwiderstehlicher, weil sie es unbewusst tat. Als ob sie gerade an ein Geheimnis dachte, das sie mit niemandem teilen wollte.

Wie zum Beispiel an den Sex vor einigen Tagen in meiner Hütte. Ich musste auch immer noch daran denken.

»Bist du hungrig?«, erkundigte sie sich und kam mit einem Teller zu mir.

Ich nickte, sie unverwandt anschauend. »Ja.«

»Ich habe dir einen Teller aufgehoben.«

Sie trug einen Pullover, der mich an Sonnenschein erinnerte. Den hatte sie zuvor schon getragen. Und zwar beim ersten Mal, als sie bei mir war und wir uns geküsst hatten. Ihre langen Haare waren mit einem Bleistift hochgesteckt. Ich hatte keine Ahnung, wie Frauen so etwas anstellten. Ich wusste nur, dass ich den Stift herausziehen und ihr Haar auf die nackten Schultern fallen sehen wollte.

Ich nahm den Teller von ihr. »Danke.«

»Gern geschehen.« Sie musterte mich wissend. »Du hast es dir angesehen, oder?«

Ich tat unschuldig. »Was denn?«

»Hör auf, mir was vorzuspielen.«

»Ich weiß nicht, wovon du sprichst. Warum klärst du mich nicht auf?«

Sie verdrehte die Augen und versuchte erneut, nicht zu grinsen.

»Setz dich zu den Handwerkern und iss mit ihnen. Ich werde ein bisschen aufräumen.«

Ich schaute ihr hinterher, aß nur eine Hühnerkeule und folgte ihr dann. Die Männer grinsten. »Hältst es keine zwei Minuten ohne sie aus, was?«, fragte einer und lachte.

Kara lag auf dem Bauch am Boden des leeren Schlafzimmers und blätterte im Farbenkatalog. Ihre langen Unterschenkel ragten langsam schwankend in die Höhe. Das Sonnenlicht fiel durch die Fenster, liebkoste ihr Gesicht und ihre Haare und brachte die helleren Strähnen zum Leuchten.

»Kara.«

Sie sah auf. »Hey. Bist du schon fertig mit essen?«

»Noch nicht.«

Ich streckte mich auf dem Rücken neben ihr aus. Sie sah verführerisch aus. Ich atmete ihren Duft ein. Pfirsich. Süß, saftig, reif und köstlich.

Sie runzelte beim Umblättern die Stirn. Gedankenverloren spielte sie mit meinen Haaren. Ich schloss die Augen und genoss die Berührung, aber ich wollte ihre Beine sehen. Zu schade, dass sie eine Jeans trug.

»Ich brauche diese Farbe«, sagte sie und redete weiter über alles Mögliche.

Sie hatte so lange Beine, die sich um meine Hüften schlingen konnten wie …

»Cameron, hörst du mir überhaupt zu?«

»Ja?«

Ich biss mir auf die Unterlippe und fragte mich, ob ich die Handwerker nicht einfach hinauswerfen und anschließend Karas sonnenscheinfarbenes Top aufknöpfen konnte. Wir könnten sämtliche Türen abschließen …

Sie zerrte an meinen Haaren.

»Au!«

»Ich brauche jetzt mal deine Aufmerksamkeit, Cam.«

»Du hast immer meine Aufmerksamkeit.«

»Nicht die Art von Aufmerksamkeit.«

»Welche Art von Aufmerksamkeit möchtest du denn?«

Sie schüttelte dramatisch den Kopf, seufzte und hielt mir den Katalog vors Gesicht. Wenn sie in so einer Stimmung war, musste ich mitziehen, sonst stürmte sie einfach davon.

»Diese Farbe hier. Siehst du sie?«

»Hab ja Augen im Kopf.«

»Cameron!«

»Cameron!«, äffte ich sie scherzhaft nach, worauf sie mit dem Katalog nach mir schlug.

»Is' ja gut, verdammt! Zeig her.«

Jetzt war ich derjenige, der seufzte. Ich nahm ihr den Katalog ab und betrachtete das Bild. Es zeigte eine weiße Wand. Hier ging es nicht um Quantenphysik, also verstand ich, was ich sah. Nämlich eine weiße Wand. Was wollte sie mir damit sagen?

»Es ist eine weiße Wand, Sonnenschein.«

»Es ist nicht einfach nur weiß. Es ist *Austernweiß.*«

»Für mich sieht es weiß aus.«

»Wo bleibt deine Vorstellungskraft?«

Ich musterte sie vielsagend. Ihre Augen weiteten sich, doch bevor sie mich erneut mit diesem blöden Katalog schlagen konnte, hielt ich ihre Arme fest. Sie kreischte und lachte, als ich sie auf mich zog.

»Schsch. Willst du, dass sie uns hören? Ich wette, sie erzählen es deinem Dad, und das bringt mich in Schwierigkeiten.«

Ich kostete es aus, ihren Körper wie hingegossen auf meinem zu spüren. Ihre weiche Haut, ihren Atem an meinem Hals. Ihre wundervollen kleinen Brüste, die an meine Brust gepresst wurden, ihren Mund. Verdammt, sie sah begehrenswert aus.

»Du verdienst es, in Schwierigkeiten zu geraten. Vielleicht verbannt er dich von hier, weil du nicht auf mich gehört hast.«

»Verbannung?« Ich fuhr mit der Fingerspitze über ihren Unterarm. »Glaubst du?«

Sie legte ihre Hände neben meinen Kopf und stemmte sich ein Stück hoch, um mir ins Gesicht sehen zu können. Ihr Haar war so lang und seidig. Es umgab uns wie einen Vorhang.

»Aber wer«, ich ließ meine Hände zu ihren Hüften gleiten und schob sie dann unter ihr Shirt, um ihre Haut zu fühlen, »wird dann dein Schlafzimmer streichen?«

»Ich habe Verbindungen«, erwiderte sie trotzig und sah dabei so sexy aus, mit diesem herausfordernden Funkeln in ihren braunen Augen. Ich hob den Kopf und biss sie sacht in die Unterlippe. Und saugte.

»Wer wird dich küssen?«

»Alle wollen mich küssen«, sagte sie ein wenig atemlos. »Ich bin süß, wusstest du das noch nicht?«

Ich gab ihr einen Klaps auf den Po. Sie lachte.

»Wer wird dich so berühren?«

Sie schnappte hörbar nach Luft, als ich sie um die Taille fasste und festhielt, während ich mich aufsetzte. Ihre langen Beine schlangen sich um meine Hüften. Ich hatte mich danach gesehnt, sie so zu sehen. Wie sie meine Berührung erwartete, sich danach verzehrte und alles andere vergaß.

»Wer wird dich auf diese Weise verwöhnen, Kara?«

Sie schloss für einen Moment die Augen, ihr Körper erschlaffte. Als sie die Augen wieder aufmachte, waren sie voller Verlangen. »Du, Cameron«, flüsterte sie. »Du.«

Ihr Atem stockte, als ich meine Hände in ihren Haaren vergrub und der Kuss leidenschaftlicher wurde. Als sie lustvoll stöhnte, wurde ich hart wie Stein. Ich umgriff ihren Po und drückte sie gegen meinen Schwanz.

»Ich will dich, Cam.«

Mir lief das Wasser im Mund zusammen. »Ja?«

»Nimm mich hier.«

»Da sind Männer nebenan.«

Aber wir hörten beide, wie die Handwerker aufräumten und sich aufmachten.

»Wo am Haus werden sie arbeiten?«, erkundigte ich mich.

»Am hinteren Teil.«

Das war so weit weg, dass sie Karas leises Stöhnen nicht mitkriegen würden; aber nicht weit genug, um ihre Lustschreie überhören zu können.

»Wenn du leise bist«, sagte ich, ihren Hals küssend, »gebe ich dir, was du willst.«

Sie nickte.

»Sag nichts. Gib keinen Laut von dir, es sei denn, ich stelle dir eine Frage.«

Sie nickte wieder. Ich schaute ihr ins Gesicht. In ihren Augen lag ein tiefer, sinnlicher Ausdruck. Sie war erregt.

»Sag mir, dass du verstehst, Kara.«

»Ich verstehe.«

»Mach dein Top auf.«

Ich folgte mit meinem Blick ihren Bewegungen. Ihre Finger waren unbeholfen und hatten Mühe, den obersten Knopf aufzubekommen, doch ich war fasziniert. Als ich ihr wieder ins Gesicht sah, stellte ich fest, dass sie mich ebenfalls beobachtete. Ihre Lippen waren geteilt, die Lider halb geschlossen.

Sobald sie ihre Bluse öffnete, fielen alle Hemmungen. Ich streifte ihr das Teil von den Schultern. Die Ärmel blieben an ihren Ellbogen hängen, sodass ihre Arme gefangen waren. Ich hakte ihren BH auf und zog ihn herunter. Ihre Spitzen waren pink, und sie richteten sich rasch auf, als ich sanft hineinkniff. Sie schloss die Augen und atmete schwer.

»Ich mag dich auf diese Weise. Willenlos in meinen Händen.«

Ich beugte mich herunter, um sie zu kosten, und umkreiste eine harte Brustwarze spielerisch mit der Zunge, bevor ich daran saugte. Kara stöhnte.

Ich hob den Kopf. »Still.«

Sie biss sich auf die Unterlippe, schluckte und nickte. Ich saugte an ihrer anderen Spitze. Sie wand sich und versuchte die Hände zu heben, um mich zu berühren, doch es gelang ihr nicht. Ich berührte mit der Zungenspitze meine Oberlippe und beobachtete sie, genoss ihren Anblick. Ich konnte sehen, dass sie etwas zu sagen versuchte und es sich mit größter Mühe verkniff.

»Wenn ich dir sage, dass ich dich im Stehen an der Wand vögeln will, würdest du mich lassen?«, fragte ich.

»J…ja.«

»Du kannst mich mit einem einzigen Wort stoppen.«

»Ich weiß. Ich will dich nicht stoppen.«

Ich legte ihr meine Hände um die Schenkel und hob sie hoch. Sie mochte nicht viel mehr als eine Feder wiegen, doch die Wirkung, sie sie auf mich ausübte, zwang mich in die Knie.

Ich trug sie zur Tür, die ich mit einer Hand verriegelte, und dann weiter in die Ecke des Zimmers, die von keinem der Fenster einsehbar war.

Dort ließ ich Kara herunter, und sie hielt sich an meinen Unterarmen fest. Ich küsste sie erneut, saugte an ihrer Unterlippe, an ihrem Kinn, leckte an ihrem Hals.

»Lass mich zuerst dafür sorgen, dass du auch wirklich bereit bist, Baby.«

Sie gab einen ungeduldigen Laut von sich. »Cam, jetzt, bitte.«

Ich wich ein Stück zurück, betrachtete sie und schüttelte missbilligend den Kopf. Sie presste die Lippen zusammen, ihre Augen glänzten, allerdings sagte sie kein Wort mehr.

Lächelnd hockte ich mich vor ihr hin. Ich zog ihr die Jeans herunter, wobei ich die empfindsamen Innenseiten ihrer Schenkel küsste, mit der Zunge über ihre zarte Haut fuhr, abwärts. Sie griff in meine Haare, und ihre Muskeln spannten sich an, als ich mich wieder aufwärtsbewegte, bis mein Gesicht zwischen ihren Beinen vergraben war.

»Du bist ja schon ganz feucht.«

Ich neigte den Kopf zur Seite, um zu ihr hochzuschauen. Da war ein solches Flehen, eine solche Begierde in ihren Augen, dass ich nicht umhinkam, darauf zu reagieren. Ich holte meine Brieftasche heraus und entnahm ihr ein Kondom.

»Öffne meinen Reißverschluss«, forderte ich sie auf. Sie tat es.

»Ich werde mich um dich kümmern. Glaubst du mir das, Kara?«

»Ja.«

»Gut.«

Meine Hände zitterten, sowie ich das Kondompäckchen mit den Zähnen aufriss und zuschaute, wie sie mir das Kondom überrollte.

»Leg deine Arme um meinen Nacken.«

Sie stellte sich auf die Zehenspitzen. Ich fasste sie an den Hüften und hob sie an. Sie schlang die Beine um mich und ließ ihr Becken an meinem Bauch kreisen.

»Ich will deine Pussy lecken, aber du hast es eilig.«

Sie gab ein Keuchen von sich. Ihre Augen waren erwartungsvoll geweitet und beinahe schwarz vor Erregung. Ich musste einfach in ihr sein, sie vögeln. Ich wollte fühlen, wie ihre inneren Muskeln um mich zuckten, wild und feucht und hungrig nach meinem Schwanz.

Ich drängte sie gegen die Wand und stützte sie mit der einen Hand, während ich mit der anderen meine Erektion umfasste und an ihrer Pussy rieb.

Ich drang nur ein Stück weit in sie ein. Sie stöhnte.

»Gefällt es dir?«

Sie nickte heftig.

»Küss mich. Zeig mir, wie sehr es dir gefällt.«

Ich schloss die Augen und stöhnte, während sie an meiner Unterlippe saugte, an meiner Zunge. Ich gab ihr ein weiteres Stück, dann noch eines, immer weiter, bis ich tief in ihr war. Sie stöhnte laut auf, und ich legte ihr sanft die Hand auf den Mund, um ihre Lustschreie zu ersticken.

Ich sah, wie ihr Blick sich verschleierte, während ich mich in ihr bewegte, langsam zuerst, um sicherzustellen, dass sie bereit war, und um sie noch mehr zu erregen, sodass ich leicht hinein- und hinausgleiten konnte. Sie biss mich in die Handfläche, ihre kleinen Zähne gruben sich in meine Haut, als ich wieder und wieder tief in sie eindrang. Schneller und härter jetzt, bis ich Schweißtropfen meinen Rücken hinunterrinnen fühlte. Bis wir beide schwer atmeten. Das Geräusch unserer feuchten aufeinandertreffenden Körper spornte mich zu einem noch höheren Tempo an.

Sie stöhnte erneut, und ich presste meinen Mund auf ihren, um ihre Schreie zu schlucken.

»Verdammt, ich komme.«

Sie löste ihre Lippen abrupt von meinen und biss mich stattdessen in die Schulter, während ihre Beine mich fest umklammerten, als sie zum Orgasmus gelangte. Ich machte weiter, mehr, mehr, mehr, und schmiegte mein Gesicht dann, tief atmend, an ihre Halsbeuge, sowie ich lang und heftig in ihr kam.

Wir blieben einen Moment lang so, bis unser Keuchen sich einigermaßen beruhigt hatte.

»Alles okay?«, fragte ich heiser.

»Ich fühle mich großartig …«

»Kara!«

Wir erstarrten beide.

»Kara, wo steckst du?«

Mist, das war ihr Dad.

»Shit, Cam!«

»Halt dich fest.«

Sie glitt an mir herunter, und wir sammelten rasch ihre Sachen ein, während wir gleichzeitig hektisch nach einem Versteck Ausschau hielten.

»Fenster«, zischte ich.

»Was? Da passt du ja nicht mal hindurch!«

Wir hörten, wie Mikes Schritte sich immer mehr näherten.

»Komm mit!« Sie zog an meinem Shirt, zerrte mich in den Schrank und schloss leise die Doppeltüren. Ein Klopfen an der Zimmertür war zu hören, und dann kam jemand herein.

»Kara?«

Wir beobachteten durch einen schmalen Spalt zwischen den Türhälften, wie Mike das Zimmer betrat. Seine Miene war finster, sein Blick zu Boden gerichtet. Hatte ich etwas liegen gelassen? Die Kondomverpackung? Doch ich wusste, dass ich sie in die Tasche gesteckt hatte, aus Sorge, ich würde sie später vergessen und einer der Männer könnte sie entdecken.

Wo zum Teufel schaute Mike hin? Plötzlich blickte er auf und kam direkt auf den Schrank zu. Kara, eng an mich gedrückt, schlug sich die Hand vor den Mund, ihre Augen waren vor Panik geweitet.

»Da bist du ja.« Mike stieß einen erleichterten Seufzer aus, bückte sich und hob einen Akkuschrauber auf. »Ich werde langsam alt.«

Kaum dass er das Zimmer verließ, sank Kara auf die Knie und schaute zu mir hoch. Dann fing sie an zu kichern.

»Wow, ich hätte mir fast in die Hose gemacht.«

Ihr Kichern wurde zu einem Lachen, bis sie sich den Bauch hielt und ich mit ihr zusammen lachte.

»Ich schätze, du bist nicht verbannt«, sagte sie und wischte sich die Augen.

Verdammt. *Ich bin süchtig nach dieser Frau.*

17. Kapitel

Cameron

»Ich glaube, mein Dad ist gegangen«, sagte Kara. »Ich höre seinen Wagen.«

Ich hinterfragte nicht, wie sie den Klang genau dieses Fahrzeugs erkannte. Das schien in ihrer Familie ganz normal zu sein. Die Hawthornes waren eng miteinander verbunden.

Als wir aus dem begehbaren Schrank traten, meinte Kara: »Ich war zwar im Cameron-Sexrausch vorhin, aber ich bin mir ziemlich sicher, dass du die Tür abgeschlossen hattest.«

»Hab ich auch.« Ich schaute zu, wie sie ihr Oberteil vor sich hielt und so ihre Brüste vor meinen Blicken verbarg. »Komm her.«

»Schon wieder?« Sie sah mich verblüfft an, und ihr stand noch deutlich ins Gesicht geschrieben, was wir gerade getan hatten. Ich mochte es sehr, sie so zu sehen.

»Ich brauche ein bisschen Erholungszeit, aber klar, wenn du es noch mal willst. Oder ich besorge es dir.«

Nachdenklich schürzte sie die Lippen; offenbar überlegte sie ernsthaft. »Ich glaube«, hauchte sie, »dass uns diesmal ganz bestimmt jemand überraschen wird.«

»Wollen wir darauf wetten?«

Sie atmete scharf aus. »Ich habe keine Ahnung, wie du das jedes Mal mit mir anstellst, Cam. In deiner Gegenwart fühle ich mich wie eine Sexsüchtige.«

»Ach, damit komme ich zurecht.«

»Darauf wette ich.« Sie schüttelte den Kopf, stieg wieder in den Schrank und schloss die Türen. Ich hörte sie darin rumoren. Als sie wieder herauskam, hatte sie ihr Oberteil an. Ich war ein bisschen enttäuscht.

»Meinst du, dass du es möglicherweise nicht richtig gemacht hast?«

»Was?«

Sie verdrehte die Augen. »Konzentriere dich, Cameron. Ich spreche von der Tür, die du eventuell nicht richtig zugemacht hast.«

»Jaja.«

Ich zog meine Jeans hoch und zog den Reißverschluss zu. Öffnete die Tür. Ich steckte den Kopf raus, drückte die Verriegelung, drehte den Türknopf. Alles tadellos.

»Lass mich mal etwas versuchen«, sagte ich. »Verriegle die Tür hinter mir.«

»Willst du versuchen, sie von außen aufzubekommen?«

»Nee, von Disney Land«, scherzte ich.

Sie streckte mir die Zunge heraus. »Ich sehe, du erinnerst dich an meinen Text von heute Morgen.«

Ich ging raus und hörte das Klicken des Riegels.

»Ich erinnere mich definitiv an mehr als deinen Text.« Als ich versuchte, die Tür zu öffnen, gelang es mir. »Ich glaube, du wirst die Schlösser austauschen müssen.«

»Warum?«

Ich fummelte daran herum. »Das hier ist kaputt.«

»Was? Bist du dir sicher?«

Sie probierte es selbst und seufzte.

»Vielleicht sollten wir sämtliche Schlösser in diesem Haus austauschen«, schlug ich vor. Das hatte ich ohnehin vorgehabt, wenn sie mich lassen würde.

»Das würde einiges kosten. Ich werde die Handwerker bitten, sie sich anzusehen. Ach, übrigens, Cam?«

»Ja?«

»Was wirst du …«

Mein Handy klingelte. Ich ignorierte es und schaute weiter Kara an, weil ich darauf wartete, dass sie ihren Satz beendete.

»Willst du nicht drangehen?« Sie deutete auf meine Tasche, in der sich das Telefon befand.

»Was wolltest du mich fragen?«

»Geh ran.«

»Na schön. Hallo?«

»Cameron.«

Ich sah zu Kara. Ich hatte keine Ahnung, was für ein Gesicht ich machte, doch sie wirkte besorgt.

»Ja.«

Da war ein Zögern am anderen Ende der Leitung. Ich hörte meinen Vater tief Luft holen, ehe er sprach. »Ich wollte mal hören, ob du morgen schon etwas vorhast?«

»Warum?«

»Es ist Heiligabend. Ich ... ich würde dich gern zum Abendessen einladen. Falls du keine anderen Pläne hast, natürlich.«

Ich war so schockiert, dass ich für einen Moment kein Wort herausbrachte. War das ein Trick? Was hatte er vor? Er hatte mich noch nie zu einem Weihnachtsessen eingeladen. Ich konnte mich nicht einmal an unser letztes gemeinsames Essen erinnern.

»Cameron?«

»Ich bin hier.«

Ich trat auf den Flur hinaus und machte die Tür hinter mir zu.

»Ich weiß, es läuft nicht allzu gut zwischen uns«, räumte er ein. »Aber ich würde gern mit dir essen.«

»Du wirst mir verzeihen, dass ich das ein wenig verdächtig finde.«

»Hätte ich nicht anrufen sollen?«

»Sag du es mir.«

»Ich weiß, dass du mich hasst, mein Sohn.« Ich hörte meinen Vater schwer atmen und die Nervosität in seiner Stimme. »Wenn du dich nicht mit mir treffen willst, verstehe ich das.«

»Ich treffe mich mit dir«, versicherte ich ihm.

Mist, was mache ich denn da?

Ich hörte ihn erleichtert seufzen. »Ich lasse dir über meine Sekretärin die Details zukommen.«

»Okay.«

»Bis dann also.« Ich hörte Eiswürfel in einem Glas klirren und meinen Vater einen Schluck trinken. Mal wieder. »Pass auf dich auf, Cameron.«

Ich legte auf und lehnte mich gegen die Wand. Um mich zu sammeln, ehe ich zu Kara zurückkehrte, fuhr ich mir durch die Haare und schaute mich um.

Ich fand sie am Fenster stehend und mit besorgter Miene hinausschauend. Sie drehte sich um, als ich auf sie zuging. Die Sonne war weg. Das Sonnenlicht, das den Raum erhellte, ihre Haut und ihre Haare liebkost hatte, war verschwunden.

»Ist alles in Ordnung?«, erkundigte sie sich.

»Ja.«

»So siehst du aber nicht aus.«

»Stimmt aber. Und jetzt verrate mir, was du mich vorhin fragen wolltest.«

Sie sah mich an, wartete und gab schließlich nach, als ich auf ihre unausgesprochenen Fragen nicht antwortete. Ich wusste, was sie fragen wollte, aber ich hatte keine Lust, den Tag zu verderben. Ich wollte einfach mit ihr zusammen sein, den ganzen Mist in meinem Leben vergessen und mich auf das einzige Gute konzentrieren. Und das war sie.

»Ich wollte fragen, was du morgen vorhast«, sagte sie.

»Warum?«

»Was glaubst du denn, warum? Ich wollte gern wissen, ob du meine Wäsche waschen kannst.«

Natürlich versuchte sie nur, die Stimmung aufzuheitern. Ich lächelte. Sie seufzte.

»Na schön. Ich möchte, dass du den Tag mit mir und meiner Familie verbringst. Nicht vor sechs Uhr abends. Es gibt jede Menge Essen, bis man platzt, und wir schauen uns Weihnachtsfilme an. Um Mitternacht öffnen wir unsere Geschenke …« Sie stutzte. »Du hast schon etwas vor, oder?«

»Ich werde es absagen.«

»Nein, tu das nicht. Ist schon gut. Ich wollte nur …«

»Ich kümmere mich darum, Kara. Ich werde da sein.«

»Ich will aber nicht, dass du meinetwegen extra etwas absagen musst.«

»Es gibt niemanden, mit dem ich lieber zusammen wäre.«

Ihre Miene entspannte sich. Sie trat auf mich zu, legte den Kopf an meine Brust und schlang die Arme um meine Taille. »Wolltest du mit Rick zu Abend essen?«

»Nein.«

Wenn ich jetzt anfing, über meinen Vater zu reden, würde sie Details wissen wollen, und ich wollte nicht über ihn reden. Ihr Körper spannte sich an, denn sie erwartete meine Antwort. Doch auch diesmal drängte sie mich nicht.

Ich hatte keinen Grund zu der Annahme, dass mein Vater mit mir zu Abend essen wollte, um Zeit mit mir zu verbringen. Wahrscheinlich wollte er etwas von mir, wie üblich. Falls ich das Gefühl hatte, dass es diesmal um etwas anderes ging, verdrängte ich es. Warum sollte es anders sein als sonst?

Ich hasste mich dafür, diese vage Hoffnung zu hegen, es könnte mehr dahinterstecken. Ein Teil von mir sehnte sich nach meinem Vater, und das war mir zuwider.

»Möchtest du über Nacht bleiben?« Sie sah mich hoffnungsvoll an.

»Ich sollte lieber gehen.«

»Ich verstehe.«

Meine Stimmung war düster, und ich wollte nicht, dass Kara mich so erlebte.

»Ich bringe dich zur Tür«, erklärte sie.

Sie löste sich von mir, doch ich hielt sie fest.

»Kara«, sagte ich. »Hör zu.«

»Das tue ich. Ich versuche gerade mein Bestes.«

»Ich weiß.« Ich legte ihr einen Zeigefinger unters Kinn, damit sie mich ansah. »Nichts ist mir wichtiger als du.«

Sie schloss für einen Moment die Augen und atmete leise aus. Ich beugte mich zu ihr herunter und küsste sie auf die Lippen.

»Das ist schon besser«, sagte sie. »Belassen wir es vorerst dabei. Du arbeitest morgen, oder?«

»Für morgen ist viel Schnee vorhergesagt, deshalb werde ich tagsüber wohl mit dem Radlader unterwegs sein. Rick braucht meine Hilfe.«

»Rick. Das erinnert mich an etwas. Neulich auf dem Heimweg traf ich seine verrückte Freundin …«

Ein Klopfen an der Tür unterbrach uns.

»Kara?«

»Joe?«

»Wir sind hier fertig. Ich würde gern noch ein paar Dinge mit dir durchgehen.«

»Klar, wir treffen uns gleich in der Küche, Joe.«

»Alles klar.«

Frustriert, gereizt und unruhig schob ich meine Ärmel hoch. Ich wollte sie nicht verlassen, aber in diesem Zimmer konnte ich auch nicht bleiben. Ich musste raus an die Luft. Allein sein.

»Cam, ich bin gleich wieder … Was ist das?«

»Was?«

»Dein Handgelenk.« Sie strecke die Hand danach aus, doch ich wich zurück, bevor sie mich anfassen konnte. »Was ist passiert?«

Ich schob die Ärmel wieder herunter. »Ich habe ein Glas zerbrochen.«

»Es blutet.«

»Ist nicht so schlimm.«

»Lass mich den Verband wechseln. Warte hier.«

Ich hielt sie an der Hand fest, bevor sie gehen konnte. »Es ist in Ordnung. Ich finde selbst hinaus.«

»Aber …«

»Ich kann es nicht erwarten, dich morgen wiederzusehen.«

Mit ihren braunen Augen musterte sie mich forschend, auf der Suche nach Antworten, die ich ihr nicht geben konnte. »Du kannst gerne auch hier übernachten.«

»Nicht heute.«

Sie atmete hörbar aus. »Na schön. Ich weiß, dass der Anrufer dich aufgewühlt hat, aber ich werde dich nicht drängen. Du weißt, wo du mich findest.«

Ich nickte.

»Meldest du dich, sobald du zu Hause bist?«

»Ja.« Ich küsste sie auf die Stirn und ging zur Tür. Ich schaute zurück, in der Erwartung, dass sie zu mir kommen würde, aber sie blieb, wo sie war, und betrachtete mich mit traurigem, besorgtem Blick.

Ich ertrug es nicht und ging.

18. Kapitel

Kara

»Was meinst du? Schmeckt das besser?«

Ich legte den Ellbogen auf die Arbeitsfläche, stützte das Kinn in die Hand und schaute Dylan zu, der wie eine Ziege kaute. Er stellte die Schale hin und kaute weiter.

Um fünf heute Morgen war ich aufgewacht und hatte angefangen zu kochen. Dann weckte ich Dylan, damit er kostete. Draußen war es noch dunkel, und der Schnee fiel dicht und schnell. Die Straßenlampen flackerten verdächtig. War das ein Vorzeichen? *Ach, hör auf, dir zu viele Gedanken zu machen.*

Dylan schluckte mühsam und verzog das Gesicht. Ich konnte hören, wie das Essen seine Speiseröhre hinunterrutschte. »Besser als beim letzten Mal.«

»Echt?« Ich klatschte in die Hände. »Super!«

»Na ja, das andere schmeckte wie Pappe, oder?«

»Hast du gesagt.«

»Und dies hier …«

Ich versuchte, mir nicht anmerken zu lassen, wie unbedingt ich hören wollte, was er mir gleich sagen würde. Ich kehrte ihm den Rücken zu und machte mich am Herd zu schaffen.

»Es schmeckt wie aromatisierte Pappe.«

Der Löffel fiel klappernd in den Topf. Ich hob kapitulierend die Hände. »Soll ich es aufgeben?«

»Ich dachte, du willst für Cameron kochen, weil es euer erstes gemeinsames Weihnachten ist.«

Meine Nase zuckte, als ich am Veggie-Eintopf schnupperte. Er roch wie geröstete Socken. »Ja, aber du vergisst, dass ich nie koche.«

»Jetzt schon. Mach weiter. Du kriegst das schon hin. Sprich dir selbst Mut zu und feuere dich selbst an.« Er kratzte sich am Kopf und gähnte. »Okay, kann ich jetzt wieder ins Bett gehen?«

»Nein! Ich brauche dich als Geschmackstester«, erwiderte ich fast panisch.

Was hab ich getan? Ich hätte diese kolossale Aufgabe, ein Weihnachtsessen zu kochen, nicht annehmen dürfen. Eine Woche lang hatte ich geübt, aber es schmeckte noch immer nicht einmal annähernd so, wie es laut Rezept schmecken sollte.

»Ach, Kar«, jammerte Dylan. »Ich fühle mich schon wie ein fetter Wal. Eigentlich sollte ich längst ein Sixpack haben. Das war mein letzter Silvestervorsatz, und der vom vorletzten Jahr auch. Und fürs nächste Jahr wird es wieder mein Vorsatz sein. Das geht schon seit Jahren so, und ich sehe nicht mal ansatzweise Bauchmuskeln. Du etwa?« Er tätschelte seinen kleinen runden Bauch. »Das ist ein Muskel. Ein großer Muskel.«

»Würdest du wohl mit dem Bodyshaming bei dir selbst aufhören?«

»Ach, Menno. Wenn du solche Worte benutzt, kriege ich Angst. Ich schreibe Damon. Der müsste schon wach sein.«

»Ist er nicht. Ich hatte ihn geweckt. Jetzt hat er sich wieder hingelegt und sein Handy ausgeschaltet.«

Dylan sollte wie üblich das Kochen übernehmen. Ich hatte das Unmögliche zu erreichen versucht und kläglich versagt.

»Was mache ich nur falsch, Dyl?«

»Hast du dich ans Rezept gehalten?«

»Selbstverständlich.«

»Manchmal glaubst du nur, dass du das tust, und machst stattdessen irgendetwas anders. Warum sollte es sonst so schmecken?«

Am liebsten hätte ich ihm eine gelangt. »Vielleicht stimmt mit dem Rezept etwas nicht«, sagte ich hoffnungsvoll.

»Vielleicht gibst du zu viele Zutaten hinein. Oder du kochst es nicht lange genug. Oder es ist genau andersherum. Du brauchst Geduld und viel Mühe, wenn du etwas Gutes zustande bringen willst.«

Warum klang es, als spräche er von etwas anderem? Vielleicht interpretierte ich das auch nur hinein. Nach dem Anruf gestern Abend war Cameron still und distanziert gewesen. Verschlossen. Er hatte nicht damit herausrücken wollen, was ihn beschäftigte.

Es war schwer gewesen, Geduld zu haben und ihn mit seinen Gedanken allein zu lassen, doch ich wusste, dass es genau das war, was er brauchte. Als ich verletzt war und ungerecht ihm gegenüber, hatte Cameron Geduld bewiesen und war für mich da gewesen. Ich wollte das Gleiche für ihn tun.

Menschen änderten sich nicht über Nacht. Seine erste Reaktion bestand darin, allein sein zu wollen, um seine Wunden zu lecken. In der Hinsicht war er wie ein wildes Tier, oder? Einsam in seinem Schmerz. Allerdings hatte er mir von seiner schlimmsten Kindheitserinnerung erzählt, die er noch nie zuvor jemandem anvertraut hatte. Also würde er mir irgendwann auch sagen, was ihm jetzt zu schaffen machte. Wie Dylan schon ganz richtig bemerkte, brauchte man Geduld und viel Mühe, um etwas Gutes zustande zu bringen.

Aber das Warten war die reinste Qual. Ich war ohnehin nicht der geduldigste Mensch. Ich wollte wissen, was los war, wollte ihn trösten und ihm beistehen. Wollte, dass er seinen Schmerz mit mir teilte. Aber meine Liebe zu ihm war stärker als meine eigenen Bedürfnisse.

Wow. Das sollte ich vielleicht auf ein T-Shirt drucken lassen.

»Vielleicht sollte ich übernehmen«, erbot sich Dylan.

»Nein, ich kriege das hin.«

Ich wusch den Topf ab, das Schneidbrett, die Messer. Das Spülbecken war voller Geschirr, das ich zum Kochen benutzt hatte, aber auf dem Küchentresen stand kein Essen. Ich sah zur Uhr. Mittlerweile war es sieben.

Ich hatte Dad gebeten, in meinem Zimmer zu schlafen, damit ich ihn nicht aufweckte, wenn ich kochte. Er hatte die ganze Nacht in der Werkstatt gearbeitet. Seit Rick seine Pick-ups zur Inspektion brachte, brummte der Laden. Wir mussten zwei zusätzliche Mechaniker einstellen, um alle Aufträge bewältigen zu können. Es sprach sich herum, dass Hawthorne Auto Repair *die* Werkstatt in der Gegend war. Es sah sehr gut aus fürs neue Jahr, und ich war glücklich.

Wirklich, das war ich.

Ich schaute aufs Display meines Handys, als es vibrierte.

Mein Bigfoot: *Kann ich vorbeikommen?*

Was?

Ich: *Ich dachte, du musst arbeiten?*

Mein Bigfoot: *Ich stehe vor deinem Haus.*

Was?

»Mist! Dylan, wie sehe ich aus?«

»Als könntest du dringend eine Dusche gebrauchen.«

»Verdammt.« Ich nahm meine Brille ab. Wo hatte ich denn meine Kontaktlinsen hingelegt?

»Warum gerätst du in Panik? Sollte ich auch in Panik geraten? Was ist denn los?«

»Cameron ist draußen.«

»Draußen? Wo draußen?«

»Ich gehe rasch ins Badezimmer und putze mir die Zähne. Mach du die Tür auf! Jetzt!«

»Aber ich will für Cameron auch gut aussehen. Lass mich zuerst ins Bad! Ich brauche nur zwei Minuten …«

Ich schlug ihm die Badezimmertür vor der Nase zu.

»Dylan, mach zuerst die Haustür auf, sonst wirst du niemals Kinder zeugen.«

Ich hörte ihn maulend davonstampfen. Er sollte sich eine Freundin zulegen. Warum sollte er für Cameron gut aussehen wollen, wenn der doch nur Augen für mich hatte?

Oder? Doch, es stimmte. Cameron hatte nach wie vor nur Augen für mich. Ganz gleich, was gestern Abend gewesen war.

Aufgeregt putzte ich mir die Zähne und bürstete meine Haare. Ein bisschen Mascara und vielleicht Lippenstift? Zu viel. *Pfirsich-Lipgloss, das ist es.* Ich wollte gerade meine Kontaktlinsen einsetzen, als Dylan an die Tür klopfte.

»Kara, Cameron ist hier, und er will deinen Eintopf essen …«

»Nein!«

Ich stürmte aus dem Badezimmer und sah Cameron auf einem der Barhocker an der Kücheninsel sitzen, die uns auch als Esstisch diente. Und er stand im Begriff, einen Löffelvoll von meiner einzigartigen Kreation zu kosten.

»Stopp! Nein!«

Der Löffel befand sich nur noch wenige Zentimeter von seinem Mund entfernt, als er innehielt und den Kopf in meine Richtung drehte. Das gab mir die Gelegenheit, auf seinen Schoß zu hüpfen, mir den Löffel zu schnappen und ihn in der Schale zu versenken, um danach diese weit, weit wegzuschieben. Er legte bereitwillig die Arme um mich und lachte. Mir ging das Herz auf.

»Guten Morgen, Hitzkopf.«

»Du hast nicht die Erlaubnis, das zu essen, Bigfoot.«

»Was darf ich dann essen?«, flüsterte er mir ins Ohr.

»Lass mich nachdenken«, hauchte ich, schlang ihm die Arme um den Hals und kicherte, als er an meinem Kinn knabberte. Meine Brille fiel fast herunter.

»Kara!«

Ich drehte mich um und hörte das Klicken von Dylans Handykamera, die er auf uns gerichtet hielt.

»Frohe Weihnachten«, sagte mein Bruder grinsend. »Theoretisch ist das ja erst morgen, aber da sind wir mal nicht so.« Er deutete zum Baum. »Cameron hat Geschenke mitgebracht. Er hat sie unter den Baum gelegt.«

Ich richtete meine Brille. »Was? Noch mehr Geschenke?«

»Ich wollte sie jetzt mitbringen, damit sie unter deinem Baum liegen und du sie aufmachen kannst, wann du willst.«

Ich war gerührt. »Ist das deine Entschuldigung wegen gestern Abend?«

»Ja.«

Ich sah die Aufrichtigkeit in seinen blauen Augen, aber auch die Traurigkeit war noch da. »Fühlst du dich heute Morgen besser?«

»Jetzt, wo ich dich sehe.«

»Ich gehe wieder ins Bett«, verkündete Dylan und winkte Cameron zu.

Cameron schenkte ihm ein Lächeln und ein brüderliches Nicken.

»Hast du deine Pläne geändert?«, fragte ich.

»Ja, habe ich.« Er schien froh darüber zu sein. »Wo ist dein Dad?«

»Der schläft in meinem Zimmer. Ich wollte nicht, dass er aufwacht, während ich hier in der Küche herumwirbele.«

Er grinste und verlagerte mein Gewicht, sodass ich rittlings auf ihm saß. Ich legte meine Arme auf seine Schultern und spielte mit seinen dunklen, seidigen Haaren. Er sah schön und grüblerisch aus.

»Du kochst?«

»Es ist unser erstes gemeinsames Weihnachten.«

»Soll ich vorsichtshalber den Feuerlöscher holen?«

»Wie gemein!«

»War doch nur ein Scherz«, besänftigte er mich lachend, als ich ihn in die Seite kniff. »Ich mag es, was immer es auch sein mag.«

»Es ist ziemlich schlecht.«

»Ist mir egal. Ich werde es essen.«

Ich schaute ihn forschend an. »Du bist schrecklich gut heute.«

»Dafür war ich gestern Abend schrecklich blöd.«

»Dann musst du bestraft werden.«

Er hob eine Braue. »Und wie willst du das anstellen?«

»Mein Dad schläft nebenan, du Lustmolch.«

»Du willst also, dass ich mich benehme?«

»Du darfst heute Abend böse sein, wenn wir zu mir fahren.«

Er saugte an seiner Unterlippe. »Bist du dir sicher, dass du diesen Deal mit mir machen willst?«

»Warum nicht?«

Sein Blick wurde sinnlich. »Dann sei bereit für mich«, murmelte er. »Kara.«

Mein Herz schlug schneller. Er beugte sich näher zu mir. Ich schluckte laut. Er war faszinierend.

»Tut mir leid«, flüsterte er. »Wegen gestern Abend.«

»Hab ich verstanden.«

»Dich zu verletzen ist das Letzte, was ich will.«

»Ich weiß.«

»Ich brauche Zeit, um alleine über ein paar Dinge nachzudenken.«

»Das weiß ich.«

»Es tut dir trotzdem weh.«

Ich zuckte mit den Achseln und spürte einen Kloß im Hals.

»Was kann ich tun?«, fragte er sanft.

»Sprich mit mir.«

»Warte.«

»Okay.«

»Ich muss jetzt los.«

»Wir sehen uns später. Komm rechtzeitig.«

»So schnell ich kann.«

»Ich …«

Er umfasste mein Gesicht mit seinen großen Händen, seine Daumen streichelten meine Wangen, mein Kinn, meine Lippen. Dann glitten seine Finger zärtlich über meinen Hals und meine Schultern. Er nahm meine rechte Hand, hob sie an seine Lippen und küsste die Handfläche.

»Küss mich, bevor ich gehe, Kara.«

Camerons Lippen waren warm und weich, und er überließ mir die Kontrolle, empfing und nahm, akzeptierte und gab. Ich spürte sein Verlangen, seine Begierde für mich und seine Beherrschung. Und ich wusste, dass er das Gleiche bei mir spürte. Nachdem er sich von mir gelöst hatte, legte er seine Stirn gegen meine.

»Ich will nicht gehen.«

»Ich werde auf dich warten.«

Er hob mich an, als er aufstand, und stellte mich auf die Füße. An der Tür küsste er mich noch einmal.

»Bis später, Hitzkopf.«

Dann war er weg.

19. Kapitel

Cameron

Was ich an Schnee mochte, war vor allem, dass er die Leute daheim hielt. Aber heute war Heiligabend.

Verdammt!

Ich trat auf die Bremse des Radladers und hoffte inständig, die Fußgänger nicht getötet zu haben, die plötzlich dicht hinter mir aufgetaucht waren, während ich den Schnee von der Straße räumte und darauf achtete, mit meiner tausend Pfund schweren Stahlschaufel nicht das Stoppschild zu erwischen.

Ich atmete erleichtert auf, als ich sie weglaufen sah, mit Essenstüten in den Händen.

Shit. Mann, mach Feierabend.

Ich streckte die Arme hoch und stöhnte wegen der verspannten Nacken- und Schultermuskeln. Ich arbeitete schon seit neun Stunden. Noch eine Stunde, dann würde ich Kara sehen.

Der Anblick dieser Menschen mit den Essenstüten erinnerte mich daran, dass ich wenigstens etwas mitbringen sollte. Ich parkte den Radlader und schrieb ihr eine Textnachricht.

Ich: *Soll ich etwas mitbringen?*

Hitzkopf: *Dein sexy Hintern wäre ganz nett*

Ich lachte in mich hinein. Sie fehlte mir.

Ich: *Trinkt dein Dad Bier?*

Hitzkopf: *Sein Blutdruck ist zu hoch, deshalb lieber kein Bier.*

Hitzkopf: *Du musst nichts mitbringen, Bigfoot. Nur dich. Du bist bald fertig, oder?*

Ich: *Ja*

Ich schrieb Dylan.

Dylan: *Oh Mann, bitte bring richtiges Essen mit! Egal was! Alles wäre ein Geschenk des Himmels. Kara hat gekocht. Mehr muss ich nicht sagen, oder? Wie wär's mit einem riesigen Eimer Hühnchenteile mit allem Drum und Dran. Mein Vorschlag. Musst du aber natürlich nicht!*

Ich: *Geht klar*

Dylan: *Danke für das Geschenk! Ich habe es schon aufgemacht. Sie ist beleuchtet. Ich liebe dieses Spiele-Tastatur. Total!*

Dylan: *Danke, Cameron!*

Dylan: *Weißt du schon, wann du es schaffst?*

Ich: *In zwei Stunden.*

Dylan: *Ist alles Gucci.*

Was sollte das nun wieder heißen?

Ich wickelte einen Lolli aus und biss hinein. Während die Süße in meinem Mund explodierte, versuchte ich, nicht über die Nachrichten zu lächeln, die ich gerade gelesen hatte.

Ich hatte keine Ahnung, was in mich gefahren war, als ich Kara all diese Weihnachtsgeschenke kaufte. Zuerst sollte es nur eines sein, da ich mir nicht sicher war, wie sie überhaupt darauf reagieren würde. Meine Frau brauchte ihren Kaffee wie die Luft zum Atmen, also schien es mir sinnvoll zu sein, für ihre neue Unterkunft eine

Kaffeemaschine zu besorgen. Doch dann meinte der Verkäufer, sie wäre bestimmt glücklich, wenn ich gleich noch Kaffeebohnen dazukaufe. Klar, das ergab Sinn. Es seien Bohnen von der besten Qualität, erklärte der Verkäufer. Er fragte, wofür die Maschine gedacht sei, und ich erzählte von Karas neuem Haus. Danach geriet die Sache ein wenig außer Kontrolle.

Alles, was der Kerl vorschlug, schien sinnvoll zu sein, also kaufte ich alles. Und dann wollte er wissen, ob ich Weihnachten bei der Familie meiner Freundin wäre. Als ich bejahte, schlug er vor, für die auch noch gleich Geschenke zu erwerben. Da konnte ich nicht widersprechen, deshalb kaufte ich auch etwas für Mike und Dylan. Und da ich schon dabei war, auch noch was für Rick. Und für Caleb.

Shit. Wie sollte ich Rick und Caleb bloß ihre Geschenke geben? Das wäre peinlich. Für uns alle. Ich würde diese Geschenke bis zum St. Nimmerleinstag aufbewahren und keiner Seele etwas davon erzählen. Ende der Geschichte.

Als mein Handy klingelte, meldete ich mich, ohne vorher aufs Display zu schauen.

»Ja?«

»Kann ich bitte mit Mr. Cameron St. Laurent sprechen?«

»Am Apparat.«

»Hier ist das Easter Falls Hospital.«

Mein Herz fing an zu klopfen.

»Um was geht es?«

»Sind Sie Mr. Zacharias St. Laurents Sohn?«

»Ja.«

»Ihr Vater liegt im Krankenhaus. Sie müssen kommen.«

Ich bekam einen trockenen Mund. »Was ist passiert?«

»Wir hätten gern, dass Sie kommen.«

Sie beschrieb mir den Weg und sagte noch etwas, was ich jedoch gleich wieder vergaß. Mir klingelten die Ohren. Den weißen Schnee vor mir nahm ich nur verschwommen wahr. Ich fragte mich, ob ich mein Augenlicht verlor.

»Mr. St. Laurent?«

»Ich komme.«

Alkohol und Tabletten. Diese Kombination hätte meinen Vater fast umgebracht. Man hatte ihm den Magen ausgepumpt, und es hieß, er würde überleben.

Sie vermuteten einen Selbstmordversuch. Die Krankenschwester sprach es nicht direkt aus, doch ihre vorsichtige Wortwahl und der ernste Ton deuteten ziemlich klar darauf hin. Beim Reden schaute sie ständig nach unten, und ich fragte mich, wohin sie denn guckte.

Als ich ebenfalls nach unten schaute, bemerkte ich den Verband um mein Handgelenk. Und da wusste ich, was sie dachte.

Ich hörte die Schwestern auf der Station tuscheln, als ich ging.

»Vielleicht liegt es in der Familie. Depressionen sind eine ernste Sache. Die brauchen Hilfe.«

»Beide, Sohn und Vater, sehen toll aus. Ein Jammer, was da passiert ist, was? Suizidal ...«

»Habt ihr ihm von den Programmen erzählt, an denen er ...«

»Leute, mal langsam, wir wissen doch gar nichts Genaues ...«

Ich versuchte gar nicht erst, die Sache aufzuklären. Sollten sie ruhig denken, was sie wollten. Allerdings hätten sie mit ihren Spekulationen ruhig warten können, bis ich außer Hörweite war. Oder hielten sie mich für taub? Ach, wen juckte es?

Meine Hände zitterten, während ich über den Gang lief. Es war zu hell hier, die Wände blassgelb, und es roch nach Urin und Desinfektionsmittel. An den Wänden standen Stühle, sperrige medizinische Geräte, Computer und ein kleiner Rollwagen mit Handtüchern und Krankenhauskitteln. Das Piepen von Maschinen war zu hören. Ich betrat eins der Zimmer, und dann sah ich meinen Vater in einem Krankenhausbett.

Er sah anders aus. Irgendwie weniger dominant und dafür menschlicher. Ohne die Fassade aus Tausend-Dollar-Anzug mit Krawatte wirkte er ... normal. Bis auf die graue Gesichtsfarbe. Und die Kabel und Maschinen, an die er angeschlossen war. Ich wusste nicht, wo diese Kabel anfingen und endeten.

Ich fühlte mich wie betäubt. Als befände ich mich in einem Traum. Ich war kein Teil des Geschehens, sondern nur Zuschauer. Es war, als wäre ich gar nicht wirklich hier.

Aber meine Hände zitterten immer noch, als ich mir einen Stuhl nahm und an sein Bett stellte, allerdings in einiger Entfernung. Ich wollte nicht zu nah heran, wollte nicht sehen. Mit weichen Knien setzte ich mich. Ich beugte mich vor, stützte die Ellbogen auf die Oberschenkel, fuhr mir mit beiden Händen in die Haare und ließ sie dort. Leise atmete ich aus. Ich wusste nicht, wie lange ich so dasaß.

»Cameron.«

Ich blickte auf.

»Bist du das, Sohn?«

Er hatte eine Reibeisenstimme. Ich sagte nichts. Mein Hals war wie zugeschnürt. Er schlief wieder ein. Das nächste Mal wachte er einige Stunden später auf. Ich befand mich seit meiner Ankunft am gleichen Platz und in der gleichen Haltung. Unfähig mich zu bewegen, unfähig zu denken.

»Cameron.«

»Hast du mich deswegen gebeten, mich mit dir zu treffen?«, fragte ich leise. Ich hörte die Kälte und Leere in meiner Stimme, und das war ein ziemlicher Kontrast zu dem, was ich inzwischen fühlte. »Wolltest du dich verabschieden und anschließend umbringen?«

Er versuchte sich aufzusetzen. Ich blieb, wo ich war.

»Warum tust du es nicht, ohne mich damit zu behelligen?«

Er gab ein kurzes Lachen von sich und fing gleich an zu husten. »Du hast dich gerade angehört wie Raven.«

»Ich bin nicht wie sie.«

»Ich … ich weiß nicht. Und das ist meine Schuld.«

Ich wollte am liebsten sofort abhauen. *Wer ist dieser Mann, der so anders klingt und anders aussieht?*

»Bestimmt habe ich dir den Abend verdorben. Du hast unser Essen abgesagt, und ich dachte, du hast wohl andere Pläne.«

Endlich gelang es ihm, sich aufzusetzen. »Ich wollte dir sagen, dass du eine Krawatte umbinden sollst. Zum Essen.«

»Ich hasse Krawatten.«

»Ich entsinne mich«, sagte er, versuchte zu lächeln und verzog das Gesicht. »Aus deiner Kindheit. Es war dir zuwider.«

Da war ein Ziehen in meiner Brust, das ich nicht wollte. Es kroch in meinen Hals hoch und drohte mich zu ersticken.

»Was tue ich hier?«

»Ich nehme es dir nicht übel, dass du dich nicht um mich scherst, Cameron.«

»Wenn dem so wäre, dann wäre ich jetzt nicht hier.«

Ich ballte die Fäuste. In seinen Augen lag ein solcher Ausdruck von Bedürftigkeit, dass ich das Gefühl hatte ... Ich wusste nicht, was ich fühlte. Ich wandte den Blick ab.

»Ich ...« Er atmete vorsichtig ein und sah aus, als würde er gleich das Bewusstsein verlieren.

»Soll ich die Krankenschwester rufen?«

»Nein, es geht schon. Hör zu«, sagte er. Schweißperlen bildeten sich auf seiner Stirn, und ich befürchtete ernsthaft, er könnte ohnmächtig werden. Ich machte einen Schritt zur Tür hin, um die Schwester zu rufen, als er weitersprach. »Ich habe mich geirrt, Cam. Ich dachte, meine Firma sei mein Vermächtnis. Aber du bist es. Ich war nicht für dich da, als ich es hätte sein sollen. Sie hat dich mir weggenommen.«

Warum erzählte er mir das?

»Ich wollte nie Kinder, doch als du geboren wurdest, schien nichts anderes mehr wichtig zu sein als dieser kleine Junge auf meinem Arm. So klein und verletzlich, und er brauchte mich. Es war, als hätte ich plötzlich eine Schwäche, die ich zuvor nie gehabt hatte. Und das warst du.«

Ich wollte gehen, wollte meine Beine zwingen, diesen Raum zu verlassen, aber mir war, als steckte ich in Treibsand fest. Ich versank, ich war hilflos, und niemand weit und breit, der mir eine Rettungsleine zuwarf.

»Aber sie wusste es. Raven hasste mich. Sie benutzte dich gegen mich. Also bestrafte ich dich, um es ihr heimzuzahlen. Dich ausgeschlossen zu haben bereue ich am meisten in meinem Leben. Kannst du mir vergeben, Sohn?«

Ich schwieg. Sagte kein einziges verdammtes Wort.

»Ich hab's vermasselt, Cam. Schrecklich vermasselt.« Er fuhr sich über das Gesicht. »Die Firma, die ich aufgebaut habe. Ich werde sie verlieren. Die Arbeit meines Lebens ist im Eimer. Wahrscheinlich werde ich nicht einmal das Geld haben, um die Anwälte zu bezahlen.«

Plötzlich ergab alles einen Sinn. Warum er sich mit mir zum Essen hatte treffen wollen, warum ich hier war.

»Brauchst du Geld? Meinen Treuhandfonds?«

Er lachte bitter.

»Deinen Treuhandfonds werde ich nicht anrühren.«

»Du kannst ihn haben. Alles. Ich habe nie einen Cent angerührt. Wolltest du mich deshalb sehen?«

»Nein … das ist nicht der Grund, Cameron.«

»Aha.«

Es war, als hätte man mir Säure in die Kehle geschüttet, die langsam in meine Brust hinabsickerte. Es brannte. Immer wenn er mich in all den Jahren angerufen hatte, bei all diesen extrem seltenen Gelegenheiten, hatte er etwas gebraucht. Es gab keinen Grund für mich, diesmal etwas anderes zu vermuten. Ich sollte lachen. Über das bemitleidenswerte Kind in mir, das auf etwas anderes hoffte, auf mehr.

»Wie ich schon erwähnte, du kannst das Geld haben.« Ich ging zur Tür. »Gute Nacht.«

»Cam, warte bitte.«

Aber das tat ich nicht. Ich ging weiter. Auf das Einzige zu, das mich aufrechterhielt.

Kara.

20. Kapitel

Cameron

»Mr. St. Laurent!«

Ich drehte mich um und sah einen der Krankenpfleger, der mich vor den Fahrstühlen eingeholt hatte.

»Bitte warten Sie.«

Ich drückte den Fahrstuhlknopf und wünschte den Aufzug herbei. Ich musste schnellstmöglich von hier verschwinden.

»Mein Name ist Thomas. Ich bin einer der Pfleger hier.«

Ich nickte ihm zu. Er schien darauf zu warten, dass ich etwas sagte, aber ich schwieg.

»Ich hoffe, Sie wissen, dass wir immer da sind, um zu helfen.«

Da ich nach wie vor schwieg, fuhr er fort: »Ich überwache Ihren Dad heute Nacht bis morgen früh. Seien Sie versichert, dass er sich in guten Händen befindet. Ich werde Sie informieren, falls sich sein Zustand verändert. Wenn Sie irgendetwas brauchen …«

»Nein. Trotzdem danke.«

Die Fahrstuhltüren glitten auf, und ich betrat die Kabine. Ich lehnte mich gegen die Wand und schloss die Augen. *Verdammt.*

Ich stand auf der Veranda von Karas neuem Haus, die Hand erhoben, um an ihre Tür zu klopfen.

Benutz die Klingel, du Depp.

Tat ich aber nicht. Ich schaute nach unten und entdeckte die kleine Frosch-Statue, die ich ihr zu Weihnachten geschenkt hatte. Sie hatte sie schon neben die Fußmatte gestellt.

Ich knirschte mit den Zähnen und ballte die Fäuste. Alle Geschenke dieser Welt würden nicht wiedergutmachen, dass ich nicht zum Weihnachtsessen gekommen war. Und nicht mal Bescheid gesagt und ihr den Grund genannt hatte.

Tja, und trotzdem stehst du jetzt hier vor ihrer Tür, Idiot.

Ich war ein selbstsüchtiger Bastard. Immer schon gewesen. Ich hatte das Dinner mit meinem Vater abgesagt, um mit Kara zusammen zu sein, nur dass es dazu nicht kam. Und wenn mein Vater heute Nacht starb, würde meinetwegen ein weiteres Leben verloren sein. Ein weiteres verlorenes Leben, das ich hätte retten können, wenn ich nur mehr getan hätte.

Mach nur weiter so. Wer ist der Nächste? Kara?

Scheißkerl. Das würde niemals passieren.

Am liebsten hätte ich gegen die Wand geboxt, um den Schmerz in meiner Faust zu fühlen. Ich rannte die Stufen hinunter und wollte gerade wieder in meinen Pick-up steigen, als das Verandalicht anging und die Haustür geöffnet wurde.

»Cameron?«

Ich blieb stehen.

»Ist alles in Ordnung mit dir?«, fragte sie leise. »Ich habe gehört, dass dein …«

Ich drehte mich um, und etwas in mir rastete ein, als ich sie im Schein der Lampe sah, in ihrem langen Nachthemd, die Haare offen bis auf die Schulter fallend.

Warum schaute sie mich mit sanfter Besorgnis an? Warum war sie nicht wütend? Wäre sie wütend gewesen, dann wäre ich diese Stufen jetzt nicht wieder hochgerannt, direkt in ihre Arme. Dann hätte ich mir nicht genommen, worauf ich kein Recht hatte. Ich hätte es nicht einmal versucht.

Doch sie hielt mich ganz fest, während ich sie stürmisch küsste. Ich vergrub meine Finger in ihren Haaren, umspielte ihre Zunge mit meiner und drängte sie zurück ins Haus. Mit dem Fuß warf ich die Tür hinter mir zu.

»Ich muss dich vögeln.«

Ich griff unter ihr Nachthemd und zog ihr den Slip herunter. Dann umfasste ich einen ihrer Oberschenkel und schlang ihn mir um die Hüfte. Mit meinen Fingern streichelte ich sie und rieb sanft ihren Kitzler. Ihre Zartheit erregte mich heftig.

»Sag mir, dass du mich das tun lässt.«

Sie nickte, und ihr verschleierter Blick zeigte, dass auch sie von Verlangen ergriffen wurde. Als ich sie in meinen Armen erbeben fühlte, drang ich behutsam mit einem Finger in sie ein. Sie schrie auf, während meine Lippen noch auf ihren lagen, und ich nahm einen zweiten Finger dazu. Sie grub die Nägel in meinen Rücken. Sie war feucht und bereit für mich.

»Sag es«, drängte ich sie, sie mit den Fingern vögelnd.

»Ja«, hauchte sie. »Ja, Cameron.«

Ich zog meine Finger zurück; sie waren feucht, und ich schob sie mir in den Mund. Nach ihrem Geschmack konnte ich süchtig werden, und ich wollte mehr davon. Ich drängte sie gegen die Wand und küsste sie erneut, damit sie ihren Geschmack von meiner Zunge kosten konnte. Ihre Handgelenke lagen schmal in meinen Händen. Ich hob sie über ihren Kopf.

»Cam, bring mich zum Bett.«

Wortlos hob ich sie hoch. Sie schlang ihre langen Beine um meine Hüften und ließ das Becken kreisen. Ihre Hände grub sie in mein Haar, während sie mich gierig küsste. Ich trug sie ins Schlafzimmer und schaltete das Licht ein.

Wir ließen uns aufs Bett fallen, das nach ihr duftete. Ich wollte mich in ihr verlieren und sie schmecken, fühlen, wie sich ihre inneren Muskeln um mich zusammenzogen, heiß, eng und feucht.

»Sag mir, was du willst«, forderte ich sie auf.

Ich setzte mich auf und streifte mir mein T-Shirt ab. Dann kniete ich über ihr, damit ich ihr das Nachthemd ausziehen konnte. Sie betrachtete mich unter halb geschlossenen Lidern hervor, die Lippen leicht geöffnet. Niemand hatte je zuvor diese Wirkung auf mich gehabt, hatte so etwas in mir ausgelöst. Den Drang, sie zu besitzen, das Verlangen, mir zu nehmen, was sie bereitwillig geben wollte, und diesen Wunsch, ihre Sehnsucht nach mehr zu entfachen. Bis ich alles hatte.

Ich hörte ihr leises Keuchen, sah, wie ihre kleinen Brüste sich hoben und senkten. Ihre pinkfarbenen Spitzen verhärteten sich, und ich konnte nicht widerstehen. Ich beugte mich herunter und saugte an der einen, während ich die andere mit dem Daumen umkreiste. Kara gab einen begierigen Laut von sich und krallte die Finger in meine Haare.

»Ich will dich«, flüsterte sie. »Ich will dich fühlen.«

»Dann musst du es dir verdienen.« Ich strich mit der Zunge über ihre Brustwarze, ehe ich erst sacht, dann fester daran saugte.

»W-wie?«

Sie sog scharf die Luft ein, als ich sie auf den Bauch drehte.

»Komm in meinen Mund«, sagte ich.

Ich nahm eines ihrer Kissen und schob es unter sie. Und war fasziniert von ihrem Anblick. Sie sah wundervoll aus, wie sie mir dargeboten dalag.

»Du siehst hinreißend sexbereit aus«, erklärte ich. »Aber du wirst warten müssen, Baby.«

Sie stöhnte. Es gefiel mir, ihr zu sagen, was ich wollte, und es gefiel mir, dass sie davon feucht wurde. Ich legte meine Hände auf die Innenseiten ihrer Schenkel und spreizte sie weiter. Ihre Haut fühlte sich so zart an.

Mir lief das Wasser im Mund zusammen, sowie ich sie an den Hüften fasste und mich weit genug herunterbeugte, um ihren Duft einzuatmen. Dann ließ ich langsam meine Zunge zwischen ihre Beine gleiten. Kara stieß einen leisen Schrei aus. Ich nahm mir Zeit, sie zu lecken, denn ich wollte jeden Tropfen.

»Cam«, stieß sie schluchzend hervor. »Hör nicht auf.«

Ich leckte noch einmal, dann begann ich sachte zu saugen. »Ich will dich auf den Knien, mein Schwanz in deinem Mund.«

»Ja.«

»Das müssen wir nächstes Mal machen. Jetzt bin ich zu hungrig für dich.«

Ich hielt ihre Schenkel fest und besorgte es ihr mit dem Mund. Sie bewegte das Becken, presste sich gegen meinen Mund, vollführte kreisende Bewegungen, rieb sich an meiner Zunge. Ihr kleinen Lustschreie spornten mich an, und ich schob die Zunge in sie hinein. Verdammt, sie konnte mich allein damit zum Höhepunkt bringen.

Sie gab sich mir so bereitwillig hin, und ich nahm mir alles. Ich fühlte ihren Orgasmus, schmeckte ihn, spürte die Anspannung ihrer Muskeln an meinen Händen, während sie erneut aufschrie. Dann sackte sie auf dem Bett zusammen, das Gesicht zur Seite gedreht auf dem Kissen.

»Ich bin noch nicht fertig mit dir«, sagte ich. »Auf die Knie.«

Sie atmete schwer, und ihre Beine zitterten, während ich ihr half, sich in Position zu bringen. Ich streichelte ihren Rücken und belohnte sie mit einem weiteren Kuss auf ihre Mitte.

»Sag mir, dass du mich in dir willst«, forderte ich sie auf und öffnete meinen Reißverschluss.

»Ich will dich in mir, Cameron«, flüsterte sie heiser.

»Zeig mir, wie sehr du es willst.«

Sie drückte sich an mich, und wow, sie war so feucht, dass ihre Schenkel von ihrer Lust glänzten. Ich rieb meinen Schwanz über ihre Pussy. Dann drang ich ein Stückchen in sie ein, um mich gleich darauf wieder zurückzuziehen. Erst ein bisschen hinein, dann wieder heraus.

»Cameron, Kondom.«

»Keine Sorge. Ich will dich erst ein bisschen spüren, Baby. Du fühlst dich einfach unglaublich an.«

Aber sie wand sich. »Cam«, zischte sie. »Kondom. Jetzt.«

Ich lachte leise, griff nach meiner Brieftasche und nahm eins heraus. Glücklicherweise hatte ich nicht vergessen, das letzte zu ersetzen. Ich wollte sie ständig. Ich würde nie aufhören, sie zu begehren. Ich musste stets vorbereitet sein. Ich riss die Verpackung mit den Zähnen auf und rollte mir das Kondom über.

Wir schrien beide auf, als ich mich tief und hart in sie schob. Meine Haut fühlte sich fiebrig an, alles war einfach zu intensiv und überwältigend. Zugleich aber wollte ich jede Sekunde mit ihr. Sie war alles für mich. Ich vögelte sie, als wäre es unser letztes Mal.

»Cameron«, rief sie schluchzend.

Ich griff in ihre Haare und hielt mit der anderen Hand ihre Hüfte, während ich meinen Schwanz in sie hineinstieß. Unsere gepressten Atemzüge vermischten sich. Ich wollte mich ganz in ihr verlieren, wollte mich überwältigen lassen.

Sie erreichte zuerst den Höhepunkt, mit einem Aufschrei, und ihre inneren Muskeln zogen sich so fest um mich zusammen, dass ich beinah auch sofort gekommen wäre. Doch ich wollte noch ein wenig länger durchhalten. Ich griff sie an den Armen, um Kara unten zu halten, während ich sie härter und schneller vögelte. Schließlich kam ich lang und heftig in ihr, wilde, heisere Laute ausstoßend. Erschöpft sank ich auf sie herab, schmiegte mein Gesicht in ihr Haar und murmelte immer wieder ihren Namen.

»Kara«, flüsterte ich. »Kara.«

Als ich wieder zu Atem gekommen war, löste ich mich von ihr, nahm das Kondom ab, band es zu und warf es in den Mülleimer neben dem Bett. Ich legte mich neben sie und streichelte sanft ihre Haare.

»Cam.«

Ich atmete tief ein und aus, schwieg jedoch.

»Cameron.«

Ich betrachtete ihr Gesicht. Ihre Augen wirkten dunkel. Anscheinend war sie aufgewühlt, versuchte es jedoch, vor mir zu verbergen. Ich machte die Augen zu und schluckte.

»Ich habe das Gefühl, als würdest du verschwinden«, sagte sie leise.

Meine Miene verhärtete sich. Nach einer Weile fragte ich: »Warum?«

»Du bist so … verschlossen mir gegenüber.«

»Kara, wir haben gerade in deinem Bett Sex gehabt. Nennst du das verschlossen?«

»Tu das nicht.«

Ihr scharfer Ton veranlasste mich, die Augen wieder aufzumachen. Sie sah verletzt aus.

Du bist ein Mistkerl. Das hat sie nicht verdient. Sie hat jemanden wie dich nicht verdient. Das Üble in deinem Leben wird sich mit dem Schlechten aus ihrem Leben verbinden, und damit ruinierst du ihr Leben.

Genau wie du das Leben deines Dads durch deine Geburt zerstört hast.

Und wie du das Leben dieses kleinen Jungen beendet hast, indem du sein Freund wurdest.

Da war ein Klingeln in meinen Ohren, dem ich entfliehen wollte. Ich stand auf und zog meine Hose hoch, die ich beim Sex gar nicht ganz ausgezogen hatte.

Sie setzte sich alarmiert auf. »Wohin gehst du?«

Ich zog mein Shirt wieder über und fuhr mir durch die Haare. Ich wollte den Schmerz in ihren Augen nicht schon wieder sehen. »Ich brauche nur …«

»Was brauchst du?«

Nichts. Alles.

Dich.

Dich, Kara. Ich brauche dich zu sehr. Es ist verdammt beängstigend, wie sehr.

»Verrate mir, wo du gewesen bist«, bat sie. »Und warum du nicht zum Weihnachtsessen gekommen bist.«

Es war mir extrem unangenehm. Ich sagte nichts. Ich konnte nicht. Meine Kehle war wie zugeschnürt, als hätte jemand ein Seil darumgelegt und zugezogen. Da waren keine Worte. Ich hatte keine mehr.

»Du willst nicht einmal mit mir reden?«

Der klare Schmerz in ihrer Stimme veranlasste mich, zu ihr hinzuschauen. Sie griff nach ihrem Nachthemd und zog es an. Dann senkte sie den Blick, damit ich ihre Augen nicht sah, und schlang die Arme um sich.

Du bist nicht gut für sie. Warst du nie.

»Kara.«

»Du musst mit mir reden.«

»Ich … kann nicht.«

»Wird es immer so sein?«

Ich wischte mir über den Mund.

»Ich habe alle möglichen Leute angerufen auf der Suche nach dir. Du bist nicht an dein Telefon gegangen.«

»Das habe ich vergessen. Im Wagen.«

»Und wo warst du?«

Ihre Augen schimmerten, als ich nicht antwortete.

»Dein Dad ist im Krankenhaus, nicht wahr? Warum hast du mir das nicht erzählt?«

»Woher weißt du das?«

»Wie du mich gerade anguckst … Ich bin nicht dein Feind, Cameron.«

Was meinte sie damit? Wie guckte ich sie denn an?

»Das weiß ich«, erwiderte ich.

»Wirklich?«

Ich atmete schwer. Ihre Augen. Die waren wie eine Strafe und ein Geschenk gleichzeitig. Wenn sie aufhören würde, mich auf diese Weise anzuschauen oder mich zu wollen, wäre das mein Ende.

»Geht es deinem Dad gut? Warum ist er im Krankenhaus, Cam?«

Als ich nicht antwortete, stand sie vom Bett auf und stellte sich vor mich.

»Warum willst du es mir nicht sagen? Vertraust du mir nicht?«

»Es geht nicht um …«

»Wage ja nicht zu sagen, es ginge nicht um Vertrauen, denn das tut es sehr wohl! Ich gebe mein Bestes. Bei dir immer. Ich gebe dir alles von mir, aber ich will wenigstens ein kleines Stück von dir. Aber du gibst mir nichts. Du versuchst es nicht einmal.«

»So funktioniert das nicht, Kara.«

»Dann sag mir, wie es funktioniert!«

Ich hatte keine Ahnung. Keine verdammte Ahnung. Ich wusste nur, dass ich sie festhalten wollte und sie mir entglitt. Ich konnte es spüren. Ich stieß sie weg, obwohl ich das gar nicht wollte. Ich wollte nicht, dass sie mich auch verließ. Nicht sie.

Verdammt, nicht sie.

»Sag etwas.«

Aber ich hatte nichts. Sie nahm die Lampe vom Nachttisch und schleuderte sie gegen die Wand. Dunkelheit umgab uns. Ich hörte sie atmen, schnell, fühlte ihren Zorn und ihre Gekränktheit wie ein lebendiges Wesen zwischen uns. Als sie aus dem Schlafzimmer marschierte, folgte ich ihr.

»Ich werde keine weitere Kerbe in deinem Bettpfosten sein, Arschloch«, erklärte sie ruhig; doch jedes einzelne Wort zeugte von ihrer Wut.

»Du hast mir versichert, du seist nicht wie die anderen. Du willst gehen? Ist es das, was du wirklich tun willst?« Dann schluchzte sie, Tränen rannen ihr übers Gesicht, und ich fühlte mich elend. »Wenn du gehst, bedeutet das, wir sind nichts. Ich werde bloß eine von den Frauen sein, mit denen du geschlafen hast. Du willst mich vögeln und dann fallenlassen, stimmt's?«

»Kara, um Himmels willen, weine nicht. Nicht weinen. Du bist nicht wie die anderen. Niemals. Das … das ist es nicht.«

»Was ist es dann? Warum rückst du nicht raus mit der Sprache?«

Je weniger ich ihr antworten konnte, umso wütender machte es sie. Und desto tiefer traf mich der Schmerz in ihren Augen.

»Ich wollte geduldiger sein, Cameron. Wollte ich wirklich, aber wenn alles zu viel ist, hat das keinen Sinn. Ich werde mich nicht aufgeben, damit du dich in dein Schweigen zurückziehen kannst. In dein Bedürfnis, alles mit dir allein auszumachen und still vor dich hin zu leiden. Das ist zu viel. Es schmerzt mich zu sehr.«

Ich wusste, was sie als Nächstes sagen würde. Ich konnte es in ihren Augen lesen. »Tu's nicht.«

»Ich werde dir geben, was du willst. Verschwinde. Raus hier.«

Ich sah sie an, mein Herz hämmerte wie verrückt. Wenn sie mich anschauen würde, könnte sie erkennen, wie sehr ich sie brauchte. Wie verzweifelt ich sie halten wollte. Aber das tat sie nicht. Und ich konnte es ihr nicht verübeln. Absolut nicht. Ich hatte ihr wehgetan. Tat es noch. Trotzdem begehrte ich sie und brauchte sie. Ich verzehrte mich nach ihr.

Was zum Teufel war los mit mir?

Sie öffnete die Haustür und stand da, während ihr die Tränen über die Wangen liefen. Sie wischte sie wütend weg.

Ich hob meine Hand, um ihr Gesicht zu streicheln. Doch sie wich zurück.

»Geh einfach«, sagte sie leise.

Ich schaute sie an und wartete darauf, dass sie wieder Blickkontakt zu mir aufnahm. Sie tat es nicht. Sie war fertig.

»Geh!«

Sie schob mich nach draußen und schlug mir die Tür vor der Nase zu. Ich legte die Stirn dagegen. Und als ich Kara drinnen weinen hörte, zerriss es mich.

»Kara, mach die Tür auf«, flehte ich. »Bitte.«

Ich wartete. Wartete.

Und dann ging ihr Verandalicht aus. Und endlich war es still auf der anderen Seite der Tür. Sie war weggegangen.

Ich wusste nicht, wie lange ich dort stand und mir wünschte, sie würde zurückkommen. Mir verzeihen. Mich wieder aufnehmen. Mit wackligen Knien sank ich auf die Verandastufen. Die Sonne ging langsam auf, aber mir kam es noch überall dunkel vor. Es war leichter, die Dunkelheit anzunehmen, in ihr Trost zu suchen.

»Cameron.«

Ich blickte auf. Es war Mike. Sofort schämte ich mich. Er hielt eine Tüte mit Lebensmitteln in der Hand, stieg die Stufen hinauf und stellte sie vor Karas Tür.

»Ist alles in Ordnung mit dir, Sohn?« Er setzte sich neben mich auf die Stufen. »Harte Nacht?«

Ich senkte den Kopf. Dieser Mann war einer der sehr wenigen Menschen, die ich bewunderte und respektierte. Was konnte ich ihm sagen? Ich hatte nichts. Ich war nichts.

»Es tut mir leid.« Als meine Stimme versagte, fuhr ich mir mit der Hand übers Gesicht. Versuchte, mich zusammenzunehmen. »Dass ich gestern Abend nicht gekommen bin.«

Er nickte. »Ich nehme an, du hattest einen guten Grund.«

Wir saßen eine Weile schweigend da.

»Die Sonne geht auf«, bemerkte er und atmete langsam aus. »Gäbe es plötzlich keine Elektrizität mehr, könnte man Handys nicht mehr aufladen. Ich frage mich, wie die Menschen sich dann gegenseitig sehen wollen. Wie sollten sie Video-Telefonate führen? Oder war das Skype? Du siehst, ich kenne mich mit dem Internet aus.«

Er lachte ein wenig. Auf einmal merkte ich, wie sich die Atmosphäre um uns veränderte. Er musterte mich.

»Es gibt Dinge im Leben, die man anderen nicht zeigen will«, sagte er. »Es ist beängstigend, jemanden hereinzulassen, oder?«

Er nahm seine Mütze ab, schüttelte sie aus, setzte sie wieder auf. »Ich erinnere mich noch an die Nacht, in der Kara geboren wurde. Alle Krankenschwestern liebten sie. Sie war ein Star in diesem Kreißsaal und ließ mit ihrem lauten Geschrei fast unsere Trommelfelle platzen.«

Er lachte erneut leise, und seine Stimme wurde sanft bei der Erinnerung. »Beim allerersten Blick in das Gesicht meiner Tochter wusste ich, dass ich für den Rest meines Lebens jemanden haben würde, der mir einen Grund gibt, weiterzumachen und durchzuhalten. Der mir einen Grund gibt zu leben. Und ich glaube, es geht dir ähnlich.«

Er legte mir eine Hand auf die Schulter und drückte fest zu.

»Es ist okay, Angst zu haben. Ich hatte welche. Habe ich immer noch«, gestand er. »Aber sie hilft mir darüber hinweg.«

Er stand auf und ging die Stufen hinunter.

»Sohn, schau mich an.«

Er wartete geduldig. Ich hatte keine Ahnung, was er in meinem Gesicht sah, doch ich las tiefe Besorgnis in seinen Augen.

»Dein Leben liegt in deinen Händen. In deinen allein. Vergiss das niemals, Cameron.« Dann deutete er mit dem Kopf zum Wagen. »Soll ich dich nach Hause mitnehmen?«

21. Kapitel

Kara

Stahl, Baby. Du bist verdammt noch mal aus Stahl.

Ich lehnte mich mit dem Rücken gegen die Tür und schloss die Augen. Heiße Tränen liefen mir übers Gesicht. Ich versuchte sie aufzuhalten, aber das war unmöglich.

»Kara, mach die Tür auf.« Ich hörte das Flehen in Camerons rauer Stimme und die unterschwellige Panik. »Bitte.«

Ich gab ein Stöhnen von mir und hielt mir mit zitternden Händen den Mund zu. Er war hier, hinter dieser Tür, und doch war er mir nie so weit entfernt von mir vorgekommen.

Ich könnte ihn wieder hereinlassen. Mein Herz wollte es. Aber was würde geschehen, wenn ich ihn dieses Mal damit durchkommen ließ? Dann würde es ein nächstes Mal geben, und noch eines und noch eines. Was würde das mit meinem Herzen machen?

Er hämmerte mit der Faust gegen die Tür, einmal, zweimal. Es war zu schmerzlich, dass er hier war, während ich zugleich das Gefühl hatte, ihn überhaupt nicht mehr zu haben.

Es schien lange her zu sein, obwohl das rein rechnerisch gar nicht sein konnte, als ich in derselben Situation war wie er jetzt. Damals war ich zu ihm gefahren, um ihn zur Rede zu stellen, und er war eine undurchdringliche Mauer gewesen, genau wie jetzt auch. Nichts hatte sich geändert.

Ich erinnerte mich daran, wie das Verandalicht gelöscht worden war, während ich noch darauf wartete, dass er zu mir herauskam. Ich erinnerte mich an das schreckliche Gefühl der Zurückweisung, das ich auch jetzt wieder empfand, nur noch intensiver.

Ich griff an meine Brust und rieb sie, um Anspannung und Schmerz zu lindern. Dann streckte ich die Hand nach dem Lichtschalter aus und löschte das Verandalicht. Ohne noch einmal zurückzuschauen, ging ich ins Schlafzimmer. Es war dunkel wegen der zugezogenen blickdichten Vorhänge. Als ich auf etwas Scharfes trat, schrie ich vor Schmerz auf.

Es war die zerbrochene Nachttischlampe. Die ich gegen die Wand geschleudert hatte. Aber ich konnte mich nicht dazu aufraffen, den Schaden zu begutachten oder auch nur die Scherben aufzusammeln. So wenig, wie ich es schaffte, den Scherbenhaufen in meinem Innern zu beseitigen.

Zumindest jetzt nicht. Morgen. Morgen würde ich mich um alles kümmern.

Ich legte mich ins Bett, wobei ich darauf achtete, bloß nichts mit meinem verletzten Fuß zu berühren.

In der Dunkelheit konnte mich niemand sehen. Da war es sicher. In der Dunkelheit konnte ich schwach sein. Da konnte ich meinen Tränen freien Lauf lassen. Und als ich die Augen zumachte und nach der Decke griff, die noch nach ihm duftete, brach es aus mir heraus.

Mein Dad hatte einen Schlüssel zum Haus, und am Nachmittag hörte ich ihn aus der Küche rufen. Er klopfte an meine Schlafzimmertür und öffnete sie einen Spaltbreit.

»Frohe Weihnachten, Liebes.«

Ich versuchte mich aufzusetzen, aber alles tat mir weh. »Frohe Weihnachten, Dad«, krächzte ich.

»Bist du krank?«

Ich schniefte. Ich wusste, dass er wusste, dass ich weinte. Das konnte er meiner Stimme entnehmen. »Ich werde heute zu Hause bleiben, wenn du nichts dagegen hast. Ich will mich ausschlafen.«

»Okay. Ich habe dir etwas zu essen mitgebracht. Es steht im Kühlschrank. Darf ich reinkommen?«

Ich vergrub mich tiefer unter der Decke, aus Furcht, er könnte mich sehen. »Okay.«

»Was ist denn hier passiert?«

Das Licht aus dem Flur genügte, um das Zimmer ein wenig zu erhellen.

»Es ist die Lampe. Ich habe sie gegen die Wand geschleudert.«

»Habe ich sie dir nicht letztes Jahr zu Weihnachten geschenkt? Gefiel sie dir nicht?«

»Es tut mir leid, Dad. Sie gefiel mir sogar sehr.«

»Ach, ist schon gut. Ich besorge dir eine neue Lampe, Schätzchen.«

Er ging wieder raus. Als er zurückkam, hatte er Kehrblech und Handfeger dabei. Wortlos kniete er sich hin und fing an aufzufegen.

»Dad, du musst das nicht tun. Ich mach das später sauber.« Ich wollte aufstehen, fühlte mich aber zu träge und nutzlos.

»Bleib im Bett.« Er sagte das mit einer väterlichen Autorität, die er selten einsetzte und der ich umgehend gehorchte.

Ich schloss die Augen und lauschte, wie er sich im Zimmer bewegte. Als er fertig war, saß ich am Fußende des Bettes, das Gesicht hinter der Bettdecke verborgen.

»Ich mache dir in der Küche das Essen warm, Liebes. Du stehst demnächst auf und isst etwas, ja?«

»Mach ich.«

»Würdest du dich besser fühlen, wenn du wüsstest, dass es Cameron genauso mies geht wie dir?«

Ich drückte das Kissen an mich. Mein Dad hatte mit ihm gesprochen? Wann? Aber das wollte ich gar nicht wissen. Es schmerzte zu sehr, von Cameron zu hören.

Trotzdem konnte ich mich nicht zurückhalten. »Hat er dir gesagt, warum er gestern nicht zum Weihnachtsessen gekommen ist?«

Dad schüttelte den Kopf. »Er hat kaum etwas gesagt. Aber du weißt es doch, oder, Kara?«

Meine Atmung beschleunigte sich, Tränen stiegen mir in die Augen. »Dad«, sagte ich mit erstickter Stimme. »Ich möchte jetzt wirklich allein sein. Bitte.«

Er schwieg für einen Moment, dann fühlte ich eine Hand, die

mir liebevoll über die Haare strich. »Meldest du dich, wenn du etwas brauchst, Kara Koala?«

Die Zärtlichkeit in der Stimme meines Dads war zu viel. Ich musste ins Kissen beißen, damit er mich nicht weinen hörte.

»Ja.«

Er blieb, wo er war, als hätte er noch etwas zu sagen, fände aber nicht die richtigen Worte.

»Was ist denn, Dad?«

»Nichts, Liebes. Schlaf ein bisschen.«

Da ich nicht reich genug war, um mein ganzes restliches Leben im Bett zu verbringen, musste ich irgendwann aufstehen und weitermachen. Es war gut, dass der Hof geschlossen hatte und am College Winterpause war. Ich hatte keine Ahnung, wo mein Handy war, und ich wollte es auch nicht finden. Vielleicht schenkte der Weihnachtsmann es jemandem, der es verdiente. Ich gehörte offenbar nicht dazu.

Zwei Tage im Bett hatten mich lethargisch gemacht. Ich stand nur auf, wenn es unbedingt sein musste. Ich duschte auch nicht. Um mich vom Herzschmerz abzulenken, schaute ich mir *Findet Nemo* an. Und selbst dabei …

Wegen der zugezogenen Vorhänge war es dunkel im Schlafzimmer, nur das Licht vom Fernseher flackerte auf den Wänden. Auf dem Nachttisch stand eine leere Packung Kekse und eine leere Packung Eis.

Meine Augen klebten am Bildschirm, während ich verfolgte, wie Dorie Marlin anflehte, nicht zu verschwinden. Sie erklärte ihm gerade, dass er ihr Leben zum Besseren gewendet hatte, weil sie sich jetzt an mehr erinnern konnte. Die Verzweiflung in ihrer Stimme, als sie ihn zu halten versuchte, wirkte bei mir wie ein Stich in die Brust – mit einem stumpfen Messer.

Endgültig vorbei mit meiner Beherrschung war es, als Dorie mit brüchiger Stimme sagte, sie wolle das Wort *Zuhause* nicht vergessen. Und Marlin meinte, das tue ihm leid, denn er wolle es vergessen.

Ich brach in lautes, grässliches Schluchzen aus.

Danach schaltete ich alles aus und schlief. Ich hörte meinen Dad oder Dylan ins Haus kommen, um Essen in den Kühlschrank zu stellen oder sonst was zu machen. Ich verschlief einfach alles.

Als ich die Küche betrat, sah ich, dass sie geputzt worden war. Der provisorische Tisch voller Farben und Pinsel und verschiedener Utensilien, die von den Handwerkern benutzt worden waren, war leergeräumt. Im Wohnzimmer glänzte der Fußboden, und die Möbel standen ordentlich. Mein Dad und Dylan mussten ihren freien Tag damit zugebracht haben, hier herumzuwerkeln, und heute öffnete die Werkstatt wieder.

Ich duschte, zog mich an und verband meinen Fuß. Als ich meine Make-up-Tasche öffnete, fühlte ich mich für einen Moment sogar zu erschöpft, um mich zu schminken.

Wie bitte? Trag das Zeug auf!

Also tat ich es.

In der Küche verspürte ich beim Anblick der Kaffeemaschine, die Cameron mir geschenkt hatte, einen Stich. Ich nahm ein Handtuch und deckte sie kurzerhand zu, dann machte ich mich auf den Weg, um bei Tim Hortons Kaffee zu kaufen.

Es schneite, als ich bei unserer Werkstatt ankam. Meinen Kaffee trinkend, humpelte ich hinein. Kopfschmerzen bohrten ein Loch in meinen Schädel. Wahrscheinlich war ich dehydriert, aber strahlende Gesundheit stand heute auch nicht auf meiner Liste.

Ich schaltete die Lichter an im Büro, verstaute meine Handtasche in der Schublade, hängte meinen Mantel auf. Dann kniete ich mich hin, um den Safe zu öffnen. Er fühlte sich kalt an meiner Haut an. Ich nahm die Kasse heraus, außerdem Münzen und Scheine als Wechselgeld. Als ich mich aufrichtete und umdrehte, hätte ich um ein Haar alles fallen gelassen.

Denn in genau diesem Moment öffnete jemand die Hintertür des Büros, und plötzlich stand Cameron da. Er schaute mich mit seinen intensiven blauen Augen an. Mein Herz pochte. Jeder Atemzug schmerzte plötzlich.

»Kara.«

»Was …« Ich verstummte und wandte mich ab. Ich ging zum Tresen und öffnete mit zitternden Händen die Schublade, um die Kasse hineinzustellen. Ich sprach nicht mit ihm. Ich tat einfach so, als existierte er gar nicht. Das fühlte sich einfacher an.

»Hey, Cameron! Danke, dass ich mir das Spiel leihen durfte. Caleb meint … Kar, du bist hier!«

Dylan kam begeistert auf mich zu, blieb jedoch wie angewurzelt stehen, als er den Blick registrierte, den ich ihm zuwarf. Verräter!

»Was ist denn los? Dad meinte, du wärst krank. Geht's dir jetzt besser?«

»Sehe ich etwa so aus?« Shit, ich klang wie eine Kettenraucherin. »Welches Spiel? Und was hat Caleb gesagt? Hast du Zeit mit Caleb verbracht?«

»Ja, wir alle vier – Cameron, Caleb, Dad und ich haben deine Zimmer gestrichen, bis auf das, in dem du geschlafen hast. Mann, das muss vielleicht eine Erkältung gewesen sein. Du warst echt nicht ansprechbar«, fuhr er fort und wurde immer aufgeregter. »Aber keine Sorge, Cameron hat die Farbe besorgt, die du wolltest. War es Krabbenweiß oder Quallenweiß oder irgendein Meeresding?« Er wandte sich an Cameron.

»Austernweiß«, sagte Cameron.

Ich knirschte mit den Zähnen.

»Stimmt, Austernweiß. Cameron hat alles fertig gemacht und aufgeräumt. Was ist denn los?«

»Nichts. Halte dich fern von mir, wenn du dir mein Virus nicht auch einfangen willst. Zwei Meter Abstand. Besser wären zwanzig Meter, kapiert?«

Dylan wandte sich Cameron zu. »Sie wird ein bisschen komisch, wenn sie sich krank fühlt«, erklärte er. »Oder wenn sie bald ihre Periode kriegt.«

»Dylan!«

Er schmollte. »Wo bleibt der Dank?« Beleidigt stampfte er davon.

»Kara.«

Nein. Ich drehte Cameron den Rücken zu und hielt mich am Tresen fest.

»Es tut mir leid«, sagte er leise.

Ich schluckte den Kloß in meiner Kehle herunter, ließ die Arme sinken und ballte die Fäuste.

»Redest du mit mir?«

Ich gab ihm keine Antwort. Würde er mir jetzt seine Geschichte erzählen? Doch der Schmerz in meinem Herzen war noch zu frisch und verhinderte, dass ich ihn wenigstens halbwegs unbeschwert begrüßte. Mag sein, dass das kleinlich von mir war, aber ich möchte den sehen, der einfach wieder aufsteht, als wäre nichts gewesen, nachdem er von einem Lastwagen überrollt wurde.

Ich setzte meine Routine fort, was jedoch schwierig war, weil einfach noch kein Betrieb herrschte. Außerdem nahm ich Camerons Anwesenheit überdeutlich wahr. Irgendwann begriff er, dass ich momentan nicht mit ihm reden würde, egal, was er anstellte. Er suchte sich einen Platz im Raum aus, und da blieb er.

Cameron lümmelte in dem Bürosessel hinter mir, und den ganzen Vormittag über spürte ich seine Blicke. Als ich ein dumpfes Geräusch hörte, drehte ich mich automatisch um.

Er war eingeschlafen. Seine muskulösen Arme lagen auf dem Schreibtisch und auf ihnen sein Kopf mit den dunklen Haaren. Er musste erschöpft sein vom Streichen der Zimmer in meinem neuen Zuhause. Sein Anblick besänftigte mich.

Nein. Das ist falsch. Ganz falsch.

Ich wusste es ja zu schätzen, dass er sich die Mühe gemacht hatte herzukommen, um mich zu bitten, mit ihm zu reden. Doch der Schmerz in meinem Innern war zu heftig, und jedes Mal, wenn ich Cameron ansah, wurde es noch ein bisschen schlimmer.

Ich wollte niemanden lieben, der dieses Gefühl nicht erwiderte. Ich wollte nicht das gleiche Schicksal erleiden wie mein Dad und jemanden lieben, der für eine dauerhafte Beziehung nicht gemacht war.

Ich würde mich nicht aufgeben und ins Wasser springen, um jemanden zu retten, der gar nicht gerettet werden wollte. Und wer würde uns retten, wenn wir beide am Ertrinken waren? Er musste selbst lernen zu schwimmen. Zu unserem sicheren Ort zu schwimmen. Genau wie Dorie und Marlin und Nemo.

Aber wenn er sich dermaßen für meine Familie ins Zeug legte, brachte das meine Entschlossenheit ins Wanken. Warum tat er das? War das seine Art von Wiedergutmachung dafür, dass er sich mir gegenüber nicht öffnen konnte? Stand seine Hilfe dafür?

Es sollte eigentlich genügen, tat es aber nicht. Es reichte nicht. Ich brauchte auch sein Herz. Ich brauchte ihn ganz.

»Kara!«

Ich blinzelte, als Andrew vor meinem Gesicht mit den Fingern schnippte. Ich hatte minutenlang ganz in Gedanken vor dem Empfangstresen gestanden und ihn gar nicht bemerkt.

»Ich muss mit dir reden«, sagte Andrew.

»Okay, ich höre zu.«

Er warf einen Blick hinter mich.

»Können wir uns ungestört unterhalten?«

»Siehst du hier jemanden außer mir? Falls ja, ist das nur deine Einbildung, und du solltest vielleicht mal einen Arzt aufsuchen.«

»Sei nicht so scharfzüngig. Es ist ernst.«

Ich musterte ihn. »Na, spuck's aus.«

»Es ist wegen der Anteile an der Werkstatt.«

Ich runzelte die Stirn. »Ich habe das Geld fast zusammengespart. Gib mir Zeit bis nächstes Jahr, dann habe ich alles.«

Er schüttelte bedauernd den Kopf. »Zu spät. Jemand hat mir eine enorme Summe für meine Anteile geboten. Wäre die Summe nicht so hoch gewesen, hätte ich mich nicht darauf eingelassen. Aber es ist genug, um mich zur Ruhe zu setzen.«

Mir sank das Herz. Ich machte den Mund auf, aber es kam nichts heraus. Ich blinzelte, aber er stand immer noch vor mir.

»Ich habe keinen Schimmer, warum jemand so viel für eine baufällige Werkstatt bezahlen will«, fuhr er fort. »Aber anscheinend läuft das Geschäft gut. Das ist mir auch aufgefallen. Letzte Woche hat ein weiteres Unternehmen seine Fahrzeugflotte gebracht.«

Alles in mir wurde kalt. »Wovon verdammt redest du?«

»Habe ich doch gerade gesagt. Hast du nicht zugehört?«

»Du … du …«, stammelte ich. »Das kannst du nicht machen!«

»Natürlich kann ich das. Ich habe es bereits von meinem Anwalt prüfen lassen. Wusstest du – und ich hatte das fast vergessen –, dass technisch gesehen deiner Mom ein Drittel der Anteile gehört?«

»Was?«

»Was hat meine Mom gesagt?« Dylan tauchte plötzlich neben mir auf. Er sah besorgt und wütend zugleich aus. »Die wäre sicher nicht einverstanden damit. Ganz sicher nicht.«

»Tatsächlich hat sie zugestimmt«, erwiderte Andrew, mehrmals mit dem Kopf nickend. »Sobald wir unsere Anteile verkauft haben, erhält sie ihre.«

»Nein …« Dylan wich zurück; die nackte Panik stand ihm ins Gesicht geschrieben. »Du lügst. Das würde sie uns nicht antun.«

»Glaub, was du willst, Junge. Ich setze euch nur darüber in Kenntnis.« Andrew klopfte ungeduldig auf den Tresen, hatte jedoch ein zufriedenes Grinsen im Gesicht. »Ich kann euren Dad nirgendwo finden, also werde ich ihn später anrufen und alles mit ihm besprechen. Ich bin bereit, diese Werkstatt aufzugeben und etwas anderes anzufangen. Ihr solltet euch auch etwas überlegen. Ein frohes neues Jahr. Bis dann.«

Ich war wie erstarrt. Panik und Furcht krochen mir in die Glieder, drückten meine Schultern herunter, füllten meinen Hals ganz aus, sodass ich glaubte, mich übergeben zu müssen.

»Kara.«

Cameron. Inmitten dieses düsteren Chaos fühlte sich seine Stimme an wie das Licht. Bis jetzt war mir nicht klar, wie sehr er schon ein Teil meines Lebens geworden war. So sehr, dass ich zuerst zu ihm hinschaute.

»Cameron …«

»Bleib hier, Kara. Dylan?«

»Ich bleibe bei ihr.«

Ich schüttelte den Kopf. Was konnte er sagen? Was konnte er tun? Alles brach auseinander.

»Kara, es wird alles gut«, sagte Cameron, und ich hörte das Versprechen in seiner Stimme.

Ich sah, wie er zum Ausgang ging. Er blieb an der Tür stehen, und ich merkte, dass er sich umdrehen wollte, aber er tat es nicht. Ich wusste nicht, warum ich in diesem Moment Angst hatte. Schreckliche Angst. Ich wollte seinen Namen rufen und ihn auffordern, zurückzukommen, doch ich war wie gelähmt. Er stieß die Tür auf, trat hinaus und verschwand.

22. Kapitel

Cameron

Sie war am Boden zerstört. Den Ausdruck auf Karas Gesicht würde ich nicht so bald vergessen können. Wütend sprang ich in meinen Pick-up und folgte Andrews Wagen. *Wo wollte dieser Mistkerl hin?*

Ich fuhr weiter die Straße hinunter, als er nach rechts abbog. Wenn ich zu dicht auffuhr, würde er merken, dass ich hinter ihm war. Andererseits hegte ich da bei jemandem, der so dumm war wie er, meine Zweifel.

Mein erster Impuls war es, ihn zu Brei zu schlagen, aber er schien mir der Typ zu sein, der anfing zu kreischen. Und ins Gefängnis wollte ich seinetwegen ganz bestimmt nicht. Mal abgesehen davon, dass er Mikes Bruder war.

Ich hatte vor, eine größere Summe für seine Anteile zu bieten, um es diesem Idioten schmackhaft zu machen. Und Karas Mutter vielleicht auch.

Kara hatte mich zwar davor gewarnt, mich in diese Angelegenheit einzumischen, aber ich glaubte nicht, dass das angesichts der eskalierenden Situation noch galt.

Als ich den roten Mercedes vor einem zweistöckigen Haus halten sah, trat ich auf die Bremse. Ich kannte dieses Haus. In einem Sommer hatte ich hier mehrmals Erde für die Gartengestaltung geliefert. Dort wohnte eine der Frauen, die im Büro arbeiteten. Eine geschwätzige, kokette junge Brünette. Ich war mir ziemlich sicher, dass sie mittlerweile gekündigt hatte.

Mistkerl, dachte ich wieder, während ich hinter einem anderen Pick-up parkte. Andrew hupte mehrmals hintereinander.

Eine Frau Anfang vierzig kam heraus, in einem engen violetten

Kleid, das kaum ihren Hintern bedeckte. Sie stieg in seinen Wagen, und ich musste mich abwenden, als er sie küsste. Es ekelte mich an, wie sie regelrecht übereinander herfielen. Es dauerte mehrere Minuten.

Der Mistkerl betrog seine Frau. Kara mochte Charity sehr und hatte mir sogar Fotos von ihr gezeigt. Die Frau dort in Andrews Wagen war definitiv nicht seine Ehefrau. Ich hörte eine Wagentür zuschlagen und schaute wieder hin. Die Frau stand jetzt vor dem Auto, warf die Arme in die Luft und schrie Andrew an, der immer noch im Wagen saß. Er stieg aus und folgte ihr ins Haus.

Ich nahm mein Handy und wählte Calebs Nummer.

»Hat sie dir schon vergeben?«, fragte er ohne Begrüßung.

»Ich arbeite dran.«

»Na dann viel Glück.«

»Hör zu. Du kennst doch die geschwätzige Brünette, die mit Deb im Büro arbeitet? Sie hat vor Kurzem gekündigt.«

»Äh …«

»Bist du nicht mal mit ihr ausgegangen?«

»Einmal. Glaube ich.«

»Hast du noch ihre Nummer?«

»Puh. Mann, gibst du Kara schon auf?«

Ich seufzte laut. »Nein. Es ist beruflich.«

»Okay. Ich bin mir nicht sicher, ob ich die Nummer noch habe. Bleib dran.« Er brauchte eine Minute. Wahrscheinlich scrollte er durch seine lange Liste von Freundinnen. »Ich schicke sie dir. Was ist denn los?«

»Nichts Wichtiges.«

Diesmal seufzte er vernehmlich. »Ich weiß wirklich nicht, warum ich mich mit dir abgebe«, beschwerte er sich. »Du erzählst nie was. Da fühle ich mich benutzt.«

Ich erstarrte.

»Bist du noch dran, Mann?«

»Ja, danke«, sagte ich.

»Klar.« Er legte auf.

Ich hob eine Faust an den Mund und biss in meine Knöchel. Frustriert und wütend auf mich selbst. *Da fühle ich mich benutzt*, hatte Caleb gesagt. Ich wusste, er hatte es scherzhaft gemeint, aber … Empfand Kara etwa so? Mist, Mist, Mist.

Hör auf zu denken. Du hast etwas zu erledigen, Scheißkerl.

Ich wählte die Nummer, die Caleb mir geschickt hatte.

»Hallo?«

Die Stimme am anderen Ende klang hoch, fröhlich und sehr mädchenhaft.

»Kann ich mit …« Wie hieß sie noch gleich? »Dora sprechen?«

»Die Nummer kenn' ich nicht. Wer is' denn da?«

»Cameron, vom Hof.«

Es folgte eine Pause, dann ein überraschter Laut. »Omeingott, klar doch! Cameron, wie geht's? Ich kann nicht glauben, dass du mich anrufst. Ist alles in Ordnung?«

»Ja. Ich wollte nur …«

Der Wortschwall am anderen Ende der Leitung ging ungebremst weiter. »Omeingott, das geht schon wieder los mit den beiden! Meine Mom lässt sich mit diesem Typen Andrew ein, genau wie letztes Jahr, weißt du noch, und diesmal lässt er sie nicht wieder allein! Er behauptet, er sei Pilot und so und will mit mir und Mom in den Urlaub fahren, ey. Oh Menno, wie geht's dir denn? Wie geht's Rick? Und Caleb? Und Deb? Ich vermisse die alle. Ich hoffe, es geht allen fabelhaft! Grüßt du sie bitte von mir ganz doll?«

»Mach ich. Danke, Dora. Ich wünsche dir einen großartigen Tag.«

»Den werd ich haben. Du auch. Aber warte mal! Warum hast du mich eigentlich angerufen?«

»Ich habe versucht, eine andere Dora zu erreichen, die aus der Buchhaltung. Tut mir leid.«

»Oh, ist nicht so schlimm, echt. Ich freue mich, jetzt deine Nummer zu haben. Meld dich mal hin und wieder, ja? Danke für deinen Anruf, Cameron. Es war wirklich schön, deine Stimme zu hören. Als ich noch im Hof gearbeitet hab, hast du kaum mit mir gesprochen!«

»Schönen Abend noch.«

»Dir auch.«

Ich fühlte mich ziemlich ermattet, nachdem ich aufgelegt hatte. Warum kam mir heute jeder damit, dass ich so wenig redete? Musste man denn ununterbrochen quatschen, um eine Daseinsberechtigung in dieser Welt zu haben? Ich konnte schlafen, essen und aufs Klo gehen, ohne ein verdammtes Wort von mir zu geben.

Stimmt, aber Kara braucht es.

Ich fuhr mir durch die Haare, lehnte mich zurück, schloss die Augen. Und wartete.

Der Mistkerl brauchte zwei Stunden, bis er wieder aus dem Haus kam. Angewidert beobachtete ich, wie er sein Hemd in die Hose stopfte, gut gelaunt pfeifend über die Auffahrt ging und in seinen Wagen stieg.

Du bist tot, du Widerling.

Ich folgte ihm. Als sein Wagen vor einem Stoppschild hielt, drückte ich aufs Gaspedal und fuhr ihm ins Heck seines Wagens. Nicht zu hart, aber doch genug, um ihn ein bisschen durchzurütteln. Stinkwütend sprang er aus seinem Wagen.

»Was soll das denn?«, brüllte er und deutete wild gestikulierend auf das völlig unbeschädigte Heck.

Ich grinste und sprang aus dem Pick-up. Als er mich erkannte, starrte er mich mit großen Augen an. Ich lächelte ihn freundlich an und lehnte mich lässig an meinen Wagen.

»Und? Wie war der Flug?«, erkundigte ich mich.

»Was … welcher Flug?«

»Ich habe gehört, Sie sind Pilot.«

Die Augen fielen ihm fast aus dem Kopf, und er gab einen erstickten Laut von sich. Das mit dem Piloten war eine Lüge. Kara hatte erwähnt, er sei Bankmanager und mittlerweile im Ruhestand.

»Sie fliegen dieser Tage ziemlich tief, nicht wahr?«

»Ich … ich weiß nicht, wovon Sie sprechen.«

»Dann erzählen Sie mir doch mal etwas, was Sie wissen«, sagte ich. »Hat Ihre Frau einen Schimmer, wo Sie heute Abend waren?«

Angespannt schüttelte er den Kopf. Der Adamsapfel hüpfte in seinem dürren Hals. Das sah komisch aus.

»Ich bin nur ... nur ...«, stammelte er.

Ich hob einen Zeigefinger und machte kreisende Bewegungen damit. »Nur was?«

»Durch die Gegend gefahren. Ich kann mich nicht mal daran erinnern, wo ich gewesen bin. Überall in der Stadt. Ich bin überall in der Stadt herumgefahren.«

Ich nickte zustimmend und zog mein Handy aus der Tasche. »Vielleicht bringt das Ihre Erinnerung zurück.« Ich reichte es ihm.

Er klappte den Mund auf wie ein Fisch auf dem Trocknen, und in seinem Blick lag blankes Entsetzen. »Wer zur Hölle sind Sie? Und was wollen Sie?«

Schweigend stieß ich mich von meinem Wagen ab und starrte den Kerl einfach nur an. Ohne etwas zu sagen. Schweiß trat ihm auf die Stirn, und er zerrte am Kragen seines Hemdes.

»Sind Sie der neue Mechaniker in der Werkstatt?« Er straffte die Schultern und setzte eine Miene auf, die suggerieren sollte, dass er nach wie vor alles unter Kontrolle hatte.

»Spielt das eine Rolle?«

»Ich gebe Ihnen Geld. Wie viel wollen Sie?«

»Ich will Ihr Geld nicht.«

Er kniff die Lider zusammen. »Sie werden niemandem davon erzählen. Dazu haben Sie nicht den Mut.«

Ich hob eine Braue, schaute ihn noch eine Sekunde länger an und zuckte dann gleichgültig mit den Schultern. »Na schön«, erwiderte ich und legte seufzend eine Hand auf den Griff der Pick-up-Tür. »Wir sehen uns später.«

Es dauerte zwei Sekunden, bis er losjammerte. »Warten Sie! Warten Sie!«

Ich hielt inne und drehte mich zu ihm um.

»Das können Sie nicht machen. Sie dürfen meiner Frau nichts davon erzählen.«

»Das hängt ganz von Ihnen ab.«

»Was wollen Sie?«

Ich lächelte zufrieden. »Verzichten Sie auf den Verkauf. Halten Sie stattdessen Ihr Wort und verkaufen Sie Ihre Anteile an Kara. Oder an Mike. Zu dem Preis, auf den Sie sich geeinigt hatten. Dann werde ich Ihrer Frau nichts sagen.«

Er machte ein gequältes Gesicht. »Das kann ich nicht! Es ist ein so guter Preis! Fast das Doppelte von dem, was Kara mir angeboten hat. Es ist mehr als genug, damit meine Frau und ich uns zur Ruhe setzen können.«

»Ich wette, in den vergangenen zwei Stunden haben Sie eher nicht an den Ruhestand mit Ihrer Frau gedacht, oder?« Da er nicht antwortete, erklärte ich: »Wir sind hier fertig.«

»Nein! Bitte.«

»Wissen Sie, ich wollte mit dem Angebot gleichziehen, Ihnen vielleicht ein paar Tausend mehr bieten. Aber ich glaube, so gefällt es mir besser.«

»Was für ein sadistischer Dreckskerl sind Sie eigentlich?«

»Einer, den Sie verstehen.« Ich hatte genug davon, mit diesem Idioten zu reden. »Machen Sie Kara oder einem anderen Mitglied ihrer Familie noch mal Ärger, und Sie werden herausfinden, was für ein sadistischer Dreckskerl ich wirklich bin. Und jetzt sagen Sie mir, dass Sie verstanden haben.«

Er nickte steif.

Vielleicht hatte mein Vater recht. Ich hörte mich tatsächlich wie Raven an.

Da war sie wieder. Die Dunkelheit.

»Nur damit Sie es wissen«, sagte ich. »Ich halte Sie für ein mieses Stück Dreck. Sie verdienen weder Ihre Frau noch Ihre Kinder.«

Das Telefon in meiner Hand leuchtete auf. Karas Name erschien auf dem Display.

Und da, dachte ich, ist mein Licht.

Die Anspannung wich aus meinen Schultern. Ich öffnete die Wagentür, doch bevor ich einstieg, warf ich einen letzten Blick auf Andrew. Er stand noch an der gleichen Stelle und starrte zu Boden.

»Übrigens«, rief ich. »Wer hat Ihnen das Angebot gemacht?«

Hasserfüllt funkelte er mich an. »Sie könnten mit dieser Information ohnehin nichts anfangen.«

»Verraten Sie es mir trotzdem.«

»Raven«, sagte er schroff. Mein ganzer Körper wurde zu Eis. »Ihr Name ist Raven.«

23. Kapitel

Kara

Eine zerstörte, nicht mehr zu reparierende Brücke. Die lag zwischen mir und all den Dingen, die ich wollte und für die ich hart gearbeitet hatte. Wie sollte ich jetzt dorthin gelangen? Nichts lief richtig. Absolut nichts.

Ich hatte mein Leben damit zugebracht, alles so gut wie möglich unter Kontrolle zu halten, indem ich hart arbeitete und meine Familie beschützte. Ich wandelte auf dem Pfad, den schon viele andere vor mir gegangen waren und an dessen Ende der Erfolg stand. Dieser Weg war alles andere als leicht, das wusste ich von Anfang an. Ich beklagte mich nicht.

Ich wusste auch, dass dieser Weg gefährlich war, mit Abhängen zu beiden Seiten und einem reißenden Fluss darunter, dessen mächtige Strömung Träume mit sich fortschwemmte. Ich hatte keine Angst. Ich wusste, ich konnte es schaffen. Schließlich folgte ich dem richtigen Weg.

Doch dann tauchte diese zerstörte Brücke auf. Jetzt war ich aufgeschmissen – ich konnte nicht dorthin zurück, woher ich gekommen war, aber vorwärts ging es auch nicht. Die einzige Möglichkeit, die ich sah, bestand darin, zu springen. Aber das wäre Irrsinn.

»Kara, sollten wir Dad anrufen?«, fragte Dylan.

Die Atmosphäre war schwer vor Unsicherheit und Angst. Ich saß wie erstarrt auf meinem Platz, während Dylan auch eine Stunde, nachdem Andrew die Werkstatt verlassen hatte, noch auf und ab lief.

Ich schüttelte den Kopf. »Warten wir einfach auf ihn.« Dad war unterwegs, um einen Wagen an einen Kunden auszuliefern. Anschließend würde er Teile am anderen Ende der Stadt besorgen. Ich wollte nicht, dass er einen Unfall riskierte, wenn er nach Hause raste, nachdem ich ihm erzählt hatte, was passiert war.

»Glaubst du …« Er verstummte und verströmte weiter in Wellen Unruhe.

»Überlass das mir«, sagte ich, aber es klang schon nicht mehr so überzeugt; meine Stimme zitterte.

»Du und Dad, ihr habt so hart dafür gearbeitet, um die Werkstatt dorthin zu bringen, wo sie jetzt ist. Es ist nicht fair.«

»Das Leben ist nicht fair.«

»Na ja, aber vielleicht, nur vielleicht«, murmelte er vor sich hin, als fürchtete er sich davor, diese Worte auszusprechen. »Vielleicht diesmal ja doch.«

Ich sagte nichts. Meine Hände waren kalt. Es fühlte sich an, als hätte der Mut mich dauerhaft verlassen.

Cameron meldete sich nicht am Handy. Ich konnte nicht erklären, weshalb ich so beunruhigt gewesen war, als er ging. Ich wusste nur, dass ich wollte … Ich wollte eine Menge Dinge, doch im Augenblick wollte ich ihn nur wiedersehen.

Eine weitere Stunde verging, dann noch eine. Als die Türglocke läutete, schauten Dylan und ich gleichzeitig auf.

Mit einem Lächeln im Gesicht kam meine verachtenswerte Mutter auf uns zu. Sie nahm ihre Mütze und ihren Schal ab und verstaute beides in ihrer Tasche. Ihr kurzes braunes Haar glänzte im Licht.

»Hi, Dylan. Kara.«

»Mom, sag mir, dass es nicht wahr ist«, forderte Dylan sie auf, Blick und Stimme voller Hoffnung.

Ihr Lächeln verschwand. »Was ist nicht wahr?«

»Dass du …«

Ich schnitt ihm das Wort ab. »Besitzt du Anteile an der Werkstatt?«

Sie stutzte. »Ich … ja.«

»Seit ich die Buchhaltung mache, sind keine Zahlungen an dich gegangen. Das verstehe ich nicht. Lügst du?«

Sie schürzte die Lippen. Es war offenkundig, dass ihr nicht

passte, wie ich mit ihr redete. Tja, Pech. Sie stand im Begriff, die Lebensgrundlage meiner Familie zu zerstören, nach all dem, was sie schon angerichtet hatte.

»Nein, ich lüge nicht, Kara.«

Ich musterte sie skeptisch. »Warum hast du dann kein Geld erhalten? Ich bezweifle, dass …«

»Sie hat Anteile, weil ich sie ihr gegeben habe.« Ich drehte mich um und sah meinen Dad an der Hintertür zum Büro stehen. Er sah erschöpft aus, der Blick schwer vor stillem Kummer.

»Sie bat mich um die Anteile im Gegenzug für das volle Sorgerecht für euch beide. Ihr wurde noch nichts ausgezahlt, weil sie wollte, dass ich das Geld für euren Unterhalt verwende.«

Was so gut wie nichts war, denn die Werkstatt konnte damals noch keinen Gewinn abgeworfen haben. Ich erinnerte mich, dass Dad noch andere Jobs hatte, damit wir über die Runden kamen, und nur halbtags in der Werkstatt arbeitete. Wir hatten noch nicht mal Angestellte. Da war immer nur Dad gewesen.

»Damit sie theoretisch Unterhalt zahlen konnte, ohne auch nur einen Finger zu rühren«, bemerkte ich. »Sehr clever. Aber jetzt sieht es so aus, als wolltest du deine Anteile doch zu Geld machen. Habe ich recht?«

Sie schüttelte alarmiert den Kopf und wandte sich an meinen Vater. »Mike, können wir reden?«

»Darum wollte ich dich gerade bitten.«

Sie schaute wieder zu Dylan und mir. »Können wir uns woanders unterhalten?«

»Egal, worüber wir reden müssen, Karen, meine Kinder werden es ohnehin erfahren.«

Meine Kinder werden es erfahren.

»Andrew meinte, ihr hättet dem Verkauf alle zugestimmt. Er sagte, wir müssten nur noch die Papiere unterzeichnen. Er verlor kein Wort darüber, dass ihr alle dagegen seid.«

»Er hat gelogen«, stellte ich klar.

»Mom«, sagte Dylan gequält. »Sag mir bitte, dass das nicht wahr ist.«

»Du weißt, wie hart das Leben ist, Dylan. Dieses Geld wird mir für den Anfang helfen. Ich brauche einen Neustart. Das weißt du, oder?«

Dylan machte ein langes Gesicht. Ich wollte seine Hand nehmen, aber er wich zurück und starrte meine Mutter vorwurfsvoll und enttäuscht an. Er schien zutiefst gekränkt zu sein. Ich hatte versucht, ihn zu warnen. Genau das hier hatte ich verhindern wollen.

»Ich glaube nicht, dass du die Mom bist, für die ich dich gehalten habe«, brachte er mit tränenerstickter Stimme heraus.

»Dylan …«

»Du hast nur auf meine Nachricht gewartet, weil du das hier schon geplant hattest, stimmt's? Ich war nur der Türöffner, den du brauchtest, oder?«, fragte er leise. »Kara hatte recht. Du bist wirklich selbstsüchtig. Ich werde nicht zulassen, dass du uns die Werkstatt wegnimmst. Sie gehört *meiner* Familie. Dazu gehörst du nicht. Nicht mehr.«

Dad legte Dylan die Hand auf die Schulter. »Das reicht, Sohn.«

Wieder meldete sich die Türklingel, und Andrew kam herein. Er sah aus, als hätte gerade irgendwer seine Lebensträume gekillt. Dad verkrampfte sich sichtbar.

»Ich habe das Angebot abgelehnt! Ich verkaufe die Anteile an euch«, brüllte Andrew mich an. »Aber sieh bloß zu, dass du mir exakt den Betrag zahlst, auf den wir uns geeinigt haben. Kapiert?«

»Andrew«, sagte Dad warnend und schob mich hinter sich.

»Mike, du schuldest mir was. Du schuldest *mir* etwas.«

»Was ich dir auch geschuldet haben mag, ist voll und ganz beglichen. Meine Dankbarkeit hat dir deinen Lebensunterhalt gesichert. Hör endlich auf, sie weiter zu missbrauchen.«

»Du Mistkerl.«

»Hey!«, rief ich.

»Ich habe dir die Schule ermöglicht!«, schrie Andrew meinen Dad an. »Ich habe dir und unseren Schwestern die Schule bezahlt. Ich habe mich krumm geschuftet, um die Farm unserer Eltern zu erhalten, damit ihr versorgt seid und ein Dach über dem Kopf habt.

Ich habe alles geopfert, sogar die Frau, die ich heiraten wollte, nur weil ich Verantwortung trug! Und jetzt sagst du mir so etwas ins Gesicht?«

»Das alles gibt dir nicht das Recht, unsere Existenzgrundlage zu zerstören. Was du uns gabst, habe ich mehr als angemessen erstattet. Du willst über Zahlen reden? Schön, reden wir über Zahlen.«

»Du Scheißkerl.«

Ich wollte ihm ebenfalls Schimpfwörter an den Kopf werfen, aber Dad hielt mich zurück.

»Es gibt für alles eine Grenze, und deine ist erreicht«, erklärte er ruhig. »Ich werde mir alles von dir anhören, aber wenn du dich noch einmal respektlos meiner Tochter gegenüber verhältst, schwöre ich beim Allmächtigen …«

»Ich gehe. Mein Anwalt wird dir morgen die Unterlagen zukommen lassen. Ich will mein Geld noch in dieser Woche. Wenn du nicht zahlst, schert mich unsere Abmachung nicht mehr. Dann werde ich an den erstbesten Interessenten verkaufen.«

Er marschierte raus. Dad legte mir einen Arm um die Schultern. Ich hatte gar nicht gemerkt, dass ich mich an ihn gelehnt hatte, während ich erleichtert Andrews Abgang verfolgte.

Als ich meinen Vater anschaute, lächelte er beruhigend. »Geh ins Haus, Kara. Nimm deinen Bruder mit. Ihr hattet genug Aufregung für heute Abend. Lasst mich jetzt mit Karen sprechen.«

»Bist du dir sicher?«

Er nickte. Ich sah Mitgefühl und Kummer in seinem Gesicht. Beides galt sowohl meiner Mutter als auch seinem Bruder.

»Sag Bescheid, falls du etwas brauchst, Dad.«

»Mach ich, Liebes.«

Dylan und ich gingen zum Haus, doch bevor wir eintraten, hielt er mich fest.

»Ich kann jetzt nicht da reingehen, Kar«, erklärte er. Ich spürte, wie er sich in sich selbst zurückzog, was ganz untypisch war für ihn. Normalerweise wäre er mittlerweile außer sich. »Kommst du allein klar hier?«

Ich schluckte. Ich wusste, was er durchmachte. Ich selbst hatte es oft genug durchgemacht. Wenn ich es ihm hätte abnehmen können, hätte ich es getan. Aber er musste es allein durchstehen. »Wohin willst du?«

»Ich werde bei einem Freund übernachten.«

»Kannst du fahren?«

»Klar, kein Problem.«

Nachdem er gegangen war, setzte ich mich auf die Veranda und versuchte erneut, Cameron anzurufen, aber noch immer meldete sich niemand. Wo steckte er? Würde er mit Andrew sprechen können? Falls es überhaupt das war, was er vorgehabt hatte. Oder hatte er ihn bereits getroffen, und Andrew war deshalb zurückgekommen und hatte verkündet, nicht mehr an eine dritte Partei verkaufen zu wollen? Was war passiert? Cameron war jedenfalls verschwunden.

Ich stand auf, als ich Dad zum Haus zurückkommen sah.

»Dyl wollte bei einem Freund schlafen. Geht es dir gut, Dad?«

Er lächelte schwach. »Du hast viel durchgemacht, Liebes. Du solltest nach Hause fahren und schlafen.«

»Was ist passiert?«

»Ich will nicht, dass du dir wegen irgendetwas Sorgen machst. Ich habe bereits mit der Bank telefoniert, und sie geben mir ein Darlehen. Ich zahle deine Mutter und Andrew aus.«

»Aber … wie? Die Bank wird uns kein Geld mehr leihen.«

»Ich habe eine gefunden, die uns welches leiht.«

»Dad, ich …«

»Kara.« Er schüttelte den Kopf. Er wirkte traurig und verletzt.

Ich hatte ihn noch nie mit Andrew streiten gesehen, und ich kannte bisher auch nicht Andrews ganze Geschichte. Ich fühlte mit ihm, denn auch wenn er ein Idiot war, konnte es nicht leicht für ihn gewesen sein, für so viele Leute in seiner Familie verantwortlich zu sein. Und noch dazu die Frau zu verlieren, die er liebte. Natürlich änderte das nichts daran, dass ich ihn für einen Idioten hielt, und ich wollte auch weiterhin, dass er aus unserem Leben verschwand. Aber ich verstand jetzt besser, weshalb mein Vater ihm gegenüber stets so nachsichtig war.

»Möchtest du, dass ich hier bei dir bleibe?«, fragte ich.

»Du solltest nach Hause fahren, Liebes. Ich komme schon klar.«

Er tätschelte mir den Kopf und ging rein. Inzwischen war es dunkel, und es hatte angefangen zu schneien. Ich seufzte, sah ein letztes Mal zum Haus und ging zu meinem Wagen.

Ich erschrak, als ich meine Mutter an einem Van lehnen sah. Sie schaute hinauf in den dunklen Himmel. Was machte sie noch hier? Und war das überhaupt ihr Wagen? Hatte Dylan nicht erwähnt, dass sie kein Auto besaß?

Als sie mich entdeckte, weiteten sich ihre Augen. Sie legte eine Hand auf den Türgriff.

»Warte«, sagte ich. »Bevor du fährst, würde ich dich gern etwas fragen.«

Sie antwortete nicht, hielt jedoch inne und schaute mich wartend an.

Bei ihrem Anblick empfand ich keinerlei Vertrautheit, erinnerte mich an keinen einzigen innigen Moment mit ihr. Sie wirkte auf mich wie ... eine Fremde.

»Warum hast du Dad verlassen?« Denn selbst wenn Mike Hawthorne nicht mein Vater gewesen wäre, hätte ich ihn für einen der besten Menschen der Welt gehalten.

Über ihr Gesicht huschte ein Ausdruck von ... war das Bedauern?

»Er wollte, dass ich unabhängig bin.«

Ich stutzte. »Was?«

Sie lachte bitter, neigte ihren Kopf ein wenig zur Seite, als wollte sie mein Gesicht ganz genau betrachten. »Oh, warum nicht? Ich werde es dir erzählen.«

Ich wappnete mich.

»Ich wollte zu Hause bleiben, aber er wollte, dass ich dazuverdiene, um die Familie zu unterstützen«, begann sie. »Als wir dich bekamen, wollte ich mich eigentlich nur um dich kümmern, aber Mike bestand darauf, dass ich auf eigenen Füßen stand, auch nachdem Dylan auf der Welt war. Er meinte, falls er unerwartet stirbt, könnte ich dann für euch beide sorgen. Ich sehe, dass du mein

Verhalten missbilligst, aber hör mir erst zu, bevor du über mich urteilst, Kara.«

Ich hatte nichts gesagt, doch mein Gesichtsausdruck sprach vermutlich Bände.

»Mike. Er war nicht das, was ich erwartet hatte. Mein Leben mit ihm war nicht das, was ich wollte. Er hatte diese Vorstellung, dass ich meine eigenen Entscheidungen treffen soll. Ständig. Dauernd sagte er, tu, was du für das Beste hältst.« Sie schüttelte ablehnend den Kopf. »Ständig machte er sich Sorgen, ob wir genug Geld für dich und deinen Bruder haben würden. Ich wollte mir wegen solcher Dinge keine Gedanken machen. Ich brauchte einen Mann, der sich um derlei kümmerte. So bin ich erzogen worden, und daran ist nichts verkehrt.« Sie seufzte. »Jeder hat unterschiedliche Bedürfnisse«, fuhr sie fort. »Man kann nicht das, was man selbst will und denkt, auf jemand anderen projizieren, schon gar nicht auf eine Person, die man liebt. Das heißt jedoch nicht, dass der andere das begreift. Manchmal ist das, was man will, nicht das, was der andere will, und dann ist es das Beste, wenn man sich trennt. Genau das ist mit mir und deinem Dad passiert.«

»Dann danke ich dir«, sagte ich. »Danke, dass du uns verlassen hast. Ich hatte die beste Kindheit, die ein Kind sich wünschen kann. Leb wohl.« Ich öffnete ihr die Tür des Vans. »Ich wünsche dir noch ein schönes Leben.«

Ich ging zu meinem Wagen und fuhr zu Talas Haus. Es fühlte sich noch nicht an wie meines, deshalb nannte ich es bei mir stets Talas Haus.

Ich stieg die Verandastufen hoch, hörte auf der Straße einen Hund heulen und roch Essen, das irgendwo gekocht wurde. Jemand versuchte einen Wagen zu starten. Langsam ging ich zu der Säule, an die Dylan und ich alberne Dinge gekritzelt hatten. Ich strich mit der Hand darüber und stutzte, als ich noch eine andere Inschrift neben meiner entdeckte. Es war zu dunkel, um sie lesen zu können. Mein Handy klingelte.

Plötzlich schlug mir das Herz bis zum Hals. Ich zog das Telefon aus der Tasche und meldete mich.

»Kara.«

»Cameron! Wo steckst du?«

»Ist alles mit der Werkstatt geklärt?«

»Ja, aber …« Ich atmete hörbar aus. »Cam, kannst du zu Talas Haus kommen?«

Es folgte eine Pause. »Ja«, antwortete er schließlich. »Ich komme zu dir.«

»Bis gleich.«

Sobald ich aufgelegt hatte, fingen meine Handflächen an zu schwitzen. Warum machte dieser Ton in Camerons Stimme mich nervös? *Was ist los?*

Ich öffnete die Haustür und trat ein. Ich streifte meine Schuhe ab, hängte meinen Mantel auf, meine Handtasche, meinen Schlüsselbund. Dann setzte ich mich auf die Couch. Und erinnerte mich daran, wie Cameron mir erzählt hatte, dass er das als Kind immer gemacht hatte. Auf der Couch sitzen und auf die Mutter warten, die nie kam.

Wieder musste ich an das Bild der eingestürzten und nicht mehr zu reparierenden Brücke denken. Ich steckte fest, aber das musste nicht so bleiben. Wenn es keineswegs Sicherheit und Erfolg garantierte, wie ein guter verantwortungsvoller Mensch auf dem Weg zu bleiben, was würde wohl passieren, wenn ich zur Abwechslung mal machte, was ich wollte?

Was wäre, wenn ich etwas riskierte und einfach sprang? Wohin würde die Strömung mich tragen? Was, wenn es gut war? Was, wenn es sogar noch besser war?

Ich stand auf, ging zu den Fenstern und blieb dort stehen. Und wartete auf Cameron.

24. Kapitel

Cameron

Es war nicht schwer, sie zu finden. Raven war ein Luxuswesen. Nur das extravaganteste Hotel der Stadt wäre gut genug.

Nachdem ich mich um Andrews Bockmist gekümmert hatte, bat ich Ben telefonisch darum, in Erfahrung zu bringen, ob Raven im Hotel seiner Familie abgestiegen war. War sie.

Sobald dieser ganze Mist vorbei war, würde ich die Lockhart-Brüder zu einem guten Essen einladen.

Wie sich herausstellte, erwartete man mich bereits an der Rezeption des Miranda Inn. Raven wusste, dass ich vorbeikommen würde, und hatte entsprechende Anweisungen gegeben. Die Managerin geleitete mich zu einem Privatlift und musterte skeptisch meine Arbeitskluft.

»Sorry, ich bin nicht dem Anlass entsprechend gekleidet«, sagte ich. »Aber in einem Anzug bekomme ich Ausschlag.«

Sie lächelte. »Sie sehen gut genug aus, Mr. St. Laurent. Da wären wir.« Die Lifttüren glitten auf. »Es ist die einzige Suite in der Etage. Die Tür befindet sich am Ende des Flurs. Ich wünsche Ihnen einen angenehmen Abend, Sir.«

Ich nickte.

Als die Fahrstuhltüren sich hinter mir schlossen, wurde mein Blut zu Eis. Meine schweren Arbeitsstiefel sanken in dem weichen Teppich ein. Die funkelnden Lichter der Kronleuchter erhellten die dunkelgrünen Wände. Das einzige Geräusch, das ich hörte, war die gedämpfte klassische Musik aus verborgenen Lautsprechern. Ich fühlte mich wie auf dem Weg zur Hinrichtung.

Diese Umgebung zeugte von Luxus und Reichtum. Es erinnerte mich an meine Kindheit, wenn Raven mich gelegentlich in ihre

Hotels mitschleppte. Sie engagierte dann jedes Mal ein Kindermädchen, das mir Essen machte, während Raven irgendwo mit ihren reichen Freunden feierte.

Mein Herz pochte, als ich mich der Tür näherte. Dahinter befand sich meine Mutter, die mich entweder zu sehr oder zu wenig geliebt hatte. Selbst jetzt wusste ich noch nicht, was zutraf. Es spielte auch keine Rolle.

Ich biss die Zähne zusammen, denn bei dem Gedanken an das, was Raven der einzigen Frau, für die ich tief empfand, antun wollte, stieg glühender Zorn in mir auf.

Ruhig, Scheißkerl. Beruhige dich, verdammt noch mal.

Bevor ich die Doppeltür erreichte, ging sie schwungvoll auf. Und da war Raven. Sie trug ein langes fließendes Kleid aus schwarzer Seide – ihre Lieblingsfarbe.

»Der einzige Mann, dem ich die Tür aufmache«, begrüßte sie mich und grinste breit. Die Rubine an ihren Ohren glitzerten, als sie die Haare zurückwarf. »Willkommen zu Hause, mein Cameron. Komm rein, Baby.«

»Was willst du, Raven?«

Sie seufzte dramatisch. »Du kommst gleich zur Sache, was? Schließ doch bitte die Tür, ja?« Sie schlenderte hinüber zur Bar und schenkte eine bernsteinfarbene Flüssigkeit in zwei Gläser. »Trink etwas mit mir.«

Ich ließ die Tür offen. Als sie mir den Drink gab, schlug das zu den Ohrringen passende Rubinarmband leise klirrend gegen das Glas.

»Ich bin nicht wegen eines Drinks hier.«

»Doch, das bist du, Liebster. Du hast mir schrecklich gefehlt.« Sie drückte mir den Drink an die Brust, sodass etwas auf mein Shirt verschüttet wurde. Mir blieb nichts anderes übrig, als ihn anzunehmen.

Sie trank einen Schluck und beobachtete mich über den Rand ihres Glases hinweg. »Mommy ist nur zu Besuch hier.« Sie deutete auf ihre gepackten Taschen in der Zimmerecke. »Ich hatte gehofft, du würdest noch vorbeischauen, bevor ich abreise.«

»Du reist ab.«

Erleichterung durchströmte und wärmte mich wie ein Feuer nach einem langen Tag in der Kälte. Sie reiste ab. Kara war sicher.

Schlaue dunkle Augen musterten mich vom Kopf bis zu den abgelatschten Arbeitsschuhen.

»Willst du wirklich dieses Shirt tragen?« Sie schürzte schmollend die blutrot geschminkten Lippen. »Ich mochte das andere auf der Party im letzten Sommer. Das hat deine Muskeln zur Geltung gebracht.«

Ich rieb mir den Nacken und rang um Geduld. Ich wollte das hier so schnell wie möglich hinter mich bringen. In ihrer Gegenwart stellten sich meine Nackenhaare auf. Es war, als befände ich mich mit einer Kobra im selben Raum. Ich hatte keine Ahnung, wann sie zubeißen würde.

»Du bist mein Sohn und wirst es immer sein. Vergiss das nicht.« Sie zwinkerte mir zu.

Ich wusste, wie sie tickte. Sie würde mir die Antworten, auf die ich aus war, erst geben, wenn sie bereit dazu war. Und dazu musste sie erst sicherstellen, dass ich ihr Spiel mitspielte. Also tat ich das.

»Wusstest du, dass mein Vater im Krankenhaus liegt?«

Sie plauderte gern mit mir, um zu erfahren, was ich alles so getrieben hatte. Vermutlich hatte sie dann das Gefühl, als bestünde eine Verbindung zwischen uns. Eine Verbindung, die es schon seit meiner Kindheit nicht mehr gab.

Raven stellte ihr leeres Glas so schwungvoll auf den Tresen, dass es von einem Ende zum anderen glitt. Es wäre zu Boden gefallen und in tausend Stücke zersprungen, wenn ich es nicht aufgefangen hätte.

Sie lächelte anerkennend. »Ich wusste, dass du es auffangen würdest.«

Sie nahm mir den Drink, den sie für mich gemacht hatte, aus der Hand und ging hüftschwingend ins Wohnzimmer, wo sie aufs Sofa sank. Sie legte den freien Arm auf die Lehne, während sie in der anderen Hand das Glas hielt, schlug die Beine übereinander und schaute mich an.

»Was kümmert mich dieser nutzlose Kerl? Weißt du was?« Plötzlich klang sie ganz aufgeregt. »Endlich habe ich die größte Eroberung überhaupt gemacht. Ich werde ihn dazu bringen, dass er mich bittet, ihn zu heiraten.«

Sie trank langsam einen Schluck, stellte das Glas neben sich auf das Sofa und griff nach einem goldenen Kästchen, das auf dem Couchtisch stand. Sie entnahm ihm eine Zigarette und zündete sie an, inhalierte den ersten Zug und seufzte wie die verwöhnte Frau, die sie war.

»Die wollen dich alle heiraten. Wozu solltest du das wollen?«

In ihre Augen trat ein sanfter Ausdruck. »Mir gefällt, dass du glaubst, alle Männer lägen deiner Mutter zu Füßen. Weil es ja auch stimmt«, fügte sie hinzu und lachte leise. Fast hätte ich gelächelt, denn es klang sehr unbeschwert.

Für einen kurzen Moment sah sie aus wie jede andere Frau. Wie eine Frau, die lachte, wie jede Frau lachen würde, die man auf der Straße kennenlernt. Wie eine Frau, die einfach fröhlich lachte. Eine Frau, die lachte wie eine Mutter, dachte ich, und es versetzte mir einen Stich.

Sie war keine Mutter.

»Diesmal ist es anders. Da ist mehr Fleisch, in das ich meine Zähne graben kann. Er fordert mich heraus. Ein wenig.«

Sie hatte stets Männer gehabt – reiche, mächtige Männer –, aber nie hatte sie einen von denen heiraten wollen. Soweit ich wusste, hatte ihr sogar ein Prinz einen Antrag gemacht, ein Öltycoon und ein Premierminister. Allen hatte sie einen Korb gegeben.

»Jetzt sag nicht, du hast dich endlich verliebt.«

»Liebe?« Ihr Mund verzog sich zu einer amüsierten, angewiderten Grimasse. »Liebe ist was für Verlierer.«

Da war es wieder, ihr wahres Ich.

»Männer können versuchen, mein Herz zu erobern, aber das ist unmöglich. Ich habe keines zu vergeben. Denn mein Herz gehört allein dir, mein Lieber. Du«, sagte sie und deutete mit der Zigarette auf mich, »bist ein Teil von mir. Du wirst niemals sein wie einer von ihnen. Du wirst rücksichtslos sein, du wirst sein wie ich. Wirst all diese törichten Gefühle wie *Liebe* zerstören.« Sie sprach das Wort verächtlich aus, wie einen lahmen Witz, den sie irgendwo gehört hatte. »Und du wirst dir nehmen, was dein ist, Cameron. Vergiss deinen alten Daddy. Ich gebe dir einen neuen. Der alte ist nutzlos und vermutlich schon bald auf dem Weg ins Gefängnis.«

Mir wurde ganz mulmig. »Was meinst du damit?«

Sie wedelte geringschätzig mit den Fingern. »Wen kümmert es? Es langweilt mich bereits, über ihn zu sprechen.«

Natürlich, sie verachtete meinen Vater. Wahrscheinlich würde sie auf sein Grab spucken, wenn sie könnte.

Das Handy in meiner Tasche vibrierte. *Kara.*

»Das reicht jetzt«, sagte ich. »Verrate mir, wozu du eine Werkstatt brauchst, verdammt noch mal.«

Sie blies Rauch in meine Richtung. »Sind wir wieder bei diesem Thema?«

Ich antwortete nicht, sondern starrte sie nur an.

»Na ja, ich weiß nicht.« Sie schwang die Beine auf das Sofa, dabei fiel das Glas zu Boden. Sie zuckte nicht mit der Wimper oder würdigte es auch nur eines Blickes. Stattdessen legte sie den Kopf zurück und schlug die Beine an den Knöcheln übereinander. Langes, seidiges Haar fiel bis auf den Boden. »Ach, um Leute einzustellen und zu feuern. Ich könnte Schneehandschuhe dort herstellen lassen. Vielleicht verwandle ich die Werkstatt in einen Schönheitssalon. Oder in einen Park, wo man die Vögel füttern kann.«

»Hör auf mit dem Blödsinn, Raven.«

»Oh, das ist kein Blödsinn, Liebster. Du hingegen treibst gerade Blödsinn, oder?« Sie drehte den Kopf, um mich anzusehen. »Ist es nicht so?«

Ich ballte die Fäuste. »Ich will, dass du diese Familie in Ruhe lässt.«

»Du meinst, ich soll *Kara* in Ruhe lassen?«

Sie ließ ein gefährliches Lächeln aufblitzen. Mein Herzschlag setzte aus, als ich Karas Namen aus ihrem Mund hörte.

Nein … die beiden konnten sich nie und nimmer begegnet sein. Ich würde alles in meiner Macht Stehende tun, um zu verhindern, dass Raven Kara zu nahekam.

»Mich interessiert diese Familie nicht. Woher willst du wissen, dass ich die Werkstatt nicht für dich kaufen will?«

»Erspar mir diesen Mist.«

»Warum sollte ich dieser netten kleinen Familie vom Land etwas antun wollen? Mir scheint, sie sind die Einzigen hier weit und breit, die überhaupt noch wissen, was Familie bedeutet. Im Gegensatz zu gewissen anderen Leuten, die *ihre* Familie bei jeder Gelegenheit vernachlässigen.« Sie lächelte herablassend. »Du könntest etwas von ihnen lernen. Mich besser zu behandeln, zum Beispiel. Vielleicht bleibe ich in Kontakt mit ihnen, für alle Fälle.«

Meine Finger zuckten. Natürlich würde ich nicht Hand an sie legen, aber sie machte mich ziemlich wütend. »Ich warne dich, Raven.«

»Ach, Cameron, hör schon auf.« Sie setzte sich auf. Der Aschenbecher stand direkt vor ihr, doch sie drückte ihre Zigarette stattdessen auf dem Couchtisch aus und hinterließ einen Brandfleck. »Ich werde diese kleine Familie in Ruhe lassen. Vorerst. Ich muss eine Reise unternehmen, aber ich komme zurück. Und du sortierst lieber deine Prioritäten, Mister«, sagte sie mit deutlich warnendem Unterton. »Dich mit kleinen Bauerntölpeln abzugeben, die deiner Zukunft im Weg stehen könnten, ist nicht gerade klug.«

»Welche Zukunft?« Mit Raven in meinem Leben hatte ich keine Zukunft.

»Was ist sie denn? Nummer achtundsechzig? Neunundsechzig? Ich habe nicht mehr mitgezählt. Du willst mir doch nicht ernsthaft erzählen, dass du Gefühle für dieses Mädchen hast, oder? Amüsier dich mit ihr, so viel du willst, wie du es sonst immer tust, aber lass dich bloß nicht einlullen.«

Jetzt stand sie auf. Ich wappnete mich für den nächsten Angriff, während ich beobachtete, wie sie wieder an die Bar schwebte, in aller Ruhe an dem riesigen Strauß roter Rosen roch und sich einen weiteren Drink zubereitete.

»Was wirst du tun, Cameron? Dich verlieben und für diese kleine Familie arbeiten? Die Rasentrecker irgendwelcher Leute reparieren?« Sie verzog angewidert die Lippen. »Komm schon, werd endlich erwachsen. Glaubst du wirklich, ich lasse zu, dass mein Sohn Rasenmäher repariert, um seinen Lebensunterhalt zu verdienen? Denk mal nach. Ich werde zurückkommen, und dann sollten diese Dinge besser geklärt sein. Andernfalls …« Sie kam auf mich zu, blieb dicht vor mir stehen. Ihre dunklen Augen funkelten gefährlich. »Andernfalls werde ich dieses Gras für dich mähen, *mein Sohn.*«

Sie wich wieder zurück. Die Luft knisterte. Bilder stürmten für einen Moment auf mich ein, mit einer solchen Intensität, dass ich mich am Tresen festhalten musste. Ich klammerte mich regelrecht daran.

Dann leuchteten ihre Augen fröhlich auf. »Und jetzt erzähl mir etwas Schönes, bevor ich gehe. Na komm, mein Junge, sei nicht garstig zu Mommy.«

Was zur Hölle stimmte nicht mit ihr?

»Ich habe von dir geträumt«, sagte ich ruhig.

Ihre Augen schimmerten und nahmen dann einen sanften Ausdruck an. »Ein Traum? So sehr hat mein Baby mich vermisst?«

»Da war eine … Pistole.«

Ihre Augen weiteten sich, dann war ihr Blick leer. »Du erinnerst dich also?«

Es war stets eine gute Idee, bei Raven vorsichtig zu sein. Je weniger Informationen sie besaß, desto besser. Sonst würde sie diese Informationen unter Umständen gegen mich einsetzen.

»Habe ich es je vergessen?«

Jetzt grinste sie. Sie wusste immer, was ich tat. Es war schwierig, ihr einen Schritt voraus zu sein. Eine unerklärliche Furcht kroch an meiner Wirbelsäule hoch.

»Würdest du dich wirklich erinnern, sähest du die Dinge nie mehr wie vorher, Liebling. Streng dich nicht zu sehr an. Es ist besser, nicht zu tief zu graben. All das liegt in der Vergangenheit. Lass sie ruhen.«

Sie strich über meine Wange und küsste sie. Ich war wie erstarrt, sonst wäre ich zurückgewichen.

Ich hielt ihr Handgelenk fest. »Was meinst du damit?«

»Du erinnerst dich an gar nichts mehr, oder?«

»An was?« Ich atmete schneller. Es war, als läge eine Schraubzwinge um meinen Hals. »Woran soll ich mich erinnern?«

»Nenn mich Mom«, flüsterte sie beinah flehentlich. Und für einen kurzen Moment sah ich nackte Verletzlichkeit in ihren Augen. »Nur einmal. Nenne mich Mom, und ich werde es dir verraten.«

Aber das konnte ich nicht. Ich blieb stumm.

Plötzlich verschwand der Schmerz aus ihrem Blick. Sie wich zurück und setzte ihr perfektes Lächeln wieder auf. »Guter Junge. Ich habe dir alles Nötige beigebracht, was?« Sie warf die Haare zurück und öffnete die Tür. »Ich liebe dich, Baby. Und jetzt verschwinde, damit ich mich fertig machen kann.«

Ich ging hinaus und zum Fahrstuhl.

»Oh, Cameron!«

Ich schaute zurück. Sie stand im Türrahmen der Doppeltür. »Wir sehen uns bald, Liebling.« Sie warf mir eine Kusshand zu und schloss die Tür.

Als ich wieder in meinem Pick-up saß, lehnte ich den Kopf zurück und schloss die Augen. Hinter meinen Schläfen hämmerte es, aber da war keine Erleichterung. Raven reiste ab. Für gewöhnlich verschwand sie monatelang, bevor sie wiederauftauchte. Aber sie kam immer zurück.

Ich würde alles aufgeben, alles tun für Karas Sicherheit. Wir hatten viel Zeit. Ich würde mir etwas einfallen lassen. Ich musste.

Ich nahm mein Handy und sah, dass sie mich mehrmals anzurufen versucht hatte. Ich las ihre Textnachrichten. Dann wählte ich ihre Nummer.

»Kara.«

25. Kapitel

Kara

Kommt Cameron überhaupt noch?

Es war fast eine Stunde her, seit ich mit ihm telefoniert und er versprochen hatte, zu Talas Haus zu kommen.

Wo bleibt er bloß?

Nach dem, was ich jetzt wusste, sah ich das Haus mit neuen Augen. Ich sah in jedem Zimmer Camerons Hände, die die Wände strichen, und Schmerz und Kummer über sein Verhalten wichen einer tiefen Rührung, der ich mich angesichts seiner Bemühungen nicht entziehen konnte. Immer dann, wenn ich glaubte, dass ich ihm nicht genug bedeutete, überraschte er mich mit solchen Dingen, durch die er mir wieder etwas mehr von sich gab.

Nervös lief ich im Wohnzimmer auf und ab und hin und her, die Arme um mich geschlungen, an den Nägeln kauend.

Und dann hörte ich seinen Wagen draußen. Ich rannte zum Fenster, mit pochendem Herzen, und sah ihn aus dem Pick-up steigen.

Ich konnte ihm die Erschöpfung ansehen. Er senkte den Kopf und rieb sich den Nacken, ehe er aufschaute. Es war zu dunkel, um sein Gesicht zu erkennen, doch irgendwie wusste ich, dass er mich anblickte. Er richtete sich auf, wirkte wacher. Als er die Verandastufen hinaufstieg, lief ich zur Tür und riss sie auf.

Sehnsucht packte mich bei seinem Anblick, wie er groß und stark vor mir stand, mit einem grübelnden Ausdruck im Gesicht, das vom Verandalicht beschienen wurde. Er schaute mich mit seinen intensiven blauen Augen durchdringend an.

»Kara.«

Ich öffnete den Mund und atmete langsam aus. Ich wartete, doch er rührte sich nicht. Streckte die Hände nicht nach mir aus. Erst dann wurde mir klar, dass er auf mich wartete.

»Cameron.«

Er hob ein wenig die Brauen. Nicht neckend oder herausfordernd, sondern sanft bittend. Eine stumme Frage, die durch ein simples Wort oder eine zärtliche Berührung beantwortet werden wollte. Ich gab ihm weder das eine noch das andere, denn ich wollte ihm mehr geben.

Eine Erlaubnis. Einen Spalt in der Tür zu meinem Herzen, sodass er diese Tür ganz aufstoßen konnte, um wieder hineinzugelangen. Wenn er es wollte.

»Du kannst mich festhalten«, sagte ich leise. »Wenn du willst.«

Wortlos zog er mich in seine Arme. Ich barg mein Gesicht an seiner Brust, schlang die Arme um ihn und spürte, wie ich mich beim Klang seines Herzschlags beruhigte.

Er hielt mich so fest, dass ich kaum atmen konnte, aber ich umklammerte ihn ebenfalls. Einmal schluchzte ich, doch mehr gestattete ich mir nicht. Ich presste die Lippen zusammen und zwang mich zur Ruhe. Es gab so vieles, über das wir reden mussten, und weinen würde nur alles aufschieben.

Doch er nahm sich Zeit. Er küsste mich auf den Kopf und strich mir übers Haar, während er mich tröstete. »Kara«, flüsterte er. »Kara.«

Meinen Namen auf diese zärtliche Weise aus seinem Mund zu hören, kittete die Risse in meinem Herzen. Er umfasste meine Taille und hob mich hoch. Ich schlang die Beine um ihn, hielt mich an seinen breiten Schultern fest und legte die Wange an seine Schulter.

»Ich bringe dich ins Bett«, sagte er, bereits auf dem Weg dorthin. »Du brauchst etwas Schlaf.«

Kaum hatte er »Schlaf« gesagt, wurde mein Körper schwer vor Erschöpfung. Der Tag war für uns beide sehr anstrengend gewesen. »Okay.«

»Tut mir leid, dass ich dich habe warten lassen.«

Er stand neben dem Bett und ging dann in die Hocke, während er mich weiterstreichelte, meine Wange, meinen Hals, meinen Arm. Ich spürte, dass er nicht damit aufhören würde.

Ich hörte ihn tief einatmen, dann fragte er mit rauer Stimme: »Willst du mich hier überhaupt? Ich kann auf der Couch schlafen.«

»Nein, bleib.«

»Ja, das will ich auch«, erwiderte er. »Wir reden morgen.« Ich hörte das Versprechen in seiner Stimme.

Diese Worte allein gaben mir schon Trost, sodass ich schlafen konnte.

Cameron würde morgen hier sein.

Alles würde gut werden.

Es war noch dunkel, als ich aufwachte. Die Digitalanzeige des Weckers zeigte, dass es erst vier Uhr morgens war. Normalerweise wäre ich jetzt benommen vom Schlaf, aber diesmal war es anders. Cameron.

Panik erfasste mich, als ich das Bett neben mir leer fand. Er war fort. Hatte er überhaupt hier geschlafen? Bevor ich eingeschlafen war, noch während wir miteinander redeten, hatte ich ihn nicht neben mir liegen sehen.

Ich sprang aus dem Bett, und prompt wurde mir schwindelig. Nachdem dieser kurze Moment verflogen war, ging ich in die Küche und sackte erleichtert gegen die Wand, als ich Camerons breite Schultern sah. Er stand vor der Spüle und starrte hinaus in den Garten. Als er mich hörte, drehte er sich um.

»Ich dachte, du wärst gegangen.«

Er schüttelte den Kopf. »Möchtest du einen Becher Kaffee?«

»Bitte.«

Er stutzte, als er das Handtuch auf der Kaffeemaschine bemerkte, die er mir zu Weihnachten geschenkt hatte.

»Ich war wütend auf dich«, erklärte ich.

»Ich weiß.«

»Wann bist du aufgewacht?«

»Ich konnte nicht schlafen.«

»Überhaupt nicht?«

»Mir gingen viele Dinge durch den Kopf.« Irgendwie fand er alles, was er brauchte, aber mir fiel ein, dass er ja einige Tage zum Streichen hier gewesen war.

»Vorsichtig«, mahnte er, als er mir einen Becher mit dampfendem Kaffee gab.

Ich nickte, trank einen Schluck, dann noch einen, bis der Becher leer war. Besser fühlte ich mich danach nicht. Der Kaffee lag mir unangenehm im Magen. Vielleicht brauchte ich einfach einen weiteren Becher. Noch bevor ich aufstehen konnte, füllte er mir schon nach. Ich dankte ihm und trank auch diesen Becher aus. Doch noch immer fühlte sich nichts richtig an.

»Ich bin gleich wieder da«, sagte ich und ging ins Badezimmer, wo ich mir die Zähne putzte und die Haare bürstete. Danach fühlte ich mich zumindest annähernd gefasst. Ich redete meinem Spiegelbild gut zu, nicht mehr nervös zu sein. Camerons Stimmung konnte ich immer noch nicht deuten. Er schien sich abzuschirmen, aber das konnte alles Mögliche bedeuten. Es war sehr schwer, aus ihm schlau zu werden.

»Cam«, sagte ich, als ich wieder in die Küche kam. Er sah auf. »Wir müssen reden.«

Er nickte. Ich deutete mit dem Kopf zum Wohnzimmer. Ich setzte mich auf eines der Sofas und bedeutete ihm, es mir gleichzutun. Ich hatte auf eine ruhigere Atmosphäre gehofft, aber die Spannung, die in der Luft lag, war fast mit Händen zu greifen.

Warum? Wir sollten uns versöhnen, aber wieso fühlt es sich dann so an, als würden wir genau das nicht tun?

»Wie hast du dir den Fuß verletzt?«

Ich erschrak über seine Frage. Woher wusste er das?

»Du humpelst«, fügte er hinzu.

Natürlich, er hatte mich humpeln gesehen. Ich versuchte es zu verbergen, aber er schien stets zu wissen, wenn etwas nicht mit mir stimmte. »Ich bin in eine Glasscherbe getreten.«

»In eine …« Seine Augen weiteten sich, dann schien er zu begreifen. »Deine Lampe?«

Ich nickte.

»Wann hast du zuletzt das Pflaster gewechselt?«

»Ich weiß nicht.«

»Warte.«

»Cam …«

»Warte hier.«

Ich legte den Kopf zurück, als er hinausging. Er kam mit einem Erste-Hilfe-Koffer zurück.

»Woher hast du den?«

»Dylan hat ihn für dich gekauft. Halt still.«

Er beugte sich herunter, sodass ich sein Gesicht nicht mehr sehen konnte, während er sich darauf konzentrierte, das Pflaster zu wechseln. Am liebsten hätte ich seine Haare berührt. Sie waren so voll, dunkel, seidig.

»Du warst gestern Morgen in der Werkstatt«, sagte ich und zuckte zusammen, als er die Wunde mit Medizin betupfte. Ich konnte nicht sehen, wie sie aussah, doch als ich das Pflaster gewechselt hatte, war der Schnitt fast geschlossen und blutete nicht mehr.

Ich sah, dass der Verband an seinem Handgelenk verschwunden war. Seine Verletzung war verheilt, während meine erst am Beginn des Heilungsprozesses stand.

Cameron sprach nicht. Er schloss den Verbandskasten und sah zu mir hoch. »Du hast mal gesagt, du wolltest nicht lange von mir getrennt sein, wenn wir uns gestritten haben. Weil du sonst Angst bekommst.«

Ich wusste nie, wie ich reagieren sollte, wenn er sich an Dinge erinnerte, die ich zu ihm gesagt hatte. Oder die er für mich getan hatte.

Er richtete sich zu seiner vollen Größe vor mir auf. Da ich saß, musste ich weit zu ihm aufschauen. Er setzte sich neben mich, allerdings nicht nah genug, dass ich ihn berühren konnte.

»Du hast dich zwei Tage lang in deinem Zimmer verkrochen. Ich wollte dich besuchen, dich bitten, mit mir zu reden, mit dir zusammen sein, aber ich wusste, du brauchst Zeit für dich allein.«

Ich sehnte mich nach ihm, wollte ihn berühren und küssen, hielt mich jedoch zurück. Es fiel mir verdammt schwer, aber wenn ich jetzt nachgab, würden wir im Bett landen, und das würde uns kein Stück weiterbringen. Ich wollte mehr. Mehr in unserer Beziehung, als nur miteinander zu schlafen.

»Ich habe dich gehört«, sagte er mit leiser, rauer Stimme. »Ich habe dich weinen gehört.«

Angesichts der Intensität seiner Augen fiel mir das Atmen schwer.

»Du hast keine Ahnung, wie schwer es für mich war, dich weinen zu hören. Wäre dein Dad nicht da gewesen, hätte ich die Tür aufgebrochen, um zu dir zu gelangen.« Er fuhr sich durch die Haare. »Aber ich wusste, du brauchst Abstand. Also habe ich abgewartet. Aber als ich gestern früh zum Haus kam und du weg warst, dachte ich mir, dass du zur Werkstatt gefahren bist. Und dann bin ich eben auch hingefahren, in der Hoffnung, dass du vielleicht wieder mit mir sprichst.«

Wenn er so war wie jetzt, wollte ich durchhalten. Es ließ mich hoffen, dass wir das zwischen uns immer noch hinbekommen konnten. Wenn er sich auf diese Weise öffnete und in sein Herz schauen ließ, war ich nicht mehr fähig, ihn aufzugeben.

»Kara«, sagte er. »Ich weiß, du willst Antworten. Ich will sie dir geben.«

»Wirklich?« Meine Stimme zitterte.

»Soweit mir das möglich ist.«

Ich nickte. Er brachte den Verbandskasten zurück in die Küche. Ich hörte das Wasser laufen, als er sich die Hände an der Spüle wusch. Als er zurückkam, hatte ich mich wieder einigermaßen gesammelt.

»Wie geht es deinem Dad?«, erkundigte er sich und setzte sich auf den gleichen Platz wie vorhin neben mich. Nah, aber auch nicht zu nah.

Ich war gerührt, dass er sich nach meinem Dad erkundigte. Cameron wusste, wie wichtig mir die Familie ist.

»Es bricht ihm das Herz. Er liebt seinen Bruder sehr, und er kann nicht fassen, was Andrew vorhatte.« Ich seufzte. »Wie dem auch sei, der Blutsauger meinte, dass er heute die Unterlagen schickt. Ich muss den Vertrag zuerst von unserem Anwalt prüfen lassen, dann sehen wir weiter. Ich glaube aber, er wird in Ordnung sein.«

»Gut.«

»Hast du gestern mit Andrew gesprochen? Hat er deshalb das Angebot des anderen Käufers abgelehnt?«

»Ja.«

»Was hast du …? Ich meine, hast du ihn ausgezahlt?«

»Nein«, antwortete er vorsichtig. »Ich habe ihm nichts gezahlt. Nur mit ihm geredet.«

Ich seufzte erleichtert. Ich hatte versucht, mir einzureden, dass es in Ordnung wäre, falls Cameron Andrew ausgezahlt hätte. Hier handelte es sich um eine Krise, und wir mussten so schnell wie möglich handeln. Aber die Erleichterung, die ich nun empfand, sagte mir, dass es wohl doch nicht okay gewesen wäre.

Es war seit vielen Jahren die Mission meines Lebens gewesen, Andrews Anteile zu kaufen, deshalb fiel es mir sehr schwer, jetzt darauf zu verzichten oder sie jemand anderem zu überlassen. Ich wusste wirklich nicht, wie ich dazu stand.

Dad meinte, eine Bank habe ihm das Geld geliehen. Dabei war dieses Ansuchen früher so oft abgelehnt worden. Aber wenn ich genau darüber nachdachte, war das Darlehen vielleicht bewilligt worden, weil die Werkstatt gerade so gut lief. Sehr gut sogar. Möglicherweise …

»Du hättest dem Kerl eine reinhauen können«, sagte er.

»Ich müsste vorher trainieren, damit der Schlag auch sitzt und richtig wehtut.«

»Ich bringe es dir bei.«

»Okay.«

»Notfalls kannst du einem Mann auch in die Eier treten«, sagte er, wobei seine Augen belustigt funkelten. »Dann geht er in die Knie.«

Ich brachte ein Lächeln zustande. »Wie fühlt sich das an?«

»Als müsste man gleichzeitig kotzen und kacken. Es ist der perfekte Angriff.«

»Das werde ich mir merken.«

Wir schwiegen eine Weile.

»An diesem Abend«, sagte er schließlich leise. »In deinem Zimmer.«

Ich war froh, dass er diesmal derjenige war, der die Unterhaltung begann.

Ich schüttelte den Kopf. »Schon davor. Am Abend davor hat dich jemand angerufen.«

Ich sah, wie er schluckte. »Ja.«

»Du warst distanziert nach diesem Anruf, aber ich habe dich nicht gedrängt. Ich wusste ja, dass es dir schwerfällt, dich zu öffnen. Allerdings hoffte ich, du würdest später bereit sein, es mir zu erzählen. Dann kam Heiligabend.«

Er senkte den Kopf.

»Ich hörte, dass dein Dad im Krankenhaus ist, aber ich wusste nicht, warum. Ich war wirklich in Sorge um dich. Wir alle, Dad und Dylan auch.«

»Wie hast du es erfahren?«

»Das ist einer der Vorteile, wenn man selbst im Pflegebereich arbeitet. Na ja, ich wollte es unbedingt wissen. Bist du sauer deswegen?«

»Nein«, erwiderte er. »Bin ich nicht.«

Ich wartete, aber er sagte nichts mehr. Frustriert hob ich die Füße auf die Couch, schlang die Arme um die Knie und schaute zu Boden.

»Cameron.« Ich spürte seinen Blick, hob aber nicht den Kopf. »Als ich dich kennenlernte, hast du gemerkt, wie hart ich dagegen ankämpfte. Ich habe dich dauernd weggestoßen, doch du hast nicht aufgehört, um mich zu kämpfen. Gibt es einen Grund dafür, dass du jetzt damit aufhörst?«

»Ich habe nicht aufgehört, Kara.«

»Warum fühlt es sich dann so an?«, wollte ich wissen; meine Stimme klang sanft, sehnsüchtig. »Als wir uns kennenlernten, war mir sofort klar, dass du mir das Herz brechen würdest. Deshalb habe ich mich so sehr gewehrt. Aber ich ließ dich schließlich doch an mich heran, weil ich wusste, dass du … den Schmerz wert bist. Ich dachte, hier ist ein Mann, für den ich kämpfen könnte. *Mit* dem ich kämpfen könnte. Ich war bereit, es zu riskieren, weil ich an dich glaubte. Das tue ich immer noch.«

Erst jetzt schaute ich ihm ins Gesicht – und spürte sofort wieder den Sog dieser blauen Augen, in denen ich ertrinken könnte. Er hatte noch nichts gesagt, doch sein Blick war voller Emotionen. Er war traurig und reuig. Er sehnte sich nach mir. Er wollte mich festhalten.

»Cameron«, brachte ich mit erstickter Stimme hervor. »Du musst mir nicht alles sagen. Aber ich muss wissen, dass du mit mir darüber reden wirst, wenn du so weit bist. Es tut weh, wenn du sagst, dass du es nicht kannst.«

Es gab so vieles, was ich loswerden musste, daher war ich froh, dass er zuhörte. Vielleicht würde er mich dadurch besser verstehen und wäre bereit, mich ihn besser verstehen zu lassen, indem er mir mehr von sich erzählte.

»Mit dir zu schlafen ist keine Beziehung«, fuhr ich fort. »Wenn das alles wäre, was ich von dir will oder von sonst wem, warum hätte ich dann deiner Meinung nach so lange daran festhalten sollen? Da hätte ich ja mit jedem schlafen können, wenn ich für eine Beziehung nicht mehr bräuchte. Für mich fühlte es sich an dem Abend so an, als wäre ich für dich wie all die anderen Frauen, mit denen du bloß ins Bett gegangen bist. Mein Dad hat mich nicht dazu erzogen, dass ich mich von irgendwem benutzen lasse. Das lässt auch meine Selbstachtung nicht zu.«

»Kara, es tut mir verdammt leid. Es war nicht meine Absicht, dass bei dir dieser Eindruck entsteht. Ganz und gar nicht. Du warst mir immer wichtig. Glaubst du wirklich, ich wollte dich nur vögeln? Wäre es so, wäre ich doch gar nicht hier.«

»Ich weiß.« Ich atmete hörbar aus. »Ich bin froh, dass du hier bist.«

Er schloss die Augen und seufzte erleichtert.

»Cam.«

Ich wartete, bis er die Augen aufmachte und mich wieder ansah.

»Es tut weh, wenn du dich weigerst, mir zu verraten, was mit dir los ist. Wenn du sagst, du könntest es nicht, ohne mir dabei zu versprechen, wenigstens später mit mir zu reden, höre ich nur, dass du mich an deinem Leben nicht teilhaben lassen willst, weil du für uns keine Zukunft siehst. Das schmerzt, weil ich mir eine gemeinsame Zukunft mit dir wünsche. Eine Beziehung hat ohne Offenheit keinen Bestand. Lass mich herein, wenigstens ein bisschen. Hab keine Angst. Ich werde bei dir sein und deine Hand nicht loslassen, solange du meine nicht loslässt.«

»Ich habe Angst, dass du mich verlässt, wenn ich es dir verrate«, murmelte er.

»Du hast mir von Pete erzählt, und ich bin immer noch da, oder? Du hast dich geirrt. Wie oft muss ich es dir noch beweisen? Wie oft wirst du mich noch testen? Habe ich es nicht schon genug bewiesen?«

»Wovon redest du eigentlich? Ich teste dich nicht. Das ist es nicht.«

Ich schüttelte den Kopf. »Ich glaube, weil ich in einer Familie aufgewachsen bin, in der die Leute sich sehr nahestehen, bin ich es gewohnt, dass die Männer zu mir kommen, wenn sie Hilfe brauchen. Auf diese Weise zeigen wir einander unsere Zuneigung. Es ist ein Zeichen, dass wir zusammengehören, als Familie, als Einheit. Und das habe ich wohl auch bei dir gesucht, nur musste ich feststellen, dass du in einem ganz anderen Umfeld aufgewachsen bist. Ich werde mir noch mehr Mühe geben, dich zu verstehen, Cam, aber kannst du das für mich auch versuchen?«

Er schwieg. Plötzlich bekam ich Angst, möglicherweise zu viel verlangt, ihn zu sehr gedrängt zu haben. Andererseits war es nun mal das, was ich brauchte. Es ging um die Wahrheit, und es wäre uns beiden gegenüber nicht fair, wenn ich diese Dinge für mich behielte. Wenn er damit nicht umgehen konnte, dann … tja, dann würde ich eben wissen, dass wir einander nicht glücklich machen könnten. Aber wow, das tat weh.

»An diesem Abend«, begann er mit leiser, rauer Stimme, so langsam, als wäge er jedes Wort sorgfältig ab. »Heiligabend. Ich habe mich darauf gefreut, dich zu sehen. Ich hatte Weihnachten schon sehr lange nicht mehr gefeiert. Ich mochte es nie. Aber als du davon sprachst, konnte ich es mir mit dir vorstellen. Und auf einmal wollte ich es auch. Mit dir. Am Abend davor, als wir in deinem Zimmer waren, rief mein Vater an.«

Ich saugte begierig jedes Wort auf, das über seine Lippen kam. Ich fühlte mich wie ein Baum, der nach langer Dürre endlich Wasser bekommt. Ich konnte nicht genug davon kriegen, und mit jedem bisschen Information, das er mit mir teilte, wuchsen meine Wurzeln tiefer und wurden stärker, genau wie meine Gefühle für Cameron.

»Er war derjenige, mit dem du dich zum Essen treffen wolltest?«

»Ja«, antwortete er.

»Cam, das tut mir leid! Es war nicht meine Absicht, dass du deine Pläne mit deinem Dad absagst.«

»Ach, Unsinn, Kara. Es war nicht deine Schuld. Ich kann mich nicht einmal daran erinnern, wann ich das letzte Mal mit ihm gegessen hatte.«

»Das ist schrecklich.«

»Für dich schon, oder?« Er lächelte spöttisch, und irgendwie spürte ich, dass es ihm selbst galt. Er spottete über sich selbst. »Das ist nichts Neues für mich. Du sollst wissen, woher ich komme. Ich hatte Eltern, die völlig verkorkst sind. Und daher bin ich es auch.«

»Nein«, widersprach ich vehement. »Nein, das ist nicht wahr. Wenn es wahr wäre, müsste ich wie meine Mutter sein. Aber das bin ich nicht.«

Ich merkte, dass er nicht überzeugt war.

»Meine Mom hat mir vor Kurzem gestanden ...«

Es fiel mir schwer, darüber zu sprechen, denn ich schämte mich. Doch Cameron sollte wissen, dass er nicht der Einzige war, der Schwierigkeiten mit seinen Eltern hatte.

»Sie meinte, sie habe meinen Dad verlassen, weil sie einen Mann brauchte, der sämtliche Entscheidungen trifft und sich nicht ständig Sorgen um die Zukunft macht. Natürlich gibt es Frauen, die zu Hause bleiben und sich um die Familie kümmern. Das sind hart arbeitende und starke Menschen. Angeblich wollte meine Mutter so ein Leben, aber sie hatte nicht das Zeug dazu. Sie wollte nur versorgt werden.«

Ich sah seine Anspannung. Wie war das mit seiner Mutter? Ich wollte, dass er mehr von sich preisgab, aber ich würde ihn nicht drängen. Ich wusste, dass ich lernen musste, geduldiger zu sein. Ich musste akzeptieren, dass er mich nicht sofort an allem teilhaben lassen würde. Wir beide mussten noch viel lernen. Da lag also noch eine Menge Arbeit vor uns.

»Cameron, du gleichst deinen Eltern ebenso wenig, wie ich meiner Mutter gleiche. Du bist großzügig, freundlich und fürsorglich.«

Er lachte kurz auf. Es klang bitter. »Siehst du mich wirklich so?«

»Du gibst dich anders, aber ich glaube, ich fange an zu verstehen«, sagte ich. »Wir beide sind schon total verschieden voneinander, oder?«

»Warum?«, fragte er plötzlich und rutschte ein Stück näher, sodass er fast über mir lehnte. Ich blieb, wo ich war, aber mein Herz pochte heftig, als ich ihm in die Augen schaute. Eigentlich hätte ich ja mittlerweile an seine Schönheit gewöhnt sein müssen, an die Intensität seiner Ausstrahlung, aber das traf nicht zu.

Er wirkte gefährlich und grüblerisch. Ein Prinz, der das Dunkle der Welt sah, nicht ihre Schönheit.

»Warum weckst du diese Gefühle in mir?«, fuhr er fort. »Du spielst mit mir. Bringst mich dazu, mich zu fragen, ob du Schluss machen willst.«

Ich schüttelte den Kopf. »Cameron, das will ich nicht. Beruhigst du dich bitte wieder? Warum glaubst du das von mir? Wer hat dich so verletzt?«

Aber ich wusste es. Es war seine Mutter. Sein Vater.

»Ich bin nicht wie sie«, versicherte ich nachdrücklich. »Absolut nicht.«

Er schluckte hart. »Aber wenn ich dir etwas nicht erzähle, rennst du weg. Verbannst mich aus deinem Leben.«

»Ich …«

»Bei dir bin ich schwach, Kara.«

Ich schmolz dahin und legte eine Hand an seine Wange. Er schloss die Augen, und ich sah, welche Erleichterung allein meine Berührung auslöste.

Als er die Augen wieder aufmachte, blitzte darin etwas auf, das ich nicht zu deuten vermochte. Er wich zurück. »Ich werde es wieder vermasseln«, sagte er. »Ständig muss ich daran denken, dass du irgendwann die Nase voll haben wirst. Ich … ich kann dich nicht aufgeben. Nicht dich.«

»Das wirst du auch nicht müssen. Erzähl mir, was los ist, Cameron.«

Er beugte sich vor, stützte die Ellbogen auf die Knie und legte das Gesicht in die Hände.

»Es gibt Dinge in meinem Leben, vor denen ich dich beschützen muss.« Er hob den Kopf und schaute mich eindringlich an. »Wirst du mich das tun lassen?«

Eine unerklärliche Furcht stieg in mir auf. Ich packte ihn am Arm und fragte mich, ob mein Griff fest genug war, damit er blieb.

»Das hast du schon einmal gesagt. Ich weiß nicht mehr, wann, aber es war vor deinem Verschwinden. Bevor du ohne ein Wort einfach verschwunden bist.« Es schnürte mir die Kehle zu. »Wirst du das wieder tun?«

»Nein. Worum ich dich bitte, ist Geduld. Wirst du mir noch etwas mehr davon geben? Mir ist klar, dass ich zu viel von dir verlange. Wirst du es trotzdem tun, Baby?«

Ich wusste, dass der Teil meines Lebens, der bereits hinter mir lag, nicht immer leicht gewesen war. Aber es gab gute Momente, die umso süßer waren, weil ich auch die schwierigen kannte. Und mir war irgendwann klar geworden, dass ich möglicherweise nicht hier war, um mein Leben ganz für mich allein zu verbringen. Ich lebte für meinen Dad, für Dylan, für die Leute, die mich brauchten, weil ich ihr Leid irgendwie erträglicher machen konnte. Und jetzt wollte ich auch für Cameron leben.

Ich nickte wortlos, weil andernfalls Tränen drohten. Warum war mir denn schon wieder zum Heulen zumute?

»An einige Dinge in meiner Kindheit kann ich mich nicht mehr gut erinnern.« Er schien sich erneut unbehaglich zu fühlen. »Die Albträume …«

»Welche Albträume?«

»Ich …«

»Gehört das zu den Dingen, über die es dir schwerfällt zu sprechen?«

Er nickte.

»Okay. Es ist in Ordnung.« Ich küsste ihn zärtlich aufs Kinn.

Er lächelte zaghaft.

»Siehst du? Ich bin vernünftig. Ich muss nur wissen … dass du in Zukunft offen zu mir sein wirst. Wenn nicht jetzt sofort, dann bald. Dadurch fühle ich mich … sicherer. Es ist wie ein Versprechen.«

Er nickte. »Es war ein schreckliches Gefühl, dass du die ganze Zeit sauer auf mich warst, und zu wissen, dass du meinetwegen geweint hast. Verzeihst du mir?«

»Ja«, flüsterte ich. »Ja.«

Ich wollte mich ihm gerade in die Arme werfen, als er etwas sagte, was mich zutiefst schockierte.

»Mein Dad … hat sich vergiftet. Mit Tabletten und Alkohol.«

Es kostete mich Überwindung, mir nichts anmerken zu lassen. Er sollte nicht sehen, wie entsetzt ich war. »Hat er es absichtlich getan?«

»Ich weiß es nicht.«

»Wie fühlst du dich deswegen?«

»Ich weiß es nicht.«

Ich biss mir auf die Unterlippe. Ich wollte ihn umarmen, aber er sah aus, als wäre ihm das in diesem Moment nicht recht. Also blieb ich, wo ich war.

»Er hat mich wieder angerufen und gefragt, ob ich mich zum Essen mit ihm treffe.«

»Was hast du gesagt?«

»Vielleicht.«

Ich wartete, ob er mir noch mehr offenbaren würde, aber das tat er nicht. »Danke, dass du mir das erzählt hast.«

»Ich habe keine Ahnung, warum du etwas über diese hässlichen Seiten meines Lebens hören willst. Aber wenn es das ist, was du brauchst, okay.«

Ich lächelte ihn an. Es fühlte sich echt und froh an.

»Ich habe es vermisst, dich so lächeln zu sehen. Ganz allein für mich«, sagte er. »Da ist noch mehr. Aber über diese Dinge will ich nicht jetzt reden.«

»Einverstanden.«

»Später. Versprochen.«

»Ich verstehe.«

»Kara.«

Ich schaute ihn an.

»Ich würde dich gern noch einmal in den Armen halten. Darf ich?«

Ich rutschte zu ihm herüber, setzte mich rittlings auf seinen Schoß und schlang die Arme um ihn. Die Anspannung verschwand, aus der Atmosphäre, aus seinem Körper, je enger er mich an sich drückte, desto ruhiger wurde es in und um uns. Er streichelte meinen Rücken, meine Arme, meine Beine. Seine Handflächen waren rau, aber es fühlte sich gut und sanft an.

Abgesehen von allem anderen bewies es mir, dass es keine Rolle spielte, wo wir uns befanden. Wohnzimmer, Küche, Schlafzimmer, der Mond. Egal, wo wir waren, Cameron beruhigte sich, wenn er mich fest in den Armen halten konnte. Und während ich das Kinn auf seine Schulter legte, merkte ich, dass es mir genauso ging.

»Du duftest nach Shampoo. Hast du hier geduscht?«

»Ja«, antwortete er. »Ich hoffe, es macht dir nichts aus. Ich musste den Dreck abwaschen.«

Er klang ein wenig angewidert. Warum hatte ich den Eindruck, dass er noch etwas anderes meinte?

»Natürlich macht es mir nichts aus. Du warst hier«, sagte ich. »Hast die Zimmer gestrichen.«

»Ich wollte etwas für dich tun.«

»Du bist so süß. Warum bist du so süß?«

»Ich bin nicht süß«, wehrte er grollend ab.

»Und ein Softie.«

»Wenn du mich weiter so nennst, werde ich dir beweisen müssen, dass du dich irrst.«

»Ach ja?« Ich leckte mir über die Lippen. »Wie denn?«

Seine Hände glitten sanft über meinen Hals. Die sinnliche Wärme seiner Finger ließ mich erschauern. Wow, wie ich ihn vermisst hatte.

»Weißt du noch«, flüsterte er mir ins Ohr, »was das letzte Mal passiert ist, als du mir diese Frage gestellt hast?«

»Nein. Was denn?«

»Da warst du auf allen vieren.«

Scherzhaft versetzte ich ihm einen Klaps. Er lachte.

»Ich würde gern dein Schlafzimmer streichen.«

Der Themenwechsel verblüffte mich. »Aber nicht jetzt, oder?«

»Möchtest du, dass ich es jetzt tue?«

»Selbstverständlich nicht. Jetzt will ich dich ...« Ich schmiegte das Gesicht an seinen Hals. »... hier haben.«

»Lass es nicht von jemand anderem streichen.«

Ich grinste. »Vom wem, zum Beispiel?«

»Kara.« In seinem Ton lag eine Warnung.

Ich verdrehte die Augen. »Hör endlich auf damit. Damon ist Dylan, klar?«

Er erwiderte nichts darauf. »Weißt du übrigens, dass ich auch ein Piercing habe?«

Ich kicherte. Ich konnte nichts dagegen tun. »Tatsächlich? Wo?«

»Warum findest du es nicht selbst heraus?«

»Okay. Das könnte aber eine Weile dauern.«

Er lehnte sich auf der Couch zurück und verschränkte die Hände hinterm Kopf. »Tja, dann solltest du wohl mal anfangen.«

26. Kapitel

Kara

Immer wenn ich Cameron in grüblerischer Stimmung erlebte – was viel zu oft vorkam –, zwang ich mich, geduldiger zu sein. Schließlich hatte er mir versprochen, mit mir zu reden, sobald er bereit dazu war. Und ich glaubte ihm.

Wenn ich merkte, dass Cameron sich innerlich von mir entfernte, ermutigte ich mich selbst zur Zuversicht. Er würde zurückkommen. Er sagte, er würde immer wieder zu mir zurückkommen. Und ich vertraute ihm.

Und wenn ich die Verzweiflung in seinen Küssen und Berührungen spürte, forderte ich mein Herz dazu auf, sich gefälligst zusammenzureißen. Denn was immer es war, das ihm diese Sorgen bereitete, es setzte ihm mächtig zu. Ich sagte mir, dass ich nur stark bleiben und durchhalten müsste, dann würde alles gut werden. Mir war klar, dass ich es ihm nur schwerer machen würde, wenn ich Forderungen stellte. Aber trotzdem …

Manchmal, im Schlaf, wollte er mich nicht loslassen. Er legte den Arm besitzergreifend um mich, mit einer Verzweiflung, die mir inzwischen vertraut war.

Sobald er mich losließ, glaubte ich Furcht in seinen Augen zu erkennen, als hätte er Angst, ich könnte verschwinden. Aber vielleicht bildete ich mir das auch nur ein. Wohin sollte ich auch gehen?

In den folgenden Monaten wurden Cameron und ich unzertrennlich. Er hatte mir seinen Hausschlüssel gegeben und ich ihm meinen. Wir schliefen bei ihm oder bei mir, wann immer unsere Termine es zuließen. Und selbst wenn nicht, fanden wir einen Weg. Cameron war so sehr zum Teil meines Lebens geworden, dass es mir vorkam, als wäre er schon immer da gewesen.

Ich konnte mir ein Leben ohne ihn nicht mehr vorstellen. So etwas sagte ich natürlich nicht leichtfertig. Diese Worte hatten Gewicht, denn mein Leben vor ihm war hart und erfüllt gewesen. Stets hatte ich meine Familie bei mir gehabt, aber da war niemand gewesen, mit dem ich ganz und gar zusammen war und alles teilte. Und den ich so sehr … liebte, so intensiv und intim, dass es mich völlig überwältigte. Es war geradezu beängstigend.

»Kara«, stöhnte er. »Tiefer.«

»Das sagt doch eigentlich sie«, murmelte ich.

Er lachte leise, und es wurde zu einem Stöhnen, als ich seiner Bitte nachkam.

Mit meinem Ellbogen.

Er lag auf dem Bauch auf dem Bett, alle viere von sich gestreckt, sodass er den Großteil des Platzes einnahm, während ich rittlings auf ihm saß und ihn massierte. Er wollte nichts anderes als meinen Ellbogen, da meine Finger angeblich zu zart waren und die Muskeln nicht tief genug durchkneten konnten. Manchmal musste ich sogar auf seinem Rücken herumtreten. Ich hatte Angst, ihm die Wirbelsäule zu brechen, doch er schien aus Stein gemacht und genoss es.

Allerdings waren meine Massagefähigkeiten nichts im Vergleich zu seinen. Seine Hände waren groß, mit langen, starken Fingern, und wenn die ihre magische Wirkung auf meinem Körper entfalteten, schmolz ich glatt dahin.

»Hast du deine Meinung darüber geändert, mit mir nach BC zu gehen?«, fragte er und stöhnte, während ich kreisende Bewegungen mit meinem Ellbogen auf seinem oberen Rücken machte.

Ich liebte es, ihn stöhnen zu hören, doch statt zu lächeln, runzelte ich die Stirn und starrte seinen dunklen Hinterkopf an. Wir hatten diese Unterhaltung schon mehrmals geführt. Nicht nur über British Columbia, sondern auch über andere Orte. Er schien an Fernweh zu leiden.

Es hatte im Winter begonnen, gleich zu Anfang des neuen Jahres. Jetzt hatten wir Sommer, und er redete immer noch davon. Ständig schlug er vor, die Stadt zu verlassen oder gleich ins Ausland zu ziehen. Ich wusste, er war beruflich viel unterwegs, aber ich hatte nicht angenommen, dass ihm das gefiel.

Eines Nachmittags an meinem freien Tag hatte ich die Baustelle besucht, auf der er arbeitete, und einen Imbiss für die Mannschaft mitgebracht. Bei dem Projekt handelte es sich um ein dreistöckiges Gebäude, knapp außerhalb der Stadtgrenze im Süden. Es war so heiß, dass die Luft vor Hitze flimmerte. Ich schwitzte, nachdem ich nur die kurze Strecke von meinem Wagen bis zum Eingang zurückgelegt hatte.

Ich war fasziniert, als ich Cameron auf dem Dach entdeckte, einen Werkzeuggürtel um die Hüften, mit angespannten Armmuskeln, schweißüberströmt und seiner Crew Anweisungen zurufend. Es war eine der aufregendsten Aussichten, die ich je genossen hatte. Ich war hin und weg und wollte schon mein Handy zücken, um es zu filmen, als jemand auf mich zukam.

»Er hasst Höhe.«

Ich musste mich von dem verlockenden Anblick losreißen, um mich Caleb zuzuwenden. Genau wie Cameron trug er kein Shirt und war verschwitzt – und sah genauso toll aus. Seine bronzefarbene Haut war nass vom Schweiß oder von Wasser, wahrscheinlich von beidem. Testosteron-Overkill.

Du meine Güte. Was essen diese Jungs? Die nehmen doch irgendetwas ein.

»Cameron hasst Höhe?«

»Ja. Hast du das mitgebracht? Wow, du bist klasse. Ich sterbe vor Hunger.«

»Gern geschehen. Warum ist er dann dort oben, wenn er Höhe nicht mag?«

Er zuckte mit den Schultern. »So ist er eben. Cool, oder?«

Ich schaute wieder zu Cameron und beobachtete ihn eine Weile. Er wirkte kein bisschen ängstlich, aber er war auch wirklich gut darin, seine Emotionen zu verbergen.

»Hey, Caleb?«

Er biss in ein Hühnerbein, kaute und schluckte, nahm eine Serviette und wischte sich den Mund ab. »Ja?«

»Cameron hat mich gebeten, mit ihm auf Reisen zu gehen.«

Er neigte den Kopf zur Seite. »Reisen wohin?«

»Überallhin. Er hat mich gefragt, ob ich mit ihm Urlaub machen will – außerhalb der Provinz, vielleicht im Ausland.«

Verblüfft hob Caleb die Brauen. »Reden wir hier über denselben Typen?«

»Komisch, oder?«

Er nahm einen großen Krug und trank lange. »Er ist nicht gern unter Leuten«, erklärte Caleb. »Wenn er eine Pause bräuchte, würde er aufs Land fahren. Sich an irgendeinem Ort verkriechen, von dem nicht einmal ich weiß.«

Cameron sagte, dass ich der einzige Mensch war, der sein Anwesen kannte, und der einzige, den er je mit dorthin genommen hatte.

»Er redet von diesem Projekt in BC«, sagte ich. »Er meinte, das könnte Monate dauern. Er hat mich gefragt, ob ich mit ihm dorthin ziehen will. Hat er das dir gegenüber erwähnt?«

»Er spricht nicht über seine Pläne.«

Ich seufzte.

»Ich habe durch Rick davon gehört. Ricks Freund hätte Cameron gern dort«, fuhr Caleb fort. »Es wäre ganz gute Werbung für Cameron, wenn er den Auftrag annähme. Würde auch einen ziemlich guten Verdienst bringen. Er kann es. Er hat schon mehrmals mit der BC-Crew gearbeitet.« Er lehnte sich mit der Hüfte gegen einen provisorischen Tisch und nahm noch ein Stück Huhn. »Seltsam ist nur, dass er überhaupt so weit weg arbeiten will. Normalerweise nimmt er keine Jobs außerhalb unserer Provinz an.«

Was hatte das also zu bedeuten? Ich schüttelte diese Gedanken ab, zusammen mit den Erinnerungen an jenen Besuch auf der Baustelle, und konzentrierte mich wieder voll und ganz auf Calebs Massage, indem ich meine Handballen in seinen Rücken stemmte. Ehrlich, ich fühlte mich schon schlecht, weil ich ständig Nein zu ihm sagte, also erklärte ich es ihm einfach noch einmal.

»Cam, du weißt doch, dass ich Dad und Dylan nicht allein lassen kann, besonders jetzt, wo in der Werkstatt so viel zu tun ist. Wir haben gerade erst einen weiteren Mechaniker eingestellt für Karosseriearbeiten. Ich habe das Gefühl, es wird immer verrückter. Was wirklich gut ist«, fügte ich hinzu.

All das hatte ich ihm schon vorher erläutert. Seit die Werkstatt ganz allein meiner Familie gehörte, wurden sämtliche Profite reinvestiert. Wir hatten neues Werkzeug, zwei zusätzliche Mechaniker und planten einen Anbau. Manchmal wollte ich nackt tanzen vor Freude. Das Geschäft boomte.

Es war außerdem ein seltsames Gefühl, all das gesparte Geld auf der Bank zu haben. Es lag seit Jahren auf meinem Sparkonto, damit ich eines Tages Andrew auszahlen konnte. Ich hatte es nie als mein eigenes Geld betrachtet.

Ich weiß noch, wie ich den Bankauszug an die Wand heftete, um mein Ziel ständig vor Augen zu haben. Und jetzt gehörte das ganze Geld mir. Mein Dad weigerte sich, etwas davon anzunehmen, und riet mir, ein neues Auto zu kaufen. Oder, dachte ich zunehmend gut gelaunt, ich könnte endlich mal shoppen gehen und mir Klamotten und Make-up kaufen. *Krieg dich ein.*

»Im Übrigen kann ich mein Team im Hof nicht im Stich lassen, bis Deb zurückkommt«, sagte ich.

Deb beabsichtigte, so bald wie möglich wieder zu arbeiten. Rick hatte mir versichert, dass er mich behalten würde, wenn ich Interesse hätte. Allerdings war ich jetzt auch in der Werkstatt ständig gefordert. Manchmal wünschte ich mir einen Roboter, den ich für all die vielen Aufgaben programmieren könnte. Oder einen Klon. Müssten die nicht mittlerweile erfunden sein? Cameron würde das sicher gefallen.

Da Deb höchstwahrscheinlich früher aus dem Mutterschutz zurückkommen wollte, überlegte ich, demnächst bei der Baufirma aufzuhören. Natürlich nur, wenn sie mich dort nicht mehr brauchten.

»Du weißt auch, dass ich Talas Haus nicht einfach für länger leerstehen lassen kann«, fügte ich hinzu.

Cameron stöhnte und drehte sich vorsichtig auf den Rücken. Ich setzte mich auf die Matratze, doch er umfasste meine Taille und hob mich an, sodass ich auf ihm saß.

Er zog mich ein Stück zu sich herunter, umfasste meinen Nacken und streichelte mit den Daumen meine Wangen. »Nur für den Fall, dass du deine Meinung änderst«, sagte er.

»Werde ich nicht.«

Er sah so gebräunt aus von der Arbeit unter freiem Himmel, und manchmal bekam er auch einen Sonnenbrand. Mittlerweile war ich zu der fürsorglichen Freundin mutiert, die ihren Freund ständig daran erinnerte, genug Wasser zu trinken und Sonnencreme aufzutragen. Sollte er vielleicht Hautkrebs bekommen? Und wenn er vom Dach fiel? Was, wenn er von Aliens entführt wurde? Mist.

Cameron hatte mehr denn je zu tun. An manchen Abenden, wenn er spät von der Arbeit heimkam, sah er so erschöpft aus, dass er die Augen kaum lange genug offen halten konnte, um noch zu duschen und zu essen, bevor er ins Bett fiel. Trotzdem schaffte er es stets, mich mitten in der Nacht zu wecken und mich dazu zu bringen, vor Lust zu schreien.

Ich begehrte ihn so sehr, wie er mich begehrte, und es schien kein Ende in Sicht. Kaum hatten wir miteinander geschlafen, wollte ich ihn schon wieder. In den Nächten, in denen wir nicht zusammen sein konnten, empfand ich tiefe Traurigkeit, wann immer ich die Hand zur leeren Seite des Bettes ausstreckte.

Ich versuchte mich aufzusetzen, doch Camerons starke Hände hielten mich in der Position, in der ich mich befand. Seine Finger streichelten meinen Nacken. Seine blauen Augen verdunkelten sich, und ich wusste, er wollte etwas sagen, hielt es jedoch zurück.

»Was ist, Cameron?«

Als er nicht antwortete, drehte ich den Kopf zur Seite. Sein Griff lockerte sich etwas, sodass ich seine Hand küssen konnte. Ich hörte ihn tief einatmen.

»Kara.«

»Hier bei dir.«

Er zog mich näher an sich, küsste mich zärtlich, strich mit der Zunge über meine Lippe, neckte mich. Ich klammerte die Beine um ihn und rieb mich an seiner nackten Haut. Ich war feucht, und er wusste es.

Sein Kuss wurde leidenschaftlicher, und ich hörte ihn stöhnen. Aber ich wusste auch, wie erschöpft er war. Heute Morgen war er um vier aufgewacht, um fünf aus dem Haus gegangen und erst um sieben Uhr abends wieder heimgekommen. Jetzt war es zehn, und ich wusste, dass er morgen erneut um vier aufstehen musste. Ich löste mich von ihm.

»Du musst schlafen«, sagte ich.

»Nein.« Er zog mich wieder an seine Lippen. Diesmal war ich diejenige, die stöhnte. »Ich brauche etwas anderes.«

Ich grinste – wow, ehrlich – und gab ihm scherzhaft einen Klaps auf die Wange, als er eine Hand unter mein T-Shirt schob. »Kriegst du später. Schlaf erst mal.«

»Na gut.«

Er umfasste meine Hüften und hob mich mit einer solchen Leichtigkeit von sich herunter, dass ich überrascht war. Er setzte mich aufs Bett, drehte sich auf den Bauch und den Kopf von mir weg.

Ich saß da und beobachtete, wie seine Rückenmuskeln sich hoben und senkten. Grinsend schwang ich die Beine aus dem Bett, doch ehe ich aufstehen konnte, legte er einen starken Arm um meine Taille und zog mich zurück. Genau wie ich es vorausgesehen hatte.

Ich grinste schon wieder – verdammt! –, und er richtete sich auf, lehnte sich ans Kopfteil des Bettes und hob mich auf seinen Schoß.

»Wo wolltest du denn hin?«, flüsterte er.

»Nirgends.« Mir fiel das Atmen ein bisschen schwer, als er anfing, an meinem Ohr zu knabbern.

»Du hast viel zu viele Sachen an«, sagte er.

Ich biss mir auf die Unterlippe und nahm die Arme hoch, damit er mir das Shirt ausziehen konnte.

»Was ich schon immer mal fragen wollte«, begann er und strich spielerisch mit dem Finger über mein Schlüsselbein, über meine Brüste, aber nie bis dort hinunter, wo ich von ihm geleckt, zart gebissen und gesaugt werden wollte. Sein Mund war reinste Magie.

»Du willst ausgerechnet jetzt reden?«

Er lachte leise, sein Blick wanderte von meinen Lippen abwärts zu meinen Brüsten. »Die Sachen, die du trägst, passen immer zusammen.«

»Du meinst meinen BH und den Slip?« Ich schnappte nach Luft, als er den Finger nach unten wandern ließ, dann unter meinen BH und sanft meine Spitzen massierte. Ich stöhnte.

»Ja. Ich werde hart, besonders wenn du diese Sachen da anhast. Weiß und aus Spitze.«

»Stella McCartney«, hauchte ich. »Ich besitze lediglich zwei Sets. Ich werde mir noch eins zulegen. Können wir jetzt weitermachen?«

Er hob eine Braue. »Sind wir ein bisschen ungeduldig?«

»Ich …«

»Und ich dachte, du willst, dass ich schlafe.«

Ehe ich etwas erwidern konnte, legte er meine Beine um seine Taille und bog mir sein machtvolles Becken entgegen. Gleichzeitig küsste er mich besitzergreifend, was mein Verlangen, ihn in mir zu spüren, nur noch mehr anfachte. Ich klammerte mich an seine breiten Schultern und zeigte ihm, wie sehr ich ihn begehrte.

Ohne den Kuss zu unterbrechen, drückte er mich sanft aufs Bett, sodass er über mir war. Seine starken Hände hielten meine Handgelenke über meinem Kopf fest. Erst dann löste er seine Lippen von meinen.

»Kara.«

»Ja?«

Dann flüsterte er mir ins Ohr: »Bist du bereit?«

»Wofür?«

»Ich werde dich jetzt vögeln.«

Nachdem er mich dreimal dazu gebracht hatte, vor Lust aufzuschreien, schlief ich auf ihm ein.

Ich öffnete die Augen, da ein verzweifelter Laut mich geweckt hatte. Neben mir atmete Cameron schwer. Er redete im Schlaf. Ich versuchte zu verstehen, was er sagte, doch er sprach leise und gequält.

Durch die Fenster fiel genug Licht herein, um zu erkennen, dass seine Stirn schweißbedeckt war. Er lag ausgebreitet auf dem Bett, bewegte sich jedoch nicht, als wäre er gelähmt. Seine Arm- und Halsmuskeln traten hervor, als ob er im Traum gegen Ungeheuer kämpfte.

»Cameron.« Ich schüttelte ihn.

Es war nicht das erste Mal, dass ich Zeugin eines seiner Albträume wurde, doch es machte mir jedes Mal aufs Neue Angst.

»Cameron, wach auf.«

Er machte die Augen auf. Ich sah Panik und Entsetzen in ihnen, bevor er den Kopf zur Seite drehte, weg von mir. Er rührte sich nicht, sprach nicht. Seine Atmung war noch immer beschleunigt, aber schon etwas ruhiger, als versuchte er sie zu kontrollieren, als versuchte er, sich nichts anmerken zu lassen.

Wovon hatte er geträumt?

»Es war nur ein Albtraum, Cam«, sagte ich beruhigend. »Es ist alles gut.«

Ich wusste, dass er jetzt nicht berührt werden wollte. Ich hatte es einmal versucht, und da schubste er mich weg. Die Erfahrung lehrte, dass es am besten war, ihn nach einem Albtraum erst einmal in Ruhe zu lassen. Als er sich im Bett aufsetzte, mit dem Rücken zu mir, sich über das Gesicht wischte und aufstand, ließ ich ihn.

Mit Cameron zusammen zu sein war so, wie einen Ozean in den Händen zu halten. Überwältigend und wundervoll, aber unmöglich einzugrenzen. Ich hatte den aufregendsten, schönsten und geheimnisvollsten Mann, und den würde ich nie mehr gehen lassen. Manchmal jedoch fragte ich mich, ob er mich gehen lassen würde.

Besonders wenn so etwas wie jetzt passierte. Die Albträume kamen häufiger, und das bereitete mir Sorge. Ich hatte ihm schon früher vorgeschlagen, einen Therapeuten aufzusuchen, aber davon wollte er nichts wissen.

Ich fand ihn in seinem Arbeitszimmer am Schreibtisch. Mit nacktem Oberkörper und in seiner grauen Jogginghose, die langen dunklen Haare noch feucht von der Dusche. Ich beobachtete ihn einen Moment, bevor ich an die offene Tür klopfte.

»Hi.«

Er schaute über die Schulter. »Kara.«

Ich lächelte, aber er erwiderte es nicht. Er schaute mich nur an, während ich auf ihn zuging. Als ich erkannte, was er in der Hand hielt, blieb ich stehen. Es war mein blaues Haarband.

Jetzt lächelte auch er, zog die Schublade auf und legte das Haarband hinein. Ich setzte mich auf seinen Schoß und schlang ihm die Arme um den Nacken.

»Du hast mein Haarband noch?«

»Ja.«

»Cam?«

»Hm?«

»Ist alles in Ordnung mit dir?«

»Ja. Tut mir leid wegen dem Traum.«

»Ich weiß nicht, was ich tun soll. Du solltest mit jemandem reden.«

»Ich brauche niemanden, der mich auseinanderpflückt. Das machst du schon ganz gut.«

Ich warf ihm einen tadelnden Blick zu. Es ärgerte mich, wie er das sagte. »Gib ruhig noch mehr dummes Zeug von dir.«

»Dumm?«

Ich stand auf und schob ihn weg, doch er legte die Arme um mich.

»Entschuldige«, sagte er sanft. »Schlechte Stimmung.«

Meine Schultern verkrampften sich. Ich war noch immer verärgert. Ich sorgte mich um ihn, doch wenn ich ihm dann vorschlug, er solle sich professionelle Hilfe suchen, machte er eine abfällige Bemerkung. Dann hatte ich den Eindruck, er wäre sich selbst egal.

»Bei dir stört es mich nicht«, fügte er nach einer Weile hinzu.

Prompt entspannten sich meine Schultern wieder. »Du hast mir ja noch gar nichts erzählt.«

Er schwieg.

»Erinnerst du dich immer noch nicht? Überhaupt keine Details?« Zu gern hätte ich ihm geholfen.

Er schüttelte den Kopf. Als ich ihn das erste Mal nach seinen Albträumen gefragt hatte, meinte er, er könnte sich nur an das Gefühl des Schreckens erinnern. An sonst nichts.

»Alles gut. Ich habe dir doch gesagt, dass ich den Inhalt des Traumes vergesse, sobald ich aufwache.«

»Na schön.« Ich seufzte und warf einen Blick auf den Bildschirm. »Das BC-Projekt?«

»Ja.«

»Wenn du das wirklich machen willst, musst du es tun.«

»Ich will nicht weg von dir.«

»Wir kriegen das schon hin.«

Er ergriff eine Strähne meines Haars und rieb sie zärtlich. »Es kommt nicht infrage, wenn du mich nicht begleitest.«

Ich gab einen frustrierten Laut von mir. »Du weißt, ich kann nicht.«

»Dann werde ich es nicht machen. Ist nicht so schlimm, Kara. Es gibt ständig neue Projekte.«

»Aber ich habe das Gefühl, dass ich dich aufhalte.«

»Du hast mich nie aufgehalten. Nicht ein einziges Mal.«

»Aber …«

»Genug. Ich will nicht mehr darüber reden.«

»Nun, ich schon.«

Er stieß einen tiefen Seufzer aus.

»Was?« Ich sah ihn herausfordernd an.

»Begreifst du denn nicht?« Er strich mir übers Haar, und ich hatte den Eindruck, dass er mich ebenso sehr zu trösten versuchte wie sich selbst. »Mich hat das alles schon nicht richtig interessiert, bevor ich dich kennengelernt habe. Ich hatte mehr, als ich brauchte.«

»Warum machst du es dann überhaupt?«

»Weil ich dich habe«, antwortete er schlicht. »Alles, was ich ab jetzt tue, ist für dich.«

Ich schaltete das Radio ein und suchte einen Song, der zu meiner Stimmung passte. Als jemand darüber sang, es mit vielen Frauen zu treiben, gab ich auf und wählte die Nachrichten.

Cameron war gestern aufgebrochen. Ein Job. Er würde drei Tage und zwei Nächte fort sein, und ich vermisste ihn jetzt schon. Ich hatte ihm beim Packen geholfen, denn hätte ich es ihm überlassen, hätte er bloß Kleidung zum Wechseln eingepackt. Ich legte eine Flasche Sonnencreme dazu, eine Flasche Tylenol, sein Handyladegerät, Bargeld für alle Fälle, Lippenbalsam und einige andere Dinge, die ich für notwendig hielt. Er lachte, als er sah, was alles in der Tasche war, dann zuckte er nur die Achseln und küsste mich zum Abschied.

Die Sonne drohte meine Augäpfel zu verglühen, daher klappte ich die Sonnenblende herunter und wollte gerade meine Sonnenbrille aus dem Handschuhfach nehmen, als mir wieder einfiel, dass ich ja Camerons Pick-up fuhr.

Mein treuer zweiundzwanzig Jahre alter Honda war Schrott. Rick hatte ein paar neue Radladerfahrer eingestellt, und einer von denen war auf dem Parkplatz vom Hof aus Versehen rückwärts über meinen Wagen gefahren. Totalschaden. Zum Glück saß ich nicht drin, als es passierte, sonst wäre ich jetzt Vogelfutter. Das war vor fast zwei Wochen gewesen. Ich hatte keine Ahnung, was Cameron zu dem Fahrer gesagt hatte, aber der hatte sich seither von mir ferngehalten.

Da Cameron zwei Pick-ups besaß – seinen privaten und einen dienstlichen –, ließ er mich seinen fahren, bis ich mir wieder ein eigenes Auto angeschafft hatte. Sein privater Pick-up war tadellos in Schuss. Offenbar fuhr er ihn kaum. Sogar das Leder roch noch neu. Die Sitze waren weich, die Klimaanlage ein Segen, der V-8-Motor ein Traum. Ich hatte schon ganz vergessen, wie sich ein nagelneuer Wagen fuhr. Ich fühlte mich toll.

Als ich im Radio Neuigkeiten über eine Einbruchserie in der Gegend meines Dads hörte, drehte ich lauter. Die Täter waren noch nicht gefasst. Man vermutete, dass die Diebstähle von einem Mann und einer Frau begangen wurden.

»Hey, Dad«, grüßte ich beim Betreten der Werkstatt. Mein Vater wischte den Boden und bemerkte mich zuerst gar nicht.

»Hey, Kara Koala. Guten Morgen. Hast du schon gefrühstückt?«

»Ich hatte Toast.«

»Kaffee?«

»Ja. Und du?«

»Wie bitte, Liebes?«

Ich runzelte besorgt die Stirn. In letzter Zeit war mein Dad oft nicht bei der Sache. Genau genommen seit dem Fiasko mit seinem Bruder Andrew wegen der Anteile an der Werkstatt.

Manchmal war er komplett still und starrte vor sich hin, ehe er wieder in die Realität zurückkehrte. Ich wusste, dass er seine Geschwister sehr liebte, aber ich verstand nicht, dass er ausgerechnet für Andrew eine besondere Schwäche hatte, auch wenn er das nicht zugab.

»Hey, Kar.« Dylan kam herein und legte einen Stapel Druckerpapier auf meinen Schreibtisch. Die eine Seite seines Gesichts wies Schlafabdrücke auf. In den vergangenen Monaten hatte er mit Cameron und Caleb trainiert und dadurch seinen Babyspeck verloren. Seine Gesichtszüge waren markanter, und er hatte sogar erste Anzeichen des Sixpacks, das er unbedingt gewollt hatte und laut Dad jedes Mal zeigte, wenn er aus dem Fitnessstudio kam. »Hier, das wolltest du doch haben.«

»Danke«, sagte ich. »Hey, habt ihr schon von den Einbrüchen gehört?«

»Ja, es läuft ständig in den Nachrichten.« Dylan lächelte selbstzufrieden und kratzte sich die Nasenspitze.

»Was?«

»Hab überall Kameras installiert. Cam kennt einen Typen, der uns einen super Preis für die Installation gemacht hat.«

»Na klar.« Cameron hatte auch darauf bestanden, bei mir Kameras zu installieren, noch vor den Einbrüchen. Aber ich wollte auf keinen Fall dort welche, wo ich wohnte. Das wäre mir wie eine Verletzung meiner Privatsphäre vorgekommen.

»Okay, ich gehe nachher mit einem Freund essen, Dad. Warte also nicht auf mich.«

»Wer ist dieser Freund?«, wollte ich wissen.

»Ach, halt jemand, mit dem ich abhänge.« Dylan grinste und ging.

Dad war der Meinung, dass Dylan sich seit dem Vorfall mit meiner Mutter wegen der Anteile an der Werkstatt verändert hatte. Das war mir auch aufgefallen. Er plapperte nicht mehr so viel und wirkte manchmal grüblerisch. Doch Dad versicherte mir, er wäre nicht besorgt deswegen, denn letztlich stärke Kummer den Charakter.

»Kara, du solltest auch vorsichtig sein. Besonders wenn du abends nach Hause kommst. Dort, wo du jetzt wohnst, kann ich dich nicht beschützen«, sagte mein Vater.

»Das ist kein Problem. Cameron übernachtet meistens dort.«

»Aha.«

»Du willst mir hoffentlich nichts über Bienen und Blumen erzählen, oder?«

Mein Dad errötete. »Ach, ich bitte dich, Kara.«

Ich lachte. »Schon gut, Dad. Ich kann mich selbst beschützen.«

»Trotzdem. Installiere eine Alarmanlage. Wir haben diese Kameras in der Werkstatt angebracht, die Dylan mit seinem Smartphone überprüfen kann.« Er kratzte sich am Kopf. »Ist das nicht irre? Die ist ein einziger großer Roboter.«

»Es ist das Internet, Dad, plus …«

Dylan öffnete die Tür ein Stück und steckte den Kopf herein. »Ich habe Camerons Pick-up draußen gesehen. Fährst du ihn noch oder ist Cameron hier?«

Ich verdrehte die Augen. »Ich fahre ihn immer noch.«

Er zog eine Schnute. Dylan mochte sich verändert haben, aber seine welpenhafte Verehrung für Camaron war noch dieselbe.

»Du solltest mich den mal fahren lassen«, schlug er vor.

»Warum?«

»Warum nicht?«

»Da musst du ihn schon selbst fragen.«

Er zog wieder eine Schnute und verschwand.

»Ich mache vorne mal für die Kunden auf, okay, Liebes?«

»Okay, Dad. Lass es ruhig angehen.«

»Mach ich.«

Ich stutzte, als ich zwei zusammengefaltete Tücher auf dem Tresen entdeckte. Dad hatte sie vergessen. Ich nahm eines, sprühte es mit Desinfektionsmittel ein und fing an zu wischen.

Als die Klingel über der Tür läutete, schaute ich auf. Willkommen, erster Kunde des Tages, dachte ich und setzte ein Lächeln auf. Es verschwand, als ich Andrew auf mich zutorkeln sah. Er schwankte nach rechts und nach links und hielt sich an einem Schaukasten für Autoteile fest. Als er näher kam, hielt ich mir die Nase zu. Er stank nach Alkohol. Mit vor Wut verzerrtem Gesicht hob er den Finger und zeigte auf mich.

»Du! Sag ihm, er soll mir Charity zurückbringen! Sag es ihm!«

Wovon zur Hölle spricht er?

»Du bist betrunken, Andrew.«

»Ach was. Was glaubst du wohl, wessen Schuld das ist? Er hat versprochen, es nicht meiner Frau zu sagen. Er hat es versprochen!«, schrie er, Spucketröpfchen verteilend.

»Was sollte er Charity nicht verraten? Ich habe überhaupt keine Ahnung, wovon du redest.«

Er lachte bitter. »Du glaubst, ich wüsste nicht, dass du und dein Freund hinter meinem Rücken lacht? Du und deine ganze Familie?«

»Ich weiß wirklich nicht, was du mir vorwirfst.«

»Er ist immer hier, oder? Ich habe seinen Pick-up draußen gesehen. Sag ihm, er soll sofort herkommen! Sofort, Kara.«

»Wenn du nicht augenblicklich verschwindest, werde ich die Polizei rufen.«

»Charity hat mich verlassen! Vor Monaten. Behaupte bloß nicht, du hättest es nicht gewusst. Lügnerin. Er hat gewartet, bis du alle Anteile besitzt, und dann hat er mich fertiggemacht. Jetzt kriegt er, was er verdient. Und ob! Pass gut auf.«

»Andrew.« Ich biss die Zähne zusammen, als ich die Stimme meines Dads hinter mir hörte. Das war das Letzte, was er momentan brauchte.

»Oh, und da kommt mein Engel von einem Bruder. Der nie etwas falsch macht«, stieß er verbittert hervor und starrte meinen Vater an. »Das hast du mir stets an den Hals gewünscht, oder? Du wolltest mich schon immer ruinieren. Dein Wunsch ist in Erfüllung gegangen, Mike. Was willst du mir noch wegnehmen? Meine

Frau ist gegangen, meine Kinder hassen mich, ich besitze nicht einmal mehr die Werkstatt. Du Arsch!«

»Andrew, du bist betrunken«, stellte mein Dad ruhig fest. »Warum gehen wir nicht raus und besorgen dir etwas, was dich wieder nüchtern macht? Wir können darüber reden, was dich belastet.«

»Ich hasse dich«, murmelte Andrew. »Ich hätte euch alle verhungern lassen sollen. Ich bereue jeden Cent, den ich euch gegeben habe. Jeden Cent.«

Er schlug mit der Faust auf den Tresen, warf uns einen giftigen Blick zu und machte auf dem Absatz kehrt, um hinauszuwanken. Als er fort war, lehnte Dad sich erschöpft gegen den Tresen. Alarmiert stützte ich ihn.

»Dad, ist alles in Ordnung mit dir?«

»Nur ein wenig schwindelig, Liebes. Ich muss mich kurz hinsetzen.«

»Ich hole dir Wasser. Setz dich hier hin. Da, trink.« Ich half ihm, einen Schluck zu trinken. »Trink es aus, Dad.« Besorgt beobachtete ich, wie er das Glas leerte. »Hast du heute schon deine Herztabletten genommen?«

»Natürlich. Keine Sorge. Ich muss nur wieder zu Atem kommen.«

»Andrew ist betrunken. Er macht gerade eine schwierige Zeit durch. Gibt allen die Schuld, nur nicht sich selbst. Hör nicht auf ihn, Dad. Er hat sich das alles selbst zuzuschreiben.«

»Danke, Liebes.«

»Geh doch ins Haus und leg dich hin.«

Er schüttelte den Kopf. »Nein, nein, alles gut. Ich bin ohnehin fast fertig mit diesem Auftrag. Hör auf, dir Sorgen zu machen.«

An diesem Abend aß ich mit Dad. Er war still und angespannt. Ich versuchte, ein Gespräch mit ihm zu führen, aber er wirkte erschöpft. Ich sah mir mit ihm noch etwas im Fernsehen an, dann ging er zu Bett.

Alles würde gut werden. Wir hatten schon härtere Zeiten durchgemacht.

Ich versuchte Charity anzurufen, aber niemand meldete sich. Schweren Herzens setzte ich mich in Camerons Pick-up und ließ die Gedanken in meinem Kopf umherwirbeln. Als mein Handy klingelte, erschrak ich.

»Kar, du Bitch. Ich vermisse dich.«

Es war Tala. Ich grinste. Wir plauderten eine Weile. Ich berichtete ihr alles über die Renovierungsarbeiten am Haus, dass die Werkstatt großartig lief, und erzählte ihr von mir und Cameron. Die schlechten Dinge ließ ich weg.

»Ich bin gerade unterwegs, um noch ein paar Topfpflanzen zu kaufen, bevor ich nach Hause fahre. Ich rufe dich nachher noch mal an, wenn ich sie habe. Wir können per FaceTime telefonieren, während ich sie aufstelle.«

»Klingt gut. Hier ist es ohnehin erst morgens. Ich warte auf dich.«

»Okay.«

Am Ende kaufte ich mehr, als ich vorgehabt hatte. Es gab so viele schöne Blumen. Ich konnte mich zwischen Ringelblumen und Hortensien nicht entscheiden, also nahm ich beide. Dazu noch Lilien und Lupinen. Ich kaufte eine für Dad und eine für Cameron.

Als ich die Veranda betrat, hatte sich meine Stimmung erheblich verbessert. Ich bückte mich, um meine Einkäufe abzustellen, und erstarrte. Die Blumentöpfe, die ich schon gekauft hatte, waren zerbrochen und lagen überall herum. Erde und ausgerissene Blüten und Stängel lagen verstreut, als hätte ein wütendes Kleinkind sich ausgetobt.

Was ist hier los?

Meine Haustür war nur angelehnt, daher schnappte ich mir den Baseballschläger, den mein Dad hinter der Verandabank versteckt hatte. Mit zitternden Knien trat ich leise ein.

Alles schien an seinem Platz zu sein. Hatte ich etwa nur vergessen, die Haustür richtig abzuschließen? Hatte der Wind die Blumentöpfe umgeweht? War meine Reaktion übertrieben?

Nein, Dummkopf. Benutz deinen Verstand. Hast du denn nicht genug Krimis mit deinem Dad zusammen gesehen, als du klein warst?

Dann entdeckte ich, dass meine Schlafzimmertür halb offen stand, und wich zurück. Die machte ich immer zu. Unter gar keinen Umständen konnte ich das vergessen haben.

»Scheiße«, fluchte ich leise vor mich hin und rannte aus dem Haus.

Das Geräusch splitternden Glases stoppte mich. Mit klopfendem Herzen drehte ich mich um.

Verdammt.

27. Kapitel

Cameron

Es hatte weder Anfang noch Ende. Falls doch, bekam ich es jedenfalls nicht zu sehen. Stets fühlte es sich an, als würde ich inmitten eines Kriegschaos erwachen. Bilder schossen mir durch den Kopf, schnell und verschwommen wie ein Zug, der in die Hölle raste.

Und dann nichts. Die folgende Stille war nie beruhigend, sondern bedrohlich.

Auf einmal war ich wieder Kind, unter meine Decke gekuschelt, ein Stofftier an meine Brust pressend. Hier verbarg mich die Dunkelheit nicht. Hier war die Dunkelheit nicht mein Freund, sondern ein Feind. Ich spürte die Gegenwart einer Person, und die war böse und finster.

Schritte, die näher kamen. So nahe, dass ich anfing zu zittern. Ich wollte mich zusammenrollen, aber das war nicht gestattet. Ich war wie erstarrt, wie gelähmt. Ich versuchte die Augen zu schließen, aber auch das durfte ich nicht.

»Wach auf«, zischte jemand.

Aber ich war schon wach. Wach in diesem Albtraum, aus dem ich nicht entkommen konnte.

»Hilfe!«, schrie jemand.

Die Stimme kam mir vertraut vor. Ich hatte sie schon vorher gehört, von Beginn an. Wie hätte ich sie nicht wiedererkennen sollen?

»Bitte!«

Da war etwas bei mir unter der Decke. Und das wollte Blut.

Dann ein Schuss. Etwas zwang mich aus dem Bett. Ich hörte mich vor Schmerz schreien. Ich stolperte, fiel. Es tat weh. Meine Schulter schmerzte. Tränen brannten mir in den Augen.

»Cameron, Baby, wo bist du?«

Ich bin hier! Ich schrie es, aber meine Stimme war weg. Jemand beobachtete mich in der Dunkelheit. Furcht hielt mich gepackt, als ich mich zwang, zur Tür zu gehen. Mit zitternden Händen drehte ich den Türknopf. Das Knarren der sich öffnenden Tür veranlasste mich, mein Stofftier fester an mich zu pressen.

Kalt, so kalt. Der Fußboden unter meinen Füßen, die Luft auf meiner Haut. Ich hörte das Geräusch meiner Schritte, während ich rannte, rannte, rannte. Ich spürte die Tränen auf meinen Wangen, schmeckte Blut im Mund, weil ich mir so fest auf die Lippe biss.

Wieder hörte ich die vertraute Stimme, die mich rief, nein, jetzt schrie sie verzweifelt. *Woher kommt sie?*

Da, ein Lichtschein unter der Tür. Plötzlich flog diese Tür auf, und da stand Raven. Sie hatte Angst. Ihre Augen waren vor Schreck geweitet, und der Ausdruck in ihnen weckte in mir den Wunsch, sie zu beschützen.

Sie hielt eine Pistole in den Händen, die war auf irgendetwas gerichtet. Auf irgendjemanden. Es war so dunkel, so dunkel, dass ich nicht erkennen konnte, wer auf der anderen Seite stand. Meine Haut fühlte sich kalt an, klamm, und ich wollte weg, doch das Entsetzen hielt mich gepackt, sodass ich mich nicht bewegen konnte.

Raven feuerte die Waffe ab. Ein Schuss nach dem anderen peitschte, ohrenbetäubend laut. Warum hörte sie nicht auf? Ich kniff die Augen fest zu. *Bitte hör auf! Ich will das nicht.*

Plötzlich war die Waffe auf mich gerichtet. Furcht glitt meine Wirbelsäule hinunter. Ich machte den Mund auf, aber es kam nichts heraus. Ich sank auf die Knie, hielt mein Stofftier umklammert. Der hilflose Versuch eines Kindes, sich zu schützen.

»Sieh, was du für Mommy getan hast«, flüsterte Raven in der Dunkelheit.

Was getan?

Ich wimmerte, als ich etwas in den Händen fühlte, das noch kälter war als die Luft. Es war schwer und hatte den Duft des Todes.

Ich blickte auf meine Hände und schrie vor Entsetzen auf. Das Stofftier war fort. Blut, so viel Blut. Auf meinem Shirt, auf meiner Haut. Und in der Hand hielt ich eine kleine silberne Pistole.

Ein weiterer Schrei blieb mir im Hals stecken und drohte mich zu ersticken. Entsetzt schleuderte ich die Pistole von mir. Sie landete klappernd auf dem Boden, und das Geräusch traf scharf auf meine Ohren, wie eine Klinge, die ins Fleisch schnitt.

Wieder und wieder hörte ich Raven sagen: »Du hast es für Mommy getan. Du hast es für Mommy getan.«

Nein.

Nein, hatte ich nicht.

Hatte ich nicht.

»Cameron.«

Ich wachte auf, als Kara meinen Namen rief.

Der Schweiß auf meiner Haut fühlte sich kalt an. Etwas zog mich zurück in den Schlaf und sagte mir, dass es sinnlos war, dagegen anzukämpfen. Meine Lider waren schwer, ich fühlte mich benommen. Drohte in diesen schrecklichen Albtraum zurückgezogen zu werden.

Nein. Nicht mehr, verdammt.

Durch schieren Willen gelang es mir, mich im Bett aufzusetzen. Außer mir, außer Atem. Mit wild hämmerndem Herzen. Ich lehnte mich nach vorn und stützte die Ellbogen auf die Knie. Fuhr mir mit der Hand über den Mund und durch die Haare. Blieb einen Moment so sitzen.

Kara.

Ich schaute über meine Schulter und streckte die Hand nach ihr im Bett aus, bis mir einfiel, dass dies die erste Nacht war, in der ich wegen des Projekts nicht zu Hause war. Es war schwerer, wenn sie nicht bei mir war.

Als mein Herzschlag und meine Atmung sich beruhigt hatten, schaltete ich die Lampe an. In dem kleinen, beengten Zimmer standen zwei Einzelbetten. Caleb schlief wie ein Toter, das Licht störte ihn nicht. Meine Crew und ich wohnten in dem einzigen Motel des Ortes, und wir sollten drei Tage und zwei Nächte bleiben, ehe die andere Crew uns ablöste.

Das Bett war schmal, und ich bekam darin noch schlimmere Rückenschmerzen, als ich sie ohnehin schon hatte. Das Badezimmer hatte die Größe einer Saftpackung. Mein Pinkelstrahl war dichter als das aus der Dusche tröpfelnde Wasser, und schon wieder stieß ich mir den Ellbogen an der Wand der Duschkabine. Aber ich klagte nicht. Es konnte übler kommen als das hier, wenn wir in entfernteren Gegenden waren.

Ich war dankbar, dass es überhaupt fließend Wasser gab. Rick sorgte dafür, dass wir Wohncontainer hatten, wenn keine freien Zimmer in der Nähe einer Baustelle verfügbar waren, aber manchmal mussten wir auch zelten.

Ich wickelte mir ein Handtuch um die Hüften und verließ das Badezimmer. Das Licht im Schlafzimmer brannte noch, und Caleb hatte sich nicht gerührt. Ich suchte nach Kleidung in meinem Rucksack, und als ich die beiden riesigen Sandwiches entdeckte, die Kara mir in einer Tupperdose eingepackt hatte, entspannte ich mich ein wenig. Vermutlich hätte ich die Sandwiches in den Kühlschrank legen sollen, wie sie es mir gestern geraten hatte, aber ich hatte es vergessen. Wir waren sofort nach dem Einchecken an die Arbeit gegangen und hatten vorher nur rasch unsere Sachen in die Motelzimmer gestellt.

Bei dem Gedanken an Essen wurde mir flau im Magen, trotzdem verstaute ich die Sandwiches erst mal im Kühlschrank. Ich sah das Display meines Handys aufleuchten, ignorierte es jedoch und ging hinaus.

In Zeiten wie diesen wünschte ich, ich hätte eine Zigarette. Stattdessen begann ich meine Joggingrunde um den Block. Das Rauchen hatte ich schon in der Highschool aufgegeben, weil Rick mir damit ständig im Nacken saß. Schon seltsam, wie ein Verlangen nach all den Jahren plötzlich wieder aufflackern konnte.

Draußen war es noch dunkel, aber immerhin gab es Licht genug, um die leere Straße zu erkennen und mir nicht das Genick zu brechen. Der kleine Ort war umgeben von Wäldern und ebenen Feldern. Überall Kühe und Pferde, und in der Luft lag der Geruch von grünem Gras und Dung. Das machte mir nichts aus. Wir befanden uns fünfeinhalb Stunden von der Stadt entfernt, weit draußen auf dem Land, aber mir gefiel es hier. Es war ruhig und friedlich.

Ich verlangsamte mein Tempo und versuchte meine Atmung nach dem Lauf zu kontrollieren. Schon bald würde es heiß wie in der Hölle sein, doch jetzt war die Luft noch kühl.

Raven. Und ein Kind. Ich versuchte mich an mehr aus diesem Albtraum zu erinnern, aber da war nichts.

War ich das Kind? War es jemand anderes? Warum besaß ich keine Erinnerung daran?

Weil es nur ein Albtraum war, Idiot.

Ja, nur ein Albtraum, beruhigte ich mich selbst und zwang mich, eine weitere Meile zu joggen.

Auch das Gesicht des Kindes verschwand allmählich aus meinem Gedächtnis. Mir gingen die Details des Traums verloren wie bei einem verblassten Bild. Aber das war nicht das Schlimmste. Viel schlimmer waren das Gefühl absoluter Hilflosigkeit und das namenlose Entsetzen, das der Albtraum hinterlassen hatte. Das wurde ich nicht mehr los, es war wie ein Virus, das nur auf eine Angriffsfläche wartete.

Aber das spielte jetzt keine Rolle. Nichts von all dem war real. Absolut nichts.

Als ich zurückkam, aß Caleb Karas Sandwich. Auf dem kleinen Tisch standen zwei Styroporbecher mit schwarzem Kaffee. Wahrscheinlich hatte er den unten in der Lounge besorgt.

»Der Kaffee ist grauenhaft«, bemerkte er erschöpft. »Das nette Mädchen vom Empfang hat ihn uns gebracht. Nimm dir.«

Klar. Wir hatten seit einer Weile kein Zimmer mehr geteilt, deshalb hatte ich vergessen, dass Caleb frühes Aufstehen hasste.

Ich nahm mein Handy und stellte fest, dass ich einen Anruf meines Vaters verpasst hatte. Seit er aus dem Krankenhaus entlassen worden war, hatten wir uns zweimal zum Essen getroffen. Warum versuchte er schon wieder, mich zu erreichen?

Unser Verhältnis war alles andere als freundschaftlich. Die beiden Treffen waren unbehaglich gewesen, und beim ersten Mal wäre ich fast aufgestanden und gegangen. Es gab nach wie vor hitzige Wortgefechte, besonders als ich den Grund für seinen Krankenhausaufenthalt zur Sprache brachte. Er schien das vergessen zu wollen und verbat sich das Thema. Er wurde ungern daran erinnert, dass er nur ein Mensch war.

Die Wut und die Feindseligkeit zwischen uns waren nach wie vor da, und ich bezweifelte, dass diese Gefühle rasch verschwinden würden. Trotzdem machte ich mir Sorgen um ihn. Was, wenn er sich erneut etwas anzutun versuchte? Und diesmal Erfolg damit hätte?

Ich dachte nicht gerne an ihn. Ich hatte nicht vergessen, wie selbstsüchtig er sein konnte. Und ich hatte unsere schmerzliche Vergangenheit nicht vergessen.

Allerdings musste ich anerkennen, dass er sich zumindest bemühte. Es war definitiv mehr, als wir vorher gehabt hatten. Er hatte weder nach meinem Treuhandfonds gefragt noch allgemein über Geld geredet. Ich hatte keine Ahnung, was aus seiner Firma wurde. Er erzählte nichts, und ich fragte nicht. Dennoch war ich weit davon entfernt, ihm zu vertrauen. Ich war mir ziemlich sicher, dass es nur eine Frage der Zeit war, bis er sich den nächsten Mist leistete.

Kara fand, dass das schon mal ein guter Anfang wäre und ich ihm eine Chance geben sollte. Ich verstand nicht, warum sie sich jedes Mal freute, wenn ich ihr von einem Essen mit meinem Vater berichtete. Sie sagte, dass läge daran, dass ich mich ihr gegenüber wieder ein Stück mehr öffnete. Mir war durchaus klar, dass sie mehr Offenheit von mir wollte. Ich wollte ihr auch mehr geben, aber es war ein ewiges Ringen mit mir selbst. Doch sie verlor nicht die Geduld mit mir. Ein Tag nach dem anderen, sagte sie. Ich war dankbar.

Normalerweise wirkte Kara nicht gerade sehr geduldig, und vermutlich traf das auf manche Bereiche auch zu. Doch wo es wirklich drauf ankam, besaß sie eine Engelsgeduld. Das gehörte zu den vielen, vielen Dingen, die ich über sie entdeckt hatte, und sie gefielen mir alle sehr. Ich erinnerte mich an jedes noch so winzige Detail ihrer Persönlichkeit, nachdem ich es einmal kennengelernt hatte. Ich vergaß gar nichts über sie. Sollte es eines Tages tatsächlich mal dazu kommen, dann lag es vermutlich daran, dass ich tot war.

»Richte Kara meinen Dank für das Sandwich aus«, murmelte Caleb verschlafen.

Ich nickte. Er stand auf, stellte den Styroporbecher in die Spüle und ging wieder ins Bett. *Ich verstehe nicht, wieso der Kerl dauernd Becher in die Spüle stellt.* Uns blieben nur noch zwanzig Minuten bis zum Arbeitsbeginn. Er sollte sich also lieber fertig machen.

Mein Handy signalisierte mir eine eingehende Nachricht. Ich lächelte und antwortete Kara auf ihren Gruß: *Guten Morgen, Bigfoot.* Dann nahm ich den Becher aus der Spüle und warf ihn in den Müll.

Nach vielen Stunden Knochenarbeit war der Tag fast vorbei. Eigentlich müsste ich längst an die Schufterei gewöhnt sein, doch der Job hielt stets Überraschungen bereit. Die Materialbestellung, die ich vor Stunden erwartet hatte, traf nicht ein; ein Anruf ergab, dass die Liefertermine durcheinandergekommen waren. Verdammter Mist. Es würde etliche Verzögerungen geben. Und das bedeutete, wir würden länger bleiben müssen. In meinem Hinterkopf meldete sich schon der Kopfschmerz.

Die Sonne brannte, als wollte sie mir die Seele aus dem Körper saugen. Ich fühlte mich dreckig, verschwitzt und durstig.

»Aus dem Weg«, sagte ich, eine Schubkarre auf einer provisorischen Brücke balancierend.

»Nicht so unfreundlich, Idiot«, konterte Caleb und sprang aus dem Weg.

Als ich fertig war, wischte ich mir mit dem Unterarm die Stirn ab und fing die Flasche kalten Wassers auf, die Caleb mir zuwarf. »Kühl dich ab«, sagte er.

»Danke.«

Ich drehte den Verschluss auf, trank und goss den Rest über meinen Kopf, vor Erleichterung seufzend. Dann wischte ich meine Hand ab und nahm mein Handy, um eine App zu überprüfen. Seufzte erneut, als ich den Standort bestätigte. Das machte ich täglich.

»Wow, Mann«, sagte Caleb, der über meine Schulter auf das Display schaute. »Verfolgst du Kara? Das ist krank.«

»Nicht Kara.«

»Wen dann?«

Aber Caleb wusste es bereits. Wen sonst sollte ich verfolgen?

»Wo ist es?«, wollte er wissen.

»An ihrem Wagen.«

»Wie?«, fragte er amüsiert.

Ich machte die Kühlbox auf und holte eine weitere kalte Flasche heraus. »Hab ein paar Kids aus der Nachbarschaft hundert Scheine gegeben.«

»Ehrlich?«

Ich zuckte mit den Schultern und trank noch mehr.

»Hab ihnen gesagt, sie sollen es an einen schwarzen Superwagen kleben, wenn der in meiner Auffahrt steht.«

Caleb grinste. »Leicht verdientes Geld.«

»Ja.«

»Bist du dir sicher, dass es ihr Wagen ist?«

»Ja, ich habe es überprüft.«

»Gut gemacht. Komm, besorgen wir uns etwas zu essen.«

»Bin nicht hungrig.« Ich warf die leere Flasche in den Recyclingbehälter. »Ich mach mal Pause.«

Im Weggehen hörte ich ihn seufzen.

Wo kann ich mich ungestört hinsetzen? Ein paar Minuten Stille würden schon genügen.

Ich stieg die Treppen aufs Dach hinauf, ein wenig benommen, als ich merkte, wie hoch es war. Um ein Haar wäre ich zurückgewichen, aber ich riss mich zusammen. Ich holte tief Luft und trat an den Rand, wo ich mich zwang, hinunterzuschauen. Ich fühlte Schwindel und schloss die Augen. Versuchte ruhig zu atmen.

Shit.

Dann machte ich die Augen wieder auf. Als das flaue Gefühl im Magen nachließ, betrachtete ich das als kleinen Sieg. Ich wich einen Schritt zurück und starrte erneut auf mein Handy.

Raven hielt sich noch in Toronto auf. Ich wusste, dass sie sich ohne ihren Wagen nirgendwohin bewegen würde. Sie würde ihn verschiffen, per Flugzeug oder fliegendem Teppich transportieren lassen, aber ihr Wagen würde mit ihr reisen, wohin auch immer. Bis sie die Nase voll hatte von ihm und sich einen neuen zulegte. Oder geschenkt bekam. Erleichtert wollte ich wieder nach unten gehen, als mein Handy klingelte.

Es war Dylan.

Mein Herz hämmerte, als ich seinen Text las. Nein. Nein. Nein. Verdammt!

Kara.

Ich rannte los.

In den frühen Morgenstunden erreichte ich Mikes Haus. Dylan meinte, er habe darauf bestanden, dass Kara heute dort übernachtete, und sie war einverstanden gewesen. Vorausgesetzt, ihr Dad erfuhr nicht, was passiert war.

Ich stieg aus meinem Pick-up, immer noch stinkend wie ein Abflussrohr, und lief von der Werkstatt zum Haus. Mein ganzer Körper vibrierte vor Sehnsucht, Kara wiederzusehen. Es war eine lange Fahrt gewesen. Erschöpft und krank vor Sorge, zögerte ich an der Haustür. Drinnen war es dunkel. Wahrscheinlich schliefen alle noch.

Aber ich wollte Kara unbedingt sehen. Ich trat auf die Veranda und wollte klingeln, als im Wohnzimmer das Licht anging. Einige Sekunden später ging die Tür auf.

»Cameron? Hast du dich verirrt?«

»So fühle ich mich jedenfalls.«

Das stille Verständnis in Mikes Augen rührte mich. »Na, du bist am richtigen Ort gelandet. Komm rein.«

»Tut mir leid, dich zu stören, Mike. Ist Kara hier?«

»Ja, ist sie. Bist du direkt von einer Baustelle hergekommen?«

Ich nickte. Vermutlich sah ich auch so aus.

»Du wirst duschen wollen. Wenn du Wechselzeug mithast, bring es rein, und falls nicht, leihe ich dir was von meinen Sachen. Weiß allerdings nicht, ob sie passen. Du bist größer als ich und Dylan.«

»Danke, das ist nett.«

Ich lief zu meinem Wagen und holte meine Tasche. Als ich zurückkam, klopfte ich an die Tür.

»Ich mach dir etwas zu essen warm. Magst du Hühnchen mit Kartoffeln? Es sei denn, du bist wie Kara, dann kannst du auch nur die Kartoffeln haben.«

»Danke, ich habe schon gegessen.«

Er schien mir nicht zu glauben. Ich hatte den ganzen Tag nichts außer Kaffee und Wasser zu mir genommen, aber mir war trotzdem nicht nach Essen zumute.

»Okay. Es ist jedenfalls da, wenn du doch etwas möchtest. Kara meinte, sie fühlte sich heute nicht gut. Bist du deshalb hier?«

Ich bestätigte es.

»Irgendetwas stimmt nicht, oder?«

Ich zögerte, aber er winkte ab. »Na ja, wenn die es mir sagen wollen, werden sie es schon tun.« Er stieß einen tiefen Seufzer aus. »Erwachsene Kinder kann man nur schwer erziehen. Eltern vermutlich auch. Nur zu, Junge, geh duschen. Ich hole meine Tochter.«

Kaum hatte ich das Badezimmer betreten, wurde mir schwindelig. Ich hielt mich an der Ablage fest und atmete ruhig, während ich darauf wartete, dass es vorbeiging. Dann zog ich mich aus und trat unter den heißen Duschstrahl.

Ich wollte sie nur sehen, in den Armen halten und mich vergewissern, dass es ihr wirklich gut ging. Ich schloss die Augen und ließ das Wasser über mein Gesicht rinnen.

Ihr hätte alles Mögliche zustoßen können. Viel, viel Schlimmeres hätte ihr widerfahren können. Und ich war nicht da gewesen, um sie zu beschützen. *Ich Idiot.*

Ich musste sie sehen. Ich duschte rasch zu Ende, wischte alles trocken, zog mich an. Als ich die Badezimmertür öffnete, gaben meine Knie fast nach.

Da ist sie.

Sie erwartete mich auf der Couch. Ihr Anblick nahm eine Last von mir, endlich konnte ich aufatmen. Ich trat zu ihr.

»Kara.«

28. Kapitel

Kara

Ich hielt den Atem an, als die Tür aufging und Cameron heraustrat. Ich konnte in seinen tiefblauen Augen lesen, wie aufgewühlt er war.

»Kara.«

Er machte einen Schritt auf mich zu, und ich sprang auf, schlang die Arme um ihn und presste mein Gesicht an seine Brust. Ich hörte sein kräftiges Herz schlagen.

»Baby.« Er drückte mich an sich, und ich genoss es, ihn zu spüren. Er war stark und warm.

»Als du meintest, du würdest herkommen, dachte ich eigentlich an morgen«, sagte ich.

»Es ist morgen.«

Ich schlang die Arme fester um ihn, als ich hörte, wie heiser er klang. »Du bist nach einem langen Arbeitstag fünf Stunden gefahren, Cam. Du musst völlig erschöpft sein.«

»Mir geht's gut. Bist du verletzt? Was ist denn eigentlich passiert?«

»Ich bin nicht verletzt. Dad ist schon wieder ins Bett gegangen. Er meinte, wenn du etwas essen möchtest …«

»Ich bin nicht hungrig. Verdammt, erzähl mir, was passiert ist.«

»Hey.« Ich löste mich aus seiner Umarmung und hielt sein Gesicht mit beiden Händen. »Schau mich an. Mir fehlt nichts. Ich bin unverletzt.«

»Wenn dir etwas passiert wäre …«

Ich hörte die Panik in seiner Stimme und beruhigte ihn mit einem zärtlichen Kuss. »Ich bin unverletzt«, wiederholte ich. »Cameron, beruhige dich.«

Er schloss die Augen und nahm mich erneut in die Arme.

»Ja.« Er atmete geräuschvoll aus. »Ja.«

»Legen wir uns hin. Ich schlafe in Dylans Zimmer, das Bett ist frisch bezogen«, erklärte ich und machte die Zimmertür hinter uns zu. »Ich habe ihn sogar zum Aufräumen gebracht.«

»Im Ernst?«

»Ich habe ihn gefragt, ob es einen Namen dafür gibt.«

Er schaute mich mit leicht zerstreuter Neugier an.

»Für den Gestank in seinem Zimmer«, führte ich aus. »Ich erklärte ihm, der sei so schlimm, dass er einen Namen brauche.«

Er lachte nicht, aber immerhin erschien die Andeutung eines Lächelns auf seinem Gesicht. Ich plapperte über lauter unwichtige Sachen, während ich mich auf das Bett setzte, damit er Zeit bekam, sich zu beruhigen. Er lehnte an der Tür, die Hände in den Taschen, und musterte mich durchdringend.

»Cam?«

»Ja?«

»Wir sollten schlafen. Es ist spät. Ich werde dir morgen alles erzählen.«

»Ich kann jetzt noch nicht schlafen.« Er stieß sich von der Tür ab. »Lass mich dich für einen Moment in den Armen halten.«

Er sank vor mir auf die Knie, legte die Arme um meine Hüften und den Kopf in meinen Schoß.

Ich vergrub die Finger in seinen dunklen, seidigen Haaren. Er machte die Augen zu, und eine schmale Furche bildete sich zwischen seinen Brauen. Ich strich darüber, damit sie verschwand, fühlte seine weiche Haut. Langsam fuhr ich über seine gerade Nase, seine markanten Wangenknochen. Er war so schön, sein Gesicht wie von Meisterhand gemeißelt.

»Erzähl es mir«, bat er. »Was geschehen ist, während ich weg war.«

»Erzähl du mir zuerst von deinem Tag. Bitte.«

Er hob den Kopf. Vielleicht versuchte ich nur, selbst ruhig zu erscheinen, damit er sich keine Sorgen mehr machte. Aber mir war die Anspannung wohl anzumerken. Und tatsächlich machte ich mir Sorgen. Immerhin war ein Fremder in mein Zuhause eingedrungen, und das war, als hätte mir jemand Gewalt angetan.

»Muss das sein?«, fragte er.

»Ja.«

Er richtete sich auf und hielt mir eine Hand hin. »Steh auf.«

Ich ergriff sie und folgte seiner Aufforderung. Er streichelte meine Arme, auf und ab, auf und ab, dann hielt er meine Hände fest und legte sie sich auf die Brust. Die Wärme unter seinem Shirt lockte mich. Ich wollte seine nackte Haut unter meinen Fingern spüren. Ich hatte meinen Cameron vermisst.

Er beugte sich vor und küsste mich zart, aber zugleich verheißungsvoll. Doch ich brauchte mehr. Ich schob die Zunge vor, um ihn zu kosten, und leckte an seiner Unterlippe.

»Kara«, stöhnte er.

Ich küsste ihn erneut.

»Wir können nicht«, flüsterte er nah an meinem Mund und saugte weiter an meiner Unterlippe. »Dein Dad …«

»Mein Dad und …« Ich sog scharf die Luft ein, als er an meinem Hals leckte und an der sensiblen Stelle unterhalb meines Ohrs saugte. »… und Dylan haben einen tiefen Schlaf.«

Ich schob sein Shirt hoch. Er verstand und streifte es sich ab. Sowie ich endlich seine nackte Haut spürte, keuchte ich auf und presste mich an ihn, küsste ihn fordernd.

»Baby«, sagte er ein wenig atemlos. »Ich habe kein Kondom bei mir.«

»Tja, das war's dann.«

Er lachte leise, schluckte hart und drückte mich an sich. »Ich will dich mit meinem Mund zum Kommen bringen, doch du wirst ziemlich laut. Dein Dad wird auftauchen und mich umbringen.«

Ich lachte leise und hielt mir rasch den Mund zu, als es lauter wurde. Er hob die Brauen, als wollte er sagen: *Siehst du, was ich meine?*

»Warum legst du dich nicht zu mir ins Bett, und ich erzähle dir von meinem Tag?«, bot er mit leiser, rauer Stimme an. »Und dann erzählst du mir von deinem Tag.«

Ich nickte.

»Ich werde mich zuerst hinlegen«, erklärte er. »Dieses Bett ist nicht groß genug für uns beide.«

»Dieses Bett ist nicht groß genug für *dich*.«

Er legte die Kissen gegen das Kopfteil und warf mir grinsend einen Blick über die Schulter zu.

Das Bett knarrte unter hundert Kilo reiner Muskeln, als Cameron sich darauf ausstreckte. Er sah verdammt sexy und wundervoll aus. Er war so groß, dass seine Füße über das Bett hinausragten. Für mich blieb kaum noch Platz.

»Leg dich auf mich«, schlug er vor.

»Ja, Sir. Du fühlst dich an wie eine harte Matratze, so groß und muskulös.«

Ich rutschte ein bisschen hin und her, bis ich eine bequeme Stelle an seiner Schulter gefunden hatte, auf die ich meinen Kopf betten konnte, nachdem ich zärtlich seine Bauchmuskeln geküsst hatte. Er hielt mich mit seinen starken Armen.

»Ist das gut?«

»Ja, und …«

»Und jetzt erzählst du mir endlich, was passiert ist.«

»Nee. Du hast gesagt, du erzählst mir erst von deinem Tag.«

Er seufzte. »Der war lang und heiß, und ich habe dich schrecklich vermisst. Das war's, du bist an der Reihe.«

Tja, ich hatte einen Trick entdeckt, der bei Cameron funktionierte. Wenn ich Informationen von ihm wollte, verhandelte ich.

»Meiner war auch lang«, sagte ich. »Und er war heiß und ich habe dich auch schrecklich vermisst. Fertig. Du bist dran.«

Er seufzte wieder, länger diesmal. Nach einer Weile sagte er: »Mein Dad hat mich heute Morgen angerufen.«

Anspannung erfasste mich. Ich wollte sein Gesicht sehen, aber seinem Ton entnahm ich, dass er nicht darüber sprechen wollte. Das Thema Eltern war sehr heikel. Es gab Situationen, da machte er einfach zu. Aber es gab auch kostbare Zeiten wie diese, in denen er mit mir redete.

»Was hat er gesagt?«

»Nichts. Ich habe den Anruf verpasst.«

Ich verzog das Gesicht. »Hast du ihn zurückgerufen?«

»Nein.«

Ich schwieg.

»Das werde ich noch machen«, erwiderte er schließlich auf meine unausgesprochene Frage. »Für dich tue ich es.«

»Gut.« In ihm waren eine Menge unterdrückter Gefühle und Wut auf seinen Vater. Wenn er mich als Vorwand benutzen wollte, um sich endlich mit diesen Gefühlen auseinanderzusetzen, nahm ich das gern hin. Möglicherweise änderte er ja seine Einstellung und sagte irgendwann, dass er mit ihm redete, weil er es wollte. »Was ist noch passiert?«

»Sonst nichts.«

»Na schön. Bei mir auch nicht.«

»Kara.« In seiner Stimme lag ein warnender Unterton, aber das beeindruckte mich nicht.

»Ja?«

»Du treibst mich in den Wahnsinn.«

»Ich werde noch etwas ganz anderes mit dir treiben. Raus damit.«

Er machte wieder zu. Und ich wusste es.

»Ein weiterer Albtraum?«

Er schluckte. »Ja.«

Auf einmal spürte ich, dass etwas anders war. Dies war nicht die übliche Verstörtheit, mit der er auf Fragen nach seinen Albträumen reagierte. Aufmerksam schaute ich ihm ins Gesicht. In seinen Augen – auch in seinem Schweigen – lag eine Kälte, die mich nervös machte.

»Cameron?«

»Ich erinnere mich nicht. An nichts.«

Er log. Das wusste ich ebenso, wie ich gewusst hatte, dass er mir nichts darüber erzählen würde. Er erinnerte sich mindestens an ein Detail. Doch irgendetwas hielt mich davon ab, ihn dieses Mal darauf anzusprechen. Ich spürte, dass ich sehr behutsam sein musste.

Er strich mir über die Haare, und ich fühlte die Wärme seiner Lippen, als er mich auf den Kopf küsste.

»Ich hatte wirklich einen langen Tag«, begann er mit tiefer, samtiger Stimme. »Ich bin über fünf Stunden gefahren, um dich zu sehen, weil ich die Vorstellung nicht ertragen konnte, dass dir etwas passiert ist. Und jetzt will ich hören, was passiert ist.« Er hob das Kinn, um mir in die Augen zu schauen. »Wirst du es mir verraten, Kara?«

Ich wurde weich. »Ja. Werde ich.«

Er hatte recht. Es war ein langer Tag gewesen für ihn. Wer tat schon etwas derartig Verrücktes und schuftete verrückt viele Stunden, um anschließend verrückte fünf Stunden Autofahrt auf sich zu nehmen, weil er seine Freundin sehen wollte? Nur Cameron. Wie konnte er überhaupt noch die Augen offen halten?

Obwohl es eine ganze Menge Dinge gab, die er mir noch nicht erzählen wollte, war es doch andererseits nicht wenig gewesen, was er mir seit unserem Streit Weihnachten anvertraut hatte. Sein Verhalten zeigte mir, wie wichtig ich ihm war. Er ertrug es nicht, dass ich verletzt wurde. Er würde mich immer beschützen, sich um mich kümmern. Und wir machten tatsächlich Fortschritte bei den Dingen in unserer Beziehung, an denen wir arbeiten mussten. Das Gute überwog das Schlechte bei Weitem.

»Ich höre«, drängte er.

Plötzlich kehrte die Aufregung über all das, was passiert war, wieder zurück. Ich legte den Kopf auf seine Brust, lauschte seinem Herzschlag und ließ mich von seinem Duft und seiner Wärme trösten.

»Ich kehre morgen zurück«, sagte ich.

»Bleib bei mir. Ich werde für eine Weile keine Projekte annehmen.«

»Aber so war das nicht geplant.«

»Ich wusste nicht, dass es einen Plan gibt.«

Ich legte die Hände flach auf seine Brust und stemmte mich hoch. »Hör auf, störrisch zu sein, Cameron. Du hast gesagt, du willst dieses Jahr mehr Projekte machen.«

»Was willst du von mir, Kara? Bei dir wurde eingebrochen, und ich soll nichts unternehmen?« Er klang frustriert.

»Ich lasse mich jedenfalls nicht aus meinem Haus vertreiben. Talas Haus bedeutet mir sehr viel. Ich verbinde damit sehr gute Erinnerungen an Tala und Mrs. B. Ich lasse mich nicht von irgendeinem Arsch vertreiben«, wiederholte ich mit Nachdruck.

»Na schön.« Er setzte sich auf, lehnte sich gegen das Kopfteil des Bettes und fuhr sich mit beiden Händen durch die dunklen Haare. »Aber lass mich wenigstens die Kameras installieren.«

»Nein, keine Kameras.«

»Wir werden sehen.«

»Spar dir das«, sagte ich abwehrend. »Ich bin kein Kind mehr.«

»Hm, ich hätte allerdings Lust, dir den Hintern zu versohlen.«

»Das ist pervers.«

Er funkelte mich finster an, und ich hielt diesem Blick stand. Nach einer Weile erschien ein Lächeln auf seinen Lippen. »Ich habe noch nicht mal die ganze Geschichte von dir gehört, und trotzdem platzt mir gleich der Kopf.«

»Soll ich ihn wieder zusammenkleben? Oder lieber zusammentackern?«

Er seufzte. Das tat er ziemlich oft in dieser Nacht.

»Es ist so viel passiert, Cam. Nicht nur der Einbruch.«

»Ich hör dir zu.«

Ruhelos stand ich auf und ging ans Fenster. Auf den Lamellen der Jalousie in Dylans Zimmer lag eine dicke Staubschicht. Offenbar hatte er nicht alles geputzt. Aber ich wusste, es würde immer ein Rest Schmutz bleiben, egal, wie gründlich man putzte. Manchmal versteckt, manchmal offen, und trotzdem übersah man es. Man konnte immer nur sein Bestes versuchen.

»Vor dem Einbruch«, begann ich und zog vorsichtig die Jalousie hoch. Der Staub flog trotzdem auf. »Ich habe in der Werkstatt gearbeitet, und Andrew kam vorbei, als wir gerade aufmachten. Er war völlig betrunken.«

Draußen vor dem Fenster lag die Straße im Dunkeln. Ich sah die roten Rücklichter eines vorbeifahrenden Wagens. »Er fing an herumzubrüllen und alle zu beschuldigen, bis er schließlich alle bedrohte.«

Ich berichtete Cameron, was in der Werkstatt geschehen war. Er sagte nichts, aber ich hörte ihn scharf einatmen, als ich ihm erzählte, wie Dad die Sache aufnahm.

»Ich habe keine Ahnung, wem er vorwirft, es Charity erzählt zu haben. Als du mit Andrew gesprochen hast, warst du …«

»Ich habe nicht mit seiner Frau gesprochen«, sagte er.

»Ich weiß.« Ich setzte mich wieder aufs Bett. »Es ist nur eigenartig, wie er ausgerastet ist. Andererseits war Andrew schon immer so. Er sucht bei jedem die Schuld, nur nicht bei sich selbst. Sieht sich gern als Opfer. Einmal fehlten Autoteile, und er warf Tala vor, sie gestohlen zu haben. Tala!« Bei der Erinnerung daran konnte ich mich immer noch aufregen. »Wie sich herausstellte, fehlten die Teile gar nicht, sondern waren nur falsch einsortiert worden. Ich hasse den Kerl wirklich.«

»Er bekommt seine Strafe.« Er strich mir übers Haar und küsste mich auf die Stirn. »Jetzt leg dich wieder zu mir und erzähl mir von dem Einbruch.«

Ich hatte es aufgeschoben, weil ich mich davor fürchtete, das alles noch einmal durchzugehen. Ich hatte aufgehört, daran zu denken, sobald die Polizei verschwunden und ich zu Dad gefahren war. Nervös legte ich mich neben Cameron, sodass mein Rücken an seine Vorderseite gedrückt wurde. Sein Arm schlängelte sich um meinen Bauch.

»Ich warte«, flüsterte er.

»Nach dem Abendessen mit Dad«, begann ich, »hielt ich an der Baumschule. Du weißt doch, dass ich noch mehr Pflanzen auf der Veranda wollte, oder?«

»Ja, nur dachte ich, wir wollten zusammen dorthin.«

»Ich konnte es nicht erwarten«, gestand ich. »Wie dem auch sei, als ich nach Hause kam, waren sämtliche Blumentöpfe, die du und ich aufgestellt hatten, zerbrochen. Es sah aus, als hätte ein kleines Kind einen Wutanfall bekommen und alle Pflanzen herausgerissen und durch die Gegend geschleudert.«

Ich spürte Camerons Anspannung.

»Die Haustür war offen«, fuhr ich fort, das wiederholend, was ich schon der Polizei berichtet hatte. »Für einen Moment dachte ich, dass ich vielleicht vergessen hatte abzuschließen. Ich nahm den Baseballschläger, den Dad versteckt hatte, und ging hinein …«

»Was hast du gesagt?« Sein Griff um mich wurde fester.

»Hör zu.« Ich setzte mich auf und strich mir die Haare aus dem Gesicht. »Ich weiche einer Auseinandersetzung nicht einfach aus. Das ist mein Instinkt. Mir war gar nicht bewusst, dass ich es tat. Außerdem hatte ich doch eine Waffe.«

Er gab einen knurrenden Laut von sich. »Ich muss aufstehen.«

»Cameron.«

»Ich kann nicht liegen bleiben und mir diesen Mist anhören.«

Ich warf ihm einen wütenden Blick zu, nahm mich jedoch zusammen, als er sich auf die Bettkante setzte. Er sah aus, als könnte er einen Mord begehen. Er beugte sich nach vorn, fuhr sich mit beiden Händen in die Haare und starrte nach unten, sodass ich sein Gesicht nicht mehr erkennen konnte. Er verströmte Wut.

»Du bist ins Haus gegangen, obwohl du wusstest, dass sich dort ein Einbrecher aufhalten könnte? Was, wenn es zwei gewesen wären? Oder drei?« Er hob den Kopf und schaute mich aufgebracht an. »Was, wenn dir etwas Schlimmes passiert wäre?«

»Mir geht's gut.«

Er kniff die Augen zu schmalen Schlitzen zusammen. »Du kannst nicht gegen die ganze Welt kämpfen, Kara.«

Ich war genervt, denn er hatte recht, ich hätte nicht ins Haus gehen dürfen. Nur passte es mir überhaupt nicht, dass er es mir unter die Nase rieb. Ich wusste ja, dass es dumm gewesen war.

»Doch, kann ich.« Ich hob störrisch das Kinn. »Mir ist nichts passiert.«

»Echt jetzt.« Seine Stimme war bedrohlich ruhig geworden. »Hast du dir einmal überlegt, was es mit deinem Dad gemacht hätte, wenn dir etwas passiert wäre? Erwähntest du nicht, dass es ihm nicht gut geht?«

Ich merkte, wie ich blass wurde. Ich verstand, was er mir damit sagen wollte. Ich sah ihn zufrieden nicken, weil er mir Angst gemacht hatte.

Plötzlich fühlte ich mich erschöpft. Meine Arme und Beine wurden schwer, und ich wollte wieder ins Bett und mir die Decke über den Kopf ziehen.

»Baby, komm her.« Er klang jetzt sanft und beruhigend.

Da ich mich nicht von der Stelle rührte, streckte er eine Hand nach mir aus. Ich ließ mich wieder zum Bett führen, fand denselben Platz auf seiner Brust wie vorhin und schloss die Augen.

»Es tut mir leid«, murmelte er, und ich hörte einen Anflug von Panik und Hilflosigkeit in seiner Stimme. »Es tut mir leid, dass ich nicht da war. Du kannst dir nicht vorstellen, was für eine Angst ich bekam, als ich Dylans Nachricht gelesen habe. Du weißt ja nicht, was es mit mir gemacht hätte, wenn dir etwas zugestoßen wäre. Ich … ich hätte nicht eher geruht, bis ich jeden von denen umgebracht hätte.« Dieser Schwur klang sehr ernst. Er meinte es wirklich so. »Erzähl die Geschichte zu Ende, Kara.«

Ich räusperte mich und kämpfte gegen die Müdigkeit an. »Als ich das Haus betrat, war alles an seinem Platz, aber irgendetwas stimmte nicht. Ich sah, dass meine Schlafzimmertür offen stand.«

»Die machst du immer zu.«

»Ja«, sagte ich. »Da bekam ich Angst. Auf dem Rückzug zur Haustür hörte ich ein Geräusch. Die Hintertür war offen, und die Nachbarskatze kam herein. Sie sprang auf die Arbeitsfläche und zerbrach eine Vase. Ich hätte fast einen Herzanfall bekommen.«

»Und dann?«, drängte er, als ich nicht gleich weitererzählte.

Ich hatte Mühe, die Augen offen zu halten. Es war ein langer, stressiger, emotional aufwühlender Tag gewesen, und Cameron neben mir zu wissen gab mir ein Gefühl der Sicherheit und dass alles gut werden würde.

»Ich rannte nach draußen und rief die Polizei«, sagte ich; die Worte kamen jetzt leise und langsam. »Die Beamten kamen. Sie überprüften alles. Fanden niemanden. Nichts war gestohlen worden. Zumindest nichts, was ich bemerkt hätte. Ich fahre morgen hin und sehe noch mal nach. Seltsam war nur …«

»Nicht einschlafen.« Er hielt seine Finger unter mein Kinn, als mein Kopf nach unten sackte. In seinen Augen las ich wieder diese Aufgewühltheit. »Erzähl mir den Rest. Was war seltsam?«

»Dass die Vorder- und die Hintertür offen waren.«

»Der Einbrecher hatte es eilig, wieder zu verschwinden.« Er ließ mein Kinn los und schien sich zu beruhigen. »Wozu sollte er auch die Türen hinter sich zumachen.«

»Ich weiß. Trotzdem …«

»Was?«

Ich blinzelte träge. »Auch sämtliche Kellerfenster standen offen.«

Camerons Miene verhärtete sich. Seine Haltung veränderte sich auf alarmierende Weise. Da stimmte etwas nicht mit seinen Augen. Sie waren kalt und abwesend.

»Cameron?«

»Schlaf jetzt.«

»Was ist denn los?«

»Ich bin wirklich müde.«

Oh, natürlich. Vielleicht war es nur das. Ich spürte, wie mich die Kräfte endgültig verließen. Dennoch wurde ich das Gefühl nicht los, dass irgendetwas absolut nicht stimmte. Warum hatte er so … kalt geklungen?

»Cam …«

»Schsch. Alles wird gut. Wir schauen uns morgen in deinem Haus um«, flüsterte er und schlang die Arme um mich. »Ich werde nicht zulassen, dass dir etwas passiert. Vertraust du mir?«

»Ja, das tue ich«, erwiderte ich schläfrig.

»Schließ die Augen, Kara.«

»Gute Nacht, Cameron.«

Ich schlief ein, ohne zu hören, ob er mir ebenfalls gute Nacht sagte.

29. Kapitel

Kara

Kaum hatte ich die Augen geöffnet, wusste ich, dass Cameron fort war. Ich lag auf dem Rücken in Dylans Bett, streckte alle viere von mir und blickte an die Decke. Darin war ein dünner Riss, der sich ausbreitete wie die Wurzeln eines Baumes.

Ich hatte ihn schon öfter zugespachtelt und abgeschmirgelt, damit die Oberfläche wieder ganz glatt aussah, aber dieser Riss kam immer wieder zurück. Wir hatten ihn bereits untersuchen lassen, und man sagte uns, das Haus setze sich einfach. Aber was, wenn es nicht nur das war?

Wenn ein Haus viele Stürme überstanden hat und von ihnen durchgerüttelt worden war, würde es früher oder später an seine Grenzen kommen. Der Riss würde größer werden, Lecks würden auftreten, das Fundament beschädigt werden, und irgendwann würde das ganze Haus einstürzen.

Wie alles andere unweigerlich dem Ende zuging.

Tja, Dylan würde jedenfalls als Erster verschwinden müssen, da es sein Zimmer war. Doch das würde ich nicht zulassen. Ich würde es auf meine To-do-Liste setzen müssen.

Ich seufzte leise, drehte den Kopf und schaute aus dem Fenster. Die Sonne schien ins Zimmer, und das hätte meine Laune eigentlich heben müssen. Aber da war diese seltsam schmerzliche Sehnsucht im Herzen.

Egal, dachte ich, setzte mich auf und strich mir die Haare aus dem Gesicht, ich brauche zuerst meinen Kaffee. Ich hasse es, gleich als Erstes am Morgen zu denken.

Ich nahm mein Handy, sah, dass es keineswegs mehr Morgen, sondern schon zwei Uhr nachmittags war, und entdeckte eine

Nachricht von Cameron. Das war ungewöhnlich, denn er schrieb normalerweise nie als Erster, sondern wartete immer, bis ich ihm einen Morgengruß geschickt hatte. Als ich ihn einmal nach dem Grund fragte, antwortete er, er wolle mich nicht um vier in der Früh aufwecken, wenn er aufstand.

Mein Bigfoot: *Tut mir leid, dass ich nicht mitkommen kann. Dylan wird dich zu deinem Haus fahren. Muss dringend noch was erledigen. Fahr nicht alleine hin. Versprich es mir.*

Natürlich. Cameron hatte meinetwegen gestern überstürzt seine Arbeit verlassen. Da war sicher eine Menge unerledigt geblieben. Es war wohl ein bisschen unverschämt, mir zu wünschen, er wäre noch hier. Ich wünschte es mir trotzdem.

Ich schickte ihm eine Antwort und wankte anschließend in die Küche, um mir Kaffee zu kochen. Beim zweiten Becher fühlte ich mich schon mehr wie ein menschliches Wesen. Ich überlegte gerade, Toast zu machen, als Dylan zur Hintertür hereinkam.

»Cameron hat gesagt, ich darf seinen Pick-up fahren.«

»Tatsächlich?« Ich musterte ihn misstrauisch. »Hat er das wirklich?«

Er zog seine Turnschuhe aus, warf sie in den Schuhschrank und hängte seine Mütze auf. »Jap. Schreib ihm.«

Er ging zum Kühlschrank, nahm den Milchkarton und trank direkt daraus. Ich stand auf und gab ihm einen Klaps auf den Hinterkopf.

»Ey!« Milch tropfte ihm vom Kinn.

»Habe ich in diesem Haus einen Wolf großgezogen? Nimm dir gefälligst ein Glas!«

»Is ja gut. Was ist dir denn über die Leber gelaufen?«

»Wo ist Dad?«

»Es ist Samstag, also ist er bei diesem Treffen der Kirchengemeinde wegen der Spendenaktion.«

Ich nickte abwesend, nahm mein Handy und schrieb Cameron. Er antwortete sofort.

Mein Bigfoot: *Ja, er darf ihn fahren.*

Ha. Hatte Cameron vergessen, was Dylan mit seinem Motorrad angestellt hatte? Ich blickte auf. Dylan grinste.

»Cameron hat Ja gesagt, nicht wahr?«, fragte er aufgeregt, lehnte sich an die Küchenarbeitsfläche und goss demonstrativ Milch in ein Glas.

Ich machte ein spöttisches Gesicht. Er trank einen Schluck und stellte die Milch zurück in den Kühlschrank. »Hab ich dir doch gesagt.« Er wandte sich zu mir um und rieb sich die Nase triumphierend mit dem Daumen.

»Nimm dich bloß in Acht.«

»Ach, Kar, komm schon. Mach dich fertig, damit wir zu dir fahren können.«

»Hast du heute nichts zu tun?«

Er zuckte mit den Schultern. »Eigentlich wollte ich mich mit einem Freund treffen, aber da du mich brauchst, habe ich abgesagt. Keine große Sache.«

»Wer ist dieser Freund? Oder ist es eine Freundin?«

»Eigentlich nicht«, antwortete er ausweichend. »Du schläfst heute doch noch mal hier, oder?« Seine Miene wurde ernst. Ich stutzte.

Dylan war spät in die Pubertät gekommen, dann aber heftig. Er war größer geworden – vermutlich brauchte er jetzt ein neues Bett. Seine Schultern waren breiter, und mir fiel auf, dass er auch neue Kleidung brauchte. Seine kindlichen Pausbacken waren verschwunden, sein Gesicht wirkte dadurch schmaler und markanter. Die früher hellblonden Haare waren ein wenig dunkler geworden.

»Bleib noch eine Nacht«, sagte er. »Soll ich mein Zimmer noch mal putzen?«

Ich schaute ihm dabei zu, wie er den Abwasch machte. Als er fertig war, nahm er ein Geschirrhandtuch. Dad und ich ließen das Geschirr immer auf dem Abtropfgitter trocknen. Dylan war der Einzige von uns, der es abtrocknete.

Er schaute über die Schulter zu mir. »Kar?«

»Wann bist du erwachsen geworden?«

Sofort wurde seine Miene wieder ernst, und er drehte sich zum Waschbecken um. Wir wussten beide, dass es passiert war, als unsere Mutter erneut verschwunden war. Mit Dads Geld.

Er knackte mit den Knöcheln und drehte sich wieder zu mir um. Diesmal grinste er. »Überrascht mich nicht, dass es dir nicht aufgefallen ist. Unreife Menschen haben kein Verständnis für uns gereifte Typen.«

»Idiot.« Ich musste lachen.

»Wie sieht's aus? Willst du zuerst duschen oder kriege ich das Badezimmer als Erster?«

»Nicht, wenn ich hier bin, die Erstgeborene. Respektiere die Rangfolge, Junge.«

»Ja, Seniorin.«

Dylan grinste über das ganze Gesicht, als er es sich auf dem Fahrersitz von Camerons Pick-up bequem machte. Er streichelte andächtig das Lenkrad.

»Es wird deine Zärtlichkeiten nicht erwidern«, erinnerte ich ihn. »Na los, fahren wir. Du kannst mit diesem Ding umgehen, oder?«

Diese Frage würdigte er nicht einmal eines Blickes. Stattdessen grinste er weiter stillvergnügt vor sich hin. Er durfte Camerons Wagen fahren, da konnte ihm einfach nichts mehr die Laune verderben.

»Ich kann es nicht fassen, dass ich Camerons Wagen fahre«, flüsterte er.

»Ernsthaft? Da wäre ich nie draufgekommen.«

Doch als er mich jetzt ansah, mit diesem bescheuerten Grinsen, und dazu albern mit den Schultern zuckte, musste ich lachen.

»Na schön, du großer Idiot. Wirf den Wagen an.«

»Warte, mach erst ein Foto von mir. Zum Beweis. Das schicke ich dann Caleb. Der wird es nicht glauben können.«

Nach mehreren Minuten und hunderten Fotos waren wir endlich unterwegs zu meinem Haus. Eigenartig, wie der eben noch strahlend blaue Himmel sich mittlerweile verdüstert hatte und Regen drohte.

Das ist ein Omen.

Hör auf mit dem Unsinn. Es ist bloß Regen. Das Haus ist jetzt sicher.

Ich hielt meinen Rucksack umklammert und schüttelte das Gefühl hilfloser Wut und Furcht ab, das durch das Eindringen fremder Leute in meine Privatsphäre ausgelöst worden war. Bei jedem Einbruch handelte es sich um eine sinnlose, selbstsüchtige Missachtung des sicheren Heimes eines anderen Menschen.

Die Polizei meinte, es könnte sich um die Bande handeln, die schon in der Gegend meines Vaters Einbrüche begangen hatte, und versicherte, dass sie von nun an Tag und Nacht Patrouille fahren würde. Falls mir etwas Verdächtiges auffiel, sollte ich sie sofort benachrichtigen.

Als Dylan am Gehsteig parkte, schlug mir das Herz bis zum Hals. Der Anblick der Veranda ohne die Pflanzen, die Cameron und ich gekauft hatten, brachte sofort alle düsteren Emotionen zurück.

»Ist schon gut, Kara. Ich bin bei dir.« Dylan klopfte mir auf die Schulter. »Ich bin trainiert. Die müssten erst mal an mir vorbei.«

Ich lächelte nervös. »Mein Held. Gehen wir, Dyl.«

Ich holte tief Luft, bevor ich die Haustür aufmachte.

Alles schien an seinem Platz zu sein. Es war höchst seltsam, dass die Einbrecher nichts mitgenommen hatten. Oder vielleicht hatten sie, und mir war einfach noch nicht aufgefallen, was fehlte. Doch auch nachdem ich in wirklich jeden Winkel geschaut hatte, schien nichts weggekommen zu sein.

Sehr merkwürdig war auch, dass Vorder- und Hintertür sowie alle Kellerfenster offen gewesen waren. Handelte es sich vielleicht nur um einen dummen Streich? Letzte Nacht hatte ich mit mir gehadert, ob ich Cameron das mit den Kellerfenstern überhaupt erzählen sollte, aus Furcht, es könnte etwas in ihm auslösen. Immerhin hatte seine Mutter ihn als Kind in den Keller gesperrt. Aus diesem Grund öffnete Cameron stets ein Kellerfenster in seinem Haus.

Ich ging über den Flur in mein Schlafzimmer, wo ich noch einmal in den Kleiderschrank schaute. Wie sollte ich Tala beibringen, was hier geschehen war? Es war unsinnig, aber ich fühlte mich trotzdem verantwortlich. Mrs. B und Tala vertrauten mir ihr Haus an, und das kam dabei heraus.

»Kar?«

»Hier.«

Dylan steckte den Kopf zur Tür herein. »Bist du fertig?«

»Ja. Ich schau mich nur ein letztes Mal um.«

»Nichts wurde gestohlen oder zerstört?«

»Nein.«

»Seltsam.«

»Ja, nicht?«

Er kam herein, setzte sich auf mein Bett und blickte sich um. »Kannst du hier noch schlafen, nach dem, was passiert ist?«

»Ich lasse mir doch von diesen Arschlöchern keine Angst machen. Ich bin mir sicher, die kommen nicht zurück. Hier gibt es ja auch gar nichts zu stehlen. Außerdem, wie stehen statistisch gesehen die Chancen, dass zweimal ins selbe Haus eingebrochen wird?«

Er ließ sich rückwärts aufs Bett fallen und starrte zur Decke. »Und wenn es hier spukt?«

Ich funkelte ihn finster an. Er hob den Kopf und schaute zu mir. »Ich meine ja nur, Kar. Tala besitzt übersinnliche Fähigkeiten, oder? Was, wenn sie irgendwie die bösen Mächte hier unterdrückt hat? Und jetzt, wo Tala weg ist …«

»Ach, halt den Mund …«

»… ist der böse Geist frei und spukt herum. Was, wenn du eines Nachts ein kleines Mädchen an der Decke erblickst, das dich im Schlaf beobachtet?«

»Oder du wirst der Geist, der bald hier spukt!«

Er fing an, wie irre zu lachen, während ich ihm auf Arme und Beine schlug. Ich streckte die Hände nach seinem Hals aus, aber er winselte um Gnade.

»Du kleiner Scheißer. Du jagst mir Angst ein. Hör auf, so viel Zeit mit Lockhart zu verbringen.«

»Schon gut, schon gut, tut mir leid.« Er setzte sich lachend auf und rieb sich die Arme. »Autsch.«

Ich hob arrogant die Nase und wandte mich ab, um in den Schrank zu schauen. Meine Sachen waren alle noch da, auch mein Schmuck sowie die fünfzig Dollar, die ich unter meinem Halstuch versteckt hatte.

»Hast du die Kameras bemerkt, die Cameron draußen angebracht hat?«

»Was?«

»Nicht?«

»Ich habe ihm gesagt, er soll es nicht tun.« Insgeheim aber war ich dankbar. Anfangs war ich gegen die Dinger gewesen. Ich fühlte mich nicht wohl bei dem Gedanken. Doch dieser zweite Rundgang durchs Haus hatte meine Angst erneut geweckt, und das gefiel mir gar nicht. Also konnten die Kameras erst einmal bleiben. Sobald ich mich wieder ganz sicher fühlte, würde ich sie selbst abbauen.

»Kar, sei nicht stur. Es sind nur Kameras für den Außenbereich.«

»Okay, schön. Ich werde sie vorerst dranlassen.«

»Es gibt eine App, die du herunterladen kannst. Cameron hat wahrscheinlich das Passwort. Frag ihn einfach später danach, wenn du ihn siehst.«

Ich warf ihm einen Blick über die Schulter zu. »Hat er gesagt, dass er später vorbeikommt?«

Er runzelte verwirrt die Stirn. »Das fragst du mich? Er ist doch dein Freund, oder?«

Ich wandte mich ab. »Ich suche mir rasch ein paar von meinen Sachen zusammen, dann können wir wieder fahren.«

»Okay«, sagte er, sich erhebend. »Ich überprüfe nur noch, ob alles abgeschlossen ist. Wir treffen uns im Wagen.«

»Gut.«

Ich nahm ein frisches Nachthemd aus dem Schrank, Unterwäsche, ein Kleid, und stopfte alles in meinen Rucksack. Mein Blick fiel auf Camerons dunkelblauen Pullover. Prompt erinnerte ich mich an jenen Moment vor langer Zeit, als Cameron mir in meinem Wagen geholfen hatte, ihn überzuziehen.

»Rechter Arm«, hatte er mit rauer Stimme gesagt. »Linker.« Und ich war, ganz untypisch für mich, seinen Anweisungen gefolgt, weil ich mich so sehr zu ihm hingezogen fühlte. Es hatte sich angefühlt, als befänden wir uns in unserer eigenen Welt. Als ich dann den Pullover anhatte, wie er es wollte, hatte er mich grollend angeschaut. »Wenn du glaubst, du könntest aus diesem Deal aussteigen, indem du erfrierst …«

Ich musste lachen, während ich über den Ärmel des Pullovers strich. Ich hatte ihn nie zurückgegeben. Er war damals clever genug gewesen, mich wegen des Motorrads zu erpressen. Nur weil er mit mir zusammen sein wollte. War das nicht hinreißend? War das nicht etwas, was es um jeden Preis zu schützen galt?

Als ich schließlich zu Dylan in den Pick-up stieg, lächelte ich. Die Erinnerung hatte meine Stimmung gehoben.

»Worüber grinst du denn?«, wollte Dylan wissen. »Sollte ich mir Sorgen machen?«

»Weshalb?« Ich sah ihn scherzhaft streng an. »Was hast du angestellt?«

»Nix.«

»Da ist doch immer irgendetwas.«

»Och, Kar, sei nicht so.« Aber er grinste. »Wir sagen Dad also wirklich nichts? Was in deinem Haus passiert ist?«

Ich beobachtete durchs Fenster die Fußgänger. Einige joggten, andere führten ihren Hund aus oder waren einfach auf dem Heimweg. Zurück zu dem Ort, wo hoffentlich jemand auf sie wartete, der sich auf das Geräusch ihrer Schritte freute, wenn sie durch die Tür kamen. Jemand, der ihnen ein Willkommenslächeln schenkte.

»Sag Dad nichts. Er würde sich nur noch mehr Sorgen machen. Ihm setzt diese Geschichte mit Andrew schon genug zu.«

»Mal echt jetzt, was ist los mit diesem Bittergesicht? Ich weiß nicht, ob es dir aufgefallen ist, aber er fährt manchmal an der Werkstatt vorbei. Da du im Büro sitzt, kriegst du das nicht mit, aber Dad und ich sehen ihn vorne. Es ist unheimlich.«

»Wirklich? Wahrscheinlich ist er sauer und eifersüchtig, weil die Werkstatt ohne ihn gut läuft. Er sollte eigentlich überhaupt nicht fahren, weil er ständig betrunken ist.«

Dylan zuckte die Schultern, für ihn war das Thema damit erledigt. Ich verbarg mein Grinsen. Früher hätte er nicht mehr aufgehört damit, aber mittlerweile hatte er gelernt, dass er keine Kontrolle über die Menschen in seinem Leben hatte oder darüber, was sie sagten oder taten.

»Hey, Kar, kannst du Cameron schreiben und fragen, ob es klargeht, wenn ich seinen Wagen in die Werkstatt fahre und mal nach den Bremsen sehe? Die fühlen sich ein bisschen weich an.«

Ich spürte die Bewegung des Wagens, als Dylan bremste und wieder Gas gab, bevor er an einem Stoppschild anhielt.

»Ist es schlimm? Wir können doch noch fahren, oder?«

»Ja, keine Sorge. Ich überprüfe sie, wenn wir zurück sind«, versicherte er mir. »Dad müsste inzwischen auch zu Hause sein. Da du weiterhin bei uns übernachtest, könntest du dann vielleicht Pizza bestellen?« Er klimperte mit den Wimpern. »Bitte? Peperoni und Salami doppelt?«

»Na schön! Augen auf die Straße!«

»Klasse! Ich nehme die Umgehungsstraße, damit wir schneller zu Hause sind. Kannst du nicht jetzt schon anrufen, damit die Pizza da ist, wenn wir ankommen?«

»Du bist nicht mein Boss ...«

»Shit. Shit! Kar.«

Ich starrte Dylan an und erschrak, als ich seine entsetzte Miene sah.

»Dylan, was ist denn los?«

»Die Bremsen! Die Bremsen funktionieren nicht!«

Er trat immer wieder auf das Pedal, doch nichts passierte. Er fuhr fast hundertfünfzig auf der Umgehungsstraße. Ich drohte in Panik zu geraten, aber nur kurz. Ich musste Dylan schützen.

»Beruhige dich, Dylan.«

Ich fuhr diese Straße dauernd auf meinem Weg zum Hof. Normalerweise herrschte hier viel Verkehr, aber jetzt am Wochenende waren kaum Fahrzeuge unterwegs. Trotzdem, wir würden bald die Stadt erreichen.

»Zieh die Handbremse. Sofort!«

»Die … die funktioniert auch nicht!«

Verdammt. Ich hörte das dumpfe Geräusch, mit dem sein Fuß wieder und wieder auf dem Bremspedal landete.

»Dylan, hör zu.«

Er atmete gepresst, Tränen standen ihm in den Augen. Er wischte sie mit dem Handrücken fort, schluckte hart und nickte.

»Demnächst kommt eine Abfahrt. Nimm sie«, sagte ich ruhig, obwohl ich innerlich alles andere als ruhig war. »Fahr durch die Leitplanken auf die Grünfläche.«

Ich nahm mich zusammen und wischte genervt den kalten Schweiß von meiner Schläfe. Nichts würde mir meinen Bruder nehmen. Ich würde nicht zulassen, dass ihm etwas passierte.

»Verstanden, Dylan? Hörst du mir zu? Tu es jetzt. Jetzt!«

Seine Augen waren vor Entsetzen weit aufgerissen, seine Armmuskeln angespannt, als er den Pick-up von der Straße lenkte. Der Wagen durchbrach die Leitplanke, wurde jedoch nicht langsamer. Ich biss mir auf die Innenseite meiner Wange, so fest, dass ich Blut schmeckte. Gleichzeitig klammerte ich mich an den Seiten des Sitzes fest, während die Kombination aus Geschwindigkeit und unebenem Gelände den Pick-up durchschüttelte wie ein Boot in rauer See.

Ich hielt den Atem an und schloss die Augen, während der Wagen die Bodenhaftung verlor. Instinktiv hob ich die Arme, um meinen Kopf zu schützen, doch die Wucht warf mich nach rechts, so heftig, dass ich mich beinah übergeben hätte. Ich legte die Hände ans Fenster, um den Aufprall abzufedern, schrie jedoch vor Schmerzen auf, als ich abrutschte. Und der Pick-up raste immer noch.

»Mach langsam, Dylan! Heilige Scheiße, tritt doch nicht auch noch aufs Gas!«

»Das tue ich nicht! Ich schwöre!«, schrie er. »Omeingott, er wird nicht langsamer, Kara«, sagte er mit tränenerstickter und vor Angst zitternder Stimme.

Das alles ging furchtbar schnell, und doch erinnerte ich mich später an vieles. Wie Dylan mich ansah, sich mit beiden Händen ans Lenkrad klammernd, in den Augen reinste Panik. Wie er meinen Namen rief, als wäre er wieder ein kleines Kind, das mich sucht. Und an den Baum, den ich durch sein Fenster näher und näher kommen sah.

Meine Ohren klingelten, aber wie unter Wasser, und als das Fenster auf Dylans Seite in tausend Stücke zerbarst, wurde der langgezogene scharfe Laut zu nichts. Ich sah, wie Dylan die Augen schloss und sein Körper für einen Moment schwebte. Ich schrie und schrie, bis mir der Hals schmerzte, aber hören konnte ich nichts.

Ich roch etwas Brennendes. Hörte das leise Prasseln des Regens.

Und dann wurde alles dunkel.

30. Kapitel

Kara

Irgendetwas war komisch, dachte ich, einen Stein auf dem Boden kickend, denn ich hasste alles. Es fühlte sich an, als sei ein wildes Tier in mir, das auszubrechen versuchte. Mir war nach Weinen zumute. Den Fieslingen gefiel es, wenn ich weinte. Sie lachten und kriegten sich nicht mehr ein. Deshalb wollte ich nie wieder weinen. Nie mehr würde ich weinen.

Ich humpelte nach Hause und schaute wütend zum Himmel hinauf, denn hätte Gott mir nicht helfen sollen, als Patricia mich die Treppe hinuntergeschubst hat? Hätte Er da nicht Seine Engel schicken müssen, die meinen Feinden die Haare ausreißen, weil die so böse sind?

Ich wartete und wartete darauf, dass Gott mir zu Hilfe kam, aber als klar war, dass Er nicht auftauchen würde, boxte ich ihnen ins Gesicht. Ich trat gegen einen weiteren Stein, fester diesmal, und dann schrie ich vor Schmerz auf, weil ich auf dem Hintern gelandet war.

»Kara!«

Ich sah Dylan, der auf mich zugerannt kam. Seine kurzen Beine pumpten, die Arme hatte er nach hinten gestreckt, wie er es sich bei einem Ninja im Fernsehen abgeschaut hatte. Die eine Socke war heruntergerutscht, die Schnürsenkel waren nicht richtig zugebunden und schleiften auf dem Boden. Er hatte einen Schokoladenfleck im Gesicht, allerdings keinen einzigen auf seinem Iron-Man-Lieblings-T-Shirt. Das T-Shirt war ihm heilig.

»Warum sitzt du da am Boden?«, wollte er mit seiner Kleinjungenstimme wissen. »Kara, steh auf.«

»Ich hab dir doch gesagt, du sollst in Charitys Haus warten.« Ich band seine Schleifen an den Schuhen neu und wischte ihm den Fleck aus dem Gesicht.

»Hab die ganze Zeit da gewartet, und dann hatte ich keine Lust mehr zum Warten.«

»*Zu* warten«, korrigierte ich ihn.

»Zum Warten.«

Ich kicherte, wischte mir die Hände an meiner Hose sauber und tätschelte ihm den Kopf. »Na schön, du kleiner Depp. Gehen wir heim.«

Ich stand auf und zuckte zusammen, als ich einen scharfen Schmerz im Bein spürte. Dad würde erst in einer Stunde zu Hause sein. Obwohl er gestern Abend nichts gesagt hatte, wusste ich, dass ihm seine Schulter zu schaffen machte. Er würde mich bitten, sie ihm einzucremen, mit dieser Creme, von deren scharfem Minzgeruch mir die Nase lief und die Augen tränten. Aber wir hatten keine mehr, deshalb wollte ich in Mr. Rogers Lebensmittelladen welche für ihn kaufen, gleich nach der Schule. Aber diese Idioten waren mir dazwischengekommen.

»Kara!«

Ich drehte mich um. Dylan stand noch an der gleichen Stelle, hob beide Arme und schmollte.

»Du bist jetzt ein großer Junge. Du wirst selbst gehen müssen.«

Er schob das Kinn vor und verschränkte die Arme vor der Brust. Genervt schloss ich die Augen und zählte bis drei. Seine trotzige Miene verriet, dass mit ihm nicht zu reden war.

Ich stieß einen frustrierten Seufzer aus und ging zurück zu ihm. Sein Lächeln war süß und unschuldig, als er mir erneut die Arme entgegenreckte und mich erwartungsvoll ansah. Da musste ich lächeln, denn er war einfach zu hinreißend, und ich hob ihn hoch. Er war nur halb so groß wie ich und schon zu schwer, um ihn zu tragen, aber das war mir egal.

»Alles gut? Deine Haare sehen komisch aus.«

Wahrscheinlich, weil ein paar Idioten vorhin daran gezogen hatten. »Du wirst mir langsam zu groß, um dich noch zu tragen.«

»Ach, komm, Kara. Oh nein.«

»Was machst du denn?«

Ich gab einen weiteren frustrierten Laut von mir, als er versuchte, sein T-Shirt auszuziehen. Es hing zwischen seinem runden Bauch und meinen Armen fest.

»Dylan, hör auf herumzuzappeln, sonst lasse ich dich fallen.«

»Aber … aber …«

Ich biss die Zähne zusammen und verlagerte sein Gewicht auf meinen Armen, damit er sich das T-Shirt ausziehen konnte. Wenn er sich wenigstens für eine Minute benehmen könnte, damit ich ihn nach Hause tragen konnte, dann wären wir im Nu da. Aber nein, er musste ja …

Fast wäre ich über meine Füße gestolpert, weil er sein Lieblings-T-Shirt benutzte, um mir sanft die Stirn abzuwischen. Ich hörte ihn schluchzen.

»Tut weh?« Er sagte das so kindlich süß, dass ich auch fast geweint hätte. »Ist okay, Kara Koala. Is nich schlimm. Nur rotes Wasser.«

Ich musste schlucken. »Mir geht's schon viel besser. Danke, Peanut.«

Er grinste, obwohl ihm die Tränen über die Wangen liefen. »Hab dich lieb, Kara.«

Ich machte die Augen auf. Für einen Moment drehte sich alles. Magensäure stieg mir die Kehle hoch. Ich sank zurück aufs Bett, presste die Lippen zusammen, atmete schwer. Ich fühlte Schweiß auf meiner Stirn.

»Bleib liegen, Kara. Du bist in Sicherheit.«

Sicherheit? Plötzlich kam alles zurück. Der Pick-up, die Bremsen, das Entsetzen …

»Dylan!«

Charity hielt meine Hand. »Du bist in Sicherheit. Möchtest du Wasser?«

»Nein. Ich …« Panik lähmte mich.

»Erinnerst du dich daran, was passiert ist?«

»Bitte sag mir, wo mein Bruder ist.«

»Direkt neben dir.«

Ich setzte mich unvermittelt auf, und prompt tanzten Sterne vor meinen Augen. Ich musste mich am Bettrahmen festhalten. Dylan schlief tatsächlich in einem Bett neben meinem.

»Wir sind im Esther Falls Hospital. Ihr hattet beide Glück.«

Ich schluckte die Tränen herunter und versuchte meine Atmung zu kontrollieren. Mein Herz pochte so heftig, dass es wehtat. Ich betrachtete meinen kleinen Bruder länger, und als ich sicher war, dass er in Ordnung war, sank ich erleichtert auf das Kissen zurück.

»Bist du dir sicher, dass es Dylan gut geht?«

Sie nickte. »Sein linkes Bein ist verletzt. Und eine leichte Gehirnerschütterung. Der Arzt will ein paar Tage warten, bevor er einen Gips bekommt, damit die Schwellung zurückgeht. Ein paar Kratzer und Schrammen. Du hast dir dein Handgelenk verstaucht, aber abgesehen davon fehlt euch nichts. Dem Himmel sei Dank.«

»Dad! Wo ist Dad?«

»Er spricht gerade mit dem Doktor.«

»Geht es Dad gut?«

»Ein bisschen aufgewühlt, aber ansonsten geht es ihm gut. Kara, entspann dich.«

Ich betrachtete die Bandage an meinem Handgelenk und bog es ein wenig, zuckte zusammen, als es schmerzte.

»Wie lange war ich bewusstlos?«

»Du hast die ganze Nacht geschlafen. Dylan war vor dir wach.«

Ich erinnerte mich an nichts, was nach dem Unfall war.

»Es ist jetzt Abend. Du solltest dich ausruhen. Der Doktor wird bald hier sein, um nach euch zu sehen.«

»Kannst du mir sagen, was passiert ist? Alles, was ich noch weiß …« Ich presste die Finger gegen meine Schläfe, da mein Kopf anfing zu schmerzen.

»Es ist okay. Versuch nicht, dich zu erinnern. Hier, trink etwas.«

Sie drückte einen Knopf, um das Bett hochzufahren, und half mir, mich aufzusetzen, damit ich etwas trinken konnte.

»Ihr zwei seid gegen einen Baum geprallt«, erklärte sie mit ruhiger Stimme. »Der Wagen ist seitlich dagegengeprallt. Es war knapp, fast hätte es die Fahrerseite erwischt … fast. Jetzt seid ihr beide in Sicherheit.«

Mir war immer noch nicht ganz klar, was passiert war. Plötzlich fühlte ich mich wie betäubt, als hätte mein Körper einen unsichtbaren Schutzschild geformt. Mein Verstand verweigerte vorerst die Erinnerung. Es war, als hätte etwas die Pausentaste gedrückt.

»Charity, weißt du, wo mein Handy ist?«

»Das hat vermutlich dein Dad.«

Ich nickte. »Dylan, dieser Depp, hat jetzt schon zwei Fahrzeuge meines Freundes zerstört. Cameron wird ihn nie mehr irgendwas fahren lassen. Ich muss mit ihm reden. Er muss erfahren, was passiert ist. Wahrscheinlich macht er sich schon Sorgen, weil er gestern Abend nichts von mir gehört hat.«

»Mach dir deswegen keine Gedanken. Dylan hat ihm geschrieben.«

Hat er? Wo ist Cameron dann?

»War Cameron denn schon hier?«

Sie schüttelte mitfühlend den Kopf. »Er ist bei der Arbeit, oder? Dylan meinte, Cameron müsste sich um ein paar Dinge kümmern.«

»Oh, richtig.«

Trotzdem. Irgendetwas stimmte da nicht. Ich war ein bisschen gekränkt, dass er nicht da war. Vielleicht hatte Dylan ihm auch nicht die ganze Geschichte erzählt. So, wie ich Cameron kannte, wäre er im Nu hier gewesen, wenn er gewusst hätte, dass mir etwas zugestoßen war.

»Es tut mir leid, dass ich deine Anrufe nicht entgegengenommen habe, Kara.«

Ich betrachtete Charitys Gesicht. Sie hatte dunkle Ringe unter den Augen und schien Gewicht verloren zu haben. Ihre Haare waren ein wenig länger, aber die hüpfenden Locken hingen schlaff. Ich nahm ihre Hand und drückte sie tröstend.

»Ich bin sicher, du hast von mir und Andrew gehört«, sagte sie leise.

»Ja, und es tut mir wirklich leid.«

»Ich könnte alles ertragen, aber mich zu betrügen? Da ist die Grenze. Weißt du, was traurig ist? Dass er mich so lange betrogen hat und ich keine Ahnung hatte. Ich hatte keinen Schimmer …«

»Es ist nicht deine Schuld, Charity.«

»Ich weiß, aber weh tut es trotzdem.«

»Wie hast du es herausgefunden?«

»Die Tochter der Frau, mit der Andrew sich traf, hat mich aufgesucht. Dora. Süß, verplappert, ein kleiner Engel. Sie und ihre Mom wussten nicht, dass er verheiratet ist, bis eine Freundin, mit der sie früher zusammengearbeitet hat, es ihr sagte.«

»Es tut mir sehr leid.«

Sie nickte mutlos. »Andrew ist in übler Verfassung. Ich weiß, dass er sich selbst hasst. Unsere Kinder wollen nicht mit ihm reden. Er trinkt die ganze Zeit. Ich sollte nichts fühlen, außer Zorn auf ihn, aber er ist mir trotz allem nicht egal.«

Charity hatte ein großes Herz. Was allerdings an Andrew liebenswert sein sollte, konnte ich nicht ganz nachvollziehen.

»Hast du schon mit ihm gesprochen? Ich hörte, du …«

Als wir ein Geräusch von der Tür her vernahmen, schauten wir beide dorthin. Meine Tanten stürmten ins Zimmer, zusammen mit ihren Männern und einigen ihrer Kinder. Alle waren plötzlich um mich herum. Sie hatten Blumen und Früchte mitgebracht, und ich freute mich. Als sie bemerkten, dass Dylan noch schlief, wurden sie leiser.

»Kara?«

Kaum war Andrew ins Zimmer getorkelt, verbreitete sich der Geruch von Alkohol. Er sah gequält aus, während er mich mit hervortretenden Augen anstarrte.

»Wo ist Dylan?«, wollte er mit bebender Stimme wissen. »Geht es ihm gut?«

»Andrew«, tadelte Tante Elisa. »Du stinkst wie eine ganze Brauerei.«

Andrew stand wie angewurzelt an der Tür. »Bitte sagt, dass Dylan nichts fehlt.«

»Es geht ihm gut. Du hättest auch einfach anrufen können«, beschied ihm Tante Tabby. »Du bist doch nicht etwa betrunken hierhergefahren, oder?«

»Charity. Oh, du bist hier«, lallte Andrew und sank gegen die Wand. »Ich … ich wollte nicht, dass das passiert. Ich würde Kara und Dylan niemals wehtun.«

»Wovon redest du?« Mein Dad kam herein und schaute Andrew verwirrt an. »Wovon zur Hölle redest du da, Andrew?«

»Ich wollte nicht, dass das passiert. Sie hat mir gesagt, sein Pick-up steht vor eurer Werkstatt. Ich hab ihn gesehen. Ich hab ihn doch gesehen.«

»Ich verstehe nicht.«

In den Gesichtern aller Anwesenden stand das Entsetzen geschrieben, während wir Andrew und Dad beobachteten.

»Mike, ich … ich wollte nicht, dass das passiert«, wiederholte er und legte die zitternden Finger auf seine geschlossenen Lider.

Mein Dad wich schockiert zurück. »Du weißt etwas darüber? Du hattest etwas damit zu tun?«

»Ich habe nur ein bisschen herumgefummelt.«

»Herumgefummelt?«

»Kara und Dylan sollten diesen Pick-up gar nicht fahren, sondern dieser verdammte Cameron!«

Ich schnappte erschrocken nach Luft, als mir klar wurde, was Andrew uns da gerade zu sagen versuchte. Um mich herum gaben meine Tanten Laute der Bestürzung von sich.

»Ich habe bloß etwas an den Bremsen verändert. Dieser Cameron sollte den Wagen fahren! Ich hatte eine Rechnung mit ihm offen. Wegen des Geldes, das ich verloren habe. Wegen Charity, die ich auch verloren habe. Und wegen meiner Kinder. Dieses verdammte Arschloch. Du weißt, dass ich Kara und Dylan niemals wehtun würde …«

»Du Dreckskerl!«

Mit einer blitzschnellen Bewegung landete die Faust meines Dads auf Andrews Nase, die sofort anfing zu bluten. »Wie kannst du es wagen, meine Kinder zu verletzen! Sie sind alles, was ich habe, du Mistkerl!«

Sein Gesicht war von Wut und Schmerz verzerrt.

»Mike, bitte, es tut mir leid!«

Ich schlug die Hände vor den Mund, erschrocken über den gewalttätigen Zorn meines Vaters, der erneut auf Andrew einprügelte. Danach brach das Chaos aus.

»Ich würde ihnen nie wehtun, Mike. Ich schwöre es bei Gott!«

Mittlerweile lag Andrew am Boden und schützte sein Gesicht mit den Armen, während die Ehemänner meiner Tanten meinen Dad zurückzuhalten versuchten.

»Warum solltest du einem guten Jungen wie Cameron etwas antun wollen? Der arme Kerl hat niemanden.«

»Ich wollte ihm nur Angst einjagen! Ich habe die Bremsen manipuliert, sodass Bremsflüssigkeit ausläuft. Ich wollte nicht, dass er stirbt! Er sollte bloß einen Schreck bekommen. Er sollte bezahlen für das, was er getan hat. Ich wusste nicht, dass Dylan und Kara in dem Pick-up saßen. Ich wusste es nicht!«

»Meine Kinder … Kara, Dylan. Wie konntest du meinen Kindern wehtun? Mein eigener Bruder …« Dad sank auf die Knie und hielt sich die Brust. Dann kippte er um. Entsetzt verfolgte ich die Szene und wollte schreien, aber es kam kein Ton heraus.

»Mike! Mike, nein! Nein!«, schrien meine Tanten. »Ruft den Doktor! Mike, wach auf!«

Gott konnte doch nicht so grausam zu mir sein, oder?

Nicht mein Dad.

Nicht mein Dad.

Bitte, Gott.

31. Kapitel

Cameron

Ich betrat mein Haus, schloss die Tür hinter mir, lehnte mich dagegen und machte die Augen zu. Ich brauchte eine Minute, um zu mir zu kommen.

Kara hatte mir geschrieben und gefragt, ob Dylan meinen Pick-up fahren dürfte. Ich wollte sie bitten, im Haus ihres Vaters zu bleiben, aber ich wusste, dass sie nicht aufzuhalten war, sobald sie sich etwas in den Kopf gesetzt hatte. Sie würde mir erklären, dass ich nur meinen Atem verschwendete.

Wenn Caleb hier gewesen wäre, hätte ich ihn gebeten, sie und Dylan zu begleiten. Ich wollte es selbst machen, aber ich musste Raven finden.

Offene Kellerfenster. Hätte sie noch deutlichere Hinweise hinterlassen können? Das war eine Botschaft. Und sie war für mich bestimmt.

Es machte mich wütend. Falls es ihr darum gegangen war, mir Angst einzujagen, hatte sie Erfolg gehabt. Sie hatte herausgefunden, dass Kara mein verwundbarer Punkt war.

Was, wenn Kara dort gewesen wäre … *Hör auf, solche Sachen zu denken, Idiot.*

Das sah nach einem von Ravens Spielchen aus. Sie liebte solche Sachen und hatte meinen Vater und mich schon früher mit ihrem Blödsinn gequält, besonders wenn sie gelangweilt war. Aber ich hatte keine Ahnung, dass sie so weit gehen und Kara in ihre fiesen Manipulationen einbeziehen würde. Ich hätte es besser wissen müssen.

Raven hatte eine Grenze überschritten, und das war's jetzt für mich. Sie konnte meinetwegen alles Mögliche anstellen, aber nicht mit Kara. Kara war tabu.

Nur war Raven nirgends zu finden. Ich hatte an all den üblichen Orten gesucht, an denen ich sie vermuten konnte, und ein paar Leute angerufen, doch niemand hatte sie gesehen.

Und wenn der Einbruch bei Kara und die offenen Kellerfenster nun tatsächlich nur ein Zufall gewesen waren? Wenn es sich lediglich um einen Streich irgendwelcher Idioten aus der Nachbarschaft handelte?

Was? Bist du blöd?

Ich fuhr mir mit der Hand übers Gesicht und atmete tief ein. Dann ließ ich mich an der Tür zu Boden gleiten, die Knie gebeugt, sodass ich die Ellbogen darauf stützen konnte. Ich rieb mir den Nacken und spürte den beginnenden Kopfschmerz bis in die Augäpfel.

Raven würde jemanden anheuern, der die Drecksarbeit für sie erledigte. Aber hatte sie das in diesem Fall wirklich getan? Ja, absolut denkbar. Und dennoch sagte mir irgendetwas, dass das diesmal nicht zutraf, dass sie selbst bei Kara eingebrochen war.

Raven hatte irgendwie den Sender entdeckt, den ich an ihrem Wagen anbringen ließ. Sie war gerissen, und es war schwer, sie auszutricksen. Aber das musste ich. Dem Sender an ihrem Wagen konnte ich nicht mehr vertrauen, trotzdem schaute ich in die App. Ich erschrak, als ich sah, dass sich das Signal auf mein Haus zubewegte. Was hatte das zu bedeuten?

Wenige Minuten später klingelte es. Ich riss die Tür auf. Mein Zorn brodelte gleich unter der Oberfläche, und ich schmeckte seine Bitterkeit bereits auf der Zunge.

»Ah …« Ein Typ in Uniform starrte mich mit großen Augen an und wich zurück. »Expresslieferung.«

»Was?«

»Ich bin nur hier, um ein Päckchen abzugeben, Mann. Aus Toronto. Ich brauche eine Unterschrift.« Er hob die Hände und wich weiter zurück. »Aber wissen Sie was? Vergessen Sie's. Schönen Abend noch.«

Ich machte die Tür zu und riss das Päckchen auf. Und hätte es beinah gegen die Wand geschleudert. Natürlich befand sich der Peilsender darin. Der von Ravens Wagen.

»Shit.«

Sie spielte mit mir. Ich konnte sie fast lachen hören. Als mein Telefon klingelte, verkniff ich mir einen weiteren Fluch.

»Ja?«

»Cameron, hier spricht Ben.«

»Hast du sie gefunden?«

»Sie hat gerade eingecheckt. Alles klar bei dir?«

»Ich kümmere mich darum.«

»Gut. Wenn du etwas brauchst, weißt du ja, wo du mich findest.«

»Danke.«

Ich legte auf.

Raven bewohnte wieder dieselbe Suite im obersten Stockwerk des Miranda Inn. Ich ging wieder denselben Flur entlang. Trotz der kunstvollen Kronleuchter, die sanftes Licht verbreiteten, war es hier wie in einer Gruft.

Unsere letzte Begegnung lag Monate zurück. Damals hatte sie eine Warnung ausgesprochen, doch heute Abend würde ich derjenige sein, der sie warnte.

Vor der Doppeltür blieb ich stehen. Diesmal blieb sie geschlossen, und niemand hieß mich willkommen. Ich hämmerte mit der Faust dagegen. Nichts.

Im Flur spielte klassische Musik, aber statt beruhigend zu wirken, nervte sie mich. Ich kochte innerlich. Sie ließ mich absichtlich warten.

Erneut hämmerte ich mit der Faust gegen die Tür, lauter diesmal. Ich dachte gerade daran, sie einzutreten, als die Tür geöffnet wurde. Raven stand da, in einem glänzenden langen, blutroten Seidenkleid. Vermutlich hielt sie es für die Farbe des Sieges. Es sei denn, sie war hier, um Krieg zu führen.

Ihr Blick bohrte sich in meinen. Ihre Augen waren kalt und beinah reptilienhaft dunkel. Auf ihren Lippen, die eine Nuance dunkler geschminkt waren als die Farbe ihres Kleides, lag nicht einmal die Andeutung eines Lächelns.

Fehlte nur noch eine Krone. Andererseits brauchte sie vermutlich gar keine, da sie sich selbst längst für eine Königin hielt.

»Ich hörte, du suchst nach mir«, sagte sie, ohne mich aus den Augen zu lassen, während ich eintrat. »Hast du mich so sehr vermisst?«

»Ich bin nicht hier, um deinem Ego zu schmeicheln«, erwiderte ich.

»Du hast mir auch gefehlt, Baby.«

Ich ignorierte sie und schaute mich in der Suite um. Die Glasfront zeigte die ganze Stadt wie einen Film. Auf dem Tresen der Bar stand eine geöffnete Flasche Wein. Sie war fast leer. Zigarettenkippen lagen auf dem Tisch herum, und als ich ans Fenster ging, trat ich auf weitere Kippen auf dem Boden. Der Raum roch nach Laster und teurem Parfum. Vertraute Kindheitsdüfte.

»Ich sehe, du hast immer noch nicht gelernt, hinter dir aufzuräumen.«

»Warum auch, wenn es Leute gibt, die das für einen erledigen?«

Eine lange zurückliegende Erinnerung stieg in mir auf.

»Sei keine Heulsuse, Mommy liebt dich.« Raven beugte sich herunter, um mir einen Kuss zu geben und mir über die Haare zu streichen. »Ich bin bald zurück von meiner Party.« Sie kicherte und wirkte glücklich. Doch ich konnte nur weinen.

Ich versuchte die Tränen zurückzuhalten, weil ich wusste, dass sie das hasste, aber ich schaffte es nicht. Es war zu schwierig, wenn sie mich mit einer Fremden allein ließ. Ich kannte die andere Frau hinter mir nicht, die in Weiß gekleidet war und freundlich lächelte.

Ich hielt den Atem an. Vielleicht würden die Tränen dadurch versiegen.

»Cameron.« Ravens Stimme traf mich wie ein Peitschenhieb. Da war nichts Lockendes mehr, keine Sanftheit. Jetzt war sie hart und kalt. »Sieh mich an.«

Ich hatte Angst, den Blick zu heben. Noch mehr als davor, mit einer Fremden in diesem Zimmer zu bleiben. Warum ließ sie mich nicht einfach allein zurück? Natürlich würde Raven mich im Keller einschließen, und der war manchmal zu dunkel und unheimlich. Aber wenigstens war dort niemand außer mir.

»Ich sagte, sieh mich an.«

Ich schaute auf. Sie war so wunderschön, wie eine Königin, aber ich fragte mich, wie jemand, der so schön aussah, gleichzeitig so beängstigend sein konnte. Ich wusste, dass Raven mich nicht schlagen würde, daher verstand ich nicht, warum ich in ihrer Gegenwart vor Angst wie erstarrt war. Sofort hörte ich auf zu weinen.

»Na bitte. Mein guter kleiner Junge. Bis bald, Schatz.« Sie warf mir Kusshände zu und verschwand in einer Wolke aus teurem Parfum.

Ich blinzelte, und die Erinnerung löste sich auf. Ich hatte keine Ahnung, in welchem Hotel wir damals wohnten. Es hatte zu viele gegeben. Möglicherweise war es sogar dieses hier gewesen. Es spielte keine Rolle.

Ich drehte mich um. Sie stand an der Bar.

»Was hast du vor, Raven?«

»Dir einen Drink einschenken. Stimmt was mit deinen Augen nicht, Darling?«

»Ich spiele keine Spielchen mit dir und …«

»Wie schade.« Sie prostete mir zu. »Du bist doch immer so gut darin.«

»… ich trinke definitiv nichts mit dir.«

»Jetzt verletzt du aber meine Gefühle.« Sie trank einen Schluck, blieb jedoch hinter der Bar stehen. »Hast du mein Geschenk erhalten?«

Ich musterte sie mit eisigem Blick.

Plötzlich erschien ein Grinsen auf ihrem Gesicht, das ihre makellosen weißen Zähne zeigte. Die sahen aus, als könnte sie jeden einzelnen davon ins Fleisch eines anderen Menschen versenken. »Hat es dir gefallen?«

Ich antwortete nicht.

In ihren Augen erschien ein sanfter Ausdruck. »Ich kann nie lange wütend auf dich sein. Warum kommst du nicht her und gibst Mommy einen Kuss?«

Sie klopfte sich auf die Wange.

»Wie hast du ihn gefunden?«

Sie hob die Brauen. »Was, das kleine Spielzeug?« Sie lachte in sich hinein und schüttelte den Kopf. »Glaubst du wirklich, du bist der einzige Mann, der mich zu überwachen versucht? Ich bin ein Schatten, Baby.«

Sie prahlte, war stolz auf die Anzahl der Männer, die hinter ihr her waren. Warum auch nicht? Sie war verrückter als all diese Männer. Mich eingeschlossen. »Inzwischen besitze ich eine ganze Sammlung dieser Dinger.«

Daran hegte ich nicht den geringsten Zweifel. Ich schob meine Hände in die Taschen und lehnte mich gegen die Glaswand.

»Vielleicht solltest du dein Fahrzeug mal überprüfen. Es scheinen ja viele Wanzen unterwegs zu sein neuerdings«, bemerkte sie.

Was zum ... Dann lachte sie. Sie hatte mich reingelegt.

»Du bist also in der Stadt herumgefahren und hast mich glauben lassen, du seist noch in Toronto.«

Sie zwinkerte. »Das wüsstest du wohl gerne. Immerhin fahre ich meinen Wagen selbst, im Unterschied zu dir.«

Angst erfasste mich. »Was hast du gesagt?«

Sie wedelte mit der Hand, als wollte sie eine lästige Fliege verscheuchen. »Du fährst doch ständig diesen hässlichen Firmen-Pick-up. Nie nimmst du die Autos an, die ich dir schenke.«

»Deine Geschenke sind nie ganz kostenlos.«

»Aber natürlich sind sie das. Du musst nur auf meine Botschaften antworten.«

Ich stellte mich gerade hin. »Und in Karas Haus einzubrechen und sämtliche Kellerfenster zu öffnen, ist eine davon? Das ist ziemlich billig, selbst für dich.«

»Ich weiß nicht, wovon du sprichst.«

»Lügnerin.«

Ich machte einen drohenden Schritt auf sie zu, und dann noch einen, bis ich direkt vor ihr stand. Nur der Tresen befand sich noch zwischen uns. Sie neigte den Kopf zur Seite und schaute mich herausfordernd an, während sie einen winzigen Eiswürfel in ihren Mund fallen ließ und zerkaute.

Raven war in meiner Gegenwart auf der Hut. Sie blieb auf Distanz, und das war auch besser so. Ich beherrschte mich nur mit Mühe. Das merkte sie.

Ich musste wieder an Karas entsetztes Gesicht denken, als sie mir von dem Einbruch erzählte. Mir war klar, dass ich die Beherrschung nicht verlieren sollte. Sobald ich meiner Wut freien Lauf ließ, hatte ich gegen Raven verloren. Sie würde sich daran weiden, und ich gönnte ihr diese Genugtuung nicht.

Statt also mit den Fäusten auf den Tresen zu hämmern, legte ich sie nur darauf und setzte mich demonstrativ entspannt auf einen der Hocker.

»Ich habe dir gesagt, du sollst sie in Ruhe lassen«, erklärte ich ruhig und beugte mich über den Tresen, sodass unsere Gesichter nur noch Zentimeter voneinander entfernt waren. »Was hast du dir gedacht, verdammt?«

»Vor einigen Monaten haben sich die Frauen bei dir noch die Klinke in die Hand gegeben. Diese Kara muss ja eine Wahnsinnspussy im Bett sein.«

»Rede verdammt noch mal nicht so von ihr.«

»Ich fasse es nicht, Cameron.« Sie machte ein verblüfftes Gesicht und hielt die Augen auf mich gerichtet, während sie den Rest aus der Flasche in ihr Glas schenkte. »Sag nicht, du hast *Gefühle* für diese Frau.«

Ich biss die Zähne zusammen und wich zurück.

»Oh nein, mach jetzt keinen Rückzieher. Erzähl mir nicht, du glaubst, dass du tatsächlich in dieses Mädchen *verliebt* bist.«

Sie nahm ihr Glas und leerte es in einem Zug. Ihr Gesicht nahm einen ungläubigen Ausdruck an. Ihr war alles zuwider, von dem sie glaubte, dass es sie schwächen könnte – zum Beispiel, für jemand anderen außer sich selbst da zu sein.

»Wow«, flüsterte sie, als hätte sie gerade eine fundamentale Erleuchtung gehabt. »Du denkst, dass du dieses Mädchen liebst, nicht wahr?«

Raven lachte. Wild und laut und unkontrolliert. Es erfasste ihren ganzen Körper, sodass sie sich beinah krümmte, während sie sich den Bauch hielt. Als sie fertig war, warf sie ihr Haar zurück und funkelte mich verächtlich an.

»Cameron, du weißt nicht einmal, was Liebe ist. Was glaubst du, weshalb du stets jedes Mädchen flachgelegt hast, das dir über den Weg lief? Und jetzt willst du mir etwas über die Liebe erzählen? Hoppla, ich fürchte, ich bin auf dem Weg hierher in welche hineingetreten. Möchtest du sie von meinen Pumps abkratzen?«

Sie stellte geräuschvoll ihr Glas ab.

»Du enttäuschst mich, Baby.«

»Ich dachte, du wüsstest mittlerweile«, begann ich leise, die Hände zu Fäusten geballt, »wie herzlich wenig es mich interessiert, was du von mir denkst. Lass sie in Ruhe. Und lass es dir im Guten gesagt sein.«

Sie beäugte meine Fäuste auf dem Tresen. »Ich vergieße gleich eine Träne.« Aber sie wich zurück.

Dachte sie, ich würde sie schlagen? Plötzlich tauchten Bilder in meinem Kopf auf, schnell hintereinander, verschwommen, mir wurde schwindelig davon. Ich verdrängte sie. Raven war mittlerweile am anderen Ende des Tresens angelangt.

»Glaubst du wirklich, jemand, der so kaputt ist wie du, könnte einen anderen Menschen lieben?«, fuhr sie fort, nahm sich eine Erdbeere aus einer Schale und biss langsam hinein. »Was meinst du, was sie sagen wird, sobald sie das mit deinem verkorksten Dad herausfindet? Und deiner verkorksten Mom?« Erneut biss sie in die Erdbeere, dann warf sie die angebissene Frucht zurück in die Schale. »Die eigentliche Frage lautet aber doch, ob sie bei dir bleibt, nachdem sie erfahren hat, was du getan hast.«

»Sie weiß von Pete.«

Das schien sie ein wenig zu überraschen. »Wow, hattest du endlich die Eier, um über diesen armen Jungen zu sprechen? Dieser arme, arme Junge aus dem Heim.« Sie schnalzte mit der Zunge. »Du hättest ihn damals nicht retten können, oder?«

Ich schloss die Augen, biss die Zähne zusammen und versuchte meine Atmung zu kontrollieren. Doch die Wut war da und zerrte an meiner Selbstbeherrschung, so sehr, dass ich das Glas nahm, das sie auf den Tresen gestellt hatte, und an die Wand schleuderte. Es regnete Kristallsplitter.

»Ganz ruhig.«

»Warum heiratest du nicht einfach den Kerl, hinter dem du her bist, und verschwindest aus meinem Leben?«

»Komm schon, Baby. Sag keine Sachen, die du nicht ernst meinst.« Sie lächelte. »Mit diesem Mann habe ich Schluss gemacht. Er entpuppte sich als Langweiler, gab ständig nach. Außerdem brauchst du mich, damit ich dich daran erinnere, was in deiner Vergangenheit passiert ist. Du erinnerst dich nämlich nicht an alles, oder?«

Mein Herz pochte so heftig, dass es schmerzte.

»Wir alle haben unsere Geheimnisse, Cameron. Deins wiegt allerdings ziemlich schwer. Tja, und deswegen wirst du einen hohen Preis zahlen müssen. Da stimmst du mir doch zu, oder, mein Lieber?«

»Du machst mich krank.«

»Suchen dich immer noch diese Albträume heim?«, fragte sie beiläufig. »Du hast nachts geschrien und geweint. Und bist schlafgewandelt. Machst du das heute noch?« Sie ging zu der Weinflasche auf dem Tresen, stellte fest, dass sie leer war, und warf sie in die Spüle. Sie prallte mehrmals auf, zerbrach jedoch nicht.

»Was sagt deine Freundin dazu? Ist sie nicht verstört? Denn glaub mir, auch wenn ich dich noch so sehr liebe, ich fand es verstörend.«

Sie griff unter den Tresen, holte eine kleine Flasche Champagner hervor und nahm sich ein neues Glas.

»Aber du warst der wunderschönste Junge. Wohin wir auch gingen, umringten dich die Leute und wollten einen Blick auf dich werfen.« Sie benutzte einen Korkenzieher und kicherte, als der Korken herausploppte, dann schenkte sie das perlende Getränk ins Glas. »Du siehst aus wie ein Engel. Und wie sich zeigte, bist du auch einer. Denn du hast mich gerettet.«

Ich erstarrte.

»Du hast mir das Leben gerettet«, wiederholte sie. »Verrate mir – gibst du dir immer noch die Schuld? Tu's nicht. Wärst du nicht gewesen, wäre ich nicht hier. Allerdings mache ich mir Sorgen, was deine Freundin wohl denken mag, wenn sie erfährt, was du für mich getan hast.«

»Wovon redest du?«

»Ich verdanke dir mein Leben, wie du mir deines verdankst. Du hast mich gerettet. Ich hätte damals nicht zugelassen, dass dir etwas passiert, und ich werde es heute nicht zulassen.«

Ich stieß einen der Hocker um, da ich schwankte, und registrierte es kaum. Meine Hände zitterten. Ich starrte darauf und versuchte, das Zittern unter Kontrolle zu bekommen, aber es hörte nicht auf.

»Offenbar wirst du bis heute nicht damit fertig. Du bist immer noch ein Kind.« Betont mitleidig schüttelte sie den Kopf. Sie kam zu mir, wahrte aber eine Armlänge Abstand. »Du hast es für Mommy getan, Cameron. Mein tapferer kleiner Junge. Du warst noch so jung.«

Ich hörte meinen eigenen Atem, harsch und laut.

Du hast es für Mommy getan. Du hast es für Mommy getan.

Meine Knie zitterten, als ich zu Boden sank.

Du hast es für Mommy getan.

»Nein.«

Ich hielt mir die Ohren zu, um die Stimmen in meinem Kopf nicht mehr zu hören. Ich konnte kaum atmen, kaum noch denken. Meine Kehle war wie zugeschnürt, ein Gewicht lastete auf meiner Brust. Ich würde hier sterben.

Ich hab's nicht getan. Ich habe es nicht getan.

Oder doch?

»Doch, hast du«, flüsterte Raven.

Ich sah auf. Das Mitleid in ihrem Blick war wie Gift. Wie Höllenfeuer.

»Du hast es getan, Cameron. Für mich. Für Mommy.«

Nein.

Sie log. Sie log, verdammt noch mal.

»Tue ich das? Tue ich das wirklich, Cameron? Woher willst du das wissen? Nur ich kenne die Wahrheit über dich. Über das, was wirklich in jener Nacht geschehen ist. Erinnerst du dich an die Pistole?«

Der Schmerz war zu groß, der Zorn, die Ernüchterung. Der Selbsthass. Es fühlte sich an, als laste das Gewicht der Welt auf meinen Schultern. Warum konnte ich mich an nichts erinnern? Stimmte es? War mein Albtraum Realität? Hatte ich … hatte ich …

Jetzt fiel mir alles wieder ein. Der Traum. Der Traum war Wirklichkeit gewesen. Aber nein. Das konnte nicht sein. Die Wirklichkeit und das, was mein verdrehter Verstand produzierte, vermischten sich wie an die Wand geklatschte Farben. Ich vermochte die einzelnen Töne nicht mehr zu unterscheiden, konnte nicht sagen, was echt war und was unecht.

»Lass mich wenigstens eines für dich tun.« Sie legte ihre Hände an meine Wangen. »Ich werde nicht zulassen, dass sie dir wehtut und dich noch mehr verwirrt. Ich werde mich um deine kleine Freundin kümmern, Cameron. Wie Mommy es immer tut.«

»Nein!«

Ich schlug ihre Hände weg, richtete mich blitzschnell auf und drückte ihre Schultern gegen die Wand.

Ihre Augen funkelten. »Du erhebst die Hand gegen mich? Warum legst du deine Hände nicht gleich um meinen Hals?« Ein Lächeln breitete sich sehr langsam auf ihrem Gesicht aus. »Genau wie dein Vater. Du bist genau wie er, Cameron.«

Abrupt zog ich die Hände zurück, als hätte sie mich verbrannt. Bilder bombardierten mich. Schmerzliche, quälende Bilder. Waren sie echt?

»Wage es nicht, sie anzurühren. Wage es ja nicht, Kara anzurühren.«

»Sonst was?«

»Sonst bringe ich dich um.«

Sie grinste. »Meine Arbeit hier ist getan. Halte dich von ihr fern, dann halte ich mich auch von ihr fern.«

Ich wandte mich ab und ging hinaus. Hinter mir hörte ich das Klappern ihrer Absätze, doch ich drehte mich nicht um.

»Oh, Cameron!«, rief sie. Ich ging weiter. »Wir sollten irgendwann zusammen essen gehen. Ruf mich an!«

Die Fahrstuhltüren öffneten sich, und ich stolperte hinein.

»Wir sehen uns bald, Darling!«

Gnädigerweise schlossen die Türen sich.

Endlich war ich allein in meiner eigenen persönlichen Hölle.

32. Kapitel

Kara

Es war fast einen Tag her, seit mein Vater nach seiner Operation auf die Intensivstation verlegt worden war. Sein Herzinfarkt hatte mich völlig außer Gefecht gesetzt.

Mit anzusehen, wie mein Dad auf die Knie sank, sterbenskrank, war, als würden mir das Herz und die Seele aus dem Leib gerissen. Es fühlte sich an, als würde ich nie wieder Frieden finden. Als hätte ich mich irgendwo verirrt und würde nie wieder den Weg nach Hause finden. Weil mein Leitstern verschwunden war. Und bis ich ihn zurückhatte, würde ich hilflos dahintreiben. Der Tod wird real und lähmend für diejenigen, die zurückbleiben.

Die Krankenhauskapelle war still und verlassen. Das Licht war buttergelb, die Wände in einem sanften Weiß gestrichen, und die Teakholzbänke hatten dicke rote Samtkissen. Auf einem Podium stand der Altar mit einem Bild von Jesus am Kreuz.

Ich saß seit Stunden da und betete zu Gott für die Menschen, die ich liebte, und für die Menschen, die ihn am dringendsten brauchten.

Als Großmutter im Pflegeheim starb, meinte Dylan, es sei selbstsüchtig, dafür zu beten, dass diejenigen, die man liebte, noch bleiben sollten, obwohl sie schon an der Schwelle des Todes standen. Deshalb tat er es nicht. Er fand, was auch immer Gott wollte, würde Er sich nehmen, und man könne nichts dagegen tun.

Ich wusste, dass mein Dad zu Seinen Lieblingen zählte, aber konnte Er ihn nicht noch ein wenig länger hier auf Erden lassen? *Was sind schon weitere achtzig Jahre? Nur ein Blinzeln, gemessen in himmlischer Zeit.*

Mir war auch klar, dass Dad im Himmel glücklicher wäre, wo es keinen Schmerz und keine Seelenqual gab. Vielleicht hatte Dylan recht. Vielleicht war es selbstsüchtig, sich zu wünschen, mein Dad solle bleiben, denn ich wünschte es ja für mich. Ich war noch nicht bereit, ihn gehen zu lassen. Es gab so viele Dinge, die ich ihm noch geben wollte. Er sollte ein glückliches Leben auf Erden haben, ehe er für immer gehen musste. Ich hatte ihm ja noch nicht einmal das Haus gebaut, das ich ihm versprochen hatte.

Wenn ich härter arbeiten musste – wenn das nötig war, damit Gott meinen Dad noch bleiben ließ –, dann würde ich es tun. *Nur bitte, bitte nimm ihn mir nicht. Noch nicht.*

Ich schloss die Augen und lehnte mich auf der Bank zurück. Ich zwang mich zur Ruhe, doch mein Atem verriet mich. Es war bereits kurz vor Mitternacht an einem Montag.

Der Doktor hatte heute Morgen eine ganze Menge Dinge erklärt, nur erinnerte ich mich an nichts mehr. Die Zeit während und unmittelbar nach der Operation fehlte mir.

Es war ein schwerer Schlag für die Familie gewesen, mit ansehen zu müssen, was sich zwischen Andrew und Dad abspielte. Und als Dad den Herzinfarkt bekam und Andrew verhaftet wurde, waren wir völlig fertig.

Das meiste von all dem verschlief mein Bruder. Im Lauf des Tages war er nur einige Male wach. Darüber war ich froh. Der Doktor hatte ihm wegen seines Beins Schmerzmittel verabreicht, und das machte ihn schläfrig.

Thomas schaute vorbei, und ich war erstaunt, wie bestürzt er darüber war, Dylan im Krankenhausbett zu sehen. Er erzählte, dass sie befreundet waren, seit er seinen Jeep in die Werkstatt gebracht und Dylan die Inspektion durchgeführt hatte. Sie waren wirklich gute Freunde geworden.

Mir wurde klar, dass Thomas der Freund war, mit dem Dylan so viel Zeit verbrachte. Wenn Dylan wach war, schrieb er viele Textnachrichten. Wahrscheinlich an Thomas. Das freute mich wirklich.

Doch dann schlich sich etwas anderes in meine Gedanken. Etwas, das ich verdrängt hatte. Meine Lippen zitterten, mein Hals war wie zugeschnürt. Ich streifte meine Schuhe ab und legte mich auf der Kirchenbank auf die Seite, das Gesicht auf meine gefalteten Hände gebettet.

Andrew wünschte Cameron Unheil. Mein eigener Onkel. Er hatte geschrien, er habe Cameron nicht umbringen, sondern ihm nur Angst einjagen wollen. Was konnte Andrew dazu gebracht haben, Cameron derartig zu hassen? Was warf Andrew ihm vor? Ich hatte keine Ahnung, wie ich Cameron das mit Andrew beibringen sollte. Ich schämte mich so.

Da waren so viele Fragen. Ich brauchte Cameron hier. Er hatte mir zuletzt gestern geschrieben, dass er immer noch bei der Arbeit wäre. Das war alles. Da stimmte etwas nicht. Mehrmals hatte ich versucht, ihn anzurufen, und ihm geschrieben, aber sein Handy war ausgeschaltet. Oder er hatte keinen Empfang dort, wo er war.

Ich kann keinen vernünftigen Gedanken fassen. In meinem Kopf und in meinem Herzen herrschte Chaos. Ich war zwischen Angst und Aufgewühltheit hin- und hergerissen. Ich wünschte, Cameron wäre hier und seine starken Arme würden mich halten, damit ich seine Wärme spüren konnte.

Als ich ein Geräusch vernahm, setzte ich mich erschrocken auf. Ich schaute zum Eingang und glaubte Cameron zu erkennen. Hatte ich ihn mir so sehr herbeigewünscht, dass er mir als Trugbild erschien?

Ich zog rasch meine Schuhe an und lief in die Richtung, in der ich ihn vermutete. Ein großer Mann mit breiten Schultern in einem hellgrauen Kapuzenpullover betrat den Fahrstuhl. Ich sah ihn nur von hinten.

»Cam!«

Er drehte sich nicht um. Und die Fahrstuhltüren glitten zu.

Am nächsten Abend informierte der Doktor uns darüber, dass es meinem Dad besser ging und er morgen auf die Telemetrie-Station verlegt werden würde, wenn sein Gesundheitszustand sich weiter verbesserte. Wir waren unendlich erleichtert.

Ich fuhr kurz nach Hause, um nach dem Rechten zu sehen. Zuerst zum Haus meines Vaters, wo ich ein paar Sachen für meine

Männer einpackte, dann zu meinem Haus. Dort duschte ich und wollte schon wieder los, als mir einfiel, dass es sinnvoll wäre, etwas zu essen, wenn ich bei Kräften bleiben wollte.

Ich schleppte mich in die Küche, wo ich mir ein Avocado-Sandwich mit Tomaten und Sojasprossen zubereitete, ein Glas Saft einschenkte und mich an den Esstisch setzte.

Ich beschloss, die Werkstatt für einige Tage nur halbtags zu öffnen. Nur Kunden mit Verträgen durften kommen, Laufkundschaft und neue Termine würden wir nicht annehmen. Natürlich war mir klar, dass das geschäftlich nicht gut war. Wir würden Kunden verlieren, aber es ging eben nicht anders.

Es gab so viele Dinge, um die ich mich kümmern musste. Seufzend biss ich in mein Sandwich. Mir blieb keine Zeit, mir die dringend nötige Erholung zu gönnen. Ich durfte mir jetzt keine Schwäche erlauben.

Stahl, Baby. Du bist aus Stahl.

Ich legte das Sandwich auf den Teller. Ich hatte wirklich keinen Appetit und schaffte es einfach nicht, mich zum Essen zu zwingen. Wenn ich später Energie brauchte, würde ich einen Schokoriegel essen.

Ich sollte zurück ins Krankenhaus fahren, dachte ich, während ich das Sandwich in einen Behälter tat und in den Kühlschrank legte. Dann nahm ich mein Telefon und versuchte zum x-ten Mal Cameron zu erreichen. Diesmal klingelte es am anderen Ende, und die Voicemail sprang nicht gleich an. Mein Herz schlug schneller.

Es klingelte einmal, zweimal.

»Kara.«

Beim Klang seiner Stimme atmete ich scharf ein. Es war drei Tage her, seit ich ihn zuletzt gehört hatte, aber es fühlte sich an, als sei ein ganzes Jahr vergangen. Heftige Sehnsucht packte mich. *Ich brauche dich.*

Ich hatte keine Ahnung, was mit mir los war, aber mir liefen die Tränen. Seit Tagen blockte ich meine Ängste, doch jetzt war ich überwältigt. Camerons Stimme ließ den Schutzwall, den ich um mich herum errichtet hatte, in sich zusammenfallen.

»Was ist los? Bist du verletzt?«, erkundigte er sich sofort in einem scharfen, beinah gereizten Ton.

»Nein. Es ist nur … ich nicht.«

»Wo bist du?«

»Bei mir zu Hause, aber ich breche gleich wieder auf zum Krankenhaus. Hast du meine Nachrichten erhalten? Ich habe versucht, dich anzurufen, aber …«

»Ich komme vorbei«, sagte er. »Warte auf mich.«

»Bist du nicht bei der Arbeit?«

»Bin in ein paar Minuten da.«

Die Leitung war tot. Verwirrt starrte ich mein Handy an. *Wo ist er? Hat er die Arbeit schon beendet?* Offensichtlich, schließlich hatte er angekündigt, in ein paar Minuten hier zu sein. Vielleicht war er gerade nach Hause gekommen.

Er würde kommen. Cameron würde herkommen. Ich war unendlich froh. Plötzlich holten die vergangenen Tage mich ein – die Sorgen, der Schlafmangel, die Appetitlosigkeit. Meine Knie gaben nach, daher legte ich mich aufs Bett, um für einen Moment die Augen zu schließen. Prompt schlief ich ein.

Ich erwachte und spürte Camerons Wärme. Außerdem nahm ich den Duft seiner Haut wahr, den ich mit der Farbe Blau assoziierte – kühl und frisch und rein. Noch immer berauschend, noch immer süchtig machend. Ein warmes Gefühl in mir erzeugend.

Lächelnd schmiegte ich mich an seinen Hals und wünschte, seine starken Arme würden sich fester um mich legen.

»Cam, Himmel, du hast mir gefehlt. Wo bist du gewesen?«

Ich hob den Kopf, um ihm ins Gesicht zu schauen, aber es war zu dunkel. Ich stützte mich auf seiner Brust ab und küsste ihn. Seine Lippen an meinen zu spüren entfachte die Begierde in mir. Ich stöhnte und ließ meine Zunge über seine Oberlippe gleiten, um ihn zu einer Reaktion zu animieren. Aber er regte sich nicht.

Da stimmte etwas nicht.

»Cam?«

Ich hörte ihn scharf einatmen, aber das nützte mir auch nichts mehr. Er reagierte nicht auf meine Berührungen. Ich überlegte, ob das schon jemals vorgekommen war. Nein, er hatte meinen Kuss stets erwidert. Und er hatte jedes Mal mehr gewollt. Diesmal rührte er sich nicht. Furcht beschlich mich.

»Kara«, sagte er leise. »Wir müssen reden.«

Panik stieg in mir auf. Ich schluckte. *Ja, müssen wir wohl.*

»Alles klar. Ich koche Kaffee in der Küche. Dort können wir reden.«

Die Luft war kühl und verursachte mir eine Gänsehaut. Ich nahm mir meinen Bademantel. Den hatte Cameron mir an dem Abend gegeben, als ich erfuhr, dass Tala wegziehen würde und meine Mutter zurückgekehrt war. Ich erinnerte mich daran, wie zärtlich Cameron mir die Haare gewaschen und sich um mich gekümmert hatte. Das schien lange her zu sein.

Als der Kaffee fertig war, stellte ich die Becher auf den Tisch und setzte mich. Cameron blieb, wo er war, an die Wand gelehnt und die Arme vor der Brust verschränkt. Seine Miene war undurchdringlich.

Er trug ein schwarzes T-Shirt, das über seinen breiten Schultern spannte und seine muskulösen Unterarme frei ließ. Die endlos langen Beine steckten in einer locker sitzenden Jeans. Er war so groß, so kompromisslos männlich. Seine Bartstoppeln ließen ihn düster und gefährlich aussehen.

Ich deutete auf den Kaffee. »Willst du keinen?«

»Ich will viele Dinge«, erwiderte er. »Heißt aber nicht, dass ich sie mir auch nehme.«

Er lächelte nicht. Wusste er von Andrew? Charity hatte gesagt, Dylan hätte ihm geschrieben, aber wie viel hatte mein Bruder ihm erzählt? Vielleicht wusste er schon alles und benahm sich deshalb so … distanziert mir gegenüber.

Ich hielt den Becher in beiden Händen, um mich zu wärmen, und schaute auf die schwarze Flüssigkeit.

»Schau mich an«, forderte Cameron mich auf.

Mir wurde mulmig, und eine ungute Vorahnung befiel mich.

»Schau mich an«, wiederholte er sanfter.

Ich wollte es nicht. Aus irgendeinem Grund war ich nervös und hatte Angst, ihm in die Augen zu blicken. Trotzdem zwang ich mich dazu. Sein Gesicht war ausdruckslos wie seine Augen. Etwas in mir zerbrach.

»Ich werde gehen«, sagte er.

Ich trank einen Schluck Kaffee, um meine Furcht zu kaschieren. Ich brauchte einen Moment, ehe ich fragen konnte: »Schon? Fährst du zurück zur Baustelle?«

»Nein«, antwortete er. »Ich habe den Job angenommen. In BC.«

Ich erstarrte. Die Gedanken in meinem Kopf wirbelten durcheinander. »Was? Ich dachte … Ich dachte, dass du …« Ich ruderte zurück. »Okay, das ist gut. Das ist gut, oder?«

Was passierte mit mir? Ich wollte diese Worte gar nicht sagen. Zumindest glaubte ich, dass ich sie nicht hatte sagen wollen; herausgekommen waren sie dennoch.

»Ja«, meinte er. »Ist es.«

»Was … Ich meine, wann fährst du?«

»Morgen früh.«

Es kam mir unfair vor, dass er das allein entschieden hatte, ohne vorher mit mir darüber zu sprechen. Die ganze Zeit hatte er mir versichert, er würde den Job nicht machen. Dass er es nur für mich tun wollte. Es machte mich wütend.

»Findest du nicht, du hättest vorher mit mir darüber reden sollen?«

»Warum? Ich dachte, du würdest mich nicht zurückhalten wollen.«

Mir klappte die Kinnlade herunter. Ich wollte etwas sagen, aber nichts kam heraus. Seine Worte trafen mich tief ins Herz.

Oder deutete ich sie falsch? Vielleicht holte die Müdigkeit mich ein, sodass mein Verstand nicht mehr richtig arbeitete. Das klang überhaupt nicht nach Cameron. Ich versuchte es erneut.

»Du weißt, dass ich nicht wegkann. Vor allem jetzt nicht, wo Dad im Krankenhaus liegt. Die Werkstatt braucht mich. Es ist alles ein ziemliches Desaster gerade …«

»Ich bitte dich nicht, mich zu begleiten.«

Ich hielt perplex inne.

»Ich gehe allein, Kara. Meine Taschen sind bereits gepackt.«

Mir sackte das Herz in den Magen. Panik erfasste mich.

Ich schluckte, lehnte mich zurück und atmete tief ein. »Na ja, wir können uns gegenseitig besuchen. Das wird hart, aber …«

»Nein«, sagte er. »Auch das will ich nicht.«

Mir rauschte das Blut in den Ohren, und für einen Moment wurde mir schwindelig. Camerons Gesicht verschwamm vor meinen Augen. Ich blinzelte mehrmals, um wieder klar sehen zu können. Er stand da und sah so unnahbar und allein aus, entfernt von allem und jedem.

»Was willst du dann, Cameron?«

»Nicht«, bat er mit sanfter Stimme. »Frag mich das nicht. Die Antwort würde dir nicht gefallen.«

Ich biss die Zähne zusammen, knallte die Faust auf den Tresen und sah Cameron mit glühendem Blick an. »Was ist denn passiert mit dir? Warum bist du so?«

Er holte tief Luft, sagte aber nichts. Ich suchte die Wärme in seinen Augen, die stets da war, wenn er mich anschaute. Sie war verschwunden.

Unerwiderte Liebe war wie ein großer Felsen am Rand einer Klippe. Verzweiflung war wie ein Seil, das um diesen Felsen geschlungen war. Und diejenige, die das Seil hielt, war ich. Ich wusste, was passieren würde, warum also das Seil festhalten?

»Du hast von Andrew gehört, oder? Hat Dylan es dir erzählt?«

»Was ist mit ihm?«

»Bist du wütend auf meine Familie? Auf …« Ich krächzte. »Auf mich?«

»Ich weiß nicht, wovon du sprichst.«

»Lüg nicht! Du weißt, dass Andrew die Bremsen deines Wagens manipuliert hat. Deshalb hat Dylan die Kontrolle über den Wagen verloren und wir sind gegen den Baum gekracht.«

»Verdammt noch mal, was erzählst du mir da?«

Er wusste nichts davon? Oder tat er nur so? Damit ich nicht glaubte, das sei der Grund dafür, dass er mit mir Schluss machte? Denn das war mir inzwischen klar geworden – er wollte mich verlassen.

Meine Finger zitterten. Ich ballte die Fäuste, damit das aufhörte.

»Mir geht's gut. Es ist nur mein Handgelenk. Kleine Verstauchung. Kein Problem.«

Seine Miene wirkte angespannt, als er mein Handgelenk betrachtete.

»Bist du sonst noch irgendwo verletzt?«, erkundigte er sich, und in dieser Frage schwang ein gefährlicher Unterton mit.

»Nein, ich schwöre. Du kannst mit dem Arzt sprechen, falls du mir nicht glaubst.«

Da er nichts sagte, fuhr ich fort: »Dylans Fuß wird eingegipst. Das war schon das Schlimmste. Es tut mir leid, Cam. Ich schäme mich dafür, dass mein Onkel dir Übles wollte. Ich verstehe es überhaupt nicht …«

»Ich habe es ihm gesagt.«

»Was?«

Doch er wiederholte es nicht, sondern schaute mich nur weiter an.

»Du hast gesagt, du hättest es Charity nicht erzählt! Und ich habe mit ihr gesprochen, und sie hat gesagt …«

»Ich habe es der Tochter seiner Geliebten gesagt.«

Die Tochter der Frau, mit der Andrew sich traf, hat mich aufgesucht. Sie und ihre Mom wussten nicht, dass er verheiratet ist, bis eine Freundin, mit der sie früher zusammengearbeitet hat, es ihr sagte. Das waren in etwa Charitys Worte gewesen.

»Du hast mich angelogen.«

Er presste die Lippen zusammen. »Du hast mich gefragt, ob ich es seiner Frau erzählt habe«, erwiderte er. »Technisch betrachtet habe ich dich nicht angelogen.«

Ich warf ihm einen vorwurfsvollen Blick zu, doch dann fiel mir wieder ein, was Andrew ihm anzutun versucht hatte. Ich erinnerte mich daran, wie Cameron sich die Schuld an Petes Tod gab. Wie er sich alles sehr zu Herzen nahm und sich immer die Schuld gab.

»Falls du Andrew anzeigen willst …«

»Will ich nicht«, sagte er. »Es ist mir egal.« Doch seine Augen funkelten, während er weiter auf mein Handgelenk starrte.

»Cameron.« Meine Stimme brach. »Ich dringe nicht durch zu dir. Du scheinst so weit weg zu sein.«

»Ab morgen wirst du mich nicht mehr sehen.«

»Ist es … Habe ich etwas getan?«

»Nein, du hast nichts getan, Kara, verdammt.«

»Dann verrate mir den Grund. Sag es mir!«

Aber das tat er nicht.

»Du enthältst mir etwas vor. Das tut weh. Jedes Mal, wenn ich dich frage, was mit dir los ist, ziehst du dich zurück. Du gibst Bruchstücke über dich preis, und ich akzeptiere es. Ich bin sogar *dankbar* für die kleinsten Fitzelchen, die du erzählst, obwohl ich weiß, dass da viel mehr ist. Es ist so viel mehr, was du mir vorenthältst.«

Er schwieg.

»Rede mit mir!«

Doch da kam nichts. Je länger er schwieg, desto größer wurde der Riss in meinem Herzen.

»Bist du an diesem Wochenende überhaupt bei der Arbeit gewesen?«

»Nein.«

»Wo warst du dann?«

Keine Antwort.

»Wo!«

Sein Schweigen und seine ausdruckslose Miene machten mich noch wütender. Wie unfair das alles war! All diese Monate, in denen er in sich gekehrt war und Dinge vor mir geheim hielt, und jetzt log er auch noch. Worüber hatte er mich sonst noch angelogen?

»Ich habe dich nie angelogen«, sagte ich.

»Ich schon.«

Das saß. Warum riss er mir nicht gleich das Herz aus dem Leib?

»Worüber hast du mich angelogen?«, fragte ich.

Er sah mich weiter mit ausdrucksloser Miene an.

»Ich weiß, dass etwas nicht stimmt. Irgendetwas ist passiert, oder? Warum kannst du es mir nicht sagen?«

»Weil du damit nicht umgehen könntest.«

Ich zuckte zurück und sprang auf. Am liebsten hätte ich auf etwas eingedroschen, aber ich ballte nur die Fäuste.

»Du tust mir weh. Siehst du das nicht? Wer bist du? Bring mir meinen Cameron zurück.«

»Ich bin es, Kara. Der Typ, von dem du redest, existiert nur in deinem Kopf.«

»Seit Monaten mache ich deine Launen mit. Ich bin geblieben. Und ich bin immer noch da, Cam.«

Ich wartete auf eine Reaktion, aber er es kam keine. Ich wusste, dass er verletzt war. Ich sah das Kind in ihm, allein und verängstigt, das nach seiner Mutter rief und weinte. Ich wollte seine Hand halten und ihm versichern, dass ich ihn nicht verlassen würde. Aber er hatte sich schon umgedreht.

»Habe ich Forderungen gestellt, wenn du dich von mir entfernt hast? Vielleicht hätte ich das tun sollen. Vielleicht habe ich mich zu sehr vergessen, wenn ich mit dir zusammen war. Vielleicht habe ich dir zu viel von mir gegeben und du mir zu wenig. Aber ich wollte alles von dir, weil du mir so wichtig bist. Deshalb war ich so dankbar für jede Kleinigkeit, die du über dich preisgegeben hast.«

Tränen liefen mir über die Wangen, und ich wischte sie wütend fort.

»Ich bin müde.« Seine Stimme klang beunruhigend leise.

Ich stutzte und fühlte mich, als hätte er mich geohrfeigt.

»Du bist *müde*?«

Er stieß sich von der Wand ab und blickte mich gleichgültig an, ganz anders als früher.

»Ja«, sagte er. »Tja, wir sehen uns.«

Wer war dieser Mann, der vor mir stand? Er war nicht mehr derselbe. Das war nicht mein Cameron.

»Was geschieht hier? Was treibst du? Was ist denn los, verdammt noch mal? Du bist müde? Tja, wir sehen uns? Was soll das?«

»Ich weiß, du magst Details«, sagte er langsam. »Aber muss ich es wirklich aussprechen?«

Ich schaute ihm direkt ins Gesicht, damit er wusste, wie ich mich fühlte.

»Cameron, bitte.«

»Bitte was?«

»Verrate mir, was los ist. Hat es wieder mit deinem Dad zu tun? Du benimmst dich ganz ähnlich wie zu der Zeit, als dein Vater im Krankenhaus lag. Nein, diesmal ist es schlimmer. Es ist schlimmer, weil du mir absichtlich wehtust.«

Ich registrierte die Veränderung in seinen Augen. Im nächsten Moment waren sie wieder völlig leer. »Meine Hände sind hier. Weit weg von dir. Sie werden dich nicht berühren. Sie werden dir nicht wehtun.«

Ich schüttelte den Kopf. »Ich weiß nicht, wie ich an dich herankommen soll. Warum bist du so?«

»Ich bin immer so. Du wolltest nur nicht wahrhaben, wer ich wirklich bin.«

Er kam mir in diesem Moment schmerzlich schön vor und herzzerreißend in seiner Einsamkeit. Als hätte er sich in diese Isolation geflüchtet und mit einer undurchdringlichen Mauer umgeben, die ihn schützen sollte. Er verbarg sich dahinter und merkte nicht mehr, dass er mir wehtat.

»Nicht. Bitte. Ich weiß, dass du verletzt bist. Ich weiß, wer du bist. Ich kenne dich.«

»Du glaubst, mich zu kennen«, korrigierte er mich.

Tränen brannten in meinen Augen. Vergeblich versuchte ich diesmal, sie zurückzuhalten.

»Ich liebe dich«, flüsterte ich.

Nie zuvor hatte ich diese Worte zu ihm gesagt, und er hatte sie nie zu mir gesagt. Ich fragte mich, warum wir das nie getan hatten. Jetzt wollte ich es ihm sagen. Unbedingt. Von ganzem Herzen wollte ich, dass er blieb.

Er wirkte gequält, doch das verschwand so schnell wieder, dass ich mich fragte, ob ich es mir nur eingebildet hatte.

»Ich liebe dich, Cameron.«

Ein spöttisches Lächeln umspielte seine Lippen. Und es brach mir das Herz.

»Halte nicht an deiner Liebe für mich fest, wenn du doch weißt, dass es falsch ist«, sagte er. »Es ist deine Illusion von mir, die du liebst, Kara. Sonst nichts.«

Alles, was ich in diesem Moment sah, war das in der Dunkelheit kauernde Kind. Und ich erinnerte mich an Camerons Gesicht, als er im Labyrinth um Pete geweint hatte.

»Bleib«, stieß ich hervor. »Lass mich nicht betteln. Denn ich werde erst mich und dann dich dafür hassen.«

Seine blauen Augen waren fest auf mich gerichtet. In ihnen lag eine stille Akzeptanz, die mir Angst machte.

»Na schön«, sagte er schließlich. »Dann bettle eben.«

In mir wurde erst alles ganz heiß, dann erschreckend kalt. Ohne den Blick von ihm abzuwenden, ging ich zu ihm.

Später würde ich diese Szene immer wieder im Kopf durchspielen. Und jedes Mal, wenn ich mich daran erinnerte, würde ich erneut weinen, versunken in meinem Schmerz und meinem Zorn, bis ich nicht mehr konnte.

»Niemand hat mich je so verletzt. Niemand«, flüsterte ich. Und es erstaunte mich, wie ruhig ich dabei klang. Ich stand direkt vor ihm und starrte ihm in die Augen. »Geh. Und komm nie wieder.«

Seine Augen waren durchdringend und schön. Und traurig. Er sah mich an, als wollte er sich meinen Anblick ein letztes Mal einprägen. Als er sich abwandte und zur Tür ging, rollte eine Träne über meine Wange.

Ich beobachtete, wie er die Hand auf den Türknopf legte, ihn drehte und die Tür öffnete. Alles fühlte sich verlangsamt und unwirklich an. Dann trat er über die Schwelle.

»Cameron.«

Er blieb stehen, drehte sich aber nicht um. Ich ging zur Tür und legte die Hände auf den Türknopf.

»Und vergiss nicht, dich selbst zu ficken«, rief ich und warf die Tür zu.

Mit wild pochendem Herzen lehnte ich mich dagegen. Ich atmete so schwer, als wäre ich gerade eine Meile gerannt. Die Träne, die auf meine Wange getropft war, als er ging, war bereits getrocknet.

War er wirklich fort? Einfach so?

War's das?

Nein, nein. Das kann nicht sein.

Ich rannte hinaus auf die Veranda und sah ihn weggehen. Wartete darauf, dass er sich noch einmal umdrehte. Das tat er nicht. Er ging weiter, bis er in der dunklen Straße außer Sicht war. Ich spürte die Tränen erst, als ich sie schmeckte.

Cameron war fort. Er war wirklich fort.

Ich nahm meine verbliebene Würde und meinen angeschlagenen Stolz und kehrte ins Haus zurück.

»Du Scheißkerl«, flüsterte ich. »Du verdammter …«

Dann brach ich erst richtig in Tränen aus. Und diesmal wartete er nicht mehr auf der anderen Seite der Tür.

33. Kapitel

Kara

Frühling des darauffolgenden Jahres

Jemand hatte den verdammten Wecker auf laut gestellt.

Ich brauche noch fünf Minuten, oh bitte.

Die Augen geschlossen tastete ich nach der Decke, um mich zuzudecken und das Geräusch zu dämpfen. Aber sie war nicht da. Genervt stöhnte ich und tastete links und rechts. Nichts.

Mist.

Du hättest ja auch einfach den Wecker ausschalten können, Mädchen. Das wäre ein bisschen einfacher gewesen.

Seufzend setzte ich mich auf und strich mir die Haare aus dem Gesicht.

Keinen Frieden den Gottlosen, oder wie hieß das?

Ich streckte die Hand nach dem Smartphone aus und stellte den Alarm sowie die fünf folgenden aus. Dann wankte ich in die Küche und schaltete die Kaffeemaschine an, die Tala vor einigen Monaten bei ihrem Besuch für mich gekauft hatte. Wieder einmal hatte ich gestern Abend vergessen, sie zu programmieren.

Ich stand da, verschlafen wankend, und wartete darauf, dass die Maschine alles erledigte. Das Piepen war mein Lieblingston auf Erden am Morgen.

Mit dem dampfenden Becher in den Händen trat ich vor das große Fenster, atmete den Duft ein und trank mit geschlossenen Augen.

Wow, tat das gut.

Ich schaute in den Garten hinaus und beobachtete das Spiel von Licht und Schatten unter den Zweigen der Bäume. Falls mir die Erinnerung einen Stich versetzte, ignorierte ich es.

Nach meinem zweiten Becher fühlte ich mich wieder wie ein Mensch. Duschen, eincremen, Haare föhnen, schminken, anziehen. Das war Routine, und es war gut. Wirklich gut. Besser als in den Monaten, in denen ich mich wie ein Papierschiff gefühlt hatte, das auf dem Ozean trieb.

Ich warf einen letzten Blick in den Spiegel, um meine Haare zu betrachten. Sie waren jetzt kürzer. Ich hatte sie vor langer Zeit abgeschnitten. Hin und wieder vermisste ich die lange Mähne, aber ich wollte sie nicht mehr wachsen lassen. So sah es besser aus, war leichter zu pflegen und schneller zu trocknen. Genau so mochte ich es.

Ich setzte meine Brille auf und ging nach draußen. Die Fahrt zu unserer Werkstatt war ein Vergnügen für mich. Mein Wagen roch auch nach Monaten noch neu. Dylan jammerte herum, ich hätte die Ledersitze nehmen sollen, aber mir waren Stoffbezüge lieber. Im Sommer verbrannte ich mir darauf nicht den Hintern und im Winter fror ich ihn mir nicht ab. Genau so mochte ich es.

Du fährst mich.

Ich schaltete das Radio ein und stellte es laut. The Weeknd sang von Trennungen. Ich schaltete es wieder aus.

Bis mein Motorrad zu meiner vollsten Zufriedenheit repariert ist, wirst du mich zu allen meinen Terminen fahren. Nicht dein Bruder, nicht deine beste Freundin, sondern du.

Ich brauchte unbedingt eine Geräuschkulisse. Auf Knopfdruck glitten sämtliche Fenster nach unten, und der Wind rauschte herein. Brachte meine Haare völlig durcheinander, aber das war in Ordnung. Das war ein geringer Preis. Ich würde die Frisur in Dads Haus wieder richten.

Ganz gleich, was ich tat, mit wem ich zusammen war, was ich las, mir anschaute, woran ich dachte und worüber ich redete, ständig tauchten Spuren von ihm in meinem Kopf auf. Ich konnte sie nicht alle entfernen.

Ich versuchte es. Sehr.

»Wie ein Moskito«, murmelte ich vor mich hin. Die waren auch immer da, egal, wie sehr ich versuchte, sie zu verscheuchen. Die kamen einfach, wann es ihnen passte, und saugten mein Blut, bis sie satt waren. Egoistische kleine Biester.

Und dann verschwanden sie, wenn es ihnen passte, sodass ich ihre Existenz vergaß. Bis sie wieder auftauchten. Ich musste einen Weg finden, ihre Gegenwart zu tolerieren, andernfalls würde ich verrückt werden. *Ja, genau, wie ein Moskito.* Ich würde das in den Griff bekommen.

Zufrieden mit diesem Vorsatz, parkte ich und ging vom Parkplatz vor der Werkstatt zu Dads dahinterliegendem Haus. Als ich die Tabletten meines Vaters hervorholte und für ihn auf dem Tresen aufreihte, bemerkte ich, dass ein verdächtiger Geruch in der Küche hing.

Mike Hawthorne arbeitete wieder, gesund und fit. Er scherzte morbide, dass er einen zweiten Herzinfarkt erleiden würde, wenn er einen weiteren Tag auf seinem Hintern sitzen und sich Wiederholungen irgendwelcher TV-Serien anschauen müsste.

Ich hob den Deckel des Mülleimers und hielt misstrauisch inne, als ich die sauberen Küchentücher sah, die offenbar etwas verdecken sollten. Na schön, es war ein bisschen fragwürdig, aber ich rümpfte die Nase und fischte ein Eispapier heraus.

»Guten Morgen, Kara Koala. Wie geht es meiner Lieblingstochter …« Erschrocken hielt mein Dad inne, als er sah, was ich hochhielt. »Das ist nicht meins!«

»Ach nein? Vermutlich wirst du mir gleich erzählen, der Weihnachtsmann hätte seinen Hintern durch die Trockneröffnung gezwängt und sich letzte Nacht über das Eis hergemacht.«

Er grinste schuldbewusst.

»Er hat dir nichts unter der Spüle dagelassen, oder?«, hakte ich nach und legte die Hände auf meine Hüften. »Zum Beispiel ein *Herz* und frische Arterien?«

Wir drehten uns beide um, als Dylan verschlafen in die Küche kam.

»Es ist Dylans, Kara. Er hat es gegessen. Soll ich dir Pfannkuchen oder Waffeln zum Frühstück zubereiten?«

»Was habe ich gegessen?«, murmelte Dylan. Seine dunkelblonden Haare waren auf der einen Seite platt gelegen, und er fuhr mit den Fingern hindurch. Er trug kein Oberteil und stellte seine Bauchmuskeln zur Schau. Er forderte mich ständig auf, dagegenzuboxen, um zu beweisen, wie hart sie waren. Ich verdrehte nur die Augen.

»Dad, ich habe dir doch gesagt, dass du das nicht mehr essen darfst.«

»Du hast recht. Werde ich nicht mehr. Mrs. Chung hat es mir gestern geschenkt. Es hätte ihre Gefühle verletzt, wenn ich es nicht gegessen hätte.«

»Nächstes Mal gibst du es mir.«

»Jawohl, Ma'am.«

Mein Dad lächelte mich an, so fröhlich, dass ich nur den Kopf schütteln und zurücklächeln konnte.

Es war fast Mittagszeit. Vermutlich gab es etwas Gesundes zu essen, da ich Dad heute Morgen beim Sündigen ertappt hatte. Aber bislang war er ja wirklich brav gewesen, dachte ich lächelnd, während ich einen Aktenschrank öffnete, um nach alten Unterlagen zu suchen, von denen ein Kunde eine Kopie wollte. Abgesehen von einem gelegentlichen Eis abends, hielt er sich an seine Diät.

Die bestand üblicherweise aus Quinoa, Fisch und irgendwelchem Gemüse. Ich legte den schweren Ordner auf meinen Schreibtisch und rümpfte unwillkürlich die Nase. Heute hatte ich gar keinen Appetit auf so etwas Vernünftiges. Stattdessen verspürte ich Heißhunger auf Pilzburger, dazu vielleicht Fritten und ein Milkshake. Vielleicht würde ich zum Lunch bei diesem vegetarischen Restaurant gleich die Straße runter vorbeischauen.

Ich war beim Durchblättern der Aufträge gerade beim Buchstaben S angelangt, als ich abrupt innehielt. Vor mir lag ein Arbeitsauftrag aus der Hölle. Es ging um die Bestellung eines Motorrad-Ersatzteils.

Ich starrte das Papier an und versuchte, mein wild klopfendes Herz zu beruhigen. Das funktionierte nicht. Ich wollte das

Blatt schon wütend herausreißen, überlegte es mir dann aber anders.

Ich bin reifer jetzt. Definitiv nicht verbittert. Und ganz bestimmt nicht kleinlich.

Trotzdem fiel es mir extrem schwer, das Blatt in den Ordner zurückzutun und wieder glattzustreichen. Ich nahm die Kundenakte, nach der ich gesucht hatte, und versenkte den Ordner wieder in den staubigen Tiefen des Aktenschranks.

Eine Stunde lang nagte ich daran, nagte es an mir, ließ mir absolut keine Ruhe. Genervt marschierte ich schließlich noch einmal zu diesem Schrank und schnappte mir diesen Auftragszettel aus der Hölle.

Und dann, mit all meiner in den vergangenen Monaten erworbenen Reife, zerriss ich ihn. Das Geräusch war äußerst befriedigend. Der Schredder wäre effektiver, doch längst nicht so befriedigend. Ritsch, ritsch, ritsch, bis der Zettel in kleine Stücke zerfetzt auf dem Boden lag.

»Hey, ich warte hier schon seit einer Weile. Besteht irgendwie die Chance, dass ich meinen Wagen heute noch bekomme?«

Ich blickte auf. Ein Kunde stand an der Rezeption und betrachtete mich mit diesem Soll-ich-später-wiederkommen-Blick. Komisch, ich hatte die Klingel über der Tür gar nicht gehört. War ich so sehr mit dem Zerreißen des Papiers beschäftigt gewesen?

»Verzeihen Sie.« Ich schenkte ihm mein strahlendstes Lächeln und deutete auf die Schnipsel auf dem Boden. »Der Typ schuldet mir ziemlich was. Hat seine Rechnung nicht bezahlt.«

Er erwiderte mein Lächeln nicht. Zehn Minuten später stritt ich mit ihm über jeden Cent auf seiner Rechnung.

»Warum müssen Sie mir so viel berechnen?«, fuhr er mich an. »Sie könnten die Steuer weglassen und mir das Teil umsonst geben, wenn die Rechnung schon so hoch ist. Sie könnten mir auch einen Preisnachlass gewähren. Ich bin seit Jahren Ihr Kunde und komme immer in Ihre Werkstatt.«

Er war zum ersten Mal hier und hatte noch keine Kundenakte. Aber das spielte normalerweise keine Rolle. Sein Auftreten passte mir allerdings überhaupt nicht. Wow, und er war noch nicht fertig.

»Was glauben Sie eigentlich, wie viel Geld ich habe? Ich bin pleite! Sie müssen doch wissen, wie wichtig ein Fahrzeug ist. Ich arbeite hart. Ich brauche meinen Wagen für die Arbeit. Lassen Sie die Steuer weg!«

Ich war drauf und dran, ihn zum Mond zu schießen, als die Türglocke klingelte und einen neuen Kunden ankündigte. Die Frau, die eintrat, war definitiv einen zweiten Blick wert.

»Hallo. Ich rede mit Ihnen«, sagte der Mann vor mir und klopfte auf den Tresen.

Ich riss mich zusammen. Glaubte der Typ etwa, wir besäßen einen Goldesel und könnten daher unser Zeug umsonst verteilen? Er arbeitete hart? Glaubte er, wir säßen nur herum und schlürften den ganzen Tag Cocktails? Wir schufteten täglich hart. Blöder, selbstsüchtiger kleiner Mistkerl.

Ich starrte ihn mit zusammengekniffenen Augen an.

»Glauben Sie etwa, dass ich diese Steuern auf die Rechnungen setze?« Ich holte tief Luft, um mich zu beruhigen. *Zen, finde den Zen.* »Wenn dem so wäre, würde ich noch eine Arschlochsteuer erheben, direkt vor der Idiotensteuer. Vor allem für *manche* Leute.«

Ich hob eine Braue und warf meine Haare zurück. Es hatte gerade diese ärgerliche Länge, bei der eine Strähne immer gleich wieder nach vorne fiel. Ich nahm mir vor, umgehend einen Friseurtermin zu vereinbaren. Sobald ich mit diesem Idioten hier fertig war.

»Ich behaupte ja nicht, dass das für Sie gelten würde, doch wenn Sie uns nicht für unseren Service bezahlen, kriegen Sie Ihren Wagen nicht. Lassen Sie es drauf ankommen, falls Sie mir nicht glauben«, warnte ich ihn, als er nach dem Schlüssel auf dem Tresen griff. »Versuchen Sie ruhig, den Wagen von diesem Gelände zu fahren, ohne Ihre Rechnung *inklusive* Steuern zu bezahlen, und ich versichere Ihnen, *Sir*, dass Sie vielleicht vor mir fliehen können, aber nicht vor den Cops.«

Er gab empörte Laute von sich, die jedoch wie Grillenzirpen in der Nacht klangen. Ich lächelte die Frau hinter ihm beruhigend an und zwinkerte ihr zu, damit sie wusste, dass ich keine Irre war. Sie erwiderte das Lächeln, schaute auf den Idioten und rümpfte die Nase. Dafür mochte ich sie sofort.

Schließlich bezahlte der Idiot seine Rechnung doch noch.

»Wir bedanken uns für Ihr Vertrauen. Schönen Tag noch«, rief ich. Er bedachte mich mit einem letzten finsteren Blick und verschwand.

»Mistkerl«, murmelte ich. »Hinfort, negative Energie. Puh. Hallo, Schönheit. Sind Sie hier, um einen Wagen abzuholen?«

Sie sah umwerfend aus, aber das war nicht der Grund dafür, dass ich ihr Gesicht genauer betrachtete. Sie hatte einfach etwas an sich, das in einem den Wunsch weckte, länger hinzuschauen.

Vielleicht lag es an ihren Augen. Die waren faszinierend. Katzenartig, dunkel, geheimnisvoll. Der Ausdruck darin verriet mir, dass das Leben ihr auch schon übel mitgespielt hatte, sie sich aber deswegen noch lange nicht unterkriegen ließ.

Sie schüttelte den Kopf. »Tut mir leid, nein. Ich bin hier, um meinen Lebenslauf abzugeben, falls die Stelle noch frei ist. Ich hatte Ihre Anzeige im Internet gesehen.«

Ich stutzte. Hatte sie sich in der Adresse geirrt? »Welche Anzeige?«

Ich nahm ihren Lebenslauf entgegen, überflog ihn und war beeindruckt. Ich schaute wieder hoch. Sie lächelte.

»Ich bin Veronica Strafford.«

Ich lächelte zurück.

Lesen Sie auch:

Isabelle Ronin

Du bist mein Feuer

Aus dem Englischen von
Sabine Schilasky

9,99 € (D)
ISBN: 978-3-7457-0006-0

© 2017 by Isabelle Ronin
Originaltitel: »Chasing Red«
The author is represented by Wattpad.

1. Kapitel

Caleb

Die ganze Tanzfläche war erleuchtet von roten und grünen Laserstrahlen aus den rotierenden Deckenlampen. Es war Freitagabend und der Club voller Leute, die zur wummernden Musik des DJs tanzten und umherhüpften. Sie erinnerten mich an Pinguine, die sich in der Kälte zusammendrängten, nur dass die hier wie auf Crack waren.

»Was ist denn mit dir los?«, brüllte Cameron mir ins Ohr und boxte mir leicht auf den Arm. »Das war schon die Vierte heute Abend, die du abgewimmelt hast, und wir sind eben erst angekommen.«

Ich zuckte mit den Schultern. Dass mich bedeutungsloser Sex und eintöniges Flirten mittlerweile ziemlich anödeten, wollte ich nicht so direkt zugeben. Es käme mir irgendwie erbärmlich vor. Na gut, gegen den Sex hatte ich nichts, doch in letzter Zeit wollte ich noch etwas anderes. Eine Herausforderung vielleicht. Den Nervenkitzel der Jagd.

Hastig stürzte ich mein Bier herunter. »Wenn man sich immer denselben Mist reinzieht, wird es eben langweilig«, antwortete ich.

Justin lachte dröhnend und zeigte mit seiner Bierflasche zur Tanzfläche. »Guck dir das an, Mann. Ach du Scheiße!«, rief er und stieß einen schrillen Pfiff aus.

Mitten auf dem Dancefloor tanzte ein Mädchen – nein, streicht das –, sie *bewegte* sich auf so sinnliche Art, dass ich nicht anders konnte, als hinzustarren. Es war wie ... sofort dachte ich an Sex, und offenbar ging es auch anderen so, denn viele Blicke richteten sich auf sie. Ihr perfekter Körper – Marilyn-Monroe-Maße – war in ein kurzes, enges Kleid gehüllt, das sich wie eine zweite Haut an sie schmiegte.

Und es war auch noch in einem sündhaft scharfen Rot. Verdammt.

Ich könnte ein bisschen gesabbert haben, als sie sich vorbeugte und etwas Verträumtes mit ihren Hüften anstellte, sodass das lange schwarze Haar bis zu ihrer Wespentaille schwang. Die hohen spitzen Absätze ließen ihre Beine endlos lang wirken.

»Dieses Mädchen muss ich mit nach Hause nehmen«, schrie Justin aufgekratzt.

Der Satz war billig und nervig genug, um mich aus meiner Trance zu reißen. Ich hasste Fremdgehen, und Justin hatte eine Freundin.

Auch Cameron schaute ihn missbilligend an. Dann blickte er auf, weil ihn eine Rothaarige aufforderte. Grinsend schüttelte er den Kopf und flüsterte ihr etwas ins Ohr. Die Rothaarige lachte. Er nickte mir zu, und zusammen hauten sie ab.

»Hallo, Team-Captain.«

Ein weicher, nach schwerem, blumigem Parfüm duftender Körper drängte sich seitlich an mich. Ich schaute zu Claire Bentley. Ihre Augen waren viel zu stark geschminkt. Nichts gegen die Wunder, die Make-up in einem Mädchengesicht bewirken kann. Aber Claire sah aus, als ob man sie auf beide Augen geboxt hätte. Oder wie ein Waschbär.

»Claire. Alles klar?« Ich lächelte sie an, doch das ermunterte sie nur, sich an meinen Arm zu hängen.

Oh nein! Warum hatte ich bloß schon wieder mit ihr geschlafen?

»Ach, na ja, geht so.« Sie klimperte mit den Wimpern und schob ihre Brüste in meine Seite, sodass ich nicht anders konnte, als kurz zu ihrem Ausschnitt zu gucken. Ihre Brüste starrten mich förmlich an. Mann, eine Nacht im Suff, und schon hatten diese schicken Dinger für mich ausgedient.

Ein Träger ihres Kleids rutschte von ihrer Schulter. Sie sah durch ihre Wimpern zu mir hoch, und ich überlegte, ob sie diesen Blick geübt hatte. Dennoch fand ich ihn sexy. Wäre es ein anderes Gesicht gewesen, hätte er wahrscheinlich mein Interesse geweckt. Vielleicht.

»Du schuldest mir einen Drink, Caleb. Ich habe meinen verschüttet, als du vorbeigelaufen bist.« Ihre Zungenspitze berührte ihre Oberlippe.

Ich bemühte mich, nicht die Augen zu verdrehen. Sie übertrieb es, und ich wollte nicht die ganze Nacht in ihren Klauen gefangen sein. Während ich mir das Hirn zermarterte, wie ich sie loswerden könnte, ohne sie zu kränken, schaute ich mich verzweifelt nach Cameron und Justin um, doch von denen war keiner in Sicht. Arschlöcher.

»Hey, Baby.« Meine Augen weiteten sich vor Staunen, denn das Mädchen, das ich vorhin so schamlos auf der Tanzfläche angestarrt hatte, schlang ihre Arme um meine Taille und befreite mich aus Claires Klammergriff. Sie sah mich so an, dass ich vergaß zu atmen.

Sie war umwerfend.

»Er ist mit mir hier«, sagte sie zu Claire, ohne dabei den Blick von mir abzuwenden. Ich war gebannt davon, wie sich ihr Mund bewegte. Sie hatte volle Lippen, die in einem sehr, sehr scharfen Rotton geschminkt waren.

»Stimmt doch, oder?« Ihre Stimme war sanft und tief. Sie erinnerte mich an dunkle Zimmer und heiße, rauchige Nächte.

Es kam mir vor, als ob mein Herz für eine irre Sekunde in meinem Brustkorb hüpfte. Es könnte auch eine volle Minute gewesen sein, vielleicht waren es sogar zwei Minuten. Völlig egal. Sie war nicht im klassischen Sinne schön. Vielmehr war ihr Gesicht markant, auffällig: hohe, stark definierte Wangenkochen, lange dunkle Brauen über katzenhaften Augen, in denen sich Geheimnisse verbargen. Und ich wollte jedes einzelne davon enthüllen.

Da ich nicht reagierte, sondern nur starrte, zog sie die Augenbrauen zusammen. Ihr matter Goldteint schimmerte im gedämpften Licht. Und ich fragte mich, wie sich ihre Haut wohl anfühlen würde. Rasch fasste ich sie an den Armen, bevor sie sich abwenden konnte, und legte ihre Hände in meinen Nacken. Ich hatte recht gehabt mit meiner Vermutung: Ihre Haut war glatt und weich. Mehr, war alles, was ich denken konnte.

Ich beugte mich näher zu ihr, sodass meine Lippen fast ihr Ohrläppchen berührten, und flüsterte: »Wo warst du denn?« Ich spürte, wie sie erschauerte, und musste grinsen. »Ich suche schon mein ganzes Leben nach dir.«

Langsam, als hätte ich alle Zeit der Welt, strich ich mit der Nasenspitze von ihrem Ohr zu ihrem Hals, doch ehe ich mehr tun konnte, trat sie einen Schritt zurück.

»Sie ist weg«, sagte sie. »Du bist in Sicherheit. Jetzt darfst du mir einen Drink ausgeben, weil ich dich gerettet habe.«

Ich steckte meine Hände in die Hosentaschen, um nicht gleich wieder nach ihr zu greifen. Schon jetzt fehlte mir das Gefühl, sie in den Armen zu halten. »Klar, was möchtest du?«

Sie schüttelte ihr Haar nach hinten, und ich konnte nicht anders, als sie zu beobachten. Ich war fasziniert. »Etwas Starkes. Heute Abend will ich jemand anders sein. Ich will … vergessen.«

Das war mein Stichwort. Ich legte eine Hand unten an ihren Rücken und zog sie zu mir, bis unsere Gesichter nur noch Zentimeter voneinander entfernt waren. »Bei mir kannst du jede sein, die du willst.« Ihr Duft vermischte sich mit meinem Atem, und er machte mich süchtig. »Warum gehen wir nicht weg von hier und irgendwohin, wo ich dich alles vergessen lassen kann, Red?«

Eisig starrte sie mich an, stemmte die Hände flach gegen meine Brust und stieß mich weg. »Hat mich auch gefreut, Arschloch.« Sie winkte mir zu und ließ mich stehen. Wie ein verirrter Welpe blickte ich ihr nach. Was war das denn gewesen? Hatte sie mich eben etwa einfach so abblitzen lassen?

Dieses Gefühl war mir so fremd, dass ich nichts weiter tun konnte, als ihr nachzuschauen, bis sie in der Menge verschwunden war. Sie schwankte ein bisschen, anscheinend hatte sie zu viel getrunken. Fast wäre ich ihr nachgerannt, um mich zu vergewissern, dass es ihr gut ging. Aber sicher hätte sie mich dann nur angespuckt. Ihre Freunde würden sich um sie kümmern.

Doch was hatte ich falsch gemacht? Sie sendete alle richtigen Signale aus, dass sie an mir interessiert war. Wollte sie, dass ich ihr erst einen Drink spendierte? Komisch. Heute Abend hatte ich mir eine Herausforderung gewünscht – und sie dann bei der ersten Gelegenheit wie der letzte Idiot verbockt.

»Caleb!«, hörte ich ein anderes Mädchen hinter mir rufen, aber ich war nicht mehr in der Stimmung für irgendwas außer meinem Bett.

Vor dem Club schloss ich die Augen und atmete die frische Luft tief ein. Danach lief ich rasch zum Ende des Parkplatzes, wo mein Wagen stand, denn ich wollte nicht, dass mich jemand sah und zurück in den Club zerrte. Lieber würde ich mir den Arm abkauen, als da wieder reinzugehen.

Allerdings wurde ich langsamer, da mir eine Frau auffiel, die an der schmutzigen Mauer des Clubparkplatzes lehnte. Wahrscheinlich hatte sie zu viel getrunken und kotzte sich die Seele aus dem Leib. Ich hätte sie gern in Ruhe gelassen, aber als ich wieder hinsah, näherte sich ihr ein Typ. Mein Beschützerinstinkt setzte ein, sobald sich der Mann aufrichtete und auf sie zuschritt.

Die Frau veränderte ihre Position, und das Licht der Straßenlaterne fiel auf ihr Gesicht. Ungläubig starrte ich hin, denn ich erkannte Red wieder. Ich musste nicht lange überlegen, sondern rannte auf sie zu. Der Kerl hatte mich noch nicht bemerkt, weil er völlig auf sie fixiert war. Auf seine Beute. Doch das Einzige, was er heute Nacht erbeuten würde, wäre eine blutige Nase, wenn er sich nicht sofort verzog.

Sowie er mit einer Hand ihren Unterarm packte, knurrte ich beinahe. Meine Wut erstaunte mich selbst, und ich musste sie bändigen, sonst würde mir die Situation hier gleich um die Ohren fliegen. Der andere Typ nahm mich endlich wahr, was ich daran erkannte, dass er plötzlich wie versteinert wirkte.

»Hey, Baby! Wo steckst du denn?«, rief ich und schlenderte betont lässig und unbekümmert auf die beiden zu. Red sah ich lieber nicht an, weil ich mich vor ihrem Blick fürchtete. Sollte sie auch bloß ansatzweise verängstigt erscheinen, würde ich diesem Dreckskerl nämlich die Faust ins Gesicht rammen. »Ich suche dich schon überall. Aber jetzt habe ich dich ja gefunden.«

Der Typ hielt sie immer noch fest, also stellte ich mich leicht breitbeinig hin, dehnte meinen Nacken und spannte meine Armmuskeln an. Dabei blickte ich ihm direkt ins Gesicht. Der Perversling trat einen Schritt rückwärts, dann noch einen und noch einen, bevor er sich umdrehte und in die entgegengesetzte Richtung rannte.

»Blöder Arsch«, murmelte ich.

»Wie h…hast du mich genannt?«

Verblüfft, dass sie es gehört hatte, wandte ich mich zu ihr. Wie betrunken war sie eigentlich?

»Nicht dich. Obwohl man über ›blöd‹ streiten könnte. Was machst du hier ganz allein? Holla!« Schnell streckte ich die Hände aus, um sie aufzufangen, als sie erneut schwankte. »Alles klar bei dir?«

Im Club war es zu dunkel gewesen, doch jetzt fiel mir auf, dass sie sehr blass war und ihre Augen glasig wirkten. Ohne auf ihre Antwort zu warten, hob ich sie hoch. Sie stieß nur einen kleinen Laut aus.

»Musst du kotzen?«, fragte ich und schüttelte sie sanft, da sie nicht reagierte.

Das war offenbar keine gute Idee: Sie stöhnte leise und hielt beide Hände vor ihren Mund. Da es aber nicht so schien, als müsste sie sich gleich übergeben, setzte ich sie vorsichtig in meinen Wagen.

»Dir wird doch nicht hier drinnen schlecht, oder? Der Wagen ist ganz neu.« Sie sah aus, als wäre sie schon weggetreten. »Wo wohnst du? Ich fahre dich hin.«

»O…obdachlos«, presste sie wimmernd hervor, und ich war schon überrascht, dass sie überhaupt auf meine Frage antwortete. »Aus der Wohnung g…geflogen.«

Ich lehnte mich an die Kopfstütze, atmete tief durch und strich mir übers Gesicht. Was nun? Ich könnte sie in einem Hotel abliefern und für einige Tage die Kosten übernehmen, damit sie untergebracht war, solange sie sich eine neue Wohnung, einen Job oder was auch immer suchte. Das war schon mehr, als ein x-beliebiger Fremder tun würde. Aber dann schaute ich sie an, und all diese Pläne verpufften.

Sie hatte die Augen geschlossen, ihr Atem ging gleichmäßig und ruhig, aber sogar im Schlaf wirkte sie besorgt. Das Mädchen, das auf der Tanzfläche so stark gewirkt hatte, schien nun unglaublich verwundbar. Ihr Gesicht kam mir irgendwie bekannt vor, wie ein

Bild, das man vor langer Zeit gesehen hat. Allerdings wusste ich nicht, wo ich ihr schon mal begegnet sein könnte. Ein Gesicht wie ihres würde ich doch garantiert nicht vergessen.

Mein Bruder zog mich gern damit auf, dass ich gegen verzweifelte Mädchen einfach machtlos war. Vermutlich hatte er recht, denn ich beschloss, sie bei mir unterzubringen. Ich redete mir ein, dass sie in einem Hotel nicht sicher wäre, schon gar nicht in ihrer gegenwärtigen Verfassung. Weiß der Himmel, was hätte passieren können, wäre ich eben nicht aufgekreuzt!

Ich ließ den Motor an und drehte die Klimaanlage voll auf. Sie würde einen höllischen Kater haben, wenn sie morgen früh aufwachte. Wir waren nur noch Minuten von meinem Apartment entfernt, als sie plötzlich im Beifahrersitz zuckte und die Hände vor den Mund presste.

Scheiße, nein!

Sie kotzte mir den ganzen Wagen voll.

Fast hätte ich geweint. Mein funkelnagelneues Auto! Das Würgegeräusch war schon übel genug, aber der Gestank war so beißend, dass ich mich beinahe selbst übergab. Hastig öffnete ich sämtliche Fenster und das Schiebedach, bevor ich endlich aus- und wieder einatmete.

»Oh verdammt, Mädchen. Eine gute Tat und …«

Erneut spuckte sie.

»Maaaann!«

Ich war so angefressen, dass ich große Lust hatte, sie doch in einem Hotel abzusetzen. Ich kannte dieses Mädchen schließlich nicht mal. Und selbst mein Retterkomplex hatte seine Grenzen. Aber dann brachte ich es doch nicht fertig.

Resigniert parkte ich auf meinem Stellplatz, stieg aus und näherte mich widerwillig der Beifahrerseite. Die Luft anhaltend machte ich sie sauber, so gut es eben möglich war, bevor ich sie aus dem Wagen hob. Sie stank zum Himmel.

In der Lobby drückte einer der Sicherheitsmänner den Fahrstuhlknopf für mich, weil ich keine Hand frei hatte. »Hat Ihre Freundin zu viel getrunken, Sir?«

»Na, wir wissen doch beide, dass ich keine Freundin habe, Paul.« Ich zwinkerte ihm zu, und er lachte leise.

Sobald sich die Lifttüren auf meiner Etage öffneten, lief ich geradewegs zum Gästezimmer. Sie rollte sich zusammen wie eine kleine Katze und wimmerte, während ich sie behutsam aufs Bett legte. »Mom«, stieß sie schluchzend hervor.

An der Tür verharrte ich und drehte mich zu ihr um. Was immer dieses Mädchen durchgemacht haben mochte, es war nicht schön. Eigentlich sollte ich sie waschen und in frische Klamotten stecken, doch sie würde es bestimmt nicht witzig finden, wenn sie morgen früh feststellte, dass sie von einem Fremden ausgezogen worden war. Und dann könnte ich ein Auge oder eine Hand einbüßen. Das riskierte ich lieber nicht. Ihr Atem beruhigte sich wieder. Im Nachhinein könnte ich nicht sagen, wie lange ich dort gestanden und ihr beim Schlafen zugesehen hatte.

Veronica

Warmer Sonnenschein auf meiner Haut weckte mich. Ich genoss die saubere weiße Bettdecke über mir und dachte, wie nett es von meiner Mom war, sie frisch zu beziehen. Zufrieden lächelte ich und kuschelte mich ein.

Meine Mom. Das war nicht möglich. Meine Mom war tot.

Ich schoss hoch, und mir wurde schwindlig. Mehrmals blinzelte ich, blickte mich um und schluckte die Panik herunter, die mir in die Kehle stieg, denn ich kannte dieses Zimmer nicht. *Wo zur Hölle bin ich? Und was ist das für ein ekliger Gestank?*

»Es wäre wirklich hilfreich, wenn du jetzt nicht panisch würdest«, murmelte ich und erschrak, weil mein Atem so entsetzlich roch. Den Mund geschlossen, atmete ich einige Male ein und aus, um mein rasendes Herz zu beruhigen.

Wenigstens hatte ich noch meine Sachen an, auch wenn die voller eingetrocknetem … Erbrochenen waren. Daher der Gestank. Das war ich! *Oh mein Gott.*

Ich konnte mich an alles erinnern, was gestern war, bis auf den Abend. Verschwommene Bilder waberten mir durch den Kopf, doch nichts Konkretes, das mir einen Anhaltspunkt geben könnte. Aus der Wohnung geworfen zu werden, weil ich die letzten zwei Monate die Miete nicht aufbringen konnte, war brutal gewesen. Die meisten meiner Sachen zurückzulassen war mir leichtgefallen, weil das meiste sowieso alt, billig und vom Flohmarkt war. Ich hatte nur meine guten Sachen und Erinnerungsstücke von meiner Mutter mitgenommen und im Schließfach auf dem Campus verstaut.

Zum ersten Mal in meinem Leben war ich nicht in den Club gegangen, um Drinks zu servieren oder Tische abzuwischen, sondern um mich zu betrinken. Es war meine Art, dem Leben den Stinkefinger zu zeigen. Ich vertrug nicht viel, also brauchte es nicht lange, bis ich sehr betrunken war.

Ich hatte schon immer zur Paranoia geneigt, daher schaute ich jetzt hastig auf meine Hände und stellte erleichtert fest, dass ich noch alle meine Finger hatte. Meine Beine steckten unter der weißen Decke, und ich fragte mich, ob sie nach wie vor an meinem Körper hingen. Ich wackelte mit den Zehen. Super, das funktionierte also weiterhin. Als Nächstes hob ich mein Kleid an, weil ich mich vergewissern wollte, dass ich keine frischen Wundnähte oder Schmerzen hatte. Jemand hätte meine Leber stehlen können, meine Nieren oder andere lebenswichtige Organe. Nachdem ich festgestellt hatte, dass sämtliche Körperteile intakt waren, sah ich mich genauer in dem Zimmer um.

Es als Zimmer zu bezeichnen erschien mir wie eine schamlose Untertreibung. Es war größer als meine ganze Wohnung und teuer und geschmackvoll eingerichtet. Ein breites Fenster mit schweren weißen Vorhängen nahm fast die ganze Wand rechts von mir ein und bot einen erstklassigen Blick auf die Stadt. Es musste ein hohes Gebäude sein, denn die Innenstadt wirkte von hier aus klein.

Hatte ich gestern Abend noch etwas anderes getan, außer mich zu betrinken? Wie zum Beispiel … oh Hilfe, mit einem Fremden geschlafen? Ich hob den Hintern und machte einige Beckenbodenübungen, als würden mir die verraten, ob ich noch Jungfrau war. Na ja, wund fühlte ich mich jedenfalls nicht. Erneut geriet ich in Panik …

»Tief einatmen, Veronica. Tief einatmen.«

Leise stieg ich aus dem Bett, und meine Füße versanken in einem weichen Teppich. Wem immer das hier gehören mochte, er musste steinreich sein, und ich hatte nicht vor, ihm zu begegnen. Was wäre, wenn er im großen Stil mit Drogen dealte? Wie sollte er sonst an so viel Kohle kommen? Oder vielleicht wollte er mich auch erst mal mästen, bevor er meine Organe stahl und verkaufte?

Krieg dich ein, blöde Nuss!

Ehe ich mich nach draußen schleichen konnte, entdeckte ich ein Badezimmer, das direkt von dem Raum abging, und ergriff meine Chance. Anschließend schlich ich mich vorsichtig zur Tür und linste hinaus. Trotz meiner Panik fiel mir auf, wie unglaublich hier alles war. Solche Apartments kannte ich bisher nur aus Hochglanzmagazinen. Alles sah elegant und modern aus. Teure Gemälde hingen an weißen Wänden, und ein riesiger Fernseher stand vor einer L-förmigen Couch. Unter meinen Füßen schimmerte ein Parkettboden.

Angesichts von so viel Luxus schnitt ich eine Grimasse.

Das Leben war unfair, schoss es mir durch den Kopf, während ich nach der Wohnungstür Ausschau hielt. Mir stockte allerdings der Atem, als ich in einem Bereich, bei dem es sich um die Küche handeln musste, jemanden entdeckte. Dieser Jemand hatte mir seinen nackten Rücken zugekehrt, und ich konnte erkennen, dass er groß und braun gebrannt war. Als er einen Arm bewegte, spannten sich seine gut definierten Muskeln an.

Wie eine Idiotin verharrte ich nervös und ängstlich auf der Stelle. Als hätte er meine Anwesenheit gespürt, drehte er sich plötzlich zu mir um, und seine Augen weiteten sich.

Das Gesicht kannte ich.

Caleb. Caleb Lockhart!

Oh nein, nicht er! Das durfte nicht wahr sein. Ich war in der Höhle der männlichen Campus-Schlampe aufgewacht!

Ein Stück Brot fiel ihm aus dem Mund, während er mich weiter angaffte. Seine bronzefarbenen Locken waren zerzaust und standen in alle Richtungen ab, als wäre er eben erst aufgestanden. Seine Brust und der Bauch waren sehr muskulös und sehr nackt. Vor ihm war ein Küchentresen, der in Höhe seiner Taille endete, sodass ich nicht erkennen konnte, ob er weiter unten etwas anhatte.

Lieber Gott, hoffentlich hat er unten herum etwas an.

Und dann grinste er. Als hätte er alle Zeit der Welt, ließ er seinen Blick von meinem Haar bis zu meinen Zehen und wieder zurück gleiten. Ich fühlte ein Kribbeln.

»Hey, Baby, du siehst aus, als hättest du eine wilde Nacht gehabt«, flüsterte er heiser.

Oh Gott!

»Haben wir … hast du …?«, stammelte ich und verschränkte meine Arme vorm Oberkörper, um meine Brust vor seinem lasziven Blick zu schützen.

Er zog eine Augenbraue hoch, während er darauf wartete, dass ich meine Frage beendete. Mein Mund war ausgetrocknet, und in meinem Kopf setzte ein unangenehmes Pochen ein. Ich sah nach unten zu meinen nackten Füßen und fragte mich, wo ich meine Schuhe gelassen hatte. *Dämliche, dämliche Kuh.*

»Sag es mir einfach.«

»Was genau soll ich dir sagen?« Seine Augen funkelten amüsiert, und in seinen Wangen bildeten sich Grübchen. Er wusste ganz genau, was ich meinte, aber anscheinend hatte er Spaß daran, unschuldige Leute zu quälen. Idiot.

Als er einen Schritt vortrat, ging ich einen zurück und schrie: »Bleib weg von mir!«

Stirnrunzelnd hob er beide Hände. »Was ist denn in dich gefahren?«

Hektisch blickte ich mich nach etwas um, was ich als Waffe benutzen könnte. Falls er beschloss, mich anzugreifen. »Warum bin ich hier?«

»Erinnerst du dich nicht?«

Auf einmal wollte ich mir die Haare raufen. »An was soll ich mich erinnern?«

Seine Miene verfinsterte sich, als würde er an etwas Unangenehmes denken. »Irgendein Perversling hätte dich gestern Abend fast verschleppt und eventuell vergewaltigt. Ich habe dich gerettet.«

Mir klappte die Kinnlade runter.

»Und du hast mir den ganzen Wagen vollgekotzt.« Er machte eine kurze Pause. »Zwei Mal.«

»Mich v...vergewaltigen?« Meine Erinnerungen waren verschwommen, doch ich wusste noch, dass ich mich gegen die Annäherungsversuche von jemandem gewehrt hatte. Und wenn *er* das gewesen war?

Er nickte und starrte mich immer noch sehr eindringlich an. Irgendwas am Blick seiner grünen Augen weckte die Erinnerung an eine tiefe Männerstimme, die murmelte, *Ich suche schon mein ganzes Leben nach dir ...* Ich schüttelte den Kopf, um sie zu vertreiben, und funkelte ihn wütend an. »Woher soll ich wissen, dass du nicht dieser Kerl warst?«

»Oh bitte«, sagte er und verdrehte die Augen. »Ich muss kein Mädchen zwingen, mit mir zu schlafen.«

Er lehnte sich an die Arbeitsplatte, verschränkte die Arme vor seiner eindrucksvollen Brust und legte den Kopf schräg. Sein Bizeps spannte sich an, die Muskeln traten vor. Unverhohlen musterte er mich weiter.

»Danke«, meinte ich leise, blieb jedoch misstrauisch. Wenn man in einer rauen Gegend aufwuchs, wurde Misstrauen zur Normalität. Da war ich nicht anders als andere. »Ich weiß gar nichts mehr von gestern Abend.«

»Du warst betrunken«, half er mir auf die Sprünge.

»Ja, an den Teil erinnere ich mich.«

»Und du bist nicht verkatert?«

Ich schüttelte den Kopf.

»Erstaunlich«, bemerkte er beeindruckt.

»Hör mal, wenn es dir nichts ausmacht, gib mir meine Schuhe, und ich verziehe mich.«

»Nicht so schnell.«

»Was?« Fünf Schritte entfernt stand eine Tischlampe, die ich notfalls als Waffe benutzen konnte.

»Du hast mir meinen Wagen vollgekotzt, und ich habe den erst vor wenigen Wochen bekommen.«

Oh. Ich biss mir auf die Unterlippe. »Ist dein Dad nicht reich?« Ich deutete mit einer ausholenden Geste auf die luxuriöse Einrichtung um uns herum. »Kannst du den nicht einfach von jemandem reinigen lassen?«

Er zog die Augenbrauen hoch. »Also willst du, dass jemand anders deinen Dreck wegmacht?«

Ich biss die Zähne zusammen. »Was willst du von mir?«

Er hockte sich auf den Tresen, sodass ich seinen Körper in voller Pracht sah. Ich schluckte. Wenigstens hatte er eine Jogginghose an.

»Kannst du denn irgendwohin, wenn du jetzt abhaust?« Auf der Arbeitsplatte neben ihm stand ein Obstkorb voller Äpfel. Er griff nach einem. Was für ein Glück er hatte, jederzeit Essen in Reichweite zu haben, wenn er es wollte. Er brauchte nicht zu fürchten, dass er hungern musste … oder obdachlos wurde.

»Was ist das denn für eine Frage? Natürlich nach Hause.« Wo zu Hause war, konnte ich nicht sagen, aber das wusste er ja nicht.

Er schmiss den Apfel hoch, fing ihn auf und warf ihn erneut in die Luft. »Und wo ist das?«

Mein Magen grummelte leise vor Hunger. »Das geht dich nichts an.«

»Tja, ich habe dir das Leben gerettet. Und ich glaube ans Energiesparen, also will ich nur sicher sein, dass du meine Energie nicht verschwendest. Gestern Abend habe ich dich gefragt, wo du wohnst, und du hast mir erzählt, dass du obdachlos bist. Ehrlich, im Moment siehst du aus, als hätte dir gerade jemand deinen letzten Dollar geklaut.«

Vor Schreck riss ich den Mund auf.

»Du hast mich verstanden«, erwiderte er, legte den Apfel zurück in den Korb und verschränkte erneut die Arme. Führte er mir absichtlich seine Muskeln vor?

»Warum interessiert dich das?«, hakte ich nach.

Es dauerte einen Moment, ehe er antwortete: »Kannst du wirklich irgendwohin?« Sein sanfter, mitfühlender Tonfall machte mich fertig. Ich fühlte, wie mir die Tränen kamen. Und ich sah ihm an, dass es ihm unangenehm war. Er sprang vom Tresen, schritt zum Kühlschrank und öffnete ihn.

»Hier«, meinte er leise und reichte mir eine Wasserflasche. Ich wollte mich bedanken, traute meiner Stimme allerdings nicht. Als ich aufblickte, wich er vor mir zurück. »Dir ist bewusst, dass du stinkst, oder?«

Ich lachte. Ich musste so sehr lachen, dass ich mich auf den Boden hocken musste, damit ich nicht auf die Nase fiel. Und dann fing ich an zu weinen. Er musste mich für irre halten.

»Wieso bleibst du nicht ein bisschen, bis du eine Wohnung gefunden hast?«

Ich war so schockiert, dass ich ihn nur stumm anstarren konnte. Er zuckte mit den Schultern. »Ich erkenne es, wenn Leute am Ende ihrer Kräfte sind.«

Am Ende ihrer Kräfte? Ich wurde wütend. Ich hasste es, zu jemandem hochschauen zu müssen, wenn ich mit ihm sprach; deshalb stand ich wieder auf. Er war immer noch deutlich größer, und das ließ mich erst recht sauer werden. »Hör mal, ich mag obdachlos sein, doch ich will deine Almosen nicht.«

»Wohin willst du sonst? In ein Obdachlosenasyl? Pass auf.« Er hielt einen Finger vor mein Gesicht. »Erstens, ich lebe allein, also hast du hier nur das Vergnügen meiner Gesellschaft. Zweitens«, er hob einen zweiten Finger, »bist du hier allemal sicherer, weil du mich hast, der dich beschützt. Und drittens«, er nahm einen dritten Finger hinzu, »Bingo! Du kannst hier umsonst wohnen.«

Ich wurde skeptisch. Das klang zu schön, um wahr zu sein. »Warum hilfst du mir?« Das Leben hatte mir schon oft genug einen Schlag verpasst, daher wusste ich, dass es nichts umsonst gab. Caleb öffnete den Mund, doch es kam kein Ton heraus. Schließlich schüttelte er den Kopf. »Keine Ahnung.«

Mit Caleb Lockhart zusammenwohnen. In dieser riesigen Wohnung. Umsonst. Oder alternativ zum Obdachlosenheim gehen oder auf der Straße leben. »Ich werde nicht deine Hausnutte.«

Er wirkte gekränkt. »Kleines, eine Prostituierte werde ich nie brauchen. Hast du diesen Körper gesehen? Glaubst du ehrlich, dass ich für Sex Geld hinblättern muss? Außerdem«, fügte er grinsend hinzu, »falls du dich dazu entschließen solltest, mit mir zu schlafen, wirst du *mich* bezahlen.«

Wow. Von seinem gewaltigen Ego müsste er eigentlich permanent Kopfweh haben. Ich sah ihn angewidert an und gab vor zu gähnen. »Alles, was du sagst, klingt unglaublich spannend. Ich verstehe gar nicht, warum ich die ganze Zeit gähnen muss.«

Seine grünen Augen wurden größer, und er blickte mich eindringlich an. Diesmal habe ich ihn wohl richtig auf die Palme gebracht, dachte ich, doch dann passierte etwas völlig Unerwartetes. Er fing an zu lachen. »Du gefällst mir«, sagte er. »Ich meine, du siehst ja echt hammermäßig aus, aber ich hätte nicht gedacht, dass das tiefer geht.«

Hatte er mich gerade beleidigt?

»Ich biete dir einen Ausweg aus deiner Notlage an. Warum greifst du nicht zu?« Er hielt sich mit zwei Fingern die Nase zu. »Und kannst du bitte duschen gehen? Du magst ja umwerfend sein, doch ich verbringe meine Zeit nicht mit jemandem, der nach Kloake riecht.«

Ich schnaubte. Natürlich hatte er recht. Ich musste richtig, wirklich schlimm stinken. Aber ... »Und was willst du als Gegenleistung?«

»Nicht jeder will was von dir«, antwortete er ernst.

»Ach, glaubst du das wirklich?« Ich lachte verbittert. »Jeder will was von einem, auf die eine oder andere Art. Hast du das noch nicht kapiert?«

Er legte den Kopf schräg und schaute mich einen Moment lang nachdenklich an. Ich fragte mich, was er sah. Durch mein Äußeres, meine Figur, wirkte ich auf andere oft so, als wäre ich auf *Spaß* aus. Sie hatten ja keine Ahnung, dass das nun wirklich das Letzte war, was ich wollte. Das Allerletzte. Ich war viel zu sehr damit beschäftigt, zu überleben und mir meine nächste Mahlzeit zu erarbeiten, um an so was wie Vergnügen auch nur zu denken. Der gestrige Abend war eine Ausnahme gewesen. Total unnormal für mich.

»Ich könnte putzen«, bot ich an. Tat ich das hier wirklich? Warum nicht? Die Welt hatte mir schon lange keine Freikarte mehr geschenkt. Ich war überfällig für eine.

»Ich habe schon dreimal die Woche eine Putzkraft«, antwortete er.

»Ich kann kochen.«

Er runzelte die Stirn. »Mach dich nicht über mich lustig. Das ist nicht nett.«

Ich verdrehte die Augen.

»Kannst du ehrlich kochen?« Er sah wie ein kleiner Junge aus, der den letzten Keks ganz unten in der Dose entdeckt hatte.

»Ja.«

»Abgemacht!«

Das war zu einfach. »Du hast gesagt, dass du allein wohnst, aber wie kannst du dir so eine Wohnung leisten?«

Die Frage machte ihn sichtlich verlegen. Ich hoffte, dass er nicht dachte, ich wollte herausfinden, wie viel er auf der Bank hatte. Dass ich eine Goldgräberin war. Doch wie sollte er das nicht denken? Schließlich kannte er mich gar nicht.

»Hör mal«, presste ich zischend hervor, denn es ärgerte mich, wenn jemand an meinen moralischen Grundsätzen zweifelte. Ich mochte arm sein, aber ich war keine Schmarotzerin. Meine Hände waren der Beweis, wie schwer ich arbeitete, und darauf war ich stolz. Noch ein Jahr, dann würde ich meinen Abschluss in der Tasche haben. Ich hatte hart geschuftet, um mir ein besseres Leben zu ermöglichen. Viel hatte ich nie gebraucht; ein regelmäßiger Job, ein einfaches Zuhause und ein verlässlicher Wagen waren mehr als genug, damit ich glücklich war. Und ich wollte nie wieder hungern. Diese Ziele würde ich auch ohne die Hilfe von irgendwem erreichen. »Ich war bloß neugierig. Falls du denkst, dass ich eine Goldgräberin bin …«

Er hob eine Hand. »Kannst du bitte aufhören, mir Worte in den Mund zu legen? Glaubst du wirklich, dass ich dieses Leben will? Das … das.« Er deutete auf den Raum. »Glaubst du, das macht mich glücklich?« Seine Gesichtszüge hatten sich verhärtet, und seine Hände waren zu Fäusten geballt. Ich verstummte. Wir beide standen verlegen da, doch nach ein paar Sekunden zog er die Augenbrauen hoch, als sei nichts gewesen. »Weißt du was, ich kann meine Collegesachen erledigen, während du mir heute Abend was kochst.«

Der Moment unvermuteter … Verwundbarkeit, oder was immer es auch gewesen sein mochte, war wieder vorbei.

»Warte mal«, meinte er. »Ich kenn nicht mal deinen Namen.«

»Veronica Strafford.«

»Ich bin Caleb Lockhart.«

Ich erwiderte sein Lächeln nicht und verriet ihm auch nicht, dass ich schon wusste, wer er war. Wer denn nicht? Sicher kannte ihn auf unserem Campus jeder.

»Auf welchem College bist du?«, fragte er.

»Mich hier wohnen zu lassen heißt nicht, dass ich mein Inneres vor dir ausbreiten muss, oder?«

»Genau genommen hast du das schon. In meinem Wagen, schon vergessen?«, erinnerte er mich trocken. »Bitte, geh duschen. Und leih dir gern frische Klamotten von mir. Du darfst dich sogar«, meinte er grinsend, »bei meiner Unterwäsche bedienen.«

Ich schnaubte. Wir beiden standen uns gegenüber, unsicher und in unsere jeweiligen Gedanken versunken. Tat ich das Richtige, indem ich hierblieb? Wohin sollte ich sonst?

»Du kannst in dem Zimmer wohnen, in dem du letzte Nacht geschlafen hast. Es hat ein eigenes Bad.« Er ging hinter den Tresen, auf Abstand zu mir. »Ich haue gleich ab. Fühl dich ganz wie zu Hause.«

Ich nickte. Es kam mir komisch vor. War das hier tatsächlich gratis? Wie konnte er mich in seinem Apartment allein lassen, wenn er mich überhaupt nicht kannte? Er konnte unmöglich sicher sein, dass ich ihn nicht komplett ausraubte.

»Danke. Ich …« Ich stockte. »Danke«, wiederholte ich. Und ich meinte es ernst.

Er nickte. Ich wandte mich von ihm ab und nagte an meiner Unterlippe. Wo zum Teufel war noch mal das Zimmer? Ich schaute erst nach links, dann nach rechts. Seine Wohnung war riesig, und ich war in Panik gewesen, als ich den Raum verlassen hatte.

»Gibt's ein Problem?«, fragte er hinter mir.

Ich zuckte zusammen und drehte mich um. »Ich … ich habe vergessen, wo das Zimmer ist. Sag es mir einfach, und dann mache ich einen Bogen um dich.« Ich merkte, wie ich rot wurde.

Als er nicht antwortete, blickte ich auf und sah, wie er mich lächelnd anstarrte.

»Was?«, fragte ich.

»Mann, ganz schön feindselig, was?« Er lief an mir vorbei. »Folge mir.«

Ich ging ihm nach und bemühte mich, nicht allzu sehr auf seinen Körper zu glotzen. Fast hätte ich aufgeheult, sowie er sich plötzlich umdrehte, mir zuzwinkerte und sagte: »Willkommen in meinem Apartment, Red. Ich hoffe, du genießt deinen Aufenthalt.«

Isabelle Ronin
Du bist alles
€ 12,99, Klappenbroschur
ISBN 978-3-95649-877-0

Die Vorgeschichte von Kara und Cameron aus »Du bist mein Feuer«

Seit dem Zusammentreffen mit ihr bin ich dieser temperamentvollen Frau verfallen. Nie zuvor habe ich so empfunden. Ich brauche sie wie die Luft zum Atmen. Aber wir können nicht zusammen sein. Auch wenn ich in Karas Augen dasselbe verzehrende Feuer entdecke, das auch in mir lodert. Egal, wie sehr ich mich danach sehne, sie zu berühren – ich muss mich von Kara fernhalten. Denn es gibt Dinge aus meiner Vergangenheit, die sie nicht über mich weiß, die sie nie erfahren soll. Dinge, vor denen ich sie schützen muss. Und wenn ich erneut schwach werde, ist alles um uns herum verloren.

www.mira-taschenbuch.de